SHANGHAI MOON

S. J. Rozan

SHANGHAI MOON

Traduit de l'anglais (États-Unis)
par Françoise Smith

le
cherche
midi

Ce livre est une œuvre de fiction. Tous les personnages, organisations et événements décrits dans ce roman sont le produit de l'imagination de l'auteur ou employés de manière fictive.

Direction éditoriale : Arnaud Hofmarcher
Coordination éditoriale : Roland Brénin

Titre original : *The Shanghai Moon*
Éditeur original : Minotaur Books

23, rue du Cherche-Midi 75006 Paris
Vous pouvez consulter notre catalogue général et l'annonce
de nos prochaines parutions sur notre site Internet :
www.cherche-midi.com

Pour Barbara Seranella.
Repose en paix, chère amie.

1

« Je suis rentrée. »

Je laissai tomber ma valise, ôtai mes chaussures en écoutant les bruits familiers de Chinatown affluer par les fenêtres. Coups de klaxon, grondement des camions de livraison. L'oiseau de M. Hu faisait des trilles sur le toit d'à côté. Une fillette hurla de rire, et sa grand-mère la gronda en cantonais : « Donne-moi la main, vilaine, ou le camion du poissonnier va t'écraser comme une crêpe. »

J'ai parlé de se faire gronder en cantonais ? Justement, ma mère apparut.

« Qui êtes-vous ? voulut-elle savoir en sortant de la cuisine d'un pas traînant pour me dévisager. Vous ressemblez à ma fille Ling Wan-ju, mais ça fait longtemps que je ne l'ai pas vue. Elle est allée en Californie. Elle avait dit qu'elle reviendrait bientôt mais elle est restée là-bas. Je suis ravie qu'elle prenne du bon temps. »

Plus caustique que ma mère, tu meurs.

« Deux semaines de plus que prévu, Ma. Et ce sont tes cousins, me défendis-je en embrassant sa joue ridée, ce qu'elle me laissa faire à contrecœur. Tu t'es bien amusée pendant que je n'étais pas là ?

– Les enfants de ton frère sont très bruyants. »

Bien que j'aie quatre frères, ma mère emploie rarement leurs prénoms quand elle me parle d'eux ; je suis toujours censée savoir auquel elle fait allusion. Cette fois, je savais qu'elle parlait de Ted, l'aîné. Elle avait logé chez lui dans le Queens pendant mon absence.

« Mais tu avais l'appartement du rez-de-chaussée pour toi toute seule, non ?

– J'ai eu de la chance qu'il soit inoccupé. C'est tellement sombre là-dedans, pas étonnant que personne n'ait envie de le louer.

– Ted et Ling-an l'ont joliment arrangé, je trouve.

– Trop de pièces pour une personne seule. Et la cuisine est tellement grande ! Difficile de trouver toutes les casseroles.

– Tu as fait la cuisine ?

– Ton frère et sa femme travaillent dur, ils rentrent tard. Ils commandent des plats à emporter au restaurant. C'est affreusement cher ! J'ai fait du *har gow* et des nouilles longue vie.

– Je parie que les gosses ont adoré ça.

– Et la pelouse est tellement vaste, il y a tant de fleurs inutiles ! J'ai planté des melons.

– Vraiment ?

– Ton neveu m'a aidée. »

J'imaginais la scène : ma mère coiffée d'un chapeau de paille, des plants dans chaque main tandis que Barry, âgé de dix ans creusait un trou dans le jardin avant de poser un paillis. Heureusement, les deux enfants de Ted l'adorent. Ils savent que ses froncements de sourcils et ses remontrances sont des stratagèmes pour que les esprits malfaisants croient que cela ne vaut pas la peine d'enlever ses petits-enfants, ces bons à rien désobéissants.

« Flushing. Pff ! conclut ma mère. C'est trop loin. »

Je soupirai. Elle nous avait percés à jour. L'appartement en question, loin d'être libre par hasard, avait été aménagé pour elle. Mes frères et moi pensons que l'appartement au quatrième étage sans ascenseur dans lequel nous avons grandi devient difficile à gérer pour elle. Mais, si elle refuse de quitter Chinatown, c'est d'abord parce qu'elle refuse d'admettre qu'elle a un endroit où aller.

Fatiguée par le décalage horaire, je n'avais pas la force de me lancer dans ce genre de dispute.

« Je vais défaire mes valises, Ma. Et ensuite, je te donnerai tous les détails sur le mariage.

– Tu aurais aussi bien pu te marier toi-même vu le temps que tu as passé là-bas. Tu as mangé ?

– Pas encore.

– J'ai fait du *congee*. Il y en a peut-être assez pour deux. »

Je fis un détour par la cuisine et fis signe au vieux Chow Lun, penché vers la rue depuis son poste d'observation habituel près de la fenêtre. Je soulevai le couvercle d'une casserole fumante et découvris assez de *congee* pour une armée. La table était dressée avec des bols remplis de ciboule, de légumes macérés dans du vinaigre et de poisson séché.

Ma mère n'a jamais aimé le poisson dans son *congee*. Mais moi, j'adore ça.

Tout en défaisant mes valises, j'interrogeai mon répondeur au bureau. Pas de message. Pas que je m'attende à en avoir. Il ne se passait pas grand-chose au travail, et de toute façon, j'appelais tous les jours depuis la Californie. Tout ça peut laisser penser que j'attendais un appel en particulier mais, bien sûr, ce n'était pas le cas. Je n'attendais surtout pas d'appel de Bill Smith, mon ancien associé, puis partenaire ; ancien ami proche puis je-ne-sais-pas-trop-quoi qui s'était volatilisé il y avait de ça plusieurs mois après que l'on eut fait équipe sur notre dernière affaire. L'affaire qui concernait Gary, le neveu de Bill, avait mal fini. En tant que partenaire et amie proche, j'avais beaucoup de peine pour lui et comprenais pourquoi il préférait s'isoler pendant un certain temps. Mais en tant que partenaire et amie proche, j'étais furieuse d'être une des personnes qu'il évitait.

Alors que ma mère claironnait les derniers ragots de Chinatown depuis l'autre bout de l'appartement, j'entrepris de vider ma valise. J'en étais aux T-shirts quand mon téléphone portable sonna. Le numéro qui s'affichait sur l'écran ne me dit rien. En refoulant une bouffée de déception, je me présentai en anglais et en chinois. Bientôt, j'éloignai le téléphone de mon oreille quand un ténor se mit à brailler :

The stars that hang high over Shanghai
Bring back the memory of a thrill!
I've been looking hiiiiigh, and I've been looking looooow,
Looking for my Shanghai Lil!

« Arrête ! Pilarsky, t'as pas fait de progrès niveau chant.

– Eh, au moins je t'ai épargné *Lydia the Tattooed Lady*. J'ai cru te faire plaisir. Comment tu vas, Chinsky ?

– Oh, ça va, soupirai-je. Et toi ? Qu'est-ce que je peux faire pour toi ? Et c'était quoi cette chanson ?

– *Footlight Parade*. Busby Berkeley, Cagney, Keeler. Un des plus grands films de l'histoire. Quant à moi, ça pourrait être pire. Je bosse toujours. Et toi ? Si c'est le cas, j'appelle pas pour te demander un service, mais pour te proposer un boulot.

– Quel genre ?

– Qu'est-ce que j'en sais ? Un client cherche quelqu'un capable, je cite, d'opérer discrètement au sein de la communauté chinoise.

– Alors, pourquoi il t'a appelé toi ?

– Apparemment, parce que je parle yiddish. Et c'est pas il, c'est elle.

– Je ne...

– Moi non plus. Sois au Waldorf à quatre heures cet après-midi, et on saura ce qu'il en est tous les deux.

– Aujourd'hui ?

– Bien sûr, quelle question.

– Eh bien... »

Retrouver Joel Pilarsky pour une réunion, alors que je venais tout juste d'affronter la circulation depuis l'aéroport JFK ne faisait pas partie de mes priorités, mais le boulot, c'est le boulot.

« D'accord.

– C'est bien, ma petite. Je serai tapi derrière un palmier en pot. »

Le terme « petite » me hérissa, mais Joel avait largement dépassé les soixante ans, et en fait, j'étais plus jeune que deux de ses trois filles.

Alors que je raccrochais, le visage de ma mère se matérialisa près du montant de la porte. Elle devait être dans le couloir, répondant à un soudain besoin de ranger le placard à linge ou de réarranger les photos de famille.

« C'était qui ? Tu parlais du travail. C'était le babouin blanc ?

– Bill ? Non. Je n'ai pas de nouvelles de lui depuis un moment, répondis-je en vidant ma valise. C'était Joel Pilarsky. Tu l'as rencontré. Je l'ai aidé l'année dernière quand il cherchait la dame juive qui s'était enfuie avec le propriétaire d'un restaurant chinois.

– À Flushing, je me souviens ! Là-bas, les gens n'ont rien à faire, alors, ils s'attirent des ennuis. »

Bon, ç'avait manifestement été une erreur d'en parler.

« Bref, Joel a un boulot pour moi. J'ai rendez-vous avec lui tout à l'heure.

– Aujourd'hui ? C'est un je-m'en-foutiste. Il te donne des ordres. Et il chante. Travailler avec lui te donne la migraine.

– Seulement quand il chante. »

Elle qui met un point d'honneur à ne pas m'écouter quand je parle boulot, comment se faisait-il qu'elle sache tout ça ?

« Et puis c'est bien d'avoir du boulot. Ça me permet de rester occupée.

– Pff. Reste occupée, comme ça tu ne penseras pas à ceux qui ne t'appellent pas.

– Ma ! Tu n'aimes même pas Bill. Et je ne l'ai pas appelé non plus récemment.

– Si tu ne le rappelles jamais, tu feras plaisir à ta mère et tes frères. Mais que lui ne t'appelle pas ? Il a une trop haute opinion de lui-même. Il te pousse à aller jusqu'en Californie.

– Si je suis allée en Californie, c'était pour le mariage de Jeannie Chu, protestai-je.

– Un mois pour un mariage ? »

À sa moue, je compris ce qu'elle en pensait. Puis, d'un geste, elle balaya cet agaçant moucheron de Bill.

« À quelle heure dois-tu aller à ton travail aujourd'hui ?

– Dans deux heures. J'ai largement le temps de prendre une douche et de me changer. Mais, d'abord, mangeons du *congee.* »

Sans doute abusé par le pantalon en soie anthracite cousu par ma mère, le portier du Waldorf me gratifia d'un sourire. Dans le hall au sol tapissé de moquette, éclairé par un lustre à pampilles, trois hommes s'entretenaient par-dessus leurs ordinateurs de poche, organisant sans nul doute une réunion de la plus haute importance. Une femme élégante gagnait la sortie en tirant une valise à roulettes. Même les deux petits garçons qui attendaient que leurs parents remplissent les formalités à la réception avaient l'air sages comme des images dans leur chemise boutonnée jusqu'au cou.

Sur la droite, installé dans un fauteuil club, j'aperçus Joel, pas tapi derrière une plante verte, mais assis à côté. De l'argenterie et des tasses en porcelaine étaient disposées sur la table basse entre une femme potelée d'allure soignée et lui. Joel paraissait un peu plus grassouillet, un peu plus chauve que la dernière fois que je l'avais vu, mais avec sa kippa et sa cravate, de traviole toutes les deux, il avait le même air pressé et préoccupé que d'habitude.

L'inconnue qui souriait en parlant semblait légèrement plus jeune que lui. Compte tenu des soins du visage, du maquillage et du fait que, nous les femmes, nous nous entretenons en général, cela signifiait sans doute qu'elle avait quelques années de plus. Elle avait lissé ses cheveux gris en un chignon bien net. Ma mère aurait approuvé le sergé et la coupe classique de son tailleur vert foncé.

Joel bondit de son siège, se cogna le tibia en faisant le tour de la table.

« Ravi de te voir Lydia. Lydia Chin, Alice Fairchild. »

Alice Fairchild se leva pour me serrer la main. Elle n'était pas beaucoup plus grande que moi, autour d'un mètre soixante-cinq peut-être.

« Je suis ravie que vous soyez libre, mademoiselle Chin. D'après Joel, vous êtes la personne qu'il me faut.

– Je l'espère. Et, s'il vous plaît, appelez-moi Lydia. »

Joel alla chercher un fauteuil.

« Assieds-toi. Prends un café.

– Y a-t-il du thé ?

– Ah, c'est bien ! s'écria Alice Fairchild en attrapant la théière. Je me sens toujours tellement seule parmi les amateurs de café. Comment le prenez-vous, Lydia ?

– Avec du lait, sans sucre, s'il vous plaît.

– Je tiens à vous remercier tous les deux de vous être rendus disponibles dans des délais si brefs, déclara Alice en posant une minuscule cuillère sur la sous-tasse qu'elle me tendit. Comme je l'expliquais à Joel, votre associé m'a été recommandé par une connaissance à Zurich. Et vous Lydia m'avez évidemment été recommandée par Joel.

– Alice est avocate. En Suisse.

– Quasiment à la retraite. Je ne m'occupe plus que d'affaires qui présentent pour moi un intérêt particulier. Mon gagne-pain, c'était la planification successorale pour mes concitoyens américains expatriés. Légèrement ennuyeux, dit Alice en souriant. Mais j'ai une spécialité à part : les familles de victimes de la Shoah font appel à moi pour récupérer leurs biens spoliés. Mon bureau se trouve en Suisse pour une raison précise : pour citer Willie Sutton, le braqueur de banques, c'est là que se trouve l'argent. Le plus gros de l'argent en tout cas. Mais, de temps en temps, on retrouve quelque chose ailleurs. (Elle tira d'une mince mallette des feuillets dont elle nous tendit un exemplaire à chacun.) Si cela ne vous dérange pas, j'aimerais que vous lisiez ceci. »

Parmi les feuillets, il y avait la photocopie d'une vieille photo. Celle d'une adolescente vêtue d'une jupe lui arrivant aux genoux et chaussée d'escarpins à bout rond comme on en voit dans les films des années trente et qui posait en compagnie d'un garçon de quelques années plus jeune qu'elle. D'une main, elle retenait le chapeau qui menaçait de s'envoler à cause du vent qui faisait aussi pencher sa lavallière et ébouriffait ses cheveux ondulés ; de l'autre, elle semblait retenir le garçon lui-même qui semblait brûler d'impatience malgré son air aimable. Leurs sourires de conspirateurs tandis qu'ils se prêtaient à la demande du photographe me rappelaient mes frères et moi.

La page suivante était aussi une photocopie, celle d'une lettre manuscrite. Sur une note tapée à la machine dans la marge du haut on pouvait lire : *Musée du Judaïsme, archives de la Shoah. Lettre de Rosalie Gilder à sa mère, Elke Gilder, 14 avril 1938.*

« On dirait de l'allemand, remarquai-je. Je ne...

– Oh, excusez-moi, répondit Alice Fairchild. La traduction se trouve sur la dernière page. »

Je tournai les pages. La lettre tapée avec soin disait ceci :

14 avril 1938

Ma très chère maman,

J'écris du pont du Conte Biancamano *alors que nous prenons la mer. Il souffle un vent salé et le soleil brille avec une ardeur qui m'était jusqu'alors inconnue. Oh, comme tu me manques, maman ! À partir d'aujourd'hui, je t'écrirai souvent pour tout te raconter, exactement comme tu me l'as demandé. Paul me taquine : d'après lui, mon incapacité à me taire et mon enthousiasme à coucher les choses par écrit devraient t'assurer de recevoir lettre sur lettre, que tu l'aies demandé ou pas ! Et il a raison, évidemment.*

Pourtant, cette lettre et celles qui lui succéderont pourraient ne jamais voir le jour, pourraient bien aller au diable que cela me serait parfaitement égal, si seulement tu étais avec nous !

Je n'ai pas pu écrire du train, maman. Tous les passagers ne pensaient qu'à une chose : que chaque mètre qui passait nous rapprochait de la frontière. Les rares conversations qui se tenaient s'arrêtaient net à chaque halte. Tout le monde était terrifié à l'idée que la Gestapo – qui est montée à bord deux fois – trouve quelque chose d'anormal dans nos papiers et nous arrête. Que d'yeux baissés et de voix timides ! Même moi, maman, même moi. J'étouffais de rage – oui, et de peur aussi –, je restais assise, la docilité incarnée, en tendant les papiers de Paul et les miens comme on me l'ordonnait. Et je restais silencieuse. Mais c'était pareil pour tous les passagers, même les jeunes enfants demeuraient figés, cramponnés aux bras de leurs parents.

Jusqu'à la frontière ! Quand le sifflet a retenti et que le train s'est éloigné de la douane italienne en haletant, tu aurais dû entendre les hourras qui ont éclaté ! Les inconnus se sont congratulés et les bouteilles de champagne se sont matérialisées comme par enchantement. Un homme a sauté de son siège pour entonner une chanson en italien. J'ai autorisé Paul à boire du champagne car j'ai pensé que c'est ce que tu aurais fait et j'en ai pris un petit verre moi-même. Nous avons brièvement célébré l'événement ; puis le tumulte s'est tu quand, épuisés par l'inquiétude et affaiblis par le soulagement, nous nous sommes tous tournés vers des conversations calmes ou des pensées intimes.

Tu vas bien, maman ? Je dois t'avouer que, alors que le train quittait la gare, j'ai bien failli sauter sur le quai et refuser de quitter Salzbourg sans toi ! Mais je me suis forcée à rester à bord. Tu m'as confié la sécurité de Paul, et j'ai bien l'intention d'accomplir ma tâche pour que tu sois fière de moi quand tu viendras nous rejoindre. Et j'espère, je prie, que cela arrive plus vite que nous ne l'escomptons. Trois mois, c'est trop long ! Je t'en prie, fais ton possible – vends tout, harcèle les compagnies maritimes, fais un scandale dans les agences de voyages – pour obtenir de faire la traversée plus tôt ! Je t'en prie, maman, je ne serai pas tranquille avant d'être sûre qu'oncle Horst et toi avez passé la frontière sans encombre.

Quant à Paul et moi, il ne faut pas t'inquiéter. Les gens font preuve de beaucoup de gentillesse quand ils apprennent que nous voyageons seuls. Notre environnement, sur ce bateau en tout cas, est assez extraordinaire. Tout n'est que teck, cuivre rutilant et tapis épais. Quand nous avons embarqué ce matin, les serpentins volaient et, dans le grand salon, l'orchestre du navire a joué des airs pleins de gaieté. C'est plutôt bien, j'en suis sûre, mais en décalage troublant avec les circonstances. Notre cabine est petite mais confortable. Nos valises, bien que cabossées, sont intactes et tiennent bien le choc. Les stewards qui s'occupent des passagers nous traitent comme des invités en voyage d'affaires ou d'agrément, bien que deux tiers des passagers soient des juifs dans notre situation – des réfugiés, osons employer le terme.

Nous éprouvons tous des émotions tellement contradictoires, maman, tellement difficiles à décrire ! Soulagement. Peine. Colère. Peur de l'avenir. Horreur et dégoût en entendant les histoires qui se chuchotent sur les brutalités perpétrées en Allemagne. Est-il possible que l'Autriche, maintenant que notre pays a perdu son indépendance, puisse s'abaisser à ce point ? Personne n'y croit, mais fais attention à tes billets, maman ! Si oncle Horst et toi ne pouvez pas trouver un bateau qui part plus tôt, alors, ce devra être le train, et je vous en prie, faites bien attention jusqu'à votre départ. Insiste auprès d'oncle Horst pour qu'il se maîtrise et qu'il ne se fasse pas remarquer. Oh, maman, je suis sérieuse, mais je ris en lisant ce que je viens d'écrire ! Les conseils mêmes que tu m'as donnés ! Et je te les répète ici à l'attention d'oncle Horst, comme si tu en avais besoin.

J'ai hâte que nous soyons de nouveau réunis ! À Shanghai, Paul et moi préparerons un foyer, et quand vous arriverez, nous courrons vous accueillir. Peut-être que dans les années à venir, ce sont les aventures de la famille Gilder en Chine que l'on racontera à des enfants aux yeux écarquillés avant qu'ils aillent se coucher, et ils feront alors des rêves merveilleux.

Paul t'embrasse et promet d'écrire même si je doute qu'il le fasse. Mais qu'importe : je correspondrai fidèlement pour deux. S'il te plaît, maman, je t'en prie, viens vite !

Du fond du cœur,
Ta Rosalie

Dans le silence ambiant, je pris soudain conscience des allées et venues dans le hall du Waldorf. Un groom poussait un chariot à bagages sur le tapis. Des hommes et des femmes élégants lisaient des journaux en sirotant du café. En faisant abstraction des taxis au-dehors, on aurait pu se croire dans le salon d'un grand paquebot transatlantique.

« Je ne comprends pas, dis-je en regardant Alice Fairchild. Ces personnes étaient des juifs fuyant les nazis ? Mais… ils se rendaient à Shanghai, c'est ça ?

– Ils n'avaient pas d'autre choix.

– Que voulez-vous dire ? Je croyais qu'ils avaient fui vers d'autres pays d'Europe, ou vers les États-Unis.

– C'est ce qu'ont fait les survivants, après la guerre. Mais pendant la montée du nazisme au cours des années trente, les nations des quatre coins du monde leur ont fermé leurs portes.

Tout le monde savait ce qui se passait, mais aucun gouvernement n'était prêt à prendre en charge un flot de réfugiés désespérés.

– Même le gouvernement américain ?

– Les États-Unis allouaient de faibles quotas à chaque pays et considéraient les juifs comme Allemands, Autrichiens, Polonais ou autres. Il leur fallait remplir les formalités normales.

– Ça te surprend ? me demanda Joel. Il y avait des quotas pour les Chinois aussi tu sais.

– Je sais. Mais je croyais...

– Que vous étiez les seuls concernés ? Faux. »

Je cachai mon agacement d'avoir été surprise en flagrant délit d'ignorance par Joel, et devant une cliente par-dessus le marché.

« Bon, mais Shanghai paraît tellement... improbable comme destination, non ?

– Je suis sûre que c'est l'impression qu'ils ont eue, eux aussi, remarqua Alice. Mais les visas étaient relativement faciles à obtenir, et souvent, on ne demandait de toute façon pas leurs papiers aux passagers débarquant de bateaux. Tous ceux qui pouvaient arriver là-bas avaient le droit d'y rester. C'était le seul endroit.

– Combien de réfugiés sont partis pour la Chine ?

– Vingt mille.

– Vingt mille ? »

Mais qu'est-ce que je faisais pendant les cours d'histoire, moi ?

« Cette anecdote n'est pas très connue, précisa Alice qui lisait dans mes pensées. Elle a été éclipsée par la guerre, les camps de concentration. Les réfugiés ont commencé à arriver en nombre en 1937. À partir de 1942, les routes maritimes étaient fermées pour cause de combats en Europe et dans le Pacifique.

– Mais 1937, c'est la date à laquelle le Japon a envahi la Chine. (Je n'avais pas dormi pendant tous mes cours d'histoire après tout.) Les Japonais ont donc laissé entrer les réfugiés ?

– C'était le port ouvert de Shanghai qui faisait la richesse de la ville. À ce stade, le Japon ne prévoyait pas d'entrer en guerre avec l'Occident et ne voyait aucune raison de changer quoi que ce soit. »

Alice nous regarda tour à tour, Joel et moi.

« Rosalie Gilder avait dix-huit ans, son frère Paul quatorze quand ils ont fui Salzbourg en train vers Trieste pour embarquer à bord du *Conte Biancamano*. Elke, leur mère, veuve, et son frère, Horst Peretz, obtinrent des billets pour gagner Shanghai trois mois plus tard par voie terrestre – en Transsibérien avant d'embarquer sur un bateau à Dalian.

– Pourquoi ne sont-ils pas partis tous ensemble ? demandai-je.

– L'Allemagne venait d'annexer l'Autriche un mois plus tôt. Les nazis ne prévoyaient pas encore d'exterminer les juifs : ils voulaient les chasser du pays. Ils arrêtaient des hommes juifs qu'ils ne relâchaient que lorsque leur famille produisait des documents de voyage. C'est arrivé à Horst. Elke a pu se procurer des billets de train, et il a été relâché, mais trois mois d'attente, c'était affreusement long. Elke a remué ciel et terre pour obtenir des couchettes sur un paquebot partant plus tôt et a réussi à en trouver deux. Elle a envoyé ses enfants en espérant que Horst et elle pourraient suivre sur un autre bateau.

– Et c'est ce qui s'est passé ?

– Non.

– Ils sont partis en train alors ?

– Ils ne sont jamais partis. »

Mon regard se porta de nouveau vers la photo, frère et sœur souriant par un jour de grand vent. Je regardai Joel. Il avait une expression neutre, très étudiée. Je songeai que, en grandissant, il avait dû entendre d'innombrables versions de cette même histoire.

« La lettre fait allusion à leurs valises, reprit Alice brusquement. Les juifs qui émigraient n'étaient pas autorisés à emporter de grosses sommes d'argent ni d'objets de valeur. Paul et Rosalie n'ont emporté que des vêtements et quelques articles de ménage – une paire de chandeliers en étain, par exemple.

– Et qu'advenait-il des objets que les gens abandonnaient ?

– Ils étaient saisis par les nazis. On a perdu la trace de la plupart d'entre eux. Mon travail consiste à essayer de récupérer ceux qui peuvent l'être – tableaux, antiquités. Dans ce cas, cependant, ce n'est pas ce que je recherche. Comme Rosalie l'avait prédit, Paul ne fut pas un correspondant très assidu. Mais il était doué de ses mains. Il avait fabriqué des compartiments secrets cachés dans les valises où sa sœur et lui avaient dissimulé les bijoux de leur mère.

– C'est pour ça qu'elle dit que les valises sont intactes, remarqua Joel avec un haussement de sourcils.

– Oui. Elle signifiait à sa mère qu'ils avaient pu garder les bijoux. Il était difficile pour les réfugiés de gagner leur vie à Shanghai, et Rosalie et Paul n'étaient que des adolescents. Les bijoux représentaient leur filet de sécurité.

– Que leur est-il arrivé ?

– Ce n'est pas très clair, à vrai dire. On a perdu leur trace à la fin de la guerre. Vous pouvez imaginer le chaos qui régnait à cette époque. Recenser la population n'était la priorité de personne. Mais, comme vous le savez, je n'en doute pas, Shanghai est aujourd'hui en plein essor immobilier. »

Je hochai la tête. Cette information, elle, ne m'avait pas échappé.

« Il y a un mois, en creusant les fondations d'une tour dans l'ancienne Concession internationale, aux alentours de la rue Jiangming, on a mis à jour un coffret sculpté contenant cinq bijoux. J'ai pu déterminer qu'il appartenait à Rosalie Gilder. (Alice tira de sa mallette les photographies d'un collier, de deux bagues et de deux bracelets.) Je représente les petits-enfants de Horst Peretz, l'oncle de Rosalie et Paul. Il avait envoyé sa fille vivre en Suisse en 1935. Elle a survécu à la guerre. Ses fils sont mes clients.

« Le gouvernement chinois considère que tout objet découvert sur son sol appartient au patrimoine culturel chinois et ne peut quitter le pays sans autorisation. Dans ce cas, puisque les bijoux sont manifestement d'origine européenne, j'ai pu les persuader de négocier. Je me suis rendue à Shanghai, et les choses se passaient bien jusqu'à il y a de cela quelques jours quand les bijoux et un fonctionnaire du ministère de la Culture de Shanghai ont disparu.

– Le fonctionnaire s'est fait la malle avec les bijoux ?

– Comment suis-je censée le savoir ? dit-elle, le regard pétillant. Mais j'ai des raisons de croire que Wong Pan – c'est son nom, voici sa photo – est arrivé à New York il y a deux jours, ajouta Alice en nous tendant la photo d'un homme au visage rond.

– Les bijoux ont-ils beaucoup de valeur ? voulus-je savoir.

– En tant que tels, non. Chaque pièce vaut probablement entre vingt mille et quarante mille dollars. Mais pour un bureaucrate chinois, on comprend que cela soit tentant. Pour mes clients, bien évidemment, ces bijoux n'ont pas de prix.

« Maintenant, vous comprenez pourquoi j'ai besoin de vous deux. Si je devais essayer de vendre des bijoux anciens à New York, je me rendrais dans le quartier des diamantaires », expliqua Alice en adressant à Joel un hochement de tête.

À New York, le quartier des diamantaires de la 47e Rue est le territoire quasi exclusif des juifs orthodoxes.

« Sauf peut-être si vous étiez chinoise, dis-je, comprenant où Alice voulait en venir.

– Exactement. Dans ce cas, j'essaierai peut-être Canal Street, même si, d'après ce que j'ai compris, les antiquités ne sont pas la spécialité du quartier.

– Non, les magasins du quartier font plus dans les bijoux neufs. Cela dit...

– Oui, exactement. Aussi, j'aimerais que vous montriez ces photos autour de vous pour voir si quelque chose a fait surface.

– Et si c'est le cas ? demanda Joel en examinant les photos.

– Si vous découvrez que quelqu'un a acheté l'un de ces bijoux, dites à la personne que je suis à New York et que j'aimerais les récupérer. Entre nous, la famille est prête à racheter les bijoux pour éviter des complications sans fin. Vous pourriez faire valoir que je ne suis pas le bras de la justice chinoise.

– Et si nous avons une piste concernant le bureaucrate ? Ce fameux Wong Pan ?

– S'il est toujours en possession des bijoux, je serai prête à traiter avec lui. L'idée que quelqu'un tire profit d'une combine pareille ne m'emballe pas, mais moi, ce qui m'importe, ce sont les biens. Maintenant, ajouta Alice en se calant sur sa chaise, il faut que je vous dise : j'ai une autre raison, plus personnelle, de m'intéresser à cette affaire. Je suis née à Shanghai. Pendant ces années-là. »

Joel fit son numéro d'homme galant.

« Comment est-ce possible ? Quelqu'un d'aussi jeune que vous ?

– Vous êtes adorable de mentir. Mes parents étaient des missionnaires américains. Nous avons passé deux ans et demi dans un camp d'internement japonais après l'attaque de Pearl Harbor. J'étais très jeune, bien sûr – à l'époque, dit-elle en souriant. Je me rappelle surtout le camp, pas la ville de Shanghai elle-même, et mes souvenirs ne sont pas particulièrement plaisants. Cela dit, quand cette affaire s'est présentée, j'ai vraiment eu envie de m'en charger. Comme si, d'une certaine façon, elle pouvait m'aider à me réconcilier avec cette expérience, ne serait-ce qu'un tout petit peu. Je ne suis pas sûre que tout ça soit très logique.

– Moi, je trouve que si », dit Joel.

Personnellement, je doutais que l'on puisse se réconcilier avec ce genre d'expérience, mais je gardai cela pour moi.

Nous reprîmes du thé et du café tandis que la conversation s'orientait sur le sujet de la rémunération, des frais et des comptes rendus à fournir. Alice était la cliente de Joel, et il prit les négociations en main, ce qui m'allait très bien. J'écoutai, ajoutai mon grain de sel quand ce fut nécessaire en essayant de ne pas succomber au mélange hypnotique que formaient le décalage horaire et l'ambiance du Waldorf.

Enfin, les chèques d'avance sur honoraires et les reçus ayant été remplis et distribués, Alice annonça : « Je vais vous demander de m'excuser. Ce vol depuis Shanghai a été long, et mon pauvre corps n'est pas très sûr de quel jour nous sommes, et encore moins de l'heure qu'il est. Et, puisque je me trouve à New York, j'ai prévu des réunions avec des clients au cours des quelques jours à venir. Lydia, vous rentrez à peine de Californie, n'est-ce pas ? Vous avez, vous aussi, certainement hâte que ce rendez-vous se termine ? »

J'essayai de m'en défendre, mais elle n'était pas dupe.

« Je vais monter dans ma chambre et vous laisser commencer votre travail. Merci. »

Joel et moi, nous nous levâmes pour échanger avec Alice une poignée de main et la regarder traverser le hall.

« Alors, Chinsky, prête à faire ton numéro de fin limier ? me demanda Joel.

– Bien sûr. Merci d'avoir fait appel à moi.

– Chinsky, en tant que détective chinoise, tu es en haut de ma liste. Elle est courte, d'accord, mais quand même.

– Ça alors ! Je te remercie. »

Je m'étais déjà éloignée de quelques pas quand je me rendis compte que Joel regardait toujours fixement l'ascenseur en se mordillant la lèvre inférieure.

« Qu'est-ce qu'il y a ?

– J'en sais rien. J'ai l'impression qu'il y a un truc qui cloche.

– Quoi ?

– *Primo*, elle est *goy*[1]. Ses parents étaient missionnaires. *Deuzio*, elle fait un drôle de métier pour une *goy*, le recouvrement de biens spoliés.

– Elle s'est peut-être convertie.

– Fais-moi confiance sur ce coup-là, *bubbaleh*[2], dit Joel en me jetant un regard plein de pitié.

---

1. Mot yiddish signifiant « quelqu'un qui n'est pas de confession juive ». *(Toutes les notes sont de la traductrice.)*

2. « Mon petit », « ma chérie ».

– D'accord. Mais quoi alors ? Il doit y avoir de l'argent à la clé. Elle doit certainement toucher un pourcentage ou un truc comme ça.

– Si elle trouve quelque chose. Et elle doit être sous contrat dans le cas contraire. Mais c'est frustrant. Comme elle l'a dit elle-même, on a perdu la trace de la plupart des biens. Quand on la retrouve, il faut des années avant de pouvoir prouver à qui ils appartiennent. La moitié du temps, on n'y arrive pas et on ne récupère pas les biens du client. Tous les gens que je connais et qui font ce boulot le voient comme une vocation religieuse.

– C'est vrai qu'elle donne cette impression.

– Oui. La question, c'est pourquoi ?

– Parce que ses parents étaient missionnaires ? »

Joel roula des yeux. Nous nous dirigeâmes vers la sortie.

« En parlant de boulot, comment va ton partenaire ? me demanda Joel l'air de rien.

– Qu'est-ce que tu peux être lourd, Pilarsky. Je ne l'ai pas vu depuis un moment. J'étais en voyage, ajoutai-je, comme si c'était une explication suffisante.

– Hum. J'ai entendu dire que vous aviez des problèmes tous les deux.

– Ah bon ? Où ça ?

– Quelque part. C'est vrai ?

– Pourquoi ? Tu veux t'associer à l'un de nous deux ?

– Avec toi, sans hésiter. Personne ne pourrait nous arrêter. Une jolie petite nana chinoise et un gros *alte kacker*[1] juif, les clients se bousculeraient au portillon. Non, sérieusement, c'est juste que vous bossez bien ensemble. Ça court pas les rues ce genre de chose. »

De la part de Joel, c'était faire preuve d'une étonnante sensibilité, mais je n'avais pas envie d'insister.

« Il pense que je suis mieux sans lui, on dirait.

– Qui lui a demandé son avis ?

1. « Vieux con » en yiddish.

– Certainement pas moi. Écoute, c'est important ? Est-ce que ça a un rapport avec cette affaire ? »

Joel sourit et soudain, hurla :

« *You're nothing without me!*

Without me you're nothing at all...

– Non ! » m'écriai-je en me bouchant les oreilles.

« Quoi ? lui demandai-je quand il se fut tu.

– *City of Angels*. Coleman et Zippel. La dernière des grandes comédies musicales de Broadway qui a pour héros un détective privé, en plus ! Tu devrais la voir, Chinsky.

– Où est-ce qu'elle se joue ?

– Nulle part. Plus depuis des années.

– Je fais comment pour la voir, alors ?

– C'est ton problème, ma cocotte. T'as besoin de quelque chose avant qu'on s'y mette ?

– Non, ça va, soupirai-je.

– D'accord, dit Joel avec un sourire béat. Va t'amuser. »

2

Il était trop tard pour me mettre à écumer les bijouteries de Canal Street sur le chemin du retour ; le temps que j'arrive en ville, elles seraient toutes fermées. J'étais tentée de rentrer me coucher. Cela dit, si j'allais me coucher maintenant, je me réveillerais d'un coup quelques heures plus tard et passerais le reste de la nuit à contempler le plafond.

Je pris le chemin du dojo. J'avais fait de l'exercice en Californie mais ça ne risquait pas d'impressionner Sensei Chung. Tout ce qu'il savait, c'est que j'avais été absente pendant un mois. J'enfilai ma tenue, fis mes étirements et proposai de faire répéter leurs enchaînements à un groupe d'élèves plus jeunes. Sensei s'inclina et accepta ma proposition. Je travaillai avec les gamins pendant quarante minutes jusqu'à ce que nous soyons eux et moi en nage et à bout de souffle. Puis Sensei les laissa partir et sourit, prêt à me montrer pourquoi ce n'était pas une bonne idée de disparaître.

Je rentrai chez moi suffisamment épuisée pour avoir bon espoir de m'endormir et de me recaler sur l'horaire de

New York. Je trouvai ma mère devant un feuilleton sur la chaîne cantonaise du câble.

« Oh, tu dînes à la maison ? demanda-t-elle innocemment. Je crois qu'il y a des légumes. » En jetant un coup d'œil dans la cuisine, j'aperçus une montagne de poulet, de brocoli, de poivron et de gingembre découpés et prêts à passer à la sauteuse.

Il y a des fois où ce genre de truc prévisible me fait sortir de mes gonds. Ma mère et moi avons conclu le marché suivant : tant qu'elle vivra ici, je resterai avec elle pour qu'elle ne soit pas seule ; mais elle n'a son mot à dire ni sur mes allées et venues ni sur le fait que je rentre dîner ou pas.

Mais, après tout, j'avais passé un mois en Californie. Et en plus, je mourais de faim.

« Ma, ça a l'air génial. Je me change et je prépare à manger.

– Le poulet est sec quand c'est toi qui le fais cuire. Va prendre une douche. Le dîner sera prêt quand tu auras fini. »

Ce qui voulait dire qu'elle avait déjà fait cuire assez de riz pour deux.

Propre, sèche et rassasiée – il faut bien avouer que ma mère est une excellente cuisinière –, j'allai me coucher ridiculement tôt.

Quelle erreur. Le cours particulier de Sensei Chung et le poulet aux légumes sautés de ma mère n'étaient pas de taille face au décalage horaire, et même si je m'endormis avant de poser la tête sur l'oreiller, à minuit, comme prévu, je contemplais le plafond.

J'essayai de respirer profondément, de prendre de l'Advil, de compter les moutons et tout ce qui me passa par la tête, mais le sommeil m'échappait, tel un galet ricochant à la surface de l'eau. Vers deux heures, j'abandonnai. J'allumai la lumière en quête d'une occupation.

L'image de la pierre ricochant sur l'eau me fit penser à un vaste océan, puis à un paquebot. Je regardai les photos posées sur mon bureau : les bijoux, Rosalie et Paul Gilder,

Wong Pan. Je relus la lettre. Je me demandais s'il y en avait d'autres au musée du Judaïsme. Je me demandais ce qu'étaient devenus Rosalie et son frère. Ça n'avait pas de rapport direct avec l'enquête que l'on m'avait confiée, mais je me posais la question.

Ah, la magie de ce que ma mère appelle l'Interweb ! En tapant « Rosalie Gilder » sur le site du musée du Judaïsme, je tombai sur Shoah/Survivants/Documents/Shanghai/Gilder.

Rosalie Ruchl Gilder. Salzbourg-Shanghai à bord du Conte Biancamano, *avril 1938, âgée de 18 ans. Accompagnée de son frère Paul Chaim Gilder, 14 ans. Lettres à sa mère Elke Chana Gilder, 1938-1941. Acquises en 1967. Rédigées en allemand. Traductions anglaise et française disponibles.*

Il existait quinze autres lettres. Je cliquai sur « traduction » puis hésitai. Lire les lettres de quelqu'un d'autre ? Ça me dérangeait. *Mais il s'agit de documents historiques,* me dis-je. Qui figurent dans la collection d'un musée. Oui, mais elles n'ont pas été écrites dans ce but. Une jeune fille les a écrites à sa mère qu'elle ne devait jamais revoir.

Au bout du compte, ma curiosité l'emporta sur mes scrupules. C'est l'une des choses que Bill a toujours aimées chez moi. Même si je ne voyais pas du tout pourquoi j'aurais dû me soucier de ce que Bill pensait de moi maintenant qu'on ne se parlait plus.

J'imprimai la traduction de la première demi-douzaine de lettres et me pelotonnai avec dans mon lit.

18 avril 1938

Ma très chère maman,

Cette lettre sera de la plus grande brièveté car la navette part bientôt avec le courrier des passagers. Mais je ne puis rater l'occasion de te décrire la scène que nous contemplons : nous avons fait escale à Port-Saïd et le soleil couchant baigne d'une lueur dorée la chaîne du Sinaï ! En compagnie de nombreux compatriotes juifs, je m'appuie au bastingage, bouleversée par ce spectacle. Paul se moque de moi, sa sceptique de sœur ; et, honnêtement, je ne sais pas du tout lequel parmi les sommets que nous contemplons peut bien être le mont Sinaï. Paul non plus, du reste. Ni aucun des membres d'équipage, bien qu'ils aient déjà fait le voyage.

Soit dit en passant, l'équipage se montre des plus respectueux envers nous. Un steward italien m'a confié dans un allemand approximatif, mais qui venait du cœur, qu'il était heureux d'être en mer. Car la terre, « elle est devenue complètement folle ! » pour reprendre son expression. Cette cordialité s'étend au mécanicien de bord, un Bavarois. Il paraît amusé par la fascination de Paul pour les machines et se réjouit d'avoir quelqu'un avec qui en discuter en allemand. Il l'a invité à visiter la salle des machines quand il le voudra. L'attitude de ces personnes me fait espérer que le vent de folie qui balaie l'Europe se calmera bientôt.

Mais, d'ici là, et malgré l'agacement que je ressens à la lecture des fables les plus ridicules et des injonctions les plus bornées du Talmud, appuyée au bastingage en compagnie de mes compatriotes réfugiés, je le crie haut et fort : je suis juive.

Ta Rosalie

Vas-y, ma fille, pensai-je. Je me pelotonnai un peu plus sous ma couverture et passai à la lettre suivante.

23 avril 1938

Ma très chère maman,

J'espère que vous vous portez toujours bien oncle Horst et toi et que vous vous hâtez en ce moment même vers Trieste pour embarquer à bord d'un paquebot ! Paul me fait remarquer que, si c'est le cas, bien évidemment, cette lettre ne vous parviendra pas. Mais cela ne me dérange pas de l'avoir écrite en vain si cela signifie que nous serons bientôt réunis. J'aurai plaisir à me répéter tandis que nous prendrons le café, ou le thé aux arômes floraux que boivent les Chinois.

Mais tu te demandes comment je puis te parler du thé de Chine alors que nous sommes encore à trois semaines des côtes de ce pays ? Maman, j'ai fait la rencontre la plus fascinante qui soit ! Voici ce qui s'est passé :

Comme je te l'ai écrit, la plupart des passagers sont comme nous des réfugiés en route pour l'Orient, sans plus d'expérience ni connaissance de l'endroit que nous. Il y a beaucoup de familles avec enfants qui, grâce à leur enthousiasme naturel, considèrent ce voyage comme une grande aventure. Cela m'est égal – à vrai dire, je trouve leur gaieté rassurante – mais tous les passagers ne partagent pas mon sentiment.

Il y a aussi à bord une douzaine de Chinois qui rentrent chez eux. Ils ressemblent à l'illustration de cet adorable recueil de poésies, même si leur teint pâle et leurs yeux bridés leur donnent un air encore plus élégant et remarquable. Les deux plus âgés sont vêtus de longues robes sombres, les autres portent des complets mais n'en restent pas moins extrêmement exotiques et j'ai dû fermement interdire à Paul de les dévisager.

Ce matin, alors que j'étais assise sur le pont avec un roman emprunté à la bibliothèque du bateau – elle est assez imposante, maman, et on y trouve des livres dans tant de langues différentes ! –, j'ai vu un jeune homme chinois se mettre à dos une bande de garçons qui jouaient à la balle. Presque renversé dans la bousculade, il leur reprocha à grands cris d'être mal élevés et d'avoir des manières déplorables et ajouta qu'ils devraient avoir honte de déshonorer leur famille ainsi.

Faisant preuve de ma retenue habituelle, il ne me fallut que quelques secondes pour bondir. C'était lui qui aurait dû avoir honte d'effrayer de petits enfants, tempêtai-je. Il fit volte-face, doigt levé pour me gronder, puis s'arrêta, comme troublé. Puis il sourit, maman, et s'inclina devant moi, très bas à la manière des Orientaux !

« Eh bien, dit-il, j'avais l'impression qu'à l'exception de mes compatriotes, les passagers de ce bateau étaient pour la plupart Allemands ou Autrichiens. Je suppose qu'il va falloir que je fasse attention à ce que je dis. »

Ce n'est qu'alors que je me rendis compte avec étonnement de ce qu'il avait tout de suite remarqué : nous nous exprimions tous les deux en anglais.

« Je le crois oui, si vous avez l'intention de continuer à admonester les enfants », répondis-je en me redressant de toute ma hauteur, comme si converser en anglais avec un Chinois sur un paquebot italien fendant les flots de la mer Rouge était quelque chose de tout à fait ordinaire. « Vous devriez peut-être au moins songer à les insulter dans votre langue maternelle pour qu'ils apprennent quelque chose qui leur sera utile dans leur pays d'adoption. »

À ces mots, il sourit de nouveau mais, l'air interrogateur, voulut savoir de quel pays je parlais. Quand je lui dis que nous allions à Shanghai, il eut l'air sincèrement surpris.

« Madame, Shanghai est sous occupation japonaise. La guerre civile fait rage dans les campagnes, et les étrangers prennent d'assaut tout ce qui flotte pour quitter la Chine. Je croyais que les passagers de ce bateau fuyaient l'oppression, mais choisir Shanghai pour pays d'adoption paraît étrange.

– Choisir, dites-vous ? Nous sommes juifs, monsieur : nous n'avons pas le choix ! Dans les pays que nous fuyons, on nous pourchasse, on confisque nos biens, on nous jette derrière les barreaux. C'est volontiers que nous accepterions l'exil auquel nous sommes

condamnés, mais nous ne sommes nulle part les bienvenus, sauf à Shanghai ! Ces enfants, dis-je en les désignant de la main, quittent leur foyer, leur famille et leurs amis pour un endroit inconnu où la langue, les rues, la nourriture même leur seront complètement étrangères. Pourtant, ils rient et jouent. Et vous osez leur en faire le reproche ! »

Parvenant enfin à reprendre les rênes de ce cheval sauvage qu'est mon caractère, je me sentis rougir jusqu'aux cheveux, consternée par mon effronterie.

L'homme m'observa, le visage grave. Il me demanda s'il n'existait vraiment aucune autre terre d'accueil pour nous. « Je pensais que Shanghai n'était qu'un port de transit, remarqua-t-il, une étape sur la route menant à un endroit plus hospitalier. »

Surprise par l'émotion dans ma voix, je lui fis remarquer que personne au monde ne faisait preuve d'hospitalité à l'égard des juifs.

Il me dévisagea encore un court instant avant de se tourner vers les garçons témoins de la scène, partagés entre frayeur et fascination. Il s'inclina – les enfants reculèrent d'un pas, comme effrayés de ce qui pourrait arriver ensuite ! – et me demanda de leur transmettre ses excuses. Je leur expliquai en allemand qu'ils pouvaient poursuivre leurs jeux, mais en faisant attention de ne pas déranger les autres passagers avant de les chasser.

L'homme se tourna de nouveau vers moi et sourit une fois de plus. « Je m'appelle Chen Kai-rong. Chen est mon nom de famille, donc si nous devons être amis, il faudra m'appeler Kai-rong. Je serais honoré que vous preniez le thé en ma compagnie. »

Et c'est comme ça maman, que j'ai appris à connaître le thé de Chine !

Je regagnai ma chaise longue. M. Chen Kai-rong s'installa lui aussi et s'adressa à un steward. Alors que nous attendions notre thé, il jeta un coup d'œil à mon livre. Je lisais Thomas Hardy pour améliorer mon anglais ; il me demanda si c'était un de mes auteurs préférés. Quand je lui dis que M. Hardy était plutôt sombre à mon goût, il en convint et voulut savoir quel auteur de langue anglaise j'appréciais.

Et là, tu vas rire, maman, parce que « William Shakespeare » est le premier nom qui m'est venu à la bouche. Dire que tu étais au désespoir parce que je dévorais Wilkie Collins alors que la poussière s'amassait lentement sur Le Roi Lear *et que, aujourd'hui, j'ose raconter un tel bobard à un inconnu sur le pont d'un bateau ! Mais ce gentleman se meut avec une telle grâce, maman, son anglais est d'une telle qualité, et ses manières si raffinées que j'avais envie de lui faire bonne impression.*

Je lui demandai alors s'il y avait un auteur anglais qu'il admirait particulièrement, ce à quoi il répondit P. G. Wodehouse. Connais-tu cet auteur, maman ? Moi, je ne le connais pas, ce que je lui ai dit. Voici sa réponse : « Eh bien, je vous le recommande. Je crois que vous le trouverez à votre goût. » Plus tard, j'ai cherché les livres de M. Wodehouse dans la bibliothèque du bateau, mais ils n'y figurent pas.

Notre plateau est arrivé, sans lait, ni sucre, ni citron. Les gâteaux qui l'accompagnaient m'étaient complètement inconnus. M. Chen Kai-rong m'a recommandé de faire tourner la tasse pour libérer l'arôme du thé, comme nous le faisons avec le vin. La couleur dorée du thé et sa saveur sucrée m'ont plu, et j'ai découvert qu'il était délicieux, même si j'ai eu plus de mal à apprécier les gâteaux.

« Peu importe, dit-il. Désormais, au moins, la nourriture chinoise ne vous est pas complètement inconnue. » À ces mots, je ne pus contenir un sourire, même si je m'efforçai de le dissimuler.

« Quant à moi, poursuivit-il, je dois avouer ma faiblesse pour votre tarte à la confiture, votre fameuse Linzer Torte. *Dites-moi, mademoiselle Gilder, tous les juifs ont-ils des opinions aussi tranchées et sont-ils aussi directs que vous ? Si c'est le cas, Shanghai peut s'attendre à connaître bientôt une certaine frénésie.*

– Nous avons effectivement des opinions tranchées, répondis-je. Mais vous vous apercevrez, je pense, que la plupart des réfugiés sauront mieux tenir leur langue que moi. Veuillez accepter mes excuses, je n'avais aucun droit de vous parler ainsi. Et si nous sommes amenés à poursuivre nos conversations et même, comme vous le suggérez, à devenir amis, et si je dois vous appeler Kai-rong, appelez-moi donc Rosalie. »

Il hocha gravement la tête comme si je venais d'énoncer les termes d'un traité politique. « Eh bien, Rosalie, j'ai une dette envers ces jeunes vandales, semble-t-il. S'ils n'avaient pas tenté de me piétiner, je n'aurais pas découvert le plaisir de votre compagnie. Cependant, à mon grand regret, je dois maintenant me rendre à un rendez-vous. » Il se leva et s'inclina pour prendre congé.

« Je vous en prie, monsieur, attendez », m'exclamai-je avant qu'il ait pu faire deux pas. Quand j'y pense à présent, mon audace me fait rougir mais, maman, pendant la demi-heure passée en sa compagnie à prendre le thé, et pour la première fois depuis que le train avait quitté la gare de Salzbourg, je n'avais pas eu peur. Tu comprends ? Je m'efforce tellement d'être courageuse, de m'occuper de Paul et d'être responsable et vraiment, maman, je me débrouille bien, sois-en convaincue, je t'en prie. Mais ce court moment passé en compagnie d'un homme qui n'est ni un réfugié terrifié ni chargé de terrifier les réfugiés – j'avais presque oublié ce que c'était d'avoir une conversation, de parler de choses qui sortent du domaine de la peur, de la solitude

et de l'horreur de notre situation. Aussi ai-je retenu M. Chen Kai-rong, et quand il s'est promptement tourné vers moi, il fallait bien que j'aie quelque chose à dire ! « Monsieur ? ai-je bredouillé, mon jeune frère et moi nous rendons seuls en Chine sans plus de connaissances que ce que nous avons pu glaner dans un livre de poésies pour enfants. J'apprécierais beaucoup que vous acceptiez de me parler de votre pays pour que je ne passe pas pour un véritable cancre à mon arrivée. »

Il sourit.

« Je crois, Rosalie, que vous ne risquez pas de passer pour un cancre. Mais je serais honoré de vous parler de mon pays. Prendrez-vous de nouveau le thé en ma compagnie demain après-midi ? Je peux m'arranger pour prévoir la présence d'une bande d'enfants turbulents armés de jouets dangereux si cela peut vous convaincre.

– Je n'ai pas besoin de l'être », répondis-je, et l'affaire fut conclue.

Alors, maman, comme le dit l'expression, je ne tarderai pas à connaître la musique. J'ai hâte d'apprendre, mais plus encore de passer une demi-heure en la compagnie d'une personne dont la présence me fait oublier que j'ai peur.

Porte-toi bien, maman, et viens vite !

Ta Rosalie

En posant les documents imprimés sur ma table de chevet, j'eus l'impression de sentir le vent salé. Je me demandais quel genre de thé Rosalie et Chen Kai-rong avaient bu : fleur d'osmanthus ? Chrysanthème ? Et le paquebot italien transportait-il une réserve de thés de ce genre pour les passagers chinois ou Chen Kai-rong avait-il apporté sa propre provision à bord ? Il avait peut-être une boutique préférée en Europe où il achetait son thé chinois qu'il ramenait maintenant chez lui ?

Je m'endormis et rêvai d'océans.

3

« Tu as bien dormi », me dit ma mère sur le mode déclaratif, pas interrogatif.

Elle passe elle aussi des nuits agitées. Il était tout à fait possible qu'elle ait vu de la lumière sous ma porte à deux heures du matin et fasse ostensiblement semblant du contraire. Au lieu de me lancer là-dedans, je me versai une tasse de thé et appelai Mary, ma meilleure et plus vieille amie.

« Lydia ? Tu es revenue ?

– Presque à cent pour cent. Tu as le temps de déjeuner aujourd'hui ?

– Je travaille de huit à seize mais je m'arrangerai. Ma victime ne risque pas d'être plus morte après déjeuner que maintenant.

– Tu t'occupes d'un homicide ? » m'étonnai-je.

Mary Kee est détective au commissariat du cinquième district. Sa spécialité, c'est tout ce qui est extorsions de fonds, vols et agressions mais les commissariats confient en général les homicides aux brigades de spécialistes du NYPD, le New York Police Department.

« Pas exactement. Un Asiatique anonyme est mort dans un hôtel de Times Square. Mauvaise dentition, ni argent ni papiers, c'est peut-être un clandestin. La brigade homicide a demandé à quelqu'un d'ici de les aider à l'identifier. Le commissaire n'est pas très chaud, mais il n'a pas pu refuser.

– Pas très chaud ? Pourquoi ?

– Il trouve que les types de la brigade spéciale se la jouent. Surtout ceux de la brigade homicide de la 35e Rue. Ils ne savent pas collaborer.

– Rivalités fratricides au sein du NYPD ? Je suis choquée et atterrée. Bon, apporte la photo de ton inconnu, je le connais peut-être.

– D'accord. Lydia, ça fait tellement longtemps que tu es partie, ça m'étonne que tu sois encore capable de te repérer dans le coin.

– Bon sang de bonsoir, ça fait un mois ! On dirait ma mère.

– Quoi ? Je retire ce que je viens de dire. À tout à l'heure. »

Je fis la vaisselle et m'habillai pour passer la journée à battre le pavé. À la réflexion, je glissai dans mon sac les lettres de Rosalie Gilder que j'avais imprimées la veille mais n'avais pas encore lues. Et puis je sortis vérifier si j'étais oui ou non encore capable de me repérer dans le coin.

Une foule de Chinois pressés et de touristes en balade se massaient sur les trottoirs colorés, écrasés par la chaleur torride. Je longeai des étals où des dizaines d'espèces de poissons étaient disposées dans des glacières, d'autres débordant de légumes et des vitrines de restaurants dans lesquelles pendaient des poulets luisants. En voyant six files de voitures immobilisées dans un charivari de klaxons, je sus que j'étais dans Canal Street.

Canal Street, qui court d'est en ouest dans le bas de Manhattan, marquait autrefois la frontière de Chinatown, mais tout ça, c'est du passé. Grâce aux vagues d'immigration de ces vingt dernières années, Chinatown s'est étendue vers le nord dans ce qui était autrefois Little Italy, et vers l'est dans l'ancien quartier juif du Lower East Side. Chinatown flirte aussi avec les rues de l'ouest et se fond dans TriBeCa et SoHo, faisant se côtoyer nouveaux arrivants et gens ultrabranchés en un drôle de mélange.

Je passai en revue les devantures scintillantes de l'allée des bijoutiers le long de Canal Street. Comme l'avait remarqué Alice Fairchild, on ne fait pas dans les pièces anciennes par ici. Les Chinois accordent beaucoup de valeur aux pièces anciennes, mais en général, nous aimons bien savoir où nos objets ont passé, disons, les cinq cents dernières années. Acheter des objets à des inconnus comporte un risque : à moins de savoir ce qui est arrivé au propriétaire d'origine, et d'être sûr que cela ne le dérangeait pas de se défaire dudit objet, il risque de vous porter malheur.

Les Occidentaux ne semblent pas partager ce sentiment, et certaines des boutiques de la 47e Rue vendent des pièces magnifiques. Mais un bureaucrate de Shanghai en cavale souhaiterait certainement éviter les kippas et les manteaux noirs du quartier des diamantaires pour proposer ses biens usurpés à quelqu'un qui serait sur la même longueur d'onde que lui.

Littéralement.

Si l'on fait abstraction des nouveaux arrivants venus d'autres régions chinoises, une grande partie des habitants de Chinatown est encore cantonaise. Y compris la plupart des bijoutiers. Wong Pan, fonctionnaire du gouvernement, venait de Shanghai. Le dialecte de Shanghai devait être sa langue maternelle, et il devait parler le mandarin par nécessité. Ce qui ne voulait pas dire qu'il ne serait pas prêt à faire des affaires avec un bijoutier cantonais, et c'était possible en passant par l'écrit, mais j'étais prête à parier qu'il s'adresserait d'abord à ses compatriotes.

Comment s'y prendrait-il pour les trouver ? En arpentant les rues, c'était le plus vraisemblable. Il irait de boutique en boutique en demandant quel dialecte parlait le propriétaire. Mais comment allais-je m'y prendre moi pour les trouver de sorte à annuler les deux jours d'avance de Wong Pan ? C'était ça la vraie question.

Je pris vers l'est et la boutique Golden Dreams.

« Ling Wan-ju ! » Mme Chan, l'amie et rivale de ma mère, me sourit depuis son perchoir, derrière une vitrine renfermant des bracelets de jade. Dans un coin, les volutes de fumée d'encens tourbillonnaient depuis l'autel dédié au général Kung Ming.

« Bonjour, ma tante, la saluai-je en cantonais tout en prenant ses deux mains potelées dans les miennes. Comment vas-tu ?

– Pour une vieille, je vais bien, merci. Tu as une mine superbe ! La Californie a dû te réussir. Je comprends que tu aies prolongé ton séjour. »

Mme Chan et ma mère avaient cousu côte à côte dans l'usine de M. Leng pendant toute mon enfance. Si ma mère devait se plaindre à quelqu'un de mon absence, c'était bien à Mme Chan. Évidemment, elle avait sans doute dû lui dire à quel point ma présence était indispensable à mes cousins, et à quel point ils avaient encore plus besoin de mon aide, même après le mariage, que nous ne l'avions escompté pendant mes préparatifs.

« Je me suis bien amusée, ma tante, mais je suis contente d'être rentrée. » Je savais qu'elle répéterait tout à ma mère, et c'est ce que je voulais. Inutile qu'elle reste debout toute la nuit, inquiète à l'idée que je déménage. « Ma tante, j'ai besoin de ton aide. C'est professionnel. »

Les joues de Mme Chan se creusèrent de rides quand elle sourit. « Bien sûr ! » s'écria-t-elle en se redressant. Par loyauté, la plupart des amies de ma mère désapprouvent ma profession mais Mme Chan est différente. Elle regarde beaucoup de feuilletons policiers à la télé et apprécie l'idée que je lutte contre le crime.

« Ma tante, j'ai besoin de trouver des bijoutiers qui parlent mandarin ou le dialecte de Shanghai. Tu en connais ?

– Oh, je ne sais pas si je peux t'aider. J'ai tellement de travail ici à la boutique que je n'ai pas de temps à perdre à cancaner avec les autres bijoutiers. »

Ayant établi sa bonne foi, elle poursuivit. « Bien sûr, M. Lee chez Canal Diamonds est de Pékin. Et le vieux Wong chez Harmony Jewelers parle une douzaine de dialectes. Il ferait n'importe quoi pour une vente, ce vieux-là. Le mari de Yang Nuan-yi est de Shanghai, alors, elle a peut-être appris son dialecte. Ou peut-être pas. Si c'était mon mari, je serais contente d'avoir une excuse pour ne pas lui parler. M. Chen de chez Bright Hopes est de Shanghai mais cela fait des années qu'il vit ici. » Elle continua sur sa lancée pendant cinq bonnes minutes. Je fis une liste en excluant les remarques personnelles.

« Merci, ma tante, lui dis-je quand elle finit par caler. Merci de m'avoir consacré ton temps dont je ne vais pas abuser. Mais j'imagine que tu as envie de savoir pourquoi je te pose cette question, non ?

– Oh ! ça ne me regarde pas. »

Son regard irradiait l'innocence, mais, pour parer un coup de téléphone compatissant à ma mère concernant la difficulté qu'il y avait à vivre avec une fille toujours trop pressée pour faire preuve de la plus élémentaire des courtoisies, je lui montrai les photos des bijoux et de Wong Pan. Elle fit non de la tête. « Mais je t'appellerai sans délai si je le vois », m'assura-t-elle, radieuse à l'idée de soutenir les efforts de la justice.

Je consacrai le reste de la matinée à passer en revue la liste de Mme Chan. Je montrai les photos et m'émerveillai de la créativité dont font preuve les gens pour dire non. J'étais arrivée simultanément à mi-chemin de la liste et de la rue sans être plus avancée pour autant quand il fut temps de faire une pause et d'aller retrouver Mary pour le déjeuner.

Je me rendis dans notre salon de thé taïwanais préféré et m'installai à une table près de l'entrée. J'avais quelques minutes d'avance, et comme Mary travaillait, elle était susceptible d'être en retard. Je faillis commander du thé noir mais l'odeur délicieuse de la fleur d'osmanthus me parvenait de la table voisine où un vieil homme faisait tourner une théière pour libérer les arômes de son thé. Je commandai la même chose et tirai de mon sac la lettre suivante de Rosalie Gilder.

28 avril 1938

Ma très chère maman,

Je t'écris pour te dire à quel point tu dois être fière de Paul. Non qu'il ait troqué ses blagues et son impatience pour une sobriété plus respectable. Rester assis pendant une heure au dîner est encore trop pour lui. Il est toujours aussi difficile de le convaincre de lire un livre s'il ne s'agit pas d'un aride recueil scientifique ; heureusement, il a la possibilité de mettre son anglais à l'épreuve grâce à des merveilles telles que Résistances capacitives : conception et utilisation, *emprunté à la bibliothèque du bateau. Et partager une cabine avec lui signifie devoir lui rappeler sans cesse de plier ses vêtements ou de passer la serpillière dans les toilettes.*

Mais ce sont là de petites contrariétés, et j'ai honte de penser qu'elles ont pu un jour m'exaspérer. Nos compagnons réfugiés nous font part d'histoires tellement tragiques ! Ursula Krause, une fille de mon âge, originaire de Berlin, se rend seule chez son oncle à Shanghai. Son père et son frère ont été arrêtés par la Gestapo, et elle n'a plus de nouvelles depuis, si ce n'est un billet que son frère a réussi à lui faire passer la suppliant de fuir tant qu'elle le peut. Maman, cela me glace le sang. Moi, la sceptique de la famille, je me suis retrouvée à dire une prière pour Ursula.

Oh, maman, je ne veux pas te bouleverser. En relisant ce que je viens d'écrire, j'ai failli déchirer cette lettre en mille morceaux. Je t'en prie, crois-moi : nous allons bien et sommes courageux et vivons des aventures ! Mais ne te parler que de ces aventures, des vagues scintillantes et de la brise salée – ces choses sont vraies, bien sûr qu'elles le sont, mais la terrible raison qui nous a conduits sur ce bateau l'est tout autant.

Maman, il faut que je me secoue : assise depuis un moment, je me demande de nouveau si je dois chiffonner cette lettre et la jeter à la mer. Mais non. Nous allons bien, contrairement au monde qui nous entoure. S'il m'est impossible de m'asseoir près de toi pour parler de tout ça, je dois soulager mon cœur en partageant mes pensées en dépit du temps et de la distance.

Je vais donc poursuivre ; j'allais te dire que Paul a développé depuis peu de nouveaux talents et je sais que cela va te faire sourire. Il est devenu un modèle de patience et s'est découvert l'étoffe d'un chef – auprès des jeunes enfants ! C'est comme si le joueur de flûte de Hamelin se trouvait à bord. Où qu'il aille, il est suivi par une file de bébés. Il invente des jeux pour eux, soigne leurs coupures et leurs bleus, leur raconte des histoires fantastiques qu'ils écoutent bouche bée et hilares. Voir les enfants heureux soulage les parents ; ainsi, en laissant libre cours à sa fantaisie habituelle, Paul se rend extrêmement utile. C'est magique, et j'espère, maman, que cela te rend aussi fière que moi.

Je vais te quitter maintenant car je vois M. Chen Kai-rong approcher ; nous devons prendre le thé et commencer mes leçons. Je sens un sourire se dessiner sur mes lèvres. M. Chen n'aurait pas tort de penser qu'il est dû au plaisir de le voir ; mais je souris aussi à l'idée de ton air amusé en lisant ce que je t'ai écrit sur Paul. Et puis il faut que je m'entraîne à sourire en prévision de votre arrivée à Shanghai !

Prends soin de toi, maman.

Ta Rosalie

« Lydia, tu vas bien ? Réveille-toi.

– Quoi ? Oh, Mary, désolée ! m'écriai-je en sautant de mon tabouret pour prendre ma meilleure et plus vieille amie dans mes bras.

– Qu'est-ce que tu lis ? » me demanda-t-elle en se débarrassant de son sac tout en prenant un siège, sa longue tresse oscillant quand elle s'assit.

À l'époque où elle portait un uniforme, elle se plaignait de devoir fourrer ses cheveux sous sa casquette. Comme c'était à peu près la seule chose qu'elle n'aimait pas dans le métier de flic, la vie était belle maintenant qu'elle était devenue détective et travaillait en civil.

« Ça concerne mon enquête. C'est assez triste. » Je lui fis un bref résumé : Alice Fairchild, les réfugiés juifs à Shanghai – dont elle n'avait jamais entendu parler elle non plus, ce qui prouvait que l'on était bien allées à l'école ensemble –, les fouilles et les bijoux ; et Rosalie Gilder qui écrivait à sa mère.

« Ce n'était qu'une gosse qui essayait de se comporter en adulte et de protéger son petit frère, une gamine débordant d'enthousiasme, effrayée, à qui sa mère manquait. Elle n'arrête pas de dire : "J'ai hâte de te revoir." Mais elle ne l'a jamais revue.

– Bon sang. C'est affreux.

– Ça ne date pas d'hier mais ça me révolte : comment ce Wong Pan peut-il oser voler les bijoux de Mme Gilder ? C'est comme s'il les lui avait volés directement.

– Que leur est-il arrivé, à son frère et à elle ?

– D'après Alice Fairchild, ce n'est pas clair. On a perdu la trace de beaucoup de monde après la guerre, je suppose. Mais je sens naître en moi un sentiment... protecteur. Comme si je la connaissais. »

Un jeune serveur branché de Chinatown – mèches teintes en blond, jean noir moulant – apparut. Nous commandâmes des œufs au thé, des brochettes de poulet et de la soupe à la citronnelle.

« On arrête avec le passé déprimant, déclarai-je en repliant les lettres que je fourrai dans mon sac. Parle-moi de ton affaire.

– Y a pas grand-chose à en dire. Le type a été retrouvé mort dans une chambre d'hôtel. Son portefeuille avait disparu. Il a donné le nom de Wu Ming à la réception.

– "Anonyme" en chinois ? Oh, génial, quel humour ! Bon, je te montre le mien si tu me montres le tien. »

Nous échangeâmes nos photos.

Nos proies se ressemblaient dans la mesure où l'on avait affaire à deux Chinois d'âge moyen. Le sien était plus mince, les cheveux courts ; le mien était potelé, les cheveux courts aussi, mais plus gris.

« Le tien a une meilleure tête, remarqua Mary.

– Il est vivant, faut dire.

– Je suppose que c'est un point positif chez un homme. Il est recherché ? Ici, je veux dire ?

– Pas que je sache. En Chine, il est recherché pour s'être enfui en dérobant un bout du patrimoine culturel.

– Désolée, mais s'il n'est pas recherché ici, je ne peux pas faire circuler sa photo pour toi.

– C'est pas grave. Ce n'est pas vraiment lui que je cherche, juste les bijoux. »

On nous servit notre soupe et nous mîmes le travail de côté. Mary me résuma un mois de sa vie, me rapporta les ragots que ma mère n'avait pas eu le temps de me raconter et me demanda des nouvelles de ma famille.

« Mes frères s'en sortent tous bien, chacun à leur façon bizarre, répondis-je. Je suis rentrée depuis moins de vingt-quatre heures, et ma mère me rend déjà dingue. »

Mary m'adressa un hochement de tête compatissant.

« Hier, elle a dit à ma mère que tu avais accepté de travailler avec un type qui t'agace pour éviter de penser à Bill.

– Oh, pour l'amour du ciel ! Pourquoi est-ce qu'elle fait ce genre de truc ? Ça devrait lui faire plaisir.

– C'est ta mère. Tu n'es pas heureuse, elle non plus, même si ce qui te rend heureuse la rend malheureuse. Pourquoi tu n'appelles pas Bill ?

– Il n'a pas envie que je le fasse.

– Et après ?

– Écoute, j'adorerais discutailler de ma vie professionnelle et personnelle tordue, mais j'ai des bijoux à retrouver. Tu n'es pas de service, toi ?

– Oh, bien esquivé. Bon, si tu as envie d'en parler, je suis là. »

Nous rassemblâmes nos affaires et sortîmes exhiber des photos de types qu'on ne connaissait pas dans tout Chinatown.

La journée avançait contrairement à mes recherches. Il se trouve que Yang Nuan-yi avait bien appris le dialecte de son mari, mais la seule personne avec qui elle le parlait ces derniers temps, c'était son mari. Le vieux Wong de chez Harmony Jewelers se rappelait avoir eu une longue conversation avec un habitant de Fujian la veille et le matin même, avait fichu à la porte deux jeunes bons à rien qui parlaient avec cet affreux accent de Macao et faisaient du plat à sa fille, mais tous ses clients les plus récents étaient des Cantonais ou des *lo faan*[1], tout ce qu'il y avait de plus blanc. M. Chen, le patron chenu de Bright Hopes, avait un nez plus pointu que le mien et les yeux plus ronds, d'un marron plus pâle ; il était peut-être *eurasien,* me dis-je, *ou originaire des provinces de l'Ouest.* Mais cela faisait des semaines qu'il n'avait pas eu de clients parlant le shanghaien ou le mandarin, et, tout en glissant les photos des bijoux hors de leur enveloppe pour les lui montrer quand même, je commençais à me dire que, après tout, mon idée n'était pas si intelligente que ça.

En voyant les photos, il blêmit. Sans les quitter des yeux, il tâtonna à la recherche du tabouret posé derrière lui et sur lequel il se laissa tomber lourdement.

« L'homme a volé ce qui apparaît sur la photo ?

– Oui. Mon oncle, vous êtes malade ?

– Où… » commença-t-il.

Son assistante arriva à la hâte mais il la renvoya d'un geste de la main.

« Je vais bien, Irene, dit-il d'un ton bourru. Occupez-vous des clients. »

Le magasin était désert, mais elle comprit et retourna à son poste près de la porte.

1. Terme cantonais péjoratif pour désigner les Blancs.

« Vous avez vu ces bijoux, cet homme ? insistai-je en tapotant la photo de Wong Pan.

– Non, répondit M. Chen en s'épongeant le front avec un mouchoir. J'aimerais... Puis-je vous emprunter ces photos ?

– Ce sont des copies, vous pouvez les garder, mais il faut me dire pourquoi. Quelqu'un vous a-t-il proposé de vous vendre ces pièces ?

– Non.

– Alors...

– Il faut que je vérifie. Je peux me tromper. Je vous ferai signe. »

Le vieil homme se leva en rassemblant toutes les photos sauf une aussi délicatement que s'il s'était agi des bijoux.

« Mon oncle, il faut vraiment me dire ce que vous savez sur ces bijoux. »

Mais M. Chen avait fini de me parler. Il emporta les photos dans son bureau et referma la porte. Je restai seule avec son assistante et le visage en noir et blanc d'un Wong Pan souriant posé sur le comptoir.

4

Ce qu'on appelle un coin tranquille n'existe pas à Chinatown, mais je réussis à trouver un porche abrité d'où j'appelai Joel.

« Hé, Chinsky ! J'espère que la chance te sourit plus qu'à moi.

– Je n'en suis pas sûre. Mais il s'est passé quelque chose de bizarre », déclarai-je.

Puis je lui parlai de M. Chen.

« Manifestement, il sait quelque chose.

– Excellente déduction, mon cher Watson.

– Lâche-moi un peu. Tu vas appeler Alice ? »

Joel garda le silence un moment, et je me demandai s'il se mordillait la lèvre.

« Je ne sais pas.

– Pourquoi ?

– Pourquoi ? Parce que je n'ai rien à lui dire vu que tu n'as pas cuisiné ce vieux.

– Cuisiné ? Il se serait refermé comme une huître si je l'avais cuisiné.

– Et s'il s'était refermé comme une huître, est-ce que tu serais moins avancée que maintenant ?

– Non, mais je serai plus avancée quand il me rappellera.

– Ou alors, tu lui as donné l'occasion de réfléchir, et il ne va pas rappeler, et tu te retrouveras le bec dans l'eau. Exactement comme en ce moment.

– Oh, allez, Joel ! C'est un vieux Chinois. Il était impossible...

– Et toi, tu es une jeune Chinoise qui faisait des politesses. C'est dangereux dans notre branche, Chinsky. Bon, oublie ça. Je vais appeler la cliente, elle verra au moins qu'on se décarcasse.

– J'étais... »

Laisse tomber, Lydia, m'ordonnai-je. *Tant que tu y es, arrête de te dire sans arrêt que Bill, lui, n'aurait jamais osé impliquer que tu avais mal géré un entretien avec un vieux Chinois.*

« Bon et comment ça s'est passé pour toi ?

– Que dalle. Regards vides sur la 47e Rue. Hé, ça ferait un bon titre pour un film de science-fiction. Alors, à part ça, qu'est-ce que t'as fait ? » me demanda Joel d'un ton conciliant.

Bon.

« J'ai lu deux ou trois autres lettres de Rosalie Gilder. Sur le site du musée du Judaïsme.

– Ah bon, pourquoi ?

– Je n'en suis pas sûre. J'avais envie de mieux la connaître, j'imagine.

– Ah, Chinsky. Tu ne changeras jamais. OK, je te rappelle plus tard. »

Après avoir raccroché, je jetai un coup d'œil le long de Canal Street. Ce n'était pas parce M. Chen avait failli faire une syncope en voyant les photos ou parce que Joel m'agaçait que d'autres bijoutiers n'avaient pas vu ces bijoux. Il faudrait continuer, mais ça allait devoir attendre le lendemain. Partout dans la rue, les boutiques fermaient leurs portes.

Le ventre creux, le gosier sec, éreintée, j'allai prendre un bol de soupe aux nouilles chez Pho Viet Huang. Cela m'agaçait de m'être fait remonter les bretelles par Joel et aussi d'avoir la vague impression qu'il avait peut-être raison. Joel Pilarsky et ma mère, tu parles d'une alliance contre nature.

La soupe était pleine de menthe, de germes de soja, de morceaux de bœuf et, après l'avoir avalée, je me sentais beaucoup mieux. J'allai au jardin public, m'installai sur un banc et passai vingt-cinq minutes en audioconférence avec mes frères. Les femmes de Ted et d'Elliot, Ling-an et Li-jane y participaient ; Tony, le petit ami d'Andrew, ne s'en mêla pas et Tim ne sortait pas depuis assez longtemps avec sa petite amie Rita pour qu'elle aille s'embourber dans les histoires de la famille Chin. La conversation concernait ma mère, son séjour à Flushing et comment nous servir de cette expérience pour la convaincre de déménager de façon permanente. Comme d'habitude quand nous discutions de quelque chose tous les cinq, nous ne nous mîmes d'accord sur rien.

« Elle avait besoin de trouver ses marques, il lui faut juste du temps, tel fut le point de vue modéré de Ted.

– Elle avait l'air d'aller bien, remarqua Elliot, médecin aux urgences et qui a tendance à considérer que toutes les émotions ne relevant pas de l'hystérie se ressemblent.

– Elle a aimé le jardin, ajouta Andrew qui avait fait le long trajet jusqu'à Flushing deux ou trois fois au cours du mois que ma mère avait passé là-bas.

– Elle a détesté tout ça, rétorqua Tim qui ne s'était pas déplacé mais que ma mère appelle toujours pour se plaindre de ses quatre autres enfants.

– Lyd ? Quelle impression elle t'a fait quand tu es rentrée ? voulut savoir Andrew.

– Que la seule façon de la faire déménager à Flushing serait de la fourrer dans un carton et de la charger sur un camion. Écoutez, c'est bien d'avoir l'appartement de Ted là-bas, mais je crois que ça va prendre un moment pour la convaincre de déménager.

– Ça te va, à toi ? » demanda encore Andrew.

Ça ne serait pas venu à l'idée de Tim de me le demander, et les autres n'osent pas de peur qu'un jour je dise : « Non, j'en ai marre. »

« En ce moment, elle a l'air déterminée à montrer qu'elle est une colocataire désintéressée qui respecte plus que tout ma vie privée. J'arrive à gérer pour l'instant. »

Aussi, nous décidâmes de ne rien faire, de ne rien dire, de ne rien prévoir. Typique de la famille Chin, ce genre de résultat.

Pour éviter de me mettre Sensei Chung à dos, j'allai au dojo. Quand je rentrai à la maison, ma mère regardait les informations sur la chaîne cantonaise du câble.

« Tu as mangé ? demanda-t-elle en levant les yeux.

– De la soupe. C'est des crevettes que je vois ?

– À faire sauter avec de la ciboule. Elles étaient bon marché. »

C'est ça. Je savais combien coûtaient les crevettes, l'un de mes aliments préférés.

« Je vais découper la ciboule », proposai-je. Il lui fallut sans doute une volonté de fer pour ne pas m'en dissuader.

Au dîner, la conversation tourna autour de mes frères, ma nièce et mes neveux et, de fil en aiguille, de différents cousins dont les exploits, les problèmes ou les coups de chance devaient être débattus. Une fois la vaisselle faite, je fus soudain assommée par le décalage horaire. Je pris un bain aux herbes. En sortant de la salle de bains, à peine capable de garder les yeux ouverts, je trouvai ma mère absorbée par un feuilleton hongkongais qu'elle suivait depuis mon entrée en CP. Il se déroule dans un immeuble de Kowloon, et la distribution a bien dû changer dix fois depuis le début. Je l'embrassai ; elle m'embrassa aussi sans quitter l'écran des yeux alors qu'une porte rouge se refermait sur fond de musique menaçante.

5

Le lendemain matin, je trouvai ma mère en train de coudre une blouse pour Ling-an.

« Tu as passé une bonne nuit ? me demanda-t-elle tandis que je mettais de l'eau à chauffer.

– J'ai fait des rêves bizarres. Je crois que c'est le décalage horaire. Qu'est-ce qui se passe dans *Le Manoir du lac des Nuages* ?

– Le feuilleton ? s'exclama-t-elle, apparemment abasourdie par la question.

– La fille va épouser le type riche pour faire plaisir à son père ? Et le soldat, il est revenu ?

– Je ne savais pas que tu suivais ce feuilleton.

– Ma, l'action avance tellement lentement qu'il me suffit de passer devant la télé une fois par mois pendant que tu regardes pour savoir où en est l'intrigue. La femme de l'homme politique a accouché ? »

Ma mère cligna des yeux.

« Non, mais elle est à l'hôpital, elle a des problèmes. Et cette jolie fille est idiote. Elle va épouser ce vieil homme pour faire plaisir à son père au lieu d'attendre son soldat.

– Sans doute, oui, mais ça me surprend que tu n'approuves pas. Elle fait preuve d'obéissance en acceptant ça, non ?

– Bien sûr, mais si son père était un père digne de ce nom, il se soucierait davantage du bonheur de sa fille que de faire une bonne alliance commerciale.

– Sans doute. Tu veux du thé ?

– Oui, répondit ma mère. Merci, Ling Wan-ju », ajouta-t-elle.

*

Je pris Canal Street et me dirigeai vers chez Bright Hopes pour voir si M. Chen était prêt à me parler, mais j'étais encore loin du magasin quand mon portable sonna. Quand je répondis, une voix de ténor me fit exploser le tympan :

« *Pretty lady with a flower,*
Give a lonely sailor 'alf an hour ?

Sondheim, *Pacific Overtures*. Chinsky ! Amène-toi tout de suite.

– Maintenant ? Mais j'allais...

– Laisse tomber ce que tu es en train de faire. Y a quelque chose de louche, et j'ai envie d'en discuter.

– Qu'est-ce que c'est ?

– Amène-toi ici.

– Dis-moi...

– Chinsky ! Tout de suite ! »

Il raccrocha. Je restai là un moment, furieuse. Pour qui se prenait Joel Pilarsky pour me donner un ordre avant de raccrocher ? Je faillis le rappeler pour le lui dire. *C'est bon, Lydia, calme-toi. Vas-y.*

C'était vrai, il fallait qu'on parle.

Je me bougeai, gagnai la ligne N au pas de course et arrivai sur le quai à temps pour voir la lueur rouge des feux arrière s'éloigner. Ça m'apprendra à essayer de me dissuader moi-même. Bon, eh bien, Joel allait devoir attendre. Ça lui apprendrait à me bousculer. Une fois que le train fut enfin arrivé, le trajet dura moins longtemps que l'attente.

Le bureau de Joel se trouvait au cœur de Manhattan, dans un immeuble des années trente avec des couloirs compliqués et des fenêtres en acier récalcitrantes. L'ascenseur grinçait, et le sol en béton s'affaissait. Joel prétendait qu'il ne déménageait pas parce que cet immeuble était un tel taudis que le propriétaire était obligé de payer les locataires, mais je savais la vérité. Dès que nous nous étions rencontrés, j'avais compris que son impatience et son côté Monsieur Je-sais-tout n'étaient qu'un rideau de fumée servant à dissimuler son identité secrète : celle d'un incorrigible romantique. Comme la plupart d'entre eux, il subissait des dizaines de déceptions par jour, petites ou grandes, et comme la plupart d'entre eux, il ne renonçait pas. Ces couloirs aux allures de clapiers, ces portes en verre sur lesquelles se détachaient des noms en lettres dorées et qui s'ouvraient en grinçant sur de petites pièces avec de larges points de vue sur Manhattan : pouvait-il y avoir endroit plus romantique pour un détective privé ? *Je ne suis pas dupe, Joel Pilarsky*, songeai-je.

Dans l'entrée, le gardien m'adressa un signe de tête. Ma dernière affaire avec Joel – celle de l'épouse en goguette avec le roi de la nouille – remontait à il y a moins d'un an, et peut-être qu'il se souvenait de moi. Plus vraisemblablement, il espérait juste me reconnaître pour ne pas avoir à s'arracher des pages du reportage du *National Enquirer* concernant l'atterrissage d'un vaisseau spatial à Pittsburgh.

L'ascenseur grogna jusqu'en haut comme si je venais d'interrompre sa pause-déjeuner. À l'étage de Joel, je traversai le dédale de couloirs, gauche-droite-droite-gauche. Je tapai à la porte et ouvris. Il y avait une réception, comme si Joel avait une secrétaire mais ce n'était pas le cas, juste un comptable à mi-temps pour envoyer les factures. Je traversai l'accueil pour gagner le bureau principal.

« Pilarsky, c'est le bazar ici ! m'écriai-je. Si tu décides de me faire tout lâcher pour courir jusqu'ici, tu pourrais au moins... »

Je m'arrêtai. Joel était assis dans son fauteuil mais, bien que ses yeux fussent ouverts, il ne me regardait pas.

Il ne regardait plus rien du tout.

J'ignorai les litres de sang qui imbibaient sa chemise pour lui prendre le pouls tout en sachant qu'il n'en aurait pas. Mais c'était la procédure, et je l'aurais déçu si je ne l'avais pas suivie. Je jetai un coup d'œil alentour, remarquant les tiroirs et les classeurs ouverts mais ne touchai à rien. Je me servis de mon téléphone portable pour appeler la police, puis attendis dans le couloir pour que, contrairement à moi, personne ne fasse l'erreur de toucher la poignée de porte au risque de bousiller les empreintes de l'assassin. Et je laissai Joel les yeux ouverts et la kippa par terre là où elle était tombée, sans être sûre du tout que cela fût convenable.

6

« TIENS, BOIS ÇA. »

Mary me tendit un gobelet d'où pendillait une étiquette Lipton. Je sirotai le thé en espérant qu'il dissiperait le brouillard qui avait envahi mon esprit. J'avais l'impression de regarder par le mauvais bout d'un télescope et d'entendre les bruits à travers une porte fermée. Et d'être prise dans de la vase.

« Assieds-toi, m'ordonna Mary.

– La police scientifique...

– Et puis, ils s'occuperont de l'entrée. »

Mary me conduisit dans le couloir et me montra le sol.

Pourquoi n'y avais-je pas pensé ? Mes jambes se dérobèrent, et je m'appuyai contre le mur en fermant les yeux.

« Ils en auront bientôt fini avec toi. Ensuite, tu pourras y aller, m'assura Mary qui se tenait près de moi.

– J'ai raté le métro.

– Quoi ?

– Joel m'a dit de venir le retrouver ici, et j'étais tellement en colère qu'il me donne des ordres comme ça que je ne me suis pas pressée. Si j'étais montée dans le train qui démarrait, je serais arrivée ici à temps.

– Pour te faire tuer toi aussi ?

– Pour arrêter l'assassin, la repris-je en ouvrant les yeux.

– Peut-être pas.

– J'étais en train de parler à Joel au téléphone !

– L'assassin attendait peut-être qu'il raccroche, caché derrière la porte.

– Quand même...

– Il n'y a pas de quand même qui tienne. Ce n'est pas ta faute. Ce qu'il faut maintenant, c'est attraper celui qui a fait ça. »

Je dévisageai ma meilleure amie, un flic. Depuis quand Mary ne me comprenait-elle plus ? me demandai-je.

Un homme de petite taille aux traits anguleux sortit du bureau de Joel. Son insigne doré était accroché à la poche de sa veste ; je savais que quelqu'un m'avait dit comment il s'appelait, mais je n'en avais aucune idée. Il s'arrêta en apercevant le badge que Mary portait autour du cou.

« Vous êtes ?

– Mary Kee, commissariat du cinquième.

– Qu'est-ce que vous faites ici ?

– C'est une de mes amies », répondit Mary en me désignant.

Le flic fronça les sourcils.

« Votre nom me dit quelque chose. Je vous connais ?

– On s'est parlé au téléphone. Votre inconnu chinois mort à l'hôtel.

– C'est ça ! Vous êtes censée l'identifier.

– J'y travaille.

– Ici ? Maintenant, j'ai besoin du témoin.

– J'aimerais rester.

– J'aimerais que vous partiez.

– C'est une amie à moi. Elle est bouleversée.

– Et vous vous trouvez en dehors de votre juridiction. Je serai gentil. »

Il me montra tout un tas de dents, un sourire sans doute.

Mary se tourna vers moi. Je haussai les épaules. « Quand tu seras prête à rentrer, je te raccompagnerai », me dit-elle avant de s'éloigner dans le couloir.

Le détective la regarda avant de se tourner vers moi, carnet à la main.

« Vous travailliez pour Pilarsky ? »

Ç'aurait été sympa qu'il y ait un préambule, songeai-je. Comme me donner son identité ou me dire à quel point il était navré. « Pas exactement », répondis-je d'une voix monocorde. Il allait peut-être me trouver ennuyeuse et ficher le camp. « On travaille en free-lance tous les deux. Il m'a proposé une affaire. Avant ça, ça faisait un moment que je ne l'avais pas vu. »

Le détective avait arrêté de prendre des notes, comme pour me laisser finir de débiter mes salades.

« Alors, dans cette affaire-ci, vous travailliez pour lui.

– Je suppose.

– En quoi consiste cette affaire ?

– Vol de bijoux », dis-je avant de lui faire un résumé de l'affaire ; j'avais du mal à rester concentrée.

Je n'arrêtais pas de voir Joel en train d'entonner une chanson pleine de fausses notes devant l'entrée du Waldorf.

« Est-ce que ceci pourrait être lié à cela d'une façon ou d'une autre ? »

En disant « ceci », il désigna le bureau d'un hochement de tête. Ses sourcils relevés prouvaient son scepticisme.

« Je ne sais pas. Quand il m'a appelée, il a dit qu'il y avait quelque chose de louche.

– Quoi ?

– Il ne me l'a pas précisé. »

Il hocha la tête comme s'il trouvait normal que Joel ne me dise rien.

« Ces bijoux... ils ont beaucoup de valeur ?

– Pas vraiment, même s'ils valent sans doute plus que ce à quoi pourrait prétendre un fonctionnaire chinois.

– Je croyais que tout le monde faisait fortune là-bas, maintenant qu'ils nous ont piqué tous nos boulots. Qu'est-ce que vous voulez dire par "pas vraiment" ?

– Autour de vingt mille par bijou, dis-je en le dévisageant.

– Bon sang, ça fait un paquet je trouve. Ça doit être bien d'être à votre place. Et Pilarsky ? Pourquoi quelqu'un irait le tuer à cause de ça ? Il avait les bijoux ? »

Mulgrew, me souvins-je soudain, c'était son nom. Pas que ça me le rende plus sympathique pour autant.

« Détective Mulgrew, c'est ça ? Les bijoux ont disparu. C'est pour ça que nous avons été engagés.

– Alors, Pilarsky les a peut-être retrouvés.

– Il m'a dit qu'il y avait quelque chose de louche. Les retrouver n'aurait rien eu de louche

– Louche. C'est ça, fit-il en levant de nouveau les sourcils. Son portefeuille a disparu. Ses ordinateur et téléphone portables aussi. Et le bureau a été retourné. Si vous voulez mon avis, c'est un cambriolage. Combien de liquide gardait-il dans son bureau ? Un gros paquet ?

– Je n'en sais rien. Un simple cambriolage ?

– Y a des jours sans. On a trois cambriolages non élucidés dans le quartier sur ces deux derniers mois. Même chose qu'ici. En pleine journée, étage élevé, victime seule. Vous voulez ma théorie ? Un coursier accro à la came fait une livraison quelconque ; il est dans l'immeuble. Il trouve un type seul, une proie facile.

– Est-ce qu'il y a eu des victimes dans les autres cambriolages.

– Les autres victimes se sont peut-être laissé faire. C'est le genre de Pilarsky de ne pas obéir ? »

Je hochai la tête en grinçant des dents.

« Il aurait pu... s'indigner.

– Ah ! les privés ! remarqua Mulgrew en secouant la tête.

– C'était un ancien flic des autorités portuaires.

– Ah, vraiment ? » fit-il, la voix chargée de cette condescendance que les flics du NYPD réservent aux flics de catégorie inférieure.

J'avais envie de lui rentrer dedans.

« Et vous ? Vous êtes une ancienne flic de l'autorité portuaire vous aussi ?

– J'ai toujours été détective privé. »

Ma réponse me valut un « Je vois » encore plus méprisant.

« Est-ce que Pilarsky portait une arme ? poursuivit Mulgrew.

– Non. Un jour, il a tué un type au cours d'une enquête, et ça ne lui a pas plu. »

Mulgrew nota aussi ce détail avant de refermer son carnet. C'était tout pour Joel. Un ex-flic de l'autorité portuaire qui travaillait avec une fille qui n'avait jamais été flic, qui ne portait pas d'arme parce que ça le dégoûtait de s'en servir, se bagarrait avec un braqueur dans le bureau qu'il faisait tourner tout seul. À quoi est-ce qu'il s'attendait ? Affaire classée.

« Ils ont leurs propres ambulances, annonçai-je.

– Quoi ?

– Les juifs orthodoxes. Il y a une façon particulière de manipuler le corps. »

En fait, je n'étais pas sûre que c'était important pour Joel. Il m'avait parlé des ambulances une fois mais je ne me souvenais pas de l'avoir entendu dire qu'il faudrait veiller à faire transporter son corps dans l'une d'elles. Mais il m'avait dit de rappliquer en vitesse, et j'avais traîné. Au cas où l'ambulance aurait compté pour lui, j'avais envie de faire les choses bien.

« Je crois que les services de police vont pouvoir respecter le protocole, déclara Mulgrew avec un soupir. Bon, allez-y. Attendez... et vous ? Vous n'êtes pas armée, hein ?

– Ça m'arrive, mais pas là », répondis-je en ouvrant ma veste pour le lui prouver.

Avant qu'il ait eu l'occasion de demander, j'ouvris aussi mon sac. Il me fit signe de le refermer comme si j'avais essayé de lui vendre quelque chose.

« Alors, vous êtes armée, mais pas Pilarsky, c'est ça ? » remarqua-t-il.

Pour lui, manifestement, c'était le monde à l'envers, simplement pas normal.

« J'ai tiré sur quelqu'un moi aussi une fois. Ça ne m'a pas plu non plus. Mais ce qui m'aurait encore moins plu, ç'aurait été de me faire descendre. »

Cela fit sourire Mulgrew.

J'avais quand même envie de lui rentrer dedans.

7

MARY ME RECONDUISIT À CHINATOWN. Une fois passé la 14e Rue, je me secouai.

« Je peux appeler Alice ? demandai-je.

– La cliente ?

– Ce cher Mulgrew va vouloir lui parler je suppose ?

– D'après lui, il n'y a probablement aucun rapport. Il espère mettre la main sur le livreur camé pour pouvoir classer l'affaire et les trois cambriolages pas élucidés par la même occasion. Mais il va vérifier pour la forme.

– Dans ce cas, j'aimerais le lui annoncer moi-même. Il n'a pas les meilleures manières qui soient. Ni de manières du tout. Y a des jours sans. Non mais, quel con !

– Tu peux appeler, je suppose », dit Mary d'un air qui signifiait qu'elle était d'accord en tant qu'amie mais qu'en tant que flic, elle aurait mieux aimé que je n'appelle pas.

J'ignorai le flic.

Il se trouve que cela ne faisait aucune différence.

« Pas de réponse, remarquai-je en empochant mon téléphone. J'ai laissé un message sur les répondeurs de sa chambre et de son portable en lui demandant de me rappeler. »

Mary hocha la tête. Le flic était probablement soulagé.

« Tu veux rentrer chez toi ?

– Non, merci, au bureau. »

Je n'avais pas le courage d'annoncer la nouvelle à ma mère, pas encore.

Mary me déposa à l'ouest de Canal Street.

« Tu veux que je t'accompagne ?

– Non, ça va.

– Tu oublies que je t'ai déjà vue quand ça va. Comme tu veux : tu m'appelles si tu as besoin ?

– Tu sais bien que je n'hésiterai pas. »

Elle retourna travailler, et je m'engouffrai dans l'entrée de l'immeuble qui portait la plaque de Golden Adventure Travel, mais pas la mienne. Mon bureau était le deuxième en entrant. Tant que mes clients ressortaient du bâtiment avec des brochures décrivant des circuits touristiques à travers les montagnes de Guilin, qui pourrait deviner où ils étaient réellement allés ?

Je fis signe aux employées de l'agence comme s'il s'agissait d'un jour comme les autres. « Bienvenue », s'écria Andi Gee, l'air perplexe, car je ne m'étais pas arrêtée pour bavarder après un mois d'absence. Il faudrait que je répare les dégâts plus tard, mais pour l'instant, j'avais besoin d'être seule.

Je déverrouillai la porte, pénétrai dans l'atmosphère feutrée et poussiéreuse d'une pièce longtemps inutilisée. J'ouvris la fenêtre et allumai la bouilloire. Après m'être aspergé le visage à l'eau fraîche, je jetai un coup d'œil dans la glace mais le regard que j'y croisai était difficile à supporter.

Un cambriolage à l'aveugle ? Je me laissai tomber dans mon fauteuil. Ce serait mieux ou pire ? *Pire*, décidai-je. La bonne nouvelle, c'est que ce n'était pas quelque chose que j'aurais dû voir venir. La mauvaise, c'est que j'aurais tout de même dû rejoindre Joel sans attendre. Et si ça n'avait rien à voir avec notre affaire, je n'aurais pas la possibilité de participer à l'arrestation du salopard qui avait fait ça.

Quand le téléphone du bureau sonna, je faillis tomber de mon siège.

« Lydia Chin. Chin Ling Wan-ju, répondis-je.

– C'est Bill. »

Des mois, m'étonnai-je. *Ça faisait des mois que je vérifiais les numéros entrants pour voir qui me téléphonait ; c'était la première fois que je ne le faisais pas.*

« Je suis navré pour Joel, dit Bill.

– Comment es-tu...

- Mary m'a appelé.

– Mary ? »

Comment ma meilleure amie pouvait-elle oser me prendre en traître comme ça ?

« Je peux t'offrir un thé ?

– Je... Je ne crois pas...

– S'il te plaît. »

Un simple « s'il te plaît ». S'il avait tenté quoi que ce soit d'autre – une longue explication, un début d'excuse, surtout les excuses –, j'aurais raccroché. Mais il n'y eut que ce « s'il te plaît » suivi d'un silence.

« Rejoins-moi au bureau, répondis-je. J'ai du thé ici. »

Il y a des choses qui vous surprennent et d'autres pas. Bill arriva avec un grand gobelet de café. Il m'avait tendu un rameau d'olivier en me proposant de prendre un thé mais, quels que soient les termes du traité de paix, cela n'impliquait pas qu'il en boive lui-même.

« Ça fait longtemps », remarquai-je en fermant la porte derrière lui.

Il s'assit dans le fauteuil en face de mon bureau. Les rides de son visage étaient-elles vraiment plus nombreuses que la dernière fois que je l'avais vu ?

« Je suis navré, dit-il.

– Pour Joel ? Ou parce que ça fait longtemps ?

– Les deux.

– Qui t'a demandé de l'être, bon sang ? »

Bill observa une pause.

« Je n'aurais peut-être pas dû venir...

– Oh, la ferme. »

Il obéit.

Je sirotai mon thé. Du thé au jasmin, celui que ma mère nous donnait toujours quand nous ne nous sentions pas bien.

« C'est juste que je ne trouve pas normal que tu prennes cette décision de manière unilatérale.

– Quelle décision ?

– Qui est assez bien pour qui, et qui serait mieux sans qui, et qui devrait éviter qui, et qui reprend contact avec qui. Et ne viens pas me dire qu'il y a trop de qui dans cette phrase.

– Y en a trop, pourtant.

– Je sais ! »

Bill but son café.

« Écoute : j'ai carrément merdé. J'avais besoin de temps pour réfléchir à tout ça. Si je...

– Ça m'est déjà arrivé de ne pas te laisser le temps ? Est-ce que je t'ai jamais bousculé ? Tu ne pouvais pas appeler pour me dire : "J'ai besoin de temps. Je vais me terrer dans ma cabane, je m'enferme dans mon appartement, je me mets en orbite" ? M'appeler pour admettre simplement que j'existais toujours. Pourquoi t'as pas pu faire ça avant de te retirer et de conclure que tu es con ?

– Parce que je suis con, justement », dit-il en levant le regard vers moi ; je le dévisageai en silence.

Sans un mot, longuement, nous nous regardâmes droit dans les yeux.

Et puis, parce que je connais si bien son visage, je le vis réprimer un sourire.

J'avais envie de lui dire : « Enfin, merde, c'est pas drôle ! » Et ça ne l'était pas. Mais ce qui l'était, c'était à quel point il luttait pour réprimer son sourire. *Je parie que tu n'y arriveras pas*, pensai-je en sentant mes lèvres se contracter.

Et, tout d'un coup, nous nous tordions de rire. Nous riions aux éclats, à bout de souffle, tirant un trait sur un mois de poussière et de tristesse. Je ris tellement que je renversai une partie du thé contenu dans le mug que j'avais à la main. Mais, soudain, en un clin d'œil, je sentis un changement, un renversement de situation : je ne riais plus maintenant, je sanglotais.

Bill sauta de sa chaise, fit le tour du bureau et me prit dans ses bras, entreprise maladroite parce que j'étais assise. La gaucherie de la situation me parut hilarante, et je me remis à rire, puis à pleurer, puis les deux à la fois jusqu'à ce que je ne sache plus quelle était la nature des frissons qui me secouaient.

L'orage finit par s'apaiser. Je repoussai Bill, me levai et gagnai la salle de bains. Je me repassai de l'eau fraîche sur le visage, ce qui prit plus longtemps cette fois et pour un résultat moins convaincant. Quand je sortis de la salle de bains, Bill s'était rassis et avait à moitié fumé une cigarette.

« Qui t'a dit que tu pouvais fumer ici ?

– Tu as changé les règles ? demanda-t-il en tenant la cigarette au-dessus du cendrier, prêt à l'éteindre.

– Non. Mais tu as de la chance que j'en ai encore un.

– Un cendrier ? Ouais, mais tu l'avais caché. J'ai eu du mal à le trouver.

– Tu es censé être détective, remarquai-je en me laissant tomber dans mon fauteuil.

– Et, en tant que tel, j'ai une question.

– Laquelle ?

– Depuis quand tu dis des grossièretés ?

– Je n'en dis pas, en général. Mais certaines circonstances requièrent des mesures extrêmes.

– Comme ma présence ici.

– Oui, en effet. (J'observai un silence.) Bill ? repris-je un peu radoucie. Comment va Gary ?

– Il s'en sort, dit-il en plongeant les yeux dans son café.

– Mieux que toi ? »

Il haussa les épaules.

Les choses avaient eu beau mal tourner dans cette affaire, elles se seraient encore plus mal passées si Bill n'avait pas été là et tout le monde – y compris Gary – le lui avait dit mais cela ne le réconfortait pas. Je crois que, si Bill a disparu après cette histoire, c'est pour ne plus avoir à entendre qu'il n'y était pour rien.

C'est pourquoi je n'insistai pas.

« Si tu lui parles, envoie-lui mes amitiés », dis-je plutôt.

Bill acquiesça.

Je me levai et me resservis du thé pour essayer de trouver une façon très intelligente et éloquente de dire ce que je m'apprêtais à dire mais je n'arrivais vraiment pas à trouver les mots. Alors, je dis exactement ce que je voulais dire :

« On fait quoi maintenant ?

– À quel propos ?

– Eh bien, on s'est vraiment bien marrés tous les deux mais il n'en reste pas moins que ça fait des mois qu'on n'a pas parlé parce que tu es un C.O.N. Et Joel est toujours mort. »

Je m'efforçai de rester prosaïque mais sentis mes yeux s'embuer.

« Qu'est-ce que tu dirais de laisser le premier problème en suspens et de s'attaquer au second ?

– Ce qui veut dire ?

– D'après Mary, tu penses que le meurtre de Joel pourrait être lié à l'affaire sur laquelle tu travailles, mais l'enquêteur de la police qui est chargé de l'affaire n'y croit pas.

– En parlant de Mary, attends un peu que je lui mette la main dessus.

– Ça ne me concerne pas. Ce que je te propose, si tu veux, c'est de travailler avec toi sur cette affaire. On peut suivre toutes les pistes que tu estimes nécessaires. Si tu as raison, on pourra peut-être mettre la pression aux flics, et si tu as tort, on en aura le cœur net.

– J'ai raison.

– C'est souvent le cas.

– Mince, tu dois vraiment te sentir coupable pour dire ce genre de truc.

– T'as aussi raison sur ce point. Marché conclu ?

– C'est ce qui t'a poussé à appeler ?

– Oui.

– Parce que tu croyais que j'avais besoin d'aide ?

– Non. Parce que j'avais envie de t'aider. »

Cette phrase eut le même effet que le « s'il te plaît » de tout à l'heure.

Il vaudrait sans doute mieux laisser les flics se charger du meurtre de Joel. Quant à moi, je pourrais me concentrer sur les bijoux de Rosalie Gilder, à supposer qu'Alice Fairchild veuille toujours que je me charge de les retrouver. Bill est polyglotte mais ne parle ni le yiddish ni le chinois alors, si je me concentrais sur les bijoux, je pourrais toujours le virer et m'estimer heureuse d'être débarrassée d'un con.

Mais Joel lui-même m'avait dit qu'on bossait bien ensemble, Bill et moi.

8

Je fis un topo à Bill : Alice Fairchild et le Waldorf, Joel me convoquant à son bureau parce qu'il y avait un truc louche, les cambriolages non élucidés du détective Mulgrew. Je lui montrai les photos : les bijoux, Wong Pan qui les avait volés, Rosalie Gilder et son frère Paul souriant, cheveux au vent. Je lui donnai à lire la lettre de Rosalie.

« Il y en a d'autres, expliquai-je. Au musée du Judaïsme.

– Tu les as lues ?

– Certaines, oui.

– C'est utile ? »

Je ressentis un réconfort étrange, inattendu : le même sentiment que j'avais ressenti en posant ma valise dans mon appartement après un mois d'absence.

« Pas vraiment, à part que j'apprends à la connaître. Ça m'a donné encore plus envie de récupérer ses bijoux, cela dit.

– Je peux les avoir ? Je les lirai plus tard.

– Je vais t'en imprimer un jeu. »

Je cliquai sur la souris et venais juste de me connecter sur le site du musée du Judaïsme quand le téléphone sonna. Je ne reconnus pas le numéro aussi, me présentai-je dans les deux langues.

« Lydia Chin, Chin Ling Wan-ju.

– Bref, rétorqua le correspondant d'un ton dédaigneux. Où est votre cliente ?

– Détective Mulgrew ?

– Bien joué. Où est-elle ?

– Aucune idée. Elle n'est pas au Waldorf ?

– Pourquoi j'irais vous appeler si elle y était ? »

Parce que vous êtes aussi sensible à mon charme que je le suis au vôtre ?

« Si vous avez essayé de la contacter au Waldorf et sur son portable, je n'en ai aucune idée.

– Ce serait bien que vous en trouviez une.

– Je croyais que, d'après vous, la mort de Joel n'avait rien à voir avec elle.

– J'aime pas que les témoins se fassent la malle avant que je leur parle. Ça fait mauvais effet.

– Se faire la malle ? Elle a réglé sa note à l'hôtel ?

– Non, et ses affaires sont toujours dans sa chambre. Mais elle ne se montre pas.

– Vous êtes entré dans sa chambre ?

– Oh, mince. J'aurais pas dû ? Écoutez, quand vous aurez de ses nouvelles, vous m'avertirez tout de suite, compris ?

– Tout ce que vous voulez.

– Parce que j'aime pas ceux qui aident les témoins à se faire la malle non plus, dit-il en me raccrochant au nez.

– Mulgrew n'arrive pas à trouver Alice, expliquai-je à Bill. Il trouve que ça la rend suspecte. Comme je ne peux pas lui dire où elle est, je suis suspecte moi aussi.

– Elle a réglé sa note ?

– Non.

– Qu'est-ce qui lui fait penser qu'elle n'est pas simplement en rendez-vous et qu'elle a éteint son portable ?

– Dans la mesure où des tas de gens cherchent à l'éviter ou refusent de répondre à ses questions, Mulgrew se méfie depuis le début.

– Elle n'est peut-être même pas au courant qu'il la cherche.

– Ou alors elle a des ennuis. C'est peut-être ça le truc louche. »

J'essayai à mon tour de contacter Alice au Waldorf et sur son portable mais tombai sur la boîte vocale. Je tirai sa carte de mon portefeuille.

« Je vais appeler son bureau à Zurich. Ils savent peut-être où la joindre.

– Tu peux essayer mais il est huit heures du soir là-bas. »

Je tentai quand même ma chance et entendis une voix féminine lire un message en allemand auquel je ne compris rien à part « Alice Fairchild ». Quand j'essayai de laisser un message, la communication fut coupée.

« Comment tu te débrouilles en allemand ? demandai-je à Bill.

– Je suis meilleur en néerlandais. Pourquoi ? »

Je rappelai le même numéro et lui passai le téléphone.

« "Le bureau est fermé pendant quinze jours. Vous êtes prié de rappeler."

– C'est pour ça que le répondeur ne prend pas de message ?

– Qui a envie de retrouver son répondeur engorgé par l'équivalent de quinze jours de messages ?

– Qui peut se permettre d'ignorer ses clients pendant quinze jours ? Tes clients ne te laisseraient pas tomber si tu faisais un truc comme ça ?

– Mes clients me laissent tomber pour tout un tas de raisons.

– Ouais, parce que tu n'as plus cette partenaire chinoise intelligente et fiable, par exemple.

– Et ils savent que je suis le seul responsable. Tous les clients à qui elle s'intéresse ont sans doute son numéro de portable. »

J'essayais de réfléchir à ce qu'il fallait faire quand le téléphone sonna de nouveau. Encore un numéro qui ne m'était pas familier, et je songeai à laisser ma boîte vocale s'en charger, mais au dernier moment, je répondis en donnant mes deux noms au cas où ce serait de nouveau Mulgrew.

« Mademoiselle Chin ? Leah Pilarsky à l'appareil, dit une femme timidement. Vous ne me connaissez pas. Je suis la belle-sœur de Joel. »

J'eus soudain l'impression que le soleil venait de se coucher.

« Je suis tellement navrée pour Joel.

– Merci. Nous l'aimions tous. Mademoiselle Chin, Ruth, la femme de Joel, m'a demandé de vous contacter. Elle a reçu l'appel de quelqu'un qui cherchait Joel, quelqu'un qui ignorait... Bref, Ruth pense que c'est en rapport avec l'enquête qu'il venait d'ouvrir avec vous. Joel disait toujours beaucoup de bien de vous, et Ruth est sûre qu'il voudrait que vous poursuiviez l'enquête. Voulez-vous le numéro ? »

Alors, Joel parlait de moi ? Et pour dire du bien ?

« Oui, bien sûr, je vous en prie. C'était Alice Fairchild ?

– Non. Un certain Friedman, Stanley Friedman, précisa-t-elle avant de me donner son numéro. Vous le connaissez ?

– Non, mais je vais l'appeler tout de suite. Merci beaucoup. Et dites à Mme Pilarsky à quel point je suis navrée. »

Je mis Bill au courant tout en composant le numéro.

« Friedman et fils, Stanley Friedman à l'appareil, dit un homme à l'accent d'Europe de l'Est.

– Monsieur Friedman, je m'appelle Lydia Chin. Je travaillais avec Joel Pilarsky. Vous avez voulu le contacter si je ne m'abuse ?

– Oui, en effet. Vous êtes sa partenaire ? Je vous présente mes condoléances.

– Merci, dis-je. Monsieur Friedman, avez-vous des informations que vous souhaitiez transmettre à Joel ?

– C'est possible. Hier, quand il est venu ici, il a parlé à mon fils. J'étais absent. Je viens à peine de voir les photos qu'il a laissées.

– Vous savez quelque chose sur les bijoux que l'on y voit ?

– Quelque chose, oui. Une question, mademoiselle... Chin, c'est ça ? Vous avez peut-être la possibilité de venir ici ? Le téléphone est un outil merveilleux, mais mieux vaut être face à face pour certaines choses.

– Je suis tout à fait d'accord. Où vous trouvez-vous ?

– Au 30, 47e Rue Ouest. Troisième étage. Friedman et fils.

– J'arrive tout de suite. »

Je raccrochai en regardant Bill. Il était déjà debout.

C'était la deuxième fois ce jour-là que je prenais la ligne N vers le nord de Manhattan. Esquivant la foule qui se pressait sur le trottoir du quartier des diamantaires, Bill et moi laissâmes passer trois *hassidim* barbus et vêtus de manteaux noirs et évitâmes un couple de Latinos qui se tenaient la main devant une vitrine pleine de bagues de fiançailles. Au numéro 30, une entrée minimaliste menait à un ascenseur dépouillé. Au troisième étage, une caméra pointait du plafond, et un interphone était accroché au mur près d'une porte portant la plaque FRIEDMAN ET FILS. J'appuyai sur l'interphone et le battant s'ouvrit.

Dans une pièce aveugle, mais inondée de lumière, nous fûmes accueillis par un homme au regard bleu chaleureux et aux cheveux blancs coiffés d'une kippa noire.

« Mademoiselle Chin, je suis Stanley Friedman. Merci d'être venue. »

Je présentai Bill – comme mon associé, pas mon partenaire ; il me regarda de travers et je songeai : *T'as un problème ?* –, et nous échangeâmes tous une poignée de main. Stanley Friedman nous fit signe de nous asseoir autour d'une table basse sur laquelle s'entassaient des piles de livres. De luxueuses photos couleur de bagues, bracelets et colliers ornaient les murs.

« Ce sont vos œuvres ? Elles sont magnifiques », remarquai-je.

Friedman sourit.

« Mon père, d'heureuse mémoire, était un véritable orfèvre, un artiste. Comme mes fils. Entre les deux, il y a

Stanley Friedman, un paysan. Je choisis les pierres et gère les affaires. » Il prit une enveloppe posée sur la table dont il tira des photos que je reconnus.

« Maintenant, je vais vous poser une question, mademoiselle Chin : ce sont bien les bijoux que votre associé, paix à son âme, et vous recherchiez ?

– Oui. Les avez-vous vus ?

– Non.

– Non ? Mais...

– Je vais vous poser une autre question : ce sont là tous les bijoux ?

– Tous les bijoux ?

– Il n'y a rien d'autre ?

– Pas à ma connaissance, non. Aurait-il dû y avoir autre chose ?

– Je ne saurais le dire. Je vais vous avouer que, quand j'ai vu ces photos, j'ai été enthousiasmé. Je me suis dit que je cédais sans doute à mon côté romantique. Et puis, j'ai pensé que ça ne pouvait pas être vrai, mais que, si ça l'était, ce serait merveilleux de faire partie de l'aventure ! Et maintenant, je découvre que l'homme qui a apporté ces photos est assassiné et, alors, je me dis : les possibilités pour que ce soit vrai sont plus nombreuses, mais ça n'a plus rien de merveilleux.

– Je suis désolée, monsieur Friedman, mais je ne vous suis pas. »

Il retourna l'une des photos. Au dos, une liste résumait les détails de l'affaire point par point : les noms de Rosalie Gilder, d'Elke, de Horst et de Paul ; la date de l'arrivée de Rosalie et Paul à Shanghai ; le nom de Wong Pan, la date à laquelle le coffret avait été exhumé et celle à laquelle son contenu avait disparu.

« Mon fils est quelqu'un de précis, remarqua Stanley Friedman. Voici les informations que votre partenaire lui a fournies. Elles sont exactes ? Ces bijoux étaient ceux de Rosalie Gilder ? »

Il prononçait le nom de Rosalie avec une étrange familiarité.

« Oui, elles sont exactes.

– Mademoiselle Chin, votre partenaire avait-il retrouvé ces bijoux ? dit-il en se penchant en avant.

– Je ne crois pas, non.

– Vous allez peut-être devoir vous raviser. »

Friedman prit un épais volume posé sur la table basse.

« *Bijoux légendaires du monde*, Scott et Huber, 1992. Une référence dans mon domaine. Puis-je vous lire un article qui en est tiré ? »

Il chaussa des lunettes demi-lune et ouvrit le livre à la page marquée d'un signet.

« "La Lune de Shanghai. Un disque de jade blanc veiné de vert, serti d'or, entouré de diamants. La surface du jade gravée d'un dessin représentant nuages et pies, Chine, dynastie Tang (618-907) ; les diamants de taille princesse sertis rail datent du XIXe siècle." Mademoiselle Chin, monsieur Smith, connaissez-vous ce bijou ?

– Non, répondis-je.

– Oui, répondit Bill.

– Ah bon ? m'exclamai-je surprise, contrairement à Stanley Friedman.

– J'en ai entendu parler quand j'étais dans la marine en Asie. C'est une broche, c'est ça ? Et elle a disparu. Pour un marin dans le Pacifique, c'était un peu l'Arlésienne. Il y avait toujours quelqu'un qui essayait de vendre la Lune de Shanghai aux mecs les plus naïfs.

– Une broche, oui, confirma M. Friedman. Disparue. Écoutez ce qu'en disent Scott et Huber : "L'une des pièces les plus récentes à être recensées dans ce volume, la Lune de Shanghai, est aussi la plus mystérieuse. Son histoire n'est pas authentifiée, mais on s'accorde sur l'essentiel : à Shanghai, en 1941, un jeune couple a apporté un disque de jade et un collier de diamants à un bijoutier dont nous ignorons aujourd'hui l'identité. Le couple, une jeune réfugiée juive de Salzbourg, Rosalie Gilder..."

– Rosalie ? »

M. Friedman s'interrompit et regarda par-dessus ses lunettes.

« Excusez-moi ! Continuez. Ce bijou appartient à Rosalie. Qui était l'homme ? »

Le bijoutier reprit sa lecture.

« "Rosalie Gilder et un ressortissant de Shanghai appelé Chen Kai-rong. Secrètement..."

– Kai-rong ! Oh ! Oh, mon Dieu ! Non, excusez-moi, continuez. »

Il abaissa le livre.

« Mademoiselle Chin ? Vous ne connaissez pas la Lune de Shanghai mais vous connaissez ces gens ?

– J'ai lu certaines lettres. Ses lettres à elle. Datant de leur rencontre. C'est tout. Je vous en prie, continuez.

– Des lettres ?

– Au musée du Judaïsme. Dans les archives de la Shoah.

– Ah, dit Friedman en hochant lentement la tête avant de reprendre. "... Secrètement fiancé, le couple demanda au bijoutier de combiner le jade, un objet de la famille Chen, aux pierres du collier qui avait appartenu à la mère de Rosalie. La broche qui en résulta fut baptisée la Lune de Shanghai. Portée par la jeune femme à l'occasion de leur mariage l'année suivante, la Lune de Shanghai ne fut vue que rarement par la suite. On l'a tour à tour déclarée perdue, volée ou détruite ; selon la rumeur la plus folle, la veuve d'un officier allemand internée dans un camp japonais aurait été en sa possession. La véracité d'aucune de ces histoires ne fut jamais prouvée. Il est plus probable que Rosalie Gilder-Chen, ou du moins la famille Chen, soit restée en possession de la broche pendant toute la durée de la guerre.

« "Les réfugiés juifs qui fuirent Shanghai après la guerre emportèrent avec eux les rumeurs concernant la splendeur de la Lune de Shanghai, tout comme les rapatriés européens et japonais. Combien étaient-ils à vraiment avoir vu la broche ? On l'ignore, mais sa légende ne fit que grandir." »

Là, Stanley Friedman regarda par-dessus ses lunettes avant de reprendre sa lecture. « "Pendant les quatre années qui suivirent la Seconde Guerre mondiale, la guerre civile fit rage en Chine. De temps à autre, on entendait dire en Occident que le bijou aurait été aperçu, mais aucun des témoignages ne pouvait être corroboré. En 1949, alors que le rideau de fer tombait sur les premiers jours de la République populaire, la broche aurait été aperçue à Kobe, au Japon, à Bangkok et à Singapour. Au fil des années, la rumeur a voulu que la Lune de Shanghai se trouve à Taipei, Hong Kong et San Francisco, et les collectionneurs ont suivi sa trace ; mais, à ce jour, toutes les recherches ont été vaines." »

Sa lecture terminée, Friedman ôta ses lunettes et nous tendit le livre. Sur le papier glacé, face à l'article, un espace ostensiblement vierge, à l'exception de ces mots :

LA LUNE DE SHANGHAI
VALEUR : INCONNUE
(PAS D'ILLUSTRATION)

Je dévisageai Stanley Friedman.

« La Lune de Shanghai ? C'est ce qui aurait dû se trouver parmi les bijoux de Rosalie ?

– Qui peut l'affirmer ? Mais cette histoire, je l'ai entendue quand j'étais jeune. Même à l'époque, j'étais quelqu'un de pragmatique. Je n'y ai pas prêté attention. C'était une légende, ce bijou, voyez-vous, expliqua-t-il en pliant ses lunettes pour les glisser dans sa poche. Alors, pendant soixante ans, personne n'a vu les bijoux de Rosalie Gilder. Tout le monde commençait à partager mon avis : tout ça n'est qu'une légende, la Lune de Shanghai est une légende, une histoire romantique née dans des temps difficiles, voilà tout. Mais maintenant ? Soudain, ils sont là ces bijoux, et soudain, votre partenaire est tué. Ces bijoux, à mon avis, ils ne valent pas que l'on assassine quelqu'un. Surtout quelqu'un qui ne les a pas trouvés.

– Mais la Lune de Shanghai le vaut, elle ?

– Est-ce que nous irions tuer pour elle vous ou moi ? »

Stanley Friedman haussa les épaules. « Mais si votre partenaire avait flairé sa trace, mademoiselle Chin... il y a des gens qui cherchent la Lune de Shanghai depuis très longtemps. »

9

« C'EST SANS DOUTE ce qu'a voulu dire Joel, déclarai-je à Bill tandis que l'ascenseur commençait à descendre. Il a dû entendre parler de la Lune de Shanghai.

– Peut-être. Mais pourquoi dire qu'il y avait un truc "louche" ?

– Parce qu'Alice ne nous en avait jamais parlé ?

– Elle n'est peut-être pas au courant. Le simple fait que la broche appartenait à Rosalie Gilder ne signifie pas qu'elle a été découverte avec le reste de ses bijoux.

– C'est vrai. Mais tu ne crois pas que les héritiers ont dû poser la question quand ils ont été avertis de leur découverte ?

– Ils n'en ont peut-être jamais entendu parler eux non plus.

– C'est tiré par les cheveux. Tu en as bien entendu parler, toi.

– C'était une de ces légendes d'arrière-salle dans les bars à matelots.

– Dont tu n'ignores pas grand-chose, j'en suis sûre.

– Tu parles des légendes ?

– Je parle des bars. Tu as déjà rencontré quelqu'un qui l'avait vue ?

– Pas que je me souvienne, non. Juste des types dont les copains, les capitaines et les prêteurs sur gage l'avaient vue. Plus les types étaient soûls, plus le bijou devenait spectaculaire.

– Le "bijou" dont tu parles, c'est bien la Lune de Shanghai, hein ?

– Ne me dis pas, fit-il alors que nous débouchions sur la 40e Rue, qu'en plus de proférer des grossièretés tu as l'esprit mal tourné maintenant.

– Il fallait bien que quelqu'un se charge des obscénités pendant que tu n'étais pas là, répondis-je en m'adossant contre un immeuble, affligée par la cohue en cette heure de pointe. Bon Dieu, qu'est-ce que je suis fatiguée. J'ai l'impression que mon réservoir est vide.

– Tu as eu une journée difficile.

– Sans blague.

– Tu veux une tasse de thé ?

– Je peux aller me coucher ?

– Bien sûr.

– Bien sûr que non. »

Nous longeâmes le pâté de maisons, à la recherche d'un endroit où tester l'option thé. Nous n'étions pas arrivés au coin de la rue que mon téléphone sonnait. Je décrochai et me bouchai une oreille pour mieux entendre.

« Lydia ? C'est Alice Fairchild, entendis-je.

– Alice ! répondis-je en jappant pratiquement. Où êtes-vous ? Vous allez bien ?

– Oui, bien sûr, dit-elle apparemment surprise par ma question. Lydia, que s'est-il passé ? J'étais en réunion et je viens d'avoir vos messages. Un détective cherche à me joindre, lui aussi. Ont-ils trouvé Wong Pan ? Et les bijoux ?

– Oh, non, j'ai bien peur que non. Alice, j'ai de très mauvaises nouvelles. Je suis navrée, Alice, mais... Joel est mort.

– Quoi ? fit-elle, le souffle coupé. Oh, mon Dieu ! Que s'est-il passé ?

– Quelqu'un lui a tiré dessus. Dans son bureau, ce matin.

– On lui a tiré dessus ? »

Sa voix monta de quelques octaves.

« Ce matin ? Mais je lui ai parlé ce matin. Qui ? Que s'est-il passé ?

– Personne ne le sait. C'est pour cela que la police veut vous parler.

– À moi ? s'écria-t-elle avant d'observer un silence. La police ne pense pas que ce meurtre a un quelconque rapport avec les bijoux, n'est-ce pas ?

– On l'ignore.

– Mais comment ? Je ne vois pas... Joel les avait-il retrouvés ?

– Je ne sais pas.

– Avait-il retrouvé Wong Pan ?

– Je n'en sais rien, Alice. Il m'a appelée mais s'est contenté de me dire d'aller le retrouver à son bureau. J'ignore pourquoi.

– Oh, mon Dieu. Et s'il avait retrouvé Wong Pan, et que Wong Pan... Oui, bien sûr que je vais parler à la police, si cela peut être utile. Je vais appeler ce détective tout de suite. Viendrez-vous ?

– Voir Mulgrew ? » demandai-je.

L'idée ne me ravissait pas.

« Vous vous souvenez peut-être de détails que j'aurais pu oublier. Concernant notre conversation. Quelque chose qui aurait pu aiguiller Joel dans une direction ou une autre. »

Je dus admettre que c'était une bonne idée.

« Je suis pratiquement de retour au Waldorf, dit-elle. J'appelle ce Mulgrew tout de suite.

– Je suis tout près. Je vous rejoins là-bas. »

Je rapportai notre conversation à Bill qui m'avait guidée jusqu'à un recoin dans une façade d'immeuble et s'était planté entre moi et la foule qui se pressait dans la rue. Nous prîmes la direction du Waldorf. En marchant au même rythme, comme c'était souvent le cas ; comme c'était souvent le cas, cela me surprit, Bill mesurant trente centimètres de plus que moi.

« Hé, merci au fait, remarquai-je tandis que nous approchions de l'entrée de l'hôtel.

– De quoi ?

– D'être venu. »

Il resta silencieux un moment.

« J'avais peur que ce ne soit trop peu et trop tard.

– Presque. Pas tout à fait. »

Cette fois, pas de sourire du portier du Waldorf qui devait se dire que je n'aurais pas dû me balader dans des vêtements en lin tout froissés alors que j'avais ce joli ensemble en soie. Ou peut-être qu'il n'aimait pas la dégaine de Bill. Bill présente bien quand il veut mais, en général, il n'est pas du genre à fréquenter le Waldorf. Néanmoins, un coup de fil de la réception nous permit d'accéder à un étage où le couloir était couvert de moquette épaisse et les murs de moulures. Je fis tinter un petit heurtoir en cuivre ; la porte s'ouvrit immédiatement.

« Oh, Lydia ! dit Alice en me serrant tout de suite les mains en signe de compassion. C'est vraiment terrible. Je suis tellement navrée pour Joel.

– Merci, Alice. Voici un de mes collègues, Bill Smith. Bill, je te présente Alice Fairchild. »

Ils échangèrent une poignée de main.

« Vous connaissiez Joel ? voulut savoir Alice.

– Oui.

– Mes condoléances à vous aussi pour cette perte. Asseyez-vous, je vous en prie. On va nous apporter du café et du thé. Ou voulez-vous quelque chose de plus fort ?

– Nous n'allons pas au commissariat ? demandai-je.

– Le détective nous rejoindra ici.

– Mulgrew ?

– Vous avez l'air étonnée.

– Qu'il se montre si arrangeant, oui.

– Je crois qu'il me prend pour une dame délicate et d'un certain âge qui pourrait paniquer dans un commissariat. Je ne vois pas du tout où il est allé chercher ça, précisa Alice, le regard pétillant. Mais je suis sûre que nous serons plus à l'aise ici que là-bas. »

La chambre regorgeait de meubles sculptés, de lampes en étain aux abat-jour plissés, de gravures botaniques accrochées sur le papier peint à rayures. Les bruits de la rue parvenaient jusqu'à nous, étouffés par les vitres et le doux ronronnement de la climatisation. Je m'installai dans un fauteuil recouvert de tissu à fleurs, et Bill s'appuya contre le mur près d'une fenêtre pour pouvoir à la fois observer la pièce et la vue sur New York.

« Racontez-moi ce qui s'est passé », me dit Alice.

Je lui fis un compte rendu aussi clinique que possible de la mort de Joel. Elle eut l'air choquée en apprenant que j'avais découvert son cadavre.

« C'est horrible ! Oh, Lydia, je suis tellement navrée.

– Il m'a appelée pour me dire qu'il y avait quelque chose de louche. Il m'a dit de me dépêcher de le rejoindre.

– Quelque chose de louche ? De quoi s'agissait-il ?

– Je n'en sais rien. Je ne l'ai jamais découvert. Mais si j'avais fait ce qu'il m'avait dit... »

Bill changea de position sur son perchoir, prêt à intervenir et à m'en faire baver parce que je m'en faisais baver, mais c'est Alice qui répondit la première.

« C'est tellement naturel de se faire des reproches quand un événement terrible se produit, soupira-t-elle. Je pense que c'est réconfortant d'une certaine façon. Ça nous donne l'impression que l'on aurait pu faire quelque chose si l'on avait été plus intelligent, plus rapide ou je ne sais quoi. Parfois, penser que l'on a échoué est moins effrayant que d'admettre notre impuissance. »

J'avais les joues brûlantes. J'avais l'impression d'avoir croisé mon reflet dans un miroir, et ce que j'y voyais n'était pas reluisant.

« Mais Lydia, poursuivit Alice doucement, vous dites que, d'après la police, c'était un meurtre perpétré au hasard, un cambriolage. Ce ne pourrait pas être le cas ?

– Si, bien sûr, soupirai-je. C'est peut-être juste moi qui essaie de le lier à cette affaire. Drôle de façon de prendre ses désirs pour la réalité. »

On tapa à la porte. Bill vérifia par le judas et laissa entrer un garçon d'étage qui poussait un chariot. Le temps qu'Alice signe la note et s'asseye, j'étais de nouveau prête à me concentrer sur notre affaire. Contrairement à elle, je n'étais pas du tout sûre que l'échec était préférable à l'impuissance, mais manifestement, il valait bien mieux n'avoir à supporter ni l'un ni l'autre.

« Alice, vous avez dit avoir parlé à Joel ce matin. L'avez-vous appelé ou est-ce lui qui l'a fait ?

– C'est lui. »

Elle me tendit une tasse de thé sans sucre, avec du lait, et dosé parfaitement qui plus est. Elle servit du café à Bill qui alla le boire près de la fenêtre.

« Il savait que j'assistais à des réunions aujourd'hui. Il voulait juste prendre contact avant que je ne sois plus disponible.

– A-t-il dit que quelque chose n'allait pas ?

– Non, rien. Il a précisé que vous continuiez tous les deux sur la lancée d'hier et qu'il me rappellerait plus tard.

– Prévoyait-il de parler à quelqu'un ?

– Non, je suis navrée. Ce n'est pas très utile tout ça, n'est-ce pas ?

– Tout ce qui peut combler les lacunes est utile, répondis-je, plus pour lui faire plaisir que parce ce que c'était vrai. Il y a autre chose que je veux vous demander avant que Mulgrew n'arrive : avez-vous jamais entendu parler d'un bijou appelé la Lune de Shanghai ?

– Non, je ne crois pas. Qu'est-ce que c'est ?

– Apparemment, Rosalie Gilder s'est mariée à Shanghai. À un Chinois rencontré sur le paquebot. Pourquoi souriez-vous ?

– Chen Kai-rong ? C'était lui ? Oh, comme c'est mignon ! s'écria-t-elle quand j'acquiesçai. Elle parle de lui dans ses lettres. Elles se trouvent dans les archives du musée. On peut les consulter sur leur site Internet.

– En fait, j'en ai lu quelques-unes. Je n'ai pas fermé l'œil la nuit dernière à cause du décalage horaire.

– Quand je les ai lues, je n'arrivais pas à décider s'il était aussi évident pour Elke ou Rosalie que Kai-rong lui faisait la cour que ça l'était pour moi. Vous me dites qu'ils se sont mariés ? C'est merveilleux ! Comment le savez-vous ?

– L'un des bijoutiers à qui Joel a laissé des photos a reconnu le nom de Rosalie et connaissait son histoire, expliquai-je avant de lui rapporter ce que nous avions appris dans la boutique de Stanley Friedman.

– Voilà ce qui est donc arrivé au collier de diamants ! s'exclama Alice quand j'eus terminé.

– Quel collier de diamants ?

– À en croire mes clients, Rosalie et Paul ont emporté sept bijoux à Shanghai. Cinq ont été retrouvés. L'un d'eux était une bague en rubis que Rosalie a vendue – vous le verrez si vous lisez le reste des lettres. Elle fait aussi allusion à un collier de diamants. Je me suis demandé où il était passé. Je me suis même demandé si Wong Pan l'avait empoché avant que le contenu du coffret ne soit connu, même si je ne vois pas comment il aurait pu s'y prendre. Les autorités de Shanghai ne l'auraient jamais autorisé à l'ouvrir seul. Mais voilà qui résoudrait cette question.

– Celle-là, oui, lança Bill depuis l'autre bout de la pièce. Pas celle de la Lune de Shanghai.

– Vous pensez qu'elle aurait pu se trouver dans le coffret ? demanda Alice en se tournant vers lui. Mais le problème reste le même. Comment Wong Pan aurait-il pu dérober ce bijou sans que personne ne sache qu'il se trouvait là ?

– Ce n'était peut-être pas le cas. Quelqu'un est peut-être simplement persuadé du contraire.

– Et cette personne aurait tué Joel ? Mais pourquoi ?

– Elle pensait peut-être qu'il savait quelque chose qu'il ne disait pas ? Certains objets ont disparu de son bureau. Ce qui fait pencher Mulgrew pour la thèse du cambriolage. Mais si c'était juste de l'opportunisme ? Et si le véritable but était de fouiller le bureau ?

– C'est possible, je suppose. Mais que cherchait cette personne ?

– À découvrir ce que Joel savait ? »

Alice hocha pensivement la tête. Bill but pensivement son café. Personnellement, j'aurais aimé avoir deux, trois idées intéressantes, mais tout ce qui me venait à l'esprit, c'étaient des questions.

« Alice, vous n'avez pas grandi à Shanghai ? D'après M. Friedman, cette broche baptisée la Lune de Shanghai est célèbre. Vous n'en avez jamais entendu parler ?

– Je suis née là-bas, en effet, mais j'avais quatre ans quand nous avons été internés. Quand nous avons été relâchés trois ans plus tard, nous avons pris le premier bateau pour rentrer, expliqua-t-elle en mélangeant son thé. Ce ne sont pas des souvenirs que j'évoque très souvent. Comme vous pouvez l'imaginer, le camp n'était pas un endroit agréable. Chaleur et boue l'été. Froid humide l'hiver. Rien n'était propre et il n'y avait jamais assez à manger. Tout le monde était malade, et cela devenait pire à mesure que la guerre s'éternisait. Beaucoup de prisonniers sont morts. Le terrain était tellement marécageux qu'il fallait lester les linceuls avec des briques – il n'y avait pas de cercueils – pour que les cadavres ne remontent pas à la surface. Mais parfois, cela ne marchait pas. On tombait sur une main, une jambe...

« J'étais enfant. C'était là mon univers. Notre univers. Si, à l'extérieur du camp, existait une femme appelée Rosalie Gilder qui avait épousé un homme appelé Chen Kai-rong et qu'ils aient fait fabriquer une broche pour célébrer cet événement, nous ne l'aurions pas su. Puis, une fois aux États-Unis, tout le monde a essayé de tirer un trait sur Shanghai.

– Ça a l'air terrible. Je suis désolée, dis-je.

– Ça l'était, oui. Mais nous avons survécu, nous sommes venus ici et avons réussi dans la vie. Contrairement à beaucoup.

Cela dit, vous voyez pourquoi Shanghai peut avoir pour moi une tout autre signification que pour Rosalie Gilder.

– Oui, bien sûr.

– Et vos clients ? lança Bill depuis son poste d'observation. Ils ne vous ont jamais parlé de la Lune de Shanghai ?

– Non », répondit Alice qui se rembrunit.

Je me rembrunis moi aussi ; la question me semblait légèrement indélicate à ce moment précis. Même si j'attendais le moment opportun pour poser celle que j'avais en réserve

« Alice, Joel se posait une question. À votre propos. Ça m'a fait réfléchir moi aussi. Je ne veux pas vous offenser...

– Non, je vous en prie. Si vous pensez que cela peut aider à découvrir ce qui est arrivé à Joel. »

Je ne voyais pas comment ça aurait pu être le cas, mais je me sentais obligée de poser la question puisque Joel avait eu envie de savoir.

« Voilà : pourquoi vous consacrez-vous au recouvrement des biens spoliés pendant la Shoah ?

– En tant que non-juive, vous voulez dire ? précisa-t-elle en souriant. Ne vous inquiétez pas, on me l'a déjà demandé. Le camp... C'est à cause de la guerre que nous avons été internés. Nous avons tant perdu, comme beaucoup. En grandissant, j'ai appris que ce que nous avions vécu, aussi horrible que cela ait été, n'était même pas le quart de ce qui s'était passé. Je la détestais, cette guerre. Mais, une fois qu'elle a pris fin, la guerre est un ennemi insaisissable. Ma sœur m'a suppliée de l'oublier, et j'ai essayé, mais en vain. Comme nous le disions tout à l'heure, j'étais en colère et impuissante. Quand la tendance à recouvrer les biens spoliés a commencé à prendre de l'ampleur, j'ai vu cela comme une opportunité de redresser certains de ces torts.

– D'après Joel, la plupart de ceux qui font le même travail que vous le voient comme une vocation religieuse.

– Il a dit ça ? D'une certaine manière, je suppose que c'est le cas. Et tous mes clients ne sont pas juifs, vous savez. La plupart le sont. Cependant, cette guerre a fait de nombreuses victimes – catholiques, Hongrois, Polonais, homosexuels, tziganes.

– Mais n'auriez-vous pas dû en vouloir aux Japonais ? demanda Bill. Ce sont eux qui vous ont internés.

– Il n'existe aucun mouvement de réparation des crimes japonais, excepté au nom des "femmes de confort", les esclaves sexuelles. Mais l'Allemagne et le Japon étaient alliés. Arracher des biens spoliés des griffes allemandes, c'est à peu près ce que je peux faire de mieux. Cela me suffit. »

Quand il n'y a pas grand-chose à faire, il vaut tout de même mieux faire quelque chose que rien du tout. En l'occurrence, je ne pouvais qu'être d'accord avec elle.

Le téléphone posé sur le bureau sonna. Alice répondit.

« Le détective Mulgrew arrive, annonça-t-elle en reposant le combiné.

– Je vais peut-être m'éclipser, dit Bill en quittant son perchoir.

– Tu te priverais du plaisir de rencontrer Mulgrew ? m'étonnai-je. Et du plaisir de goûter à nouveau au café du Waldorf ?

– Aussi bon le café soit-il, l'un est loin de compenser l'autre. Et le NYPD déteste la foule. »

C'était vrai. Et puis, certains éléments du NYPD n'aiment pas Bill. Mulgrew avait tout du type capable de se renseigner et de trouver moyen de me chercher des noises plus tard à cause des gens qui m'entoure.

Avec Mulgrew, même les coups frappés à la porte avaient l'air dédaigneux. S'il était enchanté de me revoir, il ne laissa rien paraître mais il ne me ficha pas dehors. Il m'adressa même une question de temps à autre, même si celles qu'il posait à Alice étaient moins sèches, moins accusatrices. Peut-être parce qu'elle lui servit du café dès qu'il s'assit et posa deux biscuits au chocolat sur sa sous-tasse.

Pas qu'il ait eu grand-chose à demander. Cet entretien avait lieu pour la forme, ce n'aurait pas pu être plus évident. Pourquoi avez-vous engagé le défunt, a-t-il manifesté une quelconque inquiétude, de quoi avez-vous parlé ce matin, savez-vous qui aurait pu lui vouloir du mal ?

« Eh bien, personne à part Wong Pan. Si Joel l'avait retrouvé.

– Le type de Shanghai ? Alors, Pilarsky l'avait retrouvé ?

– Il ne m'a rien dit de tel, admit Alice ; mais peut-être après que je lui ai parlé...

– Il n'a reçu ni coup de fil ni message électronique. Il a passé trois appels : à son camarade de dortoir à la fac, à vous et à vous, dit-il en me désignant. Il a prétendu avoir retrouvé ce type ? me demanda Mulgrew.

– Je vous l'aurais dit si ç'avait été le cas, détective.

– J'en suis sûr. Savez-vous où je pourrais trouver ce Wong Pan ? fit-il à Alice.

– Si ç'avait été le cas, je n'aurais pas engagé Joel et Lydia, répondit Alice avec un petit sourire. Vous avez sa photo, n'est-ce pas ? dit-elle en faisant mine d'attraper sa mallette, mais Mulgrew lui fit signe de se rasseoir.

– Ouais, elle me l'a donnée », dit-il.

J'ai vraiment horreur qu'on m'appelle « elle » alors que je suis à côté.

« Mais à moins qu'il ait commis aussi les trois autres cambriolages dans le quartier, je ne parie pas sur lui.

– Vous allez le rechercher quand même, n'est-ce pas ?

– Bien sûr », répondit Mulgrew en s'emparant d'un gâteau au citron qu'il avala, comme les autres biscuits, en une bouchée.

Il n'était pas du genre à faire dans le détail.

« Merci de m'avoir consacré votre temps, dit-il en se levant. Appelez-moi si vous pensez à quoi que ce soit d'autre, ajouta-t-il en gagnant la porte.

– La Lune de Shanghai, lançai-je.

– Quoi ?

– Un bijou légendaire qui a disparu. Il appartenait à la femme qui possédait les autres bijoux volés.

– Un bijou légendaire disparu, répéta-t-il en me dévisageant.

– Il est célèbre.

– Ah, un bijou légendaire *et* célèbre qui a disparu. On l'a retrouvé en même temps que les autres ?

– Non. »

Je regrettais déjà d'avoir ouvert la bouche. Mais il m'agaçait avec son dédain, son air de faux cul.

« Peut-être. Personne ne le sait.

– Vous ne le savez pas. Alors, pourquoi y faire allusion ?

– Quelqu'un a pu penser qu'il avait été retrouvé.

– Et quel rapport avec le meurtre de Pilarsky ?

– Je n'en sais rien.

– Est-ce que Pilarsky l'avait ? Est-ce qu'il savait où il était ?

– Je n'en sais rien. »

Silence. « D'accord, je vais vérifier. »

Ha ! Je voyais tout à fait ce que ça pouvait donner. Mulgrew qui aboyait à l'autre bout du commissariat : « Hé, quelqu'un a déjà entendu parler d'un bijou appelé la Lune de Shanghai ? Ou de ce corniaud de Wong Pan, qui vient de Chine, le pays qui a nous piqué tous nos boulots ? »

Alice le reconduisit jusqu'à la porte qu'elle lui ouvrit.

« Merci d'avoir accepté de vous déplacer jusqu'à l'hôtel, détective.

– Tout le plaisir était pour moi, madame. C'est pas souvent que je vois comment vivent les nantis. »

Nous nous retrouvâmes seules.

« Eh bien, vous l'avez conquis, dis-je.

– Il n'est pas si méchant.

– Si, il l'est.

– Il a trop de travail, c'est tout. Comme la plupart des policiers. Pas que vous ayez exactement l'air fraîche comme une rose, si je puis me permettre.

– Je suis épuisée, avouai-je.

– Vous avez passé une journée éprouvante. Pourquoi ne pas rentrer chez vous et prendre un bon bain chaud ? Avec quelque chose pour vous détendre, pourquoi pas de la lavande ? Ça vous fera le plus grand bien.

– C'est une excellente idée, vous savez, dis-je en me levant. Nous pourrons parler demain matin.

– D'accord mais pas d'employeuse à employée, je crois.

– Que voulez-vous dire ?

– Jusqu'à ce qu'on attrape le meurtrier de Joel, ou jusqu'à ce que l'on sache que sa mort n'avait rien à voir avec les bijoux de Rosalie Gilder, je ne peux envisager de vous laisser continuer. »

J'étais abasourdie.

« Vous ne pouvez envisager de m'en empêcher ! Joel aurait détesté qu'on laisse tomber !

– Je ne parle pas de laisser complètement tomber mais, jusqu'à ce que nous soyons sûrs qu'il n'y a aucun risque, nous devons laisser la police se charger de l'enquête. Je vais appeler mes clients. Je suis sûre qu'ils seront d'accord.

– Mais ce n'est pas normal ! Mulgrew n'est pas réellement à la recherche de Wong Pan, et la Lune de Shanghai ne l'intéressait pas du tout !

– Il est peut-être dans le vrai.

– Il a tort.

– Raison de plus pour abandonner, dans ce cas, et laisser l'enquête le conduire à cette conclusion. Vraiment, Lydia, je ne puis vous laisser vous mettre en danger. Retrouver ces bijoux n'en vaut pas la peine. Je suis désolée, mais c'est ma décision.

– Mais laisser tomber comme ça...

– Oh, Lydia, je vous en prie, ne me forcez pas à le dire.

– Dire quoi ? »

Malgré un regard plein de compassion, elle s'exprima sans la moindre ambiguïté. « Vous êtes virée, Lydia. »

10

À LA MINUTE OÙ JE DÉBARQUAI DU WALDORF, j'appelai Bill.

« On est virés.

– Qu'est-ce que c'est que ces chinoiseries ?

– Sois sérieux ! L'heure est grave ! m'écriai-je avant de lui raconter l'entretien avec Mulgrew et ses conséquences.

– Qu'est-ce que tu vas faire ?

– Tu plaisantes ? Si tu crois que je risque de capituler et de laisser Mulgrew mener une enquête pour la forme, tu es aussi...

– Je ne t'ai pas demandé si tu allais abandonner, intervint Bill. Je t'ai demandé ce que tu allais faire.

– Oh ! Eh bien, ta façon de poser la question... Je m'excuse, dis-je en me frottant les yeux. Je ne devrais pas m'en prendre à toi.

– Je suis là pour ça. Mais je serais curieux de savoir à quoi tu allais me comparer.

– Tu ne le sauras jamais. Mais, moi aussi, il y a quelque chose qui m'intrigue. Pourquoi tu vas toujours t'asseoir à l'écart pour pouvoir observer les gens ?

– Parce que je fais ça ?

– Quand je joue à l'innocente avec toi, c'est idiot. Quand c'est toi qui le fais avec moi, c'est carrément absurde. Oui, tu fais ça. Quand tu ne fais pas confiance à quelqu'un. Tu as un problème avec Alice ? »

Bill resta silencieux un moment.

« Il y a un truc bizarre chez elle. C'est ce que Joel a dit aussi.

– Il a dit que quelque chose clochait chez elle, et c'était parce qu'elle fait ce boulot alors qu'elle n'est pas juive.

– Et elle s'est justifiée à ce sujet. Mais n'empêche.

– T'as une idée de ce que ça peut être ?

– Aucune. »

« Tu as mangé ? » me demanda ma mère depuis le salon quand j'ôtai mes chaussures dans le vestibule. C'est une façon de saluer les gens tout à fait banale en chinois, une manière de faire preuve d'hospitalité dans un pays enclin aux famines. On n'attend pas davantage de véritable réponse que lorsqu'on demande « Comment allez-vous ? » en français. Mais, à la seule idée de manger, mon estomac se soulevait.

« Je n'ai pas faim. Ma, j'ai quelque chose à te dire, annonçai-je en m'asseyant près d'elle sur le canapé.

– Ling Wan-ju ? Qu'est-ce qu'il y a ? »

Elle ferma le magazine de mode hongkongais qu'elle lit toujours attentivement à la recherche de modèles de vêtements pour mes belles-sœurs et moi.

– C'est Joel, Ma.

– Celui qui chante ?

– Il est mort, Ma. »

Elle pinça les lèvres. Elle me tapota le bras puis reposa les mains sur ses genoux.

« Que lui est-il arrivé ?

– Quelqu'un l'a abattu.

– Qui a fait ça ?

– Je ne sais pas.

– C'était à cause de votre affaire ? »

Autant y aller franco.

« Je n'en sais rien non plus. La police pense que non. (Elle hocha la tête et se détendit très légèrement. J'aurais pu en rester là mais je n'avais pas envie de lui mentir.) Moi je crois que si, en revanche.

– Tu crois ?

– Oui. La cliente aussi. Elle veut que je laisse tomber. »

Quelques instants de silence.

« Es-tu en danger, Ling Wan-ju ?

– Je n'en sais rien.

– Mais ça ne changerait rien, n'est-ce pas ?

– Ma...

– Non, ça ne changerait rien. Et ce que veut la cliente ne changera rien non plus. Tu vas faire ce que tu estimes juste pour ton ami, même si tu dois le faire toute seule. »

Je n'allais pas être seule, mais le moment aurait été particulièrement mal choisi pour parler de Bill.

« Non, tu vas continuer. Tu ne vas pas penser aux conséquences jusqu'à ce qu'elles se produisent.

– Je n'ai pas le choix, Ma. »

Elle regarda à l'autre bout de la pièce le meuble dans lequel était rangée la collection de figurines en terre cuite qui avait appartenu à mon père : des pêcheurs, des paysans, une jeune tisserande. Des gens qui vivaient la même vie que leurs parents, et les parents de leurs parents, une vie immuable, paisible et sans surprise. Ma mère se leva.

« Tu as le choix, Ling Wan-ju, de dîner ou pas. J'ai du *jyu sam tong.* »

De la soupe au cœur de porc, pour réconforter les faibles. En la suivant dans la cuisine, je me demandai comment elle avait pu deviner.

En dînant, ma mère et moi regardâmes un feuilleton cantonais, un drame en costume plein de tambours, de cymbales, de costumes de la dynastie Tang et de coiffures compliquées.

J'étais accaparée par l'intrigue comme je l'avais été par mes allées et venues tout au long de la journée. Ce n'est qu'une fois seule dans ma chambre que l'image de Joel dans son fauteuil, les yeux ouverts, me revint violemment à l'esprit.

Debout au milieu de la pièce, j'eus le souffle coupé comme lorsque je l'avais trouvé. Je fermai les yeux, sans tenter de refouler cette vision mais la laissai me submerger comme une vague et, comme une vague, refluer de nouveau.

Elle finit par disparaître. Mais, malgré mon épuisement, je ne risquais pas de dormir après ça. Aussi, allumai-je mon ordinateur pour faire une recherche sur la Lune de Shanghai sur Google.

Je n'appris pas grand-chose de plus que ce que j'avais lu dans le livre de M. Friedman. Aucun des sites Web ne montrait de photo ni même de description satisfaisante. Tous s'accordaient à dire que l'on ne savait pas où se trouvait le bijou ; peu s'accordaient sur le dernier endroit où on l'avait vu. Dans un forum de discussion, je tombai sur un témoignage fébrile à propos d'une broche aperçue à une audience donnée par certains membres de la famille royale du Bhoutan ; était-il possible qu'il s'agisse de la Lune de Shanghai ? Suivaient deux réponses brutales : non et impossible. Le jade décrit était vert pomme. Il était serti de pierres, y compris de saphirs. Celui qui avait laissé le message, se moquait un membre du forum, devait vraiment être un bleu pour poser la question. Sur un autre site, quelqu'un qui se faisait appeler Chasseur de Lune faisait le compte rendu d'une vente privée de bijoux qui avait eu lieu dans un hôtel chic de Kuala Lumpur et à laquelle un ami collectionneur l'avait invité. Il s'attardait un peu longuement, à mon sens, sur le statut VIP des participants, la fontaine en lapis-lazuli, le Moët et Chandon gratuit et les serveuses sublimes, mais c'était sans doute parce qu'il était forcé d'admettre que, au bout du compte, il n'avait pas flairé la moindre trace de la Lune de Shanghai. Maintenant qu'il était entré dans l'univers des enchères privées, cela dit, il était persuadé d'être sur la bonne voie. Je ne savais pas grand-chose des ventes privées de bijoux mais je songeai, fort peu charitablement, que quelqu'un à ce point fasciné par les célébrités, les fontaines et les serveuses – et qui avait dû être introduit en leur présence par un tiers – n'était probablement qu'un baratineur.

Au bout d'une heure de recherche sur Internet, j'en eus assez de relire ces mêmes rumeurs, sans cesse rabâchées. Et puis, le parfum de convoitise, l'intérêt quasi exclusif porté à la valeur supposée de la broche commençaient à me déranger. Où était Rosalie dans tout ça, dans ces discussions sur la couleur du jade ? Où étaient Chen Kai-rong et la raison pour laquelle la Lune de Shanghai avait été créée ?

Je me déconnectai. Tout ça n'était peut-être qu'une grosse perte de temps, de toute façon. À strictement parler, seul le livre de Stanley Friedman suggérait un lien entre la mort de Joel et le bijou. Jouant du bout des doigts avec le pendentif de jade que mes parents m'avaient offert à ma naissance, je me glissai dans mon lit et m'endormis.

11

La musique du générique de *Wonder Woman* me tira d'un rêve confus et inquiétant.

« Oh ! Oh ! marmonnai-je en attrapant le téléphone et en reposant ma tête sur l'oreiller. Salut, traîtresse.

– Désolée d'appeler si tard », s'excusa Mary.

Je vérifiai le réveil : il n'était pas tout à fait minuit.

« Je suis étonnée que tu aies l'audace de m'appeler tout court.

– Tu m'en veux d'avoir dit à Bill pour Joel.

– Bien vu.

– Mais ça veut dire que tu sais que je lui en ai parlé, ce qui veut dire qu'il a dû t'appeler.

– Pas étonnant que tu portes un badge doré.

– Alors, qu'est-ce qui s'est passé ?

– Il a réussi à s'immiscer dans mon bureau et dans mon enquête.

– Et dans ton cœur ?

– Pas si vite, ma vieille.

– D'accord, mais vous retravaillez ensemble ?

– Jusqu'à ce qu'on sache qui a tué Joel. À partir de là, je verrai comment il se comporte.

– Alors, j'ai fait ce qu'il fallait.

– Tu t'imagines que je vais t'approuver ?

– À ta place, je ne le ferais pas. Bref, j'espère vraiment que ça va marcher. Mais Lydia, ce n'est pas pour ça que j'appelle.

– Si c'est pour vérifier comment je vais à cause de Joel, ça va, je t'assure.

– Je ne te crois toujours pas, mais je suis ravie de l'entendre. Ce n'est pas pour ça non plus. »

J'étais enfin suffisamment réveillée pour percevoir le ton de sa voix, et il ne me plaisait pas.

« Mary ? Quelque chose d'autre ne va pas ?

– En quelque sorte. Nous avons identifié notre victime anonyme.

– Hé, si je n'étais pas en colère après toi, je dirais que c'est génial. Ça t'a donné l'air intelligente ? C'est qui ?

– Pas si intelligente que ça. C'est un Chinois mais pas du tout clandestin. C'est un flic, Lydia.

– Un flic ? Tu veux dire d'un autre département ou du FBI, par exemple ?

– Je veux dire un flic chinois. De Shanghai.

– Un flic de Shanghai ?

– Les huiles avaient pris contact il y a quelques jours pour prévenir de son arrivée mais ce genre d'info n'est pas communiqué aux commissariats avant que le flic étranger arrive sur le territoire. Ce type n'a pas eu le temps d'aller bien loin ; Shanghai nous a contactés parce qu'il ne donnait pas de nouvelles.

– Qu'est-ce qu'il venait faire ici ?

– Il recherchait un fugitif.

– Et c'est pour me dire ça que tu m'appelles au milieu de la nuit ? Attends, ça vient de faire tilt. C'était mon fugitif ? Il recherchait Wong Pan, c'est ça ?

– Exactement.

– Oh, bon sang.

– Quoi ?

– Rien, sans doute. Mais tu n'es peut-être pas au courant de tout ce qui se passe. »

Je rapportai à Mary tout ce que Stanley Friedman nous avait appris.

Quand j'en eus terminé, elle garda le silence un moment.

« Tu veux rire ? Un fabuleux bijou mystérieusement disparu ?

– Fais preuve d'ouverture d'esprit.

– Je vais essayer. Mais tu ne sais pas si Wong Pan est en possession du bijou.

– Non.

– Ni, le cas échéant, si Joel était au courant.

– Non.

– Ni si ça a un quelconque rapport avec cette affaire.

– C'est ça que tu appelles avoir l'esprit ouvert ?

– Il est entrouvert pour l'instant. Dans l'immédiat, j'ai besoin de parler à Alice Fairchild. Elle ne répond pas au téléphone, ni celui de sa chambre au Waldorf ni son portable. Comment est-ce que je peux la trouver ?

– Mary, il est minuit ! Elle dort peut-être avec des boules Quies. Si tu veux lui parler, va cogner à sa porte. C'est ce que ferait Mulgrew. En parlant de lui, tu lui as parlé du flic chinois ? C'est aussi son enquête, non ?

– Je lui ai cassé les pieds. Il m'a dit que j'aurais dû m'en rendre compte plus tôt.

– Toi, tu aurais dû t'en rendre compte ?

– Et il s'accroche à sa théorie du livreur pour Joel.

– Il pense vraiment que ça pourrait être une coïncidence ?

– Dis plutôt qu'il l'espère. Il m'a quand même promis qu'ils vérifieraient les empreintes dans le bureau de Joel et dans la chambre d'hôtel du flic.

– Bon, eh bien, c'est tout ce qu'on peut espérer, je suppose. Mary ? Comment s'appelait-il ?

– Le flic chinois ?

– Oui.

– Sheng Yue. Pourquoi ?

– Je ne sais pas. Il est mort. On devrait au moins l'appeler par son nom. »

Après avoir raccroché, je contemplai le plafond un moment. Je pensai à Joel en train de prendre le café au Waldorf, à Alice qui se rappelait comment je prenais mon thé, à Rosalie et Kai-rong sur le pont d'un paquebot. Je songeai à appeler Bill et, tout en y réfléchissant, je découvris soudain que la chambre était inondée de lumière. Et, alors que je ne m'étais même pas rendu compte que je m'étais endormie, une idée m'avait réveillée. Je m'emparai du téléphone et appelai Mary dont le numéro était préenregistré.

« Le flic de Shanghai, Sheng Yue, c'est lui qui a pris une chambre d'hôtel sous le nom de Wu Ming, "Anonyme" ?

– Bonjour à toi aussi. Oui, c'est ça.

– Pourquoi un flic irait-il faire ça ?

– Je me le suis demandé moi aussi. Wong Pan devait savoir que la police de Shanghai était à ses trousses. Il est fonctionnaire, il connaissait peut-être Sheng Yue personnellement. Alors, juste au cas où, peut-être...

– C'est ça, répliquai-je. Merci.

– T'as pas intérêt à raccrocher, Lydia ! Ça me semble vaseux à moi aussi. Tu as une idée ?

– Je t'en parlerai si j'ai raison.

– Non.

– Alors, viens avec moi.

– Il est sept heures moins le quart !

– Et alors ? Tu pointes à huit heures. Considère ça comme des heures sup. »

Vingt minutes plus tard, nous étions à l'hôtel Midtown Suites, et Mary était au courant de mon idée. Et, grâce à elle, cette visite avait lieu dans le cadre de l'enquête officielle. Elle me fit remarquer que je devais m'estimer heureuse qu'elle me laisse l'accompagner.

« C'était mon idée !

– Tu as de la chance d'avoir de bonnes idées. »

À la réception, Mary mit son badge doré sous le nez du réceptionniste potelé aux yeux chassieux.

« Il y a eu un homicide ici il y a quelques jours.

– Chambre 525, dit-il en hochant la tête. Un flic chinois, il paraît. »

Vu sa tête, il avait pigé que c'était pour ça que deux autres flics chinoises venaient l'enquiquiner.

« Vous étiez de service quand le client a réservé sa chambre ?

– Évidemment. Je travaille de minuit à dix heures.

– C'est lui ?

– Évidemment, dit-il en jetant un coup d'œil à la photo. Pourquoi ? »

Évidemment. C'était une photo de Wong Pan.

Sur le trottoir, Mary appela Mulgrew pour lui remonter les bretelles. J'étais impressionnée ; mon seul regret, c'était de ne pas pouvoir entendre ce que répondait Mulgrew.

« Il dit que Sheng Yue correspondait à la description du client, m'expliqua Mary en baissant le téléphone encore fumant.

– Il était chinois, quoi.

– Le réceptionniste qui lui a donné ses clés vit dans le New Jersey et avait fini son service avant que le corps soit découvert. Mulgrew a voulu savoir si un employé encore de service avait vu le client. Un garçon d'étage lui avait apporté un hamburger la veille au soir.

– Le serveur l'a identifié ?

– Oui, mais écoute bien : c'est un clandestin mexicain. Mulgrew lui a dit de ne pas s'inquiéter, que les enquêteurs ne travaillaient pas pour les services de l'Immigration, de se contenter de lui dire si c'était bien le type au hamburger.

– Il a dit que oui ?

– Il croyait peut-être que c'était lui. Mulgrew n'aurait jamais dû le croire sans vérifier. Un clandestin qui identifie un putain de cadavre dans une pièce pleine de flics ? C'est quoi ce travail ? »

Le visage de Mary était rouge de colère et de honte pour les services de police.

« Bref, tu avais raison. C'était bien la chambre de Wong Pan. Sheng Yue avait dû le suivre jusqu'ici. Je vais avoir besoin de cette photo. »

Je lui tendis l'enveloppe qui la renfermait.

« Mary, et les coups de fil passés depuis la chambre ? Si c'était celle de Wong Pan, ils sont peut-être importants.

– C'est possible, mais il n'y en a pas eu. Il n'en a peut-être passé aucun. Ou alors il a un portable. »

Je réfléchis à cette idée.

« Quelles sont les chances qu'un rond-de-cuir de Shanghai en cavale possède un portable qui fonctionne aux États-Unis ?

– Tu sais, c'est dommage que tu aies choisi une profession aussi sordide, dit Mary en me regardant. Tu n'aurais pas fait un mauvais flic. »

Elle rappela Mulgrew. Quelques phrases sèches, et elle raccrochait.

« Ça a été rapide.

– À l'heure qu'il est, il a tellement peur de la mauvaise réputation que je peux lui faire qu'il serait prêt à repeindre mon appartement. Je lui ai demandé de vérifier les relevés de tous les téléphones publics sur deux pâtés de maisons à la ronde. Ça va prendre un moment, cela dit. Tu veux que je t'appelle quand j'aurai le résultat ?

– Il faut vraiment que tu poses la question ?

– Je vais au Waldorf parler à ta cliente maintenant. Non, tu ne peux pas m'accompagner. »

Elle s'était préparée à ce que je discute mais je ne voyais pas l'intérêt de lui expliquer que je n'avais plus de cliente. « D'accord, répondis-je. Tiens-moi au courant. » Avec un signe de la main, je m'éloignai avant que son regard curieux ne devienne suspicieux.

En l'absence d'une meilleure idée, je repris le chemin de Chinatown. J'avais besoin de faire le point, aussi décidai-je de marcher. Tout en avançant, je me résolus, comme je le faisais souvent quand je réfléchissais, à appeler Bill.

« Smith, marmonna-t-il, la voix éraillée.

– Chin.

– Hé ! Comme au bon vieux temps.

– Oui, moi debout et opérationnelle de bonne heure et toi tiré d'un profond sommeil par la sonnerie du téléphone.

– C'est une bonne chose qu'on travaille de nouveau ensemble. J'ai failli être obligé d'acheter un réveil.

– Je t'ai dit que Mary enquêtait sur un homicide, tu te rappelles ?

– Je croyais que, si tu mettais la main sur Mary, c'était sur sa mort *à elle* qu'il allait falloir enquêter.

– Sois sérieux. Sa victime est un flic chinois. De Chine. Envoyé ici pour retrouver Wong Pan. »

Bill resta silencieux un moment.

« Il l'a retrouvé, on dirait.

– Mieux, ou pire : la chambre d'hôtel où il a été tué, c'était celle de Wong Pan, annonçai-je avant de tout expliquer à Bill. Les flics vérifient les téléphones publics dans le coin. Et moi...
– attends, j'ai un autre appel. »

Je changeai de ligne et répondis dans les deux langues. Mon interlocuteur s'exprima en anglais.

« Bonjour, mademoiselle Chin. Chen Lao-li de Bright Hopes Jewelry à l'appareil. Si cela vous convient, passez à ma boutique ce matin, s'il vous plaît. »

Je m'arrêtai net. *Oh, Lydia !* J'avais complètement oublié le bijoutier qui s'était emparé de mes photos posées sur son comptoir.

« Monsieur Chen ! Est-ce que vous...

– Nous ouvrons à dix heures. J'ai hâte de vous voir », dit-il avant de raccrocher.

Je repris l'autre ligne et fus surprise d'entendre que Bill était toujours en attente.

« Pourquoi tu n'as pas raccroché comme tu le fais toujours quand je te fais patienter ? Je t'aurais rappelé.

– J'essaie de me tenir à carreau.

– C'est troublant.

– Tu parles de ton coup de fil ?

– Non, de toi. Mais le coup de fil aussi. C'était Chen.

– Chen... le bijoutier ? Qui connaissait les bijoux sur les photos ?

– Exactement. Je l'avais oublié. Je suis idiote, non ?

– C'est ça. Après tout, il ne s'est rien passé, hier.

– Ne cherche pas à me persuader du contraire. Bref, il veut que je passe le voir. Il ouvre à dix heures.

– Il n'est pas encore dix heures ?

– Il n'est même pas neuf heures. Et tu es debout. Tu te rends compte ?

– Bon, pour fêter ce miracle, tu veux que je t'accompagne ?

– Je ne crois pas, merci, répondis-je après un instant de réflexion. Quelle que soit la raison qui le pousse à me recevoir, il sera peut-être disposé à s'ouvrir à une gentille jeune femme chinoise, mais il vaudrait sans doute mieux que tu ne sois pas là.

– C'est souvent comme ça. »

Il se pouvait fort bien que j'aie raison, qu'il valait mieux que Bill ne vienne pas. Et c'était notre manière de fonctionner : travailler séparément quand il nous semblait que les résultats seraient meilleurs. Et puis Bill était un CON qui ne m'avait pas appelée pendant des mois.

Alors, elle me surprit, cette petite pointe de solitude que je ressentis quand nous nous dîmes au revoir.

12

TANDIS QUE JE REGAGNAIS CHINATOWN, la fraîcheur du début de journée laissa place à une chaleur humide. Je m'épongeai le front et chaussai mes lunettes de soleil. Le temps d'arriver à Canal Street, les voitures se pressaient dans la rue comme du bétail avec en guise de mugissements et de piétinements de sabots les coups de klaxon et le grondement des moteurs.

Bien que j'aie dû marcher, j'étais en avance. Par la fenêtre de Bright Hopes, je vis la jeune assistante allumer les lumières et l'encens du général Kung. À dix heures pile, elle déverrouilla la porte et sourit en me voyant sur le seuil.

« Lydia Chin. Je suis venue hier. Je viens voir M. Chen.

– Oui, il vous attend. Je suis Irene Ng, au fait. Suivez-moi, s'il vous plaît. »

Irene Ng me fit traverser la boutique en soulevant le comptoir du fond pour me laisser passer. Elle tapa à la porte de M. Chen avant de l'ouvrir pour moi. M. Chen et un autre homme jusque-là assis sur des tabourets laqués se levèrent en me voyant. Sur la table devant eux, près de mes photos, était posé un plateau contenant des sucreries, de minuscules tasses à thé et une théière en forme de calebasse. Un parfum fleuri flottait dans la pièce.

« Bienvenue, Chin Ling Wan-ju. (M. Chen s'inclina en prononçant mon nom chinois mais en parlant anglais comme nous l'avions fait hier.) Voici mon cousin, Zhang Li. »

Je répondis au salut de M. Zhang en m'inclinant à mon tour. Plus âgé et plus grand que M. Chen, le visage rond et le front dégarni, il avait les traits typiques des Han qui rendaient d'autant plus évidents les yeux ronds et le nez pointu de M. Chen.

« C'est un honneur de vous rencontrer », dis-je.

Formellement, des deux mains, il me tendit sa carte, et formellement, je la pris avant d'en faire autant.

Pour une raison qui m'échappait, ma visite était tout d'un coup devenue un véritable événement. M. Chen semblait avoir suffisamment retrouvé ses esprits depuis la veille pour me dévisager intensément, presque avidement. Il n'avait pas le regard coupable d'un homme nerveux à l'idée de se faire prendre en possession de biens de contrebande mais peut-être, songeai-je, celui d'un homme qui en avait déjà acheté et aurait aimé en acheter d'autres.

J'étais intriguée. Si je n'avais pas été préoccupée par des problèmes urgents, comme un meurtre à résoudre, j'aurais joué le jeu avec ces deux hommes, les aurais laissés me mener par le bout du nez jusqu'à ce que je voie où ils voulaient en venir. Dans ces circonstances, cela dit, cela aurait été faire preuve d'une fourberie confinant à l'imposture.

Je pris place en remerciant M. Chen quand il me tendit du thé. La courtoisie voulait que je le goûte et remarque à quel point il était délicieux, ce qui lui donnerait l'occasion de minimiser mes compliments et me permettrait d'insister mais je m'épargnai tout ça pour entrer dans le vif du sujet.

« Monsieur Chen, j'ignore ce qui vous a poussé à m'appeler, mais depuis hier, la situation a changé.

– Quelle situation ? »

Sa surprise était peut-être due à ce que je venais de dire ou à l'impolitesse avec laquelle j'abordais aussi directement le sujet de l'enquête.

M. Zhang, le cousin, me regardait d'un drôle d'air, comme s'il me jaugeait. La langue lui posait peut-être un problème.

« Voulez-vous que nous parlions anglais, leur demandai-je, ou cantonais ?

– Anglais, répondit M. Zhang que ma question fit sourire. Nous parlons le shanghaien. Nous avons appris l'anglais là-bas quand nous étions enfants, quand il était facile d'apprendre. Aux États-Unis, mon cousin s'est montré capable de maîtriser votre dialecte cantonais d'une façon qui m'échappe. Évidemment, il est plus jeune et son cerveau plus agile.

– Cela fait un moment que nous ne sommes plus jeunes ni l'un ni l'autre, cher cousin », dit M. Chen.

Puis, s'adressant à moi :

« Mais je suis propriétaire de cette boutique depuis de longues années. Mes clients ont fait mon éducation. La situation a changé ? Que voulez-vous dire par là mademoiselle Chin ?

– Hier, quand je vous ai apporté ces photos, je collaborais avec un associé pour essayer de retrouver ces bijoux. Je suis navrée, mais il n'y a pas de bonne façon de vous l'annoncer : il a été tué. »

Les deux hommes me dévisagèrent. M. Zhang fut le premier à recouvrer ses esprits.

« Tué ?

– J'en ai peur, oui. Et il y a eu une autre victime : un officier de police venu de Chine qui suivait le voleur.

– Ils ont été tués à cause de ces bijoux ?

– Je l'ignore. Une fois que vous m'aurez dit ce que vous en savez, j'en aurai une meilleure idée. »

Il me semblait que la main de M. Chen tremblait légèrement quand il posa la théière.

« Oui, bien sûr, dit M. Zhang. Et veuillez accepter nos condoléances pour la perte de votre associé.

– Merci.

– Avant de parler de ces bijoux, il est important que j'aie une idée de la situation, comme vous l'appelez, dans son ensemble. Peut-être pourriez-vous nous expliquer de nouveau pourquoi vous êtes à leur recherche ? »

« Non, vous allez répondre à ma question d'abord ! » avais-je envie de hurler. Mais, la veille, j'avais dit et répété à Joel que mettre la pression à de vieux messieurs chinois n'était pas une façon de s'y prendre avec eux.

« Ces bijoux se trouvaient dans un coffret qui vient d'être récemment exhumé à Shanghai. Ils ont été volés. Mon défunt associé et moi avons été engagés par un client persuadé qu'ils ont été amenés ici pour y être vendus.

– Qui est votre client et pourquoi recherche-t-il ces bijoux ? voulut savoir M. Zhang. Il fait partie des autorités chinoises ? »

Oh, oh, pensai-je. *Tu sais quelque chose et tu ne veux pas avoir d'ennuis.*

« Non. Il s'agit d'une cliente, une avocate suisse employée par les héritiers du propriétaire d'origine. »

M. Zhang et son cousin échangèrent un regard.

« Qui sont ces héritiers ?

– Je ne connais pas leur nom. La propriétaire d'origine était Elke Gilder, une femme de confession juive vivant à Salzbourg. Sa fille Rosalie a emporté les bijoux à Shanghai. Les héritiers sont les enfants du frère d'Elke. »

M. Chen commença à dire quelque chose, mais un regard de son cousin l'arrêta. En dépit du fait que nous nous trouvions dans la boutique de M. Chen, c'était manifestement M. Zhang qui tenait les rênes.

« Ces photos montrent-elles le contenu entier du coffret ?

– Autant que je sache, oui.

– Est-ce qu'on a retrouvé autre chose ?

– Autre chose ? dis-je en regardant les deux hommes. Vous voulez parler de la Lune de Shanghai ? »

M. Chen se figea comme s'il risquait de casser quelque chose au moindre geste.

« Oui, la Lune de Shanghai, répéta quant à lui M. Zhang avec douceur.

– J'ai entendu dire hier que la Lune de Shanghai aurait pu se trouver avec ces bijoux, et aussi que ces bijoux ne valent pas que l'on tue pour se les procurer, contrairement à la Lune de Shanghai.

– Vous avez habilement éludé ma question, remarqua M. Zhang avec un sourire

– Et vous la mienne. »

Il parut ravi.

« Je ne suis pas habitué à ruser, mais j'ai dû vous donner cette impression. Mademoiselle Chin, la Lune de Shanghai se trouvait-elle dans le coffret ?

– Je l'ignore, avouai-je. Si elle a été retrouvée, ma cliente n'a pas été mise au courant.

– Merci de satisfaire ma curiosité », dit M. Zhang en inclinant la tête.

Quelque chose se passa entre les deux cousins à ce moment-là dont je ne parvins pas à saisir la nature mais ils avaient pris une décision. « J'espère que nous serons capables de vous fournir des réponses aussi complètes que l'ont été les vôtres », dit M. Zhang. Il but une gorgée de thé, attendit.

« Eh bien, repris-je, pour commencer, revenons-en à ma première question : avez-vous déjà vu ces bijoux ?

– Oui. »

Je faillis tomber de ma chaise.

« Wong Pan, l'homme qui les a dérobés, est venu ici ?

– Non.

– Mais...

– Nous les avons déjà vus, intervint M. Chen.

– Pourquoi ne pas avoir...

– Oui, nous les avons déjà vus, répéta-t-il en levant la main. Mais pas depuis soixante ans. Ce sont les bijoux de ma mère. »

13

Sous la lumière crue qui inondait le bureau, je dévisageai les deux hommes tour à tour. « Les bijoux de votre mère ? m'écriai-je. Mais ce sont ceux de Rosalie Gilder qui les a... » Je dévisageai de nouveau M. Chen : ses yeux ronds, son nez pointu. *Oh, oh, oh,* pensai-je.

« Rosalie Gilder était votre mère ?

– Oui. Est-ce que vous...

– Chen, dis-je dans un souffle. Chen Kai-rong est votre père. »

M. Chen inclina la tête.

« Cela m'honore de le reconnaître. Je suis étonné de voir que vous connaissez leurs noms, cependant.

– Ils étaient mentionnés dans le livre, celui où j'ai appris l'existence de la Lune de Shanghai. Mais, évidemment, en ce qui concerne celui de Rosalie – celui de Mlle Gilder, je veux dire –, me repris-je, ne voulant pas qu'il croie que je prenais des libertés, c'est ma cliente qui m'a appris son nom. Et j'ai trouvé celui de Chen Kai-rong dans ses lettres.

– Les lettres de votre cliente ?

– Non, celles de votre mère. »

Il y eut un silence.

« Les lettres de ma mère...

– Mlle Chin veut sans doute parler des lettres du musée du Judaïsme, je suppose ? intervint doucement M. Zhang.

– Oui, exactement.

– Oh, oui, évidemment, dit M. Chen en hochant la tête plusieurs fois. Oui, celles du musée.

– Je m'excuse si je vous ai donné l'impression de m'être immiscée dans la vie privée de votre mère, lui dis-je, n'étant pas sûre de ce qui avait pu l'attrister. Mais c'était une femme fascinante. »

Une idée me frappa. « Monsieur Chen, est-elle... » *Non, pas comme ça, Lydia.*

« Je serais enchantée d'apprendre qu'elle est toujours parmi nous.

– Je vais devoir vous décevoir sur ce point », dit M. Chen avec un sourire triste.

Le fait est que j'étais réellement déçue. *Non, mais franchement, Lydia, si Rosalie était vivante, elle aurait près de quatre-vingt-dix ans.* Mais, à mes yeux, c'était une jeune femme apeurée et courageuse dont j'avais fait récemment la connaissance et pour qui je m'étais prise d'affection.

« Appartenez-vous à la famille Chen, vous aussi ? demandai-je à M. Zhang.

– Oui. Ma mère, Mei-lin était la sœur de Kai-rong. Mais, mademoiselle Chin, le temps n'est pas aux souvenirs. Nous avons des problèmes plus urgents à gérer.

– Les bijoux, acquiesçai-je. On ne vous a pas proposé de vous les vendre ?

– Non.

– Mais vous souhaitez les trouver avant qu'ils ne soient vendus.

– Oui, évidemment, répondit M. Chen. Tout ce qui appartenait à ma mère est précieux à nos yeux. »

Il eut le même sourire qui s'évanouit lorsqu'il ajouta :

« Cela dit, le bijou qui n'est pas représenté ici... la Lune de Shanghai... vous n'avez rien appris à son propos ?

– Non, je suis navrée. Si cette broche appartenait à votre mère, je comprends combien elle doit compter pour vous. »

Il acquiesça d'un hochement de tête. Dans son regard l'avidité avait laissé place à une déception stoïque.

« Mon cousin a cherché la Lune de Shanghai toute sa vie, expliqua M. Zhang.

– Quand elle a disparu... »

M. Zhang m'arrêta avec un imperceptible signe de la tête. Il regarda son cousin qui, l'air résigné, servait le thé.

Que voulait me dire M. Zhang ? De ne pas poser d'autres questions devant M. Chen ? Qu'est-ce que ça pouvait bien signifier ? Ce n'était pas comme si M. Chen avait pu apprendre quoi que ce soit de nouveau. M. Zhang jeta un regard vers le téléphone posé sur le bureau. Pigé : il m'appellerait plus tard. Bon, ça passe, pour cette fois. En plus, j'avais sa carte.

« Messieurs, que ce qui est arrivé à mon associé et à l'officier de police chinois ait ou non un rapport avec la Lune de Shanghai, leur meurtre est peut-être lié au reste des bijoux. Si Wong Pan ou quiconque qui veut discuter de ces bijoux vous contacte, me préviendrez-vous ?

– Oui, bien sûr, m'assura M. Zhang alors que M. Chen hochait la tête. Mais il y a un autre problème.

– Lequel ?

– Les héritiers.

– Eh bien ?

– Vous dites ne pas savoir qui ils sont.

– Je ne connais pas leur nom. Ce sont les petits-enfants de Horst Peretz, l'oncle de Rosalie.

– Mademoiselle Chin, avez-vous déjà entendu parler de la façon dont les juifs choisissent le nom de leurs enfants. »

Je fis non de la tête.

« Mon père a choisi mon nom chinois. Ma mère m'a donné un nom européen. Horst Chen Lao-li. Nom étrange, n'est-ce pas ? Mademoiselle Chin, les juifs ne donnent pas à leurs bébés le nom de parents vivants, au cas où l'ange de la mort, venu chercher les anciens, ferait erreur. Quand ma mère m'a donné le prénom de son oncle Horst, elle savait qu'il était décédé. Elle me l'a donné pour que l'on se souvienne de lui. Il n'y avait personne d'autre pour se souvenir de lui : il était mort sans enfants. »

Il me fallut un moment pour digérer cette nouvelle.

« Alors, qui sont ces clients ?

– Pas ceux qu'ils prétendent être en tout cas, répondit M. Zhang. Ce fait en soi est inquiétant, ne trouvez-vous pas ? »

14

J'APPELAI ALICE SUR LE CHEMIN du bureau mais tombai sur sa boîte vocale. *Allez, Alice, décrochez ! Vos clients sont bidons !* Et si c'était ce que Joel avait trouvé « louche » ? Mais comment aurait-il pu savoir ? Je laissai un message à Alice lui demandant de me rappeler puis décidai de prendre le métro jusqu'au Waldorf pour taper à sa porte en personne. Je n'avais pas franchi deux pâtés de maisons que le thème de *Wonder Woman* retentissait sur mon téléphone.

« Lydia, on avait raison.

– On a toujours raison. À quel propos ?

– Il y a quelques jours, un appel a été passé vers le Waldorf à partir d'un téléphone public situé à un pâté de maisons de l'hôtel de Wong Pan.

– Vers le Waldorf ? Wong Pan a appelé Alice ? Mais elle ne m'en a rien dit. Elle n'était même pas sûre qu'il se trouvait à New York.

– L'appel a été bref. Il a pu essayer de la joindre, ne pas y arriver et raccrocher. Le fait est qu'il sait où la trouver.

– Si c'est bien lui qui a appelé. Tout ce que tu as, c'est un appel vers le Waldorf passé depuis un téléphone public. »

Mary ignora ma remarque.

« Je suis sur place mais pas elle. Tu as de ses nouvelles ?

– Sur place, au Waldorf, tu veux dire ? Tu es à l'hôtel ? Et pas elle ? Tu m'inquiètes maintenant. Je viens d'appeler et je suis tombée sur sa boîte vocale. J'étais sur le point de me rendre à l'hôtel. Ce coup de téléphone a été passé avant ou après que le flic chinois a été tué ?

– Impossible de déterminer l'heure de sa mort aussi précisément mais cela a dû se jouer à quelques heures près. Avertis-moi tout de suite si tu as des nouvelles d'Alice.

– Promis. Au fait, Mary : j'ai deux ou trois autres nouvelles chocs. »

Je lui parlai de M. Chen, le fils de Rosalie, et de M. Zhang, son neveu, et des clients d'Alice qui n'avaient aucun lien de parenté avec Rosalie.

« Oh, dit Mary lentement. Tout ça ne me plaît pas du tout.

– À moi non plus.

– Je vais demander aux agents qui patrouillent dans le secteur d'essayer de repérer Alice. En attendant, Shanghai nous envoie un nouveau flic.

– Ah oui ?

– Hé, ils enquêtent sur le meurtre d'un des leurs plus le vol d'un bien national. Je ne serais pas surprise qu'ils envoient une escouade. Il s'agit de... (Elle marqua une pause.) ... de l'inspecteur Wei De-xu. Voici ce que dit leur courriel : "L'inspecteur Wei De-xu est l'un des officiers les plus estimés du bureau de la police de Shanghai." Je vais le chercher à l'aéroport dans la matinée.

– Comment ça se fait qu'on t'ait chargé de ça au lieu de quelqu'un de la brigade homicide ?

– C'est le capitaine Mentzinger qui a réussi à obtenir ça. Techniquement, une fois notre victime anonyme identifiée, mon boulot était terminé, mais il veut que je suive l'affaire. Après la boulette de la chambre d'hôtel, les gars de la criminelle ne peuvent pas vraiment refuser. Ils sauvent la face en disant qu'ils ne trouvent pas vraiment d'inconvénient à ce que j'aille récupérer ce type dans la mesure où je suis capable de communiquer avec lui.

– En dialecte de Shanghai ?

– Comment veux-tu qu'ils sachent que je ne sais pas un traître mot de shanghaien ? En plus, tu crois que Shanghai enverrait un flic incapable de parler anglais ? Mais motus et bouche cousue. »

Après avoir raccroché, je changeai de nouveau de direction et rentrai au bureau ; inutile d'aller au Waldorf si Mary y était déjà, mais pas Alice. Au bureau, je fis chauffer de l'eau pour le thé et appelai Bill pour lui rapporter la conversation que je venais d'avoir. Il eut une réaction très semblable à celle de mon amie : il n'aimait pas la façon dont les choses se présentaient.

« Il y a un consensus sur le sujet on dirait, remarquai-je. Qu'est-ce que tu fabriques ?

– J'attends un coup de fil. En lisant.

– L'histoire de Shanghai ?

– Tu lis en moi aussi facilement que ça ?

– J'en ai peur, oui. Un coup de fil de qui ?

– L'ami d'un ami. Expert en histoire de la Chine contemporaine. J'espère qu'il pourra nous donner quelques informations sur le contexte historique.

– Je vois que tu prends des initiatives.

– Je te marche sur les pieds ? Je ne veux pas...

– Non, je suis sincère. J'ai eu l'air sarcastique ?

– Je n'étais pas sûr. »

Je fus décontenancée. Bill, incapable de déchiffrer le ton de ma voix ?

« Non, c'est une excellente idée, je trouve. Dis-moi s'il t'appelle.

– Où seras-tu ?

– Je crois que je vais lire un peu moi aussi. Je vais imprimer le reste des lettres de Rosalie.

– Elles sont dans le domaine public depuis des années. Tu n'y trouveras rien que Chen et Zhang ne savent déjà.

– Peut-être, mais ce n'est pas comme si je cherchais une carte avec un gros X dessiné dessus. M. Chen m'a prise par surprise quand il m'a dit être le fils de Rosalie. Je ne veux pas que ça se reproduise. Pour l'instant, ces lettres sont le seul lien que j'ai avec le bijou. »

Je posai mon thé près du fauteuil dans lequel je m'installai.

29 avril 1938

Très chère maman,

Eh bien, ton ignorante Rosalie n'a guère fait de progrès en ce qui concerne la Chine. Mais après avoir profité de la compagnie de Chen Kai-rong jusque tard dans l'après-midi d'hier, tout en buvant du café et en mangeant de la Linzer Torte *que, j'en ai peur, j'ai dévorée avec gourmandise (Chen Kai-rong suggère que nous goûtions alternativement les spécialités culinaires de nos deux peuples. Quelle proposition charmante !), je suis maintenant beaucoup moins ignorante au sujet de mon nouvel ami.*

Je dois dire qu'il n'a pas ménagé ses efforts pour débrouiller quarante siècles d'histoire. Mais j'étais complètement perdue entre les États et les dynasties. Me voir patauger ainsi l'a beaucoup amusé, même s'il s'efforçait de le cacher. (En vain !) Les origines de sa propre famille remontent à une époque baptisée « la période des Royaumes combattants » – il y a deux mille ans, maman ! Alors que notre peuple était déjà dispersé depuis des millénaires, que la chrétienté s'apprêtait à naître et à nous disperser de nouveau – Chen Kai-rong a pu se rendre sur les tombes de ses ancêtres de l'époque !

J'ai dû avouer que je l'enviais et que j'aurais aimé avoir une patrie comme la sienne. D'après nos livres, notre peuple a une aussi longue histoire que le peuple chinois, mais quelle famille juive connaît le nom de ses ancêtres au-delà de six générations et serait capable de retrouver leurs tombes ?

Chen Kai-rong m'a posé des questions sur le sionisme et, bien qu'il plaidât l'ignorance, il était bien renseigné sur le sujet. Je lui ai dit que je considère le sionisme comme un fantasme collectif, l'opium du peuple juif ; et puis je me suis rapidement excusée d'avoir fait allusion à l'opium car je me suis laissé dire que c'est un fléau en Chine. Les Chinois portent de nombreux fardeaux, répondit-il et l'opium, bien qu'étant une malédiction, lui procure au moins une joie passagère.

La conversation ayant pris cette triste tournure, je changeai complètement de sujet et lui demandai d'où venait son excellente maîtrise de l'anglais. L'anglais, dit-il, est la lingua franca *dans le monde des affaires à Shanghai. Comme la perspective de me débrouiller en chinois me paraissait particulièrement intimidante, tu peux imaginer ma joie à cette nouvelle ! Kai-rong a fréquenté l'école britannique de Shanghai et parle anglais depuis l'enfance. Il rentre chez lui après deux ans d'études à Oxford. Je lui demandai dans quel domaine.*

« J'étudiais le droit, répondit-il. Bien que, d'après ce que je me suis laissé dire, le droit soit une discipline dont on a bien besoin à Shanghai en ce moment, elle est pourtant boudée. » Il se tut, le regard perdu sur les flots.

« Je suis navrée, risquai-je. J'ai l'impression de n'aborder aujourd'hui que des sujets qui vous contrarient. »

À ces mots, il se ressaisit.

« Non, non, c'est moi qui dois m'excuser. Je suis... soucieux, dit-il avec un sourire.

– Qu'est-ce qui vous chagrine, si je puis me permettre cette question ?

– Ah, Rosalie. Vous avez quitté un pays où votre peuple vit depuis des siècles, mais où il n'est plus le bienvenu aujourd'hui. Pour moi, c'est le contraire, j'en ai peur.

– Comment est-ce possible ? Vous un Asiate qui retournez en Asie. »

Son sourire se fit plus franc. « D'abord, il ne faut jamais dire "Asiate". »

Maman, ce mot n'a pas d'équivalent en allemand. Je ne savais pas que c'était une insulte avant qu'il me l'apprenne.

« C'est un terme employé par les Européens qui fleure une certaine condescendance. Vous vous ferez plus d'amis à Shanghai en disant "Chinois". Je sais que cela paraît trivial... »

Je l'assurai du contraire, ayant moi-même pris brutalement conscience ces derniers mois de la souffrance que peuvent causer certains mots.

« Je ne puis prétendre percevoir la nuance vu la faiblesse de mon niveau en anglais, lui dis-je. Mais si le mot vous offense, je vais le rayer de mon vocabulaire !

– Mes compatriotes et moi vous en savons gré. Et permettez-moi de dire que si vous êtes capable de glisser le terme "nuance" aussi habilement dans une phrase, vous devez cesser de penser que vous avez un niveau faible en anglais. »

Je le remerciai du compliment (même si son anglais surpasse vraiment le mien, maman) et lui demandai pourquoi il pensait ne pas être le bienvenu en Chine et s'il faisait allusion à l'occupation japonaise.

« En effet, oui ; même si je comprends mieux les envahisseurs étrangers que le gouvernement fantoche – composé de Chinois tellement avides de pouvoir et de richesses qu'ils sont aux ordres des envahisseurs, contre leur propre peuple.

– Et ceux qui occupaient le pouvoir avant ce gouvernement fantoche ? N'y a-t-il aucun mouvement de résistance formé par des loyalistes chinois qui œuvrerait à reconquérir le pays ? »

Je pensais évidemment à la situation chez nous, maman, à ces loyalistes qui refusent d'accepter l'Anschluss de Herr Hitler.

« Ce qui a été remplacé n'avait pas grand-chose d'un gouvernement, répondit Kai-rong. Tchang Kaï-chek et ses nationalistes ne sont qu'une bande d'hypocrites et de voleurs qui ont trahi la République il y a de nombreuses années, avant qu'elle ait pu prendre racine. Et puis, la moitié du pays a toujours échappé à leur contrôle de toute façon – et échappe au contrôle des Japonais aujourd'hui. Elle est étranglée par des seigneurs de guerre. Des voyous avides pour qui la "Chine" n'est qu'un concept abstrait alors que la richesse est un concept qu'ils peuvent comprendre. »

Il s'interrompit pour siroter du café ; j'ignorais complètement comment répondre. Et là, maman, il a fait cette extraordinaire déclaration : « Aussi douloureuse votre situation soit-elle, Rosalie, il y a peut-être un avantage à ne pas avoir de pays pour lequel se battre. Vos traditions ancestrales et magnifiques et votre spiritualité se sont épanouies sans être corrompues ni par les préoccupations politiques ni par la nécessité, une fois le pouvoir conquis, de s'y accrocher. »

Ébahie, je fus obligée de répliquer.

« Et aussi en l'absence de sécurité et souvent de quoi nous remplir le ventre !

– Vous ai-je paru condescendant ? s'étonna-t-il. Je m'excuse. »

Mon indignation s'évanouit, et je me mis à rire en soulignant qu'un mot sur deux employés aujourd'hui était un mot d'excuse.

« Vous avez raison, reconnut-il, et si c'est ma faute, je m'excuse. » Il se mit à rire à son tour.

Puis il devint songeur.

« Mais il me semble que nous avons quelque chose à nous envier dans nos histoires respectives sinon dans nos situations respectives, ajouta-t-il. Allons, il reste de la Linzer Torte *pour vous rassasier. Et, si vous voulez, je puis reprendre l'histoire de la dynastie Song du Nord là où nous l'avions laissée.*

– Oui, avec plaisir, soupirai-je, même si je doute que cela soit très utile. Mais, d'abord, vous n'avez pas répondu à ma question : y a-t-il en Chine un mouvement de résistance contre les Japonais ? »

Je croyais qu'il ne répondrait pas, mais il finit par le faire.

« Oui, il y en a un. Il se bat pour rendre la Chine au peuple chinois.

– Va-t-il gagner ?

– Si vous me demandez de prédire l'avenir, j'en suis incapable. Mais, ce que je peux vous dire, c'est que l'histoire est du côté de la Chine. Maintenant, prenez votre assiette et revenons à notre cours d'histoire. »

Et c'est ce que nous fîmes. Non que j'aie réussi à apprendre grand-chose sur le passé, comme je te l'ai dit. Mais j'en ai appris suffisamment sur Chen Kai-rong pour envisager l'avenir avec impatience : la leçon de demain, accompagnée de thé parfumé et de curieuses pâtisseries chinoises.

Porte-toi bien, maman !

Ta Rosalie

3 mai 1938

Très chère maman,

Je n'ai pas écrit depuis un moment, je le sais, mais comme j'ai appris qu'il n'y aura pas de service postal jusqu'à notre arrivée à Singapour, je me sens idiote de prendre la plume pour produire une lettre qui restera posée sur mon bureau des jours durant. Paul se félicite de ce manque d'entreprise de ma part et a l'air de penser qu'il justifie le sien, même si je puis lui faire remarquer que j'en ai déjà écrit un certain nombre, ce qui me procure un certain sentiment de supériorité mais n'a pas grand effet sur lui.

Depuis mon réveil ce matin, je me sens mélancolique, maman, et tu me manques terriblement. Peut-être le brouillard qui nous enveloppe affecte-t-il mon humeur ? Les passagers parlent à mi-voix ; même les enfants manquent d'entrain. Nous sommes à moins d'une semaine de Shanghai. Je crois que nous avons enfin saisi la démesure de notre entreprise. J'en ai eu un aperçu au cours des semaines passées, mais j'ai refusé résolument de l'admettre, en préférant me concentrer sur le luxe du bateau, l'euphorie des nouvelles rencontres et l'aventure que représente cette traversée vers l'inconnu. Pourtant, le brouillard apporte avec lui une drôle de sensation. Il y a peu de vent et, passé le bastingage, il est impossible de voir quoi que ce soit à des milles alentour. Chez nous, le brouillard précède un changement de temps. Ici, cette brume chaude et monotone semble pouvoir durer éternellement. Ah, et voilà, maman : j'ai écrit chez nous et ces mots me remplissent de tristesse.

Quand j'envisage l'avenir, l'enthousiasme et la curiosité soulagent mon appréhension. Mon nouvel ami Chen Kai-rong m'a beaucoup appris sur son pays. Il est clair qu'il aime profondément sa patrie, qu'elle lui a manqué quand il vivait à l'étranger, tout aussi clair qu'il connaît les défauts de la Chine et désire les voir corrigés. Sa dévotion, en dépit de tout ce qu'il trouve mauvais, est rassurante et j'espère que ses sentiments influenceront les miens. Ainsi, je me sens déjà attachée à Shanghai ; mais quand je me tourne vers le passé, j'ai des sentiments exactement inverses. Je me sens sans attaches, à la dérive au contraire. Le moindre de mes souvenirs heureux est assombri par la vaine nostalgie du foyer que nous avons perdu.

Maman, nous as-tu écrit ? Je comprends que les paquebots sont rares et je ne m'attends pas à recevoir une de tes lettres à chaque fois que nous rencontrons un bateau ; et pourtant, comme me le demande Paul, si c'est le cas, pourquoi me placer continuellement sur le chemin du steward qui distribue le courrier des passagers ? J'adorerais une lettre, maman. Mais je préférerais de loin vous trouver, oncle Horst et toi, sur le bateau qui suit immédiatement le nôtre.

Je vais sceller cette lettre maintenant et la poser sur mon bureau jusqu'à demain quand la navette partira pour Singapour. D'ici le matin, le brouillard se sera peut-être dissipé et je serai redevenue,

Ta Rosalie, forte et pleine d'entrain.

9 mai 1938

Très chère maman,

Nous sommes arrivés hier à Shanghai.

Quel endroit incroyable !

Comment t'expliquer ? Par où commencer ? Tout est tellement étrange, maman, et nous sommes si peu préparés ! Au cours de nos conversations sur le bateau, Chen Kai-rong a peint un tableau si saisissant que je me sentais fin prête à devenir une « Shanghaienne » accomplie. Oh, mais comme j'avais tort !

Bien que j'aie beaucoup de mal, maman, à traduire cette expérience en mots, je vais néanmoins m'y efforcer pour que les choses ne te paraissent pas aussi étranges quand tu arriveras ; et pour que tu aies une idée de ce que nous ressentons, Paul et moi, dans cet étourdissant univers.

Avant-hier soir, dans un brouillard à couper au couteau, nous vînmes sur l'embouchure du port. Tous les passagers se pressèrent contre le bastingage, même s'il nous fut impossible de voir quoi que ce soit pendant un long moment. L'atmosphère devint électrique quand les silhouettes de navires se dessinèrent à travers le brouillard : deux paquebots à l'ancre, des bâtiments de guerre de nombreuses nations et notre premier aperçu des jonques à voile carrée et des sampans à fond plat typiquement orientaux.

Nous jetâmes l'ancre pour attendre le changement de marée. Les cuisines préparèrent un festin somptueux de poisson, oie et raviolis. Ne sachant pas ce qui nous attendait, je mangeai tout mon content et encourageai Paul à en faire autant, bien qu'il n'ait besoin d'aucun encouragement. (Quelle qu'ait été la somme investie dans nos billets, je ne crois pas que la ligne Lloyd Triestino ait fait un quelconque profit grâce à Paul.) Les stewards empilèrent les bagages sur le pont, et de nombreux adieux pleins d'émotion et de serments d'amitié indéfectible furent échangés. Ni Paul ni moi ne dormîmes cette nuit-là ; si nous avions dormi, je crois que nous aurions été les seuls passagers dans ce cas.

Alors que le soleil se levait, les moteurs se mirent à gronder, et le bateau s'ébranla. Nous remontâmes le Huangpu, c'est le nom du fleuve qui traverse Shanghai. Bien que le brouillard fût épais, nous autres réfugiés nous pressâmes de nouveau contre le bastingage, nous efforçant d'apercevoir notre nouvelle patrie.

Point d'image cela dit en guise de premier « aperçu » mais un parfum. Même si « parfum » est un terme trop délicat : il faut bien parler de puanteur, maman, une débauche d'odeurs mêlées qui, si elles avaient été des bruits, auraient été assourdissantes. Imagine, maman, la mer à marée basse ; ajoute l'essence, les légumes en décomposition et la fumée de mille usines, mélange, et verse dans une brume chaude et humide ! Voilà la première impression de notre nouvelle patrie.

Quand le brouillard se dissipa, nous aperçûmes la berge. Par contraste avec ce que nous rapportait notre odorat, la scène que nous avions sous les yeux était onirique. Nous longeâmes des champs et des rizières parsemés de huttes basses et de fermiers pataugeant derrière des animaux qui, si j'en crois Kai-rong, ne sont pas des bœufs mais bien des buffles d'eau. Bientôt, cependant, nous approchâmes des environs de Shanghai et, oh, spectacle décourageant ! le quartier que nous longions, appelé Hongkew, avait beaucoup souffert de l'invasion japonaise. La destruction, les nuages de fumée, les gravats et les pauvres créatures qui erraient au milieu ne présageaient rien de bon.

Ensuite, il y eut les quais. Jonques, sampans et radeaux encombraient les eaux du port, dans notre sillage ou coupaient courageusement notre route ; impossible de dire comment nous pûmes éviter de les engloutir. Sur les docks, tout n'était que chaos. Des camions chargeaient et déchargeaient des marchandises, et les automobiles avaient du mal à se frayer un passage. On pouvait voir des pousse-pousse, ces curieux véhicules orientaux au joug desquels les hommes remplacent les chevaux. Mais l'élément clé de ce tumulte bouillonnant, tourbillonnant, c'étaient les gens eux-mêmes. Il y en avait tant ! Quelques-uns étaient vêtus à l'européenne mais la plupart, aussi bien les hommes que les femmes, se hâtaient, traînaient des pieds ou restaient assis vêtus de pantalons courts et de chapeaux de forme conique. Je fus consternée en voyant cette foule si dense et innombrable ; mais je ressentis aussi une étrange euphorie qui me rendait impatiente de me joindre à la mêlée.

Puis nous distinguâmes de majestueux immeubles dans le style européen. Dans les rues, toujours grouillantes pourtant, l'activité était devenue moins frénétique. C'était la première fois depuis des années que Kai-rong voyait sa ville natale. La lueur qui illuminait son visage m'encouragea à faire mon possible pour aimer cet endroit.

Kai-rong nous informa que nous avions atteint le Bund, une promenade en bord de fleuve où s'alignaient banques, immeubles de bureau et grands hôtels. C'est là le cœur de la Concession internationale, *quartier qui, par traité, est administré non par la* Chine, *mais par les puissances étrangères dont les ressortissants y résident. Et ce mot n'a rien à voir avec le mot allemand* Bund, *comme l'on pourrait s'y attendre, c'est un terme hindou signifiant « quai ». (Vois-tu combien j'ai appris en quelques semaines ? Même si je n'ai pas encore appris à aimer les pâtisseries chinoises.)*

Les moteurs de notre bateau se turent ; des remorqueurs vinrent à notre rencontre. Paul courut rejoindre un groupe d'amis de son âge à la proue pour être le premier à découvrir le quai où nous allions accoster. Apercevant un jardin le long du Bund, je demandai à Kai-rong s'il était aussi beau qu'il en avait l'air. Il répondit qu'il le pensait volontiers, mais qu'il n'y était jamais entré car son accès était interdit aux Chinois.

Mon cœur se figea, maman. Je revis la pancarte « Interdit aux juifs » au portail du jardin Mirabell la dernière fois que nous avons essayé d'y aller toi et moi, pour notre habituelle balade dominicale.

« Mais comment est-ce possible ? » m'exclamai-je avec véhémence ; je crois que je voulais entendre Kai-rong me dire qu'il avait fait une plaisanterie bizarre, ou que j'avais mal compris.

« Comment est-ce possible, insistai-je, nous sommes en Chine ! Ce quartier a beau être gouverné par des étrangers, ils n'ont certainement pas le droit de...

– Ils l'ont. Le traité leur en donne le droit et ils l'appliquent depuis un siècle. Deux kilomètres plus

loin, expliqua Kai-rong en désignant le Bund, et des milliers de kilomètres après ça, c'est la Chine. Dans la Concession internationale et la Concession française on pourrait aussi bien se trouver en Europe. Même si je dois vous dire, Rosalie, que je n'ai jamais été traité en Europe avec autant de dédain que je l'ai été ici, dans la ville où je suis né. »

Voilà qui m'attrista, maman, plus que je ne saurais le dire. Consternée, je regardai les flots et lui demandai s'il voulait dire que ces quartiers internationaux si prospères et magnifiques étaient entièrement fermés aux Chinois.

« Oh, en aucun cas, répondit-il avec un sourire narquois. Juste ce jardin "public", les clubs réservés aux gentlemen, les clubs sportifs et les restaurants. La Concession internationale compte un million d'habitants, la Concession française un demi-million. Sur ce nombre, si soixante mille sont Européens, eh bien, comme on dit, je veux bien être pendu. »

Je souris à mon tour.

« Soixante mille individus régissent la vie d'un million et demi de personnes ?

– Mais n'est-ce pas comme cela partout ? Dans les ports ouverts chinois, la disparité est marquée car les dirigeants sont étrangers. Mais, sur des milliers de kilomètres, depuis des milliers d'années, des millions de paysans suent et crèvent de faim pendant que les aristocrates sirotent leur thé. Dans la majeure partie du monde, une minorité gouverne la majorité.

– Faites attention à ce que vous dites ou l'on va vous prendre pour un bolchevik.

– Oh, pas du tout. En fait, ironisa Kai-rong, mon domicile est situé dans la Concession internationale. Mon père est négociant en coton et en soie, comme son père et son grand-père avant lui. Je suis censé perpétuer la tradition.

– Vraiment ? Et, pourtant, je perçois autre chose dans votre voix. »

Il se tourna vers moi, silencieux l'espace d'un instant, et plutôt sombre. Puis il sourit. « Vous avez l'ouïe fine. Venez, allons chercher votre frère. Le chaos va s'abattre sur le bateau à l'instant où la passerelle sera baissée. »

Maman, on me dit que l'on éteindra bientôt les lumières dans cet endroit où nous logeons. Je suis complètement épuisée. Je vais conclure ici et poster cette lettre demain en espérant qu'elle croise le chemin du paquebot sur lequel oncle Horst et toi filez à toute vapeur vers Shanghai en ce moment même ! Cependant, même si j'étais sûre que tu étais sur un tel bateau et que tu ne verrais jamais cette lettre, je n'en continuerais pas moins mon compte rendu. Tenter de te décrire cet endroit extraordinaire me procure un réconfort étrange. Imaginer ton sourire à cette lecture me fait sentir moins seule que je suis convaincue de l'être, cernée par la foule et l'agitation incessante qui caractérisent cette pièce et la ville de Shanghai.

Ta Rosalie

Foule et agitation incessante. Tout à fait Chinatown ; Mary, moi et les trente-six autres garnements dans notre tumultueuse classe de CP ; mes parents, la sœur aînée de ma mère et mes quatre grands frères dans notre petit appartement dans un immeuble sans ascenseur. J'avais envie de dire à Rosalie : « Ne t'en fais pas, une fois que l'on s'y habitue, c'est plutôt sympa ». J'attrapai la lettre suivante ; elle avait peut-être fait ce constat d'elle-même. Mais ma main dut faire un détour pour décrocher le téléphone qui sonnait.

« Mademoiselle Chin ? Leah Pilarsky à l'appareil. La belle-sœur de Joel. Je suis vraiment désolée de vous déranger mais...

– Appelez-moi Lydia, je vous en prie, dis-je en me tirant péniblement de ma rêverie. Et vous ne me dérangez certainement pas. Quelque chose ne va pas ? »

Hormis l'évidence, pensai-je.

« C'est la raison de mon appel. Je ne suis pas sûre de la manière dont vous pourrez nous aider, mais nous ne savons pas vers qui nous tourner à part vous. C'est à propos... du corps de Joel, dit-elle avec une hésitation. Excusez-moi, c'est tellement bizarre de parler de lui comme ça... Lydia, reprit-elle après une seconde de silence, je ne sais pas si vous êtes au courant, mais nos lois religieuses exigent que les obsèques aient lieu moins de vingt-quatre heures après le décès.

– Il me semble que je le savais. Mais il est déjà trop tard.

– En effet. Nous préférons aussi ne pas pratiquer d'autopsie, mais dans un cas comme celui-ci, les rabbins donnent leur autorisation. Nos lois sont anciennes, mais il n'empêche que nous sommes en prise avec le monde moderne », dit-elle d'un ton ironique, presque amusé.

Dans des circonstances plus agréables, elle devait être la rigolote de la famille, pleine d'un humour acerbe. Manifestement compétente et loyale, elle était aussi celle vers qui l'on se tournait dans ce genre de circonstance.

« Nous avons appris que l'autopsie avait déjà eu lieu. Mais la police refuse de nous rendre le corps.

– Pourquoi ?

– Elle dit que, en cas de crime, le protocole exige que l'on attende quelques jours. Je le comprends, mais c'est délicat. Ruth est dans un état épouvantable. Elle s'accroche aux lois et aux rituels – et c'est à ça qu'ils servent après tout, à vous permettre de vous raccrocher à quelque chose dans des circonstances pénibles. Elle est obsédée par les funérailles : un enterrement religieux par lequel commence la *shiv'ah*, la période de deuil de sept jours. C'est le dernier service qu'elle peut rendre à Joel et elle en a vraiment besoin. Mais, tout ce que j'obtiens du bureau du légiste, c'est "aussitôt que possible". Je les ai sermonnés gentiment, et ils ont laissé échapper que si la police accepte de rendre le corps, la procédure sera accélérée. Alors, j'ai parlé au détective, ce Mulgrew.

– Ah, mais vous avez eu l'impression de parler à un mur, c'est ça ?

– Exactement. »

Je perçus de nouveau ce léger amusement et fus ravie d'en être à l'origine.

« Lydia, je sais que vous ne travaillez pas pour la ville...

– Mais vous espérez que ce soit le cas d'une de mes connaissances. Je vous rappelle tout de suite. »

Je raccrochai et composai le numéro préenregistré.

« Salut, Lydia. Quoi de neuf ?

– Détective Mary Kee, c'est votre jour de chance. Offre spéciale, améliorez votre karma en un simple coup de fil.

– Oh, non.

– Oh, que oui. Et ça compte double si tu agis sans délai, dis-je avant de rapporter à Mary ma conversation avec Leah Pilarsky.

– Qu'est-ce que tu es en train de me dire ? Que je suis censée gérer ça ?

– Le légiste rendra le corps si le NYPD donne son feu vert.

– Pas grâce à moi. Je n'en ai pas l'autorité, et ce n'est pas mon enquête.

– Non, ton capitaine l'a, et c'est l'enquête de la criminelle.

– Oh, maintenant...

– T'avais pas envie de faire repeindre ton appartement de toute façon.

– Tu veux que j'abatte toutes mes cartes pour ça ?

– Pour aider une veuve éplorée. Comme je l'ai déjà dit, c'est très bon pour le karma. »

Silence suivi d'un soupir.

« J'arrive pas à croire que je me fasse avoir comme ça. Rappelle-moi dans dix minutes. »

Tu vois, l'agitation incessante a aussi du bon, pensai-je en prenant la lettre suivante.

12 mai 1938

Très chère maman,

Cela fait trois jours que nous sommes ici. Au début, les sensations me parvenaient à une telle vitesse que j'en avais le tournis; mais, à présent, je crois comprendre ce que les marins appellent "avoir le pied marin" – la capacité de prendre en compte le mouvement d'un bateau quand on se déplace. Les rues et les immeubles de Shanghai ne bougent pas, maman, mais je te jure que ce sont bien les seuls ici. Tout n'est qu'agitation, constante et frénétique, nuit et jour. Mettre un pied dans les rues bouillonnantes demande de l'attention et une volonté de fer. Même si, en vérité, il serait peut-être plus difficile de le faire si l'endroit où nous logeons n'était pas, à une plus petite échelle, à l'image même du chaos qui règne à Shanghai.

Oh, comme je dois te paraître ingrate! Et je ne le suis pas, maman, je t'assure. Les gens qui nous reçoivent font de leur mieux avec des ressources on ne peut plus limitées. Nous serions à la rue sans leur gentillesse. L'accueil des réfugiés est géré par un certain nombre de comités soutenus par de riches familles juives – des citoyens britanniques de Bombay – qui se sont aperçus des besoins et ont réagi fort généreusement. Néanmoins, ces besoins sont tels et augmentent à une telle vitesse que les conditions de vie qui en résultent, tout en nous procurant le minimum, ne font que souligner dans quelle situation lamentable nous nous trouvons.

Mais, maman, en relisant ce que je viens d'écrire, je découvre que je fais une piètre journaliste; mes plaintes ont pris le pas sur l'obligation que j'ai d'être tes yeux et tes oreilles. J'arrête tout de suite de ronchonner et reprends mon compte rendu depuis le moment où la passerelle s'est posée sur le quai.

Voilà: le même chaos organisé régnait à notre arrivée que lorsque nous avions embarqué, quoique notre appréhension ait été bien plus considérable. Un petit nombre de passagers furent accueillis par des parents ou des amis arrivés sur place plus tôt. (Comme nous vous accueillerons oncle Horst et toi !) Une voiture attendait Kai-rong qui nous proposa de nous conduire Paul et moi à notre destination. Mais nous ne la connaissions pas ! Aussi nous quitta-t-il avec des instructions précises pour le retrouver plus tard et s'éloigna. Son chauffeur fut obligé d'actionner le klaxon de la voiture pour se frayer un passage dans la foule. Je le suivis des yeux jusqu'à ce que sa voiture soit avalée par la foule. Puis je me mêlai avec Paul au flot de réfugiés le long du quai. On nous avait parlé d'un point de rendez-vous vers lequel nous nous dirigeâmes, mais avant de l'avoir rejoint, nous rencontrâmes des hommes et des femmes qui parlaient allemand et qui nous réservèrent un accueil chaleureux.

À partir de là, l'histoire devient moins digne d'un conte de fées et est plus adaptée à la réalité de notre situation.

Nous fûmes escortés jusqu'à des camions découverts – des camions, maman ! – et conduits à travers les rues cahoteuses vers notre nouveau foyer. Certaines personnes étaient assises sur des bagages alors que nous avancions au pas, mais la plupart se massaient sur les côtés du camion comme nous l'avions fait sur le bastingage du bateau pour voir Shanghai de près.

Hélas, le spectacle n'avait rien d'encourageant. Des allées étroites, une chaussée défoncée, des portes basses ; des fenêtres qui n'étaient guère plus que des carrés béants équipés de volets mais pas de vitres ; du linge qui séchait ; des femmes qui touillaient le contenu de casseroles dans la rue ; des enfants pratiquement nus ; des hommes qui transportaient des fardeaux sur des perches posées sur leurs épaules. Des débris, et pire que ça, tourbillonnaient dans les caniveaux. Partout, les odeurs qui nous avaient accueillis à notre arrivée, dix fois plus concentrées ; et partout, la chaleur dense, digne d'un marécage. Ceux qui avaient mis leur plus belle toilette pour l'arrivée au port enlevaient leur manteau et défaisaient leur col amidonné, et nous avions du mal à décider s'il valait mieux se servir de son chapeau pour s'abriter le visage ou s'éventer.

Alors que nous avancions en cahotant, nous apprîmes quelle était notre destination : Hongkew ! Cet endroit désolé qui avait été bombardé et que nous avions aperçu depuis le Conte Biancamano. *Ce qui, après quelques jours sur place, a l'air d'un rêve.*

Nous nous arrêtâmes enfin. Les messieurs aidèrent les dames à descendre des camions, et nous découvrîmes notre nouveau foyer.

Ce refuge – il en existe un certain nombre que l'on appelle "foyers", terme employé avec les meilleures intentions, mais tellement ironique – occupe un entrepôt abandonné. Les murs de brique nue et le sol de béton sont délabrés. Au rez-de-chaussée se trouvent les cuisines, le réfectoire et une clinique. Les vastes pièces à l'étage servent de dortoirs, cloisonnés par des draps tendus. Il y a des lits superposés et des lits de camp de l'armée ; mon lit est dans la section familiale tandis que Paul a été affecté au dortoir réservé aux célibataires. Il est fier d'avoir été placé avec les hommes et pas avec moi comme cela aurait été le cas si on l'avait considéré comme un enfant ; mais, maman, je crois qu'il se sent bien seul, aussi seul que je le suis.

La cuisine concocte des repas à peine convenables et qui n'ont pas bon goût mais dont nous sommes néanmoins reconnaissants. Les sanitaires sont communs et sans eau chaude. Impossible de profiter d'un moment de silence : il y a toujours un enfant qui pleure, un adulte qui parle ou qui tousse. Quand les couples se disputent, tout le monde les entend; de même quand ils se murmurent des mots tendres.

Alors, tu peux comprendre pourquoi trouver un endroit à nous est soudain devenu mon désir le plus cher. Un endroit qui, d'après ce que l'on me dit, est tout à fait susceptible d'avoir les inconvénients de ce foyer, mais aussi un énorme avantage : une certaine intimité.

Et je vais devoir poursuivre ce compte rendu demain car, encore une fois, comme lorsque nous étions enfants Paul et moi dans notre chambre et que tu venais nous embrasser et nous souhaiter bonne nuit, les lumières ne vont pas tarder à s'éteindre. Mais la situation n'a rien à voir.

Bonne nuit, chère maman.

Ta Rosalie

16 mai 1938

Très chère maman,

Je n'ai pas écrit depuis des jours, je le sais, mais il est tellement difficile de décrire avec des mots la confusion qui règne dans notre quotidien.

La chaleur épaisse et humide est impitoyable. Le bruit est permanent et certains sons difficiles à identifier sont par conséquent déconcertants. Les ruelles étroites de Hongkew se ressemblent à tel point qu'il est inévitable de se perdre et retrouver son chemin est absolument impossible. Hier, à la recherche d'un marché aux légumes, je me suis retrouvée si complètement désorientée dans un quartier où ne vivaient que des Chinois que j'en eus presque les larmes aux yeux, secourue de justesse par une jeune réfugiée polonaise. L'enfant ne parlait pas allemand et ne pouvait m'indiquer le chemin, mais elle me prit en pitié et me conduisit vers une des avenues principales. À Shanghai, les avenues portent des plaques écrites en anglais, et je pus ainsi me repérer. Je rentrai au foyer heureuse, bien que bredouille côté carottes.

On se sent complètement accablé dans les rues, maman. La chaleur et la promiscuité font que l'on vit dehors et donc, en public. Les mendiants, adultes ou enfants, abondent, un spectacle auquel je ne me suis pas habituée ; mais il y a aussi les cordonniers, dentistes, pharmaciens, salons de thé et écrivains publics – même une bibliothèque de prêt remplie de livres en chinois, maman, attachés à des étagères par des ficelles à peine assez longues pour atteindre les bancs voisins ! Ils sont tous dans la rue et l'on est censé les éviter car les travailleurs ont la priorité sur les promeneurs. Partout, nous entendons les cris de vendeurs concurrents, le claquement des tuiles de mah-jong, le son métallique et mélancolique de la musique chinoise puisque ces activités se déroulent elles aussi dans la rue.

Tout ceci, je crois, serait exotique et étrange, et je pourrais redresser la tête et faire de mon mieux pour apprendre à reconnaître un arrêt de tramway et à distinguer les pièces de monnaie – tout en m'habituant à faire bouillir l'eau et à peler les rares fruits que je trouve – s'il n'y avait les intrusions fugaces des bruits et des odeurs de chez nous. Dans la fumée âcre, flottent la puanteur des égouts et les arômes étranges des épices chinoises – mais soudain, nous parvient une odeur de café ou de cannelle sortie de la cuisine d'un réfugié chanceux. Ce n'est pas comme si ces choses n'étaient pas disponibles ici mais elles sont juste hors de portée de la plupart des réfugiés. Les gens économisent pendant des semaines afin de se procurer suffisamment de café pour l'équivalent d'une seule cafetière qu'ils sirotent lentement sans savoir quand ils pourront y goûter à nouveau.

Maman, ce sont ces choses familières qui font battre le cœur. On a l'impression d'évoluer dans un rêve où réalité et fantasme coexistent, où rien ne sert de se résoudre à entreprendre quoi que ce soit puisque l'on pourrait tout à fait s'envoler dans le ciel, ou que des maisons dans une allée pourraient se muer en arbres d'une seconde à l'autre.

Oh, quelle idiote je fais ! Et pourtant, c'est ce que j'ai ressenti cette semaine en me promenant dans Shanghai. Plus d'une fois, je me suis arrêtée et, immobile, comme cela m'arrive quand je fais un rêve effrayant, j'ai essayé de me réveiller par la seule force de ma volonté. Les nazis n'ont jamais envahi l'Autriche. Paul et moi n'avons jamais fui pour Shanghai – Shanghai, quelle absurdité ! – en vous abandonnant oncle Horst et toi. Les nazis eux-mêmes n'existent pas mais sont des monstres sortis de mon imagination. Pourtant, mes efforts sont vains : je suis éveillée et tout ceci n'est que trop réel.

Maintenant, tu vas craindre que je ne devienne folle. Ne t'inquiète pas, je t'en prie. Tant que j'ai Paul sur qui veiller, je garderai les pieds sur terre, je te le promets. Et je n'hésite pas à reconnaître que mon ami Chen Kai-rong m'a apporté un énorme soutien. Bien qu'il se soit assuré que j'avais son adresse avant que nous nous séparions, j'avais décidé de ne pas le contacter jusqu'à ce que Paul et moi ne vivions plus en collectivité dans ces conditions sordides. La fierté, je suppose, me poussait à vouloir le revoir d'égale à égal, comme sur le bateau. Mais, il y a deux jours, alors que Paul et moi nous trouvions sur le toit où nous étendions notre lessive sur le réseau de cordes qu'on y a tendues (ce qui en soi est presque une blague, maman, car rien ne sèche à Shanghai), on nous demanda de descendre. L'enfant qui était monté nous chercher nous annonça qu'un gentleman chinois attendait devant la porte dans sa belle voiture et voulait savoir s'il avait trouvé le foyer où logeaient les Gilder. J'hésitai mais

Paul – que la lessive n'enchante pas – poussa un cri de joie et descendit l'escalier à toutes jambes. Je le suivis et trouvai Kai-rong debout près d'une Mercedes-Benz. Il eut l'air ravi de nous voir et moi aussi, je le crains, même si la bienséance aurait sans doute exigé plus de retenue. Il nous demanda de lui faire le plaisir de prendre le thé en sa compagnie. J'étais gênée par l'état de mes mains, de mes cheveux, de ma robe, mais je ne pouvais refuser ce plaisir à Paul. Nous nous mîmes en route en ignorant la moue désapprobatrice de certains de nos compagnons du foyer qui ont l'air de penser que, lorsqu'une jeune réfugiée monte dans la voiture d'un gentleman chinois, ce ne peut être que dans un seul but, même si son jeune frère se trouve à ses côtés.

Kai-rong ne semblait pas partager ma gêne quant à nos misérables conditions de vie et débordait de questions pratiques : la nourriture était-elle assez bonne, apprenions-nous à nous repérer, nous débrouillions-nous avec les billets de banque ? Nous passâmes une heure exquise dans un salon de thé au bord d'un lac fréquenté, hormis Paul et moi, exclusivement par des Chinois. Paul dévora les pâtisseries ; quant à moi, même la médiocrité de mon nouveau régime n'a rien changé à mon manque d'enthousiasme pour ces petites choses. Mais le thé était sucré, et des cygnes flottaient sur l'eau. Je dois m'habituer à la musique chinoise je suppose, car je trouvai le quartette tout à fait plaisant. Kai-rong nous expliqua quels étaient les instruments et la façon de les accorder, nous discutâmes de Mozart et de littérature, et je fus navrée de devoir partir.

Kai-rong demanda à son chauffeur de nous reconduire en empruntant un chemin détourné et nous indiqua les repères importants de la ville pour que nous puissions nous familiariser avec elle. La visite fut instructive ; mais c'est grâce à la présence de Kai-rong que j'ai l'impression, comme sur le bateau, d'établir un lien avec le présent et ce lieu.

Ta Rosalie, idiote mais complètement rationnelle.

23 mai 1938

Chère maman,

Nous sommes ici depuis quinze jours mais il nous semble que cela fait une éternité.

Qui aurait pu imaginer cela ? La Haggadah de Pessah, cette légende qui parle d'oppression et que je rejetais autrefois car elle tenait selon moi à la fois du mythe et de l'histoire ancienne et n'avait pas le moindre rapport avec notre siècle des Lumières, s'est matérialisée pour venir nous hanter. Une fois encore nous fuyons, dispersés aux quatre vents. Alors que nous dînons au foyer d'une maigre soupe de kasha et de pain grossier, nous entendons parler de parents fuyant pour l'Australie, l'Argentine, la République dominicaine – oh, maman, je ne crois pas être capable de trouver cette île sur une carte, et pourtant, la rumeur veut que, outre Shanghai, ce soit le seul endroit dont les portes nous restent ouvertes.

Et les gens parlent avec révérence de la Terre promise, l'Amérique. L'Amérique ? Qui ne nous délivre que quelques malheureux visas à nous, pauvres réfugiés, aussi désespérés soyons-nous ? Pourquoi croit-on que l'Amérique saura se montrer plus hospitalière une fois que l'on aura réussi à s'y glisser ? Et pourtant, ils sont si nombreux à élaborer des plans, des projets, si nombreux à espérer : un ancien employeur qui a fui pour Chicago les enverra chercher, des cousins à New York les parraineront, et les portes du paradis s'ouvriront en grand.

Moi, je dis non. Shanghai est déroutante et souvent dure ; néanmoins, elle nous a ouvert ses portes. Jusqu'à ce que ce régime de fous soit renversé et que nos foyers nous soient rendus, mon foyer se trouve ici.

Oh, quelle démagogue je suis devenue ! Je m'excuse ; mon inquiétude à votre sujet, oncle Horst et toi, au sujet de l'avenir, l'angoisse de savoir si je fais ce qu'il faut pour Paul – si demain mon bol sera rempli ou pas de soupe de kasha –, toutes ces angoisses alliées à la frustration et la colère me plongent dans des ténèbres qui m'étaient jusqu'alors inconnues.

Les autres ressentent la même chose eux aussi, c'est le résultat de l'inquiétude et de l'incapacité à trouver du travail, un endroit où vivre, de la nourriture décente – d'agir dans un sens ou un autre. Au foyer, on voit des gens – en petit nombre, mais ils existent – qui restent assis toute la journée dans le réfectoire ou sur leur lit de camp, qui n'ont pas grand-chose à dire et refusent de fréquenter les rues de Shanghai, qui ne font plus d'effort pour rester propres et soignés – et cela demande un véritable effort ici, maman, mais un effort que je m'oblige à fournir et que j'exige de Paul. Ces ténèbres s'épaississent imperceptiblement : je ne m'étais pas aperçue qu'elles commençaient à m'engloutir jusqu'à notre sortie en compagnie de Kai-rong. Pendant cette parenthèse d'un après-midi, Shanghai n'avait plus l'air pour moi d'un rêve effrayant, mais d'un endroit comme un autre. Un endroit bizarre et déroutant, certes, mais un endroit réel néanmoins où brille la lumière du jour et dont les us et coutumes pourraient, pour peu que l'on s'y applique, être compris.

Si je te dis tout ceci, maman, c'est que je veux que tu comprennes la décision que je viens de prendre : après mûre et angoissante réflexion, j'ai décidé de vendre la bague en rubis de grand-mère Gilder. J'ai peur de rester trop longtemps au foyer, peur de ce que la monotonie pourra faire à mon cœur et à celui de Paul.

Le prix de la bague devrait nous permettre de verser ce que l'on appelle « la caution » d'une chambre – de l'extorsion pure et simple, que tous les propriétaires de logements exigent – et aussi, je l'espère, de payer les frais de scolarité de Paul quand je lui aurais trouvé une place. Il prétend être parfaitement heureux de ne pas aller à l'école et me demande de ne rien vendre pour lui ; mais je ne le crois pas. Il n'a pas vu l'ombre d'un texte scientifique incompréhensible depuis que nous avons débarqué, alors comment pourrait-il être heureux ? Et même s'il l'était, il n'en reste pas moins qu'il devrait être scolarisé.

Voilà pourquoi, demain, je me rendrai à la Concession française – un quartier magnifique regorgeant de villas construites dans des rues ombragées, aussi différent de Hongkew que tu peux l'imaginer ; Kai-rong nous l'a fait visiter. C'est là que l'on trouve les plus belles boutiques, et Kai-rong m'a donné le nom de bijoutiers de bonne réputation. J'en trouverai un et retournerai à Hongkew plus riche, mais aussi bien plus pauvre je crois.

J'ai choisi la bague car elle est à moi. Oui, je me souviens de ma promesse de renoncer à toute sensiblerie ; mais considérer tes bijoux, maman, comme des billets de banque n'est pas facile alors que tu n'es pas là pour m'y encourager ! Jusqu'à ton arrivée, je n'ai que ta photo et mes souvenirs. Parmi eux, celui de te regarder t'habiller pour les soirées élégantes et le moment magique où tu attachais le collier de diamants à ta gorge et que nous devenions reine maman et princesse Rosalie. Ce collier en particulier, mais aussi le bracelet en or et les autres – oui, bien sûr, je les vendrai si j'y suis obligée. Je ne vais pas laisser Paul mourir de faim ! Mais, si c'est possible, j'aimerais tant te voir quand tu seras ici à Shanghai redevenir reine maman !

J'espère que tu approuves ma décision, maman; et, dans le cas contraire, j'ai hâte de l'entendre de ta bouche.

Ta Rosalie

L'alarme de mon téléphone portable retentit. Dix minutes? C'est tout? J'avais l'impression d'avoir arpenté les rues de Shanghai aux côtés de Rosalie pendant des semaines.

Quand j'appelai Mary, elle décrocha immédiatement.

«Tu as une dette envers moi, ma vieille. Et envers le capitaine Mentzinger aussi.

– Ça l'a mis en colère?

– Tu veux savoir si c'est une grosse dette, c'est ça? En fait, ça nous donne une nouvelle occasion d'entuber les gars de la 35e Rue. De leur rappeler qu'ils ont une dette envers nous. Mais quand même...

– D'accord, je viens d'inscrire ça dans mon compte karma.»

Mary me fit part des détails, et j'appelai Leah Pilarsky.

«La criminelle de la 35e Rue contacte le légiste. Vous devriez pouvoir récupérer le corps de Joel d'ici la fin de la journée.» Leah avait raison: ça faisait vraiment bizarre de parler du «corps de Joel».

«Oh, merci, Lydia! Ça signifie tellement pour Ruth! Si je peux faire quoi que ce soit pour vous...

– Dites-moi simplement quand auront lieu les obsèques. J'aimerais y assister.

– Bien sûr! Nous pouvons faire les préparatifs aujourd'hui pour la cérémonie de demain. Je vous appellerai. Je ferais mieux de filer maintenant. Il y a tant de gens qui appellent, des gens qui doivent voyager jusqu'ici, des cousins de Seattle, son ancien partenaire qui vient de Floride, le camarade de dortoir à l'université qui vient de Zurich. Je dois tous les...

– Leah? Qui vit à Zurich?

– Le camarade d'université de Joel.

– Il vit à Zurich?

– Depuis des années. C'est David Rosenberg. Il publie un magazine économique.

– J'aimerais lui parler.

– Oui, bien sûr. Mais la police l'a déjà fait.

– J'en suis sûre. »

Joel avait passé trois coups de téléphone le matin de sa mort : à Alice, à moi et à son camarade de dortoir à l'université. C'était Mulgrew qui l'avait dit. Mais il n'avait pas dit qu'il vivait à Zurich.

J'appelai le numéro que Leah m'avait communiqué, mais il se trouve que David Rosenberg était déjà parti pour New York.

« Il avait envie d'être avec Ruth, expliqua sa femme qui parlait avec un accent. Son avion va atterrir huit heures le matin. Non, non, ça, c'est l'heure d'ici. À New York, ce sera nuit.

– Ce soir ?

– Oui. »

Je rappelai Leah.

« Si vous avez des nouvelles de Rosenberg, pouvez-vous lui demander de m'appeler ?

– Oui. Et si je n'ai pas de nouvelles, sachez que les obsèques auront lieu demain à dix heures, précisa-t-elle avant de me donner les détails pratiques.

– J'y serai. Mais ce ne serait pas très gentil de déranger M. Rosenberg pendant les obsèques.

– Vous nous rejoindrez à la maison après la cérémonie. Vous pourrez parler à ce moment-là. »

Bon, le copain de Joel à Zurich, ça laissait présager un peu d'action. Me sentant un peu moins coincée, je retournai à Rosalie.

24 mai 1938

Très chère maman,

Je dois admettre ressentir une drôle de satisfaction aujourd'hui. Partie vendre la bague de grand-mère Gilder, je suis rentrée bredouille. Mais c'est précisément mon échec qui est ma principale source de satisfaction.

Cet après-midi, je suis allée voir trois des meilleurs bijoutiers de Shanghai. Chacun d'eux m'a fait une offre, mais leur prix ne m'a pas convenu. Il était bas, maman, l'offre d'hommes qui profitaient d'une jeune femme dans le besoin. Aussi, en les remerciant, j'ai tourné les talons. À chaque transaction avortée, j'ai eu, à ma grande surprise, l'impression de plus en plus vive que la vie ici n'échappe peut-être pas à mon contrôle après tout.

Tu comprends, maman ? Jusqu'à aujourd'hui, le manque de repères et l'incertitude n'ont fait qu'accroître progressivement chez moi la passivité, le découragement et le défaitisme sans que je m'en aperçoive toujours. Mais en marchandant (en allemand et en anglais) avec ces hommes arrogants et en rejetant leurs offres (poliment, toujours poliment !), je me suis sentie redevenir moi-même.

Sentiment ensuite magnifié par l'aventure qui conclut ma journée ! Comme je quittai la troisième bijouterie, le ciel s'assombrit, et une averse torrentielle s'abattit sur la rue – cela arrive souvent ici, comme si l'air lui-même, agacé par l'humidité épaisse, s'efforçait de la jeter dans les caniveaux. Alors que j'attendais une éclaircie à l'abri d'une colonnade, je remarquai une librairie étrangère. Avais-je vraiment le choix ? J'entrai et découvris des rayonnages regorgeant d'ouvrages en anglais et en allemand ainsi qu'en français, en espagnol, polonais et russe. Il n'était pas question de faire un achat. Où pourrais-je garder quoi que ce soit, moi qui, pour tout foyer, dois me contenter d'un lit de camp caché derrière un drap ? Et avec quoi aurais-je fait cet achat, moi qui me sépare d'un trésor ? Mais la présence de tant de livres me réconforta. Je cherchais l'œuvre de P.G. Wodehouse quand des éclats de voix retentirent. Un Chinois en uniforme militaire réprimandait l'employé en anglais.

À entendre les «Bitte?» désespérés de l'employé, il était évident qu'il ne parlait pas cette langue mais l'officier semblait prendre sa confusion pour un affront délibéré. La grossièreté de l'officier était bien fâcheuse car ses larges épaules et son maintien lui donnaient par ailleurs une allure agréable.

Avant de m'en être rendu compte, j'avais proposé mon aide. L'employé accepta avec gratitude, mais l'officier me demanda dédaigneusement si j'étais moi aussi employée dans cet établissement. Je m'excusai de m'être immiscée dans ses affaires et fis volte-face.

«Attendez!» m'ordonna-t-il. Maman, tu connais ma façon de réagir aux ordres, mais je me dis que j'avais affaire à un militaire et que les ordres lui étaient peut-être naturels. Et comme je n'aimais pas l'idée de laisser le pauvre vendeur se faire insulter de nouveau, je me retournai.

L'officier s'inclina avec raideur et dit s'appeler le général Zhang. Une jeune femme de l'entourage du général avait apparemment exprimé le désir d'améliorer son anglais. «La stupidité de cet idiot m'a fait perdre mon sang-froid. Je n'aurais pas dû me laisser aller ainsi.»

J'aurais froidement pris congé de lui en me contentant de cette piètre excuse si l'employé n'avait suivi notre échange, le regard avide. Je pourrais peut-être, songeai-je, rendre possible une transaction qui permettrait à l'argent du général de finir dans la main de l'employé et de faire plaisir à une jeune femme. Que mon assistance soit par la même occasion agréable au général, voilà qui ne pouvait être évité.

Je m'enquis des goûts de la jeune femme desquels le général n'était guère informé. Livrée à moi-même, je suggérai plusieurs poètes anglais et américains. Le général Zhang choisit un recueil d'Elizabeth Barrett Browning richement relié. En allemand, je recommandai à l'employé d'en doubler le prix mais, bien que la suggestion le fît sourire, il s'en abstint.

Le général me proposa de me rendre ma gentillesse en me conduisant à ma destination suivante dans la voiture qui l'attendait. La pluie battante rendait la proposition tentante, mais le général avait maintenant une drôle d'expression. Je le remerciai en disant que je n'en avais pas terminé dans la librairie. Il annonça qu'il attendrait. Je le suppliai de ne pas se déranger et me tournai vers les rayonnages. Au bout d'un moment, le général sortit.

Sur ces entrefaites, un Européen moustachu était entré dans la boutique en secouant son parapluie. Il m'écouta avec tant d'attention tandis que je chantais les louanges de mes poètes préférés que je me dis que je risquais de réussir une seconde vente ; mais, après que le général eut claqué la porte en sortant, ce gentleman s'adressa à moi en anglais : « Formidable, ma chère ; tout simplement formidable ! »

Étonnée, je me mis à rire.

« Robert Morgan, pour vous servir. Londonien de naissance. Échoué sur ce rivage voici une décennie. J'ai le regret de vous dire que cet établissement biscornu m'appartient. C'est un véritable gouffre financier. Je ne peux pas me permettre de vider les idiots comme ce général Zhang même si j'en serais ravi et je sais que Walter aussi, hein, Walter ? »

Walter, l'employé qui ne parlait pas un mot d'anglais, n'avait rien compris. M. Morgan répéta les points essentiels en allemand, ce qui le fit rire.

« Cette jeune femme a sauvé ma peau, monsieur.

– Oui, je vois bien. Cette jeune femme arrêtera-t-elle un instant de faire œuvre divine en sauvant les employés condamnés pour nous faire la gentillesse de nous donner son nom ?

– Rosalie Gilder, monsieur.

– Eh bien, Rosalie Gilder, j'espère que vous ne direz pas non à une tasse de thé. »

Je ne dis pas non. Pendant la demi-heure qui suivit, à chaque fois qu'un nouveau client passait la porte, M. Morgan célébrait ce qu'il appelait « l'habileté » dont j'avais fait preuve avec le général Zhang. « Elle l'a renvoyé la queue entre les jambes ! » Je fis d'abord preuve de modestie puisqu'il n'avait jamais été dans mon intention d'offenser mes hôtes, les Chinois ; mais on m'informa que le général était un collaborateur notoire aux ordres du « gouvernement fantoche » et en butte au mépris général. Le temps que l'orage se calme et que je me lance sur la longue route du retour vers le foyer, rien, même la perspective de la soupe de kasha, n'aurait pu refroidir mon enthousiasme de l'avoir emporté sur quatre arrogants adversaires en un après-midi !

Porte-toi bien, maman !

Ton habile Rosalie

27 mai 1938

Très chère maman,

J'ai trouvé un emploi !

Je suis tout à fait ravie, alors, je t'en prie, ne te mets pas en colère. Je sais que nous sommes convenues que je devrais essayer de poursuivre mes études, mais cela ne va pas être chose aisée. Il existe ici un nombre restreint d'universités, et c'est pire depuis que les Japonais en ont fermé certaines. Le nombre de celles qui proposent des cours dans une langue que je connais est plus restreint encore ! J'ai la folle idée d'étudier un jour aux côtés des intellectuels chinois. Les étudiants que j'aperçois dans les tramways ou les cafés forment un groupe fascinant : leurs discussions sont animées et leur mise fort chic. Cela dit, ce rêve devra attendre jusqu'à ce que je sache dire en chinois autre chose que « bonjour », « merci » et « vos pâtisseries sont délicieuses ». (C'est Kai-rong qui m'a appris à dire cette phrase à bord du bateau, et c'est aussi mon premier mensonge en chinois.)

Mais, maman, trêve de fol espoir, la priorité, c'est l'éducation de Paul. J'ai mon diplôme du secondaire, mais pas lui, et il ne pourra poursuivre des études de médecine une fois que le monde aura recouvré ses esprits à moins de reprendre des cours très bientôt. Je découvre que les tâches quotidiennes exigent davantage de temps et d'énergie ici qu'à la maison. Paul et moi ne pouvons suivre des cours en même temps, au moins jusqu'à ce que tu arrives. Une fois que tu seras là, je suivrai la moindre de tes instructions ! (Et quel changement, dois-tu te dire !) En attendant, je dois faire ce que je crois le mieux.

Le poste que j'occupe est celui de professeur d'anglais. Il m'a été proposé par une source qui n'est guère surprenante, mais qui me fit hésiter, je dois l'admettre. C'est la jeune sœur de Kai-rong, Mei-lin qui doit devenir mon élève. Quand il me soumit l'idée pour la première fois, je me rebiffai, ayant pris sa proposition pour de la charité mal dissimulée. Mais il m'expliqua que sa sœur est pratiquement confinée dans la maison et la propriété familiales, comme le veut la tradition chinoise pour les femmes encore célibataires d'une certaine classe sociale, et a grandement besoin de compagnie. Il me soutint qu'il était déterminé à lui trouver un tuteur parmi les Européens de Shanghai et, puisqu'il me connaît déjà et me considère digne de confiance, que ce serait lui faire une faveur que d'accepter ce poste et par là même de le soulager de la responsabilité de trouver des inconnus à qui faire passer des entretiens. Comme c'était lui qui a tant fait pour nous qui me le demandait, je ne pouvais pas décemment refuser d'y réfléchir. J'acceptai de prendre le thé chez les Chen et de rencontrer mon élève potentielle. Comme prévu, cet après-midi, Paul et moi, vêtus de nos plus beaux habits (et, à l'en croire, le col amidonné de Paul menaçait de l'étrangler d'une minute à l'autre), nous nous sommes présentés au portail de la villa des Chen. Oh, maman, derrière ce portail, quelle vie on mène ! Il y a des jardins pleins de buissons en fleurs, des saules pleureurs, des pelouses émeraude et un étang rempli de poissons ; la demeure est de style européen avec des murs épais et de nombreuses pièces. Les sols de marbre sont recouverts de tapis persans et les murs ornés de tableaux représentant forêts, cigognes et montagnes enveloppées par la brume ainsi que de calligraphies aux lignes pures. Le thé nous a été servi dans un salon où les antiquités chinoises côtoyaient harmonieusement des pièces européennes de style moderne. Outre Kai-rong et sa sœur, nous avons été rejoints par leur père et une femme d'un certain âge que l'on nous a simplement présentée comme étant l'amah de Mei-lin, c'est-à-dire sa gouvernante. Il fallait apparemment que je passe l'inspection de cette multitude réunie là avant que l'emploi me soit confié. Étant donné l'appétit de Paul pour les napoléons, carrés aux pommes et la Linzer Torte *disposés devant nous, je craignais que nous ne fussions éjectés de la propriété ; mais, pince-sans-rire, le chef de famille a chargé le domestique d'aller s'enquérir auprès de la cuisinière quelles autres sucreries étaient disponibles. On nous a bientôt apporté un nouveau plateau rempli de pâtisseries chinoises. J'ai fait valoir que mon appétit avait déjà été rassasié par la première vague de pâtisseries ; mais tout le monde a été agréablement impressionné par le goût que Paul semble avoir pour la cuisine chinoise. Maman, ce sont des gens tellement charmants ! Instruits, d'une grande éloquence et accueillants. Mei-lin, jeune fille de seize ans pleine d'entrain, est fort impatiente que je vienne la voir, même si mon exotisme ici à Shanghai et les histoires que je pourrais lui conter sur le vaste monde l'attirent à mon avis autant que l'espoir d'améliorer son anglais.*

Avant que l'après-midi arrive à son terme, nous étions convenus d'un emploi du temps – je lui rendrai visite trois fois par semaine – et d'un salaire que je considère élevé, mais qui, d'après Kai-rong, est normal pour ce genre de service. Paul peut m'accompagner quand il le souhaite, me dit-on. L'emploi du temps me laissera le loisir d'accomplir les tâches quotidiennes et d'entretenir la maison (dès que je nous en aurai trouvé une !), et le salaire sera une véritable aubaine. Et comme la compagnie de Mei-lin promet d'être agréable, je ne vois aucune raison de refuser ce poste. Donc, maman, j'ai un emploi !

Professeur Rosalie

30 mai 1938

Très chère maman,

Une lettre de toi ! Tu n'as pas idée comme mon cœur battait quand, en arrivant à la poste centrale, l'employé chargé de la poste restante – qui me connaît bien depuis le temps et qui, las de me décevoir, prend toujours l'air contrit avec moi – m'a souri en me tendant une lettre quand je me suis approchée de la vitre derrière laquelle il se tient. Oh, maman, je me suis laissée tomber sur un banc pour l'ouvrir sur-le-champ ! Et, bien que tu l'aies écrite il y a près de trois semaines, j'ai lu et relu chacun de tes mots. Je suis extrêmement soulagée d'apprendre qu'oncle Horst et toi allez bien, et en même temps terrifiée par la situation chez nous. La rapidité et le zèle avec lesquels nos voisins ont adhéré à la cause nazie sont effrayants ; la description que tu fais de la destruction de la boutique de Herr Baumberg et de la façon dont ses enfants ont été traités m'a rendue malade. Maman, maman, vous devez tout faire pour vous cacher et quitter l'Autriche au plus vite !

Dans ta lettre, tu écris que le récit de notre voyage t'apporte de la joie et apaise tes inquiétudes. Très bien, je continuerai donc, même si la situation à la maison fait paraître les difficultés que nous rencontrons bien triviales. Nous sommes pauvres ; nous manquons de place ; nous avons chaud et parfois faim. Mais ils sont nombreux en Chine – des Chinois, maman, qui sont ici chez eux ! – à connaître un sort bien pire que le nôtre. Shanghai a son lot de misère et de dangers, certes. Mais maman, je t'en prie, crois que nous allons bien, que nous sommes aussi heureux que possible étant donné les circonstances, et apprenons à nous repérer dans notre nouveau pays avec chaque jour un peu plus de confiance. Et nous pouvons marcher dans les rues, pas tout à fait sans crainte – je ne vais pas te mentir – mais en sachant au moins que les dangers que nous rencontrons sont les mêmes pour tous. Nous ne sommes jamais menacés ici simplement parce que nous sommes juifs, et cela me fend le cœur de savoir que, dans ma magnifique ville de Salzbourg, il n'en est plus ainsi.

J'ai hâte de recevoir ta prochaine lettre et de te voir arriver !

Ta Rosalie

2 juin 1938

Très chère maman,

Le ton de ta lettre et les nouvelles affreuses que tu y relates me pèsent, tout comme l'incertitude de votre situation. En la lisant dès que je l'ai reçue, j'avais l'impression que tu étais là, près de moi ; mais je ne peux plus continuer à ignorer le fait que tu l'as écrite il y a des semaines et que j'ignore ce qui se passe aujourd'hui. Je prie – je prie, maman, tu te rends compte ? – pour que les voyous qui ont trouvé Herr Baumberg ne vous trouvent pas, qu'oncle Horst et toi restiez invisibles jusqu'à ce que votre train parte pour Dalian – ou mieux, que vous ayez quitté Salzbourg depuis longtemps pour embarquer sur un paquebot ou prendre un train plus tôt !

Comme tu le demandes, je vais continuer le récit de nos journées – parce que c'est la seule chose que je puisse faire pour toi. Quand j'imagine ma lettre entre tes mains, je te vois dans le salon, en sécurité, confortablement installée ; aussi, vais-je continuer à écrire jusqu'à ce que je te voie vraiment, terrassée par la chaleur, lasse et déconcertée comme nous tous, mais ici, à Shanghai.

Passons aux nouvelles : j'ai vendu la bague en rubis, maman. Oh, quel triste moment de la voir placée sur du velours dans une vitrine pour attirer le regard d'un inconnu ! Je me rassure en me disant que son prix permettra à Paul de reprendre ses études et nous permettra à tous les deux de trouver une certaine intimité et une vie plus proche de la normale. Et la transaction fut rendue moins pénible par l'extraordinaire gentillesse du bijoutier, réfugié lui-même. Ayant anticipé le tour que prendraient les événements dans son Allemagne natale, il emmena sa femme et ses enfants à Shanghai il y a cinq ans. Il comprend que nous ne vendons pas nos biens à la légère. Sa patience et sa gentillesse étaient rassurantes et la somme qu'il m'a proposée, juste. Grâce à elle, Paul retournera bientôt à ses tubes à essai et ses électroaimants et – avec de la chance – je nous trouverai une chambre où les murs sont en dur.

Prends soin de toi, maman !

Ta Rosalie

10 juin 1938

Très chère maman,

Je m'excuse de ce silence. Depuis plus d'une semaine, je suis incapable d'autre chose que de m'effondrer à la fin de la journée – mais pour tout un tas de merveilleuses raisons ! D'abord : j'ai trouvé une école pour Paul. Il fréquentera l'école anglaise de Shanghai pour suivre des cours en anglais – bravo, maman, d'avoir tant insisté sur la lecture de L'Île au trésor *et* Robin des bois *! Cet heureux événement a été rendu possible par la bague de grand-mère Gilder ; et par Kai-rong, qui nous suggéra cet endroit et qui, en tant qu'ancien élève, s'entretint avec le proviseur. (Je crois, maman, qu'il était prêt à payer les frais de scolarité lui-même mais, après que j'eus ignoré ses allusions à ce sujet, il n'en parla plus et attendit que je lui annonce que nous étions en possession de la somme requise.)*

Et tout aussi important : nous avons trouvé un endroit à nous où nous venons d'emménager !

Je dis « nous », mais c'est à Paul seul que l'on doit cette trouvaille car je me suis montrée d'une absolue nullité dans ce domaine. Depuis quelques jours à peine après notre arrivée ici, Paul s'occupe d'une manière tout à fait inattendue et se montre particulièrement entreprenant. Dès que nous avons eu une connaissance suffisante de la ville, lui et moi nous nous sommes embarqués dans de sérieuses négociations et avons fini par tomber d'accord sur les endroits où il pourrait s'aventurer et quelles rues il ne devrait fréquenter sous aucun prétexte. (J'estimais moins dangereux d'arpenter les rues de Shanghai que de rester confinés toute la journée dans notre épouvantable foyer, j'espère que tu seras de mon avis.) Il se balade tous les jours dans les rues où il est autorisé à aller en compagnie d'autres garçons. Il revient avec de drôles de trésors – deux pommes fraîches, une chambre à air de bicyclette – qu'il a échangés contre ceux de la veille. Il détermine la valeur des trésors glanés dans la journée qui, s'ils ne sont pas mangés (et je suis sûre que, s'il le décidait, il serait capable de manger une chambre à air), seront apportés le lendemain à un vendeur de ses connaissances qui a précisément besoin de tel article et qui lui proposera de l'échanger contre un autre dont Paul sait qu'il sera utile dans une boutique à l'autre bout de la ville. Paul se retrouve souvent avec un ou deux yuans en poche au cours de ces transactions. Le yuan ne vaut presque rien, mais avec une poche pleine de pièces, on peut se procurer certains articles : hier, pour fêter notre emménagement, Paul m'a offert un seul et unique gâteau sec au gingembre ! Maman, j'ai été émue aux larmes. Quelque chose qui nous paraissait normal à la maison devient ici un trésor sur lequel s'extasier. Et c'est ce que j'ai fait ; je l'ai ensuite partagé avec Paul et en quatre bouchées, il avait disparu. On ne peut pas conserver la nourriture à Shanghai. Seuls les riches ont des réfrigérateurs, et trop de bestioles – mouches, vers, souris, rats – portent autant d'intérêt à nos aliments que nous.

Oh, mais je m'égare ! Mais vois-tu, mouches et rats mis à part, je suis heureuse aujourd'hui et souhaite te faire partager mon bonheur. Les expéditions commerciales de Paul le menèrent à la découverte du plus rare des trésors : une chambre à louer. Le propriétaire d'une boutique de machines à écrire dans la Concession internationale à qui il fournit de temps à autre des vis et des boulons avait perdu un locataire, parti pour l'Australie. Comme il se rappelait avoir entendu Paul se renseigner sur des chambres à louer, il téléphona au foyer en demandant que Paul lui fasse l'honneur de sa présence. Nous nous mîmes en route immédiatement ! C'est l'une des deux chambres situées au-dessus de la boutique ; elle donne sur une cour utilisée pour cuisiner et laver le linge, et c'est ce à quoi nous l'emploierons nous aussi, j'imagine. Elle n'est pas grande – rien ne l'est à Shanghai, maman, rien, à l'exception des banques et des vastes villas – mais de forme irrégulière avec une alcôve où placer un lit. Aussi Paul et moi jouirons-nous désormais d'une certaine intimité non seulement par rapport aux habitants du foyer mais, dans une certaine mesure, l'un par rapport à l'autre ! Nous avons un lavabo avec l'eau froide courante et, merveille des merveilles, dans le couloir, nous disposons de toilettes communes avec la chambre donnant sur rue ! Qui aurait cru qu'il suffirait de sanitaires pour nous combler ? Ici, au foyer, il faut normalement se contenter d'un seau dont le contenu est emporté chaque matin par des éboueurs. Alors, des toilettes équipées d'une chasse d'eau et partagées avec une seule famille, c'est un véritable paradis ! Ces derniers jours ont été consacrés à récurer, aérer, négocier le prix de lits, commodes et linge, à trouver des coolies pour entasser tout cela sur des charrettes et les pousser dans les rues. Ce matin, nous avons dit au revoir au foyer sans regret. Nous continuerons à voir les amis que nous nous y sommes faits, et quant à la soupe de kasha, j'espère ne jamais en revoir un bol !

Et maman, c'est le shabbat ici. Même si je ne pense pas en poursuivre l'observance, il me semble approprié de disposer les chandeliers en étain sur notre table branlante, dans notre grenier biscornu. J'ai envoyé Paul acheter des bougies avec quelques yuans en poche ; quand il reviendra, nous les allumerons et dirons une berakha[1] *pour remercier Dieu de notre nouveau foyer et dans l'espoir de vous y accueillir rapidement !*

Porte-toi bien, maman,

Ta Rosalie

1. « Bénédiction ».

17 juin 1938

Très chère maman,

Oh, comme je suis fatiguée ! Mais je ne pouvais aller me coucher sans t'écrire quel agréable moment nous avons passé ce soir au dîner !

Dîner, dis-tu ? C'est d'un dîner que je veux te parler ?

Eh bien, d'abord, un repas à Shanghai n'est pas une mince affaire. Attends, je m'exprime mal ; souvent, c'est une mince affaire justement : du riz, une carotte et un oignon bouillis, et voilà. (Pourtant, je n'ai pas encore eu besoin de recourir au kasha.) Mais, au bout d'une transaction compliquée qui a commencé hier avec un poinçon de cordonnier et s'est poursuivie par l'intermédiaire de plusieurs commerçants, Paul a monté triomphalement l'escalier cet après-midi avec un poulet ! Plumé, nettoyé et prêt à rôtir, le volatile est devenu la pièce de résistance d'un dîner de shabbat auquel a assisté notre premier invité. Non, maman, je ne deviens pas croyante, je t'assure. Mais Kai-rong avait exprimé le désir de prendre part à un dîner de shabbat, et après toutes ses gentillesses, comment aurais-je pu refuser ? Nous avons allumé des bougies, avons fait nos ablutions, dit les prières adéquates et Paul a expliqué le sens des divers rituels à Kai-rong. (Paul a tiré bien plus de sa préparation à la bar-mitzvah *que je ne l'aurais soupçonné !) Nous avons mangé du poulet aux oignons cuit sur notre réchaud à charbon de bois dans la cour et du pain challah, mets très délicat acheté dans une boulangerie viennoise. Je me suis même débrouillée pour faire de quelques haricots chinois sautés un accompagnement convenable. Kai-rong avait apporté de la* Linzer Torte *et une livre de café ! Nous nous sommes assis pour dîner et bavarder dans notre minuscule chambre devant laquelle Kai-rong n'a montré ni consternation ni, à mon grand soulagement, jovialité feinte. Nous n'avons jamais manqué de choses à nous dire, tous les trois, et l'heure à laquelle Kai-rong a fini par s'en aller aurait scandalisé les voisins s'ils n'avaient pas déjà été scandalisés par sa présence ici sans chaperon. Heureusement, Paul – qui de toute façon s'estime aussi bon chaperon qu'un autre – et moi, nous nous rappelons ton attitude quant à l'opinion des voisins et nous nous en inspirons.*

Maman, c'était tellement merveilleux d'avoir un invité à dîner, comme à la maison autrefois ; nous avons presque eu l'impression que nous pourrions être chez nous ici aussi. Tout ce qui manque, c'est oncle Horst et toi, mais le jour de votre départ en train approche à toute allure ! Oh, maman, j'ai tellement hâte de te revoir !

Ta Rosalie, fatiguée mais heureuse !

Voilà, c'était tout.

C'était tout ?

Apparemment, oui. J'en étais arrivée au dernier feuillet imprimé. Rosalie était soudain muette. Son histoire d'amour, son mariage, la naissance de son fils : j'avais envie de la suivre à travers toutes ces expériences. Maintenant que je la connaissais, j'avais envie de rester en sa compagnie. Mais c'était impossible. Elle avait disparu.

Le regard perdu dans l'obscurité qui enveloppait mon bureau, je sentis le nuage qui avait commencé à se dissiper s'abattre de nouveau sur moi. À cause de mon affection croissante pour Rosalie, ma joie de la voir peu à peu acquérir le pied marin à Shanghai, comme elle le disait, je m'étais presque autorisée à oublier que son histoire avait au moins en partie une fin tragique.

Elke et Horst n'avaient jamais pu fuir l'Autriche.

Ce devait être la raison pour laquelle les lettres s'étaient arrêtées. Rosalie avait dû apprendre qu'il n'y avait plus personne à qui les adresser.

15

J'IGNORE COMBIEN DE TEMPS je restai là, à me sentir à la fois terriblement mal pour ma petite Rosalie, cette jeune fille de dix-huit ans, et idiote de m'en faire autant pour cette histoire. *Génial, Lydia. Tu es là à déprimer à propos d'une histoire triste qui s'est passée il y a soixante ans. Qu'est-ce qui ne va pas chez toi ?*

Eh bien, peut-être que ce qui n'allait pas chez moi, c'était la triste histoire de la veille.

Bon, en voilà assez. Trêve de morosité. Il devait bien y avoir quelque chose à faire.

Zhang Li, le cousin de M. Chen par exemple. Je ne l'avais peut-être pas assez cuisiné.

Je retrouvai sa carte et lui passai un coup de fil. Une femme plaisante m'annonça en cantonais que j'étais bien chez Fast River Imports, mais que le patron était absent et qu'elle ne savait ni où le joindre ni quand il serait de retour. Je lui donnai mon nom, ce qui ne fit pas réapparaître le patron miraculeusement. Que cela signifie qu'il était réellement absent ou qu'il m'évitait, je n'en avais aucune idée. Je lui dis de demander à M. Zhang de me rappeler dès que possible avant de raccrocher.

D'accord, ça n'avait pas marché, mais il fallait tout de même que je sorte et que je me bouge. Je passerais peut-être au bureau de M. Zhang juste au cas où il serait du genre – ils étaient nombreux ceux-là à vrai dire – à ne pas savoir à quel point il avait envie de me parler avant de m'avoir vue, et revue et rerevue.

Ça aurait bien fait rigoler Joel. « Minute, Chinsky ». Un peu de patience, aurait-il suggéré, il restait beaucoup de pistes à explorer. Il fallait juste attendre que David Rosenberg arrive à New York, que Zhang Li me rappelle, que Wong Pan essaie de refiler les bijoux de Rosalie à un bijoutier de Canal Street.

Mais ce n'est pas tout ce que Joel m'aurait dit. « Chinsky ? Qu'est-ce que tu fabriques au juste ? T'es pas au courant ? On a été virés. »

Oui, eh bien, il était peut-être temps d'en reparler avec la cliente.

Le portable d'Alice sonna trois fois et puis, comme je commençai tout juste à serrer les dents, elle décrocha.

« Lydia ! Comment allez-vous ?

– Ça va. »

C'était vrai, si on faisait abstraction des visions fugaces de Joel avec le plastron de sa chemise baigné de sang qui me traversaient l'esprit de temps en temps.

« Ça va.

– J'en suis ravie. J'espère que vous m'appelez pour m'annoncer de bonnes nouvelles. La police a-t-elle trouvé quelque chose ?

– Non, mais moi oui, par contre, annonçai-je en ignorant l'expression "bonnes nouvelles". Alice, je vous ai appelée tout à l'heure, avez-vous eu mon message ?

– Vraiment ? Je suis navrée. J'ai onze nouveaux messages, et la vérité, c'est que j'étais trop découragée pour même les écouter.

– Il faut que nous parlions. Où êtes-vous ?

– À Washington.

– Washington ?

– J'ai des amis ici. Je me disais que cela m'aiderait de leur rendre visite.

– Quand serez-vous de retour ici ?

– Demain ou après-demain.

– Mais vous avez gardé votre chambre au Waldorf ?

– C'est la saison touristique. J'ai réservé la chambre pour quinze jours. Si j'y renonce, je ne pourrai pas en avoir d'autre. Je vous rappelle à mon retour.

– Non, attendez. C'est vraiment important. Avez-vous parlé à vos clients à Zurich ?

– Oui, je leur ai appris ce qui s'était passé. Ils ont reconnu qu'il valait mieux suspendre les recherches jusqu'à ce que le meurtre de Joel soit résolu. Je suis désolée, je sais que...

– Alice, que savez-vous d'eux ?

– Des Klein ?

– C'est le nom qu'ils vous ont donné ?

– Que voulez-vous dire ?

– Ils vous ont dit être les fils de la fille de Horst Peretz ?

– Oui, bien sûr.

– Alice, Horst Peretz n'a jamais eu de fille. Il n'a jamais eu d'enfant. »

Un silence.

« Lydia, qu'êtes-vous en train de dire ?

– C'est pour cela que je voulais savoir ce que vous savez d'eux.

– Que voulez-vous dire, Horst n'a jamais eu d'enfant ? Comment le savez-vous ?

– Parce que Rosalie en a eu un, elle. Chen Kai-rong et elle ont eu un fils que j'ai rencontré, et il m'a tout dit. »

Un silence beaucoup plus long.

« Vous l'avez rencontré ? Il est encore en vie ? Il vit à New York ?

– Oui. Il a identifié les bijoux sur photos.

– Oh, mon Dieu. Vous êtes sûre ? Le fils de Rosalie ?

– Oui. Je vous le présenterai à votre retour. Mais, dans ce cas...

– Oui, je vous suis. Dans ce cas, qui sont mes clients ?

– Justement. Vous vous rendez compte...

– Avez-vous communiqué tout ceci au détective Mulgrew ?

– Vous ne pensez pas sérieusement que cela pourrait l'intéresser. Mais ce n'est pas tout, Alice. La police sait dans quel hôtel est descendu Wong Pan. »

Alice retint son souffle.

« On l'a retrouvé ?

– Non, juste la chambre où il logeait. Mais il semblerait qu'il ait tenté de vous joindre. Au Waldorf. Vous ne lui avez pas parlé, n'est-ce pas ?

– À Wong Pan ? Bien sûr que non. Que voulez-vous dire par là ?

– Un appel vers le Waldorf a été passé grâce à un téléphone public situé près de son hôtel.

– Oh, mais ce pourrait être une coïncidence.

– C'est possible. Il y a autre chose, et ce n'est pas bon : la police pense que Wong Pan a tué quelqu'un. Un flic de Shanghai qui l'avait suivi jusqu'à New York.

– La police de Shanghai l'a suivi ?

– Mais le flic a été assassiné. Dans la chambre de Wong Pan.

– Mon Dieu, Lydia, c'est... Mais alors, vous avez parlé à la police ?

– Pas à Mulgrew. À une détective de mes amies qui... qui s'intéresse à l'affaire.

– Lydia, je veux que vous m'écoutiez. Il faut que je réfléchisse à tout cela. Quant aux Klein, je vais les appeler à Zurich dès le lever du jour là-bas. Et toutes les deux, nous parlerons demain dès mon retour à New York. Mais c'est important : si ce que vous dites est vrai, vous devez absolument arrêter.

– Arrêter quoi ?

– Lydia ! Arrêter de travailler sur cette affaire ! Mettez Mulgrew et votre amie détective au courant et, ensuite, ne vous en mêlez plus. Si Wong Pan a tué quelqu'un, si mes clients me mentent... quoi que cela signifie, une chose est claire : la situation est dangereuse. Il est fort probable désormais que le meurtre de Joel soit bien lié à cette affaire. Et je veux que vous laissiez tomber ! Je refuse que l'on vous fasse du mal par ma faute.

– Alice, c'est mon choix. Vous n'êtes pas responsable, mais je ne peux pas simplement...

– Lydia, je vous ai renvoyée pour assurer votre sécurité. Vous devez arrêter.

– Je ne crois pas en être capable.

– Que voulez-vous que je fasse, que j'obtienne une ordonnance restrictive ? »

Je m'arrêtai net.

« Quoi ?

– Ce sont mes affaires. Je vous ai engagée, je vous ai renvoyée, et maintenant vous continuez à vous en mêler. Si c'est le seul moyen de vous protéger, je le ferai. Je vous en prie, Lydia. Je ne veux pas qu'il vous arrive quoi que ce soit.

– Vous n'avez pas le droit de faire ça, protestai-je tout en me demandant si elle l'avait.

– Lydia, je vous en prie, ne vous mêlez de rien jusqu'à mon retour demain. Nous déciderons quelle est la meilleure tactique à adopter à partir de là. »

Je soupirai en me frottant les yeux.

« Vous m'appellerez dès votre retour à New York ?

– Absolument.

– Très bien. À demain », dis-je en coupant la communication.

Il était bien possible que j'aie l'air un peu plus résignée, un peu moins déterminée que je ne me sentais vraiment. Alice pouvait interpréter ça comme elle le voulait. Cela dit, je n'avais jamais affirmé que j'allais laisser tomber l'enquête, et elle n'aurait pas pu citer le moindre de mes propos allant dans ce sens. Parce que, en fait, elle avait tort sur un détail.

Ce n'était pas elle qui m'avait engagée. C'était Joel.

16

J'APPELAI BILL, tombai sur sa boîte vocale, lui appris que nous étions de nouveau virés et lui demandai de me rappeler. Puis je rassemblai mes affaires et me mis en route.

En cinq minutes, j'étais à l'autre bout de Canal Street. Je m'arrêtai devant chez Bright Hopes, balayai du regard les bagues, colliers et autres signes du zodiaque en or à la fois ridicules et adorables posés sur une Voie lactée en Plexiglas. C'était le pont entre la Terre et le paradis où la tisserande et le bouvier se retrouvent une fois l'an pour l'éternité, réunis par leur amour indéfectible.

Derrière les bijoux et les animaux ridicules, apparut le visage souriant d'Irene Ng. Elle fit le tour du comptoir pour m'ouvrir la porte.

« Vous désirez ? M. Chen n'est pas là, mais je serais ravie de vous aider.

– Je n'ai pas de chance, c'est M. Chen que je venais voir. Puis-je le joindre quelque part ?

– Il ne m'a pas dit où il allait. Je lui dirai que vous le cherchez.

– Et son cousin Zhang Li ?

– Oh, je n'en ai aucune idée. Il vient souvent, mais son magasin se trouve dans Mott Street. Voulez-vous que je l'appelle de votre part ? »

C'était une bonne idée. Zhang Li serait peut-être là pour Irene Ng même s'il ne l'était pas pour moi.

Mais non. Souriant d'un air contrit, Irene reposa le combiné. « Fay ne sait ni où il est ni quand il reviendra. »

Bon, en tout cas, Fay s'en tenait à la version qu'elle m'avait donnée.

« Merci, dis-je en examinant une vitrine remplie de bagues. Vous aimez votre travail, je parie. Entourée de ces objets magnifiques toute la journée.

– Oh, oui ! Je débute à peine, mais j'adore. M. Chen est incollable sur les pierres et les montures. Et puis il est gentil, très patient même quand je suis nulle. D'après M. Zhang, la mère de M. Chen était exactement pareille.

– M. Zhang et M. Chen ont l'air très proches.

– Oui, comme des frères. »

Je ne pus m'empêcher de sourire.

« J'ai quatre frères. Vous pensez que quand nous serons tous vieux nous nous entendrons comme ça ?

– Je ne suis pas sûre que l'âge aide, remarqua-t-elle en penchant la tête, l'air sceptique. D'après ce que j'ai entendu dire, M. Chen et M. Zhang ont toujours été plus proches que M. Zhang et son frère.

– M. Zhang avait un frère ?

– Il est toujours vivant. Un demi-frère qui a une dizaine d'années de plus que lui. Même père, mères différentes. C.D. Zhang, ajouta-t-elle alors que je lui opposais un silence surpris. Vous n'avez pas entendu parler de lui ?

– Absolument pas. Je vous écoute.

– Oh, il n'y a rien de spécial à dire. Il importe des bijoux. Son magasin se trouve dans Canal Street, à quelques pâtés de maisons d'ici.

– Il vit ici ?

– Depuis bien plus longtemps que M. Chen et M. Zhang. En fait, il les a parrainés pour qu'ils puissent venir. Il m'a dit un jour qu'il était le plus heureux des hommes quand ils lui ont demandé son aide. Mais je ne pense pas que les choses se soient passées comme il l'aurait voulu.

– Pourquoi pas ?

– Il devait penser qu'ils formeraient une grande famille, vous voyez. Qu'ils se verraient. M. Chen et M. Zhang, se voient eux, avec les enfants, les petits-enfants, ce genre de chose. Pour Thanksgiving et le nouvel an chinois, ils incluent C.D. Zhang, mais à part ça, ils ne sont pas si proches de lui. »

Je laissai Irene Ng épousseter les bracelets de jade et descendis Canal Street en trombe. M. Chen et M. Zhang n'étaient peut-être pas proches de C.D. Zhang, mais on ne pouvait pas en dire autant de leurs magasins. J'avais à peine réussi à joindre C.D. Zhang au téléphone que j'étais déjà arrivée chez lui. Au deuxième étage d'un immeuble aux larges fenêtres, à deux pas de mon bureau, une secrétaire affublée d'une permanente très frisée typique de Chinatown me fit entrer dans le bureau de son patron.

« Lydia Chin, annonça-t-elle en anglais.

– La détective privée ! »

Un vieil homme, grand et plein d'entrain, surgit de derrière un écran plat remarquablement à sa place sur le bureau ancien où il trônait.

« C'est tellement fascinant ! Entrez, je vous en prie. »

Svelte et alerte, les épaules larges et le visage ridé à la peau parcheminée, C.D. Zhang était manifestement plus âgé que son demi-frère Zhang Li et son cousin Chen Lao-li. D'un geste il m'indiqua un fauteuil en bois de rose aux fins accoudoirs ; j'avais déjà vu ce genre de sièges dans les musées et m'étais toujours demandée s'ils étaient confortables.

« J'apprécie que vous acceptiez de me recevoir, monsieur Zhang. »

Il m'avait saluée en anglais, aussi en déduisis-je que c'était la langue de rigueur.

« Comment aurais-je pu résister ? *Le Faucon maltais ! Adieu, ma jolie !* Quand j'étais écolier à Shanghai, mes camarades et moi étions accablés par les lectures ennuyeuses pendant nos leçons d'anglais, mais entre nous, nous mettions ces leçons à profit. Ah ! l'intrigue ! Quelle imagination ! s'exclama-t-il, le regard pétillant. Bien sûr, à cette époque-là, les détectives étaient des gaillards qui jouaient aux gros durs.

– Certains sont toujours comme ça. »

Je m'installai ; la chaise grinça mais elle était assez confortable. La porte s'ouvrit, et la secrétaire apporta le thé sur un plateau. Tandis que M. Zhang servait le contenu d'une élégante théière blanche dans d'élégantes tasses blanches – du genre occidental avec soucoupes et anses –, je jetai un coup d'œil autour de moi.

Les fauteuils en bois de rose et le bureau étaient les seuls meubles plus vieux que moi. Tout le reste – lampes, fauteuil de bureau, desserte – était rigoureusement minimaliste et moderne. Entre les bibliothèques qui occupaient deux murs étaient accrochés des certificats attestant que M. Zhang appartenait à diverses associations d'importateurs et d'experts. Le vrombissement de la circulation s'engouffrait par les fenêtres à montants d'acier tout comme le soleil de la mi-journée. À ma droite était accrochée la seule autre allusion au passé : une monumentale photo noir et blanc de Shanghai avant guerre. La pleine lune brillait au-dessus de l'enseigne au néon de l'hôtel Cathay dessinant un chemin irrégulier à la surface de la rivière engorgée par les sampans. Les phares des voitures trapues circulant sur le Bund ressemblaient à autant de petites lunes rondes. Un paquebot transatlantique voguait à l'horizon. Je me surpris à tendre l'oreille pour percevoir le clapotement des vagues en me demandant si les passagers trouvaient enthousiasmants ou dérangeants les parfums complexes du port.

« C'était il y a longtemps.

– Oh, excusez-moi ! (Je tressaillis et me retrouvai dans Canal Street.) Je ne suis jamais allée à Shanghai. Cet endroit a l'air tellement fascinant.

– Oh, il l'était ! s'écria C.D. Zhang en me tendant mon thé, fumé et fort. Un endroit extravagant ! Enivrant ! Quand j'étais enfant, j'étais amoureux des rues de Shanghai. Je tarabustais sans cesse ma gouvernante pour qu'elle me fasse sortir de l'enceinte de notre villa. Je ne comprenais pas la moitié de ce que je voyais ou entendais, mais quel chaos ! Quelle cacophonie ! Elle m'achetait une glace ou un morceau d'anguille grillée. Des femmes vêtues de soie souriaient depuis leurs pousse-pousse. Je m'y vois encore : les coolies avec leurs perches qui se faufilaient entre les limousines. Les serveuses éblouissantes, les sikhs avec leurs turbans, les banquiers anglais en nage dans leurs costumes en tweed. Les paquebots et les cargos ! Les temples et les gongs ! Les échoppes, les soldats, la foule. Les bannières et les néons dans l'air chaud et humide.

– C'est très poétique monsieur Zhang, on s'y croirait.

– Non, vous êtes trop gentille. Ce n'est que la vérité. Si ça a l'air poétique, c'est à la Shanghai de mon enfance et non à moi qu'en revient le mérite. »

Son sourire devint ironique.

« Aujourd'hui, le Cathay est devenu l'Hôtel de la paix. Notre villa abrite les bureaux de la Compagnie des eaux. J'ai entendu dire que les employés se garent dans le jardin sur le côté de la villa, là où mon père faisait installer le chapiteau sous lequel avaient lieu les banquets qu'il donnait.

– Y retournerez-vous un jour ?

– Pourquoi le ferais-je ? Tout ce dont je me souviens, tout ce que j'avais n'est plus. Mais vous êtes polie, mademoiselle Chin. Vous êtes détective chargée d'une enquête ! Vous n'êtes pas venue pour parler de Shanghai.

– Non. Enfin, peut-être que si, d'une certaine manière. Je veux vous parler de la Lune de Shanghai. »

Vas-y Lydia, mets les pieds dans le plat.

C.D. Zhang garda le silence un long moment.

« La Lune de Shanghai, répéta-t-il. Puis son visage s'éclaira. Ah, je vois ! Vous avez dû parler à ces deux vieux bonshommes.

– Votre demi-frère et votre cousin ? En effet.

– Li et Lao-li, dit-il en souriant. Plus fous l'un que l'autre. Ils vous ont raconté leurs histoires, et maintenant, vous vous retrouvez sous le charme de la Lune de Shanghai.

– Je leur ai parlé c'est vrai de... quelque chose d'autre. Mais ils ne m'ont parlé du bijou que lorsque je les ai interrogés à son sujet après avoir appris son existence dans un livre. En fait, ils ne m'ont jamais parlé de vous.

– Et pourquoi l'auraient-ils fait ?

– Parce que vous êtes le demi-frère de M. Zhang. »

Il continua de sourire, mais avec plus de douceur.

« Mon frère et moi n'avons jamais été proches. Notre différence d'âge ainsi que d'autres facteurs – parmi lesquels et non des moindres, la guerre qui faisait rage pendant notre enfance – ont contribué à maintenir une distance entre nous. J'avais espéré, quand mon frère Li et mon cousin Lao-li ont émigré dans ce pays, que les choses pourraient changer, mais il n'est pas facile de s'engager sur une voie nouvelle, je suppose.

– Pourtant, nous évoquions le passé. Ils auraient pu dire quelque chose. D'autant que vous vous trouvez ici, au bout de la rue.

– Mademoiselle Chin, si c'est la Lune de Shanghai qui vous a amenée à rencontrer Li et Lao-li, je peux vous assurer qu'ils ne pensaient à rien d'autre. Ils n'avaient aucune raison de faire allusion à moi. Ce qui me surprendrait, c'est qu'ils vous aient dit quelque chose.

– Pourquoi ça ?

– Mon cousin a passé sa vie à chercher ce bijou de manière obsessionnelle. Il n'est pas dans sa nature de partager des informations à ce sujet.

– Eh bien, il appartenait à sa mère. Il est extrêmement précieux d'après ce que j'ai compris.

– Oui, vous avez raison sur ces deux points. Mais ce n'est ni la fortune ni la fierté familiale qui le motive. C'est pour retrouver son passé que mon cousin Lao-li est à la recherche de la Lune de Shanghai. Comme si c'était un portail qu'il pouvait franchir. S'il a choisi de devenir bijoutier, c'est uniquement pour évoluer dans l'univers de la Lune de Shanghai.

– Monsieur Zhang, vous évoluez vous-même dans l'univers des bijoux.

– En effet ! C'est intéressant, et l'une des nombreuses ironies de notre vie, je suppose. Mais pour des raisons totalement différentes. Je vois que vous portez un disque *bi* en jade, mademoiselle Chin.

– Un cadeau de mes parents.

– Pour vous protéger tout au long de votre vie ! Savez-vous pourquoi ?

– Le jade est censé avoir des vertus protectrices.

– Selon nous, Chinois. Pour les Tibétains, c'est la turquoise ; pour les Romains, c'étaient les opales. Et les diamants sont éternels ! S'il y a une inondation, mes magnifiques livres seront réduits en bouillie par l'humidité, dit-il avec un geste vers les étagères. Dans un incendie, ce bureau, où pendant sept siècles ont pris place des érudits, deviendra un tas de cendres. Vous et moi ne serons plus que poussière un jour, même si, dans mon cas, cela arrivera bientôt et si, dans le vôtre, le tas sera plus joli. Mais votre pendentif en jade ? Les diamants sur cette bague ? Ils ne changeront pas ! Brûlez-les, noyez-les. enterrez-les pendant un million d'années : ils sont immuables ! Écrabouillez-les, le moindre petit éclat gardera sa pureté : un minuscule éclat de diamant ou de jade. Tout change, mademoiselle Chin. Le thé parfumé devient de plus en plus amer à mesure qu'il infuse. Il n'y a pas d'immortalité pour nous. C'est en présence des pierres précieuses que nous pouvons l'approcher le plus près.

– Monsieur Zhang, au risque de me répéter, quel poète vous faites.

– Au risque de me répéter moi aussi, c'est la simple vérité.

– Mais n'est-ce pas ce qui pousse M. Chen à rechercher la Lune de Shanghai ? Toucher à cette immortalité ?

– Ce que recherche mon cousin, c'est la fontaine de jouvence, obsession très différente. Mon frère veut lui faire plaisir. Ce sont une paire d'idiots. »

Entre immortalité et fontaine de jouvence, je n'étais pas sûre de voir une si grande différence.

« Idiots, peut-être, mais membres de votre famille, remarquai-je. L'assistante de M. Chen m'a appris que vous les aviez parrainés pour leur permettre d'immigrer à New York.

– Comme vous le dites, nous sommes parents. C'était il y a quarante ans. Je n'avais eu aucune nouvelle d'eux en vingt ans, depuis que mon père et moi avions quitté la Chine. Je ne savais même pas s'ils étaient vivants. Soudain, une lettre de Shanghai ! Elle me transmettait les salutations de mon cousin, que je n'avais jamais rencontré et de mon frère, et leurs vœux de bonne santé. Elle parlait d'une tempête qui approchait à toute allure, et ferait sombrer la Chine tout entière dans le chaos et la destruction. Si possible, mon frère et mon cousin auraient mieux aimé éviter la tempête en émigrant en Amérique, expliqua le vieil homme alors que le sourire ironique se dessinait de nouveau sur ses lèvres. Ils sollicitaient mon aide. Mon père venait de décéder, une chance pour eux.

– De la chance ? Pourquoi ?

– C'est triste à dire, mais la propension à la rancune s'est accrue avec l'âge chez lui.

– Mais Zhang Li était son fils.

– Et le fils de Mei-lin. Et Lao-li et lui ont été élevés par Kai-rong. On ne peut pas dire que mon père et Kai-rong nourrissaient des sentiments fraternels à l'égard l'un de l'autre.

– Mais ne pas aider son propre fils parce qu'il n'aimait pas son beau-frère ? »

Il faudrait être très dur. Je pensai soudain à autre chose.

« Le général Zhang ! Rosalie Gilder l'a rencontré dans une librairie. Elle le raconte dans ses lettres. Ce n'est pas...

– Mon père ? Mais si. La société de Shanghai était un petit monde insulaire. Le livre que Rosalie lui avait conseillé était destiné à Mei-lin. C'était le début de leur relation. »

Il sourit.

« J'ai lu cette lettre. Père a vite déplu à Rosalie.

– Oh, mais je suis sûre qu'elle ne le voyait pas sous son meilleur jour.

– Non, il était comme ça au quotidien. Et, de son côté, il n'aimait guère la nature fière de Rosalie. Ni son caractère.

– Est-ce que cela faisait partie du problème entre Kai-rong et votre père ? »

Le regard de C.D. Zhang s'attarda sur la photo de Shanghai.

« En partie, oui. Mais nous nous écartons certainement de la raison qui vous a amenée ici, n'est-ce pas, mademoiselle Chin ?

– Je suppose, oui, admis-je à regret. La tempête à laquelle votre frère et votre cousin voulaient échapper... c'était la Révolution culturelle, n'est-ce pas ?

– Ils n'étaient pas à New York depuis six mois que le premier orage éclatait. Ils se sont construit une nouvelle vie, mais comme beaucoup d'autres, ils ont laissé leur cœur en Chine. Une Chine qui a cessé d'exister. Voilà ce que signifie leur quête de la Lune de Shanghai, ajouta-t-il avec un sourire plus amer. Attention, mademoiselle Chin.

– À quoi ? La quête est dangereuse ?

– Pas comme vous l'entendez. Des hommes y ont perdu la vie, c'est vrai. Mais c'est un calvaire. Cela fait soixante ans que personne n'a vu ce bijou, et pourtant, tout le monde a entendu dire quelque chose, a eu vent de quelque chose, tout le monde connaît quelqu'un qui a entendu dire que quelqu'un d'autre avait vu quelque chose miroiter dans une boutique poussiéreuse. Tous ces gens gaspillent leur argent et leur temps, et au final, ils sont bredouilles.

– Personne n'a jamais rien trouvé ?

– Oh, ils ne sont pas si nombreux que cela. La plupart des hommes, même les joailliers, ont assez de jugeote pour ne pas aller courir après un fantôme. Mais il y en a eu pas mal au fil des années. Un joaillier d'Anvers qui a dilapidé ses économies à courir à droite à gauche a fini les poches aussi vides que les mains. Un Singapourien immensément riche, déjà propriétaire de trois des plus magnifiques pierres précieuses au monde. Ah, votre visage trahit votre fascination ! La Lune de Shanghai tisse sa toile. Mais à présent, dites-moi pourquoi vous vous renseignez sur ce bijou ? Et puisque ces deux vieillards ne vous ont pas dirigée vers moi, pourquoi êtes-vous venue me trouver ?

– Monsieur Zhang, vous dites que la recherche de la Lune de Shanghai n'est pas dangereuse de la façon dont je l'entends. Je ne suis pas sûre que ce soit vrai. Vous dites aussi que des rumeurs courent toujours à son sujet – en avez-vous entendu certaines récemment ?

– Non. Pourquoi ?

– Un client m'a engagée pour retrouver la trace de bijoux récemment découverts puis aussitôt dérobés à Shanghai. Les bijoux de Rosalie Gilder. La Lune de Shanghai était peut-être parmi eux. »

Le vacarme de la circulation s'engouffra dans le silence qui s'était soudain abattu dans la pièce. Une volée de pigeons passa devant la fenêtre. Je me demandai si C.D. Zhang avait choisi cet endroit en raison du vacarme et de la cacophonie qui y régnaient.

Il reprit doucement la parole.

« Avez-vous vu la Lune de Shanghai ?

– Non.

– Non, répéta-t-il en hochant la tête. Ça se passe toujours comme ça. "C'est possible." "Il se pourrait..." "Je crois, j'ai entendu dire, on m'a dit." Mais au final...

– Monsieur Zhang ? À combien estimez-vous la valeur de la Lune de Shanghai ?

– Il n'existe aucun document fidèle qui indique un prix. Il faudrait la faire expertiser.

– Soixante ans, songeai-je tout haut. Je me demande s'il reste encore quelqu'un qui l'a vue de son vivant.

– Enfant, à Shanghai, je l'ai vue de mes propres yeux, dit C.D. Zhang en me regardant.

– Vraiment ? Oh, bien sûr ! Rosalie et vous étiez parents !

– Malgré l'aversion réciproque qui existait entre Chen Kai-rong et mon père, oui, en effet. Mais j'adorais ma belle-mère Mei-lin. Et j'adorais encore davantage faire partie de la famille. J'étais un enfant solitaire, un enfant rêveur élevé dans une famille stricte et pragmatique. Je me souviens à peine de ma propre mère qui est morte avant mon troisième anniversaire. Ma gouvernante et mes tuteurs étaient compétents, mais froids. J'étais au courant des répercussions sociales du mariage de Rosalie Gilder et Chen Kai-rong, mais l'enfant de dix ans que j'étais n'y entendait rien et s'en fichait. J'étais enthousiasmé de voir le cercle familial s'agrandir.

– Étiez-vous présent au mariage ?

– Tout à fait. Rosalie Gilder portait la Lune de Shanghai à sa gorge, dit-il en regardant la photo de Shanghai de nuit. Même si le bijou était déjà légendaire à l'époque. Vous avez lu quelque chose à ce sujet dites-vous ? Vous connaissez son histoire alors ?

– Je sais que la broche a été fabriquée à partir d'un morceau de jade ancien propriété de la famille Chen et des diamants d'un collier ayant appartenu à la mère de Rosalie.

– Sa légende a commencé avant même qu'elle soit fabriquée. Il faut bien comprendre quel événement extraordinaire cette union représentait à Shanghai. Bien sûr, les Européens ont toujours épousé des Chinoises. L'épouse exotique, symbole de richesse et de pouvoir ! Et les Chinois fortunés entretenaient des maîtresses européennes. Des Britanniques, des Allemandes, des Russes blanches. Et des Américaines ! Elles avaient beaucoup de succès, les Américaines. Et il est vrai que certaines réfugiées juives ont pris pour amants des officiers japonais ou de riches Chinois. Elles étaient pauvres, et les temps étaient durs. Elles ont fait ce que les filles désespérées ont toujours fait, et même si ceux qui les approuvaient étaient rares, personne n'était surpris. Mais un mariage ? Un Chinois issu d'une famille noble et une réfugiée ? Difficile de dire laquelle des deux communautés était la plus consternée.

– Monsieur Zhang, d'après le livre que j'ai lu, le mariage a eu lieu secrètement.

– À Shanghai, tout était secret, et tous les secrets étaient connus ! Tout en cuisinant au-dessus des réchauds à charbon dans les ruelles où elles habitaient, les réfugiées juives chuchotaient que l'on ne pouvait pas en vouloir à Rosalie Gilder de choisir la voie facile qui la mènerait à de bons repas et des vêtements propres – ce qui voulait dire qu'elles lui en voulaient profondément. Parmi les amis de mon père, les épouses maugréaient et les maris désapprouvaient l'union. La lignée des Chen qui avait servi tous les empereurs au cours des dix derniers siècles affaiblie par du sang européen ? Les prophéties allaient bon train : la fureur des ancêtres Chen, leur terrible châtiment !

– Mais le mariage a eu lieu.

– En effet. Et rien de pire ne se produisit à Shanghai que ce qui s'y passait déjà tous les jours. Rosalie Gilder et son frère ont emménagé dans la villa des Chen où ils ont brièvement vécu une vie plus confortable que celle des autres réfugiés.

– Pourquoi brièvement ?

– Le mariage a eu lieu en avril 1942. Au début de l'année suivante, pour faire plaisir aux Allemands, les Japonais ont ordonné aux réfugiés juifs de déménager à Hongkew où ils pouvaient être contrôlés et surveillés. Beaucoup y étaient déjà, mais beaucoup vivaient et travaillaient ailleurs. Alors, d'un seul coup, les boutiques ont fermé, et les familles ont été déracinées. Vingt mille juifs, dont beaucoup n'avaient plus désormais aucun moyen de gagner leur vie, ont été confinés avec un million de Chinois parmi les plus pauvres dans un quartier insalubre de moins de trois kilomètres carrés.

– C'est horrible.

– Tout est relatif, mademoiselle Chin. Les Allemands voulaient que les réfugiés soient exterminés. Ce plan ne plaisait pas aux Japonais pour des raisons qui leur étaient propres. Le ghetto était un compromis. »

Étant donné l'alternative, il devait avoir raison.

« Rosalie et son frère ont dû déménager ?

– En tant qu'épouse de Chen Kai-rong, Rosalie Gilder aurait pu être épargnée. Mais il se trouve que Chen Kai-rong avait fui Shanghai peu de temps avant que la loi prenne effet. Les Japonais étaient furieux.

– Fui ? Que voulez-vous dire ? Il l'a abandonnée ? »

Ce n'était pas possible.

« Ah, mademoiselle Chin ! C'était la guerre. Sa loyauté avait été remise en question, il avait offensé un caporal japonais sur le Garden Bridge, un officier japonais voulait sa limousine... je ne sais pas. Le fait est qu'il a disparu. Alors Rosalie et son frère sont allés vivre à Hongkew. En emmenant mon frère Li qui n'avait pas deux ans.

– Votre frère ? Pourquoi ?

– Parce que ma belle-mère Mei-lin avait disparu, et on ne l'a jamais revue.

– Comment ça, disparu ?

– C'était la guerre », répéta M. Zhang en me regardant droit dans les yeux.

Comme ça, songeai-je. *Votre mère disparaît pour toujours pour cette seule et unique raison : c'était la guerre.*

« Pourquoi votre frère n'est-il pas resté avec vous et votre père ?

– Quand Rosalie s'est installée à Hongkew, nous étions nous aussi partis depuis longtemps. À Chongqing où mon père, changeant d'allégeance, avait rejoint l'armée de Tchang Kaï-chek. Tout comme je l'ai fait moi aussi quelques années après.

– Vous n'avez pas l'air assez âgé pour avoir pu vous battre avec Tchang Kaï-chek. »

J'avais déjà vu ce qui restait de l'armée nationaliste défiler à travers Chinatown avec un air de défi chaque année au mois d'octobre, et même si C.D. Zhang n'était pas jeune, ces hommes étaient manifestement bien plus âgés que lui.

« Je me suis engagé à quinze ans et je n'étais pas le plus jeune de ma brigade. À ma surprise, la vie militaire me convenait. Les soldats forment une famille, ils dépendent les uns des autres. Les gens m'aidaient et s'attendaient à ce que je les aide. Je pouvais être utile, voyez-vous ! Et apprécié grâce à mon utilité ! Situation inconnue dans ma vie jusque-là.

« Cependant mes talents, si j'en avais, étaient plus logistiques que militaires. J'étais apprécié dans mon unité car j'arrivais toujours à me procurer de la nourriture. Nous avions toujours de quoi manger. Malheureusement, dans les combats, j'étais un piètre soldat. J'ai déçu mon père dans ce domaine comme dans bien d'autres. Mais, mademoiselle Chin, nous nous égarons de nouveau. Ce n'est pas ma carrière militaire, qui ne représente même pas une note de bas de page dans un *addenda* du grand livre de l'histoire, qui vous a amenée ici. Je crains que nous ne soyons pris dans les filets d'un passé romantique. Toujours plus séduisant que la banalité du quotidien. »

Banalité ? L'ombre de Shanghai s'évanouit en un instant : c'était peut-être à cause de la Lune de Shanghai que Joel était mort.

« Vous avez raison, admis-je en reposant ma tasse de thé. Pouvons-nous en revenir à la Lune de Shanghai ? Vous qui l'avez vue, à combien l'estimez-vous ?

– Je l'ai vue, certes, quand j'étais enfant. Mais les souvenirs d'enfance ne sont pas fiables.

– Bien sûr, mais vous êtes un expert dans ce domaine après tout.

– Ah, c'est de la flatterie manifeste ! Très bien, je mords à l'hameçon. Telle qu'elle est décrite – comme le veut la légende –, la valeur de la Lune de Shanghai approcherait deux millions de dollars. Davantage si les collectionneurs laissent leur cœur prendre le pas sur leur tête. Et c'est toujours le cas. C'est grâce à cette vérité que je gagne confortablement ma vie. Mais moi je vends des pierres précieuses bien réelles ! La Lune de Shanghai est un fantasme. Elle peut vous engloutir. Attention où vous mettez les pieds.

– Il est peut-être trop tard pour ça, monsieur Zhang. Je n'étais pas la seule détective engagée pour retrouver les bijoux de Rosalie Gilder. Mon collaborateur a été abattu dans son bureau. »

Toutes les voitures avaient dû s'arrêter à un feu rouge car le silence envahit la pièce.

« Abattu ? s'écria C.D. Zhang qui resta silencieux un moment. À cause des bijoux de Rosalie Gilder ?

– Je n'en suis pas sûre, admis-je.

– Et même si c'était le cas, vous n'êtes pas sûre que la Lune de Shanghai ait réapparu.

– Non, mais...

– C'est exactement ce que je voulais dire. La Lune de Shanghai attire le danger, les idées romantiques de la même façon qu'une ombre s'attache à la matière. Mon cousin est sûr de lui, sans aucun doute.

– Je l'ignore.

– Oh, je vous parie qu'il l'est. S'il ne l'a pas dit, c'est qu'il pense toucher au but et veut la garder pour lui. C'est toujours la même chose.

– Vous êtes en train de dire qu'il me cache quelque chose ? »

C.D. Zhang se contenta de sourire.

« En fera-t-il de même avec votre frère ?

– Eh bien, ce n'est pas vraiment possible, vous ne croyez pas ?

– Pourquoi ?

– Au fil des années, mon cousin a gaspillé des sommes considérables dans cette recherche effrénée. Cet argent était celui de mon frère.

– Zhang Li le finance ? Je l'ignorais.

– Cela vous surprend ?

– Oui. Il avait l'air plus, je ne sais pas, plus... terre à terre.

– Ils sont fous tous les deux, ce n'est pas juste mon cousin. Même si mon frère Li a davantage les pieds sur terre que mon cousin Lao-li, peut-être précisément parce que l'argent lui appartient. Au fil des années, il a vu clair dans certains des indices et des propositions les plus absurdes. Des pistes sur lesquelles Lao-li se serait lancé si ça n'avait tenu qu'à lui. Et cette histoire, mademoiselle Chin, m'a tout l'air d'en être une autre de ce genre. Qu'un bijou disparu depuis des lustres soit impliqué dans un assassinat récent... mais cela n'a pas d'importance, n'est-ce pas ? dit-il en me dévisageant. Vous êtes prise dans la toile.

– J'essaie de résoudre un meurtre », me justifiai-je en rougissant.

Ce qui ne voulait pas dire qu'il avait tort, mais je choisis de l'ignorer.

« J'ai lu que la Lune de Shanghai avait disparu dans les derniers jours de la guerre civile. J'ai interrogé M. Chen et M. Zhang à ce sujet mais ils ont refusé d'en parler. Pouvez-vous me dire quoi que ce soit à ce propos ?

– Au sujet de la disparition du bijou ? (Il fit non de la tête.) Mon père et moi ne sommes retournés à Shanghai que quand il est devenu clair que la victoire des communistes était inévitable. Et même à ce moment-là nous n'y sommes restés que quelques heures, le temps de prendre un bateau pour Taipei. Mes derniers souvenirs de Shanghai sont bien sombres : se faufiler dans des ruelles et des allées, courir rejoindre mon père à bord du *Taipei Pearl*, avant que la lente et silencieuse marche des soldats de Mao les mène au Bund.

– Quel âge aviez-vous ?

– Dix-huit ans à l'époque. Laissez-moi vous poser une question, mademoiselle Chin : où les bijoux de Rosalie Gilder ont-ils été découverts ?

– Sur un chantier.

– À Hongkew ?

– Non, dans le quartier où s'élevait autrefois la Concession internationale. Dans la rue Jiangming. Monsieur Zhang ? Qu'y a-t-il ? »

C.D. Zhang s'était figé.

« Si je ne m'abuse, l'actuelle rue Jiangming était autrefois la Thibet Road. La villa de la famille Chen se trouvait au numéro 12.

– Vous voulez dire... »

Il y eut un long silence.

« La légende, la légende romantique que murmuraient les femmes, voulait que Rosalie ne se séparât jamais de la Lune de Shanghai et la portât autour de son cou au bout d'une chaîne. Mais il existait une autre rumeur, contraire à celle-ci et tout aussi tenace, selon laquelle elle ne l'aurait pas emmenée à Hongkew. On disait qu'elle ne verrouillait jamais sa porte pour insister sur le fait qu'elle ne gardait pas la broche avec elle.

– Si elle avait enterré les bijoux avant d'aller à Hongkew, pourquoi ne les aurait-elle pas récupérés une fois la guerre terminée ? On n'a pas obligé les juifs à rester dans le quartier après la guerre, n'est-ce pas ? N'a-t-elle pas pu retourner à la villa ?

– Si, et c'est ce qu'elle a fait. Mais après la capitulation des Japonais et leur départ de Chine en 1945, la tyrannie a été remplacée par l'anarchie quand les nationalistes et les communistes se sont mis à s'entre-tuer. Il valait mieux enterrer les trésors quelle que soit leur nature, nier leur existence, déclarer qu'ils avaient déjà été volés. Et après 1949, alors que la révolution ouvrait à la Chine un avenir radieux, il était à la fois vulgaire et périlleux d'avouer que l'on était fortuné.

– Alors, vous pensez que cela pourrait être vrai ?

– Mademoiselle Chin, je pense que pour peu que l'on veuille y croire, ces histoires de réapparition sont crédibles. »

Soudain, un sourire différent, indulgent, presque un sourire de conspirateur se dessina sur les lèvres du vieil homme.

« Je dois bien admettre, cela dit, que cette histoire est plus fascinante que la plupart des autres. Qu'allez-vous faire ?

– Je n'en suis pas sûre. Votre frère pourrait encore avoir des choses à me dire : il a promis de le faire, même s'il cherchait peut-être simplement à se débarrasser de moi. Mais je ne sais pas à quel point il pourrait m'aider. M. Chen et M. Zhang ont déjà dû mettre à profit le moindre de leur souvenir. Comme vous dites, les souvenirs d'enfance ne sont pas fiables, et ils étaient tous les deux très jeunes.

– Oui, c'est vrai. Et je suppose que le professeur Gilder est trop âgé.

– Pardon ?

– Le professeur Gilder. Nous avons presque le même âge, lui et moi, même si nous nous connaissons à peine. Je me suis laissé dire qu'il perd la tête depuis un certain temps. Alors, je suppose qu'il n'est d'aucune utilité, n'est-ce pas ?

– Qui est le professeur Gilder ?

– Paul Gilder, précisa C.D. Zhang, surpris. Le jeune frère de Rosalie. »

17

« TU AS TOUJOURS CETTE FAMEUSE VOITURE ? demandai-je à Bill à la seconde où il répondit au téléphone.

– Laquelle ?

– N'importe laquelle.

– Bien sûr. Pourquoi ?

– Passe me prendre. On va dans le New Jersey. »

Pour être plus précise, nous allions à Teaneck, ville où le professeur Paul Gilder, quatre-vingt-quatre ans, vivait avec la famille de sa petite-fille.

« Il ne m'était jamais venu à l'idée qu'il puisse encore être en vie, m'exclamai-je en bouclant ma ceinture. Et encore moins qu'il pouvait vivre près d'ici. C'est un véritable personnage de conte de fées. Je ne m'attendais pas à ce qu'il soit réel.

– Je me demande si ça lui fera plaisir de l'apprendre, remarqua Bill en se glissant dans la circulation.

– D'après C.D. Zhang, il ne se rend pas compte de grand-chose. Sa petite-fille a dit la même chose : il a des absences. Pourquoi tu t'arrêtes ici ?

– Pour que tu puisses t'acheter une tasse de thé pour le voyage. Je suis bien dressé.

– Très. Mais non, je t'en prie. J'ai passé la journée entière avec de vieux Chinois. Tu n'as aucune idée de la quantité de thé que cela implique. »

En chemin, je racontai à Bill ma conversation téléphonique avec Anita Horowitz, la petite-fille de Paul Gilder.

« Je lui ai tout déballé : que j'avais parlé à Chen et aux frères Zhang. Je lui ai tout dit du flic chinois et de Joel, de Wong Pan et d'Alice. Cette histoire l'inquiète, mais elle accepte de nous laisser parler à Paul. Même si elle ne voit pas comment il pourrait nous aider. Il n'est lucide que par moments, d'une part, et puis M. Chen et M. Zhang doivent être au courant de tout ce qu'il sait.

– Peut-être pas, s'ils n'étaient que des enfants quand la Lune de Shanghai a disparu.

– Non, mais comme ils sont arrivés ici en 1966, ils ont été en contact avec lui. Ils ont dû lui tirer les vers du nez depuis longtemps. »

Le GPS de Bill nous mena jusqu'à une maison surélevée, style ranch, proprette, dont la pelouse était parsemée de jouets en plastique de couleurs vives. Une femme aux cheveux bruns ouvrit la porte.

« Vous êtes les détectives ? Je suis Anita Horowitz, la petite-fille de Paul Gilder. » Quand elle s'écarta pour nous laisser entrer, une toute petite fille vint nous rejoindre d'un pas lourd. Elle nous regarda tour à tour et offrit à Bill la moitié d'un biscuit sec.

« Merci, dit-il gravement en l'acceptant.

– Voici Lily, annonça Anita Horowitz. Lily, ce monsieur et cette dame sont venus voir Zayde[1]. Tu peux leur montrer où il est ? »

Lily partit en courant. Alors que nous lui emboîtions le pas, Anita me sourit.

1. « Grand-père ».

« Vous serez sans doute heureuse d'apprendre que vous avez excellente réputation.

– Pardon ?

– Après notre conversation, je me suis dit que je ferais mieux de me renseigner à votre sujet. J'ai appelé notre avocat pour lui demander de le faire pour moi. J'étais prête à vous envoyer balader, mais il m'a rappelé pour me faire un compte rendu élogieux.

– Eh bien, je suis heureuse de l'entendre, dis-je en me redressant.

– Vous, en revanche... dit-elle à Bill, toujours avec un sourire.

– Ne vous inquiétez pas. Je vais le surveiller. »

Quand nous arrivâmes sur la véranda, Lily était appuyée contre le genou d'un vieil homme assis sur une chaise roulante. Il lui souriait en lui caressant les cheveux.

« Il ne sait pas très bien qui elle est d'habitude, chuchota Anita. Il lui demande sans arrêt si quelqu'un s'occupe d'elle. Il est soulagé de me voir avec elle, même si la moitié du temps, il n'a aucune idée de qui je suis non plus. Attendez une minute ici. »

Elle traversa la pièce et s'accroupit près de Paul.

« Zayde, ces personnes sont venues te voir. »

Il nous regarda avec beaucoup d'intérêt, et Anita nous fit signe d'entrer.

« Professeur Gilder, dis-je en prenant un siège. Comme je suis heureuse de vous rencontrer. »

Il me dévisagea à travers d'épaisses lunettes. J'avais du mal à trouver une ressemblance entre son visage ridé et la photo du jeune garçon au grand sourire à côté de Rosalie. Il regarda Bill, me fixa de nouveau, fronça les sourcils et se pencha en avant. Un sourire émerveillé éclaira lentement son visage.

« Mei-lin ! »

Je lançai un coup d'œil vers Anita, puis vers Paul dont je sentis les doigts raides saisir ma main.

« Je suis tellement heureux de te voir, Mei-lin ! Oh, mon Dieu, tellement heureux ! Pourquoi est-ce que ça fait si longtemps ? dit-il d'une voix faible avec un accent allemand. Et qui est-ce ? Ah, je sais : un soldat américain.

– Je suis dans la marine, monsieur.

– Soldat, marin, dit Paul avec un haussement d'épaules. Vous êtes le bienvenu à Shanghai, mon ami. Mei-lin, répéta-t-il en me dévisageant. Tu vas bien ?

– Ça... ça va.

– Quand nous n'avons pas eu de nouvelles, nous avons eu peur... On disait que le général... mais en voilà assez ! Des rumeurs, tout n'est que rumeurs. Quel soulagement ! Où est Rosalie ? Elle sait que tu es revenue ? Tu as vu ton petit Li ? Quel coquin celui-là ! Oh, il va être tellement content de te revoir !

– Je...

– Zayde, l'interpella Anita en se penchant vers lui. Je te présente Lydia Chin. De New York. Elle veut te poser quelques questions. »

Paul sourit.

« Anita, ma chère. As-tu rencontré... »

La confusion se lut sur son visage. Il nous regarda tour à tour.

« Mei-lin ? Comment se fait-il... Anita... »

Sa voix mourut.

« Je te présente Lydia Chin, répéta Anita patiemment. Elle veut que tu lui parles de Shanghai.

– Shanghai, oui, Mei-lin est de retour à Shanghai », dit-il d'une voix incertaine en tournant le regard vers le jardin.

Anita se leva.

« Je suis désolée, dit-elle doucement. Je savais qu'il ne pourrait pas vous aider. Je ne veux pas qu'il soit perturbé.

– Je comprends, répondis-je en serrant la main de Paul. Je suis heureuse de vous avoir vu. Je suis désolée, mais nous devons y aller maintenant.

– Mei-lin, attends, s'écria-t-il en se tournant vers moi.

– Zayde, ils doivent y aller, dit Anita.

– Mais le carnet... Tu n'es pas venue chercher ton carnet ?

– Quel carnet, Zayde ?

– Dans le coffret. Avec... avec les lettres, dit-il en fronçant les sourcils. Rosalie l'a conservé pour toi, comme tu l'avais demandé. Et je... après que Rosalie... »

Il releva le menton, déterminé à aller jusqu'au bout. Il s'adressa à Anita d'une voix ferme.

« Dans le coffret.

– Le coffret rouge ?

– Évidemment.

– D'accord, je vais le chercher. »

Elle quitta la véranda, Lily sur les talons. Je restai assise près de Paul. Je n'avais pas l'intention de lui demander quoi que ce soit, juste de lui tenir compagnie mais il se mit soudain à parler.

« Tu as vu Kai-rong depuis ton retour ? Je ne sais pas où il est parti... il n'était pas sérieusement blessé, tu sais. Ils n'avaient pas eu le temps. Tu lui as sauvé la vie, dit-il en souriant. Tu as été très courageuse.

– Je n'ai jamais été courageuse », répondis-je.

Il éclata de rire, et soudain je vis l'image de l'enfant de quatorze ans sur la photo.

« Mei-lin, quand as-tu appris la modestie ? Comment allons-nous nous habituer à un tel changement ? Peu importe. Kai-rong et moi avons de la chance d'avoir des sœurs comme toi et Rosalie. »

Anita revint avec un coffret de bois laqué de la taille d'une boîte à chaussures. Un cadenas tintait contre un disque en bronze.

« Il a ramené ça de Shanghai, chuchota Anita. Il ne l'ouvre jamais. »

Je retins mon souffle. Un coffret rapporté de Shanghai que le frère de Rosalie Gilder avait conservé toutes ces années sans jamais l'ouvrir – était-ce possible ? *Non, Lydia, ce serait trop facile.*

« Où est la clé ? voulut savoir Paul.

– C'est toi qui l'as, Zayde.

– Ah oui ? Ah ! »

Il enfonça ses doigts raides dans sa poche dont il tira un porte-clés. Il sépara soigneusement les clés jusqu'à ce qu'il trouve la plus petite.

« C'est celle-là, annonça-t-il à Anita. Elle accroche. »

Avec un petit tintement – la clé accrochait effectivement –, Anita ouvrit le coffret : il s'en dégagea le parfum du bois de rose et du passé.

À l'intérieur, un paquet de lettres entourées d'une ficelle reposait sur un petit carnet, mais rien d'autre. Je croisai le regard de Bill ; son haussement d'épaules m'indiqua que nous avions eu la même idée. Paul souleva le carnet et referma le coffret. Personne ne parla tandis que son regard se promenait sur la reliure de cuir autrefois luxueuse, aujourd'hui couverte de taches d'humidité et tout effritée. Puis il me l'offrit des deux mains, formellement, comme le veut la tradition chinoise.

« J'ai attendu… (De nouveau, la confusion.) J'ai attendu longtemps avant de te le rendre, Mei-lin. »

Il ferma brièvement les yeux.

« Je vous suis très reconnaissante, dis-je en adressant un coup d'œil à Anita qui avait l'air inquiète. Vous êtes fatigué, Paul. Nous allons y aller maintenant. Merci beaucoup.

– Je suis fatigué, c'est vrai. Ça m'arrive souvent ces derniers temps. Mais tu reviendras, Mei-lin ?

– Oui, bien sûr.

– Très honoré de vous avoir rencontré, monsieur », dit Bill.

Paul Gilder, qui entourait le coffret du bras, regarda Bill.

« Monsieur le marin américain.

– Oui, monsieur ?

– Si vous accompagnez Mei-lin, faites attention au général.

– Au général, monsieur ?

– Il est dangereux. Nous avons cru… Après la visite de Mei-lin au numéro 76… Ouvrez l'œil.

– Le numéro 76, monsieur ?

– Très courageuse. Mei-lin, tu as été très courageuse », dit Paul en hochant la tête.

Lily courut vers lui et s'appuya contre son genou. Il la regarda, l'air surpris.

« Lily, dit-il en souriant.

– Par ici, je vous en prie », murmura Anita.

Bill et moi suivîmes Anita dans le salon en laissant Paul serrer le coffret contre son cœur.

« Je suis navrée, s'excusa Anita. Je craignais qu'il ne vous soit pas d'une très grande aide.

– Il a cru que j'étais Mei-lin, la sœur de Kai-rong. Vous savez ce qu'il a voulu dire en parlant de son courage ?

– Je connais à peine son nom. Je vous l'ai dit au téléphone, il n'a jamais beaucoup parlé de Shanghai.

– Ni de la Lune de Shanghai ?

– De ça, jamais. La première fois que j'en ai entendu parler, j'avais onze ans. Mon professeur à l'école hébraïque avait invité Zayde à venir parler du ghetto de Shanghai. Il a dit qu'il accepterait à condition que je fasse des recherches pour pouvoir écrire un résumé des faits : combien de réfugiés, venus de quel pays, ce genre de chose. Je n'étais pas très studieuse, dit-elle en souriant, et il essayait de m'aider. Bref, j'ai trouvé une référence à la Lune de Shanghai disant qu'elle avait appartenu à ma grand-tante Rosalie. J'étais une petite-fille avec la tête pleine d'histoires de princesses, alors j'ai adoré l'idée romantique d'une pierre précieuse disparue. Mais quand j'ai posé la question à Zayde il m'a simplement confirmé qu'elle avait disparu. »

Anita regarda son grand-père et sa fillette par la porte ouverte.

« Il a dit que, où qu'elle soit, elle était maudite et qu'il aurait voulu qu'elle n'ait jamais existé. Il a dit que ce qu'il fallait vraiment retenir au sujet de Shanghai, c'était le théâtre yiddish et les cafés, que les gens avaient continué à faire leur *bar-mitzvah* et leur *séder* et à allumer les bougies le jour du shabbat pendant dix ans sur la côte chinoise et que c'est de ça dont je devrais me souvenir et oublier les pierres précieuses.

Il ne voulait plus en entendre parler. C'est la seule fois qu'il s'est mis en colère après moi, ajouta-t-elle après un silence.

– Alors, vous ne savez pas ce qui s'est passé quand elle a disparu ?

– Non, les seules fois où j'en ai entendu parler, c'est quand notre cousin Lao-li, le fils de Rosalie, venait nous voir. Même à ces occasions, ils en parlaient rarement.

– Vous voyez souvent Chen Lao-li ?

– Plus souvent maintenant que nous avons déménagé ici. Il vient pour les fêtes et l'anniversaire des enfants, ce genre de chose. J'ai grandi en Californie, alors, quand j'étais enfant, je ne le voyais pas souvent. Je n'étais pas encore née quand son cousin et lui ont émigré ici mais mon grand frère taquinait toujours Zayde parce que la nouvelle de leur arrivée l'avait mis dans tous ses états. Il a pris l'avion pour New York trois jours à l'avance pour être sûr de pouvoir les accueillir même en cas de retard.

– Je me demande pourquoi ils ne lui ont pas demandé de les parrainer, remarqua Bill. Au lieu de C.D. Zhang que l'un ne connaissait pas et que l'autre n'aimait pas.

– Ils l'ont fait, et il a essayé. Mais aux yeux de l'INS, le service de l'immigration, il n'avait pas un lien de parenté assez proche. Alors, Zayde a recherché C.D. Zhang. J'ai l'impression que Li et Lao-li ne l'auraient pas contacté du tout s'ils n'y avaient pas été obligés.

– Quand le professeur Gilder est-il arrivé aux États-Unis ? demandai-je.

– En 1949. Il était l'un des derniers réfugiés à partir. Rares sont ceux qui sont restés mais Zayde avait décidé de le faire. Mon père disait toujours que nous aurions tous pu être chinois.

– Pourquoi n'est-il pas resté ?

– À Shanghai ? Eh bien, je suppose que cela se justifiait moins après la mort de Rosalie. »

18

Je restai abasourdie au beau milieu du salon d'Anita, comme si l'on m'avait appelée pour m'annoncer de mauvaises nouvelles. Pas ma Rosalie ! *Oh, Lydia, remets-toi !* m'ordonnai-je. *Tu savais déjà qu'elle était morte.*

Je me surpris à négocier. *D'accord, mais pas si jeune ! Pas si tôt ! N'aurait-elle pas pu vivre heureuse avec Kai-rong d'abord et puis disparaître, âgée et comblée ?*

« Ça va ? me demanda Anita, l'air inquiète.

– Oui, excusez-moi, dis-je en respirant un bon coup. C'est que j'ai lu les lettres de Rosalie conservées au musée du Judaïsme et je me suis prise d'affection pour elle. Je ne savais pas qu'elle était morte aussi jeune.

– J'ai lu ses lettres moi aussi. Zayde en a fait don au musée à peu près à l'époque où Lao-li et Li ont émigré ici. Je crois qu'elle m'aurait plu.

– Est-ce que... pouvez-vous me dire ce qui s'est passé ?

– Comment elle est morte ? Je sais juste que cela s'est passé vers la fin de la guerre civile. Zayde n'a absolument jamais parlé de ces derniers jours. Vous pensez que c'est important ?

– Je n'en sais rien. »

Peut-être pas pour l'enquête, mais pour moi, oui. Ça l'est pour moi, pensai-je.

Tout le monde resta silencieux un moment. Je regardai le carnet que Paul Gilder m'avait remis.

« Savez-vous ce que c'est ?

– Il n'y a jamais fait allusion, répondit Anita. Pendant mon enfance, je ne savais même pas que le coffret existait. Mon père l'a apporté avec les affaires de Zayde quand il est venu vivre ici, mais tout ce qu'il savait, c'est qu'il contenait des papiers.

– Puis-je l'examiner ? »

Anita hocha la tête. J'ouvris le cahier avec précaution. Des écailles de cuir tombèrent de la reliure. Colonne après colonne, une calligraphie magnifique couvrait le papier épais. Sur la première page, en caractères deux fois plus gros que les autres, on lisait : « Kai-rong est revenu ! »

Revenu. D'Angleterre ? Il venait de débarquer du *Conte Biancamano* ?

« Vous arrivez à déchiffrer ces caractères ? Qu'est que c'est ? voulut savoir Anita.

– Je crois que c'est un journal intime. Les pages sont datées. La première page indique le 8 mai 1938. C'est le jour où le bateau de Rosalie, Paul et Chen Kai-rong est arrivé à Shanghai. Anita, de qui sont ces lettres dans le coffret ?

– Je l'ignore. Je pourrais essayer d'y jeter un coup d'œil mais pas maintenant, je crois. »

Paul, le coffret sur les genoux, caressait un carillon en bambou. Quand il arrêta, Lily tendit le doigt ; quand il le fit tinter de nouveau, la fillette éclata de rire.

« Si c'était possible, cela pourrait nous aider. Comme tout ce qui date de cette époque. Et j'aimerais essayer de traduire ce journal.

– Je ne sais pas... Et s'il le réclame ? Maintenant qu'il s'en souvient.

– Nous allons le photocopier, suggéra Bill. Et puis vous pourrez le remettre dans le coffret. Nous ferons vite.

– Bon, d'accord. Après tout, c'est à vous qu'il l'a donné. »

« Tu arrives vraiment à déchiffrer ce texte ? » me demanda Bill en remontant dans la voiture. Nous venions de passer vingt minutes à faire des photocopies chez Kinko dans le centre commercial ; puis j'avais rendu le journal à Anita en la remerciant avec effusion et en m'efforçant de ne pas avoir l'air de me sauver.

« Pourquoi je n'en serais pas capable ? dis-je en suivant avec désinvolture et du bout du doigt une colonne d'idéogrammes.

– Parce que si ce journal a été écrit à Shanghai quand Paul Gilder y vivait, il est probablement rédigé en dialecte de Shanghai. Et, bien que les idéogrammes chinois ne comportent aucune information phonétique et peuvent donc être déchiffrés par toute personne lettrée, le dialecte de Shanghai comporte sans doute suffisamment de vocabulaire nouveau créé à partir de ces caractères pour décontenancer un locuteur de l'un des autres dialectes chinois, le cantonais par exemple.

– Tu te prends pour Wikipedia ou quoi ?

– C'est quoi ça ?

– T'occupe. Comment sais-tu tout ce que tu viens de me dire ?

– N'importe quel type qui essaierait de faire croire à son associée chinoise qu'il n'est pas un raté se serait décarcassé pour trouver ces renseignements. Alors, tu arrives à le lire ?

– N'importe quelle fille qui essaierait de faire croire à son associé *lo faan* qu'elle est un génie n'avouerait jamais qu'elle en est incapable.

– Je sais déjà que tu es un génie.

– Oh, d'accord, dans ce cas, j'arrive à le lire mais je dois deviner certains termes. Mais il ne fait aucun doute que c'est le journal de Mei-lin. Écoute comment ça commence : *"Kai-rong est revenu !"* C'est écrit supergros avec emphase. Et puis, elle continue comme ça : *"Quel..."* tumulte, je crois que c'est le terme adéquat. *"Les domestiques aèrent sa chambre, le cuisinier court au marché, les filles de cuisine pèlent et hachent. Je voulais aller à la rencontre de son bateau, mais évidemment, mon père et ma gouvernante ont dit non."* Ça fleure bon la famille, ça, non ?

– Pas la mienne, mais je vois ce que tu veux dire. »

Je parcourus rapidement la page. Le chinois moderne s'écrit en caractères simplifiés mais dans l'école de chinois de Mott Street que mes frères et moi avions fréquentée tous les samedis matin (avec plus ou moins de mauvaise grâce), les professeurs avaient fait leurs études avant les réformes de Mao. Ils nous avaient fièrement enseigné l'ancienne méthode. Et cette écriture – la jeune femme avait dû utiliser un stylo, selon moi, pas un pinceau – était particulièrement nette.

« Bon, écoute maintenant.

– Tu es sur le point de frimer ?

– Absolument. Des objections ?

– Aucune. »

Aussi, alors que nous roulions vers l'Hudson étincelant et le traversions, je lus le début du journal à haute voix. Je trébuchai à l'occasion mais, en général, je crois que je fis honneur à mes professeurs de chinois.

« Père avait envoyé des gardes du corps, alors j'aurais été parfaitement en sécurité mais il ne s'agit pas du danger, je le sais bien ! C'est pareil pour tous les endroits où j'ai envie d'aller : une jeune femme comme il faut ne doit pas y être vue. C'est TELLEMENT vieux jeu ! Une jeune femme comme il faut ne peut aller nulle part si ce n'est au domicile d'autres jeunes femmes comme il faut. Et même là, sa gouvernante l'accompagne ! Une jeune femme comme il faut a une vie de prisonnière !

« Alors assise, j'attends. Oui, j'attends ! Ma gouvernante m'a envoyée travailler à ma broderie – art ancien et inutile ! Même si je suis plutôt douée. Mais je me suis piquée deux fois en croyant entendre la voiture. Alors, j'ai mis ma broderie de côté pour commencer ce journal.

« Je n'y ai rien noté depuis que Kai-rong me l'a envoyé d'Italie. Père voulait que je le remplisse de calligraphie – encore un art inutile dans lequel j'excelle ! Des copies de poèmes célèbres. Ma gouvernante a trouvé que c'était une merveilleuse idée. Mais pas moi ! Je sais pourquoi Kai-rong me l'a envoyé : pour que je puisse tenir un journal comme le font les Européennes. Jusqu'à présent, il est resté vierge car qu'aurais-je bien pu raconter ? Que se passe-t-il jamais derrière ces murs ? Mais maintenant que Kai-rong est de retour, les choses vont changer ! Mon père et ma gouvernante l'écoutent. Il leur dira que je suis adulte ! Il les forcera à me laisser sortir ! Enfin, enfin, je sortirai de derrière ces murs ! Kai-rong est revenu pour me porter secours ! »

C'étaient les premières pages du journal. Je pris une inspiration.

« Bigre ! s'exclama Bill.

– Sans blague.

– "Les jeunes filles veulent s'amuser", comme dit la chanson, hein ?

– Hé, sois un peu compréhensif ! Autrefois, les femmes pouvaient très bien passer leur vie enfermées dans la maison. Et Shanghai était un endroit dangereux. Tu dois le savoir, toi qui lis un livre sur le sujet.

– Il ne parle pas de filles enfermées entre quatre murs.

– De quoi il parle alors ? demandai-je, car je me rendais compte que je ne savais pas grand-chose de Shanghai en temps de guerre. Je dois casser mon image de génie en te posant cette question.

– Tout ce que tu dis te donne l'air du génie que tu es. En gros, ça dit exactement le contraire : il y avait une ambiance de fin du monde, c'était la fête perpétuelle. Tous ceux qui ne s'étaient pas enfuis à l'arrivée des Japonais dansaient et buvaient frénétiquement en faisant comme si rien n'avait changé.

– Comme si demain n'existait pas. Ils ont fait ça pendant toute la durée de la guerre ?

– Ce que nous appelons la guerre était différent à Shanghai. Jusqu'en 1942, la seule façon de savoir que la guerre faisait rage en Europe, c'était de voir les Européens se snober dans la rue.

– Et la guerre civile chinoise ? Et l'invasion japonaise ?

– La guerre civile faisait rage depuis des années. Mao voulait s'allier à Tchang Kaï-chek pour combattre les Japonais quand ils sont arrivés, mais ça ne l'intéressait pas. Cela a joué en faveur des Japonais. Tchang a fait une incursion dans l'intérieur des terres pour repousser Mao vers le nord, et le Japon a instauré divers gouvernements fantoches et occupé la côte. Tout le monde laissait les Européens tranquilles, et ils se sont enrichis. Jusqu'en 1942, c'était ça la guerre en Chine.

– Et en 1942 ?

– En décembre 1941, il y a eu l'attaque de Pearl Harbor. Quelques mois plus tard, les Japonais ont emprisonné les ressortissants des pays alliés, Anglais, Belges, Néerlandais, Américains, dans des camps d'internement.

– C'est dans l'un de ces camps qu'Alice Fairchild a été emprisonnée. La fête était finie à l'époque ?

– Non. La situation s'est envenimée, mais la fête a continué.

– Qui pouvait encore faire la fête ?

– De nombreux Japonais pour commencer. Et des Allemands. Les Français pro-Vichy. Les ressortissants de pays neutres : Suédois, Espagnols, Portugais. Des Philippins, des Indiens. Des Russes blancs. De riches Chinois.

– Des Indiens ? N'étaient-ils pas citoyens britanniques ? Et les Philippins...

– Ils étaient asiatiques. Les Japonais n'emprisonnaient pas d'autres Asiatiques, quelle que soit leur nationalité. Ils avaient envie d'être appréciés quand ils domineraient cette moitié du monde et que l'Allemagne dominerait l'autre. Ils n'internaient pas les réfugiés juifs non plus. Le Japon ne leur reprochait rien. Pour faire plaisir aux Allemands, ils les ont déplacés dans un ghetto...

– À Hongkew. En 1943. Rosalie et Paul y sont allés. Quoi ? Tu crois que tu es ma seule source d'informations historiques ? Alors, voilà : on est en 1938, et cette pauvre Mei-lin se trouve au beau milieu d'une fête complètement folle qui lui est interdite, dis-je en regardant les pages photocopiées.

– Combien y a-t-il d'entrées dans ce journal ? demanda Bill alors que nous quittions le pont.

– Difficile à dire, répondis-je en le feuilletant, mais la dernière date de 1943. Ensuite, les pages sont vierges. Oh...

– Quoi, oh ?

– Oh, quelle imbécile. Tu as vu comme j'ai été déstabilisée quand Anita nous a appris que Rosalie était morte si jeune ? C.D. Zhang m'a dit que Mei-lin avait disparu, je viens de m'en souvenir. Je lui ai demandé ce qui s'était passé et il m'a répondu : "C'était la guerre."

– Alors, tu t'inquiètes pour elle aussi.

– C'est complètement idiot, non ? Je la connais à peine ! Enfin, je veux dire, je ne la connais pas du tout, évidemment...

– Ce n'est pas idiot. Ça fait partie de ce qu'il y a de meilleur chez toi.

– Le fait que je m'emballe ?

– Non, le fait que tu te soucies des autres. »

Je lançai à Bill un coup d'œil suspicieux, mais il se concentrait sur la route comme s'il venait de débarquer en ville.

Au bout d'un moment, je me remis à lire les photocopies. *Quelle journée ! Tu parles*, pensai-je.

« J'ai une idée, dis-je à Bill.

– Bon, j'aime ça, les idées.

– J'ai très faim.

– C'est moins une idée qu'une description de ta situation existentielle.

– Je n'en étais qu'à la préface. Je suggère que nous trouvions un endroit où manger un morceau pendant que je te lis le journal. »

Un quart d'heure plus tard, je gardais deux tabourets au comptoir en acier inoxydable de la boulangerie Tai-Pan. Bill était à la caisse en train de payer notre riz aux huit trésors et nos raviolis aux légumes. Tai-Pan n'avait pas été choisi à la légère. La boulangerie avait deux vertus : la nourriture y était excellente, et la boutique se trouvait dans Canal Street, la rue des bijoutiers. En fait, la boulangerie Tai-Pan était située juste en face du magasin de M. Chen.

« Et quel est l'intérêt ? m'avait demandé Bill quand je lui avais soumis mon idée.

– M. Chen a dit que Wong Pan n'avait pas tenté de lui vendre les bijoux. Ce qui ne veut pas dire qu'il ne va pas le faire que ce soit chez M. Chen ou un autre.

– Tu crois que Wong Pan va oser se montrer s'il a tué ce flic chinois ?

– Il a toujours besoin de vendre les bijoux. »

Le temps que Bill apporte le plateau, j'avais essuyé les miettes sur le comptoir et attrapé des baguettes pour deux. Après avoir englouti d'urgence un ravioli, je sortis le journal de Mei-lin de mon sac.

« Ouvre l'œil, ordonnai-je à Bill. Si tu vois Wong Pan, donne-moi un coup de pied ou quelque chose.

– Tu plaisantes ?

– À ton avis ? Tu es prêt ?

– Je brûle d'impatience.

– Tu ne te moques pas de Mei-lin, j'espère ? dis-je, méfiante.

– Absolument pas. J'ai hâte d'entendre la suite. Je n'ai jamais lu le journal intime d'une fille. Même si celui-ci date d'il y a soixante ans, il pourrait peut-être me donner une idée de la façon dont vous fonctionnez, vous autres.

– Nous autres les Chinois ?

– Vous autres les femmes.

– Ça risque pas d'arriver, l'informai-je. Bon. Cette seconde entrée porte la même date. Une fois qu'elle a commencé à rédiger ce journal, j'imagine que ça lui a plu. »

J'étudiai les caractères et me mis à lire.

« *"Quelle journée !"* C'est écrit en gros, avec emphase, comme l'extrait que j'ai lu tout à l'heure. Elle s'enflamme facilement, on dirait. *"Au moment où j'ai commencé à écrire ce matin, la voiture a franchi le portail. Le temps que je me précipite en bas, les domestiques se disputaient l'honneur de porter les bagages de Kai-rong. Le domestique en chef a dû les rappeler à l'ordre, ils ont failli en venir aux mains !*

"Kai-rong m'a fait valser dans ses bras et m'a dit que j'étais très belle ! Il n'a pas changé, ses yeux pétillent toujours ! Moi, j'ai changé, évidemment. J'étais une enfant quand il est parti, je suis une dame aujourd'hui. Père et Kai-rong se sont salués formellement, en s'inclinant et en échangeant des mots fleuris. (Père a tiqué en voyant le costume européen de Kai-rong. Moi, je l'ai trouvé merveilleux !) Quand père a demandé comment s'était passé le voyage, Kai-rong a répondu qu'il avait été plaisant. Plaisant seulement ? Un mois sur l'océan où l'on peut voir à des kilomètres à la ronde, sans aucun mur nulle part – seulement plaisant ?

"Nous avons pris le thé dans le jardin en écoutant les histoires de Kai-rong. Il a une vie tellement passionnante ! Il a ramené des cadeaux – une valise en cuir pour père, des épingles à cheveux venues d'Espagne pour notre gouvernante (qui a dit qu'il était idiot de dépenser de l'argent en bêtises). Pour moi, des chaussures achetées en Grande-Bretagne ! Des chaussures à talons ! En satin noir pour le soir et en cuir rouge pour la journée ! Je lui ai sauté au cou et l'ai embrassé d'une manière pas très digne d'une dame. Père a désapprouvé les chaussures, mais quand il a vu à quel point j'étais heureuse, il ne m'a pas interdit de les garder.

"Après que père se fut retiré, Kai-rong m'a demandé de lui raconter ce que j'avais fait pendant son absence. Rien, ai-je répondu, rien de rien, de rien ! Broderie, calligraphie, jouer du pipa et me sentir sur le point d'exploser ! Depuis l'arrivée des Japonais, père dit que les rues sont tellement dangereuses que je ne puis aller nulle part ! Cela dit, je suis autorisée à rendre visite aux sœurs Feng et à Tsang Sui-ling, alors comment se fait-il que les rues soient dangereuses sauf quand je me rends chez elles ?

"Kai-rong a promis de parler à père et à amah, même si d'après lui les rues sont effectivement plus dangereuses qu'autrefois. Je lui ai répondu qu'il était là depuis une demi-journée, comment aurait-il pu le savoir? Ça l'a fait rire. Attention aux vœux que tu formules, me conseilla-t-il, ils pourraient bien être exaucés. Encore des conseils ridicules et dépassés qui ne veulent rien dire, lui répondis-je. Si je fais un vœu, c'est parce que je veux qu'il soit exaucé ! Il a ri de nouveau et m'a demandé si les chaussures m'allaient bien. Parfaitement ! ai-je répondu. Mais il est dommage qu'elles vivent leur vie entre ces murs au lieu d'être vues et admirées. Il m'a alors demandé si, d'après moi, elles seraient suffisamment admirées à l'hôtel Cathay. Et si vendredi était trop tôt pour qu'elles le soient ? J'ai mis un moment à comprendre : il m'emmène dîner à l'hôtel Cathay !

"Il est tard à présent. Tout le monde dort à part moi. Je viens de vivre une journée passionnante et la vie qui commence maintenant que Kai-rong est de retour l'est encore plus ! Vu mon état en ce moment, il se pourrait bien que je ne dorme plus jamais !" »

Je fis une pause pour reprendre mon souffle.

« Vu mon état en ce moment, j'ai besoin d'une dose de caféine pour la suivre.

– Bon, dit Bill en se levant. Il faut qu'on paie le loyer vu que l'on squatte le comptoir.

– Dans la rue, il y a de l'action ?

– C'est vraiment pas ça qui manque. Personne qui ressemble à ton bonhomme, en revanche. Il faudrait un drôle de coup de bol pour qu'il passe devant la boulangerie.

– Je sais. Mais tu as une idée de ce qu'on pourrait faire d'autre ?

– À part manger et lire le journal intime d'une jeune fille ? Non. Qu'est-ce que je t'offre ? »

Je pris le relais et me mis à surveiller la rue jusqu'à son retour. C'était un après-midi typique de Chinatown : rue bondée, des Chinois en majorité, mais aussi des New-Yorkais venus à la chasse aux bonnes affaires et des touristes armés de cartes qui s'en donnaient à cœur joie dans les magasins. Parapluies, tangelos, jouets, T-shirts et lunettes de soleil quittaient les devantures et les étals pour des sacs en plastique en échange de bonne vieille monnaie américaine. Les bijouteries étaient très fréquentées elles aussi, mais rien ne sortait de l'ordinaire.

Ou presque. Je repérai quelque chose d'intéressant en la personne de Clifford « Fétide » Kwan, un de mes cousins éloignés – pas assez éloigné à en croire ma mère – qui lorgnait les devantures de bijouteries. Je partageai l'opinion de ma mère à propos de Clifford : lui et moi avions eu quelques altercations à l'occasion de réunions de famille par le passé, quand il n'était qu'un sale gosse qui martyrisait les plus petits que lui, et moi une dame Galaad adolescente qui venait à leur rescousse. Aujourd'hui, c'est un camé à moitié crado perpétuellement en marge d'un gang de Chinatown ou d'un autre. Aucun d'eux n'a vraiment envie de se coltiner cet incapable, mais à l'occasion, il obtient un contrat d'une journée quand une énorme démonstration de force est nécessaire ou qu'un des gangsters vedettes n'est pas disponible pour cause de peine de prison à purger, par exemple.

Les gangs apportent une protection. Ce qui signifie qu'ils montent la garde devant les magasins pour éviter vols et vandalisme causés, si vous ne payez pas, en grande partie par le gang que vous n'avez pas payé. Je ne savais pas exactement quel gang contrôlait ce pâté de maisons ni pour quel chanceux Fétide travaillait ces temps-ci. Mais je n'aimais pas ça. Il était très improbable que Fétide, qui n'avait jamais été un esthète, se trouve là juste pour s'adonner à sa passion des choses brillantes. Je songeai qu'un bijoutier excédé aurait pu arrêter de payer et que ses protecteurs prévoyaient peut-être de lui prouver son erreur. Je me promis d'en parler à Mary. Si, grâce à une de ses informations, les flics se tenaient prêts à intervenir quand un gang brisait une vitrine pour dévaliser une bijouterie, cela pourrait faire du bien à sa carrière.

« Alors ? demanda Bill en distribuant tasses et pâtisseries.

– Des parents.

– De M. Chen ?

– Les miens. Tu vas vraiment manger ce truc ?

– Quoi, tu dis ça juste parce que c'est bleu ?

– Impossible qu'il y ait un seul ingrédient naturel là-dedans.

– À part le sucre. Allez, qu'est-ce qui se passe ensuite ? Son frère l'emmène dîner ?

– Tu veux vraiment en savoir plus ?

– Tu parles, bien sûr que oui. »

Tout en croquant un biscuit aux amandes, je sirotai le thé au lait qu'il m'avait apporté.

« D'accord. Ne te moque pas d'elle et ne quitte pas la rue des yeux, c'est tout.

– Pigé, patron. »

Je lus la colonne sur la page suivante et souris.

« Ils sont allés dîner quelques jours plus tard.

– C'était génial ?

– Elle dit "extraordinaire". *"Le Cathay est un endroit tellement extraordinaire !"* Elle parle du marbre, des tapis, des lustres. Et de la climatisation. Il faisait si froid qu'elle en avait des frissons. Mais la climatisation est moderne, et elle aime ce qui est moderne.

– Elle portait les chaussures ?

– Oui. *"Je m'entraînais depuis des jours, aussi suis-je passée sans trébucher devant les portiers sikhs. (L'un d'eux m'a fait un clin d'œil ! Évidemment, j'ai fait comme si je ne le voyais pas.)"*

– Évidemment.

– Tu te moques !

– Jamais. Si j'avais été là, je lui aurais fait un clin d'œil moi-même.

– Et elle t'aurait ignoré toi aussi. *"J'avais envie d'aller au bar mais Kai-rong a refusé. Les femmes y sont admises, mais il a dit que moi je ne l'étais pas. Il ressemble tant à père parfois ! Quand on nous a donné notre table, il a commandé du champagne. C'était délicieux même si je ne suis pas sûre d'apprécier les boissons pétillantes. Tout en sirotant notre champagne, nous avons joué à deviner la nationalité des clients. J'ai reconnu les Anglais, les Français, les Néerlandais et les Russes. Kai-rong a dit que les Américains ne comptaient pas, il est trop facile de les reconnaître."* Hé, c'est du persiflage !

– Un persiflage qui ne concerne que les Américains faciles à reconnaître. N'oublie pas que j'étais un marin yankee en Asie moi-même.

– Oh, bon, d'accord mais fais attention. *"Il y avait des Japonais partout, aux manières impeccables. Quand un homme moustachu est entré, j'ai dit qu'il était italien, ce qui a fait rire Kai-rong."*

– C'est lui qui se moque d'elle.

– C'est son frère, il a le droit.

– Je te le rappellerai la prochaine fois que ton frère se moquera de toi.

– T'as pas intérêt. *"C'était sir Horace Kadoorie, un riche juif de Bombay. Comment suis-je censée savoir à quoi ressemblent les juifs ? Je ne sais pas à quoi ressemblent les gens, à moins qu'ils ne viennent rendre visite à père. Et le célèbre sir Horace est petit et brun. Les seuls Indiens que j'ai jamais vus sont ces sikhs gigantesques. Kai-rong a continué à rire et j'ai dit que j'avais vu d'autres juifs et d'autres Indiens dans les rues mais que j'avais dû les prendre pour des Italiens eux aussi. Je lui aurais jeté mon champagne au visage si mon verre n'avait pas été vide. Si j'avais le droit de me promener dans la rue, je pourrais apprendre à distinguer les gens ! Il m'a expliqué que les juifs de Bombay sont originaires de Bagdad, ce qui explique leur allure et que tous les juifs ne leur ressemblent pas non plus. Quand je lui ai demandé comment il était devenu un tel expert sur le sujet, il a rougi ! Et ensuite, de but en blanc, il a dit à quel point il appréciait le quartet à cordes."* »

Je lançai un coup d'œil à Bill : il souriait en silence. Après tout, je ne lui avais pas interdit de sourire.

Je poursuivis : « *"Je trouvais le quartet ennuyeux. J'avais envie d'entendre le jazz-band philippin qui jouait dans la boîte de nuit. Mais je ne dis rien pour qu'il ne me trouve pas ingrate. Bientôt, je lui jouerai mes disques de jazz et je lui montrerai les danses américaines que les sœurs Feng m'ont apprises (pendant qu'amah échangeait des ragots avec leur cuisinière !).*

« "Les gens ont été tellement nombreux à venir souhaiter un bon retour à Kai-rong ! Certains lui ont demandé qui l'accompagnait. Quelle surprise quand il m'a présentée. 'C'est la petite Mei-lin ?' disaient-ils – quand ils connaissaient mon existence ! Un Français a dit que, tout d'un coup, il regrettait de ne pas avoir rendu visite à père en l'absence de Kai-rong. À chaque fois que quelqu'un me complimentait, je lui adressais un sourire distant pour montrer que j'étais contente de faire sa connaissance mais que, vraiment, il nous est donné de rencontrer tant de gens, n'est-ce pas..."

– Je le savais ! s'exclama Bill. Cette fille ne sort pas beaucoup mais elle sait comment rabaisser les hommes. Vous naissez toutes avec ce don, hein ?

– Non, mais on le développe assez vite après avoir rencontré un homme ou deux. Je continue ?

– Je t'en prie.

– *"Après leur départ, j'ai demandé à Kai-rong de tout me dire sur eux. Le Français est un importateur de vin, et je pouvais le remercier pour le champagne qui me faisait tourner la tête. Je lui ai dit que je n'avais pas la tête qui tournait..."*

– Bien sûr que si.

– Tu as raison. *"... et je lui ai demandé de me parler d'une vieille dame triste assise dans la salle. C'est une comtesse russe ! Elle vit à Shanghai depuis la Révolution d'octobre. D'après Kai-rong, tous les Russes blancs sont plus ou moins aristocrates, ce qui ne les empêche pas de travailler comme serveurs ou couturières. Il a dit que cela devrait me faire réfléchir. Tout comme père ! Mais moi, je sais coudre et j'aimerais bien le voir servir à table."* »

Je fis une pause pour siroter mon thé.

« Moi aussi, je sais coudre, au fait.

– Je le sais. Moi, je suis un mauvais serveur mais je peux préparer un repas en moins de deux. La révolution peut avoir lieu, on est prêts.

– Quel soulagement. *"Nous avons mangé du rosbif et du Yorkshire pudding. Ce n'était pas la première fois que j'en mangeais et je l'ai fait remarquer à Kai-rong : la cuisinière des Tsang est anglaise. Je n'aime pas le rosbif – ça paraît impoli de servir un bout de viande aussi gros et fade – mais, d'après Kai-rong, c'est le repas le plus typiquement britannique qui soit. La soirée a filé, véritable kaléidoscope de smokings et de robes de soie. J'étais tellement heureuse d'être là ! Sans doute à cause de mon enthousiasme, je n'ai que de vagues souvenirs de certaines parties de la soirée."*

– Ou à cause du champagne.

– Chut ! *"Je me rappelle avoir rencontré un libraire appelé Morgan et un médecin néerlandais. Deux fringants soldats nous ont abordés ensemble : un officier allemand appelé Ulrich et son ami le général Zhang. Ils m'ont tous deux fait le baisemain !"*

« Je ne connais pas le fringant Allemand, dis-je à Bill, mais le fringant général Zhang est l'homme que Mei-lin a fini par épouser. Le père de C.D. Zhang et Zhang Li. Mais il faut que tu lises les lettres de Rosalie. Il y est beaucoup moins à son avantage. *"Trois camarades de classe de Kai-rong se sont assis à notre table pour boire du champagne en notre compagnie ; nous nous sommes bien entendus, oh, comme nous avons ri ! Ils ont pris congé en faisant des clins d'œil qu'ils trouvaient discrets et en disant qu'ils se rendaient chez Mme Fong. Quand j'ai voulu savoir qui elle était, ils ont éclaté de rire. Après leur départ, la seule chose que Kai-rong m'a dite, c'est que je n'ai pas besoin de connaître Mme Fong. Il croyait que je n'avais aucune idée de qui elle est – mais évidemment que je le sais ! Ce doit être une courtisane, et ses amis se rendaient dans une maison des fleurs ! J'ai demandé à Kai-rong s'il avait jamais rendu visite à Mme Fong. Il a ouvert la bouche sans qu'aucun son n'en sorte, on aurait dit une carpe. Il m'a fait rire aux larmes."* C'était comme ça qu'on les appelait quand tu étais marin ?

– Qu'on appelait quoi ?

– Les maisons closes.

– Comment je le saurais ?

– Hum, hum. *"Alors que nous partions (le sikh m'a refait un clin d'œil !), Kai-rong m'a demandé si je m'étais amusée et si j'étais heureuse. Oh que oui ! ai-je répondu. Je me suis follement amusée !*

« *"Mais, si par heureuse, il voulait dire satisfaite, non, je ne le suis pas. Demain, je suis censée retrouver ma vie de captive. Calligraphie, broderie – non, non, non, non et non ! La foule, la musique, les rires : voilà le genre de vie que je veux ! Et que j'aurai."* »

En tournant la page, je découvris une date, ce qui signifiait une nouvelle entrée. Je fermai le journal et pris une inspiration.

« Tu t'arrêtes ? protesta Bill. Je veux savoir si elle l'a eue.

– Eu quoi ?

– La vie qu'elle voulait.

– Tu vas devoir attendre. C'est fatigant de traduire, tu sais.

– Même pour un génie ?

– Je suis immunisée contre la flatterie. »

À peine audible au-dessus du tourbillon des conversations et de la pop cantonaise aseptisée, mon téléphone émit un gazouillis correspondant à un numéro inconnu. Qui avait inventé cet engin, me demandai-je, et nous avait-il vraiment rendu service ? Peut-être que oui, après tout. Il se trouve qu'Anita Horowitz m'appelait.

« Quand Zayde s'est assoupi, j'ai ouvert le coffret. Il contient des lettres. La plupart sont de Rosalie à sa mère, mais comme elles sont en allemand, je ne peux pas les lire. Et il y en a une adressée à Zayde, en allemand elle aussi. Celle-là lui a été envoyée à Shanghai, poste restante, mais celles adressées à sa mère ne portent ni adresse ni timbre. Elles n'ont jamais été postées.

– Ah non ? dis-je en réfléchissant à cette remarque. Anita, j'aimerais beaucoup les lire. »

Pour l'enquête, bien sûr. Strictement pour l'enquête.

« C'est possible ?

– Si vous pensez que cela pourrait être utile. Je peux vous en faire des copies en allant chercher mon fils au championnat de base-ball. Zayde ne remarquera pas leur absence sur une si courte période. Pouvez-vous passer les chercher ici ?

– Absolument ! Merci !

– Pourquoi tu es excitée comme ça ? » me demanda Bill quand je raccrochai.

Je lui racontai ce qu'Anita avait découvert.

« Je dois bien admettre que ça ne m'enchante pas de retourner dans le New Jersey maintenant. Et je crois que ma mère veut que je sois rentrée pour le dîner.

– Ta mère veut toujours que tu sois rentrée pour le dîner.

– Oui, mais... »

Il avait raison, évidemment. Incapable d'expliquer ce qui avait changé, je me décidai pour : « Je viens à peine de rentrer de voyage.

– Je vais y aller, moi.

– Tu retournes à Teaneck ? Tout seul ?

– C'est mon destin. D'être seul, solitaire, en tête à tête avec moi-même alors que tu...

– Commence pas avec ça.

– Oh, d'accord. Mais moi je sais lire l'allemand. Je vais aller chercher les lettres et m'installer bien tranquille avec mon dictionnaire allemand-anglais.

– Ça va être agréable.

– Pas aussi agréable que... oh, d'accord. Oublie ça. Rentre et emmagasine des points pour ton karma en dînant avec ta mère. »

Il me sourit, m'embrassa sur la joue et me laissa chez Tai-Pan.

19

J'APPELAI MA MÈRE SUR LE CHEMIN de la maison pour lui demander si nous avions besoin de quelque chose. Elle eut l'air un peu décontenancée ; c'était peut-être à cause du « nous ». Elle s'en remit rapidement, cependant, et me chargea d'acheter du chou chinois, des cacahouètes et du tofu.

La fabrication du tofu est une industrie familiale à Chinatown. Tout le monde a son adresse préférée, arrière-boutique, sous-sol ou appartement au quatrième sans ascenseur, où une grand-mère touille des cuves pleines de cette préparation soyeuse qu'elle transvase ensuite dans un récipient qu'on lui a apporté. Mon adresse préférée est un boui-boui de Baxter Street. Était-ce ma faute si, pour m'y rendre, je devais passer devant la bijouterie Bright Hopes ? Je me promis de ne pas entrer à moins de voir M. Chen dans la boutique.

Il n'y était pas. En fait, le magasin était déjà fermé. Je tournai dans Baxter Street mais eus soudain la forte impression d'avoir aperçu et ignoré un visage familier. Je n'aime pas être impolie à moins de l'avoir décidé, aussi me retournai-je pour jeter un coup d'œil rapide au ballet des passants.

Je m'étais trompée. Mais non, pas du tout ! Ce n'était pas une connaissance. Mais un visage rond familier sur lequel on lisait une bonne dose de mauvaise conscience : à peine nos regards s'étaient-ils croisés que l'homme se mit à courir.

« Wong Pan ! » hurlai-je en croisant trois adolescentes bras dessus bras dessous qui me barraient le passage.

Pour un type enrobé, il courait vite. Il coupa à travers la circulation et je me lançai à ses trousses en traversant en dehors des clous. « Wong Pan ! » Avait-il retrouvé M. Chen ? Avaient-ils discuté, passé un marché ? M. Chen en serait-il capable en sachant que Wong Pan était selon toutes probabilités un assassin ?

Pour les bijoux de sa mère ? Et comment !

« Arrêtez ! » hurlai-je, mais, évidemment, Wong Pan ne s'arrêta pas. Personne ne l'arrêta pour moi non plus ; le temps que les gens comprennent ce que je criai, ils s'étaient déjà écartés pour le laisser passer. Je le rattrapai cependant. Il descendit Walker Street et tourna dans Lafayette Street. Juste avant le tribunal, je mis la gomme, m'élançai et réussis à agripper sa chemise. Je le forçai à se retourner et nous déséquilibrai tous les deux. Il m'attrapa, nous fîmes la gigue, aucun de nous ne tomba, et puis l'un de nous deux sentit le canon d'un pistolet s'enfoncer dans ses côtes.

Je m'immobilisai.

« Vous n'allez pas me tuer ici.

– Je te tue où je dois te tuer », dit-il en m'enlaçant.

Il cacha son arme sous ma veste.

« Souris comme si toi contente me voir.

– Mais je suis contente de vous voir. Je vous cherchais. Vous avez tué mon ami, dis-je en lui adressant un sourire à la Mulgrew.

– Je te tue aussi. Laisse-moi tranquille. Je veux pas autres ennuis.

– Non, vous en avez assez comme ça. C'est le moment idéal pour vous rendre. »

Son rire claqua comme de la glace qui se craquelle. De toute ma vie, mon arme ne me manqua jamais comme à ce moment-là.

« Désolé, ton ami, dit-il en écrasant son visage rond contre mon oreille. Tout ce que je veux, c'est avoir mon argent, partir. Tu me laisses tranquille, personne autre blessé. Sinon, souviens-toi : pour moi, rien à perdre. »

Il me poussa soudain violemment, et je me retrouvai face à face avec un mur de brique. Le temps que je me retourne, Wong Pan avait filé.

Je ne savais pas si cette histoire de points karma engrangés grâce au dîner avec ma mère était vraie, mais je l'espérais car j'en avais bien besoin. En apprenant ce qui venait de se passer, Mary piqua une crise.

« Tu l'as laissé s'échapper ?

– Il m'a braquée et m'a plaquée contre un mur !

– Et alors ? Ça ne t'a pas dérangé de lui courir après sans nous appeler, pourquoi pas l'épingler aussi ?

– Je n'ai pas eu le temps de t'appeler ! »

Arrête, Lydia. Respire.

« Tu as raison. Je m'excuse. Mais, Mary, de toute façon, maintenant on est sûr qu'il est ici. Et qu'il a tué Joel.

– Je suis censée me sentir mieux en sachant qu'un assassin notoire est en cavale ?

– Et on sait qu'il est au courant pour M. Chen.

– Non, pas du tout.

– Qu'est-ce qu'il aurait pu faire d'autre dans le coin ?

– Ce que tu pensais qu'il ferait depuis le départ : essayer de revendre ses bijoux.

– Les bijoux de Rosalie.

– Quoi ?

– Rien. Mais s'il est au courant pour M. Chen ? Ou s'il apprend son existence ? Ils pourraient passer un accord en secret.

– Tu me demandes de placer M. Chen sous surveillance, c'est ça ?

– Je vais pas te demander l'heure qu'il est.

– Je ne te la donnerais pas non plus. Mais ce n'est pas une mauvaise idée. Même si c'est toi qui l'as eue. Tu penses que tu peux éviter les ennuis jusqu'à demain matin ? »

Elle raccrocha avant que j'aie pu répondre. Je pense qu'elle avait peur de ce que j'allais dire.

Alors que j'allais enfin acheter le tofu, j'appelai Bill pour le mettre au courant. Contrairement à Mary, il ne fut ni surpris ni agacé que j'aie poursuivi un suspect armé dans la rue.

« En revanche, ça ne te ressemble pas de l'avoir laissé filer.

– C'est le décalage horaire. Tu crois que je devrais avertir M. Chen ? Lui dire de ne pas traiter avec lui et d'appeler s'il se pointe ?

– Évidemment.

– Tu crois que ça nous avancera à quelque chose ?

– Non. »

Ça ne nous avancerait à rien surtout si M. Chen ne vérifiait pas sa messagerie vu que c'était l'unique moyen que j'avais de le contacter.

Le dîner, bien que retardé, était délicieux. Je ne parlai pas de Wong Pan à ma mère. Notre conversation tourna surtout autour de cousins philippins dont elle venait d'avoir des nouvelles et d'autres à Sydney qui n'écrivent jamais. Je dis avoir aperçu Clifford Kwan, ce qui tira un violent soupir à ma mère à cause du chagrin que Clifford causait à sa propre mère par son obstination et son égoïsme. Sentant que j'entrais en terrain miné, j'aiguillai la conversation vers un autre sujet : les progrès des melons dans le jardin de Ted. Après dîner, elle débarrassa la table pendant que je faisais la vaisselle ; elle se contenta d'instructions basiques sur le choix de l'éponge (celle à vaisselle et pas celle servant au nettoyage du plan de travail) et la température idéale de l'eau.

Le bleu profond du ciel avait pris une douce teinte lilas, et je venais de poser les photocopies du journal intime sur mon bureau quand retentit la musique du générique de *Bonanza*.

« Je vais devoir t'attribuer une nouvelle sonnerie, dis-je à Bill. Celle-ci commence à m'agacer.

– Si je m'excuse, est-ce que tu me rejoindras en ville ?

– Je n'accepterai pas tes excuses parce que tu n'as rien à voir avec la sonnerie. Est-ce que ça veut dire que je peux rester à la maison ? »

Apparemment pas.

« Rendez-vous dans une demi-heure. À la faculté de Columbia. Pour voir l'ami d'un ami. »

Jadis, il fallait franchir un portail pour pénétrer sur le campus de Columbia, îlot universitaire paisible au milieu de cette mer déchaînée qu'est Manhattan. Aujourd'hui, les bâtiments universitaires s'alignent également le long de Broadway et des rues adjacentes. Mais le portail est toujours là, décoratif bien qu'inutile et s'ouvre sur la même taule qu'autrefois. C'est là que je retrouvai Bill.

« Il m'a fallu une bonne dose de confiance aveugle pour me convaincre de ressortir ce soir, l'informai-je.

– J'apprécie. Le professeur Edwards m'a téléphoné juste avant que je t'appelle. Ce type est très occupé, mais il a le temps de nous voir après son cours du soir. Ça va ?

– Pourquoi ça n'irait pas ?

– Parce que tu t'es pris un mur en brique dans la figure.

– Ça va. Juste légèrement furieuse. Ce professeur Edwards, c'est qui ?

– Tu te souviens quand je t'ai dit que j'attendais l'appel d'un ami ? L'un des types avec qui je fais du handball est prof à Columbia.

– C'est lui ?

– Un de ses amis. Dans le domaine de l'histoire de la Chine contemporaine, c'est LA référence. »

Un mur en brique éclairé par un réverbère, un gardien et un ascenseur plus tard, Bill et moi passions la tête par l'embrasure d'un bureau aux murs tapissés de livres. Ils couvraient tout du sol au plafond sauf l'ordinateur et les portraits d'ancêtres mandchous accrochés au mur. Cela dit, si l'homme grand et élancé d'une soixantaine d'années dont les bottes de cow-boy reposaient sur le bureau était l'ami en question, ces ancêtres n'étaient pas les siens. À moins que les Africains ne se soient aventurés plus loin sur la route de la soie que je ne l'avais compris. Cela dit, ce n'étaient pas mes ancêtres non plus : nous avions les mêmes yeux et la même chevelure, mais la pâleur de leur peau et leur costume d'apparat en soie en faisaient des aristocrates à une époque où mes ancêtres à la peau couleur ocre auraient été contents de s'envelopper de bure pour travailler dans les champs.

Quand Bill frappa à la porte, l'homme leva les yeux d'un tas de papiers posé sur ses genoux.

« Hé ! C'est vous, Smith ? Et c'est votre partenaire ? demanda-t-il en posant les pieds par terre et en nous serrant la main. William Edwards. » Il s'agita et posa des livres par terre.

« Allez-y, asseyez-vous. Ils vont se tenir tranquilles.

– Les livres ? demanda Bill.

– Ils préfèrent les chaises, mais ils s'adaptent. Alors, vous êtes un copain de Larry ?

– On joue au handball ensemble.

– Il est aussi acharné là-bas qu'ici ?

– Il me tue.

– Et puis il grimpe sur votre cadavre et se met à jacasser, c'est ça ? Bon. D'après Larry, le spécialiste en biologie moléculaire, vous vous intéressez à un cadre subalterne du Parti communiste chinois au tout début de la République populaire. Comme si Larry savait ce que ça voulait dire. Si une phrase ne contient pas les mots "microscope électronique", il n'a aucune idée de ce qu'elle veut dire.

– C'est vous l'expert, d'après lui.

– Je me demande ce que ça va me coûter. Mais, hé, c'est l'occasion d'ouvrir un bouquin ! Dépêchons-nous de le faire avant que Google numérise tout ça et que ça me rende obsolète.

– Excusez-moi. Vous avez parlé d'un cadre subalterne du PCC ? » dis-je.

Le professeur Edwards tapota sur la pile de livres posée près de son coude. Certains avaient des titres anglais, d'autres chinois. D'après ce que je pus voir, c'étaient des résumés de rapports, des comptes rendus de réunions et les résultats de débats de sessions plénières.

« Quand Larry ordonne, j'exécute. Si je n'ai pas appelé avant ce soir, c'est que j'étais occupé à faire des recherches sur votre bonhomme.

– Notre bonhomme ?

– Chen Kai-rong.

– On parle de lui là-dedans ? m'exclamai-je, surprise.

– On fait référence à lui. C'est sommaire, mais c'est mieux que rien. Vous êtes de vrais détectives, tous les deux ? Comment se fait-il que vous vous intéressiez à des trucs dont même mes élèves n'ont rien à faire (et, comme ils n'en ont rien à faire, ils échouent) ? »

Bill se tourna vers moi en attendant que je réponde.

« Nous enquêtons sur une affaire. Tout ce qui concerne cette enquête semble nous aiguiller vers ce qui s'est passé à l'époque, mais nous n'en savons pas grand-chose, expliquai-je. Je ne savais même pas que Chen Kai-rong était membre du Parti communiste chinois, et encore moins cadre.

– Services de renseignements, dit le professeur Edwards en hochant la tête. Néanmoins, malgré ses responsabilités, ses origines auraient fait de lui une cible idéale pendant la Révolution culturelle. Si on lit entre les lignes, il pouvait s'attendre à subir une sérieuse rééducation à la campagne, et son nom aurait été effacé des archives historiques. Mais il a eu de la chance, il est mort. »

Voulait-il dire que Chen Kai-rong avait eu de la chance ? Ou bien était-ce nous qui avions de la chance car il existait des informations sur lui ?

« Quand est-il mort ? »

Le professeur Edwards consulta une fiche noire de notes. Comme pour les livres, certaines étaient en anglais, d'autres en chinois. Cela dépendait du texte où il avait trouvé les informations, je suppose.

« En 1966. Juste au moment où les gardes rouges faisaient monter la pression. D'après le communiqué de presse du parti, "il a lutté héroïquement contre une courte et puissante maladie". Formulé comme ça, ça signifie maladie cardiaque ou cancer.

– Y a-t-il des raisons d'envisager autre chose ? voulut savoir Bill.

– Ah ! Un acte criminel, vous voulez dire ?

– Je ne suis pas sûr de ce que je veux dire. Je m'interroge, c'est tout.

– Je ne crois pas. Le parti avait d'autres communiqués de presse pour ça. Formulé d'une certaine façon, c'est le parti qui est responsable ; formulé d'une autre façon, quelqu'un d'autre l'est. Je dirais que ce type est mort de causes naturelles.

– Qu'est-ce qui dans son pedigree aurait pu attiser la colère des gardes rouges ? Sa femme d'origine européenne ? demandai-je.

– Ça ne l'aurait pas aidé, même si apparemment elle était morte depuis longtemps à l'époque. Vous avez entendu parler d'elle ? Rosalie Gilder, c'est ça ? Je n'ai pas trouvé grand-chose sur elle à part des lettres conservées au musée du Judaïsme.

– Nous les avons.

– Super. J'ai réussi à exhumer un rapport interne du PCC disant qu'ils avaient un fils que Chen a d'ailleurs envoyé aux États-Unis peu avant sa mort. La mort de Chen, je veux dire, pas de son fils. Excellente décision : les gardes rouges n'auraient pas trouvé un Eurasien à leur goût. Et, qui plus est, Chen élevait un neveu, le fils de sa sœur, qu'il a aussi envoyé ici et dont le père était un général nationaliste et ancien collaborateur par-dessus le marché. Il avait été accusé d'être un espion communiste – ce qui aurait bien plu aux gardes rouges si ça n'avait pas été un énorme mensonge – avant de tourner casaque au beau milieu de la guerre.

– Attendez, je suis perdu, dit Bill.

– Larry se plaint toujours de ça lui aussi. C'est mon jeu de jambes éblouissant.

– J'ai suivi pour le fils et le neveu, remarquai-je, mais le général ? On a accusé le général Zhang d'être communiste ?

– En 1943. Il a été dénoncé aux Japonais en tant qu'espion rouge. Il s'est échappé et s'est enfui à toutes jambes à Chongqing pour se prosterner aux pieds de Tchang Kaï-chek et mettre sa fortune à sa disposition. Écoutez, vous connaissez tous ces gens ? Pourquoi avez-vous besoin de moi ? Larry vous a chargé de me flatter pour quelque vile raison ? S'il veut ma place, dites-lui qu'il va devoir apprendre le chinois.

– Je lui en toucherai deux mots, dit Bill. Nous disposons de certaines informations sur ces gens – le général Zhang, Chen Kai-rong et Rosalie Gilder. Sur Mei-lin, la sœur de Kai-rong, aussi. Nous essayons de combler les lacunes.

– Quelles lacunes ?

– Pour commencer, nous savons que Kai-rong a quitté Shanghai en 1943, remarquai-je. Ou "fui" plutôt. Mais nous ignorons pourquoi.

– Ha ! Je peux vous aider à ce sujet. Et, ce faisant, je répondrai aussi à votre première question – à propos de sa réputation de révolutionnaire entachée ! Là, est-ce que vous m'avez trouvé assez mélodramatique ? »

Il tira un livre de la pile et, levant le doigt, intima au reste des livres l'ordre de ne pas s'effondrer par terre. Ils ne tombèrent pas.

« Bon, dit-il en feuilletant le volume. J'ai en main le résumé de rapports des services de renseignements de la base navale américaine de Qingdao, ville d'où vient la bière. Les distilleries allemandes ont été nationalisées par Mao. Ça n'a rien à voir avec votre bonhomme, mais c'est ce qu'il y a de mieux à Qingdao. Pendant la Seconde Guerre mondiale, les États-Unis, je suis sûr que vous le savez, dit-il avec un regard sévère qui voulait dire qu'il était sûr du contraire, étaient présents sur le territoire chinois pour entraîner et soutenir les troupes de Tchang Kaï-chek qui se battaient contre les Japonais. Après la guerre, Tchang Kaï-chek retourna à la bagarre qui l'intéressait vraiment : son bras de fer avec Mao. Tchang était gentil avec nous, alors nous sommes restés pour lui servir de larbin jusqu'à ce que même les aveugles – c'est-à-dire l'armée américaine – se rendent compte qu'il courait à l'échec. Alors, nous avons quitté les lieux, fin 1948. Vous me suivez jusque-là ? »

J'avais l'impression d'être entraînée dans un véritable tourbillon.

« Oui.

– Comme les gars de la marine américaine n'avaient pas le droit de faire sauter quoi que ce soit, ils avaient besoin d'un hobby. Ils passaient leur temps à évaluer quels camarades dignes de confiance seraient susceptibles de devenir agents doubles. Votre bonhomme faisait partie du lot.

– Chen Kai-rong était agent double ?

– Non. Ils ont pensé le retourner avant de changer d'avis », expliqua Edwards qui se balança sur sa chaise, posa ses bottes sur le bureau avant de s'éclaircir la gorge de manière théâtrale.

« "30 août 1948. Rapport sur Chen Kai-rong, lieutenant, armée de libération du peuple (ancienne armée rouge). Né en 1917. Domicilié à Shanghai. Père : Chen Da, négociant. Mère décédée en 1929. Sœur : Chen Mei-lin, née en 1922, mariée en 1939 à Zhang Yi, général dans l'armée nationaliste, ancien général dans l'armée régulière sous les ordres de Wang Jingwei." Vous le connaissez ?

– Le chef du gouvernement fantoche », répondit Bill.

Oh, qu'est-ce que tu es intelligent, me dis-je. *Je parie que tu l'as lu pas plus tard qu'hier.*

« Je l'ai lu pas plus tard qu'hier, ajouta Bill.

– Dans le livre que j'ai écrit ?

– Oui.

– Jackpot ! Alors, vous aurez compris que ce général Zhang était un collaborateur. "Chen a adhéré secrètement au PCC en 1935. Envoyé à Oxford par son père en 1936. De retour à Shanghai en 1938. Épouse Rosalie Gilder, réfugiée juive autrichienne en 1942. Un fils, Lao-li. Élève aussi Zhang Li, le fils de sa sœur. Chen possède le grade de lieutenant, mais a effectué des missions de renseignements pour le PCC. Se faisant passer pour un profiteur de guerre, il a effectué de nombreux voyages dans les territoires occupés par le Japon entre 1938 et 1943 comme messager entre l'armée rouge et la délégation du PCC de Shanghai. A parfaitement réussi à cacher son appartenance au PCC à cette époque. Cependant, le 23 février 1943, a été arrêté, sans doute sur dénonciation (non confirmée) et emmené au numéro 76." Vous savez à quoi fait référence le numéro 76 ?

– Non, avouai-je, même si cela me rappelait quelque chose.

– Le 76, Jessfield Road. Prison théoriquement gérée par la police municipale. Mais, comme tous ceux qui détenaient le moindre pouvoir, la police collaborait avec les Japonais. Les Japonais voulaient que le gouvernement fantoche se concentre sur les communistes parce que ça l'empêchait de se concentrer sur les Japonais qui occupaient le pays, vous voyez ? C'est pourquoi ils encourageaient la police à arrêter les communistes et à les passer à tabac. »

Edwards reprit sa lecture.

« "Emmené au numéro 76. On présumait que Chen détenait la liste des agents du PCC à Shanghai. Interrogatoire préliminaire" – sans doute à l'aide de tuyaux d'arrosage – "qui ne donna aucun résultat. Interrogatoire interrompu grâce à l'appel du quartier général militaire japonais demandant de la part de l'attaché militaire allemand, le commandant Gunther Ulrich, que l'interrogatoire de Chen soit suspendu. Chen renvoyé à sa cellule." Hum. Je me demande pourquoi.

– Pourquoi ils ont accepté ? voulut savoir Bill.

– Non. Pourquoi les Allemands voulaient que les Japonais suspendent l'interrogatoire.

– Le commandant Ulrich était un ami du général Zhang, dis-je en me souvenant du journal de Mei-lin. Le général Zhang avait déjà épousé Mei-lin à l'époque. Il a peut-être demandé à son ami d'intervenir en faveur de son beau-frère.

– Si c'est le cas, ça ne l'a pas servi, remarqua ironiquement le professeur. Écoutez : "Plus tard dans la soirée, Mei-lin, la sœur de Chen, s'est présentée au numéro 76."

– Paul ! m'exclamai-je. C'est lui qui nous a parlé du numéro 76.

– Qui est Paul ? demanda le professeur Edwards.

– Paul Gilder, le frère de Rosalie.

– Son frère est toujours vivant ?

– Il a la maladie d'Alzheimer, ou quelque chose du genre. Il me prend pour Mei-lin. On ne peut pas vraiment l'interroger, mais il a commencé à parler de cette époque, à divaguer. Nous n'avons pas compris la moitié de ce qu'il nous a raconté, mais il a dit que Mei-lin s'était rendue au numéro 76 et avait été courageuse. Je me demande si Mei-lin en a fait un récit détaillé dans son journal intime.

– Son journal intime, vous dites ?

– Il est écrit en chinois. Je viens de commencer à le traduire. Il – Paul – l'a gardé toutes ces années. Personne ne l'a lu. Mais il s'arrête...

– Personne ne l'a lu ? Une source authentique inédite ? Hip, hip, hip, hourra ! Je peux le voir ?

– Je... je suppose, oui.

– Elle suppose que oui ! Oh, joie suprême ! Qu'est-ce que vous avez d'autre ?

– Rien. »

Je n'étais pas prête à parler des lettres inédites de Rosalie ; l'idée que nous les lisions nous-mêmes me mettait mal à l'aise.

« À part quelques vieux messieurs qui ont été témoins de tout ça.

– Des militaires ?

– Non. Les fils.

– Les fils de qui ?

– De tous ces gens. De Kai-rong, de Mei-lin...

– Le fils et le neveu que Kai-rong a envoyés ici ?

– Oui. Et le fils aîné du général Zhang.

– Le fils de son premier lit ?

– Vous le connaissez ?

– Je les connais tous. Ces vieillards sont encore vivants ? Vous me les présenterez ?

– Eh bien, oui, d'accord. Même si je ne suis pas sûre...

– Qu'ils voudront me parler ? Ça, c'est mon problème. J'ai fait plier quelques durs à cuire en mon temps, croyez-moi. Bon, puisque c'est ainsi, et même si c'est Larry qui vous envoie, je continue, dit-il en attrapant son livre. Écoutez bien maintenant car je parie que c'est là que la "courageuse" Mei-lin entre en action. "La sœur de Chen Kai-rong a déclaré au commandant du numéro 76 que l'espion communiste n'était pas son frère, mais son mari."

– Mon Dieu, c'était vrai ?

– Patience. Je cite : "Elle a proposé de remettre la liste d'agents du PCC détenue par son mari à condition que son frère soit libéré. Les gradés de la police ont envisagé de l'emprisonner pour lui prendre la liste de force, mais ont décidé de ne pas le faire, craignant l'influence de son père auprès des Japonais. Chen Kai-rong libéré. Sœur remet la liste, manuscrite, pas de la main de Chen Kai-rong. La police municipale de Shanghai suspectait déjà trois hommes dont le nom figurait sur la liste, authenticité probable. La police a poursuivi son plan visant à arrêter les agents puis le général Zhang. Cependant, quand la police a fait une descente aux domiciles et dans les commerces des agents, ils avaient déjà fui. Chen Kai-rong, Mei-lin et le général Zhang avaient eux aussi disparu. La femme de Chen, de nationalité autrichienne, a été arrêtée brièvement et relâchée peu après. Semblait ne pas avoir la moindre idée que mari membre du PCC. Crédible : réfugiée juive, aucune connaissance de la vie politique chinoise, a sans doute épousé son mari pour sa fortune.

"Chen aurait réussi à rejoindre l'armée rouge dans le Nord. Le général Zhang est réapparu à Chongqing avec son fils aîné. Il aurait mis sa fortune personnelle au service de Tchang Kaï-chek comme gage de son sincère repentir d'avoir servi le gouvernement fantoche et preuve de la sincère résurgence de son patriotisme." Certains de ces types de la marine étaient vraiment des pince-sans-rire, remarqua Edwards en nous regardant. Il reprit sa lecture : "Zhang intègre armée nationaliste, commande brigade depuis. Plus de nouvelles de Mei-lin."

"Possible utilité de Chen Kai-rong pour les intérêts américains : faible. Renseignements recueillis plus tard suggèrent que déclaration de Mei-lin fausse. Avait probablement deux intentions : libérer frère et discréditer mari. On rapporte mauvaises relations conjugales. Liste sans doute celle de Chen, comme suspecté, recopiée par elle. Rapports complémentaires indiquent agents figurant sur la liste avertis, probablement par elle. Interrogatoire des domestiques des Zhang indique général, Mei-lin et fils aîné avaient fui plusieurs heures avant raid de la police municipale de Shanghai. Chauffeur a dit que Mei-lin avait essayé de s'échapper, mais a été forcée de monter dans train. Pas avec général et fils à Chongqing. Zhang soupçonné de l'avoir tuée."

– Oh, non ! m'exclamai-je malgré moi.

– Elle l'a trahi, détruit, dit le professeur Edwards en levant les yeux de son livre. C'était un collaborateur haut placé, et elle l'a dénoncé en le faisant passer pour un espion communiste. Ça lui a coûté toute sa fortune de s'acheter une place dans l'armée de Tchang où il devait vraiment se battre et tout. Tu parles qu'il l'a tuée ! »

Il reprit sa lecture alors que je pensais à Mei-lin. *Attention aux vœux que tu formules*, l'avait mise en garde son frère.

« "On rapporte que Chen est rentré secrètement à Shanghai des mois plus tard ; va et vient depuis. À ce jour, a réussi à échapper à la capture par les nationalistes. On présume qu'il poursuit son travail de renseignements pour le PCC. Action recommandée : aucune. Continuer surveillance. Pas de contact à moins que situation change." »

Le professeur Edwards reposa le rapport.

« Fin. Alors, est-ce que ça vous satisfait ?

– Oui. Et non, répondis-je. Chen Kai-rong était vraiment communiste depuis le début ?

– Ça m'en a tout l'air, oui. Mais n'oubliez pas que, à l'époque, c'étaient eux les gentils. Les paysans mouraient de faim, et les disciples de Mao représentaient leur seul espoir. Et si c'est de l'héroïsme hors du commun que vous cherchez, il n'y a pas mieux que certains des communistes des débuts. C'est ça, les révolutions. Avant que les politiciens s'en emparent, déclara Edwards, l'air mélançolique.

– Pendant que nous nous lamentons sur la perversion de l'esprit révolutionnaire, expliquez-nous la chose suivante, intervint Bill. Ce rapport contient-il des détails sur son mariage ?

– Son mariage ? Son mariage, vous dites ? Je vous donne du sensationnel, et vous me parlez chiffons et lancer de riz ?

– J'en déduis que la réponse est non.

– Erreur. Si c'est la douceur de la vie domestique que vous cherchez, je l'ai ici. Les archives nationales américaines. Incroyable ce qu'on conserve aux frais du contribuable. Qui parle allemand ?

– Moi », répondit Bill tandis que je faisais non de la tête.

Pas le moins du monde surpris, le professeur Edwards tendit un feuillet à Bill.

« Tiré du *Die Gelbe Post*, l'un des journaux du ghetto. Vous voulez un Coca ? »

Il se dirigea vers les distributeurs automatiques. Je tendis le cou pour voir ce que tenait Bill : la photocopie floue d'une page de journal. Le nom de Rosalie Gilder était inscrit en titre de l'une des colonnes. J'espérais voir une photo, mais je fus déçue.

« Qu'est-ce que ça dit ?

– L'article date de mai 1942. C'est juste un faire-part. Rosalie Gilder a épousé Chen Kai-rong – "un gentleman chinois" – lors d'une cérémonie civile devant un juge. Comme requis par la loi chinoise pour le mariage des étrangers, la cérémonie s'est déroulée dans un lieu public, dans ce cas, le Café Falbaum dans Tongshan Road. À la réception qui a suivi, vin, schnaps, thé, espresso, gâteaux aux haricots rouges et *Linzer Torte* ont été servis aux invités.

– Est-ce que...

– Oui. La mariée portait une robe blanche toute simple et le marié une robe de cérémonie en soie. La mariée portait une broche de jade et de diamants.

– C'est tout ?

– C'est tout.

– Tout quoi ? » demanda le professeur Edwards en jetant une brassée de canettes de Coca et de sachets de cacahouètes sur le bureau.

Il nous tendit des mugs, se servit son Coca dans lequel il laissa tomber une poignée de cacahouètes. Le Coca pétilla et moussa. Je le dévisageai.

« Il n'y a pas d'autre façon de faire là d'où je viens.

– Même chose chez moi, dit Bill en imitant Edwards.

– Je n'ai jamais vu ça de toute ma vie, m'exclamai-je en les observant. C'est dégoûtant.

– Il me semblait avoir perçu un accent du Sud dans votre voix, dit le professeur Edwards à Bill. Vous êtes d'où ?

– Louisville, Kentucky.

– Bah ! C'est le Far West pour moi ça. Je viens de Macon en Géorgie. »

Ils brandirent leurs concoctions mousseuses pour trinquer.

« Maintenant que nous avons découvert que nous étions cousins éloignés, si vous m'en disiez un petit peu plus sur ce qui vous intéresse chez ce type ? »

Bill et moi nous nous relayâmes pour le lui expliquer tout en buvant notre soda. Je mangeai mes cacahouètes normalement.

« Eh bien, bon sang de bonsoir, s'écria le professeur Edwards en jetant sa canette dans la poubelle. La Lune de Shanghai ! On ne peut pas faire mon boulot sans en avoir entendu parler. À peu près tout le monde est persuadé que c'est un mythe. Ou qu'elle a peut-être existé jadis mais que c'est fini et archi-fini aujourd'hui. Cependant, je sais par expérience que, à part

Larry, le biologiste moléculaire, à peu près tout le monde se trompe. »

« Tu as une utilité après tout, dis-je à Bill alors que nous quittions le campus éclairé de Columbia pour réintégrer le monde réel.

– Mais oui. Et je peux même te reconduire chez toi. À moins que tu ne veuilles t'arrêter pour prendre un café, ou quelque chose ?

– Non, je suis épuisée. J'ai juste envie d'être au calme pour digérer tout ça. Tu crois que c'est vrai ?

– Certains détails sont peut-être erronés, mais les grandes lignes sont probablement justes. Certaines infos figurent peut-être dans le journal intime.

– Ce qui expliquerait pourquoi Mei-lin a confié son journal et son fils à Rosalie. Et pourquoi elle n'est jamais revenue. Mais pourquoi C.D. Zhang ne m'a rien dit de tout ça ?

– Si ton père avait tué ta belle-mère il y a soixante ans, est-ce que tu irais l'avouer à une inconnue ? Et peut-être qu'il l'ignore. C'était un gamin à l'époque.

– Ce rapport de la marine est public. N'importe qui peut le lire.

– C'est pas comme s'il avait fait la une du *New York Times*. Il faudrait qu'il soit allé le chercher, et pourquoi irait-il faire ça ?

– Eh bien, il a lu les lettres de Rosalie, c'est qu'il s'intéresse à son propre passé. Et il ne m'a même pas dit qu'ils étaient partis tous ensemble. Je crois que j'aimerais de nouveau lui parler.

– Tu pourras faire ça demain, mais d'abord, je passe te prendre pour les obsèques de Joel. Huit heures trente.

– Tu crois qu'il faut qu'on soit là-bas à dix heures pile ? Je croyais que l'heure juive était un peu comme l'heure chinoise. »

Joel disait toujours que notre penchant commun pour les événements qui commencent en retard est la preuve – il y en avait d'autres comme l'importance donnée aux études, à la famille, à la nourriture – que les Chinois sont l'une des dix tribus perdues d'Israël.

« Je ne sais pas, répondit Bill. Je ne crois pas que ça marche pour les obsèques. »

20

L'AIR FRAIS DU MATIN avait déjà commencé à se réchauffer et à se figer quand je sortis pour attendre Bill. La veille au soir, il avait suggéré que nous amenions nos « sources authentiques inédites » respectives afin de les lire en chemin aujourd'hui ; la ville où résidait Joel sur Long Island se trouvait à plus d'une heure de route. Bill avait certainement autant envie de me changer les idées pour m'empêcher de penser à l'endroit où nous nous rendions que d'entendre ces voix sorties du passé, mais ça m'était égal.

« Tu es en avance, dis-je en montant dans la voiture.

– Et tu es prête. C'est un signe d'impatience ou de foi ? Il y a du thé et un petit pain au sésame dans le sac, là.

– L'impatience ne serait-elle pas une preuve de ma foi ? le taquinai-je en considérant son costume anthracite et son visage rasé de près. Tu es élégant. Tu as presque l'air d'un tombeur.

– Vu l'heure à laquelle j'ai dû me lever et celle à laquelle je me suis couché, je prends ça pour un énorme compliment.

– T'emballe pas. Pourquoi tu t'es couché tard si tu savais que tu devais te lever si tôt ?

– Je travaillais. Ma patronne est une esclavagiste.

– Tu n'as pas de patronne.

– Ma partenaire, alors.

– Ah, parce que tu as une partenaire ? »

Pour toute réponse il m'adressa un coup d'œil. « L'enveloppe à tes pieds », ajouta-t-il.

Je vérifiai et effectivement, trouvai une grande enveloppe à l'endroit où les jambes d'une personne plus grande auraient dû se trouver.

« C'est quoi ?

– La traduction des lettres de Rosalie.

– La traduction écrite ? C'est pour ça que tu es resté debout toute la nuit ?

– Évidemment. Ne me dis pas que tu n'es pas restée debout pour traduire le journal de Mei-lin. C'est ce qui m'a fait tenir pendant ces heures de solitude : t'imaginer en train de travailler tard dans la nuit à la lueur d'une bougie qui fond doucement...

– Pourquoi j'aurais besoin d'une bougie alors que j'ai l'électricité ? Bref, je ne suis pas restée debout, non.

– Tu veux dire que j'ai une longueur d'avance ?

– Ça m'étonnerait. Je me suis levée à cinq heures et j'ai pratiquement tout lu.

– À cinq heures ? Ça existe ça ?

– Un jour, tu devrais jeter un coup d'œil à ce truc qu'on appelle le lever du soleil. C'est assez joli. »

J'ouvris son enveloppe dont je sortis un calepin jaune couvert de notes.

« Écoute », dit Bill. Je levai les yeux : il avait changé de ton.

« Ce qu'il y a là-dedans... c'est pas très gai.

– Je ne m'attendais pas à ce que ça le soit, je suppose.

– La lettre du dessus n'est pas de Rosalie. Elle lui est adressée par une voisine. »

Je jetai un coup d'œil à la lettre. L'écriture de Bill n'est pas particulièrement lisible mais j'y suis habituée.

Il s'engagea sur le pont de Manhattan alors que je prenais une gorgée de thé et me mettais à lire.

12 juin 1938
Ma Rosalie chérie,

C'est le cœur gros que je prends la plume ce soir. Je ne sais pas comment te relater les événements qui se sont produits ici. Ma chère, prépare-toi : ton cher oncle Horst n'est plus. Je n'ai pas d'autre précision à te donner que celles-ci : alors qu'il tentait de porter secours à un vieux rabbin attaqué par plusieurs agresseurs, il a refusé d'obéir à un soldat qui lui ordonnait de reculer et de laisser les agresseurs poursuivre leur méfait. Ils ont échangé des paroles pleines de colère. Sans crier gare, le soldat a dégainé son arme et a fait feu. Si cela peut te consoler, les témoins qui ont assisté à la scène ont dit que la balle a transpercé le cœur de Horst et qu'il est mort instantanément ; il n'a pas souffert. Rosalie, je suis tellement navrée. Mais il est de mon devoir de te dire que les problèmes de ces derniers jours ne s'arrêtent pas là. Oh, ma chérie ! Ta mère a été arrêtée quelques heures plus tard alors qu'elle s'apprêtait à aller chercher le corps de ton oncle. Je ne sais sous quel prétexte, il est devenu banal ici pour les juifs, les catholiques, les partisans du chancelier Schuschnigg de tomber entre les mains de ce qui passe aujourd'hui pour la loi. J'ai vu les policiers gravir le perron de ta maison et emmener ta mère. J'ai accouru pour demander où on l'emmenait et me suis rendue en personne au commissariat de police en question où, après quelques heures d'attente, j'ai été autorisée à la voir. Elle n'avait pas subi de mauvais traitements mais on l'envoie dans un camp de travail, et les policiers ont refusé de me dire lequel. Comme tu peux t'y attendre de la part de ta mère, elle était beaucoup plus calme que moi. Elle m'a demandé de prendre certains objets chez vous car elle craint, à juste titre j'en ai peur, que ses biens ne soient confisqués avant qu'elle soit relâchée. Je me suis hâtée de rentrer pour récupérer ce qu'elle m'avait demandé : tes lettres de Shanghai et les billets de train pour Dalian. J'ai également pris quelques photos de famille – celle de Paul et toi au jardin Mirabell prise le jour où nous y sommes allés tous ensemble ; le portrait de tes parents le jour de leur mariage et quelques autres. À la demande de ta mère, j'ai donné l'un des billets de train à Herr Baumberg pour son fils aîné et garderai l'autre pour ta mère en priant qu'elle soit libérée à temps pour s'en servir. Dans le cas contraire, elle m'a recommandé de le donner lui aussi. Elle m'a aussi recommandé de demander à Herr Baumberg d'organiser si possible des obsèques dans le respect de la tradition juive pour Horst, ce que j'ai fait. Klaus et moi resterons à Salzbourg jusqu'à ce qu'elle soit libérée ou jusqu'à la date du départ du train. Ensuite, Rosalie, que ta mère soit ou non à bord de ce train – ce que j'espère de tout mon cœur ! –, nous partirons pour la Suisse. Nous irons chez le frère de Klaus à Genève, et Klaus ouvrira un cabinet là-bas. Nous envisageons la triste éventualité de cette mesure depuis février et sommes maintenant prêts à sauter le pas. Nous avons le sentiment que nous ne pouvons plus rester dans un pays qui traite ses citoyens de la sorte. Klaus se rend là-bas demain pour organiser notre départ, et je lui confierai cette lettre à t'envoyer car je ne fais même plus confiance à la poste de mon pays bien-aimé. Oh, ma chère Rosalie, je suis tellement navrée ! Je pleure avec toi ton cher oncle et prie pour que ta mère soit vite relâchée. J'espère que le jour viendra très bientôt où vous serez réunis. Et que le jour viendra, encore plus vite, où ce gouvernement abject, meurtrier qui a usurpé le pouvoir sera renversé et que nous vivrons de nouveau au grand jour !

Je t'en prie, fais attention à toi et ton frère, ma chère. J'espère pouvoir t'envoyer de bien meilleures nouvelles très bientôt.

Avec beaucoup d'amour,

Hilda Schmitz

Quand j'eus fini de lire, je regardai Bill puis par la fenêtre.

« J'imagine que c'est ce que Mei-lin a voulu dire.

– Quand ?

– Elle a fait allusion aux terribles nouvelles qu'avait reçues Rosalie, et a dit combien elle était malheureuse pour elle, mais sans préciser de quoi il s'agissait. Elle ne l'a pas fait, n'est-ce pas ? demandai-je à Bill, ayant presque peur de passer à la lettre suivante.

– Qui n'a pas fait quoi ?

– Hilda Schmitz. Elle n'a pas envoyé de meilleures nouvelles, n'est-ce pas ?

– Il n'y a pas d'autre lettre d'elle. »

Et nous savions déjà qu'il n'y avait pas de meilleure nouvelle à envoyer.

« C'est quoi ces autres lettres, puisque sa mère était internée dans un camp ?

– Rosalie a continué d'écrire. Elle a répondu à la lettre d'Hilda, en adressant sa lettre à sa mère, pas à la voisine. Ensuite, elle n'écrit plus que quelques lettres, à l'occasion de grands événements. »

J'hésitai avant de sortir le feuillet suivant.

5 juillet 1938

Oh, maman ! J'ai reçu une lettre de Frau Schmitz me donnant des nouvelles tellement horribles que je ne puis les supporter ! Maman, je pleure pour toi, pour oncle Horst, je sens que mon cœur va se briser ! Je t'en prie, fais attention à toi, je prie, oui, je prie, je supplie Dieu de prouver sa générosité en te relâchant saine et sauve et en te conduisant ici jusqu'à nous !

Maman, je ne puis envoyer cette lettre, mais je ne puis m'empêcher de l'écrire. Je m'accroche au réconfort que j'ai trouvé ces derniers mois en t'imaginant en train de lire mes lettres ; ce réconfort a pratiquement disparu, il reste à peine un soupçon de cette chaleur, et dans la moiteur de Shanghai, j'ai si froid ! Je ne sais que faire, je n'arrive pas à penser du tout. À part ça, maman : nous dirons le kaddish pour oncle Horst, j'irai voir un rabbin pour savoir ce que l'on doit faire et nous le ferons. Et puis, je ne sais pas, si ce n'est que nous continuerons de prier et d'espérer de tout notre cœur !

Pour toujours,
Ta Rosalie

« Merde », soufflai-je.

Bill ne répondit pas. Je glissai le feuillet derrière les autres et jetai un coup d'œil au suivant.

« Trois ans plus tard », remarquai-je en me mettant à lire.

25 juin 1941
Ma très chère maman,
Je vais me marier.

Oh, maman, quel contraste avec la façon dont j'espérais t'apprendre une nouvelle pareille ! Me précipiter le souffle court dans le salon – ou arriver sur la pointe des pieds dans le jardin pendant que tu tailles tes rosiers – et même, maman, te demander la permission, certainement tes conseils. J'ai imaginé ce moment de tant de manières différentes depuis que je suis enfant. Et te le dire ainsi, dans une lettre écrite à l'autre bout du monde, une lettre que je ne puis même pas envoyer ! Mes yeux s'emplissent de larmes en écrivant. Où es-tu, maman ? Tu vas bien ? Es-tu terriblement seule ? Pas toi ; non, pas toi. Ton humour et ton bon sens attireront les gens vers toi comme cela a toujours été le cas, aussi terribles les circonstances soient-elles. Je me console grâce à la certitude que tu as trouvé des amis.

Le monde entier est fou. Ce n'est que quand je suis avec Kai-rong que je sens mes souvenirs redevenir des souvenirs, pas des contes de fées à propos d'une époque qui n'a jamais existé et que je me raconte pour me consoler. Ce n'est pas rien, par des temps aussi sombres, d'avoir trouvé quelqu'un qui m'aide à me souvenir de la lumière et qui croit même qu'elle brillera de nouveau. Certaines personnes autour de nous nous conseillent d'attendre jusqu'à ce que la folie soit passée. Mais combien de temps cela prendra-t-il ? Et de plus – comment passera-t-elle, à moins que nous ne refusions qu'elle s'installe et que nous la défiions ?

Aussi, Kai-rong et moi allons nous marier. Je prierai chaque minute afin que se produise le miracle de ton arrivée pour partager notre bonheur et le rendre complet. Je t'en prie maman, où que tu sois, donne-moi ta bénédiction.

Ta Rosalie

2 octobre 1941

Très chère maman,

Oh, j'espère, je prie pour que, où que tu sois, tu ailles bien, que tu sois en sécurité. Alors que le quatrième Rosh ha-Shana passe sans nouvelles de toi, j'ai le cœur brisé, maman. Je n'ai pas assisté au service car je n'aurais pas supporté d'entendre le son du schofar en me souvenant quel plaisir il te procurait toujours. Paul y a assisté, lui ; il est régulièrement membre du minyan[1] *dans une synagogue près de chez nous et a embrassé nos traditions avec un enthousiasme dont*

1. Dans la religion juive, quorum exigé pour commencer la prière (dix hommes).

je ne suis pas capable, bien que je l'admire pour son dévouement. Je l'admire à bien des points de vue, maman. Quel merveilleux jeune homme il est devenu ! Tu seras fière de lui, maman, tellement fière.

Je t'écris aujourd'hui pour te parler de la résolution que je viens de prendre. Kai-rong m'a fait un cadeau : un disque de jade gravé qui appartient à sa famille depuis plusieurs centaines d'années. Il me l'a offert avec la bénédiction de son père ; je dois le porter le jour de notre mariage pour marquer l'union de nos familles, ce que je ferai avec joie. Mais l'union de deux familles ne peut être symbolisée par un objet précieux appartenant à l'une des familles seulement. J'ai décidé d'enlever ce disque de jade de sa monture et d'y ajouter les pierres du collier de reine maman. Le jade représente plusieurs générations d'ancêtres Chen, ce qui le rend précieux aux yeux de Kai-rong. Le collier te représente, toi, ce qui le rend extraordinairement précieux à mes yeux !

Mon bien-aimé Kai-rong, après avoir écouté mon raisonnement, est absolument d'accord. Demain, nous apporterons le jade et le collier à Herr Corens, le joaillier de l'avenue Foch qui m'a acheté la bague en rubis. C'est un homme adorable, maman, et un véritable artiste. Il nous fabriquera un nouveau bijou, une broche, je crois. Elle contera de nombreuses histoires : la constance de l'amour malgré le temps et la distance, des générations d'ancêtres vénérés, l'union de deux fières traditions, et l'union de deux cœurs dévoués. Elle sera magnifique, maman. Et quand je la porterai, Kai-rong et toi serez pour toujours près de moi, où que vous soyez.

Je prie tous les jours pour toi, maman.

Ta Rosalie

21

« Il y a des Kleenex dans la boîte à gants, m'annonça Bill.

– Nous allons à un enterrement. J'ai apporté les miens. (Je n'étais pas vraiment en train de pleurer mais j'y voyais trouble tout d'un coup.) Tu as raison. Ces lettres ne sont pas très gaies.

– Il en reste quelques-unes.

– Je ne suis pas sûre de pouvoir les supporter.

– Tu veux que je te fasse un résumé ?

– Dans une minute. »

Je m'essuyai les yeux, posai les lettres sur mes genoux, doucement, même si ce n'était que les traductions que Bill avait griffonnées.

« Tu as déjà assisté à un enterrement juif orthodoxe ?

– Oui.

– Qu'est-ce qui se passe ?

– La même chose qu'ailleurs, mais en hébreu.

– Si on ne tape pas sur un gong en faisant le tour du cercueil avec de l'encens, ça ne ressemble pas aux enterrements que je connais.

– Pour l'essentiel, c'est la même chose, cela dit. Prières, chants, éloge funèbre. Pas de sermon, je crois. Tu sais qu'on ne pourra pas s'asseoir côte à côte ? Les hommes et les femmes sont séparés. »

Je hochai la tête ; je ne sais pas comment, mais je le savais, même si je n'y avais pas pensé. Je ressentis une pointe d'angoisse, ce qui me mit en colère. *Bon sang, Lydia, d'abord, tu n'es pas sûre de jamais vouloir reparler à ce type et maintenant tu te fais de la bile parce qu'il sera assis de l'autre côté de la synagogue ?*

« Le cercueil sera ouvert ? »

Bill haussa les sourcils en entendant mon ton tranchant, mais se contenta de dire que non.

C'était bien ; d'ordinaire, dans les enterrements chinois, on voit le défunt, et je trouve ça angoissant. Peut-être que, autrefois, ça allait, c'était l'occasion de constater l'air paisible de l'être cher alors qu'on lui disait adieu. Aujourd'hui, les maisons funéraires pratiquent l'embaumement et utilisent du maquillage, et quand on voit le défunt, il ressemble à quelqu'un d'autre. Je n'avais pas envie que Joel ressemble à quelqu'un d'autre. Mais quand la dernière image que j'avais de lui fit tout d'un coup irruption dans ma tête – le bureau, le sang –, je me dis que la diversion de Bill était une bonne idée.

« Les autres lettres de Rosalie, de quoi parlent-elles ? »

Bill me regarda. *Ne me demande pas si ça va.* Cela marcha parce qu'il ne me posa pas la question. « La suivante concerne son mariage », expliqua-t-il calmement ; nous étions deux enquêteurs qui discutaient d'une affaire.

« Il a lieu au Café Falbaum, comme le disait l'article du professeur Edwards. Celle d'après, très brève, annonce qu'elle est enceinte. Elle imagine sa mère chantant une berceuse au bébé. Puis elle raconte l'arrestation de Kai-rong ; elle est dans tous ses états, mais Mei-lin a un plan. Elle dit que le prix à payer pour sortir Kai-rong de là sera élevé, mais elle sait que sa mère comprendra.

– Qu'est-ce que ça veut dire ?

– Je n'en sais rien. Puis elle raconte qu'il s'est enfui et qu'elle s'occupe du fils de Mei-lin jusqu'au retour de sa belle-sœur. La lettre suivante raconte pourquoi ils doivent déménager à Hongkew. Elle a peur que sa mère ne puisse pas les retrouver là-bas.

– Oh, bon Dieu, Bill.

– Je sais. Et puis il y en a une sur la naissance de son fils qu'elle a baptisé Horst mais comme il grandit en Chine on l'appellera Lao-li, un nom chinois qui signifie "le travail est la vérité"

– Tu sais, ça peut aussi vouloir dire "la vérité est un dur labeur", expliquai-je à Bill qui hocha la tête.

– La dernière lettre date du premier anniversaire de Lao-li.

– Il n'y en a plus après ?

– Elle a été écrite en octobre 1944. Les Japonais ont capitulé en août 1945. La guerre en Europe était finie à l'époque, et la liste des personnes mortes dans les camps de concentration établie par la Croix-Rouge a commencé à arriver à Shanghai à l'automne. Pour le deuxième anniversaire de Lao-li, Rosalie devait savoir que sa mère était morte.

– Pauvre Rosalie, dis-je en glissant les feuillets dans l'enveloppe.

– Elle était plutôt coriace. Pendant pratiquement toute cette période, Kai-rong n'était pas là. Elle était seule avec ces deux gosses – Paul était avec elle. Son beau-père leur donnait de l'argent, alors j'imagine qu'ils mangeaient aussi bien que tous les autres habitants du ghetto mais, vers la fin à Shanghai, personne n'avait grand-chose à se mettre sous la dent.

– Mais Kai-rong faisait des allers-retours, non, d'après les rapports de la marine ?

– Dans la lettre à propos du bébé, Rosalie raconte qu'il a pris son fils dans ses bras peu après sa naissance. Alors, il devait faire des allées et venues discrètes entre Shanghai et le Nord. Au fait, je ne crois pas à l'idée qu'elle ne savait rien de ses activités.

– Qu'est-ce qui te fait dire ça ?

– Elle dit qu'il lui manque, mais que ce qu'il fait est important et qu'elle en est fière. Je ne crois pas qu'elle dirait ça s'il était juste en cavale. »

Nous roulâmes en silence un moment. Je n'arrêtais pas de me dire que nous avions raté quelque chose, mais quand j'essayais de me concentrer dessus, ce détail m'échappait. Le tronçon de voie rapide sur lequel nous nous trouvions traversait une zone résidentielle. Une jeune femme poussait un landau ; le long du pâté de maisons suivant, une femme beaucoup plus âgée, mince et courbée, marchait prudemment sur le trottoir. Je me demandai si elles se connaissaient, si la vieille dame faisait des risettes au bébé quand elles se rencontraient au supermarché.

« Tu es prête à lire ? dit Bill de sa voix solide et vraie qui me ramena à la réalité.

– Excuse-moi, qu'est-ce que tu as dit ?

– Le journal intime de Mei-lin ? Tu l'as amené, non ?

– Bien sûr. C'est bien ce dont nous étions convenus. »

Je me penchai vers mon sac pour attraper ma propre enveloppe contenant le tas de photocopies. J'avais marqué certains passages mais je n'avais pas fait de traduction écrite, contrairement à Bill. Ça ne me parut pas très correct.

« Ça commence bien, mais ça ne remporterait pas le prix Pulitzer de la gaieté non plus. Je ne suis pas tout à fait arrivée à la fin, mais je doute que ça s'arrange. Je vais te faire un résumé et, si nous avons le temps, je traduirai les dernières entrées. »

Une traduction simultanée compenserait peut-être l'absence de pages traduites.

« Celle-ci date de deux ou trois semaines après ce que nous avons lu hier. L'enthousiasme provoqué par le dîner à l'hôtel Cathay est retombé, et elle commence à s'apercevoir que rien n'a vraiment changé. Et puis il se passe quelque chose. Le général Zhang – elle emploie de nouveau l'adjectif fringant – vient prendre le thé.

– Pour la voir ?

– Euh… *"Il se trouvait dans le quartier et nous a fait porter sa carte."*

– Voyons donc.

– Le père de Mei-lin demande à Kai-rong de se joindre à eux et l'envoie chercher elle aussi. Elle est folle de joie et se dit que c'était l'idée de Kai-rong car ça ne ressemble pas du tout à son père. Elle court mettre ses chaussures rouges et puis elle prend son temps pour descendre. Elle dit qu'elle sait exactement comment se comporter.

– C'est-à-dire ?

– "Polie mais froide et distante."

– Oh, bon sang de bonsoir ! Tu vois ? Elle est folle de joie mais elle est glaciale avec lui quand même.

– Elle va au-delà de ça. "Kai-rong a essayé de me taquiner – c'est tellement puéril ! Je l'ai ignoré. Père s'est enquis de la famille du général. Il est veuf, père d'un garçon. Il a admis se sentir seul avant d'ajouter avec un sourire qu'il faut endurer ce que l'on ne peut changer. J'ai compati avec lui – je sais ce que c'est d'être seul ! Nous avons parlé art, musique et littérature. Le général est très cultivé, il a une opinion sur tout. Quand père et Kai-rong parlaient, il les écoutait respectueusement – et m'écoutait moi aussi ! Même si j'ai fait attention de ne pas exprimer d'opinions trop tranchées. Il a demandé à voir mes calligraphies et en a fait l'éloge ! Il a dit qu'il était rafraîchissant de voir une jeune femme douée pour les arts traditionnels. Il est un peu vieux jeu, à vrai dire. D'abord, il n'aime pas le jazz américain, même s'il s'est dit prêt à réessayer et s'il nous a invités, Kai-rong et moi, au night-club de l'hôtel Cathay ! Oh, je me demande si père acceptera. Il a souri, comme si le général plaisantait mais Kai-rong peut réussir à le persuader.

"Par deux fois, j'ai senti que le général me regardait quand père parlait. J'ai gardé les yeux baissés, évidemment – mais j'arrivais à peine à me retenir de rire ! J'espère que le général ne l'a pas remarqué. Il est resté longtemps et a promis de revenir. J'espère qu'il le fera ! C'est comme s'il apportait un courant d'air frais en entrant. En sa présence, j'arrivais à respirer."

– On reconnaît bien là notre Mei-lin.

– Et, pour ton information, l'accueil glacial a marché. Le général est revenu.

– Évidemment que ça a marché. Je n'ai jamais dit que ça ne marchait pas. On se fait avoir à chaque fois.

– Alors, si vous vous faites avoir à chaque fois, pourquoi ne pas continuer à s'en servir ? »

Je jetai un coup d'œil alentour. De grands murs isolaient la voie rapide. Il n'y avait rien à voir et rien à penser, si ce n'est à notre destination. Je me replongeai dans l'univers de Mei-lin. « Cette entrée date d'une semaine plus tard. "Le général Zhang est revenu prendre le thé – et m'a apporté un cadeau ! La semaine dernière, nous avons abordé le sujet des langues étrangères. Le général parle français et anglais comme Kai-rong, et père parle ces deux langues ainsi que l'allemand. Quand le général m'a posé la question – j'ai attendu qu'il me la pose ! –, j'ai répondu que je ne parlais qu'anglais, et mal. Kai-rong a eu l'air agacé et a dit au général que je faisais la modeste, ce que j'ai réfuté. Père n'était que trop disposé à me venir en aide – il a dit que je n'avais jamais souffert de modestie et que je devais donc dire vrai ! Il ne me croit jamais capable de quoi que ce soit ! S'il prenait dix minutes pour converser en anglais avec moi, il verrait qu'il n'en est rien mais cela lui ferait perdre son temps si précieux. Le général, lui, a mis son temps précieux à profit pour m'acheter un livre magnifique ! Pour que j'améliore mon anglais, dit-il."

– Alors, la fausse modestie a fonctionné elle aussi.

– Tu veux savoir la vérité ? À peu près toutes les combines fonctionnent.

– Nous sommes si faciles que ça ?

– Désolée. "C'est un recueil de poèmes d'Elizabeth Barrett Browning, des poèmes d'amour. En fait, ils m'ont fait rougir quand je les ai lus il y a des années. Je n'ai évidemment pas dit que je les connaissais. Père était content, bien qu'amah ait fait la moue en voyant que l'auteur était une femme. Kai-rong avait l'air d'encore plus mauvaise humeur que la semaine dernière ! Il avait prévu de sortir mais a changé d'avis quand le général est arrivé. Je ne sais pas pourquoi, il n'était pas dans son assiette. S'il avait envie d'être ailleurs, il n'avait qu'à y aller. Mais père semblait ravi de la visite du général et a déclaré qu'il espérait le recevoir fréquemment. Et le livre est tellement beau ! J'ai hâte de le montrer aux sœurs Feng. Le cadeau d'un général de l'armée !" Qu'est-ce qui te fait sourire ? demandai-je à Bill en interrompant ma lecture.

– Nous avons quelques trucs qui marchent nous aussi.

– Oh, eh bien, c'est possible.

– Euh... Qu'est-ce qui se passe ensuite ?

– L'entrée suivante date de quelques jours plus tard, dis-je en feuilletant les pages. Tu vas adorer. "Merveilleuse nouvelle ! Kai-rong m'a trouvé un professeur d'anglais ! Ce qui est étrange car, en présence du général Zhang, Kai-rong insistait sur mon bon niveau. Et à juste titre ! Et ce soir, au dîner, il a avancé cette idée. Il a rencontré une jeune réfugiée juive très raffinée à l'en croire et qui ferait une bonne compagne pour moi ainsi qu'un excellent professeur. Une Européenne qui viendrait ici – je suis tellement enthousiaste ! Elle pourrait aussi bien m'apprendre à jongler comme au cirque, je m'en moque pas mal. Père a rejeté la proposition du revers de la main en disant que cela me mettrait des idées en tête et me rendrait désobéissante. Mais Kai-rong a répondu qu'étudier l'anglais ne me donnerait pas d'idées que je ne pourrais avoir en chinois. Évidemment, père ne supporte pas que j'aie la moindre idée en général. Mais j'ai pensé à un argument ! J'ai suggéré – respectueusement, bien sûr – qu'une meilleure maîtrise de l'anglais pourrait accroître ma valeur en tant qu'épouse. Kai-rong a fait une grimace, et père a voulu savoir pourquoi. Ensuite, j'ai dû me forcer à rester assise sans bouger pendant qu'ils se disputaient au sujet du mariage au lieu du professeur d'anglais ! Kai-rong croit que je suis trop jeune pour penser au mariage. Père nous a fait remarquer que notre mère avait dix-sept ans quand Kai-rong est né et que j'aurai bientôt seize ans. Ils se sont renvoyé la balle tandis que je mangeais docilement. À la fin du repas, ils avaient complètement changé d'avis ! Père était convaincu qu'améliorer mon anglais ferait de moi un meilleur parti et a décrété qu'il fallait commencer immédiatement. Kai-rong n'avait pas l'air sûr d'avoir emporté une victoire. Mais il nous présente le professeur demain !"

« Voici ce qu'elle écrit le lendemain. "Mon professeur est venu aujourd'hui ! Oh, je l'aime beaucoup. Dès que nous nous sommes rencontrées nous avons ri ! Elle dit que mon anglais est beaucoup plus 'anglais' que le sien. Elle craint qu'après avoir passé quelque temps avec elle, je parle avec l'accent autrichien. Je lui ai dit que cela me conviendrait tout à fait – si je ne suis pas autorisée à voyager, au moins mon accent me donnera l'air de l'avoir fait ! Elle m'a apporté trois livres. Deux romans – l'un anglais et l'autre américain – et des poèmes de l'auteur américain Walt Whitman. Nous les lirons ensemble. Ce sera tellement amusant ! Même si, aujourd'hui, nous avons commencé les poèmes et que je ne les aime pas tellement. Je ne comprends pas ce qu'ils racontent. Mais ce ne sont pas des livres, ni du fait de parler anglais dont je me réjouis. C'est d'avoir une invitée ! Et tellement exotique ! Elle pourra me parler – en anglais, bien sûr ! – de son pays d'origine et des endroits qu'elle a visités. Du quartier de Shanghai où elle vit et des rues qu'elle emprunte pour venir jusqu'ici qui sont aussi hors de portée pour moi que l'Europe !"

– Ça m'a l'air d'être le début d'une magnifique amitié.

– Oui, mais ça ne suffit pas à Mei-lin.

– Pourquoi ? Elles ne s'entendent pas au final ?

– Oh, si, elles s'entendent très bien. Elle adore que Rosalie vienne la voir. Paul l'accompagne parfois, et ils rient encore plus à trois. Ils s'installent dans le jardin pour boire de la citronnade et manger des gâteaux aux haricots rouges.

– Rosalie ne les aime pas.

– Paul les adore par contre. Je me demande si c'est toujours le cas aujourd'hui. On pourrait lui en apporter quelques-uns dans le New Jersey, dis-je en feuilletant mes papiers pour trouver le Post-it suivant. Bon, ceci date de quelques semaines plus tard. Rosalie va et vient, et le général est passé de nouveau avec son fils.

– C.D.

– Correct. Le gamin et elle se sont tout de suite bien entendus – c'est une pile électrique, il est impulsif mais bien élevé et amusant. À part ça, il ne se passe pas grand-chose. Kai-rong l'emmène au théâtre une fois et à dîner deux ou trois fois. Elle aime ça, mais à chaque fois, ça lui rappelle à quel point elle est coincée. Pourtant, elle est d'assez bonne humeur. Et puis, la situation va de mal en pis.

– Pourquoi ?

– Parce que : "Père et Kai-rong se sont disputés aujourd'hui. Je n'avais pas l'intention de les écouter mais je n'ai pu m'en empêcher. J'étais dans le jardin en train de pratiquer la calligraphie. Professeur Lu vient demain, et je n'ai pas touché mes pinceaux de toute la semaine ! J'ai dit au domestique en chef d'installer ma table près de l'acacia. Kai-rong et père étaient dans le bureau de père. Ils n'ont pas dû me voir à cause des fleurs. Je serais bien partie, mais ils m'auraient vu me lever et auraient été tellement gênés !"

– C'est délicat de sa part.

– N'est-ce pas ? "J'ai essayé de me concentrer sur mes pinceaux, mais je n'arrivais pas à faire abstraction de leurs cris. Je n'ai pas tout compris, mais j'en ai assez entendu pour savoir que Kai-rong n'aime pas le général Zhang. Je ne sais pas pourquoi – il est tellement beau et cultivé ! Mais Kai-rong ne veut pas qu'il vienne chez nous. Père pense que les relations du général Zhang parmi les Japonais pourraient nous être utiles. Kai-rong a répondu que ce sont précisément ses relations avec les Japonais le problème. Père l'a rembarré d'un ton qu'il emploie sans arrêt avec moi mais presque jamais avec mon frère. Il a dit que Kai-rong n'avait jamais eu le sens pratique et que manifestement il n'y a aucune raison d'espérer qu'il ait changé.

"Et pourtant, c'est apparemment le cas, parce que j'ai clairement entendu la partie suivante, et elle ne m'a pas du tout plu : Kai-rong part bientôt ! Il veut aller dans le Nord pour affaires ! Il dit qu'il y a des opportunités là-bas. J'espérais que père l'en dissuaderait mais, bien qu'il soit sceptique, il est ravi de l'intérêt que Kai-rong porte aux affaires – chose qui ne l'a jamais intéressé jusque-là ! Alors, il le laisse partir. En entendant ça, j'ai bougé, et ma calligraphie a été gâchée. Que vais-je faire ? Être bouclée de nouveau ici sans aucune nouvelle du monde extérieur relayée par Kai-rong ? Plus de conversation ni de sortie, même les rares auxquelles j'ai été autorisée ? Me contenter de père, d'amah, de calligraphie et de broderie – c'est insupportable ! Comment peut-il repartir si tôt ? Comment peut-il me laisser suffoquer ici ?" »

Tout en tournant les pages, j'attendis que Bill sorte une vanne, en vain. Aussi me mis-je à lire l'entrée suivante que j'avais sélectionnée, datée de quinze jours plus tard.

« "Cela fait une semaine que Kai-rong est parti. Personne ne nous a rendu visite. Le soleil luit d'une lueur orange passée dans un ciel d'un gris immuable. Il n'y a que des nuits sans lune, sans la moindre étoile au firmament. L'humidité est à couper au couteau mais il ne tombe qu'une bruine languissante. Un orage avec vent, éclair, tonnerre, la mousson, même, oh, comme ce serait bienvenu ! Mais l'air est comme moi : confiné, languissant, pratiquement immobile." »

Ce paragraphe provoqua une vanne à retardement.

« Oh, oh. C'est un véritable morceau de bravoure ça. Je me demande de qui étaient ces romans que Rosalie lui avait amenés

– Pas d'Hemingway, je parie. »

Je baissai les pages et regardai par la fenêtre. Le ciel de Long Island semblait lui aussi d'un gris immuable. Je ne pouvais pas donner tort à Bill à propos de la lourdeur de Mei-lin, même si j'avais l'impression qu'elle n'exagérait pas ses sentiments.

« Elle réagit un peu chaque fois que Rosalie vient la voir et elle est vraiment touchante quand elle apprend la mauvaise nouvelle que reçoit Rosalie. Mais, en général, elle est tellement désespérée que le monde suive son cours sans elle qu'elle ne s'intéresse pas à grand-chose d'autre. On est loin de notre destination ?

– De Lake Grove ? Une demi-heure je pense.

– C'est fatigant de lire et traduire. Et je voudrais arriver à la partie que je n'ai pas lue. Est-ce que je peux paraphraser comme toi ? Tu peux sans doute deviner, de toute façon.

– Kai-rong va et vient, le général Zhang n'arrête pas de lui rendre visite, ses visites coïncident avec l'absence de Kai-rong et il finit par lui demander de l'épouser, c'est ça ?

– Il ne lui demande rien du tout. Il demande sa main à son père. Le père est enchanté et Mei-lin aussi. Elle a hâte d'avoir sa propre maison, ses propres domestiques, sa propre voiture pour aller là où elle veut. Rosalie n'est pas enthousiaste. Elle veut que Mei-lin attende de tomber amoureuse. Cette idée exaspère Mei-lin. En fait, elle est surprise de l'entendre de la bouche d'une femme comme Rosalie dont la position, selon elle, est pire que la sienne à bien des égards.

– À bien des égards ? Parce qu'elle a des choses à lui envier ?

– Rosalie peut aller et venir à sa guise à Shanghai. Ne t'inquiète pas, l'ironie de la situation ne m'échappe pas.

– Elle échappe à Mei-lin, je parie.

– Complètement. Alors, Kai-rong revient d'urgence pour essayer de l'empêcher d'épouser le général, mais leur père lui ordonne de la boucler et de suivre le mouvement. Au final, Kai-rong n'a pas vraiment le choix. Après avoir pas mal rouspété, il se comporte en bon fils et en bon frère et reste à Shanghai pour la réception. L'événement mondain de la saison, apparemment.

– Est-ce que c'était "extraordinaire" ?

– Si tu as aimé l'hôtel Cathay, tu aurais adoré ça. Chapiteaux en soie flottant au vent dans le jardin, lanternes rouges partout, montagnes de lys. Ciel limpide, pleine lune. Un banquet avec dix plats au menu, des litres de whisky, de champagne fourni par le Français. Un orchestre chinois se relayant avec le jazz-band philippin du night-club de l'hôtel Cathay.

– Alors, elle a fini par pouvoir danser sur leur musique ?

– Oui. Ça n'a rien de traditionnel pour une mariée de danser pendant les mariages chinois, mais à strictement parler, ça n'a rien de traditionnel pour elle d'avoir rencontré le marié non plus.

– C'est pour ça que vous êtes si nombreux, parce que les Chinoises ne savent pas où elles mettent les pieds avant de se marier.

– Tu n'as pas tort. Bref, Rosalie et Paul, les camarades d'école de Kai-rong et les sœurs Feng étaient là. En fait, pratiquement le Tout-Shanghai, à l'entendre. Le témoin était le copain allemand du général, le commandant Ulrich.

– Il y a des témoins dans les mariages chinois ?

– C'était une cérémonie mixte : cérémonie civile devant un juge, suivie du banquet. Très moderne. Mei-lin a dansé comme une folle. Elle a dansé avec son mari et le fils de son mari...

– Ça devait être mignon.

– Il avait pris des leçons et savait danser tous les nouveaux pas, contrairement au général. Et elle a dansé avec le commandant Ulrich et avec Kai-rong. Et elle a remarqué que Rosalie dansait avec Kai-rong plus d'une fois. Et elle a aussi remarqué que ni Rosalie ni Kai-rong ne semblait pouvoir s'arrêter de sourire pendant qu'ils dansaient. Ce qu'elle a attribué au bonheur qu'ils éprouvaient pour elle.

– C'était le jour de son mariage après tout. »

Ça n'avait rien à voir avec une vanne, c'était de la compassion pure et simple.

« Et puis, ajouta Bill, je parie qu'elle était encore pompette.

– Ah, c'est bien. J'avais peur que tu me fasses le coup de la séquence émotion.

– Quoi ? Quand ?

– T'occupe. Tu comprends que ce compte rendu lui prend trois ou quatre jours.

– Parce que ça lui prend trois jours pour se remettre de sa gueule de bois.

– En partie, concédai-je. Mais il y a aussi le fait que personne ne l'avait préparée à la nuit de noces.

– C'était pas le boulot de sa gouvernante ?

– Sa gouvernante s'était contentée de lui dire qu'elle n'aimerait pas ça mais que ça n'allait pas la tuer.

– Quel enthousiasme retentissant.

– Est-ce que je gagne des points en évitant de faire les remarques qui s'imposent ?

– Combien de points tu veux ?

– Il m'en faut combien pour rattraper l'absence de traduction écrite ?

– Ça, c'est la culpabilité chinoise à l'œuvre, dit-il en me jetant un rapide coup d'œil. Je n'avais même pas remarqué.

– La culpabilité chinoise, ça n'existe pas. De toute façon, il aurait mieux valu que Mei-lin se contente des conseils de sa nounou. Au moins, elle aurait retardé le moment fatidique, ce qui lui aurait évité de se sentir dupée. Malheureusement, les sœurs Feng lui avaient dit que c'était amusant.

– Elles le savaient d'expérience ?

– J'en doute. Je crois qu'elles répétaient ce qu'elles avaient entendu dans l'équivalent shanghaien de nos vestiaires.

– Les femmes parlent comme ça dans les vestiaires ?

– Tu ne crois tout de même pas que les hommes sont les seuls à se vanter à tort et à travers.

– Ne me fais pas perdre mes illusions. Je chérissais l'image que je m'étais faite de femmes solidaires, bras dessus bras dessous, affranchies du besoin idiot de s'impressionner mutuellement.

– Oh, sois réaliste. Tu crois que les femmes portent des talons de dix centimètres pour vous impressionner vous, les hommes, et vous seuls ? Bref, le général n'a guère impressionné Mei-lin.

– Il n'a pas réussi à...

– Oh, que si. Rapide et brutal. Il était soûl, il lui a fait mal. C'était fini avant qu'elle ait pu tout à fait se rendre compte de ce qu'ils étaient en train de faire. Il a roulé sur le côté et s'est endormi en ronflant. Ça ressemblait au vrombissement d'un camion de livraison, d'après elle.

– Ça a presque l'air de l'amuser.

– Elle garde le même ton pendant les six mois suivants. Désespérément amusée. Elle essaie de se convaincre que la vie est belle et qu'elle a eu une excellente idée en épousant le général. Elle raconte combien c'est merveilleux d'être la maîtresse de maison d'une élégante villa, énumère pratiquement tous ses trésors. Et tous les endroits où elle se rend. Les meilleurs grands magasins de Shanghai, le champ de courses, celui où les Chinois sont admis. Théâtres, restaurants, night-clubs. Elle va de l'un à l'autre dans sa voiture avec chauffeur. Elle fréquente d'autres femmes d'officiers chinois, des Japonaises et des Allemandes et de riches Britanniques qui la complimentent sur son anglais.

– Ça a l'air génial.

– Non, ça a l'air de quelque chose dont on se lasse très vite. Les femmes la traitent comme une gamine amusante. Elles jouent aux cartes et au mah-jong et n'ont pas l'air de s'intéresser à grand-chose. La majeure partie de leurs conversations est consacrée à des commérages, à moins qu'elles ne se plaignent de leur mari et, même quand elles se plaignent, elles s'ennuient. La moitié d'entre elles ont des aventures avec les maris de l'autre moitié. Le général lui laisse dépenser tout l'argent qu'elle veut, mais soit il ne remarque pas ce qu'elle achète avec, soit il n'aime pas. Elle a une grande maison avec domestiques mais elle a l'impression d'être un fantôme. Personne ne l'écoute quand elle suggère de bouger les meubles ou propose une idée de menu. Les domestiques la supplient de ne pas s'inquiéter de sujets d'une telle insignifiance, et le général lui ordonne d'arrêter de se mêler du travail des domestiques.

« Ses copines les sœurs Feng sont tellement jalouses qu'elle n'ose pas leur avouer que la vie est loin d'être fabuleuse.

Au bout d'un moment, quand elle commence à reconnaître qu'elle n'est pas extatique, Rosalie est la seule à qui elle accepte d'en parler.

– Rosalie vient toujours lui donner des cours particuliers ?

– C'est l'une des nombreuses activités dont le général ne semble pas se soucier, alors la réponse est oui. Et elle accompagne Rosalie et Paul à des concerts donnés par des réfugiés, au théâtre yiddish et dans les cafés juifs. Elle a sa table préférée au Café Falbaum. Elle ne donne pas sur la rue, et l'on n'entend que de l'allemand et du yiddish. Tous ceux qui le fréquentent sont Européens, et il y flotte une odeur de cannelle, senteur exotique pour elle. Elle fait semblant d'être loin de la Chine et adore ça. Deux ou trois fois, elle dépense l'argent du général pour offrir du café et des pâtisseries à tous les clients.

– Et lui ? Il ne dit rien ?

– Il se moque des endroits qu'elle fréquente. Ce qu'il aime, c'est l'exhiber. Il veut qu'elle s'habille bien pour impressionner ses amis. D'abord, elle est flattée, mais très vite elle commence à se plaindre : le général pense que tout ce qui la concerne rejaillit sur lui – son anglais, sa calligraphie, ses jambes. Il s'attribue tout le mérite quand elle fait quelque chose de bien et s'énerve quand elle merde. Il lui laisse prononcer quelques phrases quand ils sortent, comme un chien savant tandis qu'il sourit de toutes ses dents. Ensuite, il lui ordonne de la boucler. Elle se demande s'il ne valait pas mieux être ignorée par son père finalement.

– L'herbe est plus verte...

– Eh bien, peut-être. Même si le général donne l'impression d'être de plus en plus soupe au lait. Il veut qu'elle fasse tout comme il faut, mais elle n'arrive ni à comprendre ce qu'il exige d'elle, ni comment savoir qu'elle ne se trompe pas. Le seul rayon de soleil, c'est le fils du général. Il la fait rire.

– Elle n'est pas beaucoup plus âgée que lui, si ?

– Il a dix ans à l'époque. Elle vient d'en avoir dix-sept. Elle l'aide à faire ses devoirs, surtout la calligraphie, en lui montrant les différents styles. Le précepteur du garçon la complimente. Elle raconte qu'elle a hâte d'avoir ses propres enfants. Mais ils n'auront pas de précepteurs, dit-elle. Elle les enverra à l'école pour qu'ils fassent l'expérience du monde. Et puis, elle tombe enceinte.

– On est en quelle année ?

– Au printemps 1940.

– Qu'en pense le général ?

– Il est ravi et très fier... de lui. Et il lui dit qu'elle restera à la maison jusqu'à la naissance du bébé.

– Oh, non.

– Tu as raison de le dire. La seule raison pour laquelle elle l'avait épousé se volatilise. C'était suffisamment pénible d'être coincée à la maison, mais être coincée chez lui ! Il refuse absolument qu'elle soit vue en public dans sa condition. Ils ont plus d'une dispute à ce sujet. En fin de compte, il n'a plus envie de discuter, alors il la gifle.

– Merde.

– C'est la première fois, mais pas la dernière. Elle devient de plus en plus désespérée. Elle est tour à tour belliqueuse et au bord des larmes. Il ne trouve aucun des deux états charmants. En fait, il ne la trouve pas du tout charmante avec son gros ventre et ses pieds enflés. Il la laisse enfermée à la villa et se met à la tromper avec une Russe blanche, chanteuse réaliste au night-club de l'hôtel Cathay.

– De l'hôtel Cathay ? C'est particulièrement odieux.

– À la naissance du bébé, il offre à Mei-lin un bracelet en émeraudes. Deux semaines après, il exige déjà d'avoir des relations sexuelles. Elle raconte à quel point le bracelet est merveilleux, scintillant et glamour, mais elle ne supporte pas de le porter à moins qu'il ne le lui ordonne. Elle serait prête à le donner, et tout le reste aussi, pour retrouver son ancienne vie. La seule chose à laquelle elle ne pourrait renoncer, c'est le bébé. Ils l'ont appelé Li. C'est un nom aux sens multiples, mais l'idéogramme dont elle se sert pour l'écrire signifie "pouvoir". Elle est de nouveau autorisée à sortir et, la plupart du temps, elle va chez son père. Rosalie la rejoint, et elles jouent dans le jardin avec le bébé. Elle emmène parfois le fils du général, il adore son petit frère lui aussi. Et il arrive que Paul et Kai-rong soient présents. Kai-rong ne dit pas : "Je te l'avais bien dit", mais un jour, il se rend à la villa du général et, d'après ce que j'ai compris, le menace des pires misères s'il voit encore une marque sur le corps de sa sœur.

– Comment réagit le général ?

– Comme tous les pleutres. À partir de ce moment-là, quand il est en colère, il fulmine et maudit Kai-rong, mais ne frappe plus jamais Mei-lin. En revanche, elle ne peut s'empêcher d'avoir peur. C'est à peu près tout pendant longtemps. Plusieurs années, je veux dire. Les entrées deviennent de plus en plus courtes et plus rares, plus espacées dans le temps. Il y a un ou deux événements importants, surtout le mariage de Rosalie et Kai-rong en 1942. Pourtant, Mei-lin devient de plus en plus seule et triste, et tout ça est assez déprimant.

– C'est pour ça que tu as arrêté ?

– Non, j'ai arrêté parce que tu étais en avance.

– De dix minutes. Tu aurais réussi à lire le reste en dix minutes ?

– Bien sûr que oui. *Primo*, je suis un génie. *Secundo*, il ne me restait qu'une demi-douzaine d'entrées à lire, et la plupart sont courtes.

– Bon, mon cher génie, tu as à peu près dix minutes maintenant si je me repère correctement.

– Alors, chut. »

Je lus les dernières pages du journal intime en diagonale. Les quatre premières racontaient à peu près la même chose que les autres : Mei-lin malheureuse, piégée et effrayée. Puis vint l'avant-dernière. Je perçus le changement radical avant même d'avoir commencé à lire : l'élégante calligraphie avait laissé place à des caractères tracés d'une main tremblante.

« Cette entrée date du 23 février 1943. Elle raconte que Kai-rong a été arrêté en tant qu'espion communiste. Même son père n'arrive pas à le faire libérer. Ils l'ont emmené au numéro 76, et elle sait ce que ça veut dire. Elle a supplié le général de faire quelque chose mais il a refusé.

– Il ne veut pas ou n'en est pas capable ?

– Il ne veut pas. Il a le bras assez long, mais d'après lui, les traîtres de l'acabit de Kai-rong ne sont que de la racaille et méritent de pourrir en prison. Elle n'en revient pas – un collaborateur comme lui qui traite Kai-rong de traître. Ensuite, elle avoue détester le général depuis longtemps mais jamais autant qu'à cet instant précis. Cette entrée s'arrête là. La suivante – la dernière – date du lendemain matin. Elle est complètement différente. Même son écriture change, on retrouve cette magnifique calligraphie. Elle écrit qu'elle a un plan. Voilà :

« J'ai parlé avec le commandant Ulrich. J'ai dit que j'apporterai la liste que réclame la police. Il a promis de les empêcher de faire du mal à Kai-rong et aussi de ne rien dire au général – même si son prix était élevé ! Et serait plus élevé encore s'il savait tout ce que je manigance. Mais je ne lui ai évidemment rien dit ! Même si je ne crois pas qu'il m'en empêcherait par loyauté envers les Japonais ou amitié pour le général. Quel sale type.

Mais Rosalie a accepté son prix, pour Kai-rong ! A-t-elle le choix ? Dès que la voiture sera prête, j'emmènerai mon petit Li chez sa tante Rosalie – ils s'aiment tant tous les deux ! Il ne pleurera pas quand je le laisserai chez elle. Si Kai-rong a vraiment cette liste, je sais où il la garde : dans cette mallette en cuir que, par deux fois, il a fermée promptement quand je suis entrée dans sa chambre à l'improviste. La première fois, c'était il y a des années, peu de temps après son retour. Il a plaisanté et en a fait un jeu, lui qui gardait son secret et moi essayant de le deviner. J'ai dit qu'il s'agissait de lettres de son amour secret. Il est devenu rouge comme une pivoine ! C'est là que j'ai su qu'il avait un amour secret. Oh, comme nous riions alors ! Je possédais tant de choses mais je l'ignorais ! Je me croyais malheureuse, enfermée entre les murs de la villa. Kai-rong m'avait avertie, mais je refusais d'écouter. Évidemment, il avait raison… je n'avais aucune idée de ce qu'est le malheur.

La seconde fois, c'était il y a moins d'un mois. Rosalie était avec la cuisinière quand je suis arrivée, alors je suis allée voir Kai-rong. Il a promptement refermé la mallette quand je suis entrée. Je me suis remémoré notre jeu d'autrefois et, en plaisantant, j'ai exigé de savoir ce que contenait la mallette secrète. J'espérais retrouver cette époque, je suppose. Mais il n'a même pas souri. Il m'a dit de ne jamais poser la question et de ne jamais dire à personne que cette mallette se trouvait là.

Je ne me suis jamais demandé ce que Kai-rong faisait pendant ses voyages dans le Nord. Plus d'une fois, père a dit à Kai-rong qu'il avait tort, qu'il n'y avait ni blé ni sel ni kérosène ni charbon à importer de Russie ou de Mongolie. Il voulait que Kai-rong cesse de penser aux occasions que lui offrait le Nord pour rester à Shanghai, mais Kai-rong insistait et continuait ses voyages. Je le croyais seulement têtu. Comme je l'ai toujours été, à tort ou à raison.

Je crois que Rosalie était au courant. Elle dit qu'elle avait peur que quelque chose de ce genre n'arrive – pourquoi aurait-elle eu peur si elle n'avait aucune idée, si elle pensait qu'il ne voyageait que pour affaires ?

J'entends le gravier crisser – la voiture remonte l'allée. Bientôt, le domestique viendra me prévenir que le chauffeur est prêt, et amah emmènera mon petit Li. J'ai envie de rire en regardant ces pages. Combien de fois M. Lu m'a dit de m'entraîner à la calligraphie pour me calmer les nerfs ! Il me mettait tellement en colère – toutes les traditions anciennes me mettaient en colère ! Et pourtant, pourquoi jacasser, écrire tout ce qui me vient à l'esprit si ce n'est pour être calme en prévision de la journée qui s'annonce ?

Je vais ranger mes stylos maintenant – si je n'arrive pas à mettre la main sur la liste de Kai-rong, j'en inventerai une, je le jure ! Rosalie sera prête. Je ne lui dirai rien de mes craintes. À quoi cela servirait-il ? Elle est déjà folle d'inquiétude et, avec la petite vie qui grandit en elle, elle a assez à penser. Le prix exigé par le commandant Ulrich lui coûte beaucoup, mais elle donnerait n'importe quoi, tout ce qu'elle a de plus précieux pour sauver Kai-rong. Oh, comme j'aimerais avoir une fois dans ma vie ressenti un tel amour ! La valeur de l'objet ne signifiera rien – même si l'objet représente tout aux yeux de ce vautour allemand ! –, mais à cause du lien avec sa mère, il lui sera douloureux de l'abandonner. On frappe à la porte. Il y a encore tant de pages vierges dans ce carnet ! Elles sont peut-être destinées à le rester.

Et peut-être pas. Bientôt, nous verrons. »

Sonnée, je relus les dernières lignes.

« Mon Dieu ! Bill ! balbutiai-je enfin. *"La valeur de l'objet ne signifiera rien, mais à cause du lien avec sa mère..."*

– Je pense comme toi.

– Le commandant Ulrich. C'était qui ? Qu'est-ce qui lui est arrivé ? »

Le rythme du moteur changea ; je levai les yeux et eus besoin d'un moment pour me reprendre. Bill entrait sur un parking. Des gens vêtus de noir avançaient lentement vers les portes ouvertes d'une synagogue.

« Entre, me dit Bill. Je vais appeler le professeur Edwards. Il peut peut-être suivre cette piste. »

Je laissai Bill dehors sous le ciel gris, mis mon chapeau et entrai pour aller dire adieu à Joel. Et à Mei-lin aussi.

22

Je ne compris rien de ce qui se passa aux obsèques de Joel à part l'éloge funèbre que le rabbin fit en anglais. Il loua Joel, père de famille dévoué, membre infatigable de la synagogue qu'il avait contribué à fonder, professeur d'hébreu enthousiaste, toujours partant. Il avait certainement toutes ces qualités même si je l'avais entendu critiquer plus d'une fois son glandeur de fils et maugréer pour avoir encore dû assister à une des réunions du club, toujours d'un ennui mortel. La seule chose que dit le rabbin de sa vie professionnelle, c'est que Joel était « très respecté ». Ce genre de remarque insipide et passe-partout lui aurait fait lever les yeux au ciel. La vérité, c'est que Joel était un sacré enquêteur qui adorait son boulot. Qui m'avait beaucoup appris. Et qui avait la fâcheuse habitude de donner des ordres et de fourrer son nez dans la vie privée de tout le monde. Mais le Joel que je connaissais, le type à l'allure chiffonnée, tenace, qui ne laissait aucun détail au hasard et était toujours prêt à mettre son grain de sel sans qu'on l'y ait invité, qui commençait ou terminait chaque conversation en donnant une interprétation abominable et pleine de fausses notes d'un standard de Broadway, ce n'est pas de ce Joel-là qu'il fut question. On change une fois mort, je l'avais déjà remarqué. C'est comme si votre être tout entier n'était pas assez bien pour mériter toute cette tristesse. Alors, on se débarrasse des parties suspectes pour faire de vous quelqu'un de plus merveilleux, bien que plus banal et beaucoup moins fidèle à ce que vous étiez.

Outre l'éloge funèbre, il n'y eut que des prières en hébreu. Quand la congrégation se tut, la voix du chantre s'éleva, se fit plus douce, enfla, se tut de nouveau. Un frisson me traversa. C'était là un chagrin trop profond pour les discours, une peine ancienne qui ne pouvait être transmise que par le chant. Ce chagrin, me dis-je, concernait la perte de Joel, une perte exceptionnelle. Mais pas uniquement : c'étaient aussi cinq mille ans de tragédie qui s'exprimaient à travers cette voix.

J'essayai de suivre, de faire comme tout le monde, dans la mesure du possible. Parfois, la congrégation se levait ou répondait au rabbin à l'unisson. Plus d'une fois, la cérémonie sembla se déliter pour devenir ce qu'à mon avis Joel aurait sans doute préféré : des murmures confus, parcourant la salle, chacun ne se préoccupant que de son propre chagrin. Chacun pour soi du côté des femmes aussi, là où je me trouvais ; un rideau court divisait la pièce par le milieu, les hommes à gauche, les femmes à droite. Je voyais Bill là-bas coiffé d'une kippa noire. Je le repérai rapidement avant de me retourner car je n'étais pas sûre qu'il soit permis de regarder par-dessus le rideau. Ce faisant, j'entendis la voix exaspérée de Joel dire dans ma tête : *Chinsky, si c'était pas permis, on aurait mis un plus grand rideau.*

Oh, lâche-moi, Pilarsky, me dis-je comme je l'avais fait tant de fois et fus surprise quand la femme assise près de moi me serra rapidement contre elle. Elle me tendit un paquet de Kleenex. Je finis par comprendre que j'étais en train de pleurer. *Bien joué, Chinsky, ça, c'est du bon boulot de détective.*

Je pensais suggérer à Joel qu'il aurait le droit de rester dans ma tête à condition de promettre de ne pas chanter, mais il est peut-être impoli de poser des conditions à un mort le jour de ses propres funérailles. Alors, je restai assise un peu plus longtemps, me levai encore et Joel n'eut rien d'autre à ajouter ; et puis, ce dut être la fin car les gens commencèrent à faire la queue vers la sortie.

En silence, et pour ma part armée de Kleenex, Bill et moi suivîmes les autres voitures jusqu'au cimetière. Nous assistâmes à la mise en terre d'un cercueil en pin au couvercle orné d'une étoile de David – une boîte qui semblait trop petite pour Joel. Il y eut d'autres prières, des discours, dont celui du fils de Joel, le glandeur maintenant devenu adulte, qui éclata en sanglots et ne put aller au bout. Ruth, la femme de Joel, et ses enfants portaient des rubans noirs au revers de leurs vêtements que le rabbin déchira en deux. Déchirer les vêtements faisait aussi partie des rites funéraires de ma communauté. Ruth versa dans la tombe le contenu d'un petit coffret sculpté.

« Du sable qui vient d'Israël, chuchota ma gentille voisine, qui se trouvait être une cousine de Joel. C'est une *mitzvah*[1] d'être enterré avec un bout de Terre sainte. Joel l'a ramené il y a des années. Mais pas de Jérusalem, de la plage », ajouta-t-elle en souriant.

On offrit à chacun la possibilité de jeter une pelletée de terre dans la tombe. Je n'étais pas sûre, à la place de Joel, de voir ce geste comme une preuve d'amitié, mais j'attendis mon tour. Dans l'air lourd et humide, ce simple effort fit ruisseler la transpiration le long de ma colonne vertébrale. Et puis tout fut fini. Nous repartîmes sans Joel vers le portail.

« Le manque d'entrain semble être le thème de la journée, dis-je à Bill en montant dans la voiture.

– Ça va ?

– Je n'arrête pas de me poser des questions là-dessus, répondis-je en tapotant les enveloppes. Je me demande si Joel serait content qu'on se fie à une intuition. Il est plus probable

1. « Bonne action ».

qu'il me passerait un savon pour m'être laissé emporter par mon imagination.

– Eh bien, laisse-moi te poser une question. Est-ce qu'il avait toujours raison de te passer un savon ? »

Je dévisageai longuement Bill.

« Tu sais, dans le genre cow-boy pour pub Marlboro, tu es plutôt futé.

– Au fait, ça te dérange si je fume une cigarette ?

– Bien sûr que ça me dérange. Ce n'est pas bon pour toi. Cela dit, je dois bien admettre que, si j'étais fumeuse, je m'en grillerais une en ce moment.

– Ça te dérange que je fasse des trucs qui ne sont pas bons pour moi ?

– Je retire ce que je viens de dire. Futé ? Qu'est-ce qui m'a pris ? »

Je fermai les yeux et me reposai contre l'appui-tête en me laissant bercer un moment par les mouvements de la voiture.

« Écoute, en admettant que Joel ait eu tort et que notre intuition à propos la Lune de Shanghai tienne la route, est-ce que tu as parlé au professeur Edwards ? Qu'est-ce qu'il a dit ?

– Il ne sait rien de plus sur le commandant Ulrich que ce que nous connaissons déjà mais il est intrigué. Il va mettre un doctorant sur le coup et nous rappeler.

– Quand ?

– Bientôt. C'est sa meilleure étudiante, alors ça dépend simplement de ce qu'il y a à découvrir.

– Génial. Je peux faire une sieste ?

– Pas de problème. Mais seulement si tu veux rester dans la voiture pendant que je parle au colocataire de Zurich. On est arrivés. »

Je me redressai. Nous étions devant la résidence des Pilarsky où Ruth et sa famille observeraient la *shiv'ah*. À strictement parler, nous n'étions pas encore arrivés. Les voitures s'alignaient déjà des deux côtés de la route ; Bill venait de se garer à un pâté de maisons de chez eux.

« Tu crois que c'est une bonne idée ? demandai-je quand il ouvrit sa portière.

– Quoi ? »

Je défroissai ma jupe en lin noir qui me sembla tout à coup très chiffonnée.

« Ils me rendent peut-être responsable.

– Toi, responsable ?

– Je travaillais avec lui. J'étais au téléphone avec lui juste avant.

– Ils ont l'air de te rendre responsable ? Sa belle-sœur t'a appelée pour te dire de poursuivre l'enquête.

– Mais peut-être...

– Lydia ? Je ne crois pas que ce soient eux qui te rendent responsable. »

Je détournai les yeux.

« Si je m'étais dépêchée d'aller le retrouver comme il me l'avait dit...

– Tu n'aurais pas pu...

– Mais il m'avait dit...

– Tu t'es déjà demandé pourquoi il a fait appel à toi ?

– Sur cette enquête ? Parce que je suis chinoise.

– Est-ce qu'il faisait appel à toi juste pour les enquêtes ayant un lien avec la Chine ?

– Non, mais...

– Est-ce que j'ai déjà fait appel à toi pour une enquête en rapport avec la Chine ?

– Non, mais...

– Tu ne fais pas ce qu'on te dit de faire.

– Quoi ?

– C'est toi, tout le temps. Tu n'obéis pas, et globalement, c'est une bonne chose. Je sais que ta mère déteste ça. Chez sa fille, c'est probablement énervant.

– C'est un euphémisme.

– Mais avoir une partenaire – associée, très bien, comme tu veux – qui ne suit pas les ordres présente un énorme avantage. Quand tu prends une décision, j'aime savoir que c'est parce que tu penses que c'est la bonne. Pas parce que quelqu'un te l'a ordonné. Même si c'est moi. »

Tout ceci était complètement nouveau pour moi, sérieusement.

« Joel me tarabustait toujours parce que je ne faisais pas les choses à sa façon, articulai-je lentement.

– Ça peut être frustrant au jour le jour. Et il se prenait un peu pour ton mentor, faut dire. Mais il continuait de t'appeler.

– Contrairement à toi.

– Non, hé. Bon. J'ai arrêté de t'appeler parce que...

– Ce n'est pas ce que je voulais dire.

– Quoi ?

– Que tu avais arrêté de m'appeler. On en reparlera peut-être plus tard. »

Je vis sur son visage la détermination de s'expliquer le disputer au soulagement de ne pas avoir à le faire. C'était presque risible.

« Ce que je voulais dire, c'est que toi tu ne me tarabustes pas à cause de ma façon de faire. L'une des dernières choses que Joel m'a dites, c'était : "Vous bossez bien ensemble."

– Ça t'a étonnée ? »

J'y réfléchis un instant.

« Pas étonnée. C'était plus comme un de ces mémos instantanés qui surgissent sur l'écran de ton téléphone portable.

– Je n'ai pas ça sur mon portable.

– Bien sûr que si ; tu ne sais pas comment le faire marcher, c'est tout, dis-je en ouvrant ma portière. Allons-y. Il faut présenter nos condoléances et trouver ce type de Zurich. »

Bien joué, Chinsky, entendis-je tout en me dirigeant vers la maison.

23

JE N'AVAIS JAMAIS RENDU VISITE à une famille endeuillée pendant la *shiv'ah,* alors j'ignorais ce qui était la norme après des funérailles juives, mais la confusion qui régnait dans la maison aurait plu à Joel, je pense. Un petit garçon débraillé poursuivait une fillette plus âgée qui faisait son possible pour ne pas le semer. Des femmes faisaient la navette entre la cuisine et la salle à manger les bras chargés de plats, de salades, de toutes sortes de pains. Des hommes servaient des verres de whisky ou de jus de fruits. Il y avait des gens debout, assis, en train de manger, de bavarder. Personne ne sonnait avant d'entrer. Mis à part le contenu des plats et le tissu noir tendu sur les miroirs, on se serait cru chez Wah Wing Sang, l'entreprise de pompes funèbres de Chinatown après des obsèques chinoises.

Je parlai à Ruth assise sur un tabouret tout simple dans le salon. À part répéter plusieurs fois que j'étais désolée, je ne suis pas très sûre de ce que je lui racontai. Je lui présentai Bill qu'elle remercia d'être venu. Comme je faisais mes condoléances au fils de Joel – je lui dis que Joel m'avait beaucoup parlé de lui, ce qui le fit sourire –, quelqu'un me tapa sur l'épaule.

« Lydia ? Je suis Leah. Je vous aurais reconnue n'importe où. »

Je me retournai et tombai nez à nez avec une femme souriante aux traits anguleux et aux cheveux gris.

« Eh bien, c'est vrai que je jure légèrement parmi vos invités, dis-je.

– Il n'y a pas que ça. Joel avait fait de vous une description parfaite.

– J'ai peur de savoir.

– "Petite, vive, ne tient pas en place." Un jour, il a dit aussi : "Bien plus intelligente qu'elle ne le pense." Mais je suis sûre que vous l'avez compris depuis le temps.

– Non, pas du tout, intervint Bill qui apportait une bière et de l'eau pétillante pour moi. Mais ça ne sert à rien de le lui dire. »

Je craignais de devoir interrompre ce débat sur mon QI, mais Leah fit signe d'approcher à un homme trapu et chauve. « Je vous présente David Rosenberg. De Zurich, l'ami de Joel à qui vous vouliez parler. David, voici Lydia Chin, l'enquêtrice avec qui Joel travaillait. Et voici son partenaire, Bill Smith. »

Dans de moins sombres circonstances, je me serais élevée contre la promotion usurpée de Bill qui lui faisait retrouver son ancienne fonction, mais dans des circonstances moins sombres, il aurait eu un sourire ironique. En l'occurrence, nous échangeâmes tous une poignée de main, et Leah s'éclipsa après avoir suggéré que la véranda derrière la maison nous offrirait sans doute plus d'intimité. Nous nous installâmes dans des fauteuils en rotin grinçants en regardant des gamins qui salissaient leurs vêtements du dimanche en faisant des trous dans le jardin. Quelques buissons qui n'avaient pas été taillés depuis longtemps marquaient symboliquement les limites du jardin des Pilarsky. Vers le fond poussait un potager, inattendu et bien entretenu, gardé par un épouvantail encore plus inattendu vêtu d'un vieux costume gris ayant appartenu à Joel.

« C'est un poil sinistre, dis-je.

– Amy, la fille de Joel, a dit une fois que c'était effrayant de voir combien d'années de suite son père pouvait porter le même costume, expliqua David Rosenberg. Alors, Joel s'est demandé s'il ferait aussi peur aux oiseaux.

– Est-ce que ça marche ? »

Rosenberg contempla l'épouvantail avec un sourire triste.

« Je ne pense pas que Joel ait jamais fait peur à qui que ce soit, en personne ou en effigie. Leah m'a dit que vous avez des questions à me poser, c'est ça ?

– Oui. Vous êtes l'une des dernières personnes que Joel a appelées au téléphone. Peu avant sa mort. (Je m'efforçai d'adopter un détachement clinique, mais en m'entendant parler je sus que j'avais échoué.) Alice Fairchild a dit avoir obtenu le nom de Joel par un contact à Zurich. Est-il possible que ce soit vous ?

– En effet. Elle m'a appelé il y a quelques semaines pour me demander si je pouvais lui recommander un détective qui saurait s'y retrouver dans la 47ᵉ Rue. Parce que je suis originaire de New York.

– C'est pour ça que Joel vous a appelé ? À cause d'un détail concernant l'enquête ?

– J'aimerais pouvoir vous dire quelque chose qui vous aiderait, mais nous n'avons vraiment pas parlé de grand-chose de spécial. »

Rosenberg contempla de nouveau l'épouvantail, songeant peut-être que, s'il avait su que c'était sa dernière conversation avec son ami, il se serait efforcé d'aborder toutes sortes de sujets.

« Je l'ai déjà dit à la police. Il a appelé pour me remercier de lui avoir adressé Alice. Il m'a posé des questions sur elle. Je la connais depuis des années, sans plus. Suffisamment pour la saluer si l'on se croise à un cocktail, ce genre de chose. Elle n'a pas dit pourquoi elle avait besoin d'un détective, et je n'ai pas jugé correct de le lui demander.

– Quand Joel vous a appelé, comment l'avez-vous trouvé ? Contrarié, inquiet ?

– Non. Rien ne semblait urgent dans la conversation. Il avait l'air de bonne humeur.

– Vous souvenez-vous de la conversation en détail ? voulut savoir Bill.

– Je suis journaliste, remarqua Rosenberg en haussant les épaules. Me souvenir est une seconde nature chez moi. »

Il ferma les yeux et, faisant aller et venir la main comme s'il suivait un match de ping-pong, il se mit à marmonner.

"... salut, David, ça va...

– ... salut, ça me fait plaisir de t'entendre...

– ... comment va Ingrid...

– ... comment vont Ruth et les enfants...

– ... quand est-ce que tu viens à New York ?..." »

À ces mots, David Rosenberg observa un silence mais n'ouvrit pas les yeux.

"... rencontré Alice Fairchild avant-hier, je voulais te remercier... affaire intéressante, ghetto de Shanghai, bijoux volés... fait appel à cette petite Chinoise...

– ... celle avec la mère ?...

– ... ouais, ça m'aide à rester jeune... cette Alice Fairchild, tu la connais bien ?...

– ... non, juste bonjour bonsoir... elle m'a demandé de lui indiquer un détective il y a quelques semaines, je lui ai parlé du meilleur que je connaisse...

– ... tu lui as parlé du seul que tu connaisses, *bubbaleh*...

– ... oui, mais si tu connais le meilleur, pourquoi t'embarrasser des autres ?...

– ... tu dis ça à tous les mecs... elle m'a dit qu'elle était elle-même née à Shanghai, famille de missionnaires...

– ... je sais, j'ai rencontré sa sœur il y a quelques années, on aurait dit Mutt et Jeff...

– ... recouvrement de biens spoliés, drôle de boulot pour une *goy*...

– ... il faut bien que quelqu'un s'en charge...

– ... elle a dit quoi que ce soit sur les clients ?...

– ... non, rien du tout, juste qu'elle avait besoin d'un privé..." »

La main de David Rosenberg s'arrêta lentement, et il ouvrit les yeux.

« Je suis navré mais c'est vraiment tout. Il fallait que je me prépare pour une réunion. Il m'a promis de réfléchir à un voyage à Zurich avec Ruth, en hiver peut-être. Et puis nous avons raccroché. »

Nous restâmes tous les trois assis en silence pendant quelques minutes à regarder un moineau qui piaillait, posé sur l'épaule de l'épouvantail. J'espérais qu'il chantait à tue-tête sa propre version d'un standard de Broadway.

« Est-ce que ça vous aide ne serait-ce qu'un peu ?

– Je ne vois pas comment cela pourrait nous aider, avouai-je. Il m'a appelée quelques heures plus tard pour me dire que quelque chose clochait, mais je ne vois rien dans votre conversation qui aurait pu le conduire à penser ça. J'avais découvert quelque chose de bizarre sur les clients et je me disais qu'il l'avait peut-être trouvé lui aussi, mais si ce n'est pas vous qui le lui avez dit, je ne vois pas comment.

– Qu'est-ce que c'était ?

– L'information sur les clients ? Qu'ils ne sont pas ceux qu'ils prétendent être. »

Je parlai à Rosenberg de Horst Peretz et Horst Chen Lao-li.

« Ce que j'ai appris sur les noms juifs est vrai, n'est-ce pas ?

– Oui, c'est vrai. Mais je n'ai donné aucune information à Joel au sujet des clients.

– Bon, eh bien, merci. Si vous pensez à quoi que ce soit d'autre, pouvez-vous m'appeler ?

– Bien sûr. Alors, vous pensez vraiment que la mort de Joel est liée à cette affaire ? Ce n'est pas le cas de la police d'après Ruth.

– La police a peut-être raison. Mais il faudra qu'elle le prouve avant que j'arrête mon enquête.

– C'est exactement ce que Joel aurait dit », remarqua Rosenberg en souriant.

Il alla rejoindre les autres invités au salon tandis que Bill et moi restions sur la véranda. Le temps était devenu plus gris et plus lourd, et les enfants étaient rentrés. Personne ne les gronda de s'être salis.

« Ce matin-là, avant de t'appeler, Joel n'a passé que ces deux autres coups de fil, remarqua Bill en prenant une cigarette. À Rosenberg et Alice. S'il avait découvert quelque chose de louche la veille au soir, tu ne crois pas qu'il t'aurait appelée à ce moment-là ?

– Oui, sans doute.

– Alors, s'il n'y avait rien de louche dans la conversation avec Rosenberg...

– Il a dû découvrir quelque chose en passant son coup de fil à Alice. Oui, mais peut-être pas. Il aurait pu découvrir quelque chose sur un site Internet. Comme son ordinateur portable a disparu, on ne sait pas quels sites il a visités. Il aurait pu retrouver quelqu'un pour boire un café vite fait. Ou les choses se sont peut-être mises en place dans sa tête. Ça ne s'est pas forcément passé au téléphone.

– Tu as raison.

– De toute façon, ça vaudrait le coup de savoir en détail de quoi Alice et lui ont parlé, c'est ce que tu te dis ?

– Oui, et aussi l'impression que lui a faite Joel.

– Eh bien, alors qu'elle était en train de me virer pour la seconde fois, elle a dit qu'elle me téléphonerait à son retour aujourd'hui. J'imagine qu'elle n'est pas encore rentrée.

– Possible. Mais laisse-moi te rappeler que tu as laissé entendre que tu allais abandonner l'enquête.

– Ah ! Et si l'une de nous racontait des bobards, peut-être que l'autre aussi, c'est ça ? Tu crois que ça pose un problème d'appeler d'ici ?

– Non. Tu crois que ça pose un problème si je fume ?

– Oui. »

Je fis le numéro d'Alice, tombai sur sa messagerie et laissai un message.

« Je parie qu'elle m'évite.

– Elle en a probablement marre de te virer.

– Alors, elle n'a qu'à arrêter. C'est qui Mutt et Jeff ?

– Pardon ?

– M. Rosenberg a fait allusion à Mutt et Jeff en parlant d'Alice et sa sœur. C'est une de ces références culturelles que je ne saisis pas, c'est ça ?

– C'est une vieille bande dessinée. Deux types très différents l'un de l'autre. Ça fait plus de vingt ans que ce n'est plus publié, alors si tu ne comprends pas, c'est sans doute parce que tu es jeune et pas parce que tu es Chinoise.

– Tu dis ça comme si ça rachetait mon ignorance.

– Eh bien, la jeunesse est un état passager.

– Oh, je te remercie. »

Leah Pilarsky sortit sur la véranda un plat de *rugelach* à la main.

« Je me disais que vous aviez peut-être faim, dit-elle. Vous avez parlé à David ?

– Oui, merci, même si je ne suis pas sûre que ça ait servi à grand-chose. Merci, Leah, dis-je en me levant. Nous ferions mieux d'y aller maintenant. Promettez-moi de m'appeler si je peux faire quoi que ce soit.

– Et vous nous direz si nous pouvons vous aider dans votre travail ? Je sais que c'est ce que Joel aurait voulu. »

Je promis de le faire en me disant que ce que Joel aurait vraiment voulu, c'est que je trouve le salopard qui l'avait tué. Silencieusement, je me jurai d'y arriver aussi.

24

COMME NOUS REGAGNIONS L'AUTOROUTE, je tirai les papiers de Bill de leur enveloppe.

« Tu vas les relire ? s'exclama-t-il. Tu n'es pas assez déprimée comme ça ?

– Eh bien, pour commencer, tu as résumé certaines de ces lettres, alors je ne les ai pas vraiment lues. Mais j'ai l'impression tenace que nous sommes passés à côté d'un détail.

– Quel genre de détail ?

– Je n'en sais rien. »

Je me mis à relire ses traductions des lettres de Rosalie. Il avait raison, elles étaient déprimantes, mais il avait aussi raison de dire que le mal était déjà fait. Je parcourus rapidement celles que j'avais déjà lues ; j'étais sur le point de ranger la dernière dans l'enveloppe pour attaquer la première parmi celles que je n'avais pas encore lues quand j'arrivai au dernier paragraphe.

« Bill ! m'écria-je. C'est ça ! L'information qui nous a échappé ! C'est le joaillier !

– Quel joaillier ?

– D'après le livre de M. Friedman, le nom du joaillier qui avait fabriqué la Lune de Shanghai était perdu. Mais il figure dans cette lettre ! Corens, Herr Corens, répétai-je en prenant mon téléphone portable.

– Qu'est-ce que tu... »

Je lui fis signe de se taire.

« Friedman et fils, Stanley Friedman à l'appareil.

– Ici, Lydia Chin, monsieur Friedman. Connaissez-vous un joaillier appelé Corens ? Un réfugié lui aussi, allemand, je crois. Il se trouvait à Shanghai en même temps que Rosalie Gilder.

– Non, je ne crois pas. Pourquoi ?

– Existe-t-il une association, un syndicat des joailliers ?

– Il y en a des dizaines, dit-il en gloussant. Mais le téléphone arabe, c'est mieux. Voulez-vous que je vérifie pour vous ?

– Vous feriez ça ? C'est important, dis-je avant de le remercier et de ranger le téléphone. Oui, je sais, c'est tiré par les cheveux, avouai-je en réponse au regard sceptique que me lançait Bill.

– Même s'il le trouve, qu'est-ce qu'il pourrait nous apprendre ? Et, s'il est encore en vie, il a près de cent ans.

– Tu as raison sur toute la ligne. Mais c'est une porte ouverte. »

Une porte ouverte, en effet : j'étais en train de finir la dernière lettre de Rosalie quand M. Friedman me rappela.

« Yaakov Corens, originaire de Berlin, a vécu à Shanghai entre 1933 et 1945, m'expliqua-t-il. Il a émigré en Australie, l'un des premiers à quitter la Chine après la guerre. Il est mort en 1982.

– Oh, fis-je, déçue. Eh bien, voilà une piste qui ne mène nulle part. Mais je vous remercie. Comment avez-vous trouvé ces renseignements aussi rapidement ? Il marche drôlement bien le téléphone arabe chez les joailliers.

– Ne soyez pas impressionnée. Je n'ai passé que deux coups de fil. L'un à un ami, l'ancien secrétaire de la Ligue internationale de la joaillerie d'art, à la retraite depuis quelques années. Il connaît tout le monde. Il connaissait Yaakov Corens.

– Et l'autre ?

– À Beatrice Gardner.

– Qui est-ce ?

– La petite-fille de Yaakov Corens. Elle a hérité de la boutique de son grand-père qui appartenait à sa mère avant elle. Elle est joaillière elle-même.

– Oh, monsieur Friedman ! Merci infiniment ! Pouvez-vous me donner son numéro ? Mais il ne fallait pas appeler l'Australie. Permettez-moi de vous rembourser cet appel.

– Pour vous, mademoiselle Chin, si je devais appeler l'Australie, je le ferais. Mais c'était inutile cette fois. Yaakov Corens a quitté Sydney pour venir s'installer à New York en 1963. Beatrice Gardner a une boutique sur le trottoir d'en face. »

Et nous voilà revenus dans la 47e Rue.

Il n'y avait pas eu grand changement depuis l'avant-veille. Les couples s'arrêtaient pour admirer les vitrines ; les coursiers attachaient leurs vélos aux lampadaires. Un rappeur à la poitrine drapée de chaînes et avec une bague à chaque doigt sortit en souriant d'un magasin, ses dents en or miroitant au soleil. Des juifs *hassidim* en chapeau à large bord passaient, absorbés par leur conversation, les poches pleines d'une fortune en pierres précieuses échangées sur une poignée de main. C'est ce que l'on m'avait dit en tout cas. Je doutais que ces hommes se baladent vraiment avec des fortunes sur eux. Mais le détail que je préférais n'avait rien à voir avec la valeur des pierres de toute façon : c'était la fameuse poignée de main.

Nous trouvâmes la boutique Sydney Gems and Gold au rez-de-chaussée d'un immeuble, presque au bout du pâté de maisons. Une jeune employée nous demanda en souriant si elle pouvait nous aider. « Ne t'en fais pas, Shana, je crois que j'attends ces personnes », dit une femme depuis le comptoir du fond. Comme celui de la vendeuse son impeccable chemisier blanc à manches longues était boutonné jusqu'au col.

« Beatrice Gardner ?

– C'est exact. Mademoiselle Chin ?

– Lydia. Voici Bill Smith. Merci de nous recevoir.

– Vous êtes recommandés par Stanley Friedman, c'est une caution parfaitement suffisante pour n'importe qui dans cette rue. Que puis-je faire pour vous ? »

Elle m'adressa un sourire chaleureux en serrant la main que je lui tendais. Elle adressa le même sourire à Bill, mais ne lui tendit pas la main, ce qui ne parut pas le surprendre.

« Nous n'abuserons pas de votre temps. J'aimerais vous poser quelques questions sur votre grand-père.

– Oui, M. Friedman m'en a parlé. Zayde Corens, d'heureuse mémoire. Puis-je savoir pourquoi ?

– M. Friedman ne vous l'a pas dit ? C'est à propos des années où il a vécu à Shanghai. Il avait une joaillerie dans l'avenue Foch, n'est-ce pas ?

– Oui, c'est exact.

– Nous avons trouvé son nom dans une lettre écrite par une réfugiée autrichienne, Rosalie Gilder. Ce nom vous évoque-t-il quelque chose ?

– Alors, les gens sont toujours à la recherche de la Lune de Shanghai, dit-elle, l'air sombre.

– Alors, c'est vrai ! Yaakov Corens a fabriqué la Lune de Shanghai ? »

Beatrice Gardner croisa les mains.

« M. Friedman m'a dit qu'une raison très importante vous pousse à poser des questions et que ce serait une *mitzvah* que de vous aider. Mais, si tout ce que vous voulez, c'est la Lune de Shanghai...

– Non, ce n'est pas ça, me défendis-je. Nous pensons effectivement que la Lune de Shanghai pourrait se trouver ici, à New York, mais ce n'est pas elle qui nous intéresse, pas vraiment. Une de nos connaissances, un autre détective, a été tuée, et la Lune de Shanghai pourrait être liée au meurtre. Alors, nous avons besoin d'en savoir autant que possible à son sujet.

– Quoi ? Quelqu'un a été tué ? s'écria Beatrice Gardner en blêmissant.

– Un de nos amis. Nous enquêtons pour découvrir qui l'a tué. Alors, vous voyez, c'est important. »

Elle ne me répondit pas tout de suite.

« À cause de la Lune de Shanghai ? Qu'est-ce qui vous fait croire ça ? »

Je lui en dis autant que je l'estimais nécessaire : la découverte des bijoux, le bureaucrate en fuite, les lettres. Perplexe, elle regardait la vitrine remplie de pierres scintillantes, comme si elle discutait de la situation avec elles. Elle leva enfin les yeux et hocha la tête.

« Maintenant, je suppose... oui, d'accord. Zayde Corens a bien fabriqué la Lune de Shanghai. Mais il n'en parlait jamais.

– Ah bon ? Il ne vous a pas raconté son histoire ?

– Oh, bien sûr que si. Rosalie Gilder et... Chen Kai-rong. Est-ce que je l'ai bien prononcé ?

– Mieux que je n'ai prononcé Yaakov Corens, je crois.

– Zayde Corens était un rêveur, un romantique, dit-elle en souriant. Il nous a raconté l'histoire maintes fois. Il n'avait que des filles, et ses filles ont eu des filles. Et moi aussi j'ai des filles, ajouta-t-elle en jetant un coup d'œil plein de fierté à la jeune femme à l'autre bout de la boutique. Zayde adorait l'histoire de Rosalie et Chen Kai-rong, et n'arrêtait pas de la raconter. Le jade, le collier, comment ils lui avaient demandé de les réunir. Comment dans une période de troubles et de privations, de famine et de peur, ces deux jeunes gens voulaient un symbole durable de leur amour et de leurs origines. Ce couple en a choqué certains, d'après Zayde. Mais au vu des horreurs et des incertitudes du monde qui les entourait, se voir demander de créer un symbole d'espoir représentait pour lui un immense honneur et une leçon d'humilité. Mon grand-père était plus fier de ce bijou que de tous ceux qu'il avait créés dans sa vie.

– Alors, pourquoi dites-vous qu'il n'en parlait jamais ?

– Il racontait cette histoire, mais seulement à ses proches et en insistant bien : c'était notre secret de famille. Et il ne parlait jamais du bijou lui-même.

– Vous voulez dire de sa valeur ?

– Même de son apparence. Tout ce qu'il disait, c'est qu'il ressemblait à la lune, ronde et luisante pour que les enfants puissent rêver d'elle. Parfois, certaines personnes, des collectionneurs surtout, sachant qu'il avait été joaillier à Shanghai, le questionnaient à ce sujet. Mais cela ne s'est pas produit depuis fort longtemps. Il répondait qu'il ne pouvait rien leur dire de la Lune de Shanghai, sauf que, si elle existait, il ne connaissait pas le lieu où elle pouvait bien être.

– Les collectionneurs croyaient qu'il savait ?

– Ils l'espéraient toujours.

– Ils s'adressaient à lui parce qu'il l'avait fabriquée ?

– Non. Juste parce qu'il avait vécu à Shanghai. Les archives écrites de l'époque laissent à désirer. Si quelqu'un disait que Zayde Corens l'avait fabriquée, il niait. Que pouvaient-ils faire ?

– Personne n'était au courant ? Quelqu'un qui se serait trouvé sur place ?

– Ils n'étaient pas nombreux à savoir, même du temps du ghetto, qui avait fabriqué la Lune de Shanghai. La plupart des gens étaient trop pauvres, trop affamés, attendaient désespérément des nouvelles des proches qu'ils avaient laissés en Europe pour prêter attention à ce genre de chose. L'histoire de Chen Kai-rong et Rosalie Gilder était un conte de fées, ou une histoire scandaleuse, cela dépendait de qui racontait et qui écoutait. Et pour celui qui recherchait la Lune de Shanghai des années plus tard, à quoi pouvait bien servir l'homme qui l'avait façonnée ? Zayde a été payé pour l'avoir fabriquée et s'en est séparé en 1942. »

Mon regard se porta sur un plateau couvert de rubis et de saphirs tout en réfléchissant à tout ça.

« Pourquoi refusait-il d'en parler ? Vous l'a-t-il jamais dit ? voulut savoir Bill.

– Oh, oui, dit-elle en souriant tendrement. Quand j'étais enfant, c'était ma partie préférée de l'histoire. On lui a demandé de ne pas le faire.

– Qui ?

– Un monsieur d'origine chinoise.

– Qui était ce monsieur ?

– Zayde refusait de le dire. Cela faisait partie du secret. Un mystérieux monsieur chinois était venu à la boutique un après-midi.

– En Australie ou à New York ?

– Ici, dans la boutique où nous nous trouvons. Zayde et lui avaient pris le thé et parlé longuement. À partir de ce jour-là, Zayde n'a plus jamais parlé de la Lune de Shanghai en dehors du cercle familial. Le monsieur, disait-il, lui avait demandé de ne pas le faire. Et ce n'est pas tout : Zayde refusait de parler de la raison invoquée par cet homme.

– L'homme l'avait-il menacé ? Il avait l'air d'avoir peur ?

– Oh, non, pas du tout. Triste peut-être. Oui, un peu triste. Quand il nous a parlé de l'homme au dîner, ses yeux pétillaient comme d'habitude... comme je vous l'ai déjà dit, c'était un romantique, et il avait aussi le sens de la mise en scène ; il connaissait l'impact de ce genre d'histoire, mais il avait cet air enjoué que prennent parfois les adultes quand ils veulent cacher des choses douloureuses aux enfants.

– Et vous n'avez pas vu ce fameux monsieur chinois ?

– Non, j'avais à peine six ans.

– En quelle année cela s'est-il passé ? demanda Bill.

– Vous me demandez de vous dire mon âge, c'est ça ? s'écria Beatrice qui écarquilla les yeux en feignant d'être horrifiée. C'était en 1967, dit-elle en souriant. Au début du printemps. Je m'en souviens parce que j'ai tellement aimé cette histoire que j'ai voulu me déguiser en mystérieux monsieur chinois pour Pourim. Mais Zayde a dit que, si je faisais ça, ce monsieur ne serait plus du tout mystérieux, et que notre secret de famille serait connu de tous. Alors, je me suis déguisée en pirate pour brouiller les pistes. J'avoue que l'histoire est devenue plus compliquée à mesure que mes sœurs et moi grandissions. Alors, peut-être que ce monsieur n'était pas si mystérieux que ça, et peut-être que Zayde et lui n'ont pas bavardé tellement longtemps. Mais je suis formelle : c'est après cette visite que Zayde a commencé à nier avoir jamais fabriqué la Lune de Shanghai sauf quand il en parlait avec nous. »

25

« ALORS, CE MYSTÉRIEUX MONSIEUR CHINOIS, c'est l'un des nôtres ? demandai-je à Bill alors que nous regagnions le métro.

– Tu veux dire M. Chen, M. Zhang ou l'autre M. Zhang ?

– C'est ça.

– Pourquoi auraient-ils fait ça ?

– Pourquoi quiconque irait faire ça ? Pourquoi voudrait-on interdire au joaillier qui a fabriqué la Lune de Shanghai d'en parler ?

– Et pourquoi le lui interdire au bout de vingt-six ans ?

– Peut-être qu'il lui a fallu vingt ans pour découvrir qui avait créé le bijou.

– Il n'aurait pas été au courant si c'était l'un des nôtres ?

– Pas nécessairement. Deux d'entre eux étaient enfants quand le bijou a été fabriqué, et l'autre n'était pas encore né. »

Bill alluma une cigarette, tira une bouffée avant de s'arrêter au milieu du trottoir.

« Oh, bon sang. Même s'ils étaient au courant, deux d'entre eux ne vivaient pas encore ici. »

Je le regardai et puis sa cigarette sous un jour nouveau.

« Évidemment. M. Chen et M. Zhang sont arrivés en 1966. Ensuite, il leur aurait fallu un bon moment pour le retrouver.

– Et C.D. Zhang ? Quand est-il arrivé ? S'il les a parrainés, c'est qu'il était déjà citoyen américain et qu'il vivait ici depuis un moment.

– Mais il était enfant lui aussi quand le bijou a été fabriqué, et de tous, c'était lui le moins impliqué dans l'histoire. Alors, il avait peut-être besoin que Chen et Zhang arrivent avant d'en savoir plus, en supposant que c'est lui que ça intéressait. Donc, ça aurait quand même pu être l'un des trois.

– Ou quelqu'un d'autre.

– Tu crois ?

– Impossible. »

Je décrochai mon téléphone. Il était temps que ces trois messieurs chinois arrêtent de se défiler.

Mais ni M. Chen ni M. Zhang ne semblaient de cet avis. Irene Ng chez Bright Hopes Jewelry et Fay de chez Fast River Imports avaient le regret de m'informer que leurs patrons respectifs n'étaient pas disponibles. J'eus beau insister, mes « Il faut vraiment que je lui parle » et « Je sais qu'il m'évite » ne suffirent pas à faire réapparaître les deux hommes comme par magie.

« Pourquoi refusent-ils de me parler ? »

La plainte que j'adressai à Bill était rhétorique mais sa réponse fut des plus logiques.

« Tu représentes une personne dont les clients voulaient tellement récupérer ces bijoux qu'ils étaient prêts à mentir sur leur identité. Chen et Zhang ont sans aucun doute leur propre réseau dans l'univers de la joaillerie, et je te parie qu'ils essaient de retrouver Wong Pan de leur côté.

– Eh bien, il reste quand même un monsieur chinois sur les trois. Et puis, de toute façon, on avait envie de lui parler », dis-je en composant un nouveau numéro avant de m'adresser à une autre secrétaire.

« Ne quittez pas s'il vous plaît », entendis-je miraculeusement, puis la voix énergique de C.D. Zhang :

« Bonjour, mademoiselle Chin !

– Bonjour, monsieur Zhang. Je me demandais si vous aviez quelques minutes à me consacrer.

– Bien sûr ! Que puis-je faire pour vous ?

– J'aimerais venir vous parler.

– Cela concerne votre recherche de la Lune de Shanghai ?

– Entre autres. Je peux être chez vous dans vingt minutes.

– Quelle efficacité ! Venez, je vous en prie ! Même si je ne vois pas ce que je pourrais vous dire de plus qu'hier.

– Je vous expliquerai sur place.

– Ah ! Vous avez fait de nouvelles découvertes ? ajouta-t-il après une très courte pause.

– J'ai surtout de nouvelles questions.

– C'est tout à fait passionnant ! Je vous attends. »

C.D. Zhang et l'élégant service à thé nous attendaient à notre arrivée. Je présentai Bill à M. Zhang, et un sourire rida le visage du vieil homme.

« Monsieur Smith, vous correspondez davantage à l'idée que je m'étais faite d'un détective privé.

– C'est un handicap, répondit Bill.

– Pas dans toutes les situations, j'imagine. Allons, asseyez-vous, je vous en prie ! Parlez-moi de vos récentes découvertes ! dit le vieil homme en servant le thé et en nous tendant nos tasses.

– Nous avons mis à jour certaines informations, expliquai-je. Des faits à propos desquels je voulais vous interroger. »

Pour être polie, je goûtai mon thé avant de me lancer. Ce n'était pas le thé fumé de la veille, mais un jasmin fleuri. *Délicieux*, songeai-je avant d'en faire la remarque tout haut, et Bill en convint même si j'étais sûre qu'il était trop doux pour lui.

Je décidai de commencer en évoquant les questions de la veille pour amadouer C.D. Zhang. « Monsieur Zhang, vous m'avez dit que Rosalie Gilder avait emmené votre frère à Hongkew parce que sa mère Mei-lin avait disparu. Pardonnez-moi, monsieur, mais ce que vous n'avez pas dit, c'est qu'elle avait pris la fuite avec vous et votre père. Quand vous avez échappé à la police qui venait arrêter votre père soupçonné d'être un espion communiste. »

C.D. Zhang resta silencieux pendant un long moment. Jusque-là enjoué, il eut soudain l'air contrit.

« Ce qu'il n'était pas, bien sûr.

– Un espion ? Non, contrairement à Chen Kai-rong.

– En effet. La cause communiste, même si elle a abouti à un lamentable fiasco par la suite, était à l'origine guidée par un idéalisme et une idéologie totalement étrangers à mon père. Dites-moi, comment avez-vous appris ceci ?

– Nous menons certaines recherches. Il existe un document des services secrets de la marine qui relate cet incident en se fondant sur des entretiens avec d'anciens membres de la police de Shanghai. Pourquoi m'avez-vous laissée croire que vous n'aviez aucune idée de ce qui était arrivé à Mei-lin ?

– Vous êtes venue me voir pour exhumer le souvenir de la Lune de Shanghai, pas les secrets honteux de ma famille. Ce qui est arrivé à ma pauvre belle-mère est étranger à l'histoire de la Lune de Shanghai.

– Je pense le contraire. Pouvez-vous nous en parler ?

– En quoi ces deux histoires pourraient-elles être liées ?

– Je préférerais que vous racontiez votre histoire d'abord. Pour que vos souvenirs ne soient pas altérés par ce que je pense.

– Et si je vous raconte tout, vous me direz pourquoi ? me demanda-t-il, le regard brillant.

– Oui. »

Il s'écoula quelques minutes, puis il reposa sa tasse. Il plia une de ses mains sur l'autre et laissa passer un peu de temps avant de commencer.

« Ma belle-mère est bien partie pour Chongqing avec mon père et moi, et pas de gaieté de cœur. J'avais peur, pas à cause de notre fuite précipitée – j'avais douze ans, j'étais assez jeune pour être enthousiaste, pas assez vieux pour prendre pleinement la mesure du danger –, mais à cause du désespoir de ma belle-mère. Je croyais que c'était parce que nous n'avions pas pris le temps d'aller chercher mon frère chez les Chen et me demandais pourquoi nous ne l'avions pas fait. Mon père ne m'avait rien expliqué, évidemment.

– Comment a-t-il su qu'il devait fuir ? C'est Mei-lin qui l'a averti ?

– Non. Il a été prévenu – dans votre profession, vous diriez, il a été "tuyauté" – par un policier à qui il graissait la patte.

– Qu'est-il arrivé quand vous avez quitté Shanghai ?

– Nous avons pris place à bord d'un train cahoteux en partance pour le centre du pays ; il y avait de l'électricité dans l'air à cause de la tristesse de Mei-lin, de la colère de mon père et du silence pesant. Tard ce soir-là, mon père et Mei-lin ont quitté notre compartiment. Il est revenu sans elle. Je savais que mon père était furieux, et même à la faible lumière du corridor, je voyais bien qu'il valait mieux faire semblant de dormir. Mais je n'ai pas dormi de la nuit, contrairement à mon père. Je l'ai entendu ronfler. Le matin, j'ai demandé où était allée ma belle-mère. Mon père m'a dit qu'elle nous avait trahis et que, maintenant, elle nous avait abandonnés. J'ai voulu savoir si elle était repartie à Shanghai et quand nous allions rentrer nous aussi. Mon père m'a répondu que s'il entendait de nouveau ma voix avant notre arrivée à Chongqing, je serais puni.

– Alors, vous n'avez jamais su ce qui était arrivé ?

– Je ne l'ai jamais su, et pendant des années, je me suis interdit de l'imaginer. Mais c'est clair », ajouta-t-il, en me regardant d'un air triste.

Je dus en convenir

« Et après ?

– Après ? Au bout de la ligne, mon père a soudoyé le garde frontière. Dans des cafés malpropres, il a engagé des chauffeurs. À un moment, nous avons roulé, cachés dans un char à bœufs. S'il n'y avait pas eu la fureur qui couvait chez mon père et ma solitude, le voyage aurait été palpitant. Nous sommes enfin arrivés à Chongqing. Nous nous sommes installés. Nouvelle gouvernante – jeune et belle – et nouveaux précepteurs. Mon père, comme toujours, absent la majeure partie de la journée et moi plus seul qu'avant. Ma belle-mère me manquait. Mon petit frère, qui me faisait rire, me manquait. Il m'a fallu longtemps pour abandonner l'idée que Mei-lin était retournée à Shanghai. Je m'imaginais le jardin chez les Chen, l'acacia en fleur, tout le monde en train de jouer, heureux ensemble. J'étais consumé par l'envie ! Mais, bien évidemment, je n'en ai rien dit à mon père. Lui, dans un retournement de situation que je n'ai compris que des années plus tard en apprenant la raison de notre fuite, avait rejoint l'armée de Tchang Kaï-chek. J'en ai fait de même quand j'ai atteint l'âge requis, même si, comme je vous l'ai dit, ma valeur était directement proportionnelle à la distance séparant mon unité des combats. Mais mon absence de talent militaire n'est rien comparée au bon sens politique de mon père. Il avait apparemment le génie de se ranger au côté des perdants. Dans une guerre qui opposait trois camps, il l'a fait deux fois.

« Bon, dit C.D. Zhang en retrouvant le sourire. Voilà pour notre sordide histoire de famille, et je suis prêt à être éclairé. Que vient faire la Lune de Shanghai dans tout ça ? »

Après tout, j'avais passé un marché.

« Pouvez-vous me dire une dernière chose ? demanda Bill avant que j'aie pu commencer. Comment votre père et vous avez-vous réussi à fuir la Chine ?

– Je l'ai déjà raconté à Mlle Chin, répondit M. Zhang en agitant la main. Je croyais que les partenaires partageaient tout ! Notre fuite a été théâtrale, mais pas exceptionnelle. Avec des compagnons de mon unité, je suis arrivé à Shanghai, talonné par les troupes de va-nu-pieds de Mao. Mon père y était arrivé plus tôt pour négocier notre passage sur le *Taipei Pearl*, l'un des derniers bateaux en partance. J'ai failli ne pas réussir à monter à bord. Il y avait une terrible cohue sur la passerelle ; beaucoup ont perdu pied et plongé dans les eaux mazoutées du port. Sur le pont, mon père hurlait aux hommes d'équipage qui repoussaient la foule de me laisser embarquer. Comme s'ils étaient à ses ordres ! Évidemment, ils l'ont ignoré. Alors que mes amis et moi luttions pour gagner le sommet de la passerelle, un marin désespéré l'a détachée du bateau. J'ai sauté, suis tombé lourdement sur le pont alors que les plaques d'acier s'effondraient en précipitant des centaines de personnes dans l'eau. Dont mes compagnons. Alors que leurs cris résonnaient encore, nous sommes partis vers Taipei. »

Il tourna vers moi un regard perçant.

« Ah, mademoiselle Chin, comme vous avez l'air triste ! Le passé est révolu. Ces centaines de personnes sont mortes depuis longtemps, et des choses bien pires se sont passées depuis et de meilleures aussi. Quand notre bateau a atteint Formose – ou Taiwan comme nous l'appelons aujourd'hui –, les hommes de Tchang ont décidé d'attendre le jour, qui ne tarderait pas à venir, où ils reconquerraient le pays. Mon père les a traités d'idiots. D'après lui, la Chine et le passé nous avaient trahis, et il ne voulait plus rien avoir affaire ni avec l'une ni avec l'autre. Nous avons continué vers l'Amérique pour commencer une nouvelle vie dans le pays où tout est possible ! Et, bien qu'il répétât à qui voulait l'entendre qu'il avait tourné le dos au passé, mon père passait une bonne partie de son temps à cultiver son jardin planté de souvenirs amers.

– Comme la trahison de Mei-lin ? dis-je car je venais d'avoir un déclic. C'est pour cela qu'il n'aurait pas voulu que vous parrainiez votre frère et votre cousin, c'est ça ?

– Oui, mademoiselle Chin, exactement. »

C.D. Zhang fit passer la théière. J'acceptai d'être resservie ; Bill déclina son offre.

« Maintenant que vous avez entendu mon histoire et m'avez arraché un sombre secret de famille, le moins que vous puissiez faire est de me dire pourquoi. Pensez-vous que Mei-lin ait pu avoir la Lune de Shanghai avec elle quand nous avons fui et que mon père aurait pu s'en... débarrasser involontairement ?

– Non, ce n'est pas ça. Vous souvenez-vous d'un ami allemand de votre père, un certain commandant Ulrich ?

– Le commandant Ulrich, oui, bien sûr. Un type cynique, pas très différent de mon père. Pourquoi ?

– C'est lui qui a empêché la police municipale de passer Chen Kai-rong à tabac. Pour obtenir cette faveur, Mei-lin et Rosalie auraient pu lui promettre la Lune de Shanghai. »

L'enthousiasme mit le rouge aux joues de C.D. Zhang.

« Mademoiselle Chin ! Tout ça est nouveau, en effet ! Comment avez-vous appris cela ?

– Nous avons découvert certains documents. Le journal intime de Mei-lin entre autres. Des documents que personne n'a jamais vus jusqu'ici.

– Le journal intime de ma belle-mère ! Et d'autres papiers ?

– Oui. »

Je ne précisai pas.

« Où les avez-vous trouvés ? demanda-t-il au bout d'un moment.

– Comme nous l'a dit un professeur d'université, c'est incroyable ce que les archives gouvernementales conservent aux frais du contribuable. »

Déclaration délibérément trompeuse que je me sentis coupable d'avoir faite. Mais, à n'importe quel moment au cours de toutes ces années, Paul Gilder aurait pu donner le coffret en bois de rose à l'un de ces trois hommes. S'il avait choisi de ne pas en révéler l'existence, il ne m'appartenait pas de le trahir.

« Beaucoup de documents n'ont pas été traduits apparemment.

– Et l'un d'eux suggère que le commandant Ulrich avait la Lune de Shanghai ?

– Non. Les documents semblent suggérer qu'on la lui avait promise. Il n'est pas dit clairement qu'il l'a jamais eue.

– Ulrich... dit C.D. Zhang, l'air songeur. Il est mort peu après notre arrivée à Chongqing, je crois. On nous a avertis. Il était mêlé au projet de fuite ?

– Il devait simplement s'assurer que Kai-rong était en sécurité pendant que Mei-lin se chargeait du reste du plan.

– Et vous ne savez pas s'il a effectivement eu le bijou, remarqua-t-il, songeur. Mais si c'était lui qui l'avait... cela aurait pu expliquer...

– Expliquer quoi ? »

C.D. Zhang s'absorba dans la contemplation de la photo de Shanghai.

« Comme je vous l'ai dit, la rumeur persistait selon laquelle Rosalie Gilder portait toujours la Lune de Shanghai, dit-il doucement. Mais quand elle a été inhumée, on ne l'a pas trouvée. Mon cousin et mon frère ont toujours supposé qu'elle avait été volée quand Rosalie est morte. Je n'ai jamais partagé leur avis. Je pense qu'elle a dû être cachée dans le jardin de la villa Chen – avec le reste des bijoux comme nous en avons la confirmation aujourd'hui. Mais si Rosalie et ma belle-mère l'avaient donnée des années auparavant au commandant Ulrich, cela expliquerait qu'on ne l'ait jamais trouvée.

– Volée à sa mort ? Par qui ?

– Elle est morte au cours d'un cambriolage vers la fin de la guerre. Li et Lao-li ont toujours pensé que les voleurs avaient dérobé la Lune de Shanghai.

– En savez-vous davantage à ce sujet ? Sur la mort de Rosalie ? »

C.D. Zhang resta silencieux et fit non de la tête.

« L'anarchie régnait vers la fin de la guerre. L'argent n'avait aucune valeur et la vie encore moins. Tout objet pouvant être échangé contre du riz, de l'essence ou un passage hors de Chine était volé à multiples reprises. Nous avions faim depuis tellement longtemps que nous ne ressentions plus la faim, juste le désespoir et la peur. C'était une époque terrible qui en a conduit plus d'un jusqu'à la folie. »

Pauvre Rosalie, pensai-je, *échapper au cauchemar en Europe pour devoir vivre et mourir dans des circonstances pareilles.*

« Mais si vous êtes venus me demander si ma belle-mère a jamais fait allusion au commandant Ulrich, j'ai bien peur que la réponse soit non, remarqua C.D. Zhang.

– J'avoue que j'espérais le contraire. Monsieur Zhang, rappelez-vous. Il ne pourrait pas y avoir quelque chose, même un détail qui n'avait pas de sens à l'époque ?

– Je suppose que oui, dit-il en souriant. Rien n'avait beaucoup de sens à mes yeux à l'époque. Cependant, rien de ce que ma belle-mère a dit ne se détache. Mais, mademoiselle Chin, vos documents, est-il possible qu'ils renferment un détail ? Un détail que vous n'auriez pas vu ? Voudriez-vous que j'y jette un coup d'œil ?

– Je ne crois pas qu'ils renferment quoi que ce soit. Le journal de Mei-lin, par exemple, s'arrête le jour où vous avez quitté Shanghai. Elle l'a confié à Rosalie, ainsi que votre frère. »

Je le dévisageai tandis qu'il digérait l'information.

« Ce qu'elle avait de plus précieux.

– Oui.

– Toutes ces années, dit-il lentement, j'ai cru que c'était un caprice du destin que mon frère se soit trouvé chez Rosalie quand nous avons fui et qu'il avait été abandonné.

– Non. Je crois que Mei-lin avait peur de ce qui pourrait arriver.

– De ce que mon père pourrait faire, vous voulez dire ?

– Oui.

– Certainement. Et les autres documents ? Ils s'arrêtent à ce moment-là eux aussi ?

– Non, certains datent de plusieurs années plus tard. Mais on n'y apprend pas grand-chose sur le commandant Ulrich. »

Nous restâmes silencieux un moment, autant que possible vu le bruit de la circulation et le roucoulement des pigeons.

« Eh bien, cela ne sert à rien de ruminer, n'est-ce pas ? finit par dire C.D. Zhang. Mademoiselle Chin, je suis navré que vos récentes découvertes semblent vous conduire à une impasse.

– Peut-être pas tout à fait. Il y a un autre incident qui m'intrigue. Connaissez-vous un certain Yaakov Corens ?

– Je ne crois pas, non.

– Un joaillier mort il y a des années. Il avait une boutique à Shanghai quand vous y viviez. Il a fabriqué la Lune de Shanghai.

– C'est lui ? »

Si C.D. Zhang le savait déjà, il avait raté une carrière d'acteur.

« Mademoiselle Chin ! C'est remarquable ! Cette information figure aussi dans vos documents ?

– Oui. Nous avons pu retrouver la trace de Corens à New York et pu parler à sa petite-fille. Mais voilà ce qui est étrange : en 1967, un, je cite, "monsieur chinois" s'est rendu dans la boutique de Corens. Ils ont pris le thé, et l'homme a demandé à Corens de ne jamais parler de la Lune de Shanghai à personne. »

Je dévisageai C.D. Zhang en énonçant ma phrase. Il avait l'air extrêmement intéressé, mais s'il était déjà au courant de ce que je lui disais, il n'en laissait rien paraître.

« Pourquoi ? Et qui ?

– J'espérais que vous le sauriez.

– Certainement pas ! Mais comme c'est étonnant ! De qui pouvait-il s'agir ?

– De votre frère ? Ou votre cousin ?

– Mais pourquoi ? J'avais cru comprendre qu'ils ignoraient complètement qui avait fabriqué le bijou.

– Je ne sais pas. C'est très étrange. Mais si ce n'était pas vous...

– Je vous assure que ce n'était pas moi.

– Alors, ce devait être l'un d'eux. Je crois que nous devrions aller le leur demander », dis-je en me tournant vers Bill.

26

La première personne que j'essayai de joindre en arrivant dans Canal Street fut M. Chen.

« Je suis désolée, il n'est toujours pas là, répondit Irene Ng.

– C'est vrai ou c'est ce qu'il vous a demandé de dire ?

– Oh non, dit-elle, offensée. C'est la vérité.

– Excusez-moi, je ne voulais pas vous vexer. Je suis vraiment frustrée de ne pas arriver à les trouver, lui et son cousin.

– Pourquoi ne pas réessayer M. Zhang ? Je viens de lui parler. Il est de retour au bureau. »

Irene voulait sans doute dire « rappeler ». Mais ce n'est pas ce que je fis. Bill et moi, nous nous trouvions dans Mulberry Street en moins de temps qu'il n'en faut pour dire « de retour au bureau ».

Au rez-de-chaussée du numéro 43, il y avait une boutique d'articles funéraires à la devanture regorgeant de vêtements en papier, de meubles et de billets à brûler pour le défunt. L'interphone du second étage indiquait FAST RIVER IMPORTS. Je sonnai et Fay me demanda qui j'étais d'une voix fluette. Quand je me présentai, il y eut un bref silence. Puis elle revint et m'annonça que M. Zhang n'était pas là.

« Oh que si, insistai-je en m'approchant de l'interphone. Et si nous ne pouvons pas parler à M. Zhang, nous allons chez M. Chen et nous ne partirons pas avant d'avoir pu lui parler. »

Un autre silence. Enfin, un déclic. J'ouvris violemment la porte et montai l'escalier quatre à quatre, Bill sur les talons.

Une jeune femme mince était assise à un bureau, entourée d'un fatras de dossiers, de papiers et auréolée de soleil. Nous n'eûmes pas à redemander le patron : Zhang Li nous attendait sur le seuil de son bureau. Il s'inclina en souriant.

« Mademoiselle Chin, je m'excuse si j'ai l'air de rechigner à vous parler.

– Si vous en avez l'air seulement ? Vous m'évitez, monsieur Zhang, c'est évident. »

Je m'inclinai à mon tour, agacée de sentir mon irritation s'estomper rapidement. Je lui présentai Bill qui lui serra la main. Je songeai qu'il faudrait peut-être que je lui apprenne à saluer à la chinoise.

« Oui, je suppose que c'est vrai, dit M. Zhang, contrit. Suivez-moi, je vous en prie. Apportez du thé, Fay, s'il vous plaît. »

Le désordre dans le bureau de M. Zhang était aussi impressionnant que celui dans le bureau de sa secrétaire et allait au-delà de la paperasse. On apercevait de délicates porcelaines dans des caisses. Des soldats de l'armée en terre cuite se tenaient au garde-à-vous sur le sol et le rebord de la fenêtre, reproduits en huit versions, du modèle réduit de moitié à la figurine de la taille d'un dé à coudre. Des bracelets de jade, des pièces en bronze attachées à des rubans rouges, des grillons en cage et des chaussures brodées occupaient la moindre surface, comme échoués après qu'une vague de culture chinoise eut submergé la pièce.

« Quelques échantillons de ma marchandise, déclara M. Zhang, l'air à la fois confus et fier, comme un oncle indulgent s'excusant de l'exubérance de ses neveux. Asseyez-vous, je vous en prie. »

Des tabourets et une table basse occupaient un espace vide, comme dans le bureau de M. Chen. Ils étaient en céramique vernissée, genre mobilier de jardin. Nous ne nous étions pas encore installés, lorsque Fay entra et posa sur la table un plateau à thé en laque.

« Votre cousin et vous êtes tous deux amateurs de thé, remarquai-je alors que M. Zhang nous servait.

– Vous aussi, mademoiselle Chin, n'est-ce pas ?

– En effet, répondis-je en prenant la tasse recouverte d'un couvercle et sans soucoupe.

– Et vous, monsieur Smith ?

– J'y travaille. »

Harceler un vieux Chinois n'était peut-être pas la meilleure façon de s'y prendre pour arriver à nos fins, mais au cours du dernier millénaire, les gens qui ont cherché à soutirer des informations aux vieux Chinois ont mis au point d'autres tactiques.

« Ce thé a une odeur délicieuse. Délicate et tropicale. C'est à Shanghai que M. Chen et vous avez développé votre goût pour les thés raffinés ? »

Zhang Li sourit. Il savait où je voulais en venir.

« Pas du tout. Pendant notre enfance, c'était la guerre, pendant notre adolescence, les premiers jours de la République populaire. La plupart du temps, à l'époque, le thé était une boisson trouble et amère qui servait à vous réchauffer quand vous n'aviez pas de chauffage ou à vous faire oublier que vous n'aviez rien à manger. »

D'accord. S'il allait aussi loin, c'était le signe qu'il était prêt à parler. Alors, je fis ce qu'exigeait la politesse. Je le laissai tranquille, sirotai mon thé et dis :

« Votre thé est rafraîchissant et doux.

– Je suis heureux que vous l'appréciiez. C'est du thé vert Dragon Well, un de mes préférés. Vous aimez, monsieur Smith ?

– Il est subtil. Les nuances m'échappent sans doute. Mais il est très bon, c'est vrai. »

Nous prîmes tous une autre gorgée de thé.

« Alors, mademoiselle Chin, vous avez des questions à propos de la Lune de Shanghai ? dit Zhang Li en reposant délicatement le couvercle sur sa tasse.

– Oui, en effet. Mais, d'abord, dites-moi : si votre cousin et vous m'évitez, c'est parce que Wong Pan vous a trouvés et que vous négociez l'achat des bijoux ?

– Mademoiselle Chin ! Bien sûr que non ! Cet homme est un assassin si l'on se fie à vous. Nous vous aurions avertie tout de suite s'il nous avait contactés.

– Vous l'auriez peut-être fait. Mais votre cousin ?

– Je vous le jure.

– Bien. Parce qu'il est ici, à Chinatown. Armé. Même s'il ne sait pas qui est M. Chen, s'il va de joaillerie en joaillerie, il le trouvera. Alors, conservez bien mon numéro. »

Il hocha la tête, l'air inquiet. Bien ; qu'il prenne tout ça au sérieux.

« Maintenant, monsieur Zhang, j'ai quelques questions en effet. Dont celle-ci : pourquoi m'avez-vous empêchée de poser mes questions hier ? Et pourquoi n'avoir jamais fait allusion à votre frère ? Et pourquoi, il y a des années de cela, avez-vous demandé à Yaakov Corens de ne pas parler de la Lune de Shanghai ? »

Je posai la dernière question à tout hasard. Je n'aurais pas été étonnée qu'il me réponde les yeux écarquillés d'innocence, réelle ou feinte. Si Zhang Li niait, que pouvais-je faire ? Mais il ne nia pas. Il m'adressa un long regard calme et un sourire doux.

« Mademoiselle Chin, il faudra que je me souvienne de vous si j'ai jamais besoin des services d'un détective privé. Yaakov Corens. Ce monsieur est mort il y a vingt-cinq ans. Un homme charmant, un vrai gentleman.

– C'est ce que nous avons cru comprendre, en effet. Et excellent joaillier.

– Effectivement. Il faisait du beau travail, précis et délicat.

– C'est lui qui a fabriqué la Lune de Shanghai.

– Oui, c'est lui.

– Et vous êtes allé le rencontrer en 1967 pour lui demander de ne pas en parler. Et votre frère n'a jamais su que vous aviez retrouvé M. Corens. Vous l'avez dit à votre cousin ? Et pourquoi avoir demandé à M. Corens de se taire ?

M. Zhang soupira. « Pour répondre à cette question et aux autres questions que vous m'avez posées, il faut que je vous raconte une histoire à la fois longue et triste. Vous voulez bien ? »

Vous me posez la question ? entendis-je résonner dans ma tête, mais avant que j'aie pu dire quoi que ce soit, Bill nous demanda : « Si cela doit être long, est-ce que cela vous dérange que je fume une cigarette ? »

Zhang Li fourragea sur son bureau et souleva une boussole feng shui pour attraper un cendrier qu'il tendit à Bill.

« La plupart de mes clients fument. C'est une habitude que les Chinois ne semblent pas disposés à abandonner.

– Lydia n'aime pas ça, cela dit », dit Bill en se levant.

Il alla se percher sur le rebord de la fenêtre près d'un soldat de terre cuite qui prit l'intrusion avec stoïcisme.

« Partagez-vous un bureau tous les deux ? me demanda Zhang Li. Voilà qui doit parfois rendre votre collaboration difficile.

– Vous n'avez pas idée. »

Zhang Li hocha la tête, son sourire s'évanouit alors que son regard se perdait dans le vague. Au bout d'un moment, il commença son histoire.

« Il est naturel que le passage du temps estompe les souvenirs pénibles et soulage la douleur. C'est ce qui s'est passé pour moi. Mais pas pour mon cousin. Quand la Lune de Shanghai s'est évanouie, j'avais neuf ans et lui en avait six. Le bijou ne représente qu'une partie de ce qu'il a perdu ce jour-là. Il a aussi perdu sa mère. Rosalie Gilder est morte au cours de… l'incident… quand le bijou a disparu. La douleur que ces souvenirs causent à mon cousin est à l'origine d'un accord passé entre nous il y a de nombreuses années et selon lequel nous n'en reparlerions jamais. Entre nous ou avec quiconque.

– C'est pour cela que vous m'évitez ?

– Oui. Les présentes circonstances pourraient justifier que je rompe cette promesse, mais pas que j'inflige à mon cousin la douleur qu'il ne manquerait pas d'éprouver si j'en parlais en sa présence. »

Ma menace d'aller faire le siège de la boutique de M. Chen faisait manifestement partie des « circonstances » en question.

Mains délicatement posées sur sa tasse de thé, Zhang Li regarda Bill par-dessus son épaule avant de se tourner vers moi.

« La fin de la guerre civile fut une période sombre et difficile. Tante Rosalie, oncle Paul, Lao-li et moi vivions avec grand-père Chen dans sa villa de Thibet Road que nous avions réintégrée après la capitulation japonaise. Ç'avait été une rue élégante et paisible autrefois et la villa un endroit luxueux rempli de domestiques. Shanghai n'avait jamais été une ville tranquille, mais dans la Concession internationale, un certain ordre régnait. Mes premiers souvenirs sont ceux de pièces vastes et lumineuses, de tapis moelleux et de peintures représentant des huttes d'érudits au milieu des pins. Mais, en 1945, à notre retour dans la villa, tous les domestiques s'étaient enfuis sauf un. Les automobiles et les tapis avaient été vendus pour acheter du riz et du combustible pour cuisiner. Là où des pelouses entretenues s'étendaient jusqu'à la maison, des poulets maigrichons grattaient la terre entre des pieds de patates douces. L'acacia était toujours fleuri, mais dans le jardin, les fleurs avaient laissé place aux carottes et aux oignons. Les tableaux et les trésors de famille qui restaient étaient enterrés dans le jardin dans des endroits connus de mon grand-père seul. Cette situation continua pendant les quatre années suivantes, jusqu'à la fin de la guerre. Les choses se normalisèrent alors – devinrent plus civilisées, pourrait-on dire – mais l'élégance ne revint jamais. »

Je voyais bien que Zhang Li tournait autour du pot, rechignant à évoquer un sujet encore douloureux, malgré ses discours sur le temps et les souvenirs.

« Vous êtes revenus après la capitulation des Japonais, soulignai-je pour l'aider. Avant ça, vous viviez dans le ghetto juif de Hongkew, n'est-ce pas ?

– Oui, dit-il en me regardant, intrigué. Comment le savez-vous ?

– Nous avons parlé à votre frère. Monsieur Zhang, pourquoi ne pas m'avoir parlé de lui hier ?

– Vous êtes venue nous demander si on avait proposé à mon cousin d'acheter les bijoux de tante Rosalie. Quelle raison avions-nous de faire allusion à mon frère ? »

Maintenant qu'il me le demandait de façon aussi directe, je n'en trouvai aucune, tout en continuant à trouver ça bizarre. M. Zhang le remarqua peut-être à mon air car il dit :

« Mon frère nous a fait venir en Amérique. Nous lui en serons éternellement reconnaissants. Mais, depuis notre arrivée – cela fait longtemps maintenant –, nous n'avons pas été proches comme devraient l'être les membres d'une famille. Au début, j'ai essayé de m'impliquer dans ses activités, et lui dans les nôtres. Mais ni moi ni mon cousin n'avons jamais été à l'aise en sa présence. J'ai essayé d'ignorer mes sentiments et je me suis efforcé de lui tendre une main amicale, comme il se doit dans une famille, mais nous n'avons jamais réussi à forger le lien que mon frère espérait.

– Il me l'a dit. Il le regrette encore.

– J'en suis navré. »

Pendant la pause qui s'ensuivit, Bill écrasa sa cigarette sans pour autant quitter le rebord de la fenêtre. Avec un léger soupir, Zhang Li reprit son histoire.

« Début 1943, les Japonais ont ordonné aux réfugiés juifs de gagner Hongkew. Oncle Kai-rong avait été arrêté, puis relâché et avait quitté Shanghai. Grand-père Chen a tenté d'intercéder en faveur de Rosalie – elle était enceinte voyez-vous –, mais les Japonais n'ont rien voulu savoir. En ce qui me concerne, bien sûr, je n'étais pas obligé d'aller vivre dans le ghetto, et grand-père Chen aurait préféré que je reste avec lui ; mais j'avais été confié à tante Rosalie par ma mère, et elle a refusé de me laisser. Je doute qu'une belle-fille chinoise aurait défié grand-père Chen comme Rosalie l'a fait, dit-il en souriant. Mais elle s'est assise avec lui pour discuter, répondant à tous ses arguments, point par point, comme elle y était habituée. Et, un matin, Rosalie et oncle Paul ont fait remplir des caisses, loué des pousse-pousse et m'ont emmené à Hongkew.

– Pourquoi votre grand-père les a-t-il laissés faire ?

– La situation ne cessait de se dégrader pour les Chinois de Shanghai. L'alliance avec l'Allemagne avait endurci le cœur des Japonais qui n'avaient jamais apprécié les Chinois pour commencer. Mais les Japonais respectaient les juifs. Ils ont créé le ghetto mais ont refusé d'appliquer ce qui pour les Allemands représentait la suite logique : l'extermination. Ils ont contrôlé le ghetto de façon stricte en instaurant des cartes d'identité et un couvre-feu mais ils ont géré Hongkew d'une main moins ferme que la Concession internationale. Les riches Chinois comme mon grand-père risquaient de se faire arrêter, de voir leurs biens confisqués. Mon grand-père avait déjà perdu ses usines et ses entrepôts quand les Japonais s'étaient emparés de ce qui pourrait soutenir leur effort de guerre ou ce qui plaisait à leurs officiers. Tante Rosalie a dit à mon grand-père que je serais plus en sécurité avec elle qu'avec lui.

– C'était vrai ?

– Comment le saurais-je ? J'ai survécu à la guerre, alors elle avait peut-être raison. Mon grand-père aussi, non sans avoir été emprisonné deux fois. Il a dû verser des pots-de-vin conséquents pour obtenir sa libération. Qu'est-ce qui me serait arrivé si j'avais été là ? J'aurais été emmené avec lui ou laissé seul avec le dernier domestique, je l'ignore.

« En tout cas, peu après nous être installés à Hongkew, mon cousin est né dans un hôpital que les réfugiés juifs s'étaient construit. Même si la vie de mon grand-père devenait de plus en plus difficile, il vendait des biens de famille au marché noir pour nous élever. Comparé au reste de Hongkew, notre domicile était luxueux : quatre personnes dans deux pièces avec l'eau courante et des toilettes sous l'escalier à partager avec deux autres familles seulement. Grand-père nous envoyait aussi de la nourriture et des livres et venait nous voir. Mais il n'avait pas le droit de nous faire sortir du ghetto.

« Et puis, en 1945, les Japonais ont capitulé. Le ghetto a été ouvert. Oncle Kai-rong est revenu et nous a ramenés à la villa. Il est reparti et n'est revenu qu'au bout de quelques mois. Jusqu'à ce qu'enfin il rentre à la maison pour de bon, à la fin de la guerre civile. »

Zhang Li nous versa du thé, se leva pour resservir Bill. Quand il se rassit, je me dis qu'il avait peut-être assez tourné autour du pot.

« Monsieur Zhang ? Et la Lune de Shanghai ? »

Il hocha la tête, le regard vague de nouveau.

« Pendant les deniers jours de la guerre, il régnait un terrible chaos. Shanghai a été l'une des dernières villes à être conquise par l'armée de Mao et, par conséquent, un des derniers refuges de ce qui restait de l'armée de Tchang, des êtres prêts à tout. Les soldats nationalistes saccageaient tout sur leur passage. Ils volaient de la nourriture parce qu'ils avaient faim, de l'argent pour acheter leur passage vers Taiwan, des vêtements pour pouvoir se débarrasser de leurs uniformes. Ils volaient tout ce qu'ils pouvaient. Ils brûlaient, fracassaient, battaient, ravageaient et tuaient.

« Notre villa ne pouvait être épargnée, ce n'était qu'une question de temps. Trois hommes armés... (Le vieil homme s'interrompit pour boire une gorgée de thé.) Ils ont fait irruption dans la maison, souffla-t-il d'une voix rauque. Des guenilles leur cachaient le visage. Ils nous ont rassemblés – grand-père, oncle Paul, tante Rosalie, Lao-li, le vieux domestique et moi – et ont exigé qu'on leur remette nos biens précieux tout en regardant bouche bée les murs et les sols nus. »

Les mains tremblantes, Zhang Li reposa le couvercle sur sa tasse.

« Pardonnez-moi. C'est la première fois que je parle de ce qui s'est passé ce jour-là. Quand nous étions enfants,

Lao-li et moi, le simple fait de nous autoriser à y penser nous plongeait dans la terreur de voir la malchance s'abattre de nouveau sur nous, de causer la perte d'un autre être cher. Nous n'en avons jamais parlé, et j'ai fait tout ce que j'ai pu pour éviter d'y repenser. Voici ce qu'il y a d'étrange : au fil des années, cette journée m'est parfois revenue, sans crier gare, comme tous les mauvais souvenirs. J'ai toujours cru chaque petit détail assez profondément gravé dans ma mémoire pour ne jamais oublier la moindre image ni le moindre bruit. Mais, quand je les examine de près pour essayer de vous les raconter, les événements semblent embrouillés, confus. Les bruits m'échappent, les images sont inexplicables. Je ne vois que des bribes. Je me rappelle ceci : grand-père a ordonné aux intrus de sortir. Il y a eu des cris. Le chef a frappé grand-père d'un coup de crosse. Grand-père s'est écroulé, en sang... Oncle Paul s'est précipité vers eux en criant qu'ils voyaient bien que nous n'avions pas d'objets précieux, que tout avait disparu. L'un des hommes lui a donné un coup de poing dans l'estomac, l'a jeté à terre. Lao-li et moi nous nous cachions derrière tante Rosalie, mais à cause du sang, des coups, des cris, Lao-li s'est mis à hurler.

« Dans mon souvenir suivant, un des hommes prend Lao-li et le gifle plusieurs fois. Tante Rosalie se jette sur cet homme. Un second les sépare, mais elle n'arrête pas de hurler et de se débattre. Ils doivent s'y mettre à deux pour la jeter par terre. Pendant ce temps, le chef frappait grand-père en hurlant qu'il devait lui donner ce qu'il avait de précieux.

« Et puis le vieux domestique – le domestique en chef qui travaillait pour les Chen depuis des décennies, un homme mince rendu squelettique par les temps difficiles –, le domestique en chef a assommé d'un coup de tabouret un des soldats qui retenaient Rosalie.

« Il s'est effondré. L'autre a lâché tante Rosalie et s'est précipité vers le domestique. Tante Rosalie, les cheveux en bataille et les vêtements déchirés, a essayé de se relever.

« Le chef a hurlé, s'est retourné et a fait feu. »

Zhang Li ferma les yeux. Il garda le silence si longtemps que je crus qu'il avait terminé ; je me demandais si je devais dire quelque chose quand je croisai le regard de Bill qui m'en dissuada d'un signe de tête.

« Tante Rosalie s'est écroulée, finit par dire Zhang Li. Nous étions tous pétrifiés. Et puis le domestique en chef s'est emparé du fusil du soldat tombé à terre pour tirer sur le chef. Mais c'était un domestique, pas un soldat. Il a raté sa cible. Le chef a riposté, manquant son coup lui aussi, la balle est allée s'encastrer dans une chaise. Le soldat tombé à terre s'est relevé. Le chef a hurlé un ordre, ils ont fait volte-face et se sont enfuis. Le domestique s'est lancé à leur poursuite. J'ai entendu d'autres coups de feu, et puis ce fut le silence. Le domestique n'est pas revenu.

« Après ça... J'ai l'image de mon cousin et moi agenouillés près de tante Rosalie, en silence. Je croyais qu'il essaierait de la toucher, de la serrer dans ses bras, qu'il se mettrait à pleurer. Il n'a rien fait de tout ça. Il n'a pas bougé du tout. Je me rappelle qu'oncle Paul a dit d'une voix douce que grand-père était en vie avant de prendre la main de tante Rosalie. Mais je l'avais touchée le premier et je savais que ce n'était pas son cas.

« Oncle Kai-rong est rentré deux jours plus tard. Nous étions barricadés dans la cuisine. Quand nous avons entendu des voix dans la maison, oncle Paul nous a ordonnés à Lao-li et moi de nous cacher dans un placard. Grand-père Chen et lui ont attendu, armés de couperets. Oncle Paul n'a déverrouillé la porte que lorsqu'il a été sûr que c'était bien oncle Kai-rong.

« Il était dévasté. Incrédule. Il a pleuré sur la tombe de tante Rosalie qu'oncle Paul et moi avions creusée dans le jardin au beau milieu de la nuit. Il a imploré son pardon. Puis il nous a réunis, Lao-li et moi, et nous a dit : "Les trésors, c'est vous." Et il l'a répété : "Les trésors, c'est vous."

« En l'espace de quelques jours, l'armée de Mao est arrivée, et l'ordre a été rétabli à Shanghai. Le corps du domestique qui avait été abattu près du portail a été rapatrié dans le village de ses ancêtres pour y être enterré. Il y a eu de véritables funérailles pour tante Rosalie qui a été inhumée dans le cimetière juif même si, étant donné qu'il restait si peu de juifs à Shanghai à ce moment-là, certains rites n'ont pu être respectés.

« Quelques mois plus tard, oncle Paul a quitté Shanghai pour l'Amérique après que Mao Zedong eut clairement fait savoir que les Européens n'étaient pas les bienvenus en République populaire. Lao-li et moi avons grandi dans la villa avec Kai-rong qui veillait sur nous ; je l'appelais mon oncle, mais il me traitait comme un fils. Jusqu'à ce que, jeunes hommes, nous arrivions en Amérique. »

Un silence new-yorkais – du calme accompagné d'un hurlement de sirène lointain, du bourdonnement de la climatisation – envahit la pièce. « C'est une vieille histoire, remarqua doucement M. Zhang. Mais vous vous posez encore des questions sur la Lune de Shanghai », dit-il en me resservant du thé.

Non, en toute honnêteté, je ne m'étais pas posé de questions. Je pensais à Rosalie et Kai-rong et au fait qu'ils n'avaient pas eu l'occasion de se dire au revoir.

« Oncle Paul, qui avait pris Rosalie dans ses bras après la fuite des intrus, a trouvé des marques rouges sur sa gorge. À l'intention de grand-père, ou peut-être à son intention à lui – mais certainement pas à la nôtre à Lao-li et moi –, il a dit : "La Lune de Shanghai. Ils cherchaient la Lune de Shanghai." En pleurant, il a maudit le bijou et a juré qu'il aurait voulu qu'il n'ait jamais été fabriqué.

– Rosalie le portait ? Je croyais...

– Même en trouvant la villa vide et dépouillée, les intrus ont continué à réclamer des trésors à cor et à cri. Puis, soudain, après avoir lutté avec tante Rosalie, ils ont fui. Pourquoi ? À moins que par "trésor", ils n'aient voulu dire la Lune de Shanghai et qu'ils n'aient obtenu ce qu'ils étaient venus chercher. C'était le raisonnement d'oncle Paul. Oncle Kai-rong était du même avis. Il a lui aussi maudit le bijou et espéré qu'il porterait malheur à ceux qui le possédaient désormais. Il nous a ordonné de ne plus jamais en parler.

– Je suis navrée, dis-je en sentant bien que mes paroles n'étaient guère réconfortantes. Quelles terribles épreuves pour un enfant.

– Beaucoup d'enfants connaissent des épreuves terribles. Le monde est un endroit difficile. Tout ce que nous pouvons faire, c'est essayer de nous entraider.

– Vous avez sans doute raison. Et je dois dire que la perte d'une broche semble tellement... insignifiante dans le contexte de cette histoire. De ces jours terribles.

– Oui. Et non. Oncle Kai-rong aurait donné des dizaines, des centaines de Lunes de Shanghai pour retrouver sa Rosalie. Mais, pour mon cousin, ce bijou avait une tout autre signification. En présence d'oncle Kai-rong, nous n'en parlions jamais et nous n'évoquions jamais entre nous cette journée-là, mais plusieurs fois au cours des mois qui ont suivi, Lao-li m'a juré qu'il récupérerait le bijou. C'était un jeune garçon qui, comme vous l'avez dit, avait connu de terribles épreuves. Rêver de retrouver la Lune de Shanghai le réconfortait. Moi – j'étais un enfant moi aussi, et pas beaucoup plus âgé –, je ne voyais pas quel mal il y avait à se réfugier dans ce rêve. Je n'avais pas anticipé quelle obsession cela deviendrait, ni à quels ennuis cela mènerait.

– Quels ennuis ?

– Alors que nous devenions de jeunes hommes, mon cousin était absorbé par l'étude des pierres et des métaux précieux. La Shanghai de la République populaire, grise et austère, n'avait pas grand-chose en commun avec la ville extravagante des années d'avant guerre, ou celle des années de guerre où régnait la frénésie du profit. Luxe et opulence étaient bannis. Les joailliers européens avaient fui et les joailliers chinois n'avaient pas grand-chose à faire, hormis réparer les montres des cadres supérieurs du parti. Néanmoins, Lao-li a trouvé un joaillier prêt à le prendre en apprentissage. Après avoir installé des vis et des rouages Piaget toute la journée, la nuit il apprenait secrètement à Lao-li les caractéristiques des pierres, leur taille. Il lui enseignait comment évaluer leur pureté, leurs couleurs et leurs défauts.

« Oncle Kai-rong était lui-même un cadre supérieur occupé à étendre l'emprise généreuse, féroce de la révolution dans toute la Chine. Nous restions à la villa, que nous partagions désormais avec trois autres familles, conformément à la thèse maoïste. Nous plantions du chou et des haricots entre les pieds de patates douces, donnions les œufs de nos poules aux pauvres. Pendant longtemps, la vie a été difficile, mais satisfaisante. Oncle Kai-rong nous assurait que les sacrifices que nous faisions inspireraient le peuple chinois pendant mille générations.

– Pourquoi n'avez-vous pas récupéré les bijoux de Rosalie enterrés dans le jardin ? Et tous les trésors que votre grand-père avait dissimulés ?

– Les peintures et les porcelaines de grand-père Chen ont été récupérées et vendues à l'étranger pour nourrir les masses. Mais le jardin de la villa lui-même donnait à manger à beaucoup de bouches. Oncle Kai-rong refusait de détruire les récoltes pour retrouver les bijoux, dont aucun de nous ne savait où ils étaient cachés. Il estimait que c'est ce que tante Rosalie aurait voulu. Quand le moment venait d'enfouir les récoltes ou de creuser de nouveaux sillons, nous cherchions évidemment, mais nous n'avons jamais réussi à trouver.

« Et puis, quand mon cousin et moi avons atteint la vingtaine, le vent de la Révolution culturelle a commencé à souffler. Tout le monde était soumis à un examen minutieux, tout le monde était susceptible d'être dénoncé. Oncle Kai-rong était un homme puissant, mais il n'avait pas les bonnes origines sociales. Et puis les hommes puissants ont des ennemis. Comme ils étaient lâches, les siens ne le visaient pas directement, mais chuchotaient et persiflaient pour attiser la haine des autres. Nous avons commencé à entendre des rumeurs, des menaces. Un jour, en rentrant du travail, Lao-li a été pris à partie dans la rue par une bande. Vous pouvez peut-être imaginer l'attitude des gardes rouges envers un jeune joaillier eurasien issu d'une famille de propriétaires terriens ? »

J'imaginais très bien.

« Que s'est-il passé ?

– C'étaient les premières heures de la Révolution culturelle. Certaines personnes n'étaient pas encore terrifiées et intimidées. Des voisins lui ont porté secours et l'ont ramené chez nous avant qu'il soit grièvement blessé. Mais, au fil des mois, la tournure que prenaient les événements était devenue claire. Anticipant les bonnets d'âne et les années de rééducation à la campagne pour Lao-li, oncle Kai-rong l'a envoyé en Amérique et moi avec. Il a pris de gros risques et aurait sans doute payé le prix fort. Mais il a trompé les gardes rouges en tombant malade et en mourant moins de six mois après notre arrivée ici.

– Comment est-il mort ?

– On nous a dit que son cœur avait lâché, dit M. Zhang avec un sourire triste. Je ne doute pas une seconde que ce soit la vérité. Il avait perdu sa Rosalie bien des années plus tôt. Maintenant, il perdait son fils et moi. Et, enfin, il avait dû abandonner la Chine, son grand amour, aux mains des gardes rouges. Je crois qu'il ne voyait aucune raison de continuer.

– L'histoire de votre famille est extraordinaire, monsieur Zhang.

– Non, mademoiselle Chin, elle ressemble à celle de beaucoup d'autres. Chaque famille est empêtrée dans ses propres histoires d'amour et leurs conséquences.

– Mais elles ne se déroulent pas toutes dans ce genre de circonstances.

– C'est possible, même si, d'après ce que j'ai vu, ça ne rend pas les histoires des autres moins compliquées. En tout cas, comprenez-vous pourquoi il est improbable que ce fonctionnaire qui a dérobé les bijoux de tante Rosalie...

– Wong Pan.

– Pourquoi il est improbable que Wong Pan ait la Lune de Shanghai ?

– Parce qu'elle n'était pas enterrée avec les autres bijoux. Mais hier vous m'avez posé des questions à ce sujet.

– Pour le bien de Lao-li. La recherche de la Lune de Shanghai a donné un sens à la vie de mon cousin. C'est une illusion, ça l'est depuis le début. Mais ça l'a gardé du désespoir dans les moments les plus sombres.

– Alors, vous lui avez passé ce caprice et, d'après ce que je me suis laissé dire, vous avez financé les recherches.

– Le chemin qu'il a pris n'a pas mené au trésor qu'il recherche. Mais, comme il ne souhaitait pas en dévier, je ne voulais pas qu'il le suive seul.

– Il a de la chance de vous avoir, monsieur Zhang.

– Et vice versa. Pendant mes jeunes années, tout ce qui me restait de ma propre famille, c'était des souvenirs qui s'estompaient. Ma mère, mon père, mon frère avaient disparu en m'abandonnant. Pourtant, contrairement aux milliers d'orphelins de guerre qui mouraient de faim, seuls dans les rues, j'ai grandi entouré par l'amour d'une famille. J'étais une bouche à nourrir, des pleurs à calmer, mais jamais, au grand jamais, on ne m'a laissé penser que je pouvais être un fardeau. Bien au contraire. Je contribuais au bonheur de la famille. C'est une dette que je ne pourrai jamais rembourser. Si j'ai dépensé de l'argent au fil des années pour aider mon cousin à entretenir l'espoir, en lui permettant ainsi de vivre sa vie avec une femme et des enfants à lui, ça ne m'a rien coûté du tout. À travers nos enfants et nos petits-enfants, les familles Chen, Zhang et Gilder continuent à vivre. »

Je me tournai vers Bill puis de nouveau vers M. Zhang.

« J'ai d'autres questions, monsieur Zhang. Mais, d'abord, il y a autre chose : vous dites que votre mère, votre famille vous ont abandonné.

– Je ne leur en ai jamais voulu. Ma mère espérait peut-être pouvoir revenir me chercher mais... c'était la guerre.

– C'est le cas, en effet. Cela dit, les choses ne se sont pas tout à fait passées comme vous semblez le croire.

– Qu'êtes-vous en train de dire ? Comment pouvez-vous savoir quoi que ce soit sur cette époque ?

– Nous avons trouvé des… documents. Le journal intime de votre mère, d'abord. Et… »

J'hésitai. Je n'avais pas envie de dire : « Et votre père a assassiné votre mère, c'est votre frère qui nous l'a dit. »

« … Et d'autres documents. Je vous les donnerai. Ces documents racontent les grandes lignes de l'histoire, et je pourrai ajouter quelques détails par ailleurs.

– Le journal intime de ma mère ! Mais, mademoiselle Chin, comment avez-vous bien pu trouver… »

Encore un détail qu'il n'avait peut-être pas besoin de connaître : Paul l'avait depuis toujours.

« Nous avons beaucoup fouillé. Je vous ferai des photocopies de ce que nous avons.

– Oh, mon Dieu. Je vous en serais très reconnaissant.

– Mais, dites-moi, monsieur Zhang, que savez-vous d'un officier allemand appelé Ulrich ?

– Ulrich ? Je ne crois pas connaître ce nom. Qui est-ce ?

– Votre mère y fait allusion dans son journal. Il a protégé Chen Kai-rong en prison. En échange, ce commandant Ulrich s'est vu promettre la Lune de Shanghai.

– Il se l'est vu promettre ? Par tante Rosalie ?

– Et par votre mère. Nous pensions qu'il avait peut-être pu mettre la main dessus. Mais si Rosalie la portait des années plus tard quand les intrus sont entrés dans la villa… »

Zhang Li secoua la tête.

Encore une impasse, pensai-je en me demandant si la déception que je ressentais était similaire à celle que M. Chen n'éprouvait continuellement depuis des années.

« Dites-moi une dernière chose tout de même : pourquoi avoir demandé à Yaakov Corens de ne pas parler de la Lune de Shanghai ?

– Ah, Yaakov Corens, répondit le vieil homme avec un pâle sourire. J'étais plus jeune alors. Je croyais qu'en Amérique mon cousin pourrait renoncer à sa fixation. Qu'il commencerait à vivre dans le présent et laisserait le passé derrière lui. Mais il ne pourrait y arriver qu'à condition de mettre réellement le passé derrière lui. Il ne connaissait pas le nom du créateur de la Lune de Shanghai, mais moi si, car j'avais entendu tante Rosalie et oncle Paul parler de lui un jour où ils se demandaient s'ils allaient lui vendre un bracelet alors que nous vivions à Hongkew. Beaucoup de réfugiés juifs de Shanghai sont venus en Amérique, et, pour un joaillier, il était raisonnable de venir s'installer dans le quartier des diamantaires de New York. Mon cousin le savait comme moi. Je craignais que le fait de retrouver Yaakov Corens n'attise son obsession. Alors, je l'ai cherché en secret dès notre arrivée. Il se trouve qu'il avait d'abord émigré en Australie et qu'il n'était arrivé ici que récemment lui aussi.

« Yaakov Corens était un vrai gentleman, comme je l'ai dit. Il a compris mes motivations et il a accepté volontiers. À ce jour, Lao-li ignore le nom du créateur du bijou.

– Mais ça n'a pas marché. Ça n'a pas mis un terme à l'obsession de M. Chen.

– Non, ça n'a pas marché », répondit tristement Zhang Li.

27

« TU AS ENCORE FAIT TON TRUC, fis-je remarquer à Bill dès que nous regagnâmes Mott Street.

– Quoi, trop fumer ?

– Arrête ton char ! T'asseoir à l'écart pour observer ce qui se passe.

– Tu réalises, bien sûr, que c'est pour ça que je fume ? Une ruse pure et simple, une tactique...

– Oh, arrête ! Qu'est-ce que tu en as pensé ? »

S'il m'avait encore donné une réponse ironique, je lui aurais sans doute mis une beigne. Heureusement, il n'en fit rien.

« Il nous cache quelque chose.

– Ne dis pas ça, je t'en prie.

– Tu crois que j'ai tort ?

– Non, soupirai-je. Je crois que tu as raison. J'ai eu la même impression et j'espérais me tromper.

– Nous sommes peut-être deux à nous tromper, qui sait ?

– En même temps ? C'est ridicule. »

Bill haussa les épaules.

« Mais que cache-t-il ? insistai-je. Ne me dis pas que tu crois qu'il a inventé toute cette histoire. Je ne pourrais pas le supporter.

– Je crois qu'il a dit la vérité. Sa voix, ses gestes... Mais il y a quelque chose quand même. Quelque chose qu'il ne dit pas. Quelque chose qui est tout aussi vrai.

– Que sommes-nous censés faire alors ? Une partie de moi a envie d'appliquer la méthode de Joel. De remonter et de le harceler jusqu'à ce qu'il craque.

– Et l'autre partie de toi te dit que c'est un vieux Chinois et que tu n'arriveras à rien.

– Exactement. Alors... »

Je m'interrompis pour attraper mon téléphone qui entonnait la mélodie de *Wonder Woman*.

« Salut, Mary.

– Où es-tu ?

– Qui veut le savoir ?

– Lydia...

– Mott Street. Quoi de neuf ?

– Je suis au commissariat avec Wei De-xu. Tu peux venir ?

– C'est ton fameux flic chinois ?

– Retrouve-nous dans la salle d'interrogatoire numéro 1.

– Pourquoi ? J'étais sur le point de...

– Sur-le-champ. »

En langage de la police, ça signifiait : « Tout de suite et t'as pas intérêt à traîner. » Mary ne me parle presque jamais en langage de la police.

« J'y suis : ta surveillance de M. Chen ! Tu as trouvé Wong Pan ?

– Non.

– Dans ce cas, est-ce que je pourrais pas...

– Non. J'emmène De-xu rencontrer le capitaine mais nous aurons fini avant que tu arrives.

– Tu l'appelles déjà par son prénom ? Que va en penser Peter ?

– Ça lui sera complètement égal, ma vieille. »

Elle raccrocha, fin de la conversation.

« Elle est dingue, expliquai-je à Bill, agacée. C'était Mary qui m'invitait à me rendre sur-le-champ au commissariat. »

D'habitude, j'aurais sauté sur l'occasion de pouvoir fourrer mon nez dans les affaires de la police, mais ma priorité, c'était le secret caché de M. Zhang, et rencontrer un flic de Shanghai signifiait que je n'en avais pas fini avec les politesses et les tasses de thé.

« "Sur-le-champ" ? Ça ressemble pas à une invitation, remarqua Bill.

– Hé, elle s'est quand même informée pour savoir si je pouvais me libérer. Je ne lui ai pas demandé si tu pouvais m'accompagner, mais vu que c'est elle qui est allée te chercher...

– Merci. Je peux me rendre plus utile par ailleurs.

– Par exemple ?

– J'aimerais parler de ces fameux intrus au professeur Edwards, juste au cas où il trouverait dans ses sources une allusion au cambriolage de la villa des Chen.

– Tu cherches juste une excuse pour ne pas te retrouver dans un commissariat.

– Oui, c'est pas faux.

– Bon, vas-y. Ça ne peut pas faire de mal. Fais-moi signe si tu trouves quelque chose. »

J'avais déjà rencontré une ou deux fois Anna Bilankov, le sergent de garde à l'accueil. Elle me salua de la tête et me dit de monter. Je gravis quatre à quatre les marches en béton usé et tournai à gauche en haut de l'escalier. Je savais où se trouvaient les salles d'interrogatoire ; je m'étais déjà trouvée du côté de la glace sans tain réservé aux témoins plusieurs fois avec des clients et dans le fauteuil du prévenu une fois quand l'ancien patron du commissariat du cinquième avait estimé que je n'avais pas été très sage. Comme la porte de la salle numéro 1 était entrouverte, j'entrai.

Mary se leva de sa chaise en souriant, tandis qu'une Chinoise qui devait avoir dix ans de plus que nous, mesurait dix centimètres de moins et semblait infiniment plus coriace que Mary et moi se redressait d'un bond.

« Inspecteur Wei De-xu, je vous présente Lydia Chin », annonça Mary.

Je lui lançai un regard noir avant de m'incliner devant l'inspecteur Wei qui s'était déjà inclinée sèchement devant moi.

« Inspecteur Wei De-xu, répéta-t-elle en anglais. Brigade affaires spéciales du bureau de la police de Shanghai. » Elle me tendit brusquement la main. À Rome, fais comme les Romains. Sa poigne de fer faillit me pulvériser les phalanges.

« Lydia Chin Ling Wan-ju, détective privé. C'est un plaisir de vous rencontrer.

– Détective Chin. Détective Kee dit beaucoup sur vous. »

Wei De-xu – dont le prénom signifiait « ordre vertueux » et pouvait être donné aussi bien aux filles qu'aux garçons – avait des cheveux épais coupés en un carré à la lourde frange qui encadrait un visage hâlé. Elle portait des vêtements civils dignes d'un road-movie : jeans, T-shirt, veste en cuir noirs. Et des bottes de moto noires. Je parie que personne ne lui cherchait des noises à Shanghai.

« Homme mort est votre ami. S'il vous plaît, acceptez condoléances du bureau de la police de Shanghai.

– Et je vous prie d'accepter mes condoléances pour la perte de votre collègue.

– Inspecteur Sheng Yue. Il est officier talentueux. Mais trop impatient, malheureusement.

– Pardon ?

– Sheng Yue part Shanghai trop vite. Il n'a pas toutes informations. »

Mary nous fit signe de nous asseoir et voulut savoir si je voulais du thé.

« Heureusement pour moi, je viens d'en boire. Le thé est-il aussi mauvais dans les commissariats de Shanghai qu'ici ? demandai-je à l'inspecteur Wei.

– Bien sûr, répondit-elle en attrapant un mug du NYPD presque vide pour avaler une dernière gorgée. Même si mauvais, on boit toute la journée.

– Je vous en apporte une autre tasse, proposa Mary en sortant.

– Vous devez être épuisée, après ce long voyage », dis-je à l'inspecteur Wei.

J'étais assez intelligente pour éviter d'aborder quoi que ce soit de substantiel avant le retour de Mary.

« Le bureau de la police de Shanghai m'envoyer pas ici pour dormir. À partir maintenant, aller rendez-vous avec… équipe de 35e Rue ? dit-elle comme si ces mots avaient un sens ésotérique.

– Exactement, renchérit Mary en revenant chargée d'une théière pleine d'eau chaude, d'un autre mug et d'une poignée de sachets de thé. L'inspecteur Wei va avoir le privilège de rencontrer le détective Mulgrew.

– Détective Kee dit beaucoup sur lui aussi. »

J'étais presque désolée pour Mulgrew vu le sourire de prédateur qu'arborait Wei.

« Avant que nous nous rendions là-bas, cela dit, il y a quelque chose que j'ai envie que tu entendes Lydia. De la bouche de l'inspecteur. Tu as parlé à Alice récemment ?

– Non, elle m'évite. Elle m'a virée deux fois. Elle a peur que je ne sois blessée.

– C'est ce qu'elle t'a dit ?

– Hé, qu'est-ce qui se passe ? » dis-je en regardant tour à tour les deux policières.

Mary fit un signe de tête à sa collègue de Shanghai qui trempait un sachet de thé dans sa tasse comme si elle y pêchait. « Le sous-ministre adjoint Wong Pan travailler au bureau de la culture de Shanghai, section histoire contemporaine. A responsabilités, objets, vestiges, toutes antiquités récentes de Shanghai. »

En voilà un fameux concept gouvernemental : les antiquités récentes, pensai-je. Mais apparemment, ce n'était pas ça le problème.

« Comment Wong Pan prendre avion pour États-Unis après vol bijoux ? reprit l'inspecteur Wei. Pourquoi pas empêché partir ou arrêté à la douane à l'arrivée ? Pourquoi pas registre, liste passagers, papier sortie ?

– Ce que l'on se demande, Lydia, c'est comment Wong Pan a bien pu quitter le territoire aussi facilement, souligna Mary. Le vol a été remarqué au bout de quelques heures à peine.

– Parce que Wong Pan a faux passeport, visa, expliqua Wei. Nouvelle identité. Wu Ming. Nom idiot. Comment obtenu papiers d'identité ?

– Il est aussi facile de les obtenir à Shanghai qu'ailleurs, j'imagine ? dis-je.

– Non, pas facile, répondit Wei qui m'adressa un regard dur avant d'éclater de rire. Pas si facile parce que, certaine manière, la Chine est encore en retard. Technologie, certaines choses difficiles à trouver. Facile en Europe. Facile en Suisse.

– En Suisse ? Attendez, vous n'êtes pas en train de dire qu'Alice Fairchild est mêlée à cette histoire ?

– Information bureau de la police de Shanghai, pas beaucoup à Shanghai capables fabriquer papiers, aucun les a faits. Ici, on dit "la rumeur" ? dit-elle en regardant Mary, manifestement fière d'elle. La rumeur à Shanghai, Wong Pan a eu papiers faits en Europe. Et puis, aidé par une femme européenne. Petite, beaux habits, cheveux courts avec gris.

– Eh bien, ça... mais ça pourrait...

– Être n'importe qui, intervint Mary. À part qu'Alice Fairchild est la seule personne liée à cette affaire correspondant à cette description.

– Maître Fairchild quitté Shanghai immédiatement après Wong Pan, souligna Wei.

– Elle était à sa poursuite. Parce qu'il avait volé les bijoux de ses clients, déclarai-je.

– Ou parce qu'il lui avait fait faux bond malgré l'accord qu'ils avaient passé ? renchérit Mary.

– Oh ! Oh !

– Quoi ? »

Mary et Wei se penchèrent vers moi, les yeux brillants.

« Les héritiers bidons, dis-je à contrecœur.

– Qu'est-ce que c'est "héritiers bidons" ? voulut savoir Wei en se penchant encore.

– Oui, Lydia, de quoi parles-tu ? »

Je leur fis un résumé rapide pour éviter que leurs yeux de flics ne me transpercent.

« Pourquoi tu ne m'en as pas parlé ? s'écria Mary d'une voix qui approchait dangereusement de la zone critique.

– Parlé de quoi ? Du fait que les clients de ma cliente lui mentaient ?

– Tu ne t'es pas dit que c'était un problème dont j'aurais dû être au courant ?

– Ce que je me suis dit, c'est que ma cliente avait un problème qui m'échappait. On ne fait pas le même boulot toi et moi.

– On n'essaie pas d'arrêter le meurtrier de Joel ?

– Joel m'a engagé pour être au service de cette cliente. Jusqu'à ce que je sois sûre qu'elle est impliquée dans quelque chose...

– Et quand seras-tu sûre ? Qu'est-ce que tu comptes faire quand tu seras sûre ?

– Si je suis sûre, tu sais bien que je te le dirai. »

Mary et moi, nous nous dévisageâmes.

« Je sais que tu peux te montrer obstinément loyale. Tes clients...

– À ta place, je serais reconnaissante de voir à quel point je peux être obstinément loyale, envers ma meilleure et plus vieille amie, par exemple. »

Wei De-xu eut l'air perplexe. Ce qui se passait entre Mary et moi ne l'aidait pas à attraper son tueur. Elle s'éclaircit la gorge.

« J'ai théorie du crime.

– Allez-y, dit Mary en se calant contre son siège.

– En Europe, des gens entendu parler des bijoux. Vont voir maître Fairchild et font plan ensemble. Maître Fairchild prend avion pour Shanghai, propose plan à Wong Pan. Corrompre fonctionnaire, grave crime en Chine. »

Ah, la *lo faan* rusée qui tente le naïf serviteur du peuple. Wei se léchait pratiquement les babines à l'idée de boucler pareil démon.

« Et puis... ajoutai-je à contrecœur.

– Et puis ? me reprit Mary.

– J'ai horreur de ça !

– Alors ?

– Oui, bon, d'accord. Il reste de l'eau chaude dans ce truc ?

– Tu essaies de gagner du temps ou quoi ? s'écria Mary en me tendant la théière et une tasse.

– Sans doute. »

J'ouvris un sachet de thé.

« C'est juste que ce ne sont peut-être pas les clients qui mentent. C'est peut-être Alice qui ment. Sur le fait d'avoir des clients. (J'ajoutai du lait et attendis de voir s'il caillait.) La dernière fois que je lui ai parlé, je lui ai dit trois choses : que les clients étaient bidons, que Rosalie et Kai-rong avaient un fils, que je l'avais rencontré et que Wong Pan semblait avoir cherché à la joindre au téléphone. Elle a répondu que l'appel était peut-être une coïncidence – ce qui est vrai, soit dit en passant, ajoutai-je juste pour qu'elles gardent l'esprit ouvert. Et Alice m'a dit qu'elle contacterait ses clients et me tiendrait au courant. Et puis elle m'a virée. Mais à part un "Oh, mon Dieu" quand je lui ai parlé du fils de Rosalie, elle n'a rien dit. Elle n'a pas cherché à savoir son nom ni d'où il sortait ni comment je l'avais retrouvé, rien du tout.

– Alors, qu'est-ce que tu en penses ?

– Eh bien, c'est un héritier direct qui peut légitimement prétendre aux bijoux de Rosalie. Si Alice cherche vraiment à récupérer les biens spoliés de véritables clients, elle devra se battre contre lui. Et si ses clients sont bidons, j'ai sans le vouloir trouvé un héritier de toute façon. Ça aurait dû l'intéresser plus que ça.

– Mais s'il ne s'agit pas de récupérer des biens, c'est du vol...

– Dans ce cas, elle se ficherait de savoir qui est M. Chen. Le fait qu'il existe et qu'il sache que les bijoux ont été retrouvés pourrait les rendre plus difficile à vendre. Et poser un problème par la suite. Mais, dans l'immédiat, son problème n'a pas changé : elle a besoin de trouver Wong Pan. »

Mary et l'inspecteur Wei échangèrent un regard satisfait. Je bus mon thé infect en essayant de me calmer. Si Alice Fairchild était une menteuse, une voleuse et une arnaqueuse, ce n'était ni la faute de Mary ni de l'inspecteur Wei.

Mais, bon sang, elles n'étaient pas obligées d'être ravies à ce point.

28

ABANDONNANT LA CLIMATISATION poussive du commissariat du cinquième pour l'humidité d'Elizabeth Street, j'appelai Bill. Je tombai sur sa boîte vocale, ce qui ne m'avança pas beaucoup. Déjà que je n'étais pas très avancée au départ... Je lui laissai un message lui demandant de me rappeler et regagnai mon bureau pour essayer de réfléchir.

Si Alice pourchassait Wong Pan pour une tout autre raison que celle qu'elle nous avait donnée à Joel et moi, cela permettait de voir pas mal de choses sous un nouveau jour. L'appel passé au Waldorf d'une cabine publique signifiait peut-être qu'il avait renoncé à la laisser en plan. Seul dans cette grande ville, il avait appelé pour se rabibocher. Si Alice n'arrêtait pas de me virer, c'était sans doute parce qu'ils s'entendaient de nouveau comme larrons en foire et que mes tentatives pour le retrouver les gênaient désormais. Et peut-être que Joel s'était débrouillé pour retrouver Wong Pan. Si c'était le cas, il était peut-être au courant pour Alice aussi. Et donc Alice savait peut-être quelque chose qu'elle ne disait pas sur la mort de Joel.

Mais demeurait la question suivante : si Joel avait découvert quelque chose de pas net ou d'inexpliqué, pourquoi ne pas m'avoir dit ce que c'était ? L'impression que j'avais eue, c'est que quelque chose le tracassait, rien de plus.

Quand le feu passa au vert et que je me retrouvai coincée à l'angle de la rue, je composai le numéro de David Rosenberg sur mon téléphone. Avant que le feu soit repassé au rouge, je l'avais interrogé sur Alice Fairchild.

« À quel point sommes-nous certains qu'elle est bien ce qu'elle prétend être ?

– Que voulez-vous dire ?

– Une avocate spécialisée dans la récupération de biens spoliés ?

– Autant que je le sache, c'est vrai. Le magazine suit ce genre de procès de temps à autre, et nous avons fait un article sur l'un de ceux dans lesquels elle a plaidé il y a quelques années. Elle m'a impressionné. Je l'ai trouvée directe et bien préparée.

– Elle a gagné ?

– Je crois que ce litige-là n'a toujours pas été réglé. Ces procès sont difficiles à gagner, vous savez.

– C'est ce que m'a dit Joel. Monsieur Rosenberg, et si je vous demandais la même chose qu'elle ? Pouvez-vous me mettre en contact avec un détective privé ? À Zurich ?

– Qu'est-ce qu'il vous faut ?

– Tout type de renseignement à son sujet.

– Il y a un problème ?

– Je n'en suis pas sûre. Je viens d'apprendre qu'elle aurait pu fournir des faux papiers à un ressortissant chinois.

– Vraiment ? Alice Fairchild ? »

Rosenberg réfléchit un moment.

« C'est l'information que Joel avait découverte ?

– Je n'en sais rien. Vous pouvez me trouver un détective ?

– Eh bien, le système en Suisse fonctionne différemment qu'ici. Je ne sais pas trop comment vous mettre en relation.

Mais vous savez, je publie un magazine pour lequel j'emploie de très bons journalistes d'investigation. Voulez-vous que je leur demande de faire quelques recherches pour vous ?

– Je ne veux pas vous mêler à ça.

– On parle toujours de la même affaire, non ? Le meurtre de Joel ?

– Oui.

– Alors, mademoiselle Chin, j'aimerais beaucoup vous aider. »

J'ouvris la porte d'entrée de l'immeuble que je partageais avec Golden Adventure Travel en me disant : *Bon, il y a des journalistes d'investigation de Zurich qui fouinent pour moi, impossible de perdre.*

Et puis, je longeai le couloir, ouvris la porte de mon bureau et vis que j'avais déjà perdu.

Tiroirs ouverts, livres par terre, papiers éparpillés. On aurait dit que le prince des ténèbres avait piqué sa crise dans mon bureau.

Exactement comme dans le bureau de Joel.

Je restai d'abord pétrifiée, la seule chose qui bougeait chez moi, c'était mon cœur qui battait la chamade ; et puis je me mis à bouillir, ce qui me poussa à l'action. Il se prenait pour qui celui qui avait fait ça, putain ? Je dégainai mon arme et me glissai à l'intérieur, dos au mur. Si les cambrioleurs étaient encore ici, ils ne pouvaient se cacher que sous le bureau ou dans la salle de bains. *À moins que ce ne soit vraiment un coup du prince des ténèbres. Lui, il est invisible. Ouais, eh bien, je vais lui mettre un pruneau juste entre ses deux yeux rouges et luisants.* Je poursuivis mon monologue intérieur jusqu'à ce que j'eusse inspecté tous les recoins du bureau, ce qui ne prit pas longtemps. Il se trouve que mon point faible en matière de sécurité n'était autre que la fenêtre de la salle de bains dont les barreaux n'étaient pas de taille contre le prince des ténèbres et son pied-de-biche. Je rengainai mon pistolet pour appeler Bill. J'avertis sa boîte vocale du cambriolage.

« Fais gaffe et rappelle-moi », lui dis-je.

Puis j'appelai Mary.

« C'est fini, je ne viens plus chez toi. C'est trop dangereux.

– De quoi tu parles ?

– Pendant que j'étais avec toi, j'ai eu de la visite, expliquai-je en décrivant le désastre au milieu duquel je me tenais.

– Tu vas bien ?

– Bien sûr que oui ! Ça fait un moment qu'ils sont partis ! Mais merci de poser la question, ajoutai-je à contrecœur.

– Tu n'aurais pas dû entrer seule. Tu aurais dû appeler.

– Et mourir d'un empoisonnement à l'adrénaline en t'attendant ?

– J'envoie quelques agents tout de suite.

– Oh, alors, comme ça, maintenant tu traînes avec la jet-set internationale et tu es un vrai cador ? Viens en personne pour montrer à ta copine de Shanghai à quoi ressemble un véritable cambriolage à l'américaine.

– On est en route pour la 35e Rue. Je fais demi-tour si tu veux.

– Oh, non, pas la peine. Laisse Wei arracher la tête de Mulgrew. Ça me fera peut-être du bien.

– C'est un coup de Wong Pan à ton avis ?

– Ma vieille Mary, comment veux-tu que je le sache ? » répondis-je même si ça m'avait traversé l'esprit et que j'avais imaginé le prince des ténèbres doté d'un visage étrangement rond.

Je raccrochai et traversai le palier.

« Salut, Lydia », dit Ava Louie en levant les yeux de son ordinateur pour m'adresser un sourire enjoué. Andi Gee, qui était au téléphone, me salua d'un geste.

« Vous avez entendu des bruits dans mon bureau aujourd'hui ?

– Quel genre ?

– Un tremblement de terre, des explosions, une surprise-partie ? Non, j'ai été cambriolée. »

Ava se leva d'un bond, et je dus l'emmener voir les dégâts. Andi, qui nous rejoignit quelques instants plus tard, poussa un petit cri.

Elles me dévisagèrent, inquiètes.

« Je vais bien, dis-je sans attendre. Je n'étais pas au bureau. »

Ce n'était pas la première fois que ce genre de chose arrivait. La fois précédente, les dames de l'agence de voyages avaient dû me délivrer d'une certaine quantité de corde. La dernière chose dont j'avais besoin, c'était qu'elles décident que j'étais une sous-locataire à risque et me mettent à la porte.

« L'une de vous deux a vu ou entendu quelque chose ? »

Elles secouèrent la tête.

« On est très occupées cet après-midi, expliqua Andi. Beaucoup monde. C'est très bizarre. Après, on est si nerveuses. Nous parfaitement bien mais ton bureau, voilà qui arrive.

– Qu'est-ce qui vous a rendues nerveuses ?

– Beaucoup monde pose questions sur vol, circuit, croisière, tous. Quelques-uns peut-être intéressés, mais la plupart non. Mais assis, continuent à poser questions, parler. En fait, nous s'inquiéter, au cas où pour voir s'ils nous volaient. Mais pas oser les jeter dehors.

– Pourquoi pas ?

– Parce qu'on a peur des White Eagles », expliqua Ava.

Je laissai ces dames dans leur bureau et fis le tour du mien sur la pointe des pieds en essayant de voir ce qui manquait en attendant les policiers.

Le fait que des White Eagles aient passé l'après-midi à se renseigner sur des voyages organisés était plus que suspect. Les gangsters de Chinatown ne sont pas du genre à prendre des vacances. Il y en a beaucoup qui n'ont même pas de passeport : certains sont des clandestins, certains sont en liberté conditionnelle et d'autres ne se sont pas servis de leur vrai nom depuis tellement longtemps qu'ils l'ont oublié. Ils cherchaient peut-être uniquement à détourner l'attention d'Ava et Andi de ce qui était en train de se passer dans mon bureau.

Et qu'est-ce qui s'était passé au juste ? Personne ne s'introduit chez un privé à la recherche d'argent liquide. Recouvert par ma paperasse, tout ce qui aurait pu être revendu n'avait pas bougé. L'allée sur laquelle donnait la fenêtre avait beau ne pas être aussi passante que Main Street, le risque n'était tout de même pas nul. Si mon bureau avait été une joaillerie, la tactique de diversion et la prise de risque auraient pu en valoir la peine, mais pour entrer par effraction dans mon bureau ?

J'examinai les barreaux tordus de plus près. L'ouverture n'était pas large. J'aurais à peine pu m'y glisser moi-même. Celui qui était assez mince pour y arriver n'aurait probablement pas eu la force d'écarter les barreaux tout seul. Alors, voilà ma théorie : un abruti body-buildé défonce les barreaux à la pince-monseigneur ; un apprenti gangster âgé de dix ans se faufile par l'ouverture et ouvre la porte de mon bureau à un deuxième crétin pendant qu'un troisième détourne l'attention des dames de Golden Adventure Travel.

Pourquoi ? Pourquoi se donner tant de mal ?

Pour la même raison que le bureau de Joel avait été mis sens dessus dessous ?

Et qu'ils aient ou non trouvé ce qu'ils étaient venus chercher, pourquoi n'avaient-ils rien volé d'autre tant qu'ils y étaient ?

L'arrivée de deux flics du commissariat du cinquième me fit temporairement perdre le fil de mes pensées. Ils furetèrent en notant certaines informations.

« Kee nous a dit d'ameuter les flics de la police scientifique, me dit l'un d'eux. Mais je sais pas, pour un cambriolage ? Même si c'est un coup des White Eagles. Et vous en savez rien. Et puis on vous a rien piqué... » ajouta-t-il, songeur, pris entre les ordres d'un détective et le mépris qu'il était sûr de subir de la part des techniciens de la police scientifique surmenés.

« Non, c'est pas grave », soupirai-je.

On n'était pas sûr de pouvoir relever des empreintes et, s'il y en avait, elles prouveraient que la personne à qui elles appartenaient s'était trouvée ici à un moment donné, rien de plus. Vu que l'on ne m'avait rien piqué, quelle plainte allais-je pouvoir déposer même si je savais contre qui la déposer ?

Évidemment, j'avais peut-être perdu quelque chose, mais dans cette pagaille, je ne savais pas ce que c'était. Je remerciai les policiers et refermai la porte derrière eux quand une idée me frappa, glaçante.

Si les cambrioleurs n'avaient pas trouvé ce qu'ils cherchaient, ils pourraient très bien aller chercher ailleurs.

J'empoignai mon téléphone et appuyai sur un numéro préenregistré.

« Ma ! Tu vas bien ? m'écriai-je quand ma mère répondit.

– Ling Wan-ju ? Comment ça, est-ce que je vais bien ? Bien sûr que je vais bien, pour une vieille. Si tu n'étais pas partie si tôt ce matin, tu aurais pu t'en rendre compte.

– N'ouvre pas la porte avant que j'arrive.

– Qui va venir chez nous ?

– Je n'en sais rien. »

Je remontai Canal Street au pas de course pour regagner la maison.

« Tu crois que ces gangsters vont venir ici ? » me demanda ma mère en me dévisageant, l'air incrédule. Difficile de dire si c'était l'audace des gangsters qui la rendait incrédule ou l'idée absurde que quelqu'un, même un gangster, irait monter quatre étages pour se colleter avec elle.

« Probablement pas, Ma. C'est juste pour être sûre. Ted et Ling-an disent qu'ils adoreraient que tu retournes passer quelques jours chez eux. Tu seras en sécurité là-bas.

– Si cet appartement n'est pas sûr, pourquoi ne veux-tu pas me laisser installer d'autres verrous sur la porte ?

– Cinq, c'est largement suffisant, Ma. Mais ils ont tordu les barreaux de la fenêtre de ma salle de bains avec un pied-de-biche.

– Il n'y a pas de fenêtre dans notre salle de bains et nos toilettes.

– Il y a l'escalier de secours devant la fenêtre de la cuisine.

– L'escalier de secours donne sur une rue passante.

– Ils viendront peut-être la nuit.

– Le vieux Chow Lun les verra.

– Il ne sera peut-être pas là.

– Tu l'as déjà vu quand il n'est pas là ? »

Comment est-ce que j'aurais pu le voir s'il n'était pas là ? J'essayai de me calmer et de discuter de la situation de façon rationnelle. Mais j'avais affaire à ma mère.

« Ce n'est pas pour longtemps, Ma.

– Combien de temps ?

– Je ne sais pas.

– Alors, comment sais-tu que ce ne sera pas long ?

– Juste le temps que je découvre ce qu'ils voulaient et s'ils l'ont pris.

– Comment vas-tu y arriver ?

– Je n'en sais rien.

– Et qu'est-ce que tu crois que ça aurait pu être, cette chose qu'ils voulaient ?

– Je n'en sais rien.

– Je vois. Tu ne sais pas qui ils sont, ce qu'ils voulaient, s'ils l'ont trouvé ni comment découvrir tout ça.

– Non. Mais...

– Par contre, tu sais que tu veux renvoyer ta mère à Flushing pour un laps de temps indéterminé.

– Ma ! Ma, s'il te plaît ! Je n'ai pas envie de m'inquiéter pour toi, c'est tout.

– Oh, dit-elle en me regardant, ce n'est pas pour moi que tu veux que je le fasse ? C'est pour toi ?

– Ce n'est pas ce que j'ai voulu dire ! Je... »

Le générique de *Bonanza* m'interrompit, ce qui n'était sans doute pas plus mal.

« Salut, dis-je en décrochant et en regardant ma mère tourner les talons et quitter la pièce. Où étais-tu ?

– J'étais sur le terrain, répondit la voix rationnelle bien qu'inquiète de Bill. Tu vas bien ? Où es-tu ?

– En plein délire surréaliste. À part ça, ça va.

– Qu'est-ce que ça veut dire ?

– J'essaie de persuader ma mère d'aller passer quelques jours dans le Queens. Ces types qui se sont introduits dans mon bureau, je ne sais pas ce qu'ils cherchaient. Au cas où ils ne l'auraient pas trouvé et qu'ils croiraient que ça se trouve ici, je ne la veux pas dans l'appartement.

– Mais elle refuse d'y aller ?

– Qu'est-ce que tu crois ?

– Tu devrais peut-être lui dire que je suis d'accord avec elle, que je ne crois pas qu'elle devrait y aller.

– Vraiment ?

– Bien sûr que non, je fais de la psychologie à l'envers.

– Laisse tomber. On a essayé quand on était petits. Aucun type de psychologie ne fonctionne sur ma mère.

– Parle-moi du cambriolage. »

Je lui fis un résumé en laissant le prince des ténèbres en dehors de tout ça.

« Les White Eagles ? Comment sont-ils impliqués là-dedans à ton avis ?

– Je n'en sais rien. Ils rackettent certains joailliers en échange de leur protection mais ça ne m'avance pas beaucoup.

– Des joailliers comme ton copain M. Chen ?

– Je ne sais pas.

– Tu crois qu'ils te soupçonnaient de posséder la Lune de Shanghai ?

– Et que je l'aurais laissée traîner sur mon bureau ? Même les White Eagles ne peuvent pas être aussi idiots. En fait si, mais je ne crois pas. Si je pouvais aller à mon bureau pour trier le bazar, je pourrais peut-être comprendre, mais je n'ai pas envie de laisser ma mère seule au cas où… »

Je m'interrompis au milieu de ma phrase.

« Lydia, tu es toujours là ? Qu'est-ce qui se passe ?

– Il faut que j'y aille. Je te rappelle.
– Qu'est-ce qui ne va pas ?
– Rien, tout va bien. Mais je te rappelle. »

Je baissai le téléphone, bouche bée. Ma mère se tenait devant moi, coiffée de son chapeau, valise à la main.

29

Quand je rappelai enfin Bill depuis chez mon frère à Flushing, je lui dis de me retrouver au bureau d'ici une heure et demie.

« Et amène ton attirail de détective.

– Pourquoi ?

– Parce que ma mère est un génie. »

Il ne rebondit pas sur ma dernière remarque, comme il se doit. Et il faut bien admettre que ce n'est pas le genre de chose que je dis souvent. Cela dit, en route vers le Queens, elle s'était surpassée.

Elle ne cherchait pas spécialement à se rendre utile. Elle avait juste envie de se plaindre. « Renvoyer ta mère au fin fond de Flushing alors que ça fait moins d'une semaine qu'elle est de retour chez elle », maugréa-t-elle. Ça, c'était à la gare, après que nous nous étions arrêtées dans un salon de thé pour acheter des petits gâteaux aux haricots rouges. Les enfants de Ted en raffolent, et même si on peut en acheter dans une pâtisserie à deux pâtés de maisons de chez lui, ma mère jure que personne à Flushing, à l'exception de Ling-an quand elle n'est pas trop occupée, ne sait cuisiner. Nous avions aussi acheté des choux à la crème, des biscuits aux amandes et des tartelettes au chocolat recouvertes d'un glaçage vert, un truc que Bill aurait été capable de manger. Remarque que je m'abstins de faire.

Une fois dans le métro, les cartons de la boulangerie dans des sacs en plastique rose, ma mère eut une autre idée.

« Chin Ling Wan-ju ! Si tu es dans l'appartement toute seule quand les gangsters viendront, qui va te protéger toi ? »

Elle se leva, prête à faire demi-tour.

À dire vrai, j'étais surprise qu'elle n'en ait pas parlé plus tôt. J'étais prête.

« Assieds-toi, Ma. Je vais faire installer une alarme sur la porte et une sur la fenêtre de la cuisine. Et je laisserai les fenêtres fermées. Mais je ne pense vraiment pas que quelqu'un viendra tant que je serai dans l'appartement. J'étais surtout inquiète qu'ils attendent que je sorte et que tu sois seule pour entrer par effraction.

– Pourquoi ne vont-ils pas venir pendant que tu es là ? »

Parce que je suis armée. Non, Lydia, ne dis pas ça.

« Ils ont attendu que mon bureau soit vide. On dirait qu'ils n'ont pas envie de tomber sur moi. »

Elle plissa les yeux, mais resta silencieuse un moment. Puis, en grommelant de façon de plus en plus audible, elle se remit à parler du sujet abordé plus tôt. « ... considérions nos aînés » furent les premiers mots que je distinguai. Je me doutais de ce qui allait suivre.

« Les enfants aujourd'hui, aucun respect, dit-elle à personne en particulier. Forcent leurs parents à quitter la maison, à aller très loin.

– Ma, je...

– Ton cousin Danny. »

Elle me lança un regard mauvais, comme si tout ce que Danny avait jamais fait de mal était de ma faute.

« Il a envoyé sa mère jusqu'en Chine.

– Elle avait envie de voir son village natal. Danny lui a payé le voyage. Il est très généreux.

– Il aurait dû l'accompagner, pas la forcer à y aller seule.

– Elle n'est pas seule. Elle est en voyage organisé.

– Avec des inconnus.

– Plus sa sœur et deux de ses meilleures amies !

– Et des inconnus. Au lieu de ses propres enfants. Et ton cousin Clifford. Il n'a pas beaucoup l'esprit de famille celui-là. Il a forcé sa mère à partir pour le New Jersey.

– Clifford Kwan ? Fétide ? Il a envoyé sa mère dans le New Jersey ?

– Pas étonnant qu'il soit mauvais. Les gens lui donnent des surnoms dégoûtants, rétorqua ma mère, l'air réprobatrice.

– Il est fier de ce nom.

– Ça n'empêche pas qu'il soit dégoûtant, si ?

– Qu'est-ce que tu veux dire par "forcé sa mère à partir pour le New Jersey" ?

– Le fils a causé tant de chagrin à sa mère qu'elle a déménagé.

– Oh, alors, ce n'est pas lui qui l'a envoyée là-bas. C'est elle qui a déménagé en banlieue.

– Il l'a forcée à partir en lui brisant le cœur.

– Ma, Clifford est pourri depuis le jour de sa naissance. Ça m'étonne que Kwan Shan ne l'ait pas fichu à la porte il y a des années. »

Ma mère leva les yeux au ciel. Encore une fois, j'avais échoué à comprendre quelque chose de basique.

« Ce serait mieux si on pouvait choisir les membres de sa famille. Prendre ceux que l'on veut, se débarrasser des mauvais. Mais c'est impossible. L'enfant que l'on met au monde est l'enfant que l'on doit garder. »

Ses yeux plissés me disaient que, au passage, je pouvais m'estimer heureuse que ce soit vrai. Comme pour insister, elle ajouta :

« C'est quand Kwan Shan a quitté Chinatown que son fils s'est mis à fricoter avec des gangsters. »

Je n'allais pas gober ça.

« Tu viens de dire que son mauvais comportement l'avait forcée à déménager.

– Maintenant, elle refuse de revenir. Elle a honte de se montrer.

– Elle est sans doute simplement contente dans son bel appartement tout neuf. Avec jardin. Près de ses petits-enfants.

– Quelle mère pourrait être heureuse quand son plus jeune fils est membre des White Eagles ?

– Ma... Quoi ?

– J'ai dit...

– Je sais ce que tu as dit. Fétide est membre des White Eagles ? Depuis quand ?

– C'est tante Ro, de la pharmacie, qui me l'a dit. Son beau-frère a tatoué un aigle blanc sur Clifford il y a trois jours. D'après tante Ro, ça veut dire qu'il est devenu membre du gang. »

Effectivement.

« Pourquoi tu ne me l'as pas dit ?

– Pour cela, il aurait fallu que tu passes assez de temps à la maison. Désolée, Ling Wan-ju, je n'ai pas dû remarquer ta présence. »

Quand j'arrivai à mon bureau, je trouvai Bill en train de bavarder avec les dames de chez Golden Adventure. Elles lui firent les yeux doux quand il leur dit au revoir. Parfait. Tant qu'elles me trouvaient digne d'être leur sous-locataire...

« Comment as-tu réussi à convaincre ta mère d'aller là-bas ? me demanda-t-il en regagnant le bureau.

– Crois-moi, je n'y suis pour rien. Je lui ai dit que je ne voulais pas avoir à m'inquiéter d'elle. Elle a dit : "Oh, ce n'est pas pour moi que tu veux que je le fasse ? C'est pour toi ?" et je la croyais en colère. Et puis, en moins de deux, elle est partie chercher sa carte de métro.

– Putain de merde.

– J'espère que tu dis ça à cause de la pagaille et pas à cause de ma mère ? » dis-je à Bill.

Je voyais bien que c'était à cause de la pagaille, vu la manière dont il s'était arrêté sur le seuil du bureau pour regarder tout autour de lui.

« Tous ces papiers étaient sur ton bureau ? C'est incroyable.

– Oh, ça va. Ils ont fouillé dans les dossiers aussi.

– J'aimerais bien savoir ce qu'ils cherchaient.

– Alors, qu'est-ce que tu attends ? Mets-toi au boulot, et moi je commence à fouiller. »

Bill se dirigea vers la salle de bains avec sa boîte à outils. Il peut être pénible, mais il a ses bons côtés. *Primo,* il a des qualités manuelles que je n'ai jamais maîtrisées : enfoncer des clous droit, conduire une voiture à boîte de vitesses manuelle. *Deuzio,* il sait aussi relever des empreintes.

« Surfaces rugueuses et sèches, dit-il en examinant les rebords de fenêtres et les barreaux. Je ne sais pas ce que je vais pouvoir relever.

– Peu importe. Applique-toi, c'est tout. Et opère depuis l'extérieur autant que faire se peut. Et prends ton temps. »

Pendant que Bill faisait joujou avec la poudre et les pinceaux, je ramassai les papiers. Je reclassai les dossiers éparpillés et tous les papiers dont la provenance me semblait évidente. Puis, je passai en revue ce qui restait. Ce que j'étais en train de faire s'apparentait au travail d'un sculpteur qui travaille un bloc de marbre pour révéler la statue qui s'y cache. En rangeant tout ce que je pouvais, j'espérais découvrir ce qui manquait.

« Parle-moi du flic de Shanghai, me cria Bill par la fenêtre tout en travaillant. Il est valable, à ton avis ?

– Ha ! C'est tout une histoire. Oh, mon Dieu, et quelle histoire ! m'écriai-je en m'arrêtant au beau milieu de ma pile de papiers. Je ne t'ai pas parlé d'Alice.

– Qu'est-ce qu'elle a, Alice ?

– C'est long. Et pas bon. Et ça implique le flic de Shanghai. »

Ma description de l'inspecteur Wei le fit sourire. Et puis je lui appris qu'Alice Fairchild était vraisemblablement impliquée dans le vol de bijoux, de mèche avec Wong Pan. Son sourire s'effaça.

« Ça expliquerait pas mal de choses. Et ça changerait tout, remarqua-t-il.

– Tu fais bien de le dire.

– Mary la recherche ?

– Tu parles ! Je l'ai rappelée moi aussi mais évidemment, elle n'a pas répondu. »

Le serrurier arriva juste au moment où Bill terminait son travail. Il eut l'air perplexe en voyant de la poudre partout.

« Pour une banale effraction ? Comment ça se fait que vous releviez les empreintes ? me demanda-t-il.

– Sécurité intérieure », rétorqua Bill sans lever la tête.

Une heure plus tard ma fenêtre était équipée d'un verrou de sûreté cémenté et de barreaux, mon bureau était mieux rangé qu'il ne l'avait été depuis des mois et nous n'avions toujours aucune idée de ce qui s'était passé. J'avais récupéré tous mes papiers. Si les cambrioleurs cherchaient autre chose qu'à mettre le bazar et faire monter ma tension artérielle, on ne pouvait pas dire qu'ils avaient eu beaucoup de succès.

Et Bill non plus, apparemment.

« Empreinte partielle d'une paume. Une trace. Et ce qui pourrait être une empreinte de pouce près du verrou.

– Je parie que c'est le mien. Bon, ce n'est pas pour ça que je t'ai demandé de relever les empreintes de toute façon. Ça veut dire quoi "cémenté" ?

– Ça me fait penser à ton pote Mulgrew.

– Quoi ?

– Il a un caractère bien trempé ce flic-là.

– D'accord, fais le malin. »

Je pris mon téléphone et composai un numéro. Je parlai brièvement en cantonais avec la mère éplorée de Fétide Kwan dans le New Jersey. Puis j'appelai le numéro de portable de son ingrat de fils qu'elle m'avait donné.

« Ouais ? » Bien, c'était le bon numéro. C'était la voix nasillarde et chagrine de Fétide.

« Salut, Clifford. C'est ta cousine Lydia.

– J'ai pas de...

– Lydia Chin, Fétide. Si : les pères de nos mères étaient cousins issus de germains au troisième degré. »

Ou un truc comme ça. Quel que soit notre lien de parenté, je pouvais parier qu'il ne le connaissait pas.

« Tes potes White Eagles ont cambriolé mon bureau cet après-midi, et je veux savoir pourquoi.

– Lydia Chin ? » s'exclama Fétide en faisant semblant de réfléchir.

C'est tout ce dont il est capable : faire semblant.

« Oh, cette Lydia-là.

– Pourquoi, Fétide ?

– Pourquoi quoi ?

– Mon bureau !

– Eh, oh, cousine, t'es en plein délire.

– Pas la peine de faire tout ce cinéma. Ils étaient là, ils ont foutu la pagaille, et tu vas me dire pourquoi.

– Je sais que dalle.

– Tu sais que dalle, mais je veux l'entendre quand même. Tu veux qu'on se retrouve en ville où personne ne nous connaît ou tu veux que je vienne te trouver à Chinatown ?

– Pas question qu'on se rencontre.

– Alors, je vais te retrouver, et tes nouveaux copains nous verront ensemble.

– Pas question que tu me retrouves non plus. »

Fétide était coincé.

« Cousin, je suis détective privé, tu te souviens ? Je suis capable d'à peu près tout ce dont les flics sont capables, dis-je en insistant un peu sur le mot « flics », mais sans avoir besoin de m'embarrasser des subtilités légales. »

Je me demandais si quelqu'un avait déjà employé ces termes dans une discussion avec Fétide.

« Je peux te retrouver grâce à ton téléphone. Non, ne raccroche pas, c'est déjà trop tard. Et je peux aussi relever des empreintes.

– Et alors ? » dit-il avec une demi-seconde de décalage.

Il mordait à l'hameçon, alors je fis monter la pression d'un cran.

« J'ai trois séries d'empreintes ici. Tout à l'heure, je vais les envoyer dans un labo privé qui travaille pour moi. À moins d'avoir mieux à faire, comme parler à mon cousin. Il y a de petites empreintes. Celles d'un gamin, Fétide. Vous avez envoyé un enfant dans mon bureau, et une fois que je saurai qui c'est, je ne vais pas me gêner pour le dire à ses parents. Et à leur association familiale, et l'association de leur village et le Tong[1] auquel appartient le directeur de l'association du village. Et le plus beau dans tout ça, cousin Clifford, c'est que tous ces gens qui se donneront un mal de chien pour en faire baver autant que possible aux White Eagles sauront que c'est ta cousine, oui, ta cousine, qui a coincé les White Eagles. Et les White Eagles le sauront eux aussi. Alors : on se retrouve en ville ou là où tu te trouves en ce moment ? »

Et ce brave Fétide, ce lâche, probablement défoncé et manifestement idiot de Fétide, suggéra que l'on se retrouve dans une pizzeria d'Union Square. Ce qui était une bonne chose car même si Bill était capable de relever des empreintes, nous n'avions aucun moyen d'identifier un gamin de dix ans à partir des empreintes qu'il aurait pu laisser, même si, en l'occurrence, ce n'était pas le cas. L'intérêt de les relever, c'était de faire en sorte que le serrurier, les dames de l'agence et les témoins curieux qui vivaient au-dessus du bureau puissent confirmer que nous l'avions fait. Et puis, même si les détectives privés disposaient de certains moyens techniques au même titre que la police, j'étais incapable de retrouver un suspect grâce à son téléphone. Alors, heureusement que Fétide m'avait donné rendez-vous car, à ce moment précis, je n'avais pas la moindre idée d'où il était.

---

1. Les Tongs sont des groupes d'entraide chinois, parfois infiltrés par la mafia chinoise.

30

BILL ET MOI PRÎMES LE MÉTRO jusqu'à Union Square. Nous trouvâmes Fétide Kwan chez Vinnie's Pies, le teint terreux et en train d'enfourner une tranche de pizza garnie de tous les ingrédients susceptibles de garnir une pizza.

« C'est qui lui ? demanda Fétide, l'air renfrogné quand Bill se laissa tomber sur une chaise.

– Bill Smith. Un collègue détective, dis-je. C'est quoi ça ?

– De la pizza, pauvre tache. J'ai pas dit que je lui parlerais à lui. Juste à toi. »

C'est à peu près les mots qui nous parvinrent à travers le filtre de pâte, salami, poivrons et ananas. De la sauce tomate tomba sur la chemise de Fétide allant rejoindre quelque chose de marron qui y était tombé la veille, la semaine dernière ou le jour où sa mère éplorée avait fait sa lessive pour la dernière fois.

« Eh bien, tu vas être obligé de lui parler. »

J'étais reconnaissante de l'odeur d'ail qui flottait dans l'air. Comme tous les membres de gangs, Fétide n'avait pas choisi son surnom et n'en avait pas hérité par hasard.

« Nous travaillons ensemble lui et moi.

– Merde, cousine Lydia. Je croyais que tu étais une dure à cuire. Je savais pas que tu travaillais pour un *baack chit gai.*»

Le terme qu'il venait d'employer signifiait littéralement «poulet cuit sans sauce soja». C'est comme ça qu'on appelle les Blancs dans les gangs aujourd'hui.

«En fait, c'est moi qui travaille pour elle, expliqua Bill. Je suis son homme de main. Comme ça, elle n'a pas à salir ses jolies petites menottes, ajouta-t-il en avançant un peu vers Fétide qui recula, mais se retrouva coincé contre le mur.

– Écoute, je veux savoir ce que les White Eagles cherchaient dans mon bureau, lui dis-je. Et s'ils ont trouvé ce qu'ils voulaient. Tu me donnes ce renseignement, et je paierai même ta pizza.

– Oh, génial !

– Et si tu refuses, je te la ferai avaler, ainsi que la boîte en carton dans laquelle on te l'a servie, dit Bill sur un ton amical.

– Allez vous faire foutre ! » s'écria Fétide en faisant mine de se lever.

On se serait cru dans un mauvais film de mafieux.

« Fétide ! Assis ! Bill, laisse-le tranquille. C'est mon cousin. Il coopère. »

C'était sans doute le numéro de gentil flic contre méchant flic le plus ringard auquel on s'était jamais livré Bill et moi, mais Fétide ne valait pas qu'on se décarcasse plus que ça.

« Eh ben, t'as perdu, cousine », dit Fétide en s'adossant à sa chaise. Il lança à Bill un regard mauvais et me sourit.

« Je sais pas ce qui s'est passé.

– Fétide, tu rêves d'être un White Eagle un jour mais j'ai besoin de trouver...

– Va te faire foutre ! Je rêve d'être White Eagle ? » s'exclama-t-il en relevant sa manche pour exhiber une épaule rouge et enflée où un aigle difforme s'apprêtait à se poser tout en poussant un cri. Si c'était ça l'œuvre du beau-frère de tante Ro, j'espérais qu'il avait un vrai boulot à côté.

« T'as pas ce genre de truc quand tu fais que rêver. Chuis affranchi, poulette. »

Affranchi ? Alors, comme ça, les gangs de Chinatown recyclaient l'argot de la mafia ? « Qu'est-ce que tu as fait de la fierté de ta culture ? » avais-je envie de lui demander.

« Je ne vois pas comment ça peut être vrai si tu ne sais rien de ce qui s'est passé aujourd'hui », dis-je.

Fait comme un rat. Les joues de Fétide devinrent cramoisies.

« J'ai pas dit que je savais rien du tout. J'ai dit que je savais pas pourquoi, et c'est vrai, putain.

– Surveille ton langage, dit Bill en lui agrippant le poignet en un éclair. Mlle Chin n'aime pas entendre ce genre de chose.

– Aïe », cria Fétide en essayant en vain de se dégager.

Il dévisagea Bill, surpris et offensé.

« Qu'est-ce que ça veut dire ?

– Quoi ?

– Tu sais pas ce qui s'est passé, mais c'est pas comme si tu savais rien du tout ? Ça veut dire quelque chose ça ? J'espère bien. Parce que si c'est juste des paroles en l'air, il faut que je te dise que Bill déteste ça. »

Bill lâcha Fétide et attrapa son Coca qu'il descendit d'un trait, probablement pour éviter d'éclater de rire.

« Hé ! Lydia ! protesta Fétide en voyant s'envoler sa dose de caféine et de sucre.

– De toutes petites empreintes digitales, dis-je avec un sourire bienveillant. Quatre complètes et deux partielles. À qui peuvent-elles bien appartenir ?

– Bordel de merde, cousine, t'es une vraie plaie. Quoi ? s'écria Fétide alors que Bill se penchait vers lui. Oh, et puis merde. Je sais pas pourquoi parce que c'est pas nous qui avons planifié le cambriolage. On en a rien à foutre de ton bureau, cousine, d'accord ! Un type nous a engagés.

– Qui ?

– Je sais pas. C'est vrai ! *Dai lo* nous l'a pas dit. »

Dai lo, littéralement « grand frère », est le titre que l'on donne au chef de gang à Chinatown.

« Il a juste dit qu'on serait bien payés si on détournait l'attention des dames de l'agence de voyages, si on ouvrait le bureau pour laisser le type entrer.

– Le laisser entrer ? Les White Eagles n'ont pas fouillé le bureau eux-mêmes ?

– Pourquoi on aurait fait ça ? Pu… Qu'est-ce que tu as qui pourrait nous intéresser ?

– Que voulait le type ?

– Comment je le saurais ?

– Ton *dai lo* le sait ? »

Fétide leva les yeux au ciel.

« Débrouille-toi pour le découvrir.

– Quoi ?

– Débrouille-toi pour le découvrir. Qui c'était et ce qu'il voulait.

– T'es dingue.

– Non, c'est Bill qui est dingue. »

Bill lui lança un regard de fou.

« Moi, je suis juste ta cousine qui a relevé des empreintes de gamin.

– Je peux pas. »

La voix de Fétide se fit plus aiguë tout en baissant de volume.

« Je peux pas demander ce genre de truc à *dai lo*. Et s'il ne sait pas ? Si le type lui a pas dit son nom, t'as pensé à ça ? *Dai lo* va croire que j'essaie de le ridiculiser.

– Explique qu'on te fait chanter. C'est bien Deng, ton *dai lo*, non ? Celui qu'on appelle Gueule de poisson. Il comprendra.

– Tu te fous de moi ?

– Oui, bien sûr. Tu t'y prends comme tu veux, Fétide, mais il faut que j'aie la réponse d'ici demain matin.

– Oh, merde, me fais pas ça.

– Quel est le problème ? T'es affranchi, non ? Tu fais partie de la famille. Félicitations, au fait. »

Fétide passa une main graisseuse dans ses cheveux.

« Il est nouveau, bredouilla-t-il.

– Quoi ?

– Le tatouage. Je viens de le faire faire.

– Oui, je l'avais compris. Tu as atteint ton but, Fétide. Maintenant, concentre-toi sur le mien. »

Le désespoir passa dans ses yeux rougis.

« *Dai lo* a besoin de types à qui il peut faire confiance. Pour ce gros coup qui se prépare. C'est pour ça, expliqua-t-il en désignant son épaule. C'est ma chance. Ne fais pas tout foirer, cousine. »

Le sous-fifre quittait le banc des remplaçants pour participer au match. La doublure entrait dans la lumière. Comment ne pas être émue ?

« Bon, d'accord, tu as jusqu'à demain soir.

– Oh, merde ! Oh, non, allez, arrête ton char.

– Excuse-moi, j'ai pas bien entendu ?

– Ces conneries, là... il eut un mouvement de recul, mais Bill se contenta de lui adresser un sourire encourageant... ce qui est arrivé dans ton bureau. Si je balance, *dai lo* va me tuer. »

Triste à dire, mais c'était sans doute ce qui allait littéralement se passer. Et si ma mère n'appréciait pas que je l'aie envoyée dans le Queens, qu'est-ce que ça serait quand elle apprendrait que j'avais envoyé cousin Clifford dans l'au-delà.

Fétide insista, me sentant hésitante.

« Et le gros coup. Je veux pas bousiller l'occasion de participer, tu vois. Y a beaucoup de fric en jeu. Et en plus du fric... » Il s'arrêta ; il avait les yeux écarquillés d'un voyou qui, même idiot et défoncé, se rend compte qu'il en a trop dit.

« Quoi, en plus du fric ? Qu'est-ce qui compte pour des types comme les White Eagles à part le fric ? Le sexe et la drogue au rabais, d'accord. C'est ça que tu as peur de rater ? »

Il me lança un regard mauvais et prit sa canette de Coca. En voyant qu'elle était vide, il la laissa retomber violemment sur la table. Elle produisit un bruit assez faible mais je fis signe à Bill qui se leva et revint avec deux canettes de Coca et une d'eau pétillante. Fétide en ouvrit une dont il but une partie, décolla une rondelle de saucisse de sa part de pizza froide et la fourra entre ses lèvres grasses.

« *Dai lo* a une idée, finit-il par dire. C'est pour ça qu'il a besoin de types. On va être un genre d'armée privée.

– Quoi ?

– À louer.

– Quoi ?

– Parce qu'on a aussi été embauchés pour le gros coup, expliqua-t-il, exaspéré. D'abord ça, puis ton truc. Alors, on pourrait être une armée privée, c'est ce que se dit *dai lo*. Il va y avoir du bouche à oreille. Les gens vont venir nous voir.

– Eh bien, c'est-y pas merveilleux l'ambition ? m'écriai-je en échangeant un regard avec Bill. Magnifique. Parle-moi de ce fameux coup, Fétide.

– Je sais pas. On me dit où et quand ça se passe, je me pointe. C'est tout.

– Tu te pointes pour quoi faire ?

– Ce qu'on me dit de faire ! Y aura pas de blessé. C'est vrai, je le jure devant Dieu. Lydia, allez, fous pas tout en l'air !

– Tu ne sais ni où ni quand ni ce qui se passe, mais tu jures qu'il n'y aura pas de blessé, c'est ça ? »

Oh, non, on croirait entendre ma mère, pensai-je.

« Prenons les choses sous cet angle : ça fait un moment que tu surveilles les devantures de bijouteries. Comment cette activité plus que louche est-elle liée au gros coup ?

– Elle l'est pas », marmonna-t-il, le regard fuyant.

S'il essayait de nous faire croire qu'il mentait, il n'aurait pas pu mieux s'y prendre.

« Vous allez cambrioler une bijouterie, dis-je en me calant contre le dossier de ma chaise.

– Euh... Ouais.

– Oh, c'est pas une bijouterie ? Alors, tu sais ce que c'est.

– Je sais pas, putain ! Mais c'est certainement pas un truc aussi foireux que ça.

– La boutique de M. Chen, Bright Hopes ? risquai-je.

– Certainement pas », dit-il d'une voix dégoulinante de mépris.

Mais son teint blême de quelqu'un qui a trop fréquenté les salles de jeu vidéo se colora.

« M. Chen est un ami à moi. » M. Chen refusait de me parler, et après ?

« Je détesterais qu'il lui arrive quelque chose.

– Oh, bon Dieu, cousine ! Rien va arriver au vieux Chen ! C'est même pas...

– C'est même pas quoi ?

– C'est même pas quelqu'un que je connais. »

Fétide était manifestement et pitoyablement fier de la façon dont il avait rattrapé le coup.

Bill se rapprocha de lui.

« Et ce putain de gros coup dont tu sais foutre rien, qu'est-ce qu'il a à voir avec ce qui s'est passé dans le bureau de Lydia ?

– Qui a dit qu'il y avait un rapport ? répondit Fétide en jetant à Bill un regard nerveux.

– Moi.

– Vous dites des conner... Vous vous trompez, bredouilla Fétide qui, faisant preuve d'une maîtrise et d'une volonté impressionnantes, avait réussi à se reprendre.

– Fétide, est-ce que le même type vous a embauchés pour les deux boulots ?

– Non. C'est pour ça que *dai lo* est si content.

– Pourquoi ? »

Il me regarda comme si c'était à moi qu'il manquait une case.

« Parce que le bouche à oreille doit déjà fonctionner ! Avant même qu'on se soit occupé du premier boulot, on en obtient un autre. Le client est content, il en parle à d'autres, et puis le deuxième est content, il en parle à d'autres et voilà : les White Eagles de Chinatown, soldats du destin. »

« Les White Eagles de Chinatown quoi ? »

Mary n'aurait pas pu être plus incrédule si je lui avais annoncé qu'ils étaient tous devenus moines bouddhistes.

« Je sais. Mais tu ne crois pas que tu devrais les avoir à l'œil ?

– Tu ne sais rien de ce gros coup ?

– Non, à part que ça ne marchera jamais s'ils laissent Fétide s'en mêler. Mais je ne crois pas que ce soit aussi simple que de voler une bijouterie.

– Tu as dit qu'il a réagi en entendant parler de M. Chen.

– Chen paie peut-être les White Eagles en échange de leur protection, alors Fétide le connaît. Je crois que Fétide ignore vraiment ce qui se passe. Il ne sait pas mentir.

– Et tu ne vas pas lui demander de se renseigner sur le cambriolage ?

– C'est trop risqué, soupirai-je. Son *dai lo* lirait en lui aussi facilement que moi. J'aime pas ce type mais c'est mon cousin.

– Si on empêche ce gros coup, je risque de devoir l'arrêter.

– Te gêne pas pour moi. Je ne veux pas être responsable de sa mort, c'est tout. »

Elle n'était pas contente, je le savais bien, mais comme elle était chinoise, elle comprit.

« J'ai conservé un moyen de pression. Il a vraiment peur pour les empreintes. Il craint que les Tongs ne tombent sur le dos des White Eagles et d'en être rendu responsable. Alors, j'ai promis d'attendre avant de m'en servir, à condition qu'il me donne bientôt quelque chose d'utile.

– Pas la peine de retenir ton souffle.

– T'inquiète. Mais je ne suis pas perdante dans l'affaire puisque je n'ai pas d'empreinte.

– Si le gros coup a à voir de près ou de loin avec une bijouterie, même s'il ne s'agit pas d'un cambriolage, songea Mary à haute voix, ce doit être une de celles que les White Eagles rackettent. Ils n'oseraient pas marcher sur les plates-bandes d'un autre gang, même pour de l'argent.

– C'est ce que je me suis dit moi aussi. Tu peux trouver de quelles boutiques ils s'occupent ?

– Patino s'occupe de tout ça, cartes et graphiques à l'appui. Et je peux peut-être me rencarder sur l'un de ces fameux clients. Je vais voir si quelqu'un sait avec qui traîne le *dai lo* des White Eagles. Ou alors je pourrais juste l'embarquer.

– Gueule de poisson ? Pour quoi faire ? Il prendrait un avocat, tu n'obtiendrais rien, et il saurait que tu es au courant du gros coup qu'il prépare.

– Je n'ai pas envie de me contenter d'attendre que ça arrive.

– Je compatis. Mais je vais continuer à mettre la pression sur Fétide. Ça va peut-être porter ses fruits. Et quoi qu'il me donne, même si ce n'est pas lié à mon cambriolage...

– Mais tu es sûre que c'est lié.

– Je ne sais pas. Peut-être pas. Mais, même dans ce cas, tu ne crois pas que ce sera génial pour ta carrière de prendre les White Eagles sur le fait ? »

Je rangeai mon portable. Enveloppés par l'air lourd du soir, Bill et moi regardions les skateurs dévaler à grand bruit les marches de Times Square.

« On va où, patron ?

– C'est toi la patronne. Moi, je suis juste l'homme de main fou furieux qui déteste parler.

– Ça me fatigue. J'ai envie d'être l'homme de main un moment. Ça demande trop de réflexion d'être le patron.

– Ça me va. Si c'est moi le patron, t'es virée.

– On croirait entendre Alice. »

Quelle coïncidence. À peine eus-je prononcé son nom que mon téléphone fit entendre la sonnerie associée à ma nouvelle cliente.

Je décrochai et plaquai le combiné contre mon oreille.

« Lydia Chin. Alice ? C'est vous ?

– Lydia ? Oui, c'est moi.

– Où êtes-vous ? »

En me bouchant l'oreille pour bloquer le bruit de la circulation et des skateboards, je fis de mon mieux pour avoir l'air naturel. Elle ignorait que je savais tout, et je n'avais pas envie de lui faire peur.

« Lydia, il faut que je vous parle.

– Oui, je crois que c'est une bonne idée. Vous êtes de retour à New York ? Je suis libre tout de suite.

– Pourquoi pas ce soir. Vers onze heures ? Dans le parc Sara Roosevelt. »

Je fus décontenancée.

« Ce parc n'est pas l'endroit le mieux fréquenté à ce moment de la journée. Pourquoi pas...

– Non, le parc Sara Roosevelt à onze heures.

– Pourquoi ?

– Il faut que ce soit un lieu inattendu. Je ne peux pas risquer d'être vue.

– Qu'est-ce que vous racontez ?

– Lydia, c'est Wong Pan. Il prétend avoir la Lune de Shanghai. »

Impossible d'avoir l'air naturelle après ça.

31

« Le parc Sara Roosevelt à onze heures du soir ? »

Mary était à peine moins incrédule que dix minutes plus tôt.

« Pourquoi là-bas ?

– Je n'en sais rien.

– D'accord, on y sera.

– Nous aussi.

– Non.

– Oh que si ! Elle va surveiller le parc, tu le sais bien. Elle ne se montrera pas à moins de nous voir.

– Je ferai venir un sosie.

– Un sosie de Bill et moi ? Même si tu fais ça, elle n'y croira peut-être pas. Et puis on ignore ce qu'elle veut me dire. Tu n'as pas envie de savoir ?

– Elle n'a peut-être pas l'intention de discuter. Elle veut peut-être te flinguer.

– Pourquoi m'appeler dans ce cas ? Pourquoi pas simplement me suivre ? Allez, Mary, il se peut qu'elle dise quelque chose qui te sera utile. Ou quelque chose d'utile à l'inspecteur Wei. Laisse-nous lui parler. Et puis tu pourras l'embarquer.

– C'est dangereux.

– Danger, c'est mon second prénom.

– Non, c'est Lydia ton second prénom. »

Je sentais que l'amie avait envie de me protéger et que le flic avait envie de boucler l'affaire. J'essayai de leurrer le flic.

« Elle ignore que je sais tout d'elle, n'oublie pas.

– Comment tu peux en être sûre ?

– Elle n'était pas obligée de me contacter. Elle aurait pu continuer à jouer la fille de l'air. »

Mary ne répondit pas. J'avais raison, et elle en avait conscience.

« Et tu ne sais pas où elle est en ce moment ?

– Tu ne crois pas que je te l'aurais dit ? »

De nouveau, pas de réponse.

« D'accord, d'accord, je te l'aurais probablement dit. Bref, elle a raccroché dès que les mots magiques Lune de Shanghai ont franchi ses lèvres. Et je ne mérite pas la médaille du citoyen modèle pour t'avoir téléphonée ?

– Et un bon point aussi. Et si tu as des nouvelles d'elle avant onze heures, t'as intérêt à me contacter.

– Ouais, et quand tu seras nommée détective de première classe grâce à mon tuyau, t'as intérêt à te rappeler qui te l'a refilé.

– Et toi, souviens-toi de ça : si, à n'importe quel moment ce soir, tu te sens en danger, fais-moi signe.

– Je me gratterai la tête, qu'est-ce que tu en dis ? Mais ne t'inquiète pas, Bill m'accompagnera.

– Pas le Bill que j'ai appelé l'autre jour pour lui suggérer de te téléphoner, si ? Non, ça ne peut pas être le même, ça t'a mise en rogne. »

Entre les piques de Mary et le sourire qui apparut sur le visage de Bill en entendant que je me servais de lui pour rassurer mon amie, j'avais l'impression d'être prise entre deux feux.

« Et, évidemment, tu porteras ton gilet pare-balles ? ajouta Mary.

– Oui, maman. Si Alice voulait me faire la peau, je ne vois toujours pas pourquoi elle aurait pris la peine d'appeler pour organiser un rendez-vous.

– Pour s'assurer que tu seras dans un jardin public sombre en pleine nuit peut-être ?

– Oh, à part cette raison-là, évidemment, dis-je avant de raccrocher. Tu as faim ? » demandai-je à Bill.

Il écrasa sa cigarette du bout du pied.

« Tu veux dire qu'après avoir vu ton cousin et sa pizza tu peux envisager de manger ?

– Tu as bu son Coca. À même la canette que ses lèvres avaient touchée.

– Ça, c'était dans le feu de l'action. Pour essayer d'impressionner ma patronne par mon dévouement.

– Quoi, tu veux une augmentation ?

– Non. Je veux juste garder le boulot. »

Je croisai son regard puis détournai les yeux, sans savoir du tout comment répondre à ça.

Nous achetâmes des raviolis aux légumes, du bœuf à la mongole et des liserons d'eau braisés dans un boui-boui avec trois tables dont deux désertes et nous aurions pu rester mais j'avais une furieuse envie de manger au bureau, les pieds sur la table de travail avec des barquettes de nourriture à emporter partout.

« Tu reprends possession de ton territoire, dit Bill en saisissant le sac sur le comptoir. Si tu étais un chien, tu pisserais dans tous les coins.

– Merci, docteur Freud. C'est plutôt que je n'ai envie de voir personne. »

Je le disais comme je le pensais. Aussi, quand nous ouvrîmes la porte de mon bureau pour le trouver exactement dans l'état où je l'avais laissé, le soulagement qui me submergea me surprit. Je déchirai la page de la veille sur le calendrier offert par la fabrique de tofu Far Pagoda pendant que Bill sortait les barquettes du sac.

« Tu sais ce que je me dis ?

– Je ne sais jamais.

– Que j'aimerais bien pisser dans les coins. Non, sérieusement. C'est... hésitai-je en m'efforçant de formuler mes pensées. Les choses matérielles ne m'intéressent pas beaucoup, tu le sais.

– Je sais.

– Et tout ça, dis-je, ça vient de l'Armée du salut. Mais c'est à moi. La personne que les White Eagles ont laissée entrer ici n'a rien cassé et n'a rien volé non plus, mais je suis quand même furieuse. Ça te paraît logique ?

– Absolument. »

Je trempai un ravioli dans de la sauce avant de l'engloutir.

« Tu sais quoi d'autre ?

– Quoi ?

– Rosalie. Elke. Tous ces gens qui ont été forcés d'abandonner leurs affaires ou ont vu les nazis les voler ou les détruire sans rien pouvoir faire. Ces familles entières exterminées. Des gens qu'ils aimaient, des cousins qu'ils ne connaissaient même pas. Ça me fait penser à ce que disait Joel de la récupération de biens spoliés pendant la Shoah, que c'était une vocation religieuse. Ça n a rien à voir avec les choses matérielles, hein ?

– Non. »

Bill était assis jambes tendues, et il y avait juste assez de place pour lui le long de mon bureau. Je me rendis compte que c'était sa position habituelle ; il y avait des années que j'avais bougé le bureau pour qu'il puisse s'installer ici.

« Mais, en général, ça n'a jamais rien à voir avec les choses matérielles. Même quand on est persuadé du contraire. Même quand le moteur, c'est la cupidité. C'est le fait de posséder qui compte. De délimiter son territoire, de l'élargir de plus en plus et de s'attribuer plus de coins dans lesquels pisser comme si plus et plus grand allait nous protéger.

– De quoi ?

– Du fait que, au fond, on ne peut rien contrôler. »

Je réfléchis à ce qu'il venait de dire en m'attaquant aux liserons d'eau.

« Et M. Chen.

– Quoi M. Chen ?

– La Lune de Shanghai. Elle appartenait à sa mère. Il a perdu sa mère et a passé sa vie à rechercher le bijou. Je le comprends maintenant. »

Nous mangeâmes en silence un moment jusqu'à ce que, au bout du compte, nous n'ayons plus rien à manger.

« J'ai encore faim, avouai-je.

– Je sais.

– Comment ça, tu sais ?

– Tu manges toujours beaucoup quand tu as des poussées d'adrénaline. Comme quand tu viens de te disputer. Ou en ce moment.

– On aurait dû prendre du porc rôti.

– Oui. Et du *baack chit gai.*

– Tu connais cette expression ?

– Je ne suis pas aussi blanc que j'en ai l'air. »

Heureusement, je n'eus pas besoin de répondre à ça. Un téléphone portable sonna mais quand j'attrapai le mien, niché dans ma main, il m'opposa un silence innocent.

« Smith, dit Bill dans le récepteur qui sonnait vraiment. C'est génial, dit-il en me jetant un coup d'œil. J'ai hâte de l'entendre, mais pouvez-vous rappeler ? Nous sommes dans le bureau de Lydia. On vous mettra sur haut-parleur. »

Il donna le numéro de mon bureau

« Professeur Edwards, m'expliqua-t-il au cours des dix secondes qui séparèrent les deux appels.

– Ah, c'est bien. Mais ton téléphone a une fonction haut-parleur, tu sais. »

Il lui jeta un regard vague alors que mon téléphone se mettait à sonner.

« Bonjour, professeur, dis-je en décrochant. Comment allez-vous ?

– En pleine forme, s'écria Edwards d'une voix tonitruante. Mon étudiante vous a trouvé quelques trucs. Je vais peut-être devoir lui mettre un A.

– C'est une bonne nouvelle ?

– De mon point de vue, oui. Aucune idée si ça vous sera utile, cela dit. Quand on y pense, tout se trouvait à peu près au même endroit – les archives militaires allemandes, division Chine –, alors elle devra peut-être se contenter d'un A moins. Vous êtes prêts ?

– Allez-y, dit Bill.

– Votre bonhomme, Ulrich, Gunther. Grade : commandant. Envoyé à Shanghai en 1938. Vous voulez savoir pourquoi ?

– Pourquoi ?

– Il emmerdait le Führer, voilà pourquoi. Ça, j'aurais pu vous le dire sans faire perdre son temps en recherches à cette jeune femme. Les seuls officiers que le Reich envoyait à Shanghai pour aider leurs très proches alliés et amis personnels les Japonais étaient ceux qui risquaient de leur casser la baraque à l'intérieur.

– Les incompétents vous voulez dire ?

– Pas nécessairement. Parfois, si le type était un imbécile mais avait des relations, c'était le cas. Mais ils y ont envoyé Robert Neumann. Le boucher de Buchenwald, vous avez entendu parler de lui. Il était doué pour son boulot qui consistait en expériences horribles et autres meurtres. Mais quelqu'un a décidé qu'il avait perdu les pédales, ce qui était vrai au passage. Alors, adieu, docteur Neumann. Dans le cas d'Ulrich, c'est parce qu'il était trop bavard qu'il a eu des ennuis. Il pensait qu'Hitler se fourvoyait sur certaines questions, rendez-vous compte. En particulier, il a suggéré que les nazis étaient un poil trop obsédés par les juifs, les homosexuels et les tziganes. Et qu'ils feraient mieux de consacrer quelques ressources à battre les armées ennemies au lieu d'interner les civils, ressortissants allemands ou autres, de construire des lieux où les enfermer et de payer des gens à les surveiller et les tuer. Ainsi, ils économiseraient les bons marks allemands, dont la valeur baissait au fil des jours.

– Un vrai défenseur des droits de l'homme.

– Un soldat pragmatique. Ce concept de race supérieure a épuisé beaucoup de ressources nazies. C'est ça qui les a fait tomber au bout du compte. Mais personne ne voulait l'entendre. Alors, ils expédient Ulrich à Shanghai avec femme et enfant. Côté boulot, il est censé faire le chien de garde auprès du gouvernement fantoche chinois, s'assurer que personne ne pensait à renverser les très proches alliés et amis personnels des Allemands, j'ai nommé les Japonais. Et c'est ce qu'il fait, et en moins de temps qu'il n'en faut pour le dire, il se met à traîner avec le général Zhang. Le futur beau-frère de votre fameux Chen Kai-rong.

– Oui, on se souvient, dis-je.

– Bon, vous allez peut-être passer en classe supérieure après tout. Ulrich et Zhang deviennent comme cul et chemise et Ulrich, cette fine fleur de la gent masculine aryenne, s'épanouit dans le riche terreau de Shanghai. Nourri, semble-t-il, par le fumier qui la jonche : tripots, bars, établissements mal famés.

– Les maisons des fleurs, dis-je.

– Frimeuse, va, répondit Edwards.

– Ce n'est pas moi qui ai filé la métaphore. Vous faites ça souvent ?

– Si vous passiez votre vie à essayer de réveiller des glandeurs défoncés en train de ronfler... hé, vous avez vu, je sais faire des rimes aussi. Bon, et si je passais en mode avance rapide pour en arriver à la chute d'Ulrich ?

– Oui, je vous en prie, répondis-je même si j'avais l'impression que le professeur Edwards menait toutes ses conversations en mode avance rapide.

– 23 février 1943. La date vous dit quelque chose ?

– Oui, mais je ne suis pas sûre de savoir pourquoi.

– Recalée ! C'est le jour où la police municipale de Shanghai a arrêté votre fameux Chen Kai-rong. C'était le début de la fin pour le commandant Ulrich.

– Pourquoi ? Qu'est-ce qu'il a fait ?

– Eh bien, en voilà une question intéressante. Il semblerait qu'il ait appelé ses proches amis les Japonais pour leur demander de suggérer à la police municipale de Shanghai de mettre des gants avec Chen Kai-rong. Chen était le beau-frère de son copain Zhang, après tout. Zhang avait dû l'appeler.

– Non. Le général et Kai-rong ne pouvaient pas se sentir. C'est Mei-lin qui a demandé au général de l'aider, et il a répondu que Kai-rong était un traître et pouvait bien pourrir en prison. Elle a appelé Ulrich elle-même.

– Comment le savez-vous ?

– Nous l'avons lu dans le journal intime de Mei-lin. Mais nous ne savions pas qui était Ulrich.

– C'est le fameux journal intime que vous allez me laisser lire incessamment sous peu, c'est ça ?

– Oui, celui-là même.

– Dès que nous serons sûrs que des gens ne se font pas tuer à cause de ce journal, ajouta Bill. Nous ne voudrions pas vous perdre.

– Manifestement, je ne fais pas partie de votre jury de thèse. Les thésards rêvent tous de me perdre. Bon. Ulrich appelle la police. La police, ne demandant qu'à obéir, renvoie Chen à sa cellule. À vrai dire, nous avons parlé de cet événement dans le cours d'hier en nous fondant sur une source différente. »

Le professeur fit une pause, et même si je ne pouvais pas le voir, je savais qu'il regardait par-dessus ses lunettes.

« Oui, je me souviens, dis-je.

– Vous aussi, Smith ?

– Parfaitement, monsieur.

– Bien, vous allez peut-être passer aussi. Bon, alors, vous vous souvenez peut-être de la suite. La sœur dit que ce n'est pas son frère, mais son mari le communiste. Elle livre ce qu'elle dit être la liste d'agents censés appartenir au général, dont les renseignements de la marine américaine nous indiquant qu'elle a toujours appartenu à son frère. Mais, d'abord, elle appelle tous ceux qui se trouvent sur la liste pour leur dire de disparaître. Ce qu'ils font. Et le frère s'échappe. Et Zhang et elle aussi.

– Elle s'est échappée ? m'écriai-je, pleine d'espoir. Je croyais vous avoir entendu dire que, d'après la marine, le général l'avait tuée.

– Pas de doute là-dessus. Mais la police de Shanghai n'en savait rien, n'est-ce pas ? Elle n'avait pas notre perspective historique. Tout ce que savent les flics à l'époque, c'est qu'ils n'ont rien. Zéro. Que dalle. Et ça les met très en colère. Ils se disent que, s'ils avaient mis la pression habituelle sur Chen Kai-rong, il aurait pu craquer. Les Japonais disent que ce n'était pas lui l'espion. Alors, comment ça se fait qu'il se soit échappé ? remarque la police. Comme tous les autres protagonistes de l'histoire d'ailleurs.

« Les Japonais sont embarrassés. Ce n'est pas à un simple escroc qu'ils ont permis d'échapper à la police mais à des cocos ! Oh, non ! Et le seul type sur qui ils peuvent mettre la main, c'est Ulrich. Et c'est ce qu'ils font. Ils le traînent jusqu'à Bridge House, cercle inférieur du même enfer que le numéro 76, dirigé par les Japonais eux-mêmes. Pour être sûr qu'il avoue, ils ramassent sa femme et sa fille pour les coller dans un camp d'internement. C'était pratiquement du jamais vu, interner leurs très chers amis les Allemands, à moins qu'ils ne soient des espions alliés. Par la suite, les Allemands arrangeaient les choses si ce n'était pas le cas ou les Japonais les fusillaient dans l'éventualité contraire.

– Et dans le cas présent ?

– Malheureusement pour sa femme et sa fille, il se trouve que ça a été un cas particulier. Alors qu'on était en train de le persuader de lâcher le morceau, Ulrich est mort tout d'un coup.

– Les Japonais l'ont tué ?

– Il semble que ç'ait été un accident. Il a fait une attaque. Jackpot, fin de l'histoire. Est-ce que ça avait quelque chose à voir avec les électrodes, le fil barbelé ou la grande baignoire d'eau glacée, ça, je ne pourrais pas vous le dire. Mais c'était franchement pas pratique. Les Japonais ne pouvaient pas prouver que c'était un sale communiste. Les Allemands ne pouvaient pas prouver le contraire non plus. Alors, ils ont fait la seule chose sensée dans ce cas-là : ils ont oublié l'affaire.

– Juste comme ça ?

– Ils ont tourné la page, refusé d'y penser, ils sont allés de l'avant, vous voyez ! Franchement, tout le monde le fait ! L'affaire Ulrich est passée aux oubliettes, et tout le monde a vécu heureux. À part sa femme et sa fille. Les Allemands ont entamé des négociations pour les faire sortir du camp, mais les Japonais pensaient que la femme pouvait savoir quelque chose. C'est ce qu'ils ont dit en tout cas. Ils sauvaient sans doute simplement la face. Et les Allemands ont laissé tomber. Une gonzesse et une gosse, quel intérêt ? Vous n'avez qu'à les garder, ils ont dit. Et c'est ce que les Japonais ont fait.

– Qu'est-ce qui leur est arrivé ?

– Elles sont mortes. »

Edwards avait l'air mélancolique. Je me demandai soudain ce que c'était d'être un historien, de s'intéresser à des gens qui avaient vécu et étaient morts bien avant qu'ils croisent votre chemin.

« Ces camps n'avaient rien d'agréable. Pas grand-chose à manger, et beaucoup d'occasions de tomber malade. La mère est morte la première, peu après leur arrivée là-bas, fin 1943, du choléra. La gamine est morte en juillet 1944.

– Professeur Edwards ? Combien de ces camps d'internement les Japonais avaient-ils ?

– À Shanghai, huit. Il y en avait quelques autres dans d'autres coins de Chine, mais en général ils n'y envoyaient pas les prisonniers.

– Dans quels camps la femme et la fille d'Ulrich étaient-elles internées ?

– Chapei, pourquoi ?

– J'avais juste envie de savoir.

– De la pure curiosité intellectuelle ! C'est aussi rafraîchissant qu'une bière Tsingtao. Chapei n'était pas plus agréable que les autres, je peux vous le dire.

– Est-ce qu'il existe des archives de ces camps ?

– Quel genre d'archives ?

– Je pensais à une liste des prisonniers.

– Difficile de dire à quel point elles sont précises. Comment savoir qui n'y figure pas ? Mais elles existent.

– Pouvez-vous découvrir si une famille de missionnaires américains appelée Fairchild se trouvait aussi dans le camp de Chapei ?

– C'est possible. Mon étudiante va devoir dénicher d'autres documents en langue étrangère ; elle obtiendra peut-être un A en fin de compte. Mais vous n'êtes pas prête à me dire pourquoi, n'est-ce pas ?

– Pas encore, non. Désolée. Mais vous nous avez beaucoup aidés.

– Je suis intrigué. Et maintenant, j'ai une question à vous poser.

– Allez-y.

– Si le copain d'Ulrich, le général Zhang, voulait laisser son beau-frère Chen pourrir en prison et si la mission d'Ulrich était de caresser des types comme Zhang dans le sens du poil, pourquoi Ulrich a-t-il mordu à l'hameçon quand la sœur de Chen l'a appelé ? C'était la poule d'Ulrich ?

– Non, elle ne pouvait pas le supporter.

– Bon, s'il ne s'agissait pas de sexe, il devait s'agir d'argent.

– En un sens. Elle lui a promis la lune. »

Le professeur Edwards nous dit qu'il nous transmettrait les renseignements sur les Fairchild s'il les trouvait, et de notre côté, nous lui expliquerions le fin mot de l'histoire dès que possible.

Après avoir raccroché, Bill alluma une cigarette.

« Tu as dit que Mei-lin avait promis la lune à Ulrich pour montrer que tu étais aussi intelligente que le professeur.

– Ne sois pas ridicule. Ça voudrait dire que j'ai l'esprit de compétition.

– Oh, c'est ça, et ça, c'est complètement dingue, hein ? Écoute, quand on aura un moment, on devrait lui faire une photocopie du journal. Je crois qu'il le mérite. »

Je hochai vaguement la tête, distraite par un détail dont la nature m'échappait.

« Bon, tant qu'on en est à se poser des questions, j'en ai une moi aussi, annonça Bill. Et s'il se trouve qu'Alice était internée dans le même camp que la femme et la fille d'Ulrich ? Elle devait être enfant elle aussi. Tu crois qu'elle a appris quelque chose à l'époque qui pourrait lui permettre de savoir où trouver la Lune de Shanghai aujourd'hui ? Pourquoi est-ce que ça lui a pris toutes ces années ? Et en quoi est-ce lié aux événements récents ? Et pourquoi est-ce que tu as l'air renfrognée ?

– Je n'ai pas l'air renfrognée, mais songeur. J'essaie de me rappeler quelque chose.

– Quoi ?

– Comment le savoir ? Je ne m'en souviens plus. Ah ! Ah ! M. Friedman !

– Quoi, ah, M. Friedman ?

– Je savais que j'avais déjà entendu ça. Son livre. Il ne parlait pas d'une rumeur selon laquelle la femme d'un officier allemand internée dans un camp aurait eu la Lune de Shanghai ? »

Songeur lui aussi, Bill tira une bouffée de sa cigarette.

« Je crois que tu as raison. Mais ça ne veut pas dire que la rumeur est vraie.

– Mais ça en fait une rumeur ancienne. Écoute : Mei-lin donne le bijou à Ulrich qui le refile à sa femme quand on vient l'arrêter.

– Difficile d'imaginer comment elle aurait pu le cacher dans le camp, même si c'est possible, je suppose. Mais si elle l'avait, pourquoi ne s'en est-elle pas servie comme pot-de-vin pour sortir du camp ? Et qu'est-ce qu'il est devenu à sa mort ?

– Peut-être qu'elle ne l'avait pas mais savait où il était.

– Mêmes questions.

– D'accord, j'admets que tout ça est un peu confus. Mais je veux vraiment savoir si Alice était internée dans ce même camp.

– Allons le lui demander », dit Bill en se levant.

32

Vingt minutes plus tard, Bill et moi étions assis dans le parc Sara Roosevelt, enveloppés par la chaleur moite. Si j'avais eu une montre, j'aurais vérifié l'heure toutes les trois secondes. Je consultai celle de Bill deux ou trois fois jusqu'à ce que, avec un regard en coin, il la fourre dans sa poche.

« Ça ne va pas la faire arriver plus vite.

– Et si elle ne venait pas du tout ?

– C'était son idée. »

Cela ne me rassura guère ; personnellement, j'ai beaucoup d'idées auxquelles je ne donne pas suite. Je cherchai la lune du regard, mais la brume était saturée par la lueur des lampadaires.

« Tu vois Mary ? Ou n'importe quel autre flic ? demandai-je à Bill.

– Non.

– Bien. Comme ça, Alice ne les repérera pas non plus. Attends ! La voilà ! »

Je ne parlais pas de Mary, il le savait.

Une forme compacte coiffée d'un chapeau de paille noir et portant des lunettes noires malgré l'obscurité descendit

Chrystie Street à la hâte et pénétra dans le jardin public. Elle regarda autour d'elle avant de se diriger vers nous. Bill se poussa pour lui laisser une place entre nous. « Je vous remercie tous les deux d'avoir accepté de venir », dit Alice en ôtant ses lunettes.

Bill ne répondit pas ; c'était ma cliente, j'étais seule aux commandes.

« Alice, qu'est-ce qui se passe ?

– Lydia, j'ai tellement honte. C'est de l'escroquerie », répondit-elle en tripotant ses lunettes, les yeux baissés.

Sans blague !

« Dites-nous tout.

– Oui, c'est pour ça que je suis là, dit-elle en fourrant brusquement les lunettes dans son sac comme si elles l'agaçaient soudain. J'ai du mal à croire que j'ai fait ça, et pourtant.

– Qu'avez-vous fait ? »

Elle prit une profonde inspiration.

« J'ai... C'est tellement mal. Ça a commencé il y a quelques semaines quand j'ai appris que les bijoux avaient été exhumés à Shanghai.

– Comment ?

– Comment l'ai-je appris ? Je garde des contacts là-bas. Dans ma branche, personne d'autre que moi ne s'intéresse à Shanghai. Tous les biens arrivés là-bas n'ont, par définition, pas été confisqués, voyez-vous. Mais je sais ce que c'était à Shanghai. Et j'ai toujours pensé que tant de biens avaient dû être perdus, abandonnés. Quand j'ai entendu parler de cette découverte, je me suis dit que les bijoux devaient appartenir à un réfugié. Je me suis demandé qui et si cette personne avait de la famille. Et puis, le lendemain, assise à mon bureau, je me suis soudain souvenue de la Lune de Shanghai.

– Vous avez cru qu'elle se trouvait parmi les bijoux retrouvés ?

– Oh, non. La nouvelle se serait ébruitée. Mais je me rappelais le nom de sa propriétaire et le fait qu'elle possédait d'autres bijoux. Alors, j'ai fait quelques recherches. Ce n'est guère scrupuleux, je suppose. Si je parvenais à retrouver des héritiers, je leur proposerais d'essayer de récupérer le bijou.

– Mais vous n'avez pas retrouvé d'héritiers.

– J'ai appris deux choses. *Primo*, la description des bijoux découverts correspondait à ceux de Rosalie. *Secundo*, elle n'avait plus aucune famille. Horst Peretz est mort à Salzbourg au printemps 1938, Elke Gilder dans le camp de concentration de Stutthof quelques années plus tard. Je n'ai réussi à retrouver la trace ni de Rosalie ni de son frère Paul puisque la communauté de Shanghai a été disséminée. Alors...

– Il vit dans le New Jersey.

– Quoi ?

– Paul Gilder. Avec la famille de sa petite-fille.

– Aujourd'hui ? Il est encore en vie ? »

Sous le choc, sa voix devint murmure.

« Il a immigré en 1949. Juste après la mort de Rosalie.

– 1949. Ils ont continué à vivre à Shanghai. C'est pour ça que leurs noms n'apparaissaient pas dans les archives de la Croix-Rouge. Oh, bon Dieu. La situation va de mal en pis, s'écria-t-elle, incrédule. En tout cas, je n'ai trouvé personne. Je n'ai peut-être pas été aussi rigoureuse dans mes recherches que j'aurais dû l'être. Parce que, au cours des semaines qui ont suivi, je ne pouvais pas ne pas penser à ces bijoux. Je crois... C'est probablement égoïste de dire que j'ai un peu perdu la tête, mais je crois que c'est vrai. J'associe Shanghai à tant de malheur. Et la branche dans laquelle je travaille... Il faut comprendre à quel point c'est décourageant. On s'emballe tellement. Les gens ont l'impression qu'on leur doit quelque chose même si, bien sûr, ils ne pourront jamais récupérer ce qu'on leur a vraiment pris. Les procès prennent des années, et chaque étape est pénible. Personne, ni les collectionneurs ni les musées, pas plus que les banques ou les gouvernements... personne ne fait rien si ce n'est nous mettre des bâtons dans les roues. Et puis...

– Et puis quoi ?

– Quand on récupère quelque chose, les héritiers s'empressent de le vendre. Presque toujours. On voit ce genre de bien sur le marché des enchères tout le temps. Ça n'a rien à voir avec de l'avidité. Une fois qu'on leur a rendu leurs biens, les gens se rendent compte qu'ils ne supportent pas leur présence, en sachant pourquoi ils ont été perdus, en sachant qui les avait pendant toutes ces années. Récupérer des biens spoliés peut vous donner une espèce de satisfaction froide, mais vraiment, ça ne rend personne heureux. »

Une bourrasque fit s'entremêler les ombres sur le sentier.

« Alors, vous avez décidé que, si vous vous occupiez personnellement de récupérer précisément ces biens-là, cela vous rendrait heureuse.

– Dit comme ça, ça a l'air affreux, mais c'est la vérité, je suppose. Je suis entrée en contact avec Wong Pan et je me suis rendue à Shanghai pour "négocier", dit-elle en dessinant des guillemets du bout des doigts. Ça n'a pas été difficile d'inventer des héritiers de toutes pièces. Je n'aurais peut-être pas pu berner les Suisses, ou certains des pays d'Europe de l'Est dans lesquels beaucoup de biens ont fini. Mais les Chinois ne sont pas habitués à ce genre de demande.

« Mais il se trouve que Wong Pan était plus habile que je l'avais escompté. Il a compris, je ne sais pas comment. Et il m'a proposé un marché : il allait me dénoncer à moins que je ne l'aide à quitter la Chine en partageant les bénéfices.

– On dirait qu'il a pris de gros risques pour *grosso modo* cent mille dollars.

– C'est ce que je me suis dit aussi, mais je n'étais pas en position de discuter. Sa part représentait quelques années de travail à son niveau, alors la tentation était peut-être assez grande. Et puis, j'ai eu l'impression que ce n'était pas la première fois qu'il dépassait les limites. Cela commençait peut-être à chauffer un peu pour lui à Shanghai.

« Quand il m'a proposé ce marché, je me suis réveillée. C'est exactement l'impression que j'ai eue : me réveiller. J'ai été atterrée par ce que j'avais essayé de faire. J'aurais donné n'importe quoi pour me retrouver dans mon bureau de Zurich, submergée par un tas de papiers ennuyeux ! Mais je n'avais plus le choix.

– Moi, je crois que vous l'aviez. Mais continuez.

– Qu'est-ce que vous devez penser de moi ? murmura-t-elle, en fuyant mon regard. En tout cas, je l'ai fait. Je lui ai procuré les papiers dont il avait besoin et l'ai suivi jusqu'ici comme nous en étions convenus. Et puis tout a mal tourné.

– Il vous a faussé compagnie.

– C'était la première chose. C'est pour cela que je vous ai engagés.

– Si vous étiez tellement consternée par ce que vous aviez fait, pourquoi ne pas être rentrée à Zurich retrouver vos papiers ennuyeux en vous estimant heureuse d'être débarrassée de lui ?

– Je... Oh, je ne sais pas ! Je crois que j'avais peur de le perdre de vue. J'avais toujours peur qu'il me dénonce. J'ai cru que si seulement j'arrivais à le retrouver pour lui parler... mais d'autres événements se sont produits, si vite. D'abord, Joel a appelé pour me dire que vous aviez retrouvé un héritier.

– M. Chen ? Mais Joel ne savait pas qui était M. Chen. Je ne l'ai découvert qu'après la mort de Joel.

– Mais moi, je le savais. N'oubliez pas que je vis avec ces gens depuis plus longtemps que vous. Dès que Joel m'a décrit sa réaction en voyant les photos, j'ai compris qui il pouvait être. Ça changeait tout, voyez-vous ?

– Pas vraiment.

– Voler des biens que personne n'a réclamés est une chose, mais voler des biens à un héritier ? Non, je ne le pouvais pas. J'essayais de décider ce qu'il fallait faire quand vous m'avez appelée pour me dire que Joel était mort. C'est là que j'ai vraiment eu peur.

– Pourquoi ?

– Parce que je suis sûre que c'est Wong Pan qui l'a tué ! »

Moi aussi j'en étais sûre puisqu'il me l'avait dit.

« Cet appel au Waldorf. Vous avez parlé à Wong Pan, n'est-ce pas ?

– Oui, oui, je lui ai parlé. Il voulait une trêve. Il avait besoin de moi. Besoin de moi ? Comme s'il ne m'avait pas déjà causé suffisamment d'ennuis. J'étais sur le point de raccrocher. Mais il m'a dit qu'il y avait quelque chose que j'ignorais : qu'il nous avait piégés, son bureau de Shanghai et moi. J'imaginais son sourire ironique. Il m'a dit que, bien avant que je le contacte, il avait empoché quelque chose qui se trouvait dans le coffret, quelque chose dont personne ne savait qu'il se trouvait dans le coffret. La Lune de Shanghai.

– Comment a-t-il pu, Alice ? Personne ne l'a vu ? Il était seul quand il a ouvert le coffret ? Il ment.

– Non, trois personnes étaient présentes et, en découvrant les bijoux, elles ont appelé le chef de service. Ils ont inventorié le contenu du coffret, et Wong Pan l'a enfermé dans un coffre-fort. Mais rappelez-vous : les antiquités sont sa spécialité. Le coffret l'a intrigué. Il en avait déjà vu de similaires. Il était richement sculpté, et il l'a manipulé en pensant qu'il pourrait découvrir un compartiment secret. Et c'est ce qui est arrivé.

– Et la Lune de Shanghai se trouvait dedans ?

– Enveloppée dans de la soie rouge. Évidemment, il avait entendu les histoires à son sujet. Il a tout de suite su ce que c'était. Il l'a empochée et réfléchissait à ce qu'il allait faire ensuite – il ne pouvait évidemment pas la vendre à Shanghai – quand je l'ai contacté. Oh, je me croyais tellement intelligente ! Mais je ne faisais pas le poids. Je n'ai jamais agi ainsi de toute ma vie ! Je me suis montrée tellement... intègre. Et me voilà complètement coincée, comme une mouche dans une toile d'araignée. »

Les paroles de C.D. Zhang me revinrent en mémoire. « La Lune de Shanghai tisse sa toile. »

« D'accord, dis-je, radoucie. Je crois qu'il est temps d'aller voir la police.

– Non ! Pas encore.

– Alice, Wong Pan a tué Joel et le flic qui l'avait suivi depuis Shanghai. La police de Shanghai en a envoyé un autre ici. Ils savent que vous avez fait faire ces faux papiers pour Wong Pan.

– Ils... Vous étiez au courant ? Avant que je vous le dise ?

– Oui.

– Pourquoi avez-vous...

– Nous voulions entendre ce que vous aviez à dire. »

Elle soupira.

« Je crois que je l'ai bien mérité.

– Et je comprends comment vous vous êtes fait piéger, je suppose. Mais l'heure est venue de laisser la police gérer la situation.

– Non !

– Ils comprendront eux aussi. Mais ce qui compte, ce n'est pas de vous punir. Ce qui compte, c'est d'arrêter l'assassin de Joel.

– Ce n'est pas d'être punie qui m'inquiète. J'aurais ce que je mérite. Mais, d'abord, je voudrais que quelque chose de bien sorte de cette histoire.

– Comment est-ce que ça pourrait être le cas ?

– J'ai une idée.

– On ne peut pas dire que vos idées aient obtenu des résultats particulièrement spectaculaires.

– Je le sais, mais là, c'est différent. L'héritier. Ce M. Chen dont vous m'avez parlé. Je veux lui restituer la Lune de Shanghai. »

Je ne savais quoi répondre.

« Elle lui reviendra de toute façon, une fois Wong Pan arrêté, intervint Bill.

– Non, elle servira de preuve, dit Alice. Si ce que vous dites est vrai sur le policier chinois, elle servira de preuve dans trois affaires criminelles – deux meurtres et un vol. Sur deux continents. Et puis elle a une valeur considérable. Le gouvernement chinois ne sera peut-être pas ravi de la voir restituée à M. Chen. Pour le moins, il y aura une longue bataille judiciaire, une fois que les procès au pénal seront terminés. M. Chen est un vieil homme. Il n'aura peut-être jamais l'occasion de la tenir dans sa main. »

Cela me fit réfléchir. Avoir passé sa vie à rechercher cette broche disparue, ce bijou qui appartenait à sa mère, apprendre qu'il avait été retrouvé sans pouvoir le toucher – ça pouvait suffire à tuer M. Chen.

« Qu'est-ce que vous proposez ?

– La possession vaut titre. Partout dans le monde. Wong Pan veut vendre la Lune de Shanghai à M. Chen.

– Wong Pan le connaît ?

– Non. Il sait que certains collectionneurs donneraient n'importe quoi pour elle. Je lui ai dit que j'en avais trouvé un et que je voulais passer un accord. Je lui ai dit que je refusais de révéler son identité pour ne pas qu'il me court-circuite. La police pourrait être sur place en train d'attendre vous voyez ? »

Un peu comme en ce moment, pensai-je.

« Tant qu'ils n'interviennent pas avant l'échange... Et puis, quand ils arrêteront Wong Pan, M. Chen aura déjà le bijou. Je ne suis pas sûre qu'on pourrait le forcer à le rendre. Seuls les autres bijoux ont été inventoriés. On peut se servir de ceux-là comme preuve dans le procès pour meurtres et vol. Pour autant que l'on puisse le prouver, la Lune de Shanghai n'a jamais été qu'un mythe. »

Je regardai les voitures remonter Chrystie Street. Un trait de lumière et un rythme de salsa s'échappèrent d'une porte entrouverte. Le vent poussa une mèche de cheveux sur mon front. Je tendis la main pour l'aplatir, mais arrêtai juste à temps. Si je donnais l'impression de me gratter la tête, Mary et un escadron de policiers pouvaient très bien surgir des fourrés, tous pistolets dehors.

« Je crois que vous avez raison, dis-je à Alice.

– Vraiment ? Oh, je suis tellement contente.

– Non. Je crois que vous avez raison de dire que vous êtes un peu folle. C'est une mauvaise idée, Alice. Je suis désolée.

J'apprécie le fait que vous vouliez que quelque chose de bien sorte de tout ça, mais si Wong Pan a déjà tué deux personnes, on ne peut pas s'acoquiner avec lui. Il faut tout dire à la police, y compris comment vous êtes entrés en contact tous les deux. »

Son visage s'assombrit. « Mais... vous êtes sûre ? »

Elle se tourna vers Bill, comme s'il pouvait être d'un avis différent. Il ne dit rien.

« Vous êtes sûre que c'est ce que vous voulez ?

– Oui. »

Alice hocha la tête, l'air abattue. La brise se leva de nouveau, et elle porta la main à son chapeau de paille pour ne pas qu'il s'envole.

« Alice, nous voulions vous poser une autre question. C'est... »

Le hurlement d'une balle m'empêcha d'aller au bout de ma phrase. Des éclats de bois jaillirent du banc près de moi. Puis il y eut un autre hurlement : Alice se leva d'un bond, affolée. Le parc jusque-là désert fut envahi par les cris et les bruits de pas. Une seconde détonation ; je n'arrivais pas à savoir si les coups de feu s'approchaient ou s'éloignaient, s'ils nous visaient ou visaient le tireur. Je sautai derrière le banc et dégainai. Une autre balle nous frôla en gémissant, heurta le sol en soulevant un nuage de poussière. Bill trouva refuge derrière un arbre. J'entendis Mary aboyer ses ordres, indiquer à ses renforts où se placer, certains ici, d'autres là. *Ça alors, ma vieille, t'as l'air de maîtriser la situation !* Boostée par l'adrénaline, je cherchai autour de moi quelqu'un à éviter ou sur qui tirer.

« Lydia ! Ne bougez pas tous les trois ! » hurla Mary. Hé, elle savait lire dans les pensées aussi. Ne pas bouger alors qu'on est planqué derrière un banc public pour éviter une pluie de balles ? Ce n'est pas une bonne idée. Cependant, les bruits de pas s'évanouirent, il n'y eut plus de coups de feu et même si les sirènes qui hurlaient dans Chrystie Street faisaient de leur mieux pour que nos nerfs restent en pelote, il devint vite clair que tout était fini. Mary accourut, Bill émergea de derrière son arbre et je me levai.

« Vous êtes blessés ? cria Mary en approchant.
– Pas moi, répondis-je.
– Moi non plus », répondit Bill.

La mauvaise nouvelle, c'est qu'il n'y eut pas de troisième réponse. Il n'y avait personne pour répondre : Alice avait disparu.

33

« Jamais plus je ne t'écouterai. Non, jamais plus. »

Dans la salle d'interrogatoire numéro 1 du commissariat du cinquième, Bill et moi regardions Mary faire les cent pas, ou trépigner plutôt. Bill ne disait rien, probablement parce qu'il est plus intelligent que moi. De temps à autre, je tentai de m'excuser, de m'expliquer ou d'offrir un point de vue optimiste sur la situation, mais au final, je finis par me rendre compte moi aussi que chaque mot prononcé ne faisait qu'aggraver la situation.

« Des balles qui fusaient à travers le parc ! hurlait Mary, furibarde. Vous avez failli vous faire tuer, bande d'imbéciles ! Et maintenant, Alice Fairchild a disparu, le tireur aussi, des civils auraient pu être tués et des flics aussi ! Et on a obtenu que dalle ! »

Elle tira une chaise de sous la table, prit une inspiration.

« Bon, répète et avec les détails cette fois.

– Seulement si tu décides de m'écouter vraiment.

– T'écouter ? Pour que tu puisses encore une fois tout déformer et me faire croire que c'était normal de te laisser foncer tête baissée dans ce truc ridicule – d'accord ! D'accord. J'écoute. »

Je m'exprimai comme si le moindre bruit avait pu la faire exploser. Elle s'assit, furibarde, mais silencieuse, et je parlai avec plus d'aisance, développai les grandes lignes que nous avions déjà évoquées. Je lui rapportai tout ce que nous avait appris Alice, y compris son plan pour restituer la Lune de Shanghai à M. Chen.

« Bon sang, c'est de la folie ! Ça m'étonne que tu n'aies pas accepté.

– Ce n'est pas juste.

– Vraiment ? Maintenant que j'y pense, je suis surprise que tu n'aies pas tout inventé. Et tu ne l'as pas forcée à t'avouer où se cache Wong Pan ni comment ils entrent en contact ? »

Elle avait plutôt l'air écœurée que curieuse mais je lui répondis quand même.

« Je ne crois pas qu'elle sache où il est. Si tu mettais son portable sur écoute...

– Tu crois qu'on n'a pas essayé ? Elle est avocate et citoyenne américaine, pas terroriste. Dis-moi où trouver un juge qui va autoriser ça. Et toi ? dit-elle à Bill.

– Moi ? Si j'étais juge, je donnerais mon autorisation. J'autoriserais tout ce que tu veux.

– Oh, la bonne copine et l'humoriste ! Quelle équipe vous faites !

– Excuse-moi, dit Bill. Je ne me moquais pas de toi.

– Ah, non ? C'était quoi ça, alors ?

– C'était malgré moi. Mais je n'ai rien de plus à ajouter aux déclarations de Lydia.

– Vous valez pas un clou tous les deux, vous savez. La seule chose positive, c'est que personne n'a été blessé. Je ne parle pas de vous deux. J'aurais très envie de vous faire du mal, moi-même. Parmi les civils ou les flics, je veux dire. La prochaine fois que quelqu'un te piège pour te flinguer, Lydia, demande-lui de le faire dans un endroit discret, d'accord ? Oh, qu'est-ce qui peut bien te faire rire maintenant ?

– Je viens de me rappeler que j'ai fait attention à ne pas me gratter la tête. Mais Alice a ajusté son chapeau juste avant les coups de feu. Elle se servait peut-être du même signal. »

Mary se contenta de me dévisager.

« D'accord, c'est l'adrénaline qui m'a fait dire ça.

– Mary ? Et si ce n'était pas Lydia la cible ? demanda Bill peut-être pour m'empêcher de m'enfoncer davantage.

– Quoi, tu crois que c'était toi ? Un gang de gros durs chinois ne veut pas d'un Blanc dans le parc, c'est ça ? »

Comme il est plus généreux que moi, il ignora ses sarcasmes.

« Si Alice a tout organisé, pourquoi venir se mettre en plein milieu ? La personne qui a tiré ces coups de feu aurait facilement pu le faire pendant que nous attendions. C'était peut-être elle la cible.

– Alice ? La cible de qui, de Wong Pan ? Tu as dit qu'il avait besoin d'elle pour se défaire de la Lune de Shanghai.

– C'est ce qu'elle croit. Et s'il a décidé qu'il n'avait pas besoin d'elle ? S'il a deviné qui est Chen ou s'il s'en fiche parce qu'il a trouvé un autre client ? »

Mary nous lança un regard noir, mais arrêta de crier, et je renchéris.

« Ou qu'il s'en fiche parce que, client ou pas, Alice en sait trop. Il l'a peut-être suivie jusqu'au parc.

– Comment a-t-il pu la repérer ?

– Ce n'est probablement pas la championne du monde de la discrétion. Il a peut-être traîné près du Waldorf habillé en groom. Bon, pas vraiment déguisé en groom, mais ça n'a pas dû être bien compliqué.

– Bon, c'est génial. Alors, pour nous résumer : Wong Pan a deux meurtres sur les bras, il a essayé d'en commettre un troisième, on ne sait pas où sont Alice et lui et on ignore ce qui va se passer.

– Peut-être que si, intervint Bill.

– Qu'est-ce que tu racontes ?

– Elle avait l'air déterminée en disant qu'elle voulait racheter ses erreurs. Même un peu obsédée. Il se peut qu'elle tente le coup de toute façon.

– Quoi ? Qu'elle essaie de rendre la Lune de Shanghai à Chen ?

– C'est possible.

– Mais si elle n'a pas essayé de vous piéger, elle doit avoir compris maintenant que c'était elle la cible et que Wong Pan était le tireur.

– Et alors ? Suppose qu'elle l'appelle pour lui dire : "À quoi bon chercher à me tuer, on va faire fortune tous les deux." Elle demande qu'il lui remette sa part dans une consigne à la poste ou un truc comme ça. Il accepterait sans avoir l'intention de partager avec elle, mais de son côté, elle n'aurait aucune intention de récupérer sa part. Elle attendrait que Chen ait récupéré le bijou pour appeler les flics.

– Ça a l'air dingue.

– Elle en est capable, soulignai-je. Elle a dit elle-même qu'elle était dingue. »

Mary laissa quelques minutes s'écouler.

« Alors, vu que Chen est sous ma surveillance, je vais peut-être obtenir quelque chose, remarqua-t-elle en se levant. Vous deux ? Dehors. Rentrez chez vous. Faites comme si on ne s'était jamais rencontrés. »

« Tu veux une tasse de thé ? me demanda Bill alors que nous quittions le commissariat.

– Non, j'ai envie de faire quelque chose d'utile.

– À une heure du matin ?

– Quelque chose d'utile de ma vie. Je devrais peut-être faire de la coopération.

– Tu devrais peut-être rentrer te coucher.

– Comment ça pourrait être utile ?

– Tu te réveillerais fraîche et dispose, prête à lutter contre le crime.

– Ou à le générer. Alice a dit quelque chose de vrai : ça va de mal en pis.

– Et c'est de ta faute ?

– Je ne fais rien pour améliorer les choses.

– Tu n'en sais rien.

– Est-ce que je peux te faire remarquer que, à cause de moi, on s'est retrouvés sous une pluie de balles dans un jardin public ? Ma meilleure amie a loupé une arrestation qui aurait pu lui servir à se faire mousser. Les bijoux que je suis chargée de retrouver ne sont pas réapparus, et de vieux messieurs innocents sont peut-être sur le point d'être victimes d'un dangereux coup monté imaginé par une cliente dont j'ai perdu la trace. Laquelle cliente a admis être de mèche avec un type qui a avoué être un assassin. L'assassin, devrais-je également souligner, de mon ancien collaborateur.

– Patron.

– Quoi ?

– Joel était ton patron. C'est lui qui t'a mêlé à cette affaire. »

Je m'arrêtai pour lui lancer un regard accusateur.

« Tu essaies de me dire que je ne suis pas le centre de l'univers ?

– Évidemment, que tu l'es. Mais il se passe aussi des choses à la périphérie de l'univers qui n'ont rien à voir avec son centre.

– Tu racontes n'importe quoi.

– Je ne vais pas dire le contraire. »

Bill vérifia l'heure et tira son téléphone portable de sa poche.

« Il est une heure du matin. Tu appelles qui ? »

Il était occupé à décliner son identité auprès de son interlocuteur et ne répondit pas. Il écouta. « Vous êtes sûr ? » dit-il et « Merci ». Il raccrocha.

« Jackpot ! s'exclama-t-il en se tournant vers moi.

– Quoi, jackpot ?

– Je t'ai dit que je battais le pavé. Ça a payé.

– Pourquoi ?

– Eh bien, je me suis posé la question suivante : si Wong Pan a tué Joel, comment a-t-il pu passer la sécurité pour monter jusqu'à son bureau ?

– Ce n'est pas difficile dans cet immeuble.

– Non, mais ça valait peut-être le coup de savoir. Alors, j'ai fait le tour des restaurants chinois du coin en montrant sa photo. Rien. Mais il y en a un qui est ouvert toute la nuit. On m'a dit de rappeler quand le gérant de nuit serait là. Il vient de jeter un coup d'œil à la photo. Il a dit que ce type avait pris une part de poulet du général Tso à emporter il y a quelques jours de ça. Il s'en souvient parce que l'homme avait l'air de se fiche de ce qu'il commandait. Et de ce que ça coûtait. Et il parlait avec un accent de Shanghai. »

J'appelai Mary.

« J'ai quelque chose à te donner en gage de réconciliation.

– Quoi ? Un cheval de Troie ? »

J'ignorai sa remarque et lui racontai ce que je venais d'apprendre.

« Il a fait semblant de venir livrer de la nourriture, ajoutai-je. Je parie que personne dans l'immeuble n'a fait attention à lui.

– Comment a fait Bill pour obtenir ça ? »

Mary était toujours en colère.

« Il ne s'est pas servi de mots comme "gouvernement" ou "service de l'immigration", hein ?

– Plutôt de l'expression "cinquante dollars". Mais Mary, c'est le genre de truc auquel Mulgrew aurait dû penser. Tu peux donner ça au capitaine Mentzinger.

– Pourquoi ? Pour qu'il vous prenne pour des gens intelligents tous les deux ?

– Non, pour qu'il te prenne toi pour quelqu'un d'intelligent. »

Quand nous raccrochâmes, elle était sur la voie de l'apaisement, même si elle n'était pas prête à l'admettre.

« Alors, tu es bon comme ça tout le temps ou quoi ? demandai-je à Bill, alors que nous nous enfoncions dans la chaleur torride et le silence profond d'Elizabeth Street.

– La modestie m'empêche de dire la vérité.

– Je m'agace moi-même par contre. J'aurais dû y penser.

– Heureusement que tu n'y as pas pensé. Si tu pensais à tout, à quoi est-ce que je te servirais ? »

Je fus un peu surprise quand deux ou trois réponses me passèrent par la tête. Mais pas quand je les gardai pour moi.

Et puis je rentrai chez moi. Expérience étrange en soi.

Ma mère garde trois des cinq serrures qui équipent notre porte systématiquement fermées ; d'une semaine sur l'autre, elle ne verrouille jamais les mêmes pour que, en essayant de crocheter les serrures, les cambrioleurs potentiels ferment celles qui ne l'étaient pas au départ. Ôtant la clé de la dernière serrure qui fait un bruit de ferraille, j'entrai, me déchaussai et pénétrai dans le salon sur la pointe des pieds. J'avais fait la moitié du chemin avant de me rendre compte que ce n'était pas la peine : ma mère n'était pas là.

« Oh », dis-je, incapable de penser à quelque chose de plus intelligent. J'allumai la lumière. Rien n'avait changé depuis notre départ. Et pourquoi en aurait-il été autrement ? Je me préparai à me coucher en essayant de me rappeler si j'avais jamais passé la nuit seule dans cet appartement. Quand j'étais petite et que Ted et Elliot étaient au lycée, mes parents rendaient parfois visite à des cousins et nous laissaient seuls une nuit ou deux, mais nous étions cinq. À la fac, j'avais eu mon propre appartement dans le Queens pendant deux ans et puis j'avais dormi dans des hôtels, j'avais plusieurs fois gardé la maison et les animaux domestiques d'amis en leur absence alors j'avais passé la nuit seule dans de nombreux endroits. Rien de tout ça ne m'avait jamais semblé bizarre.

Contrairement à cette nuit-là.

Je me réveillai plus tard que d'habitude après une nuit de rêves troubles : images fugaces de lieux sombres, impression de couvrir une longue distance en un laps de temps dont je savais qu'il était trop court. Un visage rond désincarné au sourire ironique penché sur moi. Dans la cuisine, je ne trouvai pas d'eau chaude : c'est sûr, qui aurait pu mettre la bouilloire en route ? C'est ce que je fis avant de jeter le surplus d'eau destinée à remplir la Thermos d'un litre de ma mère. Je fis signe au vieux Chow Lun penché sur son coussin et, après avoir inspecté le frigo, découpai des oignons nouveaux pour faire du *congee*.

En buvant du thé, j'ignorai les bruits qui se répercutaient dans l'appartement vide tout en décidant quoi faire de ma journée. Je n'eus pas l'occasion de beaucoup avancer dans mes réflexions avant que le téléphone rouge de la cuisine sonne.

« Hé, Lyd, c'est Ted. »

J'eus un coup au cœur.

« Ma va bien ?

– Bien sûr. Elle voulait juste que je vérifie comment tu allais.

– Moi ? Qu'est-ce qui aurait pu m'arriver depuis hier soir ?

– Ce que tu croyais qu'il pouvait lui arriver à elle. Mais ce n'est pas vrai, hein ? Qu'il se passe quelque chose de dangereux ? C'est une ruse pour pousser Ma à revenir ici, n'est-ce pas ? »

Deux de mes frères n'aiment pas mon travail parce qu'ils s'inquiètent pour moi ; l'un aime l'idée d'avoir une sœur détective privée et, qui plus est, il estime que je dois faire ce qui me plaît ; et il y en a un qui pense que je ne fais jamais rien de bien et veut que je quitte la profession avant de faire honte à la famille. Ted, l'aîné, appartient à la première catégorie.

« Elle te rend dingue ? demandai-je pour esquiver sa question.

– Non, elle a tout de suite retrouvé ses marques en bas. La première chose qu'elle a faite ce matin a été de sortir vérifier ses plants de melons.

– Oh, dis-je en ressentant un pincement au cœur que je ne sus pas m'expliquer, c'est pour ça qu'elle ne m'a pas appelée elle-même ?

– Les enfants l'aident à les tuteurer. Mais elle voulait que je te dise qu'elle a parlé à la mère de Clifford Kwan ce matin. C'est lui qu'on appelle Fétide ?

– Oui, tu te le rappelles ? »

Ted a huit ans de plus que moi alors nos souvenirs d'enfance diffèrent parfois. Par exemple, lui a connu notre mère avec les cheveux noirs. Le temps que j'arrive, ses autres enfants avaient déjà fait blanchir tous ses cheveux. En tout cas, c'est comme ça qu'elle l'explique.

Mais, cette fois-ci, Ted et moi étions sur la même longueur d'onde.

« Bien sûr que oui. Un sale gamin. Il ne s'est jamais arrangé j'imagine ?

– Pas le moins du monde. Pourquoi tu dis ça au fait ? Ma a dit quelque chose sur lui ?

– Juste que je devrais te dire qu'il brise le cœur de sa mère plus que jamais ou quelque chose comme ça. Il était censé aller à Leonia pour participer à un grand pique-nique familial cet après-midi, mais il a appelé en disant qu'il ne pouvait pas. Ses frères et sœurs y vont tous, alors sa mère est contrariée.

– Moi, je pense qu'elle devrait s'estimer heureuse.

– Ouais, mais tu sais comment sont les mères. Elle avait vraiment envie qu'il y aille parce que ses neveux y seront et elle se disait que jouer avec eux pourrait réveiller le sens de la famille en lui.

– Ça risque pas. S'il est capable de penser, Fétide ne pense qu'à lui.

– Ce n'est peut-être pas tout à fait juste. »

Ted est professeur de chimie organique, il peut se montrer légèrement pédant.

« Son excuse a brisé un peu plus le cœur de sa mère. Il a prétexté qu'un événement important avait lieu à Chinatown aujourd'hui auquel il devait assister. Il a refusé de lui dire quoi, mais a expliqué que ses nouveaux frères avaient besoin de lui.

– Ses nouveaux frères ? C'est ce qu'il a dit ?

– D'après Ma, ça veut dire les White Eagles. Tu crois pas qu'elle exagère, non ? Clifford ? Dans un vrai gang ?

– Peut-être, me contentai-je de répondre.

– Sa mère lui a demandé ce qu'il voulait dire par là. Et ses frères de toujours alors ? Mais Clifford a prétendu qu'ils ne l'avaient jamais aimé de toute façon. »

J'étais sûre que c'était vrai et que cela faisait d'eux de meilleures personnes. Je remerciai Ted, raccrochai et appelai Mary.

« Non, répondit-elle en décrochant.

– C'est aujourd'hui, dis-je avant qu'elle puisse raccrocher.

– Quoi ?

– Le coup que mijotent les White Eagles. Fétide a annulé un pique-nique chez sa mère.

– Annulé un pique-nique ? Et ça te fait croire que...

– Il a dit qu'il allait se passer quelque chose d'important. À Chinatown, aujourd'hui. Que ses nouveaux frères avaient besoin qu'il leur donne un coup de main.

– Il parlait peut-être d'un concours de T-shirts mouillés.

– Tu sais que j'ai raison.

– Je sais que tu ferais mieux d'éviter les White Eagles. Je vais vérifier, mais s'il s'avère que quelque chose se prépare, je ne te veux pas dans les parages. »

Et puis elle me redit la même chose en cantonais.

« Hé, c'était bien.

– Tu veux l'entendre en espagnol ?

– Je crois que j'ai compris. Mais Mary, et M. Chen et Wong Pan ?

– Quoi ?

– Mary ! Tu avais dit que tu surveillerais M. Chen ! Parce que Wong Pan pourrait...

– Bon, d'accord, je disais ça pour t'embêter. On a l'œil sur sa boutique. S'il sort, on le suit. T'approche pas de lui non plus.

– Oh, tu te prends vraiment pour un flic ! Et puis on dit "garder quelqu'un à l'œil" tu sais.

– Et toi tu te prends pour un prof ! Tu envisages de changer de métier ?

– Non, l'enseignement est bien trop dangereux pour moi. »

Mary insista lourdement : je courrais un danger en m'approchant des White Eagles aujourd'hui – « et je ne veux pas dire que le risque viendrait d'eux » – ,et nous nous dîmes au revoir, d'une manière que je trouvais plutôt civilisée pour deux femmes dont l'une venait de proférer des menaces et l'autre en faire l'objet. Je me demandai brièvement s'il était trop tôt pour joindre Bill, décidai de le faire quand même et venais de composer son numéro sur le téléphone de la cuisine quand mon portable sonna.

« Smith, gronda-t-il à mon oreille.

– Je te rappelle, dis-je en raccrochant pour répondre à mon téléphone portable.

– Bonjour, mademoiselle Chin. David Rosenberg à l'appareil. J'espère ne pas vous déranger ?

– Monsieur Rosenberg ! Ravie d'avoir de vos nouvelles. Non, vous ne me dérangez pas. Que puis-je faire pour vous ?

– Je viens de recevoir un coup de téléphone d'un de mes reporters à Zurich. Il a vérifié les références d'Alice Fairchild comme vous le souhaitiez. Rien de ce qu'il a découvert jusqu'ici n'est particulièrement surprenant, mais je me suis dit que vous aimeriez être au courant.

– Oui, certainement.

– Née à Shanghai en 1938. Père James Fairchild, mère Frances Fairchild, tous deux missionnaires méthodistes. Une sœur, Joan Fairchild Conrad, née en 1939. Je l'ai rencontrée il y a des années.

– Oui, je me rappelle vous l'avoir entendu dire. »

Je coinçai mon téléphone au creux de mon épaule et versai du *congee* dans un bol. « Vous avez dit qu'elles ressemblaient à Mutt et Jeff. Différentes l'une de l'autre. » Lydia Chin, reine de la référence culturelle.

« Très différentes. Joan est mince et frêle, ce qu'elle a toujours été d'après ce que j'ai compris, et encore plus aujourd'hui avec son problème respiratoire chronique qui date de cette époque. Même si, avant de prendre sa retraite, elle enseignait en lycée, alors j'imagine qu'elle est assez coriace. Je me souviens d'elle comme une femme pleine d'humour et extravertie. Le genre avec une étincelle dans le regard.

– Où vit-elle ?

– À Sharon, dans le Massachusetts. Dans la banlieue de Boston. Son mari est mort il y a six ans.

– C'est là qu'Alice a grandi, dans la banlieue de Boston ?

– Oui. Les Fairchild ont quitté la Chine en novembre 1945, dès que possible une fois les camps ouverts. Ils ont pris l'un des premiers bateaux – les deux enfants étaient malades, apparemment. La famille s'est installée à Sharon. Alice a suivi des études de droit – insolite pour une femme à l'époque – et s'est mariée. Son mari et elle ont divorcé au bout de huit ans et ils sont apparemment restés en bons termes.

– Elle a des enfants ?

– Non. »

David Rosenberg continua à détailler la carrière d'Alice, y compris son déménagement à Zurich dans les années 1980 et ses compétences sans cesse accrues dans le domaine de la récupération de biens spoliés.

« Elle a écrit quelques articles publiés dans des revues de droit concernant les spécificités de ce travail. J'ai demandé à mon équipe de les retrouver. Je vous les enverrai.

– Je vous en serais reconnaissante. Quoi d'autre ?

– Eh bien, j'ai jeté un coup d'œil à ses finances. Pas mes reporters, moi, depuis ici. Ça semblait logique.

– Excellente réaction.

– Je suis peut-être un patron borné maintenant, mais j'ai commencé par battre le pavé. Cela dit, je dois admettre que tout ce que j'ai trouvé semble en règle.

– Alors, elle n'est pas endettée jusqu'au cou ou ce genre de chose ?

– Pas du tout. Pas riche, mais elle a des revenus solides. Elle a souffert il y a cinq ans quand les marchés se sont effondrés. Elle s'était trop diversifiée. Pour une spécialiste de la planification successorale, c'était un poil imprudent, le genre de spéculation qui ne pose pas de problème quand on est jeune et qu'on a des décennies pour récupérer, mais que l'on déconseille aux clients par la suite. C'était assez gonflé.

– Mais ça ne lui a pas posé de problème ?

– Si les choses étaient allées comme elle le souhaitait, elle aurait été beaucoup plus proche de la richesse qu'elle ne l'est maintenant. Mais, même si elle a perdu une grosse somme, elle avait aussi conservé un pécule raisonnable. Elle peut sans aucun doute maintenir son style de vie grâce à ce qui lui reste. C'est peut-être pour ça qu'elle s'est lancée.

– Pourquoi ?

– Elle vieillissait, elle avait suffisamment d'argent pour vivre. Pourquoi ne pas boursicoter ?

– Je peux comprendre, j'imagine. Alors, elle est plus ou moins ce qu'elle prétend être, on dirait. »

En plus d'un certain nombre de choses dont elle n'a pas parlé. « Avez-vous les coordonnées de sa sœur ? Histoire d'être vraiment méthodique. »

Il les avait. Je le remerciai, raccrochai et composai le numéro de Joan Conrad, née Fairchild, sans trop savoir pourquoi. Après tout, si je cherchais des raisons de soupçonner Alice, je n'avais pas besoin d'aller chercher plus loin que les événements de la semaine.

Ma mère dit toujours que les vieilles dames n'ont pas besoin de beaucoup de sommeil. Elle a peut-être raison, ou c'est peut-être que Joan Conrad était une lève-tôt, comme moi. En tout cas, elle avait l'air particulièrement gaie en décrochant.

« Bonjour, madame Conrad », dis-je en livrant ma meilleure imitation de quelqu'un qui ne vit pas à Chinatown. Je me sentais déjà coupable de lui mentir. Mais qu'étais-je censée faire ? Lui dire que sa sœur était une voleuse de bijoux doublée d'une faussaire et que j'étais un détective privé qui furetait dans son passé ?

« Je m'appelle Liz Russell et je suis étudiante en doctorat à l'université de Columbia. Je mène des recherches pour ma thèse. J'étudie l'histoire de la Chine contemporaine et plus particulièrement la guerre civile et la façon dont elle a coïncidé avec la Seconde Guerre mondiale. Je me suis laissé dire que vous viviez à Shanghai à l'époque et je me demandais si vous auriez le temps de répondre à certaines questions.

– Oh, bonté divine. »

Il s'ensuivit un bref silence tandis que Joan Conrad digérait tout ce que je venais de lui balancer. « Si j'ai bien compris ma chère... vous écrivez une thèse, c'est ça ? »

Elle avait une voix douce et gaie, on aurait dit un oiseau à bout de souffle.

« Oui, madame. Je me concentre sur les relations entre les occupants japonais, leurs alliés allemands et les deux camps opposés pendant la guerre civile. » On ne pouvait plus m'arrêter.

« Je sais que vous étiez enfant à l'époque...

– Eh bien, oui, c'est vrai. Comment m'avez-vous retrouvée ?

– J'ai des registres concernant les camps d'internement japonais. Ils ne sont pas complets, mais j'essaie de retrouver les gens qui étaient suffisamment jeunes à l'époque pour pouvoir être retrouvés aujourd'hui. »

Je l'entendis glousser.

« Vous voulez dire nous les vieux fossiles qui n'avons pas encore rendu l'âme.

– Oh, je...

– Ce n'est rien, ma chère, je sais déjà que je talonne Mathusalem. »

Une délicate quinte de toux l'interrompit. J'entendis une autre voix dans la pièce et attendis. Joan Conrad reprit le combiné.

« Excusez-moi, ma chère. Oui, merci, Maria, laissez-le là, je vous prie. Oui, je promets de tout boire ! Quel tyran, me dit-elle. Mais quelle fille merveilleuse, ma Maria.

– Votre fille ?

– Mon Dieu, non, mon auxiliaire de vie. C'est comme ça qu'on les appelle aujourd'hui. Je trouve ça très joli, et elle s'occupe tellement bien de moi ! Mais, excusez-moi, vous m'interrogiez à propos de Shanghai, n'est-ce pas ? Pour votre thèse. Qui traite des Japonais et des Allemands.

– Et des camps.

– Oh, mais j'étais tellement petite quand nous avons été internés. Je ne savais rien des Japonais, si ce n'est que c'étaient eux qui nous avaient internés. Les Allemands et les armées chinoises – eh bien, ils auraient tout aussi bien pu habiter sur Mars. C'étaient les Américains que nous attendions. Nous passions notre temps à les attendre.

– C'est exactement ce que j'aimerais savoir. À quel point les prisonniers savaient ce qui se passait et comment cela se reflétait dans la société du camp. Avant tout, pouvez-vous me confirmer dans quel camp vous et votre famille vous trouviez ? Vos parents, votre sœur et vous, n'est-ce pas ? » J'aurais pu être plus directe, mais je ne savais pas à quel point la mémoire de Joan Conrad était fidèle et je n'avais pas envie de l'influencer.

Apparemment, elle avait bonne mémoire pourtant.

« On l'appelait le camp de Chapei. Les bâtiments avaient été construits pour accueillir la grande université de Chine, mais ça faisait des années qu'ils ne servaient plus à ça. »

Jackpot !

« Chapei, oui, dis-je d'une voix calme. Ce camp m'intéresse particulièrement pour mes recherches car c'est l'un des rares où l'on retenait des Allemands.

– Des Allemands ?

– Par exemple, une femme et sa fille. Une certaine Frau Ulrich, épouse d'un officier allemand.

– Oh, vous voulez parler de cette pauvre Mme Ulrich ! Bonté divine, je n'ai pas pensé à elle depuis des années. »

Une autre quinte de toux interrompit les souvenirs de Joan Conrad.

« Excusez-moi ma chère.

– Vous allez bien ?

– Oh, oui, bien sûr, Mme Ulrich ! s'émerveilla-t-elle. Mon Dieu, qu'elle était belle. Mais je crois que c'est la seule Allemande que je connaissais.

– Et sa fille, n'est-ce pas ?

– Est-ce qu'elle avait une fille ? »

Le doute s'insinua dans la voix de Joan Conrad. Sa mémoire n'était peut-être pas si fiable après tout.

« Sa fille est morte environ un an après leur arrivée au camp, précisai-je. Quelques mois après Mme Ulrich elle-même.

– Morte. Oui, je suppose. Je crois que c'est exact. »

Au bout d'un moment, d'une voix plus assurée, Joan Conrad reprit : « Mme Ulrich était une amie de ma mère vous savez. » Elle continua à parler gaiement ; je me dis qu'elle avait repris de l'assurance. « Elle vivait dans la pièce voisine. Oh, mais ce n'étaient pas vraiment des pièces ! Les bâtiments que nous occupions avaient servi de dortoirs, voyez-vous. La plupart des familles avaient des chambres individuelles, mais quand nous sommes arrivés, elles étaient déjà occupées. On nous a mis dans la grande salle avec quelques autres familles. On a donné aux hommes des planches goudronnées et du vieux bois, et tout le monde s'est mis à marteler et à scier. Ils l'ont divisée comme un clapier, une pièce par famille, et parfois il y avait des cloisons à l'intérieur aussi. Mme Ulrich était là sans son mari, et mon père et d'autres lui ont construit sa pièce. On entendait tout – les gens parler, les bébés pleurer. Et même les hommes ronfler ! À la mission, à Shanghai, ma sœur et moi... » de nouveau, une hésitation... « nous avions chacune notre chambre. Mais le camp, avec tout le monde entassé ! Et puis la nourriture était monotone et n'avait pas bon goût. Au début, c'était une aventure, ensuite, nous avions envie de rentrer à la maison. »

La description que faisait Joan Conrad du camp de Chapei ressemblait à celle qu'avait faite Rosalie du foyer pour réfugiés juifs. Les déplacés entassés, désorientés, effrayés qui avaient envie de rentrer chez eux : c'était la même histoire.

Mais pas exactement pourtant. Parfois, il y avait des surprises. Comme le fait que Frau Ulrich, femme de celui à qui on était censé avoir remis la Lune de Shanghai, avait vécu dans la même pièce qu'Alice Fairchild.

« Madame Conrad, vous rappelez-vous quelque chose concernant Mme Ulrich ? Je m'intéresse à son cas.

– Oh, j'étais tellement jeune... mais je me rappelle qu'elle était très glamour ! Les femmes auxquelles j'étais habituée étaient missionnaires, très ordinaires, voyez-vous. Mme Ulrich luttait pour sauvegarder les apparences. Elle avait amené des cosmétiques au camp, du fard à joues, de la poudre et tout un tas de choses auxquelles les enfants de missionnaires n'étaient pas habitués. Elle n'avait pas emporté des choses très pratiques. Comme si elle n'avait pas l'intention de rester longtemps. Ce n'était l'intention de personne, évidemment, mais nous n'avions pas été autorisés à emporter grand-chose. Alors, la plupart des gens avaient pris des vêtements et des objets personnels, des choses pratiques. Mais maintenant que j'y pense, Mme Ulrich avait un certain nombre de valises. Je ne sais pas combien, mais plus d'une. Nous n'étions autorisés qu'à une valise par personne, les Japonais avaient instauré cette règle. Je m'en souviens parce que ma sœur et moi avons dû nous asseoir toutes les deux sur la mienne pour la refermer alors que j'y avais glissé mon nounours en cachette. Mais Mme Ulrich en avait plus.

– Peut-être parce qu'elle était allemande ? Les Japonais la traitaient peut-être mieux qu'ils ne traitaient les Américains. Était-ce possible ?

– Vous savez, ma chère, je crois que vous avez raison. Je me rappelle que les gardes s'inclinaient devant elle. Pas que ça les ait empêchés de lui donner des ordres. Et elle ne se sentait certainement pas bien traitée. J'avais un peu peur d'elle, à vrai dire, maintenant que j'y pense. Oh, ces événements me reviennent !

– Pourquoi aviez-vous peur ?

– Elle était en colère. Tout le temps, tellement furieuse. Ma mère était en général capable de la calmer avec une parole ou une tasse de thé, mais elle n'a jamais cessé d'être en colère même si elle ne le montrait pas. Les enfants sentent ce genre de chose.

– En colère après qui ? Les Japonais ?

– Contre qui, ma chère, dit Joan Conrad doucement. Au niveau du doctorat, il n'y a vraiment aucune excuse pour les fautes de grammaire et de syntaxe.

– Oui, c'est ce que me dit toujours mon directeur de recherches. Mme Ulrich était en colère contre qui ?

– Contre qui était-elle en colère, vous voulez dire. En partie, contre les Japonais, évidemment, comme tous les adultes. Elle était aussi furieuse contre son mari. Je m'en souviens ! Il n'était pas interné. Je crois qu'elle avait dû le perdre, bien que je n'en sois pas sûre. Mais non, je dois me tromper parce que je ne peux pas imaginer qu'elle ait pu parler de lui en des termes aussi négatifs s'il était mort ! Et c'est vrai qu'elle n'arrêtait pas de rabâcher à quel point il était stupide et avide. Elle le disait à qui voulait l'entendre. Que c'était sa faute si *elles* avaient atterri dans ce camp... » Elle s'arrêta. « *Elles !* Oui, elle disait *elles* ! Enfin, *nous*, je veux dire. Oh, je l'entends, ce doux accent allemand. Pas un de ces accents qui écorchent les oreilles, mais l'autre genre. "Nous ne serions pas là s'il n'était pas aussi avide." Ç'aurait été agréable de l'écouter si je n'avais pas eu peur. Mais elle disait *nous* ! Si son mari n'était pas interné, vous devez avoir raison. Elle devait avoir un enfant, non ? Oh, mon Dieu. Et des jouets. Dans ces valises, des jouets, oui, c'est ça. Le petit cheval de bois, je l'ai encore, là, sur l'étagère avec mon nounours. Sorti d'une de ses valises. » Joan Conrad hésita de nouveau. « Le cheval de bois... Et Alice, Alice a une toupie... En tout cas, si elle avait des jouets, c'est qu'elle avait un enfant. Mais je ne me rappelle pas, ma chère. J'étais petite... certains de ces souvenirs...

– Je comprends. Les camps étaient des endroits difficiles, je le sais.

– Plus pénibles pour les adultes que pour les enfants, cela dit. Les enfants ont une telle résistance ! Nous jouions aux billes et à la toupie dans la poussière. Nous inventions des jeux et avions des poupées que nous avions apportées ou que notre mère nous avait fabriquées à partir de bâtons et de chiffons. Même quand nous étions malades, et nous étions malades la plupart du temps. Dysenterie, croup... C'est de là que vient ma toux – et la voilà qui revient. » J'attendis pendant qu'elle toussait ; puis elle rit.

« Quel timing, n'est-ce pas ?

– Vous avez l'air très à l'aise avec vos souvenirs de cette époque, madame Conrad.

– Oh, les enfants s'adaptent. Cela fait simplement partie de notre vie. C'était plus dur à la fin quand il n'y avait pas grand-chose à manger... Encore aujourd'hui, je ne supporte pas les patates douces. Je ne supporte pas de savoir qu'elles sont remplies de vers ! Le plus effrayant, je crois, c'est que les adultes avaient peur. Pendant l'appel, quand vous aviez désobéi au règlement, vous étiez convoqué pour une punition. On ne savait jamais si on avait fait quelque chose jusqu'à ce moment-là, voyez-vous. Ou alors les Japonais nous ordonnaient de nous rassembler quand il s'était passé quelque chose qui les avait mis en colère, au front, je veux dire, pas dans le camp. Quelqu'un était puni, un Américain ou un Anglais était battu, en fonction de l'endroit où leur armée avait lâché une bombe. Parfois, les rations étaient diminuées, ou il n'y avait pas d'eau pendant un jour ou deux. Évidemment, je n'étais pas au courant de ces choses à l'époque, je veux dire les raisons pour lesquelles ces choses effrayantes arrivaient. Pour nous, pour les enfants, c'était notre quotidien, c'était tout. Et Alice s'occupait toujours de moi, alors, j'étais plus protégée que la plupart. Oh, mon Dieu, dit-elle après une pause. Est-ce que c'est ce que vous vouliez savoir ? Est-ce que je vous suis d'une aide quelconque ?

– Oh, vous m'aidez beaucoup. C'est fascinant. Puis-je vous parler d'un détail spécifique qui est apparu dans mes recherches ? Quelque chose de curieux.

– Oui, bien sûr. »

Je pris une inspiration et m'efforçai de garder la même voix.

« Madame Conrad, avez-vous jamais entendu parler d'un bijou appelé la Lune de Shanghai ?

– La Lune de Shanghai... J'en ai un vague souvenir, pas plus. C'est quelque chose dont je devrais me souvenir ? Oh, mon Dieu.

– Pas forcément. C'est juste un détail sur lequel je suis tombée. C'était une broche, très précieuse, et selon la rumeur, elle se serait trouvée dans le camp de Chapei.

– Les Japonais l'avaient, vous voulez dire ?

– Non, en fait, d'après l'histoire que j'ai lue, un prisonnier aurait pu l'avoir.

– Oh, je ne crois pas que ce soit possible. Aucun d'entre nous n'avait quoi que ce soit de précieux. Les Japonais avaient tout pris, voyez-vous. Pour que les objets soient en sécurité, avaient-ils dit, mais évidemment, nous ne les avons jamais récupérés.

– Et si quelqu'un l'avait cachée ? Personne ne cachait rien ?

– Au début, je pense que si. Une veuve amie de ma mère a caché son alliance. Mais quand ses enfants sont tombés malades, elle l'a vendue au commandant du camp contre des médicaments. Et une autre femme, seule et très belle... Mlle Montgomery, elle était professeur de catéchisme, oui, je me souviens de son nom ! Un jour, elle n'était plus là, et j'ai entendu des adultes dire que les Japonais avaient soudain découvert qu'elle n'était pas américaine mais suisse et l'avaient mise sur un bateau pour la faire rapatrier. À la façon dont ils en parlaient, je savais qu'il y avait quelque chose de bizarre sans savoir de quoi il s'agissait. Plus tard, j'ai appris que tout le monde pensait qu'elle avait soudoyé les gardes pour sortir du camp. Elle n'avait aucun objet de valeur, cela dit, et je n'arrivais pas à imaginer ce qu'elle avait pu vendre, dit tristement Mme Conrad pour me faire comprendre qu'aujourd'hui, elle y arrivait très bien.

– Alors, la Lune de Shanghai... ? lui rappelai-je doucement.

– Non, ma chère, je ne sais rien sur ce bijou. Mais je ne crois pas que quelqu'un du camp l'ait eu. Même si son propriétaire désirait la garder quand il est arrivé au camp, au bout d'un an ou deux, il aurait donné le bijou et bien plus pour en sortir. »

Nous parlâmes encore un peu. Joan Conrad partageait avec moi les souvenirs qu'elle gardait de l'époque tandis que j'aiguillais discrètement la conversation, jusqu'à ce que je finisse par être convaincue qu'elle ne pouvait pas m'éclairer davantage.

« Madame Conrad, je vous remercie infiniment. Vous m'avez apporté une aide inestimable dans mes recherches. Puis-je vous poser une dernière question ?

– Je vous en prie, ma chère. Faites, je vous en prie.

– Oui, merci. Votre sœur, Alice. J'aimerais lui parler à elle aussi. Pouvez-vous me dire où la trouver ?

– Oh, Alice vit à Zurich maintenant. Elle est avocate. Mais vous allez peut-être avoir de la chance. Elle est aux États-Unis en ce moment, à New York. Ce n'est pas là que vous m'avez dit vous trouver ?

– Oui, à Columbia.

– C'est bien ! Vous devez être très intelligente pour étudier dans une université aussi prestigieuse. Raison de plus pour faire attention à votre façon de vous exprimer. Oui, Alice est descendue au Waldorf Astoria. Vous savez où l'hôtel se trouve ?

– Oui, absolument.

– Je ne sais pas combien de temps elle y passera encore. Elle était ici hier, juste pour la journée. »

Ah, oui ? Alors qu'elle prétendait être à Washington ?

« Elle me rend visite plusieurs fois par an. C'est un amour, mais bonté divine ! Je lui ai dit qu'elle n'avait pas à faire ce long voyage hors de prix juste pour me dire de prendre mes médicaments ! Maria peut très bien s'en charger ! dit Joan Conrad en riant. Mais Alice s'est toujours très bien occupée de moi depuis que nous sommes enfants. Et maintenant que je suis seule... Eh bien, ça me fait très plaisir de la voir, alors je ne la freine pas autant que je le devrais, je suppose. En tout cas, essayez de la joindre au Waldorf.

– Merci, je n'y manquerai pas. Est-ce que je peux... puis-je également avoir son adresse à Zurich ? Au cas où je la manquerais ?

– Bien sûr que vous pouvez. »

Sa satisfaction de m'entendre me reprendre était audible. « Je vais vous la chercher. »

J'entendis qu'on reposait le combiné. Un court instant plus tard, Joan Conrad était de retour dans la pièce. Elle me donna une adresse et un numéro de téléphone à Zurich correspondant à ceux inscrits sur la carte de visite d'Alice.

« Merci. Et j'ai une dernière question.

– Posez autant de questions que vous le souhaitez. Cette conversation a été très intéressante. Vous savez, quand nous sommes revenus, à cause des terribles nouvelles sur les camps de concentration en Europe et des camps de prisonniers aux Philippines, etc., personne n'avait envie de nous entendre parler de notre guerre. La plupart des gens ignoraient où se trouvait Shanghai. Mes parents ne parlaient jamais du camp non plus. Ils n'avaient pas envie de réveiller de mauvais souvenirs, je suppose. Et puis notre famille a dû s'adapter. Alice et moi n'étions jamais venues aux États-Unis. Nous avons découvert la neige ! Et nous étions toutes les deux malades quand nous sommes arrivées ici. Et puis nous nous sommes remises, nous avons commencé l'école, et ainsi de suite. Alors, je n'ai pas tellement parlé de cette expérience. J'ai tant de souvenirs ! Même si la plupart d'entre eux sont flous. »

Elle s'arrêta, toussa. « Oui, excusez-moi, ma chère. Vous aviez une autre question ? »

Ma culpabilité atteignait des sommets, mais je posai quand même ma question.

« Une fois que les prisonniers étaient morts, que faisait-on des affaires qu'ils avaient apportées avec eux ? Mme Ulrich, par exemple. Que sont devenues ses valises ?

– Ses valises ? J'ai peur que ce ne soit pas très agréable à entendre. Je ne me souviens pas des affaires de Mme Ulrich en particulier. Mais quand les gens décédaient, on... se partageait leurs affaires. Nous étions tous dans le besoin, voyez-vous. Vêtements, chaussures, couvertures, articles de toilette, médicaments. Brosses à cheveux ou nécessaires de couture. Même les valises elles-mêmes – les gens en faisaient des meubles, des berceaux pour les bébés. C'est ce qui a dû se passer. Mme Ulrich est morte très vite après être tombée malade, en quelques jours, je crois. Ma mère était probablement chargée de décider de ce qu'il fallait faire de ses affaires, et il en a été fait bon usage, je n'en doute pas. »

Je la remerciai, lui promis de rappeler si j'avais besoin de quoi que ce soit d'autre pour mes recherches et raccrochai. Je songeai qu'elle allait peut-être appeler Alice et s'extasier sur la gentille étudiante de New York qui s'intéressait tant à Shanghai. Eh bien, tant pis. Quelle raison aurais-je pu invoquer pour exiger d'elle le silence ?

Je me versai une tasse de thé en pensant à l'usage qui avait été fait des affaires de Mme Ulrich. C'était certainement ce qui s'était passé, mais il était peu probable qu'une personne consciente d'être en possession de la Lune de Shanghai aurait gardé le secret toutes ces années. Pourquoi l'aurait-elle fait ? Mais si elle n'était pas au courant ? Quelqu'un pouvait-il l'avoir en ce moment – cachée dans le nécessaire à couture de Mme Ulrich, dissimulée dans l'une de ses nombreuses valises comme les bijoux d'Elke dans celles de Rosalie et Paul ? Était-il possible qu'elle se morfonde dans un grenier qui sentait le renfermé, abandonnée sur une pile de souvenirs moisis de la Seconde Guerre mondiale ? C'était possible, et si c'était le cas, autant dire qu'elle était perdue pour toujours. Mais la question de Bill restait sans réponse : si Frau Ulrich avait la Lune de Shanghai, ou savait au moins où la trouver, pourquoi ne s'en était-elle pas servie comme pot-de-vin pour sortir du camp ?

C'est que probablement elle ne l'avait pas et n'aurait pas pu mettre la main dessus. Mais le fait qu'Alice ait été internée dans le même camp, dans la même pièce que les Ulrich dépassait la simple coïncidence. Surtout que ce détail faisait partie de ceux, et ils étaient nombreux – comme l'existence même de la Lune de Shanghai par exemple –, qu'Alice avait omis de mentionner. Mais si un détail de l'époque lui avait permis de savoir où la Lune de Shanghai se trouvait aujourd'hui, pourquoi lui avait-il fallu tout ce temps et la découverte des autres bijoux de Rosalie pour agir ? Et si, comme le prétendait Wong Pan, la Lune de Shanghai s'était trouvée dans un compartiment secret du coffret contenant les autres bijoux tout ce temps-là et qu'il le savait, qu'étais-je censée en conclure sur la relation qu'entretenait Alice avec les Ulrich ? Ou de l'aveu de Zhang Li, corroboré par son frère C.D. Zhang, selon lequel le bijou avait été dérobé lors d'un cambriolage en 1949 ?

J'appelai Bill.

« Vous êtes qui, vous ? dit-il d'une voix traînante.

– Excuse-moi.

– Je suis furax. Enchanté.

– Vraiment ?

– Enchanté ? Non, on se connaît déjà. Et comment pourrais-je être vraiment furax ? Tu m'appelles pour me réveiller et me dire que tu me rappelleras. Alors, non, je ne suis pas furax. »

Puisque c'était le cas, je lui racontai ma matinée.

« Waouh. Tu as été occupée. C'est peut-être pas mal de se lever tôt après tout.

– Tu crois ?

– Non. Mais cette histoire à propos d'Alice Fairchild et des Ulrich... Bon Dieu, j'aimerais savoir ce que ça veut dire.

– Moi aussi. L'autre truc que j'aimerais savoir, c'est ce que vont faire les White Eagles cet après-midi.

– Tu crois que ça y est ? C'est le gros coup ?

– Pas toi ? Mary a dit qu'on devait garder nos distances. Mais...

– Y a pas de mais qui tienne. Si le NYPD s'en charge, nous, on laisse tomber. D'abord, ça n'a peut-être rien à voir avec nous ni avec cette affaire. Et puis, Mary va tout te raconter, tu sais bien.

– Si elle m'adresse de nouveau la parole un jour.

– Elle ne te doit pas une faveur, pour m'avoir appelé au départ ?

– Elle ne voit pas les choses comme ça, Bill.

– Ah ? »

J'entendis le craquement d'une allumette.

« Tu crois que ma mère aurait pu faire exprès de téléphoner à la mère de Fétide pour voir si elle pouvait apprendre quelque chose qui m'aiderait ? »

Silence tandis qu'il inhalait sa première dose de nicotine.

« Je dirais que oui.

– Mais c'est ma mère !

– Est-ce qu'elle avait une autre raison de parler à la mère de Fétide ?

– Pas que je sache. Mais... »

Je ne voyais pas quoi ajouter pour expliquer mon scepticisme si ce n'est « C'est ma mère ».

34

Bill et moi décidâmes de nous retrouver ; puis je perdis une demi-heure au téléphone et sur Internet tandis que Bill se douchait et se préparait. J'appelai M. Chen pour qu'Irene Ng puisse m'annoncer qu'il n'était pas là et M. Zhang pour que Fay m'annonce qu'il était sorti. J'appelai Alice pour que sa boîte vocale puisse m'annoncer qu'elle n'était pas disponible. Sur Google, je fis une recherche sur les Ulrich, les Fairchild et le camp de Chapei dans toutes les combinaisons possibles afin que le Web puisse m'annoncer que la Lune de Shanghai était introuvable. Je regardai fixement mon téléphone portable pour l'hypnotiser et le forcer à jouer le thème de *Wonder Woman* pour que Mary puisse m'annoncer quelque chose, n'importe quoi. Il ne se passa rien du tout.

Je lavai la vaisselle, balayai et rangeai deux, trois objets. Quand le téléphone finit par sonner, c'est le générique de *Bonanza* qui retentit.

« Tu as pris ton temps, m'écriai-je en l'attrapant.

– Pourquoi, il se passe quelque chose ?

– Non, et j'en ai par-dessus la tête !

– Un peu impatiente, hein ? remarqua Bill, compatissant.

– Tellement impatiente que c'en est insupportable. Allez, je te paie un café. Rejoins-moi chez Tai-Pan.

– Oh, oh. Serais-tu en train de désobéir à un ordre direct du NYPD ?

– Absolument pas ! Est-ce que tu m'as vue à proximité des White Eagles ? Et pourquoi je ne pourrais pas inviter mon partenaire à prendre le petit déjeuner dans ma boulangerie préférée ?

– Depuis quand Tai-Pan est ta boulangerie préférée ? »

Je ne me fatiguai pas à lui donner une réponse qu'il connaissait déjà : depuis que nous avions découvert à quel point elle était proche de la boutique de M. Chen. Je ne lui fis pas remarquer qu'il n'avait pas relevé le lapsus qui m'avait fait employer le mot « partenaire ».

L'absorption de mon *congee* étant relativement récente, je me contentai chez Tai-Pan d'un thé et d'un gâteau aux haricots rouges. Je posai mon maigre butin sur un plateau en plastique superflu sur lequel j'entassai serviettes, couteaux et fourchettes, tout ce qui pouvait être utile pour occuper le maximum d'espace au comptoir. Bill arriva peu après et commanda un grand café et une affreuse pâtisserie remplie de crème, un truc que les Chinois n'auraient jamais imaginé ingurgiter avant que les Britanniques de Hong Kong les initient à ce qui passait pour de la nourriture chez eux. Quand Bill sortit son portefeuille, la caissière au visage impassible refusa en me désignant de la tête.

« Je t'ai dit que je t'invitais, dis-je en poussant le plateau pour lui faire de la place.

– Tu es la classe faite femme. Comment elle a su que c'était moi ?

– Tu plaisantes, n'est-ce pas ? »

Il se retourna pour jeter un coup d'œil aux tables où se pressaient des grands-mères chinoises en train de déblatérer en chinois, des serveurs en route pour leur lieu de travail à Chinatown, des mères chinoises avec leurs bébés chinois.

Les seuls *lo faan* à part Bill étaient un couple de touristes qui essayait à mi-voix de deviner la composition des pâtisseries.

« D'accord, j'ai compris. » Il sirota son café géant.

« Alors, quel est le plan ?

– On n'en a pas. Mary fait surveiller M. Chen et les White Eagles. J'obéis et je ne m'en mêle pas, même si je suis à l'origine des deux pistes. Si les services de police attribuent une médaille d'honneur à un citoyen, je crois que ça devrait être moi.

– En récompense de tes tuyaux ou de ton obéissance ?

– Les deux.

– Alors, on est juste là pour le petit déjeuner ?

– Tu n'aimes pas le café ?

– Il est délicieux. Et cette corne à la crème est encore meilleure.

– Ne me parle même pas de ce truc.

– Et si Wong Pan se pointe ?

– S'il se pointe, je veux... »

Il m'accorda un moment avant d'insister :

« Tu veux quoi ?

– Le voir. Je veux le voir, c'est tout.

– Je ne te crois pas.

– C'est parce que je mens. »

De l'autre côté de la rue, un rayon de soleil se réverbéra sur la porte de Bright Hopes quand Irene Ng sortit pour inspecter la devanture.

« Je me demande si Chen est à l'intérieur, dit Bill.

– J'aimerais vraiment beaucoup traverser pour aller vérifier.

– Rappelle-moi depuis combien de temps Mary est ta meilleure amie ?

– D'accord, ça va », maugréai-je.

Je sirotai mon thé en observant les allées et venues des passants. J'essayais de me convaincre que la pâte caoutchouteuse et la garniture sucrée et épicée de ma pâtisserie aux haricots rouges m'offraient une compensation suffisante pour être forcée d'attendre sur la touche quand Bill me poussa du coude.

« Voilà ton cousin. »

Et, nom d'un chien, c'était vrai : Fétide Kwan arrivait en traînant sa carcasse sur le trottoir d'en face. Ses cheveux gras lui tombaient sur le front, et s'il avait changé de T-shirt depuis la veille, cela prouvait simplement que toute sa garde-robe était pareillement tachée et dégoûtante.

« Ces deux types, celui qui est à côté de lui et l'autre qui vient de s'arrêter à l'étal du vendeur de nouilles, ce sont des White Eagles eux aussi, remarquai-je.

– Haut placés ?

– Je ne crois pas. De jeunes sous-fifres comme Fétide. Je me demande où sont Deng et ses lieutenants. »

Nous regardâmes Fétide et ses acolytes traîner leurs guêtres. Ils restaient près de ce pâté de maisons mais ne faisaient guère attention à Bright Hopes. Ils fumaient, mangeaient, mataient les filles.

« Ils doivent attendre que le patron se pointe », commenta Bill.

J'étais du même avis ; si c'était le gros coup pour les White Eagles, il ne se passerait rien sans leur *dai lo*.

« Ce type avec la carte, près de la boîte aux lettres, dit Bill. Je te parie cinquante cents que c'est un flic.

– Et le type qui vend des animaux en origami. Et la camionnette de livraison Xpress qui n'a pas l'air pressée de livrer quoi que ce soit et qui ne prend pas de contravention après être restée garée vingt minutes dans une zone où c'est interdit.

– Bon, tout le monde est prêt.

– Peut-être pas à toutes les éventualités », dis-je en lui agrippant le bras.

C.D. Zhang longeait le trottoir, une mallette en cuir à la main. Il entra chez Bright Hopes où Irene Ng le conduisit vers le fond de la boutique. Elle regagna le comptoir seule. C.D. Zhang devait être dans le bureau avec son cousin Chen, et j'aurais parié cinq cents que son frère Zhang Li était là lui aussi.

« Conseil de famille ? s'interrogea Bill

– Tu as vu comme Fétide a regardé C.D. Zhang quand il est entré ?

– Oui.

– J'ai un mauvais pressentiment.

– À quel propos ?

– À propos des deux délits qui vont se produire. Ils n'en font peut-être qu'un. Tu crois que les White Eagles auraient pu entendre parler de la Lune de Shanghai ? Et qu'ils attendent que Wong Pan vienne la vendre à M. Chen pour pouvoir faire main basse dessus ?

– Eh bien, si c'est le cas, ils vont tomber dans le plus grand piège à rats de Chinatown. »

Nous attendîmes que d'autres rongeurs arrivent, mais aucun ne se montra. Alors que je finissais mon thé, C.D. Zhang réapparut. Il repartit d'un bon pas dans la direction d'où il était venu.

« Ça rimait à quoi, ça ? » demandai-je, mais ce n'était qu'une question rhétorique. Je sortis mon téléphone.

« T'as intérêt à appeler depuis la Floride, répondit Mary.

– C.D. Zhang vient de passer en coup de vent chez Bright Hopes.

– Comment tu le sais ?

– J'ai un périscope. Écoute, je sais que tu fais surveiller la boutique, mais je n'étais pas sûre que tes gars savaient qui il était.

– Je surveille moi-même, admit-elle à contrecœur. C'est lui qui vient de sortir à l'instant ?

– Tu es dans la camionnette ?

– T'occupe. C'était lui ? »

C'était le flic qui parlait, pas ma copine.

« Oui, répondis-je simplement.

– Il fait partie de la famille et travaille dans la même branche. Pourquoi ne pourrait-il pas passer voir Chen ?

– Je ne sais pas. Mais vu que c'est une journée spéciale…

– On ne sait pas si c'est une journée spéciale.

– Oh, allez ! Il y a trois White Eagles qui traînent sur ce pâté de maisons, dont Fétide. Attends, ça fait quatre : Warren Li vient d'arriver.

– Encore un moins-que-rien. C'est pas parce que ces quatre voyous passent le temps ici qu'un gros coup va se produire. Qui plus est, je sais que Li est là parce qu'en plus de Chen je fais surveiller ton vaurien de cousin aussi. Grâce à tes tuyaux, Lydia. Si un des deux au moins ne donne pas quelque chose, mon capitaine va me renvoyer dans la rue, et les heures sup pour financer toute l'opération seront directement prélevées sur mon salaire. Et tu es sur le point de me demander de suivre un autre vieux qui vient de passer voir son cousin ? Et ne me dis pas le contraire, je le sais bien. Au fait, où es-tu ?

– Chez Tai-Pan. Mary...

– Lydia ! Je t'avais dit...

– Je sais : disparais, t'as dit.

– Et quand est-ce que tu prévois de faire ce que je te dis ?

– Maintenant. Tout de suite. Salut, dis-je en coupant la communication avant de sauter de mon siège. Allons-y, Bill.

– On va où ?

– Mary a dit de disparaître. »

Nous sortîmes en trombe de la boulangerie – Mary était probablement en train de nous regarder filer – et réussîmes à rattraper C.D. Zhang à deux pâtés de maisons à l'ouest de là. Il esquiva les autoradios, les fausses Rolex et les sacs à main contrefaits en vente sur le marché gris avec l'expérience d'un vrai habitué de Chinatown.

Pour regagner son bureau.

Quand elle m'avait ordonné de disparaître, Mary n'imaginait sans doute pas que j'irais faire le pied de grue dans la partie sud de Canal Street pour garder l'œil sur une boutique de l'autre côté de la rue ; mais de toute façon, même si je l'avais voulu, je n'aurais pas pu disparaître à Chinatown. Je me sentis un peu perdue en revanche quand, au bout de vingt minutes, Bill me demanda : « Pourquoi fait-on ça ? » La réponse était évidente pourtant : il fallait bien que je fasse quelque chose, n'importe quoi.

« C'est bizarre, non ? dis-je. M. Chen et M. Zhang ne traînent pas avec C.D. Zhang. Il l'a dit lui-même, M. Zhang l'a dit, Irene Ng l'a dit. Si C.D. avait quelque chose à leur dire ou à leur demander, pourquoi ne pas simplement téléphoner ? Pourquoi se déplacer pour ne rester qu'un instant ? Ils ont à peine eu le temps de boire une tasse de thé. Non, il se trame quelque chose. C'est sûr. Je suis formelle. Pourquoi es-tu si calme ?

– Chacun sa façon de réagir aux poussées d'adrénaline », dit-il en souriant, cigarette aux lèvres.

Nous restâmes en face de chez C.D. Zhang près d'une heure alors que l'atmosphère devenait de plus en plus chaude et humide. Nous aperçûmes deux autres membres des White Eagles, un que je connaissais et l'autre pas, mais tous deux exhibaient leur tatouage.

« Ils ne se sentent pas obligés d'être discrets, on dirait, remarqua Bill.

– À quoi sert un tatouage si on ne peut pas intimider les gens avec ? »

Je faillis laisser Bill surveiller C.D. Zhang pour aller vérifier ce que fabriquait la nuée de petites frappes à l'autre bout de Canal Street. Mais je n'avais pas envie de constater que Mary avait ordonné mon arrestation si je m'aventurais trop près des White Eagles ; ce ne serait pas bon pour notre amitié.

Comme le soleil montait dans le ciel, je commençai à regretter de ne pas avoir de chapeau. Ou de bouteille d'eau. Ou de but précis. Nous étions bercés par le grondement de la circulation et attendîmes là en respirant les gaz d'échappement, les odeurs de beignets de navet et la transpiration des passants.

« Je commence à ressembler à un des T-shirts de Fétide, dis-je à Bill en m'épongeant le front.

– Ça, c'est plutôt grave. Tu veux qu'on se relaie pour aller boire quelque chose dans un endroit climatisé ?

– Non, mais dis-moi : est-ce que je suis folle d'attendre comme ça ici ? Est-ce que tu cherches juste à me faire plaisir, à me prouver ta loyauté ou un truc comme ça ?

– Je suis là parce que je crois que tu as raison. »

J'étais sur le point de demander des preuves de cette déclaration ridicule, mais je n'en eus pas l'occasion. Parce que la preuve remontait la rue au pas de course en la personne de Wong Pan.

35

« WONG PAN ? Tu es sûre ? dit Bill, incrédule.

– Si ce n'est pas lui, alors il faut arrêter ce type parce qu'il lui ressemble trop. Ça devrait être interdit. »

J'appelai Mary tout en parlant. Son téléphone sonna au moment où Wong Pan ou son jumeau maléfique passait devant l'immeuble de C.D. Zhang. Wong Pan entrait dans une gargote minable à quelques portes de là, lorsque le répondeur de Mary se déclencha.

« Oh, non ! m'exclamai-je. Décroche, ma vieille ! Wong Pan est du côté ouest de Canal Street, chez New Day Noodle, trottoir nord près de Church Street. Je vais... »

Je m'interrompis quand Bill me toucha le bras en désignant le trottoir d'en face. C.D. Zhang sortait de chez lui, mallette à la main. Nous le vîmes remonter la rue et il se trouve que, comme par hasard, lui aussi avait envie de nouilles.

« Je suis tombée sur la boîte vocale de Mary », expliquai-je à Bill.

Je composai le numéro de la police à qui je communiquai l'adresse à laquelle se trouvait un dangereux fugitif. Puis je raccrochai brusquement. J'avais aligné tous mes arguments pour justifier notre intervention mais n'en eus pas besoin : Bill avait déjà quitté le trottoir et essayait de traverser.

« Si Wong Pan a tué deux personnes... dit-il en se retournant.

– C'est exactement ce que je pense. »

Notre occasion se présenta et nous nous précipitâmes de l'autre côté de la rue dans un tonnerre de klaxons et un déluge d'insultes.

« Tu crois que C.D. Zhang sait avec qui il a rendez-vous ?

– Bien sûr, tu parles ! Je crois qu'on s'est fait avoir. Chen et Zhang sont informés que la police les surveille. Ils servent de leurres. C.D. procède à l'échange.

– Il est allé chercher l'argent chez Bright Hopes ?

– Je te parie que oui. »

Dans la boutique où flottait une odeur d'ail, une dizaine de clients commandaient des nouilles, avalaient des nouilles ou se curaient les dents pour en extraire des restes de nouilles. Aucun d'eux n'était Wong Pan ni C.D. Zhang. Bill et moi traversâmes la salle à manger pour gagner la cuisine, la traverser et atteindre la porte de l'arrière-boutique, avant que quiconque ait pu réagir.

« Hé, vous avez pas le droit d'aller là-bas ! hurla le gérant en cantonais.

– Vous n'avez qu'à appeler les flics ! » m'écriai-je en espérant qu'il le fasse.

Quand nous fîmes irruption dans l'arrière-boutique, deux hommes assis à une table de banquet levèrent la tête. Il aurait été intéressant de savoir qui aurait bien pu avoir envie d'assister à un banquet dans l'arrière-boutique d'un restaurant de nouilles encombré de ballots de linge et de cartons crevés, près d'une porte de service boursouflée de rouille, mais je n'avais pas le temps de réfléchir à la question.

« Mademoiselle Chin, dit un C.D. Zhang au visage ridé sans pouvoir dissimuler sa surprise ni sa contrariété. Et monsieur Smith. Que...

– Vous savez qui est cet homme ? lui demandai-je en désignant le visage rond de Wong Pan qui, alarmé l'espace d'un instant, arborait désormais un étrange sourire supérieur.

– Ce monsieur est un précieux client. Et pardonnez-moi mais il s'agit d'une affaire privée.

– Vous vous apprêtez à acheter la Lune de Shanghai à Wong Pan. Il a tué deux personnes pour en arriver là.

– Et vous, rien à faire ici, ajouta Wong Pan. Vous partir.

– La police est en route. »

En supposant que Mary avait vérifié ses messages. Ou que la police ne s'était pas dit que j'étais une cinglée de plus et avait bien exploité mon tuyau. Ou que le gérant du restaurant était suffisamment furieux de notre intrusion pour que sa colère ait pris le pas sur son aversion pour les flics ; même si, étant donné que personne n'avait ne serait-ce qu'entrouvert la porte pour voir ce qui se passait ici, cette dernière éventualité était peu probable.

« C'est vous qui allez partir. »

La peur se lut dans les yeux de Wong Pan, mais après réflexion, il secoua la tête.

« Police en route, serait déjà là maintenant, dit-il en faisant mine de prendre sa veste.

– Doucement ! » s'écria Bill.

Wong Pan et C.D. Zhang se figèrent en remarquant le nez retroussé du colt de Bill, dégainé quand il traversait la cuisine, mais jusque-là discrètement caché dans sa main.

Wong Pan ricana, leva théâtralement une main et, de l'autre, attrapa une petite boîte en carton.

« Nous avons à faire. Vous partir.

– Les deux mains sur la table », ordonna Bill.

L'air amusé, Wong Pan obéit. Je jetai un coup d'œil vers C.D. Zhang. Il fixait la boîte cachée sous la main de Wong Pan avec le regard d'un homme mourant de soif qui aperçoit une oasis. Il tendit la main. Sourcils levés, Wong Pan recula la main. Bill me jeta un coup d'œil. Je fis oui de la tête : qu'ils aillent au bout de la transaction. Que C.D. Zhang tienne le bijou dans sa main avant qu'il ne devienne une pièce à conviction, patrimoine chinois, que sa famille et lui le perdent à jamais. C.D. Zhang posa sa mallette sur la table.

À ce moment précis, la porte de la cuisine s'ouvrit.

Le gérant avait appelé la police, alors ?

Que nenni. Les White Eagles se massaient sur le seuil. Et ils avaient plus d'armes que nous.

Ils nous dévisagèrent. Nous les dévisageâmes. Ils s'écartèrent pour laisser passer Gueule de poisson. Encore coincée dans sa ceinture, son arme pointait sous le pan de sa chemise qui pendillait. Derrière, les membres du gang se tenaient en demi-cercle. Six armes : une par personne plus deux au cas où. Sept White Eagles dont Deng et ses deux plus proches lieutenants. Et, détail intéressant, Fétide ne faisait pas partie du lot. Ni Warren Li ni aucun des minables restés du côté est de Canal Street.

Lydia ! Tu n'es qu'une ANDOUILLE ! hurlai-je en mon for intérieur. M. Chen et M. Zhang n'étaient pas les seuls leurres. Deux surveillances, deux leurres. Je dévisageai Deng, ses yeux de poisson exorbités et sa petite bouche de brochet.

« Tu étais au courant.

– De quoi ? Que les flics nous surveillaient ? dit-il avec un haussement d'épaules modeste. Ton cousin est un bon petit gars. Bête comme ses pieds, mais loyal. Il a dit que vous étiez au courant pour nous. Il a dit qu'il n'y avait pas moyen de vous faire peur ou de vous acheter, mais il m'a demandé de ne pas vous tuer. »

Il secoua la tête. « J'ai essayé d'aider ce type, bordel. C'est pas vrai ? »

Il se tourna vers un de ses lieutenants qui hocha sérieusement la tête pour confirmer l'histoire de son patron.

« Mais il a fallu que vous vous pointiez ici. Maintenant, j'ai plus le choix. C'est vrai que c'est un bon petit gars. Il comprendra. »

Deng se tourna vers Bill.

« Si tu ne ranges pas ce putain de flingue, ces gars vont t'exploser et elle avec », annonça-t-il sans changer de ton.

Sans un mot, Bill posa son colt sur la table. Vu que Deng venait de dire qu'il n'avait plus le choix, ça ne servait pas à grand-chose que Bill se débarrasse de son arme. Si ce n'est que, quand il s'agit de se faire buter, pas la peine de se presser. Chaque moment où l'on restait entier était un moment que l'on pouvait mettre à profit pour se tirer de ce mauvais pas, ce que Bill était déjà en train de faire et que j'allais commencer à faire dès que j'aurais contrôlé le raz-de-marée d'adrénaline qui me submergeait.

« Lydia ? Tu es armée aussi ? » me demanda Deng presque avec sollicitude.

Je soulevai ma chemise pour lui montrer le calibre 25 accroché à ma ceinture. Il me soulagea de mon pistolet et du holster. Je ne pouvais pas lui en vouloir : le flingue vaudrait sans doute plus à la revente avec un joli étui en cuir.

Le *dai lo* porta son attention sur les deux hommes assis. Ils réagissaient à cette prise d'otages de manière différente. C.D. Zhang avait l'air affligé. Deng lui adressa un sourire complice, et je compris qui empochait les étrennes de C.D. Zhang pour le nouvel an. Wong Pan avait gardé son sourire ironique. Je me demandais si c'était dû au choc ou s'il était persuadé de pouvoir ordonner à tous ces flingues de s'en aller eux aussi.

Restez sagement assis, songeai-je. *Pas un geste le temps que les pros trouvent une solution.*

Je jetai un coup d'œil à Bill. Il était peut-être aussi tendu que moi mais restait complètement immobile, mis à part ses yeux. Ils passaient méthodiquement la pièce et ses occupants en revue, à la recherche de notre ouverture, notre occasion.

Et, soudain, tandis que l'un des White Eagles tendait solennellement la main vers le colt de Bill, tandis que Deng empochait la boîte en carton et attrapait la mallette en laissant un Wong Pan impassible et un C.D. Zhang blême, les mains vides et archivides, une voix amplifiée par un mégaphone retentit.

« Wong Pan ! C.D. Zhang ! Les White Eagles ! » C'était la voix de Mary, la voix tonitruante d'un flic plein d'assurance.

« Police ! Sortez lentement ! Un par un, les mains en l'air, sans arme. Vous êtes cernés. »

Les yeux exorbités de Deng se posèrent sur la porte rouillée. Il hocha la tête. L'un de ses hommes l'entrouvrit suffisamment pour jeter un coup d'œil dans l'allée avant de la refermer violemment.

« Putain de merde ! »

Deng dégaina son arme lui aussi, un gros Glock.

« Espèce de salope ! T'as appelé les flics ! s'écria-t-il comme s'il n'arrivait pas à y croire, comme s'il m'avait surprise en train de tricher pendant une partie de cartes entre amis.

– Pas pour toi. Pour ces deux », soulignai-je.

Il ne fut guère impressionné par la distinction. Il regarda alternativement la porte de derrière et celle de la cuisine. « Bon, changement de programme. Emmenez-les », dit-il en désignant Wong Pan, C.D. Zhang et Bill d'un geste. Il me prit par le coude pour m'escorter en personne.

« Qu'est-ce que tu dire, Deng *dai lo* ? Je vais pas ! bredouilla Wong Pan.

– Oh, mais que si tu vas y aller, mon vieux. »

Deng m'enserra la gorge du bras et pressa son arme sur ma tempe. J'entendis des chaises frotter le sol et je me dis qu'il devait se passer le même genre de chose derrière moi. Tandis qu'il me conduisait vers la cuisine, trois pensées me vinrent à l'esprit.

J'espère que les flics du NYPD contrôlent mieux leur adrénaline que moi.

Mon vieux ? Deng, espèce de petit voyou, Wong Pan n'a même pas soixante ans.

Et comment Wong Pan, fugitif venu de Shanghai, peut-il connaître le titre et le nom d'un chef de gang de Chinatown ?

Je dus faire une pause quand Deng aboya dans mon oreille : « Ouvre la porte. »

Dans la cuisine déserte, un chaudron fumait, et des légumes verts flétrissaient dans un wok. Les tables vides de la salle à manger étaient parsemées de *chow fun* en train de refroidir, de baguettes éparpillées et de théières. On aurait dit que le restaurant New Day Noodle était entré dans le triangle des Bermudes.

À l'extérieur, la situation était très différente. Des gyrophares rouges et blancs clignotaient. Derrière les voitures, des flics en uniforme et en civil équipés de gilets pare-balles attendaient, arme au poing ou fusil à l'épaule. Je faillis éclater de rire en pensant aux fameuses heures sup. Par la fenêtre, j'aperçus l'inspecteur Wei ; elle portait un gilet pare-balles du NYPD et avait l'air aussi concentrée qu'un coureur sur la ligne de départ. Accroupi à côté d'elle, le gros commandant moustachu du commissariat du cinquième, Dick Mentzinger. À ses côtés, j'aperçus Mary et lus le désarroi dans son regard quand elle vit que la première personne à sortir du restaurant avec le bras de Deng autour du cou, c'était moi.

« On s'en va, annonça Deng. On a quatre otages. Laissez-nous passer ou on les tue sur place.

– Je ne peux pas faire ça, cria Mentzinger dans le mégaphone.

– À prendre ou à laisser !

– Si cette histoire s'arrête là, ce n'est pas trop grave. Personne n'est blessé. Toi et tes hommes pouvez...

– La ferme, putain ! Je veux pas entendre de promesses de flic à la con. »

Dis plutôt que tu ne veux pas que tes hommes les entendent.

Il pressa le canon du Glock plus fort sur mon crâne.

« Baissez vos armes, putain ! »

Au bout d'un moment, Mentzinger fit signe à ses hommes. Ils baissèrent lentement leurs fusils.

« Maintenant, reculez. Reculez, j'ai dit ! Au premier coup de feu, ou si quelqu'un nous suit, on fait un carton. En commençant par cette mignonne ici. »

Mary s'empara du mégaphone. « Tu es coincé Deng *dai lo* », dit-elle en cantonais.

Deng éclata de rire. « Ma petite dame, au cas où tu ne serais pas au courant, il y a des Chinois dans tous les pays du monde ! Dans une heure, je serai introuvable », répondit-il en anglais. Il resserra son étreinte sur ma trachée. *Il serait grand temps de faire quelque chose,* suggéra mon cœur battant à mon cerveau. Ce serait bien de tenter quelque chose avant que ces gangsters décident de nous faire traverser Chinatown avant de s'apercevoir que ce n'est pas pratique d'avoir des otages et à quel point on leur complique la vie.

Alors, quelques mètres plus loin sur le trottoir, entre les devantures vides et les étals que les marchands avaient désertés, je trébuchai. Deng me tira sur le cou pour me forcer à me relever. Je m'y attendais et j'accompagnai le mouvement en le repoussant de tout mon poids. Après avoir cherché à garder l'équilibre pendant ce qui me sembla une éternité, il tomba lourdement par terre, d'autant plus lourdement que j'atterris sur lui. Je me jetai sur son arme. Nous luttâmes, en nous égratignant sur le béton. Il me donna un coup de poing sur la tête. Je vis trente-six chandelles, mais continuai de serrer l'annulaire de la main dans laquelle il serrait son arme. Il avait peut-être assez d'adrénaline pour masquer la douleur mais il ne pouvait pas presser la détente avec le doigt tordu jusqu'au poignet. Il s'accrocha à ma chemise, me saisit les cheveux. Quand je sentis son doigt casser, je faillis le lâcher. Il hurla. Je tirai sur le Glock : il alla glisser le long du trottoir. Je roulai jusqu'au pistolet et entendis le grondement d'une détonation suivi d'autres grondements et du sifflement de balles. Je me collai par terre et regardai autour de moi. Et je me rendis compte une fois de plus que je n'étais pas le centre de l'univers.

Le trottoir grouillait de flics, de White Eagles, d'armes et de menottes argentées. Deux flics en uniforme s'étaient jetés sur Deng dès que je m'étais éloignée de lui. Ponctuellement, entre les coups de klaxon des voitures prises dans un embouteillage qui devait aller jusque dans le New Jersey, on entendait des cris et des grognements. Un White Eagle tenta de s'enfuir, arriva au milieu de la rue avant d'être stoppé net par un plaquage si long et si précis qu'il entrerait dans la légende avant même que son auteur ait regagné le commissariat. Deux autres White Eagles étaient étendus sur le trottoir, mains sur la tête, visages collés contre un assortiment scintillant de fausses Rolex. À cheval sur un troisième gangster, une inspecteur Wei aux joues rouges lui passait les menottes. Juste derrière elle, Mary poussait Wong Pan contre le capot d'une voiture. J'espérais qu'il était brûlant après être resté en plein soleil toute la journée.

Je cherchai Bill au milieu de toute cette pagaille. Mon cœur faillit me sortir de la poitrine quand je le vis plié en deux dans l'embrasure d'une porte. Mais il se releva. Avant que j'aie pu le rejoindre, il était debout, haletant, penché au-dessus du lieutenant de Deng. « Ça va ? » lui demandai-je. Il sourit en fermant le poing comme un homme qui vient d'assommer un White Eagle.

J'entendis d'autres sirènes, me demandai pourquoi, étant donné que l'opération était pratiquement terminée et puis, en regardant alentour, je me rendis compte que ce n'était pas la police mais des ambulances.

C.D. Zhang était étendu sur le trottoir, une blessure sanguinolente à la poitrine.

36

Salle d'interrogatoire numéro 1, ma résidence secondaire.

Ça faisait une heure que j'attendais là. Aux dernières nouvelles, Bill était dans la numéro 2. Dans des recoins très éloignés les uns des autres, des White Eagles, menottes aux poignets, attendaient leur tour avant de se relayer dans la 3 et la 4. Je ne savais pas où était Wong Pan et, de toute évidence, ça ne faisait partie des priorités de qui que ce soit de me mettre au courant.

Laisser un suspect mariner seul est une des procédures standard du NYPD, et même si je n'avais pas l'impression d'être considérée comme une suspecte dans ce qui venait de se passer, Mary était sans doute assez furieuse pour me laisser moisir ici.

J'aurais évidemment pu faire un scandale, exiger d'être inculpée ou relâchée. Ce qui aurait rendu ma meilleure et plus vieille amie encore plus furieuse. Sans compter que j'aurais complètement bousillé toute chance d'obtenir des infos sur ce qui s'était passé depuis que nous avions tous été entassés dans des voitures de police devant le New Day Noodle.

En outre, j'étais pleine d'espoir : les White Eagles se bousculaient au portillon, et les flics du NYPD ne pouvaient pas me garder ici pour toujours car ils avaient besoin de la place.

Au bout de dix minutes, les choses se passèrent comme je l'avais espéré. La porte s'ouvrit, et Mary entra, le visage sombre et renfrogné, Wei De-xu sur les talons. La flic de Shanghai m'adressa un petit sourire fugace en cachette de Mary, puis son visage redevint impassible alors qu'elles tiraient bruyamment deux chaises de sous la table.

« Comment va C.D. Zhang ? demandai-je avant que Mary ait eu l'occasion de se mettre à hurler.

– Heureusement pour toi, pas trop mal, répondit-elle, glaciale. La balle n'a fait qu'entrer et sortir. Chen et Zhang sont à son chevet à l'hôpital Saint Vincent. Il est recousu, conscient et muet.

– Pourquoi parlerait-il ? Il était en train d'acheter des bijoux volés. »

Mary et l'inspecteur Wei échangèrent un regard.

« Quoi ? Vous l'inculpez ?

– Pas tout de suite. C'est un vieil homme, ajouta-t-elle, et je trouvai sa remarque inutile.

– Je suis navrée.

– J'en doute.

– Non, je...

– Lydia ! m'interrompit-elle. Explique-moi juste ce que vous aviez en tête, bande d'imbéciles !

– Je t'ai appelée ! protestai-je. Et j'ai appelé police secours. Mais Wong Pan était dangereux, et nous ignorions que C.D. Zhang le connaissait. On ne pouvait pas le laisser seul avec lui là-dedans. Et nous ne nous attendions pas à ce que les White Eagles débarquent !

– D'après Bill, vous étiez pratiquement sûrs que C.D. Zhang savait exactement à qui il avait affaire.

– Tu as déjà parlé à Bill ?

– Et à chaque White Eagle que nous avons embarqué. Et à certains témoins. Et j'ai essayé de parler à Chen et

Zhang à l'hôpital, même si ça n'a mené nulle part. Le capitaine Mentzinger a fini par me dire que si je ne venais pas t'interroger ici, il faudrait te relâcher. Ce que je n'ai pas envie de faire. Ce que je veux faire, c'est vous jeter toi et ton imbécile de partenaire dans une cellule au fin fond de Brooklyn pendant quelques mois. Pour vous être montrés complètement stupides.

– Ça possible ici ? demanda l'inspecteur Wei, l'air intéressée.

– Non, répondit Mary son regard furieux toujours posé sur moi.

– En Chine pas possible aussi, renchérit Wei, la mine contrite.

– Mais il se trouve, Lydia, que le capitaine Mentzinger est plus indulgent que moi en ce qui concerne ton rôle dans cette histoire, peut-être parce que, si tu te fais tuer, ce n'est pas lui qui devra aller l'expliquer à ta mère. Et tu peux aussi dire merci à l'inspecteur Wei. Elle a fait remarquer au capitaine que même si les coups de feu tirés dans Canal Street ont causé des dommages matériels coûteux et envoyé un civil à l'hôpital, ledit civil tentait de se procurer des biens volés au moment de l'incident, et que c'est cette tentative et non ta présence qui a précipité les événements. Elle lui a aussi fait remarquer que nous avons appréhendé quelqu'un soupçonné de meurtre et faisant l'objet d'un mandat d'arrêt international.

– Aussi suspect dans vol contre peuple chinois, ajouta l'inspecteur Wei. Alors, NYPD a gratitude du bureau de la police de Shanghai, aussi gouvernement République populaire.

– Et nous avons aussi bouclé sept gangsters grâce à tes informations. »

J'étais impressionnée par la maîtrise du jargon policier dont Mary faisait preuve, mais ce n'était pas le moment de le lui faire remarquer.

« Et puis le capitaine Mentzinger a quelque chose à te demander. Alors, il préfère que je ne te garde pas au frais pour le restant de tes jours.

– Qu'est-ce qu'il veut ?

– Nous allons y venir, mais d'abord, je vais te poser quelques questions auxquelles tu vas répondre en bon privé coopératif. »

En bon privé coopératif, je gardai le silence.

« Tu pensais que C.D. Zhang savait qui était Wong Pan quand tu as foncé dans le restaurant, n'est-ce pas ? Comme l'a dit Bill ?

– Bill en était persuadé. Moi, je n'en étais pas sûre. »

Je n'aimais pas ce revirement qui faisait de Bill le gentil et moi la méchante aux yeux de Mary.

« Et tu te disais que les White Eagles cherchaient peut-être la Lune de Shanghai.

– Peut-être. C'est possible. Mais je croyais que c'était pour ça qu'ils s'étaient tous rassemblés près de chez Bright Hopes. Je n'avais aucune idée que Deng était au courant pour le restaurant ! Comment il a fait ? »

Je posai la question, même si mes méditations silencieuses dans la salle d'interrogatoire m'avaient permis d'élaborer une théorie sur le sujet.

Mais je me trompais en croyant que Mary allait répondre à une question posée l'air de rien. Elle me fusilla du regard.

« Tu n'aurais pas pu te contenter de garder l'œil sur le restaurant en nous attendant ? dit-elle. Oublie ce que je viens de dire, parce que c'est ce que tu aurais fait si tu avais simplement eu envie de nous aider à attraper Wong Pan. Mais ça ne t'intéressait pas. Tu voulais voir ce qui se passait, hein ?

– Oh, Mary, bien sûr que oui ! D'accord, c'était une erreur de jugement. Mais, après tout ça, voir la Lune de Shanghai pour de vrai... »

Je m'interrompis quand Mary sortit un sac en plastique de sa poche ; il contenait une boîte en carton.

« Vas-y. Tout ça pour ça, hein ? Ouvre », m'encouragea-t-elle en la jetant vers moi.

La boîte était en piteux état, sans doute en partie parce que j'étais tombée sur Deng, et couverte de poudre à empreintes.

Malgré ma théorie, mon cœur battait la chamade quand je soulevai le couvercle et enlevai le rembourrage en coton. Une grosse bille vert œil-de-chat était bien enfoncée dans un autre bout de coton pour ne pas rouler.

Je me laissai lourdement tomber contre le dossier de ma chaise.

« Merde.

– Merde ? C'est tout ce que tu as à dire ?

– C'est une bille.

– Exactement. Pas un bijou romantique et mystérieux évanoui dans la nature. Un bout de verre.

– Wong Pan n'a jamais eu la Lune de Shanghai. »

Mary regarda l'inspecteur Wei qui secoua la tête.

« Après que vous racontez histoire de maître Fairchild, bureau de la police de Shanghai inspecte le coffret sculpté. Demande à deux experts essayer. Emmener à l'hôpital pour faire radio. Pas compartiment secret dans coffret. »

Le sentiment d'avoir été inutile et d'avoir tout raté me submergea. *Oh, Rosalie, Kai-rong ! Je suis tellement navrée !*

« Lydia ? dit Mary d'un ton qui me glaça. Tu n'as pas l'air surprise, tu sais. Qu'est-ce que tu me caches ? Ma vieille, je te jure...

– Je viens de comprendre, dis-je avec lassitude. Pendant que tu me laissais poireauter ici pendant une heure. Ma vieille. »

Je regardai tour à tour les deux flics.

« Avez-vous découvert comment les White Eagles étaient au courant pour le rendez-vous dans le restaurant de nouilles ? demandai-je. Ou comment Wong Pan pouvait bien savoir qui était Deng ? Non, arrête, ne me dis pas que c'est toi qui poses les questions. Cette bille confirme ce que je pensais. Tout ça n'était qu'un coup monté.

– Répète, m'ordonna Mary. Wong Pan connaissait Deng ?

– Il l'a appelé Deng *dai lo*. Pas juste par son nom, il a utilisé son titre aussi. Comment quelqu'un qui ne réside pas à Chinatown pourrait savoir ça, et un type venu de Shanghai par-dessus le marché, à moins qu'ils ne se soient rencontrés.

Et une bille ? Wong Pan ne pouvait pas ne pas s'attendre à ce que C.D. Zhang regarde dans la boîte. Il s'en fichait. La boîte, c'était de la mise en scène. Elle n'était pas censée être ouverte. Wong Pan a engagé les White Eagles pour faire capoter le rendez-vous. »

Mes deux bonnes femmes restèrent muettes. Ce qui me mit soudain de mauvaise humeur. Ma meilleure amie me garde au frais pendant une heure, et en prime, elle ne me croit pas !

« C'était ça, le fameux gros coup des White Eagles. Pas le braquage d'une bijouterie. C'était ça qui allait lancer leur carrière de mercenaires. Le gros coup concernait un client. Et le client, c'était Wong Pan. Demandez-lui. Ou demandez à Deng.

– J'ai parlé à Deng, fit Mary. Il dit que ces histoires de clients, c'est de la connerie. Il prétend être à l'origine de tout ce que font les White Eagles et il m'a affirmé que si cette gentille petite bande avait jamais fait quoi que ce soit, c'est lui qui en aurait eu l'idée.

– Et, à son avis, que faisaient les membres de son club chez New Day Noodle à gesticuler avec leurs armes ?

– C'est marrant, je lui ai posé la question. Il a dit que ça sentait le roussi et qu'il était entré pour donner un coup de main. Et puis quelles armes ?

– Comment ça, quelles armes ? Ils étaient tous armés, tous jusqu'au dernier.

– Ça, c'est ce que tu dis. Dès qu'ils ont vu qu'ils étaient faits comme des rats, il a plu des flingues sur Canal Street. Pas un White Eagle n'a été pris armé.

– Mais… Oh, peu importe. C'était une arnaque. Et c'était Wong Pan le client.

– Tu en es persuadée ?

– Ce n'est pas Deng qui a élaboré ce plan. C'est bien au-dessus de ses capacités. Il doit y avoir un client.

– Certes. Tu crois que c'est Wong Pan, alors ?

– Tu as une autre idée ?

– Attends ici. »

Comme si j'avais le choix. Mary sortit de la salle. L'inspecteur Wei l'accompagna, et je me dis que j'allais avoir droit à une autre séance de méditation, mais Wei revint au bout d'une minute avec deux mugs.

« Affreux, maugréa-t-elle en m'en tendant un. Pire que dans le commissariat de Shanghai. Comment est possible faire thé aussi mauvais ?

– Il paraît que le café est pire. »

Wei hocha la tête en y réfléchissant.

« En Chine, pas beaucoup détectives privés. Seulement enquêtes homme pour femme, pour divorce. Pas utile à police comme vous, comme détective Smith.

– Utile ? Vous plaisantez ? Vous avez vu comme Mary est furieuse ?

– Détective Kee votre amie, veut que vous pas blessée, détective Smith aussi. Mais vos informations, précieuses pour elle, pour enquête, pour carrière.

– Vous croyez ?

– Derrière colère, yeux pleins de fierté, avoir amie intelligente, courageuse comme vous. Vous pas voir ? »

Non, en effet, je n'avais pas remarqué. Tandis que je me demandais s'il y avait une once de vérité là-dedans ou si c'était juste une méprise due à nos différences culturelles, Mary revint. Elle apportait une mallette que je reconnus pour l'avoir vue se balancer au bout du bras de C.D. Zhang tout le long de Canal Street.

« Vas-y, ouvre-la », répéta-t-elle en la laissant tomber sur la table.

J'obéis. Elle était bourrée de l'équivalent d'un mois de *Tsingtao Daily*.

« Waouh. Quoi ? Je ne comprends pas. »

Chez Mary, le flic et l'amie étaient en conflit. Ou plutôt, non : les deux avaient envie de me crier « Bien fait ! » et de me congédier sans rien m'expliquer. Mais le flic, qui avait une affaire à élucider, prit les rênes. « Nous pensons que

C.D. Zhang a volé l'argent. Même si personne n'admet qu'il y avait le moindre billet là-dedans, ce qui fait que l'on ne connaît pas la somme ; mais, selon Bill, la Lune de Shanghai vaudrait au moins un million de dollars.

– C'est ce que l'on nous a dit. Mais C.D. Zhang aurait volé l'argent ? C'est fou.

– Ça ne veut pas dire que ce n'est pas vrai. Il y en a qui arnaquent leur famille pour moins que ça. »

Je revis les yeux de C.D. Zhang briller alors qu'il me mettait en garde : *La Lune de Shanghai peut vous engloutir, attention où vous mettez les pieds*. Et autre chose aussi : Deng Gueule de poisson qui souriait à C.D. Zhang, assis dans l'arrière-boutique. J'avais cru que cette familiarité était due aux étrennes, mais elle pouvait, je suppose, avoir une autre signification.

« Tu es en train de me dire que C.D. Zhang a volé l'argent avant de faire semblant de se le faire dérober par les White Eagles, c'est ça ? Et les journaux ? Pourquoi les substituer à l'argent s'il ne se faisait pas vraiment voler ?

– C'est de la mise en scène, comme la bille. Pour rendre le poids de la mallette convaincant.

– Mais la bille... Si C.D. Zhang a engagé les White Eagles...

– Je crois qu'ils les ont engagés tous les deux. Wong Pan et C.D. Zhang. C'est pour ça que le rendez-vous a eu lieu dans un endroit public. Pour que tout le monde sache qu'ils s'étaient fait détrousser. Tout ça, c'était pour arnaquer Chen et Zhang. »

Je n'aimais pas ça, mais alors pas du tout. Pourtant, j'avais sous les yeux la mallette sans le moindre billet à l'intérieur.

« Wong Pan et C.D. Zhang étaient tous les deux clients de Deng ? Qu'est-ce qu'ils en disent ?

– Je te l'ai déjà dit ! C.D. Zhang refuse de parler, et à moins de l'inculper, je ne peux pas lui forcer la main. Mon supérieur ne veut pas le faire maintenant pour éviter, comment dire, une autre erreur stupide. »

Provoquée par ta meilleure amie, d'accord, j'ai compris.

« Et Wong Pan ?

– Wong Pan. Oui, c'est bien lui le problème. »

Les deux flics me dévisagèrent calmement comme si j'étais censée résoudre un problème auquel Mary venait de faire allusion.

« Quoi ? Il a tué Joel. Et Sheng Yue aussi, quoi qu'il en dise.

– Oh, il les a tués tous les deux. Il l'a pratiquement avoué.

– Alors, quel est le problème ?

– Eh bien, déjà, on ne peut pas exactement dire qu'on l'ait coffré sans faire de vague. On avait des flingues, des balles, des types du groupe d'intervention armée. Les rues bloquées, les touristes qui plongeaient à terre pour se mettre à couvert. Une opération terriblement coûteuse et un cauchemar pour les relations publiques. Le capitaine Mentzinger est obligé de répondre au pied levé à des coups de fil hystériques de toutes les associations que compte Chinatown. Et il est attendu au 1 Police Plaza, le quartier général du NYPD, dans une heure pour s'expliquer. »

C'est là que sont convoqués les commissaires pour se faire remonter les bretelles par les gradés. Mary se pencha vers moi.

« Et puis, ensuite, Wong Pan, sur le point de signer les aveux concernant les deux homicides, a soudain décidé de la boucler.

– Pourquoi ? »

Elle me fit le coup de la pause pleine de suspense digne d'un cours d'art dramatique. Puis elle se tourna vers l'inspecteur Wei et lui fit un signe de tête.

« Bureau de la police de Shanghai m'envoie ici, ramener tueur de l'inspecteur Sheng Yue, dit-elle, calme, mais déterminée. Wong Pan veut pas rentrer.

– On ne peut pas lui en vouloir, me risquai-je à dire.

– Le département d'État met la pression sur le procureur pour qu'il signe son extradition, cela dit, ajouta Mary. Résoudre deux meurtres compte moins à leurs yeux que nos relations avec une puissance étrangère amie. Mais le procureur refuse, et le capitaine Mentzinger refuse aussi, ça, c'est sûr. La Chine gagne le gros lot tandis qu'on reste les mains vides avec une sacrée pagaille à nettoyer. »

Elle me regarda pour me rappeler qui avait fichu la pagaille.

« Et c'est là que tu interviens.

– Dans la lutte féroce entre le procureur et le département d'État ?

– Je sais, incroyable, non ? Pour quelqu'un qui devrait être en taule à Brooklyn.

– Tu es en train de me menacer ?

– Je le ferais si je pensais que ça allait marcher. Bref, mon problème, ce n'est pas de te mettre en taule, mais les sept White Eagles qu'on va peut-être devoir relâcher.

– Pourquoi tu irais faire ça ?

– De quoi on peut les inculper ?

– De tentative de vol ?

– Quel vol ? L'affaire de la bille volée ? Recel de journaux ?

– D'être entré par effraction ?

– Dans un restaurant de nouilles ?

– Oh, arrête ! D'enlèvement ?

– Leur avocat a déjà raconté à la presse que ces bons samaritains incompris ont pris peur en voyant l'artillerie lourde dehors, étant donné qu'ils se sont fait harceler par la police toute leur vie, que Bill et toi étiez armés, contrairement à eux, qu'ils ont paniqué et se sont servis de vous comme bouclier pour échapper à la brutalité de la police à laquelle ils sont habitués. Cela s'est avéré une erreur de jugement, et ils en sont terriblement navrés et, évidemment, ils avaient l'intention de vous relâcher.

– Tu es… C'était quoi ce truc que Deng braquait sur mon crâne s'ils n'étaient pas armés ? Et tous ces flingues dans la rue ?

– Tous ceux que nous avons trouvés avaient été limés. Pas la moindre empreinte valable nulle part.

– Mais…

– Lydia ! Je ne te parle pas de ce qui s'est vraiment passé mais de la façon dont un avocat peut présenter les choses. Au minimum, ils obtiendront une libération sous caution. Et puis ils disparaîtront dans la nature. »

Je lâchai un soupir dégoûté.

« D'accord, j'ai compris. Je n'arrive pas à le croire, mais j'ai compris.

– Bon. Écoute ça maintenant : le capitaine Mentzinger est très, très réticent dans ces circonstances à l'idée de libérer ces gars-là.

– Je le comprends. Mais je peux faire quelque chose d'après lui ? Fétide ? Je peux essayer mais...

– Non, ça ne servira à rien. On a bouclé ces types mais on n'a rien sur eux, alors pourquoi ils iraient parler ? »

Elle garda de nouveau le silence pour faire son petit effet. Ça marchait.

« Mais s'il y avait un client ? Quelqu'un qui pouvait témoigner que les White Eagles avaient effectivement été embauchés pour faire capoter le rendez-vous ? Ça, c'est de l'association de malfaiteurs. Et C.D. Zhang a été blessé au cours du rendez-vous, ce qui d'après le procureur rend les White Eagles responsables même s'il se trouve que c'est un flic qui l'a touché. Dans ce cas, on pourrait tous les boucler. Ça rendrait le procureur et le capitaine Mentzinger très heureux.

– Mais Wong Pan était un client, lui. Il ne peut pas témoigner ?

– Il pourrait. Et il le fera, à une seule condition : la promesse qu'il ne sera pas extradé.

– Et il n'est pas prêt de l'obtenir, c'est ça ? demandai-je à l'inspecteur Wei.

– Non, répondit-elle en souriant.

– Alors, il faut qu'on coince les White Eagles par un autre biais, dit Mary. Comme ça, tout le monde sauve la face, et tout le monde est content.

– Tu sais combien j'aime faire plaisir à tout le monde. Mais comment est-ce que je peux...

– Alice Fairchild.

– Quoi ?

– Elle doit être au courant. »

Voilà le genre de chose dont est capable votre meilleure amie : énoncer des idées que vous faisiez semblant de ne pas avoir.

« Je ne peux pas te la livrer, lui dis-je. Désolée. Vraiment. Jusqu'à ce que je sois sûre qu'elle est mêlée à cette affaire, je dois la protéger.

– Je sais ce que je te demande, reprit Mary, radoucie. Je sais qu'elle est ta cliente.

– C'est plus que ça. C'était la cliente de Joel. »

Mary se cala contre le dossier de sa chaise pour me regarder.

« Ça vaut ce que ça vaut, mais Bill a dit la même chose.

– Ça ne me surprend pas. Ce qui me surprend, c'est que tu me l'avoues. T'es pas censée diviser pour mieux régner ?

– C'est ce que je ferais avec n'importe qui d'autre. »

Je hochai lentement la tête.

« D'accord, voyons si ce que je vais te dire te convainc. Ce n'est pas Wong Pan qui a eu l'idée d'échapper à l'extradition.

– C'était l'idée de son avocat, j'imagine ?

– Non. Le temps qu'il trouve un avocat, quelqu'un lui avait déjà farci la tête d'images horribles de ce qui l'attendait s'il rentrait chez lui et du relatif luxe qu'offrent les prisons américaines en comparaison.

– Qui a fait ça ?

– Mulgrew.

– Mulgrew ? De quoi je me mêle ?

– Wong Pan est à la brigade homicide de la 35e Rue.

– Qu'est-ce qu'il fout là-bas ?

– Ils sont furax après nous. Ils ont un train de retard depuis le début, et ça les rend ridicules.

– Alors, parce que tu es plus intelligente qu'eux, tu dois leur laisser la récompense ?

– Leur capitaine s'est imposé. À la seconde où ça a été fini. Ce sont eux qui enquêtent sur les homicides, n'oublie pas, et on n'avait rien d'autre pour pouvoir l'inculper.

– Rien pour...

– Ici ? Il s'occupait de ses affaires, avait rendez-vous dans un bar à nouilles quand des gangsters y ont fait irruption et l'ont enlevé. Ce n'est pas lui, le criminel. C'est la victime.

– Je...

– En plus, le capitaine Mentzinger a ses propres problèmes... liés à l'action du groupe d'intervention et à une pluie de balles.

– D'accord, d'accord. Alors, que cherche Mulgrew ?

– À classer ses deux homicides. Wong Pan avoue, plaide coupable, économise le coût d'un procès, Mulgrew est un héros. Et si Wong Pan lui donne les White Eagles grâce à un marché qui nous fait passer pour des idiots, le capitaine Mentzinger et moi, ça serait la cerise sur le gâteau.

– J'aimerais bien lui faire bouffer son gâteau, à Mulgrew. Et si Wong Pan n'obtient pas son accord, est renvoyé en Chine et ne donne jamais les White Eagles ?

– Mulgrew s'en fiche pas mal. Les White Eagles sont notre problème.

– Quel pourri.

– Alors, mets-lui des bâtons dans les roues, dit-elle en se penchant vers moi. Donne-moi Alice.

– Je ne sais pas, Mary. »

Nous nous dévisageâmes un moment, et aucune de nous deux n'avait le sourire. Mary soupira.

« Bon, tu peux y aller, dit-elle avant de se diriger vers la porte.

– Allez, Mary ! Je ne sais même pas où elle est, de toute façon. Mais je vais voir ce que je peux faire. Je peux te poser une question ?

– J'ai hâte.

– Est-ce que Fétide est dans le coin ?

– Non. On a mis la pression sur ces minables, mais tout ce qu'ils nous ont dit, c'est que Deng leur avait ordonné de traîner dans ce coin et d'y rester jusqu'à nouvel ordre. Tu sais ce qui est effrayant ?

– Non, quoi ?

– Tant que Deng et son équipe sont bouclés, ton imbécile de cousin et ses potes sont les White Eagles. Je vais peut-être les embarquer de nouveau pour leur éviter de s'arracher un pied avec leur propre flingue.

– J'ai une meilleure idée.

– Tu dis toujours ça.

– Est-ce que tu peux laisser filtrer que tu voulais inculper toute cette bande de minables, mais que je t'ai demandé de ne pas le faire, et pour faire une faveur à ta meilleure et plus vieille amie, tu as accepté ?

– Ça lui donnerait une sacrée réputation. Se servir de l'influence de sa famille pour protéger ses copains.

– Oui, mais il aurait une dette envers moi.

– Il en a déjà une parce que tu ne t'es pas servie des empreintes que tu n'avais pas.

– Alors, peut-être que la situation basculerait et qu'on obtiendrait quelque chose d'utile de sa part. Je vais l'appeler et lui mettre la pression.

– Ouais, c'est ça.

– Je crois, c'est bonne idée, intervint l'inspecteur Wei.

– Ah, oui ? s'étonna Mary.

– Si peut rien obtenir par arrestation cousin Fétide, bonne idée, créer dette *guanxi*[1]. Pour cette affaire, ou pour avenir.

– Oh, très bien. Mais si cousin Fétide avoue quoi que ce soit, maintenant ou plus tard...

– Tu seras la première avertie. Une dernière chose ?

– Vas-y, je t'en prie.

– Si C.D. Zhang a piqué un million de dollars à M. Chen et M. Zhang, pourquoi sont-ils à son chevet ?

– Peut-être veulent savoir où est argent ? dit l'inspecteur Wei.

– Ou peut-être parce que, quoi qu'il ait fait, il fait toujours partie de la famille », souligna Mary.

---

1. Notion typiquement chinoise des relations d'affaires fondées sur la famille, les amis, etc.

37

La climatisation du commissariat du cinquième avait beau être asthmatique, elle avait quand même son utilité. À la seconde où je mis le pied dans Elizabeth Street, je fus en nage. L'odeur des gaz d'échappement et l'arôme des poulets grillés saturaient l'air humide. Je pris mon téléphone pour appeler mon cousin.

« Ouais ?

– C'est Lydia, et je viens de te sortir d'un sacré merdier, petit con.

– Hein ? »

Je lui expliquai à quel point ses potes et lui étaient passés près de la détention provisoire.

« Mais le détective est une de mes amies. Alors, je lui ai dit de te laisser tranquille.

– Pourquoi ?

– De rien. Parce que tu es mon cousin, et j'ai une certaine dose d'esprit de famille. Et parce que j'ai vraiment très envie de savoir qui étaient les clients des White Eagles lors de l'affaire du restau de nouilles et celle de mon bureau.

– Pas question...

– Fétide, le délire de l'armée privée, c'est fini. Vu comment ça s'est passé aujourd'hui, personne va vouloir embaucher les White Eagles, même pour sortir les poubelles. Si tu ne trouves pas qui étaient les clients, je vais peut-être devoir dire à Mary que j'ai perdu l'esprit de famille. »

Je lui raccrochai au nez. Puis j'appelai Bill.

« Où es-tu ?

– Je bois un café dans ma cuisine. Et toi ?

– Je rentre chez moi pour prendre une douche. Qui a dit que je ne savais pas quand laisser tomber ?

– Tout le monde. Tu veux qu'on se retrouve quand tu auras fini ?

– Évidemment. »

Dans l'appartement vide, je pris une douche, m'habillai et me préparai à ressortir. Je passai une longue chemise en lin. J'aurais été plus heureuse avec un débardeur et un short, mais vu les récentes pluies de balles, j'aurais été mal à l'aise de sortir sans arme. Le NYPD avait gardé le calibre 25 que Deng m'avait pris, mais faute de mieux, un calibre 22 peut faire l'affaire. Juste avant de sortir, j'appelai ma mère. Quelqu'un allait sûrement lui raconter l'incident qui avait eu lieu devant le New Day Noodle, et je voulais qu'elle pense que ce qu'on lui racontait était tout à fait exagéré.

C'est Barry qui décrocha.

« Tatie Lydia ! *Po-po* nous apprend à jouer au *fan-tan* ! J'ai gagné trois dollars et huit cents ! m'expliqua-t-il avant de courir chercher ma mère.

– Ling Wan-ju ? Tu vas bien ? voulut-elle savoir. Ces gangsters, ils sont venus ?

– Non, Ma. »

C'est nous qui nous sommes déplacés.

« Je vois, dit-elle, plus détendue. Alors, tu n'avais aucune raison de m'envoyer à Flushing.

– Je t'ai envoyée là-bas pour ne pas avoir à m'inquiéter, tu te rappelles ? Comment vas-tu ?

– Si tu ne t'inquiètes pas, pourquoi tu téléphones ? »

Soupir.

« Juste pour prendre des nouvelles. Écoute, Ma, il y a eu de l'action, et un paquet de White Eagles sont en prison.

– Ton cousin Clifford ? Oh, sa pauvre mère !

– Non, Clifford s'en sort bien. Mais si tu parles à Kwan Shan, conseille-lui de dire à Clifford d'être sage. Son *dai lo* a été arrêté, et les flics les surveillent, ses copains et lui.

– Kwan Shan peut dire ce qu'elle veut, Clifford n'écoutera pas. Certains enfants n'écoutent jamais leur mère. Ton frère est en train de peindre la cuisine d'en bas en blanc, pour la rendre plus claire. »

Y avait-il jamais eu remarque plus lourde de sous-entendus ? Je n'arrivais pas à l'imaginer. « C'est génial, Ma. Faut que j'y aille. À plus tard. »

Je verrouillai la porte et me mis en route pour le restaurant Excellent Dumpling House.

Bill m'y attendait.

« Tu as l'air fraîche et en pleine possession de tes moyens.

– Sale menteur.

– C'est la bagarre avec les White Eagles qui t'a mise à plat ?

– Non, mais je viens d'avoir ma mère au téléphone. Tu vas bien ?

– Ça va. Mary m'a engueulé mais elle ne m'a pas arrêté, c'est pour ça que je suis sorti plus tôt. Elle voulait savoir qui de nous deux avait eu l'idée stupide de s'inviter au restaurant de nouilles.

– Et qu'est-ce que tu lui as dit ?

– J'ai dit qu'on forme une équipe tellement parfaite, toi et moi, qu'on est tellement sur la même longueur d'onde qu'il est impossible de déterminer qui a eu telle ou telle idée stupide.

– Je parie qu'elle a adoré.

– Ça ne l'a pas amusée du tout. Tu veux du porc, du poulet ou des crevettes ?

– Les trois. Et des haricots verts braisés. »

Il eut l'air surpris mais je l'ignorai. C'était lui qui m'avait fait remarquer que j'avais faim en cas de poussée d'adrénaline. Je ne dis rien de l'orange et de la banane que j'avais mangées en rentrant ni du biscuit fourré à la figue avalé en sortant de l'appartement.

« On a un problème, dis-je à Bill en attendant nos raviolis.

– Mary veut qu'on lui donne Alice, je sais.

– Qu'est-ce qu'on va faire ?

– Comment ça, *on* ?

– Me regarde pas comme ça. Oui, *on*, visage pâle.

– Est-ce que je peux être sérieux une minute ?

– Je ne sais pas, tu en es capable ?

– Si Wong Pan a tué Joel, alors quoi que tu fasses de plus, tu as déjà fait ce que tu lui as promis : tu as arrêté son assassin. »

Je sirotai mon thé.

« Nous l'avons arrêté », rectifiai-je quand j'eus vidé ma tasse.

Bill me sourit, je lui fis un sourire languide, et nous eûmes probablement l'air idiots le temps que le serveur pose les cuit-vapeur en bambou sur la table.

Nous nous concentrâmes sur les raviolis et les haricots un moment. Le bruit ambiant, l'activité débordante, les odeurs et les goûts familiers m'aidèrent enfin à me détendre.

« Ça n'a peut-être pas d'importance, dis-je en versant le reste de thé dans ma tasse. Pour Alice. Je ne sais pas du tout comment la trouver.

– Tu as sa sœur.

– J'espérais que tu n'y ferais pas allusion. Est-ce qu'il faut que je la dénonce à Mary ? Elle est tellement... gaie. »

Il ne dit rien, ce qui voulait tout dire.

« Oh, tu es impossible ! Je peux finir mon déjeuner d'abord ? »

Sans attendre sa réponse au cas où il répondrait par la négative, je pris mon téléphone. Pas pour appeler Mary, en revanche. J'avais envie d'essayer de joindre Alice encore une fois.

« C'est Lydia, annonçai-je à son répondeur. Tout le NYPD est à votre recherche. Vous êtes dans un sacré pétrin. J'aimerais vous parler avant que la police le fasse. Appelez-moi. »

Je rangeai le téléphone.

« Tu sais ce qui me dérange vraiment ?

– La Lune de Shanghai. Qu'elle reste introuvable.

– Tu es impossible, mais tu as tes bons moments. Oui, la Lune de Shanghai. Qu'elle ne soit pas plus réelle aujourd'hui qu'à l'époque où tu en entendais parler dans les bars à matelots. Elle n'a pas refait surface. Elle n'a pas été vue au moins depuis la mort de Rosalie, probablement plus longtemps que ça. Tout le monde nous l'a dit mais je n'ai pas écouté. Je n'ai jamais vu ce bijou et je me suis laissé entortiller dans cette histoire, comme tous ces gens au fil des années. J'avais envie d'y croire. À cause de Rosalie et Kai-rong. J'avais envie...

– Lydia ?

– Arrête. Si tu es sur le point de me dire de ne pas être trop dure avec moi-même, je ne...

– Non, écoute. Zhang a dit qu'il n'avait jamais parlé à quiconque du jour où Rosalie est morte. À quiconque.

– Pour ne pas attirer davantage la malchance. Ma mère le comprendrait.

– C'est ça. Alors, comment C.D. peut-il être au courant ? Il nous a dit que Chen et Zhang avaient toujours cru que des voleurs avaient dérobé la Lune de Shanghai. Comment pouvait-il être au courant ?

– M. Zhang a dû le lui dire à lui. C'est son frère.

– Il n'en a jamais parlé à personne. Il essayait de ne même pas y penser à cause de la malchance. Et il n'a revu C.D. que vingt ans après. Pourquoi est-ce qu'il lui aurait révélé à ce moment-là ?

– C'est peut-être M. Chen qui le lui a raconté, dis-je après réflexion.

– D'après Zhang, ils n'en ont jamais parlé ni l'un ni l'autre.

– Paul Gilder ?

– C.D. a dit le connaître à peine.

– Pourtant…

– C'est possible. Mais tu n'as pas envie de savoir ?

– À quoi tu penses ? » dis-je tout en commençant à comprendre à quoi il pensait.

Bill se leva et jeta deux billets de vingt sur la table.

« On va aller le cuisiner sur son lit d'hôpital ? » dis-je en me levant à mon tour.

Bill ne répondit pas, et je n'insistai pas. C'était exactement ce que nous allions faire.

« Il se peut qu'il y ait des flics ici, au cas où C.D. Zhang changerait d'avis et accepterait de parler, dis-je dans l'ascenseur qui nous conduisait à l'étage où se trouvait le vieil homme.

– Pas s'ils ne l'inculpent pas. Leur budget ne le leur permet pas. Mais Chen et Zhang ne sont pas censés être là ? Ça risque de le dissuader de nous parler.

– Tu crois qu'il sera prêt à nous parler ? Surtout vu le sujet que l'on va aborder ? »

Mais dans la chambre de C.D. Zhang il n'y avait pas trace du moindre visiteur. Un homme jovial qui regardait la télévision dans le lit voisin passa gentiment la tête par le rideau qui entourait le lit placé près de la fenêtre.

« Il dort, nous dit-il.

– Ce n'est pas grave, dis-je en souriant. Nous ne ferons pas de bruit. »

Je m'efforçai d'avoir l'air d'une parente inquiète, mais je n'étais pas sûre de quoi Bill avait l'air. Nous passâmes derrière le rideau et découvrîmes C.D. Zhang, l'air vieux et fragile. Il avait les yeux fermés mais il ne dormait pas, ou s'il dormait, nous le réveillâmes. Il tourna la tête, nous regarda sans rien dire.

« Bonjour, monsieur Zhang. Je suis navrée que vous ayez été blessé », lui dis-je.

Au bout d'un moment, il poussa ce qui, s'il avait été en meilleure forme, aurait pu être un grognement.

« Mademoiselle Chin, je me demande si vous m'avez mis en danger ou si vous m'avez sauvé la vie, dit-il d'une voix faible mais distincte.

– Je suis navrée. Monsieur Zhang, nous sommes venus vous poser quelques questions. »

Il détourna la tête. Mais il ne me demanda pas de me taire.

« Wong Pan. Vous saviez qui il était ?

– Évidemment.

– Et vous saviez ce qu'il avait à vendre ?

– Qu'est-ce que je serais allé faire là, autrement ?

– Pourquoi les White Eagles se trouvaient-ils là eux aussi ?

– Pour voler le bijou et l'argent, je suppose.

– Mais il n'y avait pas d'argent. »

Il me regarda longuement.

« Alors, c'est vrai ? C'est ce que j'ai cru comprendre quand la police m'a parlé, mais on m'a donné tellement de médicaments que j'ai pensé avoir tout imaginé.

– Non, c'est vrai.

– Ni de bijou non plus, d'après ce que j'ai compris.

– Monsieur Zhang, pourquoi n'y avait-il pas d'argent ? »

Il eut un sourire sardonique.

« Merci de me faire la courtoisie de me poser la question indirectement. Ce que vous voulez vraiment savoir, c'est à quel moment j'ai volé le million de dollars confié par mon frère et où il peut bien se trouver maintenant.

– Je n'ai pas...

– Je crois que si. Peu importe ! C'est ce que veut savoir la police en tout cas. Elle croit que j'ai engagé les White Eagles, que cela fait partie d'un plan très ingénieux.

– Vous les connaissiez manifestement.

– Ils m'apportent des orangers le jour du nouvel an ! En échange de quoi je leur verse une somme considérable, je vous assure. »

C'est comme ça qu'on achète sa tranquillité : le gang apporte un oranger porte-bonheur, le commerçant donne une étrenne porte-bonheur dans une enveloppe rouge. La chance sourit à tout le monde toute l'année.

« Mais je ne les ai pas engagés, en revanche. Et je n'ai pas pris l'argent non plus. Je croyais cette mallette remplie de billets.

– Est-ce que vous avez perdu la mallette de vue ne serait-ce qu'un instant ? voulut savoir Bill.

– Je l'ai gardée constamment avec moi.

– Et vous êtes sûr qu'elle contenait l'argent quand on vous l'a remise ?

– Non, dit C.D. Zhang en détournant à nouveau les yeux. Elle était verrouillée quand mon frère me l'a remise.

– Ah, oui ? Pourquoi ?

– Ils n'avaient peut-être pas confiance et pensaient que j'allais piocher dedans.

– Ils vous faisaient assez confiance pour mener la transaction, mais se méfiaient de vous au sujet de l'argent ? Vous n'avez pas été vexé ? »

C.D. Zhang soupira.

« Hormis mon parrainage pour immigrer dans ce pays, mon cousin et mon frère ne m'ont jamais rien demandé. Ni une lettre de recommandation, ni un prêt, ni un conseil concernant une entreprise commerciale… le genre de petit service que l'on se rend entre membres d'une même famille. Rien. C'était la première fois. Et cela concernait un sujet d'une telle importance ! Si j'ai été vexé, ce n'est pas cela qui a primé. J'ai été honoré et ravi, et j'aurais accepté cette responsabilité quelles que soient les conditions imposées. Mademoiselle Chin ? Monsieur Smith ? Quand la police est partie, que Li et Lao-li ont été autorisés à revenir à mon chevet, je leur ai dit ce que j'avais appris sur l'argent dans la mallette. Mon cousin a eu l'air complètement interloqué.

– Et votre frère ?

– Il s'est contenté de dire : "L'important, c'est que tu te remettes, cher frère. Le reste ne compte pas." »

C.D. Zhang eut un sourire pas du tout sardonique mais triste et touchant.

« Toute ma vie, j'ai rêvé qu'il me dise ce genre de chose. Si j'avais su qu'il suffisait d'être blessé par balle pour y arriver, j'aurais fait l'effort plus tôt, dit-il, et son sourire s'effaça. Je suis convaincu qu'il croit que j'ai pris l'argent, mais comme mon chapardage n'a pas eu pour conséquence la perte de la Lune de Shanghai, il est prêt à me pardonner. Il s'attend probablement à ce que je le lui rende quand je serai remis et que tout redevienne comme avant. Mais je ne l'ai pas pris. Je ne peux pas le rendre. Sa colère, contenue pour l'instant par l'esprit fraternel que j'ai espéré toute ma vie, éclatera. Pouvez-vous... lui parler, mademoiselle Chin ? demanda-t-il timidement. Pouvez-vous le persuader que je dis la vérité ?

– Je ne sais pas. Vous dites la vérité ?

– Oui, oui, évidemment.

– Eh bien, peut-être. Et je pourrais peut-être convaincre M. Zhang. Mais jusqu'ici vous ne nous avez pas toujours dit la vérité.

– Qu'entendez-vous par là ?

– Ou peut-être avez-vous été un peu trop bavard.

– Je ne comprends toujours... »

L'espace d'un moment, je me rappelai que C.D. Zhang n'était pas simplement un vieil homme, mais un vieil homme blessé. Et puis je passai outre cette réserve.

« Pourquoi votre père et vous n'étiez pas ensemble le jour où vous avez quitté Shanghai ?

– Mais nous l'étions. À bord du *Taipei Pearl*. Je vous l'ai déjà raconté...

– Je ne parle pas du bateau. Avant d'embarquer.

– Vu le tumulte, les cris, la cohue dans les rues, les gens qui couraient dans tous les sens avec le peu de biens qui leur restaient, le véritable miracle aurait été que deux personnes puissent traverser Shanghai sans se perdre.

– Surtout s'ils avaient des destinations différentes.

– Que voulez-vous insinuer ?

– Vous alliez sur le quai. Votre père est allé ailleurs, n'est-ce pas ?

– Je ne sais pas ce qu'il a fait quand nous nous sommes perdus.

– Il est allé à la villa des Chen avec deux autres hommes et a tenté de la cambrioler. Il a tué Rosalie Gilder quand elle s'est défendue. Voilà ce que votre père a fait avant que vous le retrouviez à bord du *Taipei Pearl.* »

Déjà pâle, le visage de C.D. Zhang devint parfaitement livide.

« Mademoiselle Chin ! Comment pouvez-vous...

– Vous nous avez dit que votre cousin et votre frère sont persuadés que des voleurs ont pris la Lune de Shanghai. Mais ni M. Chen ni M. Zhang n'ont jamais parlé de ce qui s'est passé ce jour-là. À personne. Comment pouvez-vous être au courant ? »

Nous aurions pu nous tromper. S'il avait dit que, évidemment, son frère lui avait raconté l'histoire, qu'aurions-nous fait ? Voilà la réponse que Bill avait trouvée tout à l'heure à sa propre question. J'étais d'accord avec lui, et mon instinct me disait que nous avions raison.

Et nous avions raison. Et tort aussi.

« Votre père a-t-il volé la Lune de Shanghai à Rosalie ? » demandai-je plus gentiment alors. C.D. Zhang resta muet.

« Vous l'avez gardée pendant toutes ces années ?

– Non, murmura le vieil homme. Non. Mon père n'a pas tué Rosalie.

– Excusez-moi, mais il y a trop de choses qui ne collent pas. Le fait que vous sachiez ce qui s'était passé. Le fait que Rosalie n'ait pas porté la broche. Le fait que votre père et vous ne soyez pas restés ensemble. Si vous n'avez pas dérobé le million de votre frère, c'est que vous avez peut-être la broche.

– C'est ce que vous croyez ? C'est ce que vous allez dire à mon frère et mon cousin ?

– Je ne sais pas ce que je vais leur dire. Je ne sais que croire. Si ce n'est qu'il faut éclaircir tout ça. Si votre père ne vous a pas donné la Lune de Shanghai...

– Il ne me l'a pas donnée, ni à moi ni à personne. Il ne l'a jamais eue. Mon père n'a pas tué Rosalie Gilder, mademoiselle Chin. Celui qui l'a tuée, c'est moi.

38

JE RESTAI MUETTE de stupeur au chevet de C.D. Zhang. Je ne savais pas quoi dire et Bill non plus, manifestement. Sur les lèvres du vieil homme se dessina l'ombre du sourire ironique que nous connaissions bien.

« Je vois que vous ne le saviez pas.

– Non, évidemment pas, répondis-je, étonnée.

– Dans ce cas, mademoiselle Chin, je dois m'excuser pour les ravages dans votre bureau.

– Dans mon bureau ?

– J'ai demandé à Deng de faire en sorte que je puisse entrer et je dois dire qu'il s'est acquitté de sa tâche avec beaucoup de créativité et d'efficacité.

– Le client, c'était vous ?

– Vos documents, les sources d'époque que vous veniez de découvrir. J'avais peur que, quelque part, une piste ne mène jusqu'à moi.

– C'est pour cela que vous m'avez proposé de lire ces documents pour moi, n'est-ce pas ?

– En effet.

– Mais vous ne les avez pas trouvés. Ils étaient chez moi. Pourquoi n'avez-vous pas essayé chez moi ensuite ?

– Mademoiselle Chin ! L'endroit où réside votre mère âgée ? s'insurgea-t-il, et son regard signifiait que j'aurais dû avoir honte. Non, j'ai décidé de prendre le risque. Et il est clair aujourd'hui que ce ne sont pas les documents qui m'ont trahi.

– Non, mais je ne comprends pas. La façon dont vous avez évoqué Rosalie... et puis votre frère était là... comment avez-vous pu ?

– Je ne suis pas sûr de pouvoir vous faire comprendre. Mais si vous voulez entendre l'histoire et me juger comme je l'ai fait au fil des années, je vais vous la raconter.

– Oui, absolument. »

C.D. Zhang observa le plafond comme si un vieux film en noir et blanc y était projeté. Au bout d'une longue pause, il se mit à parler.

« J'avais douze ans quand nous avons fui Shanghai. J'en avais dix-huit quand nous y sommes revenus, et j'étais soldat. J'avais grandi, mon visage s'était creusé, ma voix était devenue plus grave. Je n'étais pas avec mon père, je ne l'avais pas vu depuis des semaines. Il était parti en avance pour s'occuper de nos préparatifs de voyage à bord du *Taipei Pearl*. Je suis entré à Shanghai avec deux hommes de mon unité pas plus vieux que moi. Ces compagnons m'avaient suivi sans poser de questions au cours de journées et de nuits terribles. Maintenant, j'allais quitter Shanghai, mais pas eux. Ils n'avaient pas de père pour leur payer la traversée avec de l'argent volé, contrairement à moi.

– Volé ? » m'exclamai-je, et dès que j'eus parlé, Bill me lança un coup d'œil ; je m'en voulais de l'avoir interrompu.

Mais ce mot m'avait interpellée. C.D. Zhang n'eut pas l'air de remarquer mon intervention.

« En 1949, tous ceux qui n'étaient pas aveuglés par la doctrine pouvaient voir que l'armée de Tchang Kaï-chek ne gagnerait pas la guerre civile. Mon père a arrêté de faire semblant de défendre cette cause – il n'y avait jamais cru de toute façon – et ordonné à ses troupes de faire le siège de villages et de villes sans autre but que de les piller. Ils tuaient ceux qui résistaient, chassaient les autres et se partageaient le butin. Oh, ne croyez pas qu'il était le seul officier à agir ainsi, ni même le pire ! C'était le règne de l'anarchie vers la fin de la guerre, il n'y avait ni loi, ni bon sens, ni générosité. La guerre est une maison de fous où règnent la peur, la faim et la mort. Nous étions tous fous.

« J'étais fou moi aussi. Mon unité – une bande de loqueteux pitoyables, vêtus de guenilles, se nourrissant de sauterelles et de mulots, crasseux, malades – essayait pendant ces derniers jours de rallier Shanghai. Pas pour se battre, pas pour tenir la ville au nom de notre glorieux généralissime. Oh, non, pour s'échapper ! Notre capitaine avait succombé à la fièvre, et nous n'avions pas de chef à part moi. Je n'étais pas plus gradé que les autres, mais comme je vous l'ai dit, je semblais doué pour trouver nourriture et abri, aussi rares soient-ils. Mes compagnons me suivaient, et je portais leur espoir comme un boulet.

« Mais je n'étais pas à la hauteur de la tâche. À cause de mon incompétence, nous sommes tombés dans une embuscade. Me souvenant d'un marais dans les faubourgs de Shanghai où les grenouilles abondaient quand j'étais enfant, j'y ai mené la troupe. Mais les soldats de Mao étaient arrivés avant nous et s'étaient installés sur une position élevée. Les indices de leur présence auraient pu être évidents si j'avais su les repérer mais je ne vis rien. Ils nous ont coincés et en trois jours ont abattu mes hommes un par un.

« Au début, nous leur tirions dessus mais nos tirs ne faisaient qu'attirer les leurs. Alors, dans la chaleur moite, trempés et affamés, nous avons attendu la mort, enveloppés dans le bruissement d'ailes des sauterelles et les gémissements des mourants. À part ça, le silence régnait. Ce n'est que lorsque l'un de nous tentait une percée que nous entendions le gémissement des balles. Les blessés mouraient, et les morts commençaient à se décomposer. Les corbeaux tournoyaient au-dessus de nous et se posaient pour festoyer. Les troupes de Mao s'amusaient à tirer sur les oiseaux.

« Cela a duré des jours et des nuits jusqu'à ce que les cadavres au regard fixe de mes compagnons flottent de tous côtés. J'ai fini par me dire que j'étais le dernier rescapé. J'ai décidé de me montrer pour laisser l'ennemi mettre un terme à ma misérable existence.

« Alors, je me suis levé, bras écartés et j'ai crié aux soldats de tirer. Il n'y a pas eu de réponse. Ils étaient partis.

« Je me suis mis à rire. Incapable de me contrôler, je me suis effondré dans la boue. Je me serais noyé sur place, hystérique, si un autre soldat qui avait assisté à ma tentative de suicide ne m'avait traîné au sec, en hurlant et en me giflant jusqu'à ce que la crise passe. Alors que nous luttions ensemble pour nous extirper du marais, nous avons trouvé un autre soldat en vie. Un seul.

« Ensemble, nous avons repris notre avancée chaotique vers Shanghai. Nous avons volé des vêtements sur les cadavres des civils – nous avions l'embarras du choix, ils étaient des milliers, oui des milliers ! – pour pouvoir nous débarrasser de nos uniformes en loques. Nous avions des fusils et, pourtant, nous nous sommes épuisés à traverser les champs et les rizières pour éviter les soldats de l'armée rouge chinoise qui envahissaient les routes. Mieux vaut ne pas connaître les détails de cette fuite. Et enfin, quatre jours plus tard, nous sommes arrivés en ville pour nous frayer un chemin jusqu'aux quais.

« Je ne pouvais pas abandonner ces hommes, vous comprenez ? Ils m'avaient suivi dans ce marais et, après ce qui s'était passé, ils en étaient sortis avec moi. Je savais que j'avais une place sur le *Taipei Pearl*, si seulement j'arrivais à atteindre le quai. Mais pas eux. »

Une quinte de toux interrompit le récit de C.D. Zhang. Il désigna une tasse sur la table de chevet. Bill la lui tendit. Quand le vieil homme reprit la parole, sa voix était plus faible, et je dus me pencher vers lui pour l'entendre.

« J'étais affamé, j'étais allé au-delà de mes dernières forces. C'est comme cela que je me suis expliqué au cours de ces années la décision que j'ai prise. J'étais fou.

« Chen Kai-rong était responsable de ma situation désespérée. Telle était ma logique. C'était à cause de sa disparition que mon père et moi avions été obligés de fuir Shanghai et de subir les privations de la guerre tandis que sa famille restait confortablement installée dans sa villa, en continuant à jouir de sa fortune. Évidemment, c'était absurde : si j'avais pris la peine de regarder, j'aurais vu ce que la guerre avait fait à Shanghai. Personne n'avait ni confort ni fortune. Mais j'étais fou.

« J'ai conduit mes compagnons jusqu'à la villa des Chen. Nous allions voler ce que nous pouvions pour leur payer la traversée à bord du paquebot. Alors que nous approchions, j'étais tourmenté par l'image des tapis, des tableaux, des porcelaines délicates. Et par celle d'un trésor par-dessus tout : la Lune de Shanghai. Je ne l'avais pas vue depuis que j'étais enfant. N'importe quelle part du trésor que devait selon moi posséder la famille Chen aurait fait l'affaire pour sauver mes compagnons. Mais c'était la Lune de Shanghai pour laquelle je me consumais de désir. Car ce trésor appartenait non seulement à la famille Chen, mais à la femme de Chen Kai-rong. Il était responsable de mon cauchemar. En récompense de mes souffrances, je méritais le bijou !

« Quand nous sommes arrivés à la villa, ma fureur, mon sentiment d'impunité étaient à leur paroxysme. Nous n'avons eu aucun mal à nous introduire dans la villa – je connaissais le portail, les murs, leurs défauts pour avoir joué là des journées entières, enfant. En hurlant et en agitant nos armes, nous avons forcé tout le monde à rejoindre le bureau. Je dois vous dire que ma détermination a failli m'abandonner quand j'ai vu mon frère, menu et tremblant. Il n'apparaissait pas dans mes visions fiévreuses de triomphe et de revanche.

« Mais, en voyant les murs nus, les étagères vides, mes compagnons ont été consternés et ont paniqué. Où étaient les trésors ? Un petit garçon, un enfant que je ne connaissais pas, s'est mis à pleurer, et Rosalie et mon frère se sont tous deux avancés vers lui pour le réconforter et le protéger. Mon frère qui protégeait un inconnu ! Mon devoir envers mes compagnons m'a alors aveuglé, il est devenu tout pour moi. Je me suis saisi du vieux Chen Da, le père de Kai-rong. Il devait bien rester quelque chose, un trésor caché... la Lune de Shanghai devait se trouver dans la villa, j'en étais sûr. Je l'ai frappé, ce vieil homme ; je l'ai frappé, et il refusait de parler.

« Et puis... je ne sais pas. Je ne sais pas exactement ce qui s'est passé. J'ai entendu une détonation et quand je me suis retourné pour voir, ce n'était pas l'un de mes hommes mais le vieux domestique – je me souvenais de lui, il donnait toujours en cachette des bonbons aux enfants –, et il me visait avec son fusil ! J'ai tiré le premier. Et c'est Rosalie qui a été touchée.

« Quand Rosalie s'est effondrée, le brouillard de folie s'est instantanément dissipé. Qu'avais-je fait ? Les deux enfants se sont précipités vers elle en pleurant. J'ai ordonné à mes compagnons de s'enfuir avec moi. Comme ils le faisaient depuis des semaines, ils m'ont obéi. Le vieux domestique nous a poursuivis. L'un de mes compagnons l'a arrêté d'un coup de feu. »

Vu la respiration difficile et la pâleur de C.D. Zhang, je me dis qu'il n'allait pas continuer, mais au bout d'un moment, il me dévisagea.

« Nous n'avons rien emporté. Vous comprenez ? Rien. Si Rosalie portait la Lune de Shanghai, mon compagnon n'a pas trouvé le bijou lorsqu'il s'est jeté sur elle. »

Je ne sus que dire pendant un long moment. La Lune de Shanghai n'avait pratiquement plus aucune importance.

« Comment le savez-vous ? demandai-je pourtant. Qui vous dit qu'il ne vous l'a pas cachée ?

– Parce qu'il est mort ! Ils sont morts tous les deux en se battant pour embarquer de force à bord d'un bateau et faire une traversée qu'ils ne pouvaient se payer ! La Lune de Shanghai les aurait sauvés. Mais ils... nous... ne l'avions pas.

« Alors, mon père et moi sommes partis pour Taipei, et mes compagnons sont morts. Nous sommes venus en Amérique et j'ai commencé une autre vie. Mais il est impossible de mettre le passé derrière soi, quoi que l'on en dise. La vision de mes compagnons me tendant la main depuis la passerelle me hante encore. Et une autre vision tellement semblable : celle de ces deux garçonnets qui tendent les bras vers Rosalie. »

C.D. Zhang toussa de nouveau ; puis il reprit, ses forces l'abandonnant manifestement. « Vingt ans plus tard, quand j'ai reçu cette lettre de Shanghai, j'ai eu l'impression qu'une seconde chance m'était offerte. J'avais l'occasion d'aider mon frère et mon cousin, de les sauver, et nous pourrions former une famille. Mais, évidemment, les choses ne se sont pas passées ainsi. Ç'aurait été bien plus que je ne le mérite. Mon frère surtout a toujours été mal à l'aise en ma présence. C'est un homme gentil de nature qui déplore ce sentiment qu'il ne comprend pas. Comme si son malaise était le résultat d'un défaut chez lui. »

C.D. Zhang ferma lentement les yeux. « Je n'ai pas pris leur argent, murmura-t-il. Je leur avais déjà bien trop pris. »

39

Bill et moi avions quitté l'hôpital et étions de retour à Chinatown mais même ces rues familières ne me donnaient pas l'impression d'être sur la terre ferme.

« Tu crois qu'il dit la vérité ? demandai-je à Bill.

– Tu irais inventer une histoire pareille ?

– Il a tué Rosalie ? Mais...

– Mais tu l'aimes bien.

– Et il faisait partie de la famille !

– La famille, c'est compliqué », répondit Bill en allumant une cigarette sans me regarder.

J'avançai en traînant des pieds, abattue. Je n'aimais pas savoir tout ça ; c'était pesant, décourageant et n'offrait aucune contrepartie comme par exemple aider à localiser le million de dollars disparu. Ou la Lune de Shanghai.

« Est-ce qu'on a un plan ? voulut savoir Bill.

– Tu plaisantes ? »

Je tournai dans Mulberry Street sans raison valable. À l'angle de Bayard Street, nous nous arrêtâmes pour laisser passer un cortège funèbre. Vu mon humeur, je ne fus pas surprise ; c'est peut-être moi qui l'avais fait se matérialiser. Des fleurs rouges et jaunes couvraient la calandre du corbillard, entourant la photo du défunt. Un homme assez jeune ; j'aperçus sa femme et ses enfants dans la voiture suivante, abasourdis et immobiles. Je me demandais qui était en train de préparer le repas de funérailles à la maison, et s'il serait aussi chaotique que la *shiv'ah* de Joel.

Et soudain, je fus frappée par un éclair.

Je saisis le bras de Bill.

« Quoi ?

– Attends. »

Je passai une nouvelle fois tous les éléments en revue pour m'assurer que j'avais raison.

« Le truc louche de Joel. Il l'a découvert au cours de son coup de fil à David Rosenberg. Oh, merde ! Pourquoi je ne l'ai pas vu avant ?

– Moi, c'est maintenant que je ne vois rien. Tu veux bien m'expliquer ?

– Alice lui a demandé de lui conseiller un privé !

– Et alors ?

– À Zurich ! Au cours d'un cocktail. Avant de partir pour Shanghai. Avant de rencontrer Wong Pan, avant que celui-ci lui fausse compagnie. Avant que tout ça ait commencé ! »

Bill ne répondit pas. Je voyais dans ses yeux qu'il faisait la même chose que moi, qu'il rejouait dans sa tête la conversation avec David Rosenberg.

Trois autres voitures passèrent devant nous, emportant d'autres enfants à l'allure solennelle. Des nièces, des neveux ? Des cousins ? Le même genre que les miens, tellement nombreux et éloignés que même ma mère était incapable de retrouver le lien de parenté ? Mais peu importait ; la famille, c'est la famille. « Ce serait mieux si on pouvait choisir les membres de sa famille, avait dit ma mère. Mais c'est impossible. »

« Mais si, c'est possible ! » m'écriai-je, de nouveau frappée par un éclair. Je ne voyais pas les voitures noires devant moi, mais d'autres enterrements, des cercueils de pin tout simples, des tombes creusées dans les jardins, des linceuls. Les marécages et les briques qui empêchaient les cadavres de remonter à la surface.

« Possible de quoi faire ?

– Tu viens de le dire. La famille, c'est compliqué. »

Je pris mon téléphone pour appeler David Rosenberg.

« Bonjour, mademoiselle Chin. Comment allez-vous ?

– Très bien, merci. »

En faisant abstraction des armes, de la bagarre sur le trottoir, du commissariat, des révélations déprimantes de C.D. Zhang et des éclairs qui venaient de me frapper.

« J'ai quelque chose à vous demander. Quand vous avez parlé à Joel, vous lui avez dit qu'Alice avait besoin d'un privé à New York. Lui avez-vous dit quand elle vous avait posé la question ?

– Pas précisément. Je crois avoir dit quelques semaines auparavant.

– Merci ! Je vous rappelle plus tard.

– Attendez. Vous êtes pressée ou puis-je vous communiquer ce que j'ai appris sur les faux papiers ? Mon reporter a parlé à son informateur. J'attendais de disposer de toutes les informations mais je peux vous donner ce que j'ai tout de suite si vous voulez.

– Oh, oui, je vous en prie.

– C'est sans doute bien Alice Fairchild qui les a fait faire à Zurich. Il y avait un passeport chinois et un visa américain au nom de Wu Ming.

– Merci. Et... – hypothèse formulée à tout hasard mais ça me paraissait tellement clair désormais – . un passeport suisse aussi ?

– Oui. Comment le saviez-vous ? Pour elle, en revanche, pourquoi...

– À quel nom ?

– Helga Ulrich.

– Merci ! Au revoir. »

Je raccrochai et appelai Mary.

« Incroyable ! m'exclamai-je en attendant qu'elle décroche.

– Quoi ?

– À quel point je peux être bête. »

Mary répondit avec un :

« Si tu es dans le pétrin, je refuse d'en entendre parler.

– Crois-moi, si c'était le cas, je ne te dirais rien. Écoute, c'est important. Alice Fairchild a un passeport suisse à un autre nom. Elle est probablement descendue dans un hôtel sous ce faux nom.

– Lequel ?

– Helga Ulrich.

– Qu'est-ce que c'est que ce nom ?

– Un nom suisse. Non, sérieusement, c'est une longue histoire.

– Est-ce qu'il faut que je l'entende tout de suite ?

– Non, il faut que tu ailles chercher Alice.

– Tu as raison, mais d'abord, dis-moi comment tu le sais. »

Je fus tentée de lui répondre que les privés ont eux aussi leur rôle à jouer dans l'univers de la lutte anticriminelle, mais je préférai lui communiquer les faits.

« Oh, pas mal, dit-elle à regret.

– Je t'en prie. Salut. »

Je raccrochai avant qu'elle puisse me demander ce que j'allais faire ensuite, même si je n'en savais rien. Mais de l'adrénaline fraîche me coulait dans les veines.

« Alice a...

– J'ai tout entendu, répondit Bill. Helga Ulrich ?

– Qu'est-ce que tu dis de ça ? »

Sur le trottoir, nous en discutâmes. On était sur la voie d'une théorie hallucinante, d'après moi, quand nous fûmes interrompus par la sonnerie de mon téléphone. Ce n'était pas le générique de *Wonder Woman* mais, espérant que Mary me rappelle d'une ligne fixe pour me dire que mon tuyau avait porté ses fruits et que la police avait trouvé Alice, je répondis quand même.

« Ouais, ouais, ouais, c'est ton cousin, ma vieille. J'ai des infos pour toi. Ça te dit ?

– Si c'est tout ce que t'as, répondis-je, contrariée que ce ne soit pas Mary.

– Quoi ?

– Rien. Vas-y, je t'écoute.

– Ce truc que tu voulais savoir l'autre jour, dit-il, méfiant. Je sais rien, comme j'ai dit.

– Fétide...

– Écoute ! Ce gros type qui a été arrêté quand *dai lo* s'est fait coffrer – tu peux faire quelque chose pour lui au fait, cousine ?

– Non.

– Je me disais, comme tu es comme cul et chemise avec les flics...

– Tu te trompes. Les convaincre qu'ils te lâchent les baskets, c'est à peu près tout ce que je peux faire, et plus les minutes passent, plus ça devient difficile. Fétide, j'ai du boulot, là. T'as quelque chose pour moi ou pas ?

– Bon Dieu, détends-toi. Ce gros type, comme j'ai dit, Warren a dit qu'il l'a vu. Avec *dai lo*, deux fois. Dans des réunions où j'ai pas pu aller, tu vois. »

Ou auxquelles tu n'aurais pas été invité même si tu avais été le dernier White Eagle vivant.

« Tu es en train de me dire que Wong Pan et Gueule de poisson se connaissaient ? C'est sympa que tu corrobores cette information, Fétide, mais ça fait un moment qu'on a compris.

– Merde, cousine ! Facilite-moi un peu les choses, tu veux ? J'essaie de t'aider là. La deuxième fois, Warren a dit qu'il était avec une dame. *Baack chit gai.* »

Oh !

« Qui ?

– Aucune idée. Mais, si tu veux la voir, elle vient d'entrer dans la boutique du vieux Chen. »

Bill et moi filâmes chez Bright Hopes au pas de course, autant que faire se peut en semaine à Chinatown. J'appelai Mary, tombai sur son répondeur, laissai un message, fourrai le téléphone dans ma poche et m'efforçai d'éviter les mamies, les écoliers et les vendeurs de melons. Trempés de sueur, nous entrâmes chez Bright Hopes et traversâmes la boutique devant une Irene Ng d'abord souriante puis troublée qui nous lança un « Attendez » pour la forme.

« Ça va. On est invités », dis-je en ouvrant brusquement la porte du bureau de M. Chen.

Trois têtes se tournèrent.

« Lydia ! » s'écria Alice Fairchild, consternée. Elle était assise face à M. Chen et M. Zhang, comme quand je les avais rencontrés la première fois. À la différence que, *primo*, personne n'avait servi le thé et que, *secundo*, Alice avait l'outrecuidance de pointer un pistolet sur les deux vieillards.

40

« ALICE, BAISSEZ VOTRE ARME, ordonnai-je doucement.

– Allez-vous-en, Lydia, dit-elle au bord de l'hystérie. Je ne veux faire de mal à personne. Je demande juste de l'argent à ces deux messieurs. J'ai besoin d'argent.

– Pour votre sœur, n'est-ce pas ? dis-je gentiment. Elle m'a dit que vous vous occupiez bien d'elle.

– Vous lui avez parlé ? À Joan ? Lydia, pour l'amour de Dieu, ne la mêlez pas à ça.

– Mais c'est à cause d'elle tout ça, non ? Sauf que ce n'est pas votre sœur. »

Alice écarquilla les yeux. Elle ne répondit pas, mais elle continua à tenir fermement le pistolet. Elle avait posé le doigt sur la détente, pas à côté, comme l'aurait fait un tireur bien entraîné. J'aurais parié que c'était la première fois qu'elle tenait un pistolet. Alors, je continuai à lui parler d'une voix calme et rassurante, parce qu'il n'y a rien de plus effrayant qu'un tireur amateur qui a peur.

« Vous êtes la fille du commandant Ulrich. Votre mère est morte au camp de Chapei. Alice Fairchild est morte elle aussi, n'est-ce pas ? Vous n'êtes pas vraiment Alice Fairchild. »

Personne ne bougea pendant un long moment.

« Le camp de Chapei a généré beaucoup d'orphelins, et les orphelins ne s'en sortaient pas bien, dit calmement Alice. Les Fairchild m'ont recueillie. Ils n'avaient rien, comme les autres, mais quand ma mère est morte, ils m'ont recueillie, m'ont aimée et m'ont sauvé la vie.

« Puis, quelques mois plus tard, Alice est morte. Joan était très malade. Dans son délire, elle m'a appelée Alice et s'est mise à pleurer quand je lui ai dit que je n'étais pas sa sœur. Alors, nous avons tous commencé à faire comme si je l'étais. Pour son bien. Lydia, je sais que vous avez une arme et vous aussi Bill. Posez-les ici sur la table. L'un après l'autre, s'il vous plaît, Lydia d'abord.

– Mais après la guerre ? demandai-je pour la faire parler. Les Japonais devaient savoir qui vous étiez vraiment.

– Vous croyez que ça les intéressait ? Père – le révérend Fairchild – a dit aux Américains que les renseignements des Japonais étaient erronés. C'est tout. Ça a suffi. Merci, dit-elle quand je posai mon arme comme si je venais de lui servir du thé. À vous, Bill, s'il vous plaît. »

Bill posa son 38 à côté de mon 22. Tout en se relevant, il recula pour étendre le champ de vision d'Alice.

Elle se tourna vers les deux vieillards toujours assis et qui ne disaient mot, M. Chen, les yeux écarquillés par la peur, M. Zhang, moins visiblement effrayé mais pas aussi imperturbable que d'habitude.

« Maintenant, messieurs, je suis navrée, mais j'ai vraiment besoin de beaucoup d'argent. Joan est très malade et a besoin de rester chez elle. Je refuse de la placer dans une institution. On dirait les camps, ces endroits, remplis de gens qu'on ne connaît pas, sans rien de beau, tout le monde est malade... »

Elle avait de nouveau la voix d'une hystérique.

« Vous avez fait des investissements risqués il y a quelques années, dis-je sur le ton de la conversation. C'était pour cette raison ? Parce que Joan avait besoin d'argent ?

– Tom est mort. Sa retraite a cessé d'être versée. J'avais essayé de le prévenir, de l'aider à préparer l'avenir, mais il m'avait répondu que Joan n'avait rien à craindre. Il ne savait pas, il n'avait aucune idée des sommes qu'il faut débourser quand on est malade... Alors, j'ai essayé de compenser. Mais je n'y suis pas arrivée. Mais maintenant... je sais que vous vous apprêtiez à verser un million de dollars pour la Lune de Shanghai, dit-elle à M. Chen, et je suis désolée que cet argent ait été confisqué, mais vous le récupérerez. J'étais censée récupérer la moitié de la somme et j'en ai vraiment besoin. S'il vous plaît. »

Ce « s'il vous plaît » n'avait rien d'une requête ; c'était un ordre adressé au vieil homme censé aller lui chercher cet argent. Cela dit, personne ne bougea. Alice fronça les sourcils.

« Et la Lune de Shanghai était à la source de toute cette histoire, dis-je pour détourner son attention. On l'avait offerte à votre père pour sauver Chen Kai-rong.

– Quoi ? Que dites-vous ? » s'écria M. Chen en blêmissant.

Je lui fis signe de rester calme.

« Mais il ne l'a jamais reçue, n'est-ce pas, Alice ?

– Il en a parlé à ma mère, dit-elle avec un sourire amer. Ce bijou allait nous rendre riches. Riches ! Il a été arrêté alors qu'il allait retrouver Rosalie.

– Comment le savez-vous, vous étiez enfant ?

– Oh ! ma mère n'arrêtait pas de le répéter au camp de Chapei. Comment l'avidité de mon père nous avait conduites là-bas. Et comment les Allemands auraient pu nous en faire sortir, mais n'ont rien fait. Les Allemands ! Je les détestais. Ils nous ont laissés pourrir dans cet endroit horrible, ils ont laissé ma mère mourir.

– Récupération de biens spoliés. C'est pour ça que vous faites ce métier, pour vous venger des Allemands », remarqua Bill.

Elle le regarda, le visage sans expression.

« Ma mère avait des accessoires pour coiffeuse en argent décorés de grappes de raisin. Un miroir, des peignes, des brosses. Une loupe et un instrument délicat pour assouplir les gants en cuir d'agneau avant de les mettre. Quand elle est tombée malade, j'ai dû demander au commandant du camp de les prendre en échange de médicaments. Lui demander ! Et puis elle est morte. Au cours des années qui ont suivi, nous avons échangé tout ce que nous avions. Quand le camp a été libéré, je n'avais plus rien d'elle.

– Mais le camp était sous commandement japonais, soulignai-je.

– Nous n'avions pas à être là ! Les Allemands auraient pu nous sauver ! » cria Alice dont la voix stridente fit sursauter M. Chen.

M. Zhang lui posa la main sur le bras. Alice poursuivit plus calmement.

« C'était leur faute. Et la faute de Rosalie et Mei-lin pour avoir tenté mon père, un être faible et avide.

– Mais pourquoi nous avoir mêlés à tout ça, Joel et moi ? »

Mais où était donc Mary ? « Pourquoi ne pas avoir vendu les bijoux après les avoir volés, Wong Pan et vous ? »

En entendant le nom de Joel, elle perdit un peu contenance.

« Ils n'avaient pas assez de valeur. Joan a besoin de beaucoup plus d'argent que ça. M. Chen et M. Zhang devaient croire que Wong Pan avait la Lune de Shanghai et qu'il souhaitait désespérément la vendre avant que je le rattrape. Pour ne pas qu'ils se demandent pourquoi les bijoux n'étaient pas sur le marché.

– Vous les connaissiez ? »

Mary, ma vieille, c'est quand tu veux maintenant.

« Évidemment. Mais il fallait qu'ils croient le contraire. Que Wong Pan était en avance sur moi. Je trouvais que c'était malin comme plan. Mais je suis une avocate laborieuse, pas une stratège. Joel a appelé ce matin-là pour me demander pourquoi je m'étais renseignée sur les détectives privés avant même de quitter Zurich. Je l'ai amadoué en lui promettant de venir lui en parler. Et puis j'ai appelé Wong Pan. Juste pour lui dire qu'il fallait nous dépêcher. J'ignorais qu'il avait déjà conclu un marché avec les White Eagles, qu'il avait déjà obtenu d'eux une arme, qu'il avait déjà tué le policier de Shanghai. Je suis tellement navrée, Lydia.

– Je le savais. Je savais que vous ne vouliez pas que Joel soit tué, dis-je en feignant d'avoir eu foi en elle depuis le début. Alice, lâchez votre arme. Tout peut s'arranger.

– Non. J'irai en prison, je n'en doute pas. Et je le mérite. Tant de mauvaises choses sont arrivées par ma faute. Mais je dois prendre soin de ma sœur d'abord.

– Je suis vraiment désolé, intervint M. Zhang qui avait l'air sincère. Mais mon cousin et moi n'avons pas l'argent que vous réclamez.

– Vous étiez sur le point de payer un million de dollars pour la Lune de Shanghai. Je sais que vous la recherchez depuis longtemps, j'ai vérifié. J'ai appris ça au cours de mes investigations, quand j'ai élaboré mon plan. De la même manière, je me suis renseignée sur les détectives privés, dit-elle en secouant tristement la tête.

– Oui. Plus tôt dans la journée, nous avions l'argent et aurions pu vous le donner. Maintenant, il a disparu. Même la police ne sait pas où il est.

– Quelqu'un l'a volé, Alice, confirmai-je. Avant le rendez-vous au restaurant.

– Qu'est-ce que vous racontez ? Qui ?

– Nous ne le savons pas. Alors, vous voyez...

– Non, non, dit-elle en secouant la tête.

– Si, je...

– Non ! Il doit y en avoir d'autre ! dit-elle, de plus en plus paniquée. Quand on est prêt à dépenser autant, on doit en avoir plus.

– Non, il n'y en a pas plus », dit M. Zhang à regret.

Je devrais peut-être essayer de lui prendre son arme, pensai-je, *même dans cette pièce bondée, avant qu'Alice perde complètement les pédales.*

Soudain, son visage s'éclaira.

« Les bijoux ! Oh, oui ! Je vais prendre ce que vous avez ici et le vendre. Monsieur Chen, je suis sûre que vous êtes assuré ! Tout ira bien pour tout le monde ! Oh, j'aurais aimé y penser avant ! » Avec un sourire heureux, elle se leva et fit signe à M. Chen et M. Zhang d'en faire autant. M. Zhang se redressa et aida son cousin dont le visage blême était couvert de transpiration.

Bon, pensai-je. *On va s'approcher de la devanture, et quelqu'un va voir cette folle armée d'un flingue et appeler les flics. Ou, alors, je vais détourner son attention, et Bill va lui sauter dessus. Ou, alors, Mary va finir par arriver.*

Je suivis Bill qui suivait les cousins, et Alice fermait la marche. La confusion d'Irene Ng quand Bill et moi étions entrés au pas de course n'était rien comparée au choc qu'elle ressentit devant notre petit défilé.

« Tout va bien, Irene », dit M. Zhang d'un ton apaisant.

M. Chen restait muet.

« Verrouillez la porte », lui ordonna Alice. La jeune assistante semblait clouée sur place, mais Alice n'eut qu'à bouger son arme de quelques centimètres pour qu'elle se précipite vers la porte.

M. Zhang reprit calmement la parole.

« Irene, ouvrez cette vitrine, s'il vous plaît, et versez tout dans un sac », dit-il en désignant des diamants, saphirs et émeraudes enchâssés dans des montures en or. Les yeux écarquillés d'Irene se posèrent sur M. Chen qui réussit à hocher la tête. Les mains tremblantes, elle déverrouilla la vitrine, prit un sac en velours dans un tiroir dans lequel elle glissa un par un colliers, bracelets et bagues. Je jetai un coup d'œil vers Alice en espérant que ses mains à elle ne tremblaient pas. *Maintenant, il serait temps que les témoins de la scène fassent preuve de ce fameux esprit d'entraide cher à Chinatown. Mêlez-vous de nos affaires ! Appelez les flics !* Un braquage en plein jour dans Canal Street, quand même. Il y avait bien quelqu'un qui ne s'en fichait pas.

Oui, en effet, quelqu'un s'en inquiétait. Mais ce n'était pas la personne à laquelle je m'attendais.

Irene avait vidé la vitrine quand il y eut un bris de glace et que l'alarme antieffraction se mit à hurler. Les bouts de verre pleuvaient, une brique tomba à terre, et quelques secondes plus tard, ce fut le tour de mon cousin Fétide.

Bill, moins sidéré que moi – ou juste plus apte à fonctionner dans des situations surréalistes –, détourna d'un coup sec la main d'Alice vers le plafond. Il y eut une détonation et une pluie de plâtre.

Et ce fut fini. Bill avait l'arme. Les traits d'Alice se décomposèrent sous le coup de l'incrédulité puis de la défaite. Elle s'appuya pesamment contre la vitrine.

Alors que l'alarme hurlait, elle était la seule à ne pas dévisager mon cousin. Du sang coulait sur son tricot de corps à cause d'une coupure au centre de son tatouage tout neuf. Il s'était aussi griffé au visage en plongeant par la vitrine brisée. Bill demanda à Irene d'éteindre l'alarme, et, le temps qu'elle s'arrête, j'avais retrouvé ma voix.

« Fétide ? Qu'est-ce que tu fais ? »

Il me regarda comme si je venais de remporter le prix de la question la plus débile de l'année.

« Elle était en train de braquer le magasin.

– Pas la peine d'entrer en défonçant la devanture. Tu aurais pu appeler la police.

– La police ? Tu délires, cousine ? Le vieux Chen dépense un beau paquet de fric pour son oranger. »

Je ne pouvais m'empêcher de le dévisager. Est-ce que je pouvais vraiment être apparentée au seul gangster de Chinatown assez idiot pour croire qu'on achetait vraiment sa protection en se faisant racketter ?

Apparemment, oui.

« *Dai lo* et tous les autres sont en taule. Faut bien que quelqu'un s'occupe des clients. »

La débilité étonnante de Fétide et la bravoure qui allait avec mériteraient d'être débattues pendant des heures, ce que nous ne manquerions certainement pas de faire. Pour commencer, j'avais hâte d'en parler à ma mère.

Mais cela devrait attendre. M. Chen, pâle et en nage, s'effondra sur le sol couvert de verre brisé.

41

« ÇA NE TE DIRAIT PAS DE DÉMÉNAGER, disons à New Smyrna Beach, en Floride ? me demanda Mary en faisant fondre du miel dans son thé.

– Pourquoi j'irais faire ça ?

– Parce que je me suis laissé dire qu'il n'y a aucune criminalité là-bas. »

Bill et moi étions assis avec Mary et l'inspecteur Wei pour un débriefing caféiné dans un café près de l'hôpital Saint Vincent. La crise cardiaque de M. Chen, grave mais dont il se remettrait, l'avait conduit au même étage du même hôpital que son cousin C.D. Zhang.

« Si je déménageais, il faudrait que tu expliques à ma mère pourquoi tu m'as obligée à m'exiler là-bas. »

Mary avait la solution à ce problème. « Emmène-la avec toi. »

C'était une idée risible mais je n'étais pas encore prête à rire aux blagues de Mary. Un optimisme prudent me poussait cependant à croire que son attitude envers moi s'était peut-être améliorée grâce à l'après-midi qu'elle venait de passer. Le tuyau sur Helga Ulrich lui avait permis de trouver la chambre d'Alice à l'hôtel Peninsula et les bijoux de Rosalie dans le coffre-fort de l'hôtel. Et même si Gueule de poisson et son avocat continuaient à jurer que les White Eagles ne mijotaient rien du tout, Alice, complètement découragée, avait déjà raconté son histoire devant les caméras du NYPD. Elle avait aussi avoué avoir engagé Deng pour nous tirer dessus – et nous rater – dans le parc Sara Roosevelt. Pour faire diversion, au cas où je serais venue avec des flics pour l'empêcher de s'enfuir. Étant donné que c'est ce que j'avais fait, je ne pouvais qu'admirer sa prévoyance.

« Tu sais, Lydia, me dit Mary, pour quelqu'un qui était censé être ta cliente, on peut dire que tu as carrément gâché ses projets.

– Je croyais que ça ne t'intéressait pas qu'elle soit ma cliente. »

Mary me lança un regard scrutateur et soupira.

« Je sais à quel point ça a été dur pour vous de nous livrer un client comme ça. J'apprécie ce que vous avez fait. »

Entendre ce genre de chose de la bouche de Mary, à ce moment précis, c'était extraordinaire.

« Tu es bien consciente qu'on ne ferait pas ça pour n'importe quel flic, hein ?

– Vous voulez dire, si officier besoin information est détective Mulgrew, vous donnez pas ? dit l'inspecteur Wei avec un sourire ironique.

– Si officier besoin Kleenex est détective Mulgrew, je donne pas, répondis-je.

– Bon, tant qu'on parle de trucs que personne n'aime, autant vous communiquer ceci, dit Mary. Le procureur veut inculper C.D. Zhang en tant que complice. »

Mon thé prenait soudain un goût amer.

« Quoi ? Vous ne pouvez pas faire ça.

– Ce n'est pas nous, c'est le procureur. Il a volé cet argent.

– Hum. Je ne crois pas.

– C'est forcément lui. Qui veux-tu que ce soit sinon ? »

Cacher des informations à Mary rendait mon thé encore plus imbuvable.

« Bon, et s'il l'a fait et que M. Zhang ne porte pas plainte... dis-je pourtant.

– Si cela fait partie de la conspiration, ça n'a pas d'importance. On ne l'inculpera pas de vol, juste de racket. Le procureur ne veut pas vraiment le faire tomber. Il cherche seulement à lui mettre la pression pour qu'il dénonce les White Eagles.

– Et s'il ne le fait pas ?

– Eh bien, il ira en prison j'imagine.

– Mary ! C'est un vieil homme ! »

C'est ce qu'elle m'avait fait remarquer quelques heures plus tôt à peine.

« C'est pour ça qu'il va coopérer. Je suis sûre qu'il préférera que son frère et son cousin sachent qu'il leur a volé leur argent plutôt que de finir en prison.

– Et s'il ne l'a pas fait ?

– Quoi ? S'il n'a pas coopéré ?

– Non, s'il n'a pas volé l'argent.

– Alors, il peut peut-être nous aider à découvrir qui est le coupable. »

Voilà à quoi se résuma la réunion au café, mis à part la suggestion que m'avait faite Mary de déménager, ce qui me tentait de plus en plus. Elle nous proposa de nous ramener, mais Bill et moi déclinâmes son offre et les regardâmes partir, l'inspecteur Wei et elle.

« Je détesterais vraiment que C.D. Zhang aille en prison alors qu'il n'a pas volé l'argent de son frère », avouai-je.

Bill ne répondit pas, alluma juste une cigarette. J'attendis au cas où cela lui éclaircirait les idées.

« S'il n'a pas volé cet argent...

– Alors, qui l'a fait ? Je sais, dis-je, agacée. Mais...

– Non, attends. S'il n'a pas volé cet argent, c'est peut-être parce qu'il n'y avait pas d'argent.

– La valise aurait été pleine de journaux depuis le départ ? Pourquoi ?

– Il n'y a que deux possibilités à mon avis. »

Nous en discutâmes. Aucune des deux n'était plaisante, et nous en eûmes vite fait le tour. Nous ne nous consultâmes pas sur ce qu'il fallait faire ensuite, mais c'est d'un pas parfaitement synchrone que nous descendîmes du trottoir pour nous diriger vers l'hôpital Saint Vincent.

Assis au chevet de M. Chen, M. Zhang buvait un thé instantané. Il sourit en nous voyant.

« C'est gentil à vous de venir, chuchota-t-il. Mon cousin dort, je le crains. Puis-je vous offrir du thé ?

– Merci, nous venons d'en prendre. Monsieur Zhang, nous avons besoin de vous parler. »

Le vieil homme jeta un regard à son cousin relié à une rangée de machines qui clignotaient, bipaient et dessinaient tout un tas de lignes. Il se leva et nous conduisit dans une salle d'attente au bout du couloir. Nous nous installâmes sur des chaises en vinyle de couleur criarde pas du tout en accord avec mon humeur.

« Comment va M. Chen ? demandai-je avant de m'attaquer au vrai sujet.

– Il récupère, merci, j'en suis très reconnaissant. Son fils va venir le voir.

– Et votre frère ?

– Il se remet bien lui aussi. Il rentrera bientôt chez lui je crois. »

Vint ensuite un silence gêné tandis que M. Zhang attendait poliment d'apprendre la raison de notre visite et que j'essayais mentalement plusieurs façons de lancer le sujet avant de les rejeter toutes. Bill me regarda l'air de dire : « Tu veux que je le fasse ? » Je lui dis non de la tête. Les vieux Chinois, c'étaient mon problème.

« Il se peut que votre frère ne rentre pas à la maison. Le procureur prévoit de l'arrêter.

– L'arrêter ? Pourquoi ?

– Il croit qu'il était le complice d'Alice Fairchild et Wong Pan. Il pense qu'ensemble ils ont engagé les White Eagles.

Et que, ensuite, il a trahi ses complices, vous a volé un million de dollars et prévoyait de faire porter le chapeau au gang.

– Oh, mais c'est insensé, s'écria M. Zhang dont le visage rond blêmit. Mon frère, les White Eagles ? C'est ridicule.

– Peut-être, mais il va être inculpé.

– C'est mon frère. Je refuse qu'il soit arrêté. Je me fiche de ce qu'il a fait.

– Le procureur aussi. C'est une tactique pour lui mettre la pression. Il veut qu'il dénonce les White Eagles.

– Je dirai qu'il n'y a pas eu de vol, que je lui ai dit qu'il pouvait garder l'argent.

– Ce n'est pas l'argent qui compte. C'est la conspiration.

– Ils n'ont pas le droit de faire ça !

– Mais si », dit Bill avec toute son autorité d'homme blanc et costaud.

Je laissai M. Zhang s'inquiéter un moment.

« Mais voilà le problème : C.D. Zhang nous a dit qu'il n'avait pas pris l'argent. Et nous le croyons.

– Cela ne change rien, qu'il l'ait pris ou pas », essaya vaillamment M. Zhang encore une fois.

Je détestais ça. « Vas-y, toi », dis-je à Bill du regard.

« Excusez-moi, mais vous avez tort, dit-il doucement, respectueusement. Ce qui compte, c'est qu'il ne l'a pas fait. Parce que, s'il s'en tient à la vérité, même menacé de prison, quand il affirme que vous lui avez confié une mallette verrouillée et que quand elle a été ouverte elle était pleine de journaux, le procureur va commencer à douter de sa théorie au bout d'un moment. Et c'est là qu'il va se mettre à chercher le véritable conspirateur. »

Dehors, le crépuscule d'été tombait. Ici, en dépit des néons, on aurait dit qu'il faisait déjà noir.

« Il n'y a jamais eu un million de dollars dans cette mallette, n'est-ce pas ? demanda Bill, même si nous savions tous que ce n'était qu'une question de pure forme. Ou peut-être que si, mais que ce n'était plus le cas quand votre frère l'a prise. Peut-être quand Chen vous l'a donnée. Votre frère nous a dit que c'était principalement votre argent qui finançait cette recherche, mais vous ne la financiez pas entièrement. Cet argent était celui de votre cousin. Et c'est vous qui l'avez volé. »

Les yeux de M. Zhang s'écarquillèrent sous le coup d'une surprise qui semblait sincère.

« Pas du tout ! Certainement pas. Voler Lao-li ? J'en serais incapable.

– C'est la seule explication logique si votre frère n'a rien fait. Vous l'accusez donc ?

– Non, non, il n'a rien fait, dit M. Zhang en secouant lentement la tête.

– Bon, il n'y a qu'une autre explication », dis-je en m'immisçant de nouveau dans la conversation.

Ce n'était pas juste de laisser faire tout le boulot à Bill.

« Si votre frère n'a pas pris l'argent, et que vous ne l'avez pas pris non plus, c'est M. Chen qui a dû vous le voler. »

On avait atteint le cœur du problème, la théorie que Bill et moi avions élaborée sur un coin de trottoir, celle que je détestais tant. L'un de ces deux cousins, proches et aimants, arnaquait l'autre.

Et comme cela nous était arrivé si souvent dans cette affaire, il se trouve que nous avions raison.

Et tort.

« Non, dit M. Zhang. Lao-li ne me volerait pas plus que je ne le volerais.

– Monsieur, même si nous vous croyons, ce ne sera pas le cas des policiers, remarqua Bill. Ces journaux vont les tracasser. Ils ne s'arrêteront pas avant d'avoir découvert d'où ils venaient et où est passé le million de dollars. L'un de vous trois est au courant. »

Un aide-soignant poussa un chariot tintinnabulant jusqu'au bout du couloir et passa devant nous juste au moment où Bill disait « million de dollars ». Il haussa les sourcils en souriant « Venez avec moi », ordonna brusquement M. Zhang.

Nous prîmes l'ascenseur mais nous n'y étions pas seuls. Ce n'est que, une fois dehors, dans le crépuscule humide, que M. Zhang s'écria avec colère :

« Le million de dollars n'est passé nulle part ! Il n'a jamais existé !

– Je ne vous crois pas, dis-je, catégorique. Avec quoi alliez-vous acheter la Lune de Shanghai ?

– Nous n'allions pas acheter la Lune de Shanghai. Wong Pan ne l'avait pas.

– C'est évident maintenant, mais vous n'auriez pas pu en être sûr avant. »

M. Zhang ne répondit pas.

« Vous preniez un gros risque, souligna Bill. Il était possible que vous perdiez ce que vous recherchiez depuis longtemps.

– Il n'y avait pas de risque. Mon frère aurait deviné que ce que lui proposait Wong Pan n'était qu'un attrape-nigaud.

– Votre frère n'avait pas vu la broche depuis l'enfance.

– Il a l'œil d'un expert. Inutile d'être capable de reconnaître la Lune de Shanghai pour savoir que Wong Pan tentait de lui fourguer, au mieux, un autre bijou et plus vraisemblablement un bout de verre sans aucune valeur.

– Mais si ce n'était pas le cas ?

– Ça l'était.

– Alors, pourquoi cette comédie ? insista Bill. Pourquoi prendre la peine d'envoyer votre frère au rendez-vous si vous étiez tellement sûr de vous ?

– Moi, je l'étais. Pas mon cousin.

– Pourquoi ne pas simplement lui expliquer vos raisons ?

– Oh, je l'ai déjà fait, murmura-t-il de manière presque inaudible.

– Non. Non, je ne marche pas, dis-je brusquement. Ça fait quarante ans que vous recherchez cette broche, que vous faites le tour du monde. Une offre aussi prometteuse que celle-ci se présente, et vous êtes absolument persuadé qu'elle ne vaut pas la peine d'être examinée ? Et vous jouez cette dangereuse comédie juste pour faire plaisir à votre cousin ? Je n'y crois pas.

– C'est la vérité, pourtant. »

Vlan ! J'en avais marre. Pourquoi est-ce que je discutais avec ce vieux bonhomme ? Tant d'amour, tant de malheur entouraient ce bijou depuis soixante ans, et ces types essayaient de s'entuber l'un l'autre pour du fric ? « Bon. Vous savez quoi ? Ce n'est pas mon problème. L'assassin de Joel comme les bijoux de Rosalie ont été retrouvés. Nous avons fini notre boulot. Au revoir, monsieur Zhang. Vous aurez peut-être de la chance, et la police oubliera le million de dollars disparu. Mais n'y comptez pas trop. »

J'étais descendue du trottoir et hélai un taxi quand j'entendis : « Non, mademoiselle Chin, je vous en prie. »

Le taxi passa en trombe quand je me retournai.

« Quoi ? »

M. Zhang prit une inspiration.

« Je n'ai aucun droit de vous demander de l'aide mais il le faut. Cette enquête ne peut continuer. Il s'agit d'une affaire privée qui ne concerne que mon frère, mon cousin et moi. Nous devons avoir la possibilité de la régler.

– Une affaire privée ? Deux morts, des faux passeports, des bijoux volés, de l'argent disparu, des gangsters qui tirent des coups de feu dans la rue ? Oh, non, cette enquête va continuer. La prochaine étape pour les enquêteurs, c'est de saisir vos relevés de compte à M. Chen et vous. Ils vont découvrir à qui appartenait l'argent et qui trompait qui.

– Vous ne pouvez pas les laisser faire.

– Je ne peux pas les en empêcher.

– Mon cousin est malade ! Savoir qu'il n'y avait pas d'argent peut s'avérer dangereux ! Penser que je le trompais...

– Mais vous le trompiez.

– Pas comme vous le croyez. »

Le calme habituel de M. Zhang s'était évaporé. Il était très agité et lançait des regards implorants.

« Vous le trompiez pourtant », dis-je, peinée. Jusque-là j'avais attendu une autre explication, une explication qui donnerait du sens à tout ça et qui ferait que ces vieux messieurs continueraient de former la famille soudée et aimante qu'ils semblaient être.

« Monsieur Zhang ? demanda Bill, probablement parce qu'il savait que j'étais incapable de parler. Même si nous connaissions la vérité, je ne suis pas certain que nous puissions faire quoi que ce soit. Mais sans la connaître... »

M. Zhang secoua désespérément la tête. Il descendit du trottoir pour héler un taxi. Je m'attendais à ce qu'il saute dedans pour s'enfuir mais il nous tint la porte, furieux et impatient. Nous y prîmes place avec lui et regagnâmes Chinatown en silence.

42

Le silence continua alors que nous grimpions l'escalier menant à Fast River Imports, que M. Zhang ouvrait la porte, débranchait l'alarme, allumait les lumières et nous conduisait jusqu'à son bureau. Les guerriers en terre cuite avaient l'air méfiants et sur le qui-vive.

D'un geste las de la main, il nous fit signe de nous asseoir. Nous prîmes place sur les tabourets en céramique laquée et vîmes M. Zhang décrocher un parchemin d'un clou planté au mur. Il cachait un coffre-fort. Il composa la combinaison, prit des papiers et du liquide puis, avec un tournevis, enleva un faux panneau à la base du coffre. Je n'avais jamais rien vu de pareil. Même Bill avait l'air étonné. Pourtant, nous ne disions rien ni l'un ni l'autre. Pas un mot non plus quand M. Zhang ôta du compartiment caché un coffret couvert de velours qu'il me tendit.

Puis je m'entendis m'exclamer, incrédule :

« C'est vous qui l'avez ?

– Mademoiselle Chin, monsieur Smith. Ce que je vais vous apprendre ne devra jamais quitter cette pièce, ordonna-t-il d'une voix qui se teintait de peur.

– C'est vous qui l'avez ? Et votre cousin l'ignore ? »

Ma voix ne semblait pas m'appartenir. J'étais même incapable de tendre la main pour prendre le coffret.

C'est Bill qui le fit. Il l'ouvrit, jeta un coup d'œil à l'intérieur, regarda M. Zhang et tourna le coffret vers moi.

Sur un coussin de velours bleu reposait une minuscule broche. Huit diamants entouraient un tout petit disque de jade. Pas d'autre pierre, pas de monture grandiose, ni filigrane ni découpage ni métal précieux ciselé. Le bijou mesurait moins de trois centimètres de large.

« Vous avez sous les yeux la Lune de Shanghai, nous dit M. Zhang.

– Ça ? Non, ce n'est pas possible. Ça ne...

– ... vaut pas un million de dollars. Ça n'en vaut pas dix mille. Le jade, parce que c'est une antiquité, a une certaine valeur mais, comme vous pouvez le voir, il est fendu. Les diamants sont petits et deux ont des défauts. Ce qui fait la valeur de ce bijou, c'est son histoire, mais en le voyant, la plupart des collectionneurs auraient la même réaction que vous. »

Je sortis la minuscule broche du coffret et la posai dans ma main. Le jade, fendu sur sa longueur, était froid au toucher, comme c'est toujours le cas. Et les diamants avaient beau être minuscules et avoir des défauts, ils brillaient de mille feux. M. Zhang avait l'air d'avoir envie de me la prendre des mains mais il n'en fit rien.

« Le jade que Kai-rong a donné à Rosalie n'était pas le bijou le plus précieux de la famille. C'était le plus ancien. Bien que fendu et de petite taille, il avait été créé pour le mariage d'un ancêtre Chen et était dans la famille depuis cinquante générations. Pour Kai-rong, il représentait l'amour durable de la famille. Le collier que Rosalie a choisi de sacrifier pour en récupérer les diamants n'était pas le bijou le plus précieux qu'elle avait apporté à Shanghai non plus. C'était celui auquel elle tenait le plus.

– Comment le savez-vous ?

– C'est Yaakov Corens qui me l'a dit. »

Tandis qu'il poursuivait son récit, je levai la broche vers la lumière.

« Le temps que mon cousin et moi venions en Amérique, l'obsession de Lao-li pour la Lune de Shanghai était totale. Sa légende avait pris de l'ampleur depuis sa disparition, à la fois dans son imagination et dans l'univers des collectionneurs. Quand j'ai découvert que nous habitions la même ville que son créateur, je ne pouvais pas prendre le risque que Lao-li découvre sa réalité.

– Pourquoi pas ? Vous l'aviez déjà à l'époque ?

– Je l'ai toujours eue, déclara lentement M. Zhang, comme si les mots lui pesaient.

– Alors, pourquoi avez-vous dit "depuis sa disparition" ? Elle n'a jamais disparu. C'est vous qui l'aviez ! m'écriai-je en tendant la main dans laquelle la broche scintillait. Comment avez-vous pu faire ça à M. Chen ? Comment avez-vous pu le laisser se rendre prisonnier de cette obsession ? Pourquoi ne lui avez-vous pas tout dit ? Quel était l'intérêt ? »

Le silence se réinstalla et dura si longtemps que je commençais à me dire que M. Zhang n'avait pas de réponse. Et, franchement, quelle réponse pouvait-il y avoir ? L'avarice ? Une amertume familiale, une rivalité ? Quelque chose qui lui aurait servi à traiter son cousin avec arrogance, un moyen de le contrôler ?

« La graine contenant la légende de la Lune de Shanghai a été plantée en des temps épouvantables, sombres, dit doucement M. Zhang. Elle a été nourrie de tragédie et entretenue dans la douleur. Publique et privée. Privée et publique.

« La vérité que vous tenez dans votre main, cette petite chose imparfaite n'avait aucun sens au vu du besoin qu'avaient les gens – Chinois, exilés juifs et autres – de croire que quelque chose de sublime puisse exister au-delà du désespoir et des horreurs de Shanghai par temps de guerre. Non, c'était plus que ça : que quelque chose puisse exister au milieu de ce désespoir et de cette horreur. Du moment où elle a été créée, sa légende a commencé. Le fait que Rosalie refuse de la montrer n'a fait qu'aider la légende à s'épanouir. Par le biais de chuchotements, de rumeurs.

« C'est à cause de ces rumeurs que des années plus tard les voleurs sont venus la chercher, dit-il en me reprenant la broche. Mais ils sont repartis sans elle. »

M. Zhang fit tourner le bijou dans sa main en le regardant briller.

« Dès qu'il a tiré sur tante Rosalie, le chef des voleurs a paniqué. Il a ordonné à ses complices de battre en retraite. Ils ont obéi. Quand j'ai rejoint tante Rosalie – comme je vous l'ai dit, j'étais le premier –, j'ai trouvé la chaîne en or sur laquelle elle portait la Lune de Shanghai cassée, mais la broche y était toujours accrochée, par terre près d'elle. Je l'ai mise dans ma poche. Je voulais être celui qui la lui rendrait quand elle se remettrait. Je voulais être celui qui lui apporterait cette joie.

« Mais, évidemment, il ne devait pas y avoir de joie. Rosalie était morte. Quand oncle Paul l'a trouvée sans vie et a vu que le bijou avait disparu de sa gorge, il a hurlé, et c'est ce qui m'a bouleversé. Il s'est mis à maudire le bijou et ceux qui le possédaient désormais en priant pour que toutes sortes de malheurs s'abattent sur eux. Ils l'avaient volé, ils avaient tué pour y arriver, qu'ils endurent tous les tourments de l'enfer pour ce qu'ils avaient fait. Son chagrin inconsolable et sa colère m'ont autant effrayé que l'intrusion des voleurs. Il s'en est aperçu et s'est calmé ; il m'a pris dans ses bras, m'a demandé de m'occuper de mon jeune cousin pendant qu'il soignait grand-père qui était grièvement blessé. J'ai obéi. Pendant de longues heures, j'ai essayé de réconforter Lao-li avec des bonbons, des histoires, je lui ai chanté des chansons, j'ai fait du thé. J'ai apporté de l'eau à oncle Paul et déchiré du tissu pour faire des bandages. J'ai fait tout ce que l'on me demandait sans poser de question. J'ai essayé d'être gentil. Essayé de cacher ma culpabilité et ma terreur. Parce que, alors que le jour laissait place à la nuit, j'avais compris que la perte de la Lune de Shanghai avait tué tante Rosalie. Et aussi que ceux qui possédaient désormais le bijou étaient assurés – et ils le méritaient – d'être punis. »

M. Zhang observa un silence, ses yeux tristes posés sur le bijou. On aurait dit qu'il avait rétréci.

« Oh, mais c'est... commençai-je.

– Oui, dit-il sans lever la tête. Mais j'avais huit ans. Au cours des jours qui ont suivi, nous restâmes barricadés dans la cuisine. Oncle Paul soignait grand-père pendant que j'essayais de réconforter et distraire mon cousin. En pleine nuit, nous nous sommes glissés dans le jardin pour enterrer Rosalie. Oncle Paul a chanté des prières et versé des larmes. Et j'ai gardé mon terrifiant secret.

« Quand oncle Kai-rong est rentré par surprise, sa douleur a fait écho au choc d'oncle Paul, à son chagrin et à ses imprécations. Mais il a réagi encore plus violemment. Il nous a interdit de reparler du bijou. Et, avec des larmes dans les yeux, il a dit que Lao-li et moi étions ses trésors. Un trésor : voilà ce que j'avais envie d'être ! Pas un voleur ! Ni un maudit assassin !

« J'ai songé plusieurs fois à enterrer la Lune de Shanghai dans le jardin. À la jeter dans la rivière. Comme si ça allait faire disparaître la malédiction ! C'est toujours la pensée de tante Rosalie qui m'a arrêté, de saisir à quel point elle avait aimé ce bijou. Je l'ai caché parmi mes affaires.

« Dans les semaines qui ont suivi, j'ai découvert que mon jeune cousin avait compris comme moi que la perte du bijou avait causé la mort de Rosalie. N'était-ce pas exactement ce qu'oncle Paul et oncle Kai-rong avaient dit ? Au début, nous n'arrêtions pas de reparler de cette journée en essayant de comprendre. Finalement, terrifiés par ses pouvoirs, nous avons fait le pacte de ne jamais en reparler. Nous avons tenu parole jusqu'à ce que mon cousin me stupéfie quelques semaines plus tard avec une idée lancée avec désinvolture, comme une simple vérité : retrouver le bijou ramènerait sa mère.

« J'étais enfant, aux limites de ce que je pouvais comprendre, mais je savais que c'était mal. Il m'a ensuite avoué sa pire crainte : ne pas être à la hauteur de la tâche et que sa mère ne puisse revenir tant qu'il ne l'aurait pas accomplie.

« Qu'est-ce que j'aurais donné pour le conseil d'un adulte ! Mais je ne pouvais pas solliciter le moindre conseil. Et je ne pouvais pas non plus supporter que mon cousin endosse cette tâche impossible et la culpabilité qui irait de pair avec son inévitable échec. Je me sentais déjà assez coupable pour deux ! J'ai décidé de prendre le seul chemin qui me semblait possible, lui montrer la Lune de Shanghai. J'étais convaincu que s'abattraient sur ma tête les châtiments que les voleurs de bijoux méritaient, mais il fallait le faire pour l'amour de mon cousin.

« Quelques nuits plus tard, à la lumière d'une bougie interdite et le cœur battant, je suis allé chercher la Lune de Shanghai et la lui ai montrée. Il l'a prise avec tout l'intérêt que peut porter un enfant à un joli objet brillant, l'a admirée avant de me la rendre. Il n'a pas eu l'air de comprendre. "C'est la Lune de Shanghai, lui ai-je dit. Elle était à tante Rosalie. Cousin, dans cette vie, elle ne peut pas revenir."

« Il a souri comme si j'étais bien gentil mais demeuré. "Non, a-t-il dit. Quand j'aurai retrouvé la Lune de Shanghai, elle reviendra."

« Vous pouvez peut-être imaginer ce que j'ai alors ressenti. Un enfant seul avec ce secret, ce dilemme ! À trois autres reprises au cours des mois suivants, j'ai essayé de lui montrer le bijou, et trois fois, il a refusé de croire que le bijou que j'avais était la Lune de Shanghai disparue. Jusqu'à ce que, enfin, il se mette en colère après moi. Ses cris et ses larmes étaient tels qu'oncle Paul a accouru pour voir ce qui n'allait pas. Aucun de nous n'a voulu lui expliquer. Dans ma terreur d'être découvert, j'ai feint l'ignorance, et mon cousin s'est contenté de dire que je le taquinais. Oncle Paul nous a demandé de faire l'effort d'être gentils l'un envers l'autre. Et puis il nous a fait asseoir pour nous dire qu'il avait quelque chose à nous apprendre qui allait nous rendre triste et qu'il allait donc nous le dire maintenant que nous l'étions déjà. Il allait partir, a-t-il dit, il quittait Shanghai. Il partait pour l'Amérique, un endroit magnifique, et nous allions rester avec Kai-rong et grand-père, mais un jour, nous pourrions aller le voii en Amérique nous aussi. Quelques semaines plus tard, il partait en bateau.

« Depuis ce jour, je n'ai jamais plus montré la Lune de Shanghai à personne avant aujourd'hui. La mort de tante Rosalie, la colère de mon cousin, le départ d'oncle Paul – toutes ces choses étaient liées au bijou dans mon esprit. En devenant un homme, évidemment, j'ai compris que la vérité était à la fois plus simple et plus complexe que mes peurs d'enfant l'avaient rendue. Pourtant, il a fallu des années avant que les pouvoirs magiques de la Lune de Shanghai cessent d'avoir une emprise sur moi et de m'effrayer.

« Mon cousin n'a jamais cessé de ressentir l'influence de ces pouvoirs, remarqua M. Zhang en faisant tourner la broche entre ses doigts. Il a grandi en étant obsédé par ce bijou. Au fil du temps, il a commencé à se moquer du rapport qu'il avait autrefois établi entre le fait de le retrouver et de faire revenir sa mère, c'était le fantasme d'un enfant terrassé par le chagrin, innocent et bête. En tout cas, c'est ce qu'il disait et il en était persuadé, je n'en doute pas. Mais son obsession n'a pas faibli. Rien ne l'intéressait hormis les pierres précieuses. Il a lu, étudié, est devenu une autorité, et quand nous sommes arrivés ici, il a choisi sa profession sans hésiter. Et, libéré de l'embargo imposé tout au long de notre enfance, il s'est plongé avec bonheur dans la recherche de la Lune de Shanghai. »

Les yeux de M. Zhang, d'un brun profond, se posèrent tour à tour sur Bill et sur moi. « Monsieur Smith ? Mademoiselle Chin ? Mon cousin était fou. Il l'est toujours. La nouvelle de la mort de Kai-rong après notre arrivée ici a parachevé sa folie, mais en fait, elle était réelle depuis de nombreuses années. Cela dit, sa folie n'a qu'une dimension. Tant qu'il peut poursuivre la recherche de la Lune de Shanghai, il est tout aussi capable de fonctionner dans le monde que vous ou moi. Il a fait la cour à une femme, s'est marié et a eu deux beaux enfants. Il a géré une entreprise honorablement et participé à la vie de sa famille et de sa communauté. Il a été gentil avec moi et mon frère – plus gentil que je ne l'ai été, je crois – et avec oncle

Paul. La seule chose qu'il m'ait jamais demandée, c'est de me joindre à lui dans sa quête. Comment aurais-je pu refuser ? »

La question resta en suspens. Les vigilants guerriers de terre cuite, les cages à grillons et les parchemins, les bruits de la circulation et les ombres dans le coffre-fort ouvert semblaient tous participer de cette même question.

« La recherche... commençai-je.

– Je ne suis pas en très bonne santé, mais mon entreprise marche assez bien. Quand nous étions plus jeunes, l'un ou l'autre d'entre nous allait là où menait la rumeur. Plus tard, parfois, nous avons envoyé des émissaires. Le coût des voyages était facilement maîtrisable. La somme la plus importante, celle pour laquelle mon cousin comptait sur moi – l'achat du bijou quand nous l'aurions trouvé –, je savais que nous n'aurions jamais à la débourser.

– Votre frère... est-ce qu'il est au courant ?

– Non. Il s'est montré sceptique à l'égard de notre entreprise depuis le début, mais pour ma part, j'ai méprisé son mépris. Comme si je ne savais pas qu'il avait raison. Mon frère ne supporte pas les souvenirs, la nostalgie, remarqua M. Zhang, un sourire ironique au coin des lèvres. On nous a appris à mon cousin et moi que le passé devait être détruit. Mon cousin s'est battu contre cette philosophie. Aujourd'hui, je vends des souvenirs du passé. Mon cousin le recherche. Et mon frère le méprise. Non, il ne sait pas la vérité. Ni sur la Lune de Shanghai ni sur moi. »

Pas plus que vous ne savez la vérité sur lui, songeai-je. « Mon frère ne porte d'intérêt aux pierres précieuses qu'en fonction de leur valeur. À ses yeux, elles n'ont pas de sens plus profond. »

Si ce n'est la pureté et l'immortalité. Je me demandais si les deux frères avaient ne serait-ce qu'une fois au cours des années vraiment parlé du sens profond de quoi que ce soit.

« Il me semble que beaucoup de gens se sont laissé prendre à votre petit jeu au cours des soixante dernières années, remarqua Bill.

– Je vous en prie, croyez-moi, ça n'a jamais été un jeu. Pourtant, vous avez raison, et c'est une source de regret. Beaucoup de collectionneurs, et pas seulement nous deux, ont consacré du temps et de l'argent à cette quête. Je me suis rassuré en pensant que c'est la chasse qui fait la joie des collectionneurs, pas la capture. Un autre bijou les aurait fait courir si ça n'avait pas été la Lune de Shanghai.

– Ce n'était pas l'excitation de la chasse qui poussait Alice Fairchild », soulignai-je.

M. Zhang se leva lourdement. Il approcha de la fenêtre pour regarder Chinatown. « Non. Et maintenant, deux hommes sont morts. Mon frère est blessé et mon cousin, très malade. Des existences ont été chamboulées, et il reste d'autres peines en perspective. Tout ça à cause de moi. Parce que, au lieu de la réalité, j'ai nourri une illusion. Au lieu de la vérité, j'ai encouragé le rêve. Vous voyez ? C'est exactement ce qu'avaient dit oncle Kai-rong et oncle Paul. C'est la malédiction de la Lune de Shanghai. »

43

Un M. Zhang bien las s'affaira avec la bouilloire, la boîte de thé et de petites tasses. Bill alluma une cigarette et s'approcha de la fenêtre. Je regardai la Lune de Shanghai scintiller entre mes doigts.

Elle n'avait pas l'air maudite. Au contraire : les minuscules diamants brillaient, et les marbrures vertes du jade me remplissaient d'espoir, me réconfortaient. Comme si, à travers eux, l'amour de Rosalie et Kai-rong continuait à briller.

Mais M. Zhang devait avoir raison. Vu tout ce qui s'était passé à cause de ce bijou, il devait effectivement être maudit.

Ah, qu'est-ce que t'en sais, Chinsky ? C'est quoi le dernier truc maudit que t'as vu ? La voix dans ma tête me fit sursauter.

Quoi, Pilarsky, tu trouves ça drôle ? demandai-je silencieusement.

Hé, je suis l'un des types qui s'est fait descendre à cause de ce truc, pourquoi ça me ferait rigoler ? Je devais être en train de perdre la main, de toute façon, pour être tombé dans le panneau comme ça avec Alice. Mais écoute : ce n'est plus le problème.

Quoi ?

Primo, *tu ne peux pas sérieusement mettre tout ce* tsuris[1] *sur le dos de ce* chatchke[2]. *Ce sont les gens qui ont fichu la pagaille, comme toujours.* Secundo, *les méchants sont en prison. On est quittes, toi et moi. Merci au fait.*

Merci ? Mais je...

J'ai dit merci, c'est tout, ça y est, fini. Concentre-toi sur le business : t'as un paquet de vieux Chinois, là, qui ont encore des problèmes.

Et alors ? Qu'est-ce que je dois faire ?

Je suis censé le savoir, moi ? Mais je croyais t'avoir entendue dire que les vieux Chinois, c'était ton problème.

« Mademoiselle Chin ? Vous allez bien ? »

En levant les yeux, je vis M. Zhang me tendre une tasse de thé. Impossible de dire depuis combien de temps cela durait, mais il avait l'air inquiet.

« Oui, merci, je vais bien. »

Bill avait une tasse de thé près de lui sur le rebord de la fenêtre. Lui aussi me regardait, l'air interrogateur, mais pas inquiet. Comme si, quoi qu'il arrive, il savait que j'étais capable de le gérer.

Et, évidemment, il avait raison.

J'étais Lydia Chinsky, après tout.

M. Zhang s'assit et se pencha vers moi.

« Vous comprenez maintenant pourquoi cette enquête doit cesser ? Si mon cousin devait apprendre que je n'ai jamais eu l'intention d'acheter la Lune de Shanghai et pourquoi... Il vient d'avoir une crise cardiaque. Une autre pourrait l'achever. »

Je sirotai ma tasse de thé. Une idée commençait à luire dans mon esprit, minuscule rai de lumière d'abord qui brillait de plus en plus. *Vas-y, Chinsky !* J'avalai une nouvelle gorgée de thé pour gagner un peu de temps. Étais-je vraiment sur le point de faire ça ?

1. « Malheur ».
2. « Truc, machin ».

« Votre frère. Vous savez qu'il ferait tout ce que vous pourriez lui demander, n'est-ce pas ? m'entendis-je dire à M. Zhang.

– Oui, répondit-il tristement. Et la seule chose qu'il m'ait demandée, l'amour fraternel, j'ai été incapable de la lui donner.

– Peut-être que, maintenant, vous en serez capable. »

Évidemment, je n'étais pas là pour le voir. Bill et moi dûmes nous contenter du compte rendu de Mary. Elle était présente parce que C.D. Zhang avait demandé la présence de « la détective chinoise » comme le lui avait indiqué son frère. Pour ce que Mary en savait, nous n'étions même pas au courant de ce qui se passait.

Bien.

« C'est toi qui as tout organisé. »

Elle n'était pas encore assise dans notre salon de thé taïwanais que les mots avaient déjà franchi ses lèvres.

« J'ai pris du thé au gingembre avec du lait condensé, dis-je en soulevant la théière.

– Peu importe. »

Elle tendit quand même une tasse parce que le thé au gingembre est son préféré. Je la servis ainsi que l'inspecteur Wei qui le renifla, l'air sceptique.

« La confession de C.D. Zhang, c'est du Lydia et Bill tout craché. »

Bill fit signe qu'il était innocent.

« J'avais une dette envers toi, ma vieille, expliquai-je.

– Alors, quoi, tu as fabriqué une confession de toutes pièces et trouvé quelqu'un pour la réciter ?

– J'ai simplement suggéré à C.D. Zhang d'admettre qu'il avait fait une vacherie à son frère. »

Et si le crime qu'il avouait n'était pas celui qu'il avait réellement commis, était-ce si grave que ça ?

« Des trois hommes, C.D. Zhang était celui que je soupçonnais le moins.

– Parfois, c'est justement celui-là le coupable.

– Et parfois, remarqua Mary en posant sa tasse, un type avoue avoir volé le million de dollars de son frère, son frère refuse de porter plainte et on se retrouve sans personne à inculper.

– Pour ce crime-là. Mais Alice a dénoncé les White Eagles. Tu l'as ta conspiration.

– C'est vrai. Il se trouve qu'on n'a plus besoin de Wong Pan. Alors, quand il va se tirer des griffes de la brigade homicide et être rapatrié à Shanghai avec la bénédiction du procureur, tout le monde sera content. »

À ces mots, l'inspecteur Wei leva sa tasse. Nous trinquâmes tous.

« Ce thé. Bien fait, dit-elle. Mais lait condensé, tellement sucré, horrible.

– Désolée.

– Oh ! s'écria Mary comme si elle venait de se rendre compte de quelque chose. Il y a quelqu'un qui va rester le bec dans l'eau et qui ne va pas être content. Et, comme par hasard, c'est Mulgrew.

– Eh bien, il y a des jours sans, remarquai-je.

– Tu sais que M. Chen ne pardonnera jamais à C.D. Zhang de lui avoir fait rater l'occasion d'obtenir la Lune de Shanghai, même s'il s'agissait d'une occasion fictive.

– J'ai bien peur que tu aies raison. Mais M. Zhang, si. Il le lui a déjà pardonné. C'est pour ça qu'il ne porte pas plainte.

– En fait, il s'avère qu'il a l'âme d'un philanthrope, ajouta Mary. J'ai entendu dire qu'il a proposé de participer au paiement des frais d'hospitalisation à domicile de la sœur d'Alice. Oh, tu ne savais pas qu'elle avait une sœur ? À Boston.

– Si, Alice en a parlé quand elle braquait la bijouterie, tu sais. C'est très gentil de la part de M. Zhang.

– Lydia, dit Mary en plissant les yeux. Ça cache quelque chose d'autre, hein ?

– Probablement. La famille, c'est compliqué. »

C'était la chose la plus vraie que j'aie dite depuis l'arrivée de Mary.

Ce que C.D. Zhang tirait en échange de sa prétendue confession, ce n'était pas le pardon de son frère puisqu'il n'avouait pas ce qu'il avait fait soixante ans plus tôt alors qu'il était innocent du crime qu'il endossait. Il obtenait bien plus que cela. De la gratitude. De la reconnaissance. Un secret partagé avec son frère. Un lien entre eux.

Ce qu'en tirait Zhang Li, c'était une solution au mystère du million de dollars que M. Chen allait gober.

Ce que Joan Conrad en tirait, c'était la possibilité de continuer à vivre chez elle.

Quant à moi, j'en tirais un regard suspicieux de la part de ma meilleure et plus vieille amie.

Mais la rumeur voulait qu'elle en avait tiré une promotion. Alors, à mon avis, elle n'allait pas être contrariée longtemps.

Je resservis du thé, et alors que je retournai le couvercle pour que les serveurs sachent qu'il fallait nous apporter une autre théière, mon téléphone sonna. C'était le numéro de mon frère Ted à Flushing. Mais, quand je répondis, c'était ma mère. Je m'excusai et sortis du salon de thé.

« Salut, Ma.

– Ling Wan-ju ! Tu vas bien ?

– Bien sûr. Pourquoi ?

– Ça va certainement aller maintenant. Kwan Shan m'a dit que tous les membres du gang sont en prison.

– Est-ce qu'elle t'a dit que Clifford s'est comporté en héros ?

– Oh, elle en rajoute tellement ! Elle a dit que Clifford t'a sauvé la vie. J'ai répondu que c'était ridicule.

– C'est assez proche de la vérité. Bref, les rues sont débarrassées des White Eagles, alors je vais venir et te ramener à la maison quand tu voudras.

– C'est pour ça que j'appelle. J'ai décidé de rester ici quelques jours de plus.

– Ah, oui ?

– Maintenant que l'appartement est peint en blanc, il n'est pas si sombre. Et les enfants de ton frère veulent que j'apprenne à leur mère à faire du *har gow*.

– Ah ! D'accord, Ma. N'hésite pas à me faire savoir quand tu voudras rentrer à la maison. »

Debout dans le flot bouillonnant des rues de Chinatown, je rangeai mon téléphone. Un marchand fabriquait un dragon en papier de ses doigts agiles. Les badauds l'évitaient sans ralentir le pas. Une fillette guidait sa grand-mère qui, courbée, marchait avec une canne. La grand-mère la gronda ; la petite fille ignora ce qu'elle venait de dire, mais s'appliqua à la soutenir.

Je retournai dans la salle. « Oh, là elle est, s'écria l'inspecteur Wei en levant sa tasse. Cette fois, buvons thé au jasmin. Bien meilleur. »

Elle attendit que Mary m'en verse un peu.

« Détective Chin. Détective Smith. Bureau police de Shanghai me demande vous donner gratitude officielle. Quand venez Shanghai, acceptez s'il vous plaît hospitalité bureau police de Shanghai.

– Merci, j'ai hâte, dit Bill.

– Moi aussi, dis-je en levant ma tasse à mon tour. À l'inspecteur Wei De-xu et à la police de Shanghai.

– Au détective Chin, répondit l'inspecteur Wei avec un sourire ironique.

– Au détective Mary Kee et au NYPD », dis-je en me tournant vers elle.

Mary essaya de garder son air soupçonneux, mais laissa tomber et sourit. « À Lydia. »

Je me tournai vers Bill. J'hésitai puis entendis dans ma tête : *Chinsky ! Allez, dis-le, et puis c'est tout !* Alors, comme Joel était toujours de bon conseil, même si, comme toujours, je ne lui avais rien demandé, je dis : « Et à mon partenaire. »

Bill eut un petit sourire et s'exprima calmement. Mais je fus ravie de sa réponse : « Et à ma partenaire. »

Je regagnai mon bureau enveloppé par la lumière éclatante et la chaleur moite. À la porte de Golden Adventure, Andi me fit signe d'entrer.

« Salut, Lydia ! Paquet pour toi. FedEx veut savoir tu es cette fameuse Lydia Chin ? »

La notoriété a ses avantages. Ça faisait des jours que les dames de l'agence de voyages resservaient l'histoire de ma participation à la fusillade de Canal Street et le fait qu'elles l'avaient échappé belle quand les White Eagles leur avaient rendu visite à l'agence. J'en conclus que je n'avais pas de souci à me faire pour mon bail pendant un moment.

L'adresse de l'expéditeur indiquait Teaneck : Anita Horowitz, la petite-fille de Paul Gilder. Je remerciai Andi et emportai le paquet dans mon bureau. Petit, sombre, mal rangé, mais à moi. J'ouvris le paquet dont je tirai une enveloppe rembourrée à laquelle était attaché un petit mot.

Zayde veut savoir quand Mei-lin va revenir et il insiste pour qu'elle ait ceci. Rosalie avait fait prendre cette photo pour l'envoyer à Elke avant de savoir qu'elle avait été arrêtée. Zayde la garde à son chevet. Je sais que c'est une grande faveur à vous demander, mais il a l'air tellement heureux quand il parle de revoir Mei-lin. Est-ce que cela vous dérangerait de venir nous voir si vous avez le temps ? Vous n'auriez pas à rester longtemps.

Est-ce que ça me dérangerait ? D'entendre Paul Gilder parler de Rosalie, Kai-rong, du Shanghai de l'époque ?

Je vous envoie la copie que j'ai fait faire pour que vous sachiez de quoi il parle si vous revenez. En espérant vous revoir, Anita.

L'enveloppe contenait une photo en noir et blanc. Dans un jardin, sous un acacia en fleur, cinq personnes assises sur des fauteuils en bois de rose aux accoudoirs délicats souriaient. J'en connaissais deux ; il y en avait trois que je n'avais jamais vues mais que je reconnus aussi.

À gauche, Rosalie, les cheveux ébouriffés par le vent. Près d'elle, un bel homme qui portait un costume à l'européenne et une cravate. Le vieil homme au centre portait une robe de cérémonie en soie et la jeune femme à ses côtés, un *qipao* – et à ma grande joie, des talons hauts. À droite, Paul, penché en avant, prêt à sauter dès que la photo serait prise.

En y regardant de plus près, je m'aperçus que l'espèce d'enchevêtrement dans l'herbe près de la table dressée pour le thé était en fait une inscription manuscrite, à peine lisible mais nette et familière. J'appelai Bill.

« Tu pourrais traduire un peu d'allemand ? lui demandai-je avant de lui lire la phrase. J'arrive à déchiffrer Kai-rong et Mama mais à part ça, je suis perdue.

– Répète lentement. »

J'obéis.

« Bon, ça donne à peu près ça : "Kai-rong, son père et sa sœur. Nos nouveaux amis ! Des gens à chérir et qui nous chérissent. Quel trésor à ne pas prendre à la légère par les temps qui courent. J'ai tellement hâte que tu les rencontres en personne. En attendant, tout mon amour, maman. Ta Rosalie." »

Perdue dans la photo, je n'entendis presque pas Bill demander : « Où est-ce que tu as trouvé ça ? »

Des gens à chérir et qui nous chérissent. Quel trésor à ne pas prendre à la légère.

« Viens au bureau, lui dis-je. Apporte un café. J'aimerais te montrer. »

REMERCIEMENTS

COMME TOUJOURS, j'ai de nombreuses raisons de me montrer reconnaissante, en particulier envers les personnes suivantes pour l'aide et le soutien qu'elles m'ont apportés :

Steve Axelrod, mon agent ;

Keith Kahla, mon éditeur ;

The Atlantic Center for the Arts ;

Art Workshop International ;

Steven Blier, Hillary Brown, Belmont Freeman, Eve Rudin, Max Rudin, Noah Rudin, James Russell, Amy Schatz ;

Betsy Harding, Royal Huber, Tom Savage, Jamie Scott ;

Susanna Bergtold, Nancy Ennis, Josh Paynter, Sui Ling Tsang, Joseph Wallace.

Peter Blauner, pour les conseils qu'il ne se rappelle sans doute pas m'avoir donnés ;

Ruth Gruber, pour ses connaissances ;

Lee Hyla, pour la musique appropriée et beaucoup d'oiseaux ;

Guillermo Kuitca, pour sa compréhension ;

B. G. Ritts, pour ses inestimables recherches ;

Jonathan Santlofer, pour le thé.

Mis en pages par DV Arts Graphiques à La Rochelle.
Imprimé en France par CPI Bussière
à Saint-Amand-Montrond (Cher)
en avril 2010.
N° d'édition : 1573. — N° d'impression : 101391/1.
Dépôt légal : avril 2010.
ISBN 978-2-7491-1573-3